«Ich zähle Updike zu den bedeutendsten Erzählern unserer Tage. ... Er berichtet von gewöhnlichen Erlebnissen und kreist dabei immer um ein einziges, das in seiner Sicht gar nicht mehr gewöhnlich, vielmehr ungeheuerlich ist – um das Erlebnis des Lebens.»

Marcel Reich-Ranicki

John Updike, einer der Meister der Short Story, wurde am 18. März 1932 in Shillington/Pennsylvania geboren. Er war von 1955 bis 1957 Redaktionsmitglied von *The New Yorker*. Er veröffentlichte Romane, Erzählungen, Essays, Gedichte und ein Theaterstück. Ausgezeichnet wurde sein Werk u. a. mit dem National Book Award, dem National Book Critics Circle Award, dem Prix Medicis und zweimal mit dem Pulitzerpreis.

# John Updike

# Glücklicher war ich nie

**Frühe Erzählungen 1**

Deutsch von Maria Carlsson, Helmut Frielinghaus,
Susanna Rademacher, Hermann Stiehl

Rowohlt Taschenbuch Verlag

Originalausgabe
Veröffentlicht im Rowohlt Taschenbuch Verlag,
Reinbek bei Hamburg, Mai 2006
Copyright © 1971, 2006 by Rowohlt Verlag GmbH,
Reinbek bei Hamburg
Alle deutschen Rechte vorbehalten
Redaktion und Übersetzung des Vorworts Hans Georg Heepe
Die Sammlung der frühen Erzählungen John Updikes
erschien 2003 unter dem Titel «The Early Stories 1953–1975»
im Verlag Alfred A. Knopf, New York
«The Early Stories 1953–1975» © 2003 by John Updike
Übersetzerinnen und Übersetzer, Quellen, Datierungen s. S. 446
Umschlaggestaltung any.way, Barbara Hanke/Cordula Schmidt
(Foto: Corbis)
Satz ITC Century PostScript (Quark XPress 4.11)
Gesamtherstellung Clausen & Bosse, Leck
Printed in Germany
ISBN 13: 978 3 499 23700 3
ISBN 10: 3 499 23700 8

# Inhalt

Vorwort  **7**

## Olinger Storys  **17**
Das Glücksrad  **19**
Die Alligatoren  **26**
Taubenfedern  **36**
Freunde aus Philadelphia  **72**
Ein Gefühl der Geborgenheit  **83**
Flügge  **102**
Glücklicher war ich nie  **127**
Beständigkeit der Sehnsucht  **151**
Der glückselige Mann von Boston, der Fingerhut meiner
    Großmutter und Fanning Island  **167**
Festgetretene Erde, Kirchgang, eine sterbende Katze,
    ein altes Auto  **187**
In der Footballsaison  **222**

## Draußen in der Welt  **229**
Das luzide Auge in der Silberstadt  **231**
Das Gepfeif des Jungen  **245**
Ace ist Trumpf  **255**
Morgen und morgen und so fort  **268**
Die christlichen Zimmergenossen  **283**
Zähne und Zweifel  **323**
Ein Verrückter  **333**
Stillleben  **351**
Heim  **374**

Wer macht rosa Rosen rosa? **392**
Seine große Stunde **412**
Ein Pfeiler der Reaktion **430**

Quellenverzeichnis **446**

## Vorwort

Die älteste Erzählung in dieser Sammlung ist «Ace ist Trumpf». Ende 1953 reichte ein verheirateter Harvard-Student, höheres Semester, sie in Albert Guerards Creative-Writing-Kurs ein. Guerard, Kettenraucher, ein typischer französischer Intellektueller, der aber trotzdem treu und brav zu jedem Crimson-Basketball-Heimspiel ging, mochte die Geschichte – er sagte, er finde sie gruselig, was ein existenzialistisches Kompliment war – und schlug vor, dass ich sie dem *New Yorker* schickte. Der lehnte sie ab. Im folgenden Jahr jedoch, nachdem die Zeitschrift während meines ersten Nach-Uni-Sommers «Freunde aus Philadelphia» und ein paar Gedichte angenommen hatte, schickte ich sie noch einmal hin und sie wurde akzeptiert. Mit einigen Änderungen in dem deftigen Wortwechsel, mit dem sie beginnt, erschien sie im April 1955, ziemlich weit hinten im Heft. So groß war der Appetit der Leser auf Erzählungen damals, dass ‹Beiläufiges› (ein schrulliger hausinterner Ausdruck, der Erzählendes und Humoristisches meinte) «hinten im Buch» erschien, aber auch ganz vorn. Die Geschichte ist in meiner Erinnerung an jene berauschenden Tage des heraufdämmernden literarischen Lebens mit dem plötzlich in der Lobby des Algonquin auftauchenden J. D. Salinger, einem ungemein gut aussehenden großen Mann, der sich noch nicht von der Welt zurückgezogen hatte, verbunden. Er gab mir die Hand, dann wurden wir von William Shawn und Katharine White, unserem Redakteur bzw. unserer Redakteurin, zum Essen hineingeführt. Salinger hat gesagt oder später hat jemand gesagt, er habe gesagt, dass ihm «Ace ist Trumpf» aufgefallen sei und ihm gefallen habe. Seine Erzählungen, denen man in einem anderen Writing-Kurs (dem von Kenneth Kempton) begegnete, waren für mich Offenbarungen gewesen. Die Form, kurz und bündig während der dreißiger und vierziger Jahre, ließ auf einmal einen gelasseneren Nachkriegsblick auf die amerikanische Wirklichkeit zu. Die Flasche Wein am Ende von «Freunde aus Philadelphia» ist dem Osterküken verpflichtet, das am Schluss von «Kurz vor dem Krieg gegen die Eskimos» im Papierkorb gefunden wird. Am meisten verdanke ich jedoch Hemingway, was vielleicht nicht gleich einleuchtet. Er war es, der uns gezeigt hat, wie viel Spannung, wie viel Reichtum ein uneingebundener Dialog vermitteln kann und wie viel Poesie in den einfachsten Substantiven und Prädikaten steckt. Die Augen geöffnet haben mir auch Franz Kafka und John O'Hara, Mary McCarthy und John Cheever, Donald Barthelme und Vladimir Nabokov, James Joyce, James Thurber und Anton Tschechow.

Das Jahr 1975, mit dem der dritte und letzte Band dieser Auswahl schließt, schien mir ein angemessener Schlusspunkt; es war das eine und einzige ganze Jahr meines Lebens, in dem ich allein lebte. Nach zweiundzwanzig Jahren ging meine Ehe mit einer barfüßigen unitarischen brünetten Radcliff-Absolventin zu Ende; alle diese Erzählungen zeugen von ihr. Vielleicht hätte ich im Literaturbetrieb ja auch Fuß gefasst ohne den festen Glauben, die Geduld, die Klugheit und den gesunden Menschenverstand meiner ersten Frau. Aber wie? Ich weiß es nicht. Seit 1957 lebten wir in Ipswich, einem größeren, abwechslungsreichen und ziemlich abgelegenen Ort nördlich von Boston. Mein Haupteinkommen für eine Familie, zu der 1960 vier Kinder unter 6 Jahren gehörten, kam aus Kurzgeschichten, die ich an den *New Yorker* verkaufte. In jenen Jahren erfüllte mich das beglückende Gefühl, dass ich über ein Territorium berichtete, das ohne mich Terra incognita geblieben wäre. Die alte puritanische Stadt war reich an Originalen und Überlieferungen. Auch wenn es in meiner Kreativität und meinem seelischen Zustand Flauten gab, ging mir wegen des Lebens und Treibens in der Stadt und des belebenden Umgangs mit heranwachsenden Kindern – zu sehen, wie sie mit hellen Augen alles Neue auffassten – nie der Stoff aus. Als Junge aus einer kleinen Stadt hatte ich mich nach einer Kleinstadtumgebung gesehnt. Während der zwanzig Monate meines Aufenthalts war mir New York vorgekommen als voll von anderen Autoren, von Kulturbetriebsamkeit und der Spielplatz der Worte überlaufen von Agenten und Klugschwätzern. Das wirkliche Amerika schien mir ‹da draußen› zu liegen, inzwischen freilich zu gleich gestimmt und ans allgemeine Stromnetz angeschlossen, als dass Provinzialismus, dem zu entfliehen die Menschen nach New York gekommen waren, noch eine Gefahr gewesen wäre. Da draußen gehörte ich hin, umgeben vom Gewöhnlichen, das sich als das Ungewöhnliche erwies, wenn man es nur geduldig genug beschrieb. Solche Ideen waren der Antrieb für die wichtigste Flucht meines Lebens, die Flucht aus Manhattan – der Silberstadt, was sie für einen meiner jungen Helden ist –, wo ich doch immer hatte leben wollen. Es gab auch praktische Vorteile: kostenloses Parken, öffentliche Schulen für meine Kinder, einen Strand, an dem ich meine Haut bräunen, und eine Kirche, in die ich gehen konnte, ohne mich zu genieren.

Ich kam nach New England und musste mir das Aufwachsen in Pennsylvania von der Seele schreiben. Die erste Abteilung dieser frühen Erzählungen, die «Olinger Storys», erschien 1964 als separates Taschenbuch. Diese elf Geschichten bilden vermutlich ein grünes schlankes Ganzes – der nicht unfreundliche Kritiker Richard Locke sprach von ihrer «Treibhausatmosphäre». Es war das Treibhaus, in dem ich groß geworden bin. Ich habe die Anordnung nach dem Alter ihrer Helden leicht verändert. In «Flügge» und in «Ein Gefühl der Geborgenheit» geht es um Jungen in der letzten Highschool-Klasse, aber der in «Flügge» ist, wenn man es recht bedenkt, älter, erwachsener. Die Geschichten schöpfen aus demselben autobiographischen Brunnen – das Einzelkind, die kleine Stadt, das Haus der Großeltern, der Umzug des Halbwüchsigen auf die Farm –, aber es wird nicht versucht, eine übergreifende Einheit herzustellen. Wie ich in der ursprünglichen Einleitung schrieb:

> Ich habe die Ungleichheiten in den Geschichten stehen lassen. Jede beginnt bei null. Was hier die Grand Avenue ist, ist dort die Alton Pike. In «Taubenfedern» ist der Großvater tot, in «Flügge» die Großmutter. In Wirklichkeit haben die Eltern meiner Mutter gelebt, bis ich erwachsen war. In Wirklichkeit zog meine Familie, als ich dreizehn war, elf Meilen vor die Stadt; in «Freunde aus Philadelphia» ist es eine Meile, in «Glücklicher war ich nie» sind daraus vier geworden. Diese merkwürdigen Entfernungen, dieser ganz und gar unvollständige Abschied von meinem Milieu, sind nach allem, was ich weiß, die entscheidende Ablösung in meinem Leben gewesen ... Der Held kehrt immer wieder zurück, am Ende gar über Hunderte von Meilen.

Und beschwipst vom Wein der Selbstauslegung fuhr ich fort:

> Als ich diese Zusammenstellung arrangierte, war ich überrascht, als ich merkte, dass der Junge, der sich mit H. G. Wells herumschlägt und Tauben umbringt, jünger ist als der, der zu Thelma Lutz sagt, dass sie sich die Augenbrauen nicht zupfen soll. Aber wir altern unterschiedlich, im Umgang mit anderen langsamer, als man es selbst empfindet. Von diesen elf Brüdern sind einige Zwillinge. John Nordholm und David Kern kehren als Erzähler wieder, nachdem sie als Akteure aufgetreten sind. Und Clyde Behn, der ein Problem mit den Augen hat, scheint mir eine

späte Spiegelung des Kindes Ben zu sein, das vom Rummelplatz wegläuft, indes «getönte Kugeln ihm die Wimpern verkleben».

Wenn der Autor seine Kurzgeschichten hin und her schiebt, fallen ihm allerlei subtile und bedeutsame Übergänge und Unterströmungen auf: Von jeder Gruppe spinnt sich eine Bewegung an, die zu einer neuen Geschichte führt, einer Geschichte, die wiederum Teil einer größeren ist. Das gelebte Leben ist gegenwärtig durch die Fragmente, die aus der Erfahrung stammen und die der Autor mit Hilfe seiner Phantasie zu unpersönlichen Kunstgegenständen umgebildet hat. Der Leser hat jedoch keinen Zugang zu dem, was der Kern der Erinnerung des Schriftstellers ist, und er kann die Erzählungen in der Reihenfolge lesen, die ihm liegt. Jede ist so angelegt, dass sie für sich allein steht.

Die Datierung folgt der Reihenfolge des Entstehens, nicht der Veröffentlichung. Der soziale Kontext verändert sich. Als ich das Ganze 2002 wieder las, war ich verblüfft über die Friedenshoffnungen im Irak in «Seine große Stunde», über die absurd niedrigen Preise in den Fünfzigern und Sechzigern, und ich habe mich geärgert über die häufige Verwendung des heute diskriminierten Wortes ‹Neger›. Aber ich habe daraus nicht ‹Schwarzer› gemacht; erzählende Prosa hat ein Recht auf die Sprache ihrer Zeit. Im Großen und Ganzen habe ich diese Erzählungen ohne bestimmte Absicht neu gelesen, aber wenn sich ungezwungen eine Gelegenheit ergab, meinem jüngeren Ich beizuspringen, habe ich sie ergriffen, habe hier ein Adjektiv gestrichen, dort einen verdeutlichenden Satz hinzugefügt. Weniger zu tun wäre einer erzwungenen Abdankung des künstlerischen Gewissens und der Gewohnheit gleichgekommen. Prosa kann man immer verbessern, man muss allerdings nicht so weit gehen wie James, der maßlos alles in seiner späteren Manier überarbeitet hat.

Meine erste Redakteurin und Lektorin beim *New Yorker* war Katherine White, die kaum drei Jahrzehnte zuvor so viel dazu beigetragen hatte, der noch in den Windeln liegenden Zeitschrift ein Gesicht zu geben. Nachdem sie vier meiner Erzählungen angenommen und eine größere Anzahl zurückgeschickt hatte, kam sie mit ihrem Mann die jungen Updikes und ihre gerade geborene kleine Tochter in Oxford besuchen. Und bot mir eine Stellung bei dem Magazin an. Aus den ein, zwei Jahren, während deren wir im gleichen Haus saßen – ehe sie auf ihre herausgehobene Position als Redakteurin für Kurzgeschichten verzichtete und E. B. White nach Maine folgte –, ist mir in Erinnerung, wie sie neben mir an ihrem Schreibtisch saß und Fahnen durchging und wie verlegen und botmäßig ich war und wie sie einmal die Nase kraus zog und mich fragte, ob ich wüsste, warum das, was ich geschrieben hatte und das nun als Fahnen vor uns lag, nicht besonders gut sei. Sie hatte in Harold Ross' rein männlicher Redaktion ihren Weg gemacht und konnte sehr schroff sein, aber es gab es keinen Zweifel an ihrer Warmherzigkeit und ihren hoch gespannten Erwartungen für den *New Yorker*. Mein nächster – bis 1976 – Redakteur war nie schroff; William Maxwell versah seine Aufgabe mit Geduld und Takt und einer freundlichen Genauigkeit, aus der man fürs Leben und nicht nur fürs Schreiben lernen konnte. Dann wurde Katherine Whites Sohn Roger Angell mein Redakteur, dessen ungebrochene Vitalität und geistige Klarheit mir, der ich Anfang siebzig bin, Hoffnung für die Zukunft macht – er ist über achtzig. Von diesen dreien, ganz zu schweigen von den unbesungenen Korrektoren und Faktencheckern, kamen Vorschläge für viele kleine Verbesserungen dieser Erzählungen und gelegentlich auch für große Umarbeitungen, obwohl ich im Allgemeinen der Ansicht bin: Wenn eine Kurzgeschichte nicht von Anfang an läuft, tut sie es nie. Obwohl man in den Jahren 1953 bis 1975 öfter den Vorwurf hörte, der *New Yorker* bevorzuge bei der Auswahl seiner Erzählungen ein graues Einerlei, ließ er mir doch viele Experimente durchgehen, von manch langer essayistischer Passage in den «Olinger Storys» bis zu den in jeder Hinsicht gewagten Monologen in «Werben um die eigene Frau» und «Der Bademeister». Das Magazin veröffentlichte so viele erzählende Texte, dass die Redaktion sowohl das spontane kurze Stück als auch den großen Versuch drucken konnte. Und als William Shawn sich für seine lange Regierungszeit einrichtete, bewies er einen verwegenen Zug zum Avantgardistischen, eine Neigung zu Barthelme und Borges, was noch den Biedereren in seinem Stall die Augen aufgehen ließ.

Der Stand der Technik, der sich in diesen Geschichten spiegelt, ist der einer Zeit, als Automatikgetriebe eine Neuheit der Autoindustrie waren und Abtritte im Hinterhof in ländlichen Gegenden normal; sie enden kurz vor der Ankunft der PCs und der allgegenwärtigen Mobiltelefone. Meine Generation, die einmal ‹die Schweigende› hieß, war zu einem großen Teil ihrer weißen Mehrheit eine Generation, die Glück gehabt hat – «zu jung, um Krieger, zu alt, um Rebellen zu sein», wie es in «Ich lasse dich nicht, du segnest mich denn» formuliert ist. In den Anfangsjahren der Depression geboren, einem Nadir der nationalen Geburtenrate, gehörten viele Einzelkinder dazu, denen pfennigfuchsende Eltern Klavierstunden geben ließen und ihnen ein Gefühl der Geborgenheit vermittelten. Als die Zeiten schwer waren, gewöhnten wir uns ans Arbeiten, und als wir im Erwachsenenalter waren, zahlte Arbeit sich aus; als wir jung waren, erlebten wir die patriotisch einigende Kraft des Zweiten Weltkriegs, ohne dass wir in diesem Krieg kämpfen mussten. Wir hatten genug Repression ertragen, um über die Lockerung der überkommenen Sexualmoral froh zu sein, und litten dabei nicht unter dem Übermaß, der Orientierungslosigkeit oder den venerischen Krankheiten der Jüngeren. Wir waren simpel und hoffnungsfroh genug, uns auf brotlose Karrieren einzulassen und früh zu heiraten, und pragmatisch genug, um mit einem typisch amerikanischen Achselzucken auf das Schwinden alter Gewissheiten zu reagieren. Und doch – obwohl uns viele der materiellen Entbehrungen und religiösen Schrecken, unter denen unsere Eltern gelitten hatten, erspart geblieben waren und uns ein unangemessen großer Anteil der globalen Ressourcen zur Verfügung stand, fühlten wir uns immer noch als Beute dessen, was Freud «normales menschliches Unglücklichsein» genannt hat.

Aber wann war Glück je der Gegenstand des Erzählens? Das Streben danach ist immer nur dies – ein Streben. Der Tod und seine Adjutanten verlangen von jeder Transaktion ihren Zoll. Besitz wird wertlos durch das Verlangen nach mehr. Unzufriedenheit, Konflikt, Verlust, Trauer, Furcht – das sind die unvermeidlichen Themen, die es wert sind, dargestellt zu werden. Aber unsere Herzen verlangen nach Glück als der alles bestimmenden Norm, in Wordsworths Worten «dem Lichtquell unserer erfüllten Tage». Als ich diese Geschichten wieder las, fand ich nicht, dass es in ihnen zu wenig Freude gibt, auch wenn sie nur für Augenblicke kommt und nicht monatelang, oder daß es an Zuneigung und gutem Willen der Figuren untereinander mangelt, befangen, wie sie sind, im menschlichen Dilemma von Begrenztheit und Sterblichkeit. Die Kunst hofft, der Endlichkeit zu entkommen durch Bravourstücke der Wahrnehmung, der Harmonie, der alles erhellenden Querverbindungen, und erreicht bestenfalls doch nur eine langsamere Art des Vergehens: Das Papier vergilbt, die Sprache veraltet, aus spektakulären Neuentdeckungen wird gesellschaftliches Allgemeingut. Ich konnte nicht umhin, während ich über dieser rückwärts gewandten Arbeit saß, an all die *New Yorker* zu denken, diesen breiten Mississippi aus Gedrucktem, in dem sich meine Beiträge mit denen so vieler anderer fanden: Sie dienten einmal einer Leserschaft, einer bestimmten demographischen Episode, die heute Geschichte ist – all die Briefkästen Connecticuts, die Woche für Woche im Schatten der Birken William Shawns Ansicht von Unterhaltung und Belehrung empfingen. Was wäre aus mir geworden, hätten William Shawn meine Arbeiten nicht gefallen? Diese ersten Schecks über bescheidene Hundert-Dollar-Beträge addierten sich und bezahlten mein erstes Auto. Ohne den *New Yorker* hätte ich zu Fuß gehen müssen. So oder so hätte ich zweifellos existiert, aber die Mehrzahl dieser Geschichten hätte es nicht gegeben.

Sie sind auf einer mechanischen Schreibmaschine geschrieben und seit den frühen Sechzigern in einem Einraumbüro, das ich in Ipswich gemietet hatte. Es lag zwischen den Geschäftsräumen eines Anwalts und einer Kosmetikerin über einem gemütlichen Ecklokal. Um die Mittagszeit drangen Essensdüfte durch die Dielen herauf. Ich versuchte noch eine Stunde auszuhalten, ehe ich die Treppe hinunterstolperte, schwindlig von den Zigaretten, und ein Sandwich bestellte. Nachdem ich mir die Zigaretten abgewöhnt hatte, rauchte ich Fünfcentzigarillos, um die Nervosität zu bekämpfen, die mich angesichts der Größe meiner Berufung und der Kompliziertheit meines Tuns überkam. Die leeren Kistchen, tröstend verziert mit dem Bild eines anderen Autors, Robert Burns, stapelten sich. Sie waren nicht nur praktisch, weil man darin Kleinigkeiten aufbewahren konnte, ausländische Münzen oder Manschettenknöpfe, die beißende Aura des Zigarrenrauchs entmutigte auch Besucher. Ich hatte das Gefühl, als verpackte ich etwas vergleichbar Flüchtiges und Allgegenwärtiges wie Rauch, Kistchen für Kistchen, in jenem Zimmer, wo ich zu nichts anderem verpflichtet war, als die Wirklichkeit zu beschreiben, wie sie mir erschien – der Schönheit des Alltäglichen seinen Tribut zu zollen.

John Updike

# Olinger Storys

## Das Glücksrad

Jahrmarkt! Auf dem unbebauten Grundstück hinter der alten Eisfabrik! Den ganzen Nachmittag haben Lastwagen ihre Fracht abgeladen; das Kettenkarussell ist aufgespannt worden wie ein gewaltiger Regenschirm, das Babyriesenrad ist mit Fertigteilen wie aus dem Stabilbaukasten zusammengebaut. Zweimal sind Lastwagen im Matsch stecken geblieben. Überall liegt Stroh verstreut. Sie haben eine Bühne errichtet und Lichterketten gespannt. Schnell, schnell, kratz deine Pennys zusammen; Abendbrot ist vorbei, und eine Stunde ist es noch hell an diesem langen Sommertag. Da, Sammy Hunnenhauser läuft; Gloria Gring und ihre Clique sind schon den ganzen Nachmittag da, die müssen nie nach Hause, o rasch doch, lasst mich gehn; grässlich, Eltern zu haben, die arm und langsam und kummervoll sind!

Fünfzig Cent. Das Äußerste, das Ben sich hat erbetteln können. Fünf Cent für jedes Jahr seines Lebens. Eine Menge Geld, so kommt es ihm vor. Überm Dach der verrückten Mrs. Moffert malt das Riesenrad einen rosaroten Lichtschein in die Luft, und in Bens Erregung verschmilzt der Rand dieses Rosarots mit dem wunderbaren gekerbten Rand der Münze, die ihm in der Hand schwitzt. Dies Haus, dann noch eins, dann noch an der Eisfabrik vorbei, dann hat er's geschafft. Alle Welt ist schon da, bloß er nicht, er ist der Letzte, schnell, schnell, der Ballon steigt gleich, das Riesenrad setzt sich in Bewegung, er als Einziger wird zurückbleiben auf leeren, dunkelnden Straßen.

Dann ist er da, was soll er kaufen? So viele Leute sind es gar nicht. Erwachsene mit Kleinkindern auf dem Arm schlurfen lustlos über die strohbedeckten Wege. Die Budenbesitzer, in Wahrheit sind sie gar keine Zigeuner, starren ihn alle an und machen ihm mutlose Zeichen. Es tut ihm weh, dass er sich nicht dem Mann mit den drei alten Softbällen zuwenden kann und nicht dem alten Krüppel beim Kinderkarussell und nicht der dicken Frau mit den Gipsmarias und nicht dem Gerippe, das an der Rückwand eines Popcornstands hängt. Dass er an ihnen allen vorbeigehen muss, empfindet er als Schmerz. Er wünschte, es wären mehr Leute da; er kommt sich vor wie ein Dummlack. Dieser Riesenrummel bloß, um ihm seine lächerlichen fünfzig Cent aus der Tasche zu ziehen. Er sieht aus einiger Entfernung einem stämmigen Mann mit gewichtig aufgekrempelten Hemdsärmeln zu, der ein großes goldglänzendes Rad dreht, an dem eine Gummizunge hängt, die langsam und immer langsamer über einen Kreis von Nägeln schlappt, bis sie zwischen zweien anhält, und kann sein, dass die Zahl da gewinnt. Nur ein Seemann und zwei Jungen in gelbseidenen Highschool-Sportblousons spielen. Keiner gewinnt. Der dicke tätowierte Arm unterhalb des aufgekrempelten Hemdsärmels wischt sorgsam ihre Fünfcentstücke von einer langen Tischplatte, die in nummerierte Felder aufgeteilt ist, wie für Himmel-und-Hölle. Die Highschool-Jungen, mit Koteletten und fusseligen Bärtchen auf ihren leuchtend rosa Backen, legen noch einmal missmutig Fünfcentstücke hin, und diesmal bricht der Mann am Rad in lautes Rufen aus, als die Zunge anhält, er scheint viel erfreuter als die Jungen und langt in seine tiefe Schürzentasche und schüttet, ohne nachzuzählen, einen schönen kleinen rutschenden Stapel Fünfcentstücke vor sie hin. Breit grinsend, wie über einen schmutzigen Witz, drehen die beiden Jungen sich um – über ihre Rücken zucken schillernde kühle Zickzackblitze – und entfernen sich, und der Mann am Rad ruft: «Wer will nochmal, wer hat noch nicht! Jee-der gewinnt!» Sein Tisch ist leer, und während sein Mund fortfährt, die lauten Worte zu formen, sperren seine Augen Ben in einen herzzerreißenden braunen ausdruckslosen

Blick, der mit lähmender Klarheit Bens Lage beleuchtet: seine Latzhosen, seine fünfzig Cent, seine zehn Jahre, seine Position im Weltraum und mehr noch als diese Details den ungeheuren Jammer, die Vergeudung, an einem einzigen kleinen Platz sich aufzuhalten, statt überall gleichzeitig zu sein. Dann sieht der Mann weg und lässt das Rad zu seinem eigenen Vergnügen kreisen.

Das Fünfzigcentstück fühlt sich riesig an in Bens Fingern, eine breite bedrückende Unbiegsamkeit, die zerbrochen, zertrümmert werden muss in glitzernde Teilchen, dass sie eins werde mit dem Flitter und den Splittern des verstreuten Strohs. Am erstbesten Stand kauft er sich eine Spindel Zuckerwatte und erhält, zusammen mit dem pelzigen, klebrigen, sich aufrollenden rosa Ding, ein Fünfundzwanzigcentstück, ein Zehncentstück und ein Fünfcentstück: drei Münzen, dreifacher Reichtum.

Jetzt kommen mehr Leute, sie strömen aus den Häusern der Stadt herbei, die in schwarzen, drohenden Umrissen rings um den Platz stehen, wie die Zähne einer Säge. Die Lichter gehen an; die Fassaden der Häuser zerrinnen. Nichts als Licht herrscht auf dem Platz, und an seinem Herzpunkt, auf der Bühne, erscheinen jetzt drei Mädchen mit weißen Cowboyhüten und weißen paillettengeschmückten Röcken und weißen Stiefeln, und ein Mann tritt auf, auch er ganz in Weiß, und er hat eine weiße Gitarre, die mit goldenen Saiten bespannt ist. Die Beine rings um Ben drängen ihn zur Bühne hin; der Geruch nach Matsch vermischt sich mit dem strahlenden Anblick da vorn. Eines der Mädchen hustet ins Mikrophon und biegt es hin und her, sodass ein scharfes Jaulen aus den Lautsprechern bricht und in großem Halbmond durch die Menge sichelt und eine Mahd von Stille zurücklässt. Die Mädchen singen und schlagen dabei zierlich mit den Stiefelspitzen den Takt: «Neulich Nacht, als ich schlief, Liebster, da war's, als hielt' ich dich in meinen Armen.» Die Pailletten auf ihren wirbelnden Röcken schleudern Lichtfunken in Bens Augen, und es prickelt wie Tränen. Die drei Stimmen schluchzen, schnappen, schwirren, und sein Herz dehnt sich wie ein Gummiband, als ihre Klage den höchsten Punkt erreicht: «– es war ein Traum, ach, und meine Tränen flossen». Und dann der unerträglich süß aufsteigende Refrain, der ihm die Schädelhaut so fest zusammenzieht, dass er Angst hat, sein Kopf werde gesprengt von der süßen Fülle.

Die Mädchen singen noch andere Songs, weniger gute, und dann machen sie die Bühne frei für einen dünnen alten Mann mit Hosenträgern und riesigen Hosen; die zieht er am Bund immer wieder weit von sich weg, guckt hinein und johlt. Er erzählt fürchterliche Witze, und die netten fetten Frauen rings um Ben – nette fette Fabrik- und Reinmachefrauen, von denen er sich beschützt gefühlt hat – schütteln sich vor Lachen. Er hat Angst vor diesem Beben, fühlt sich bedroht von unten her, als gebe es unter dem Matsch und dem Stroh eine tückische Erdschicht. Er schlendert weiter, und der Text von «You Are My Sunshine» geht ihm im Kopf um und um. «Bitte, nehmt mir meinen Sonnenschein nicht weg.» Nur das Geld in seiner Tasche gibt ihm Erdenschwere; sobald er's los ist, wird er davonfliegen wie das Samenschirmchen einer Pusteblume.

Er geht zum Stand, wo das Rad sich dreht, legt sein Fünfcentstück auf den Tisch in das Feld mit der Nummer 7 und verliert.

Er legt das Zehncentstück auf die 7, und auch das ist weg.

Eingezwängt, fast versteckt zwischen den klobigen behosten Schenkeln zweier Erwachsener, legt er, genau wie die es auch tun, seinen Vierteldollar auf die Innenkante des Tisches, damit er gewechselt werde. Der tätowierte Mann geht am Tisch entlang, sammelt die Vierteldollarstücke ein und schüttet mit seinen wundervoll automatischen Fingern die kleinen rutschenden Stapel aus fünf Fünfcentstücken hin; Ben hält den Atem an und spürt zu seinem Entsetzen, wie der geistesabwesende Blick des Mannes auf sein Gesicht weit unten fällt. Der stämmige würdevolle Körper stockt in seiner gleichmäßigen Vorwärtsbewegung, und Bens fünf Münzen liegen wild verstreut. Zwischen der zweiten und der dritten ist eine breite Lücke. Bens Wangen überziehen sich mit flammendem Rot. Seine grauknöchligen Finger zittern, als sie eines der Fünfcentstücke vorschieben. Aber der Mann geht nach hinten zum Rad und setzt es in Bewegung, und Ben verliert nacheinander drei seiner Fünfcentstücke. Das Rad ist ein mondgesichtiger Gott, doch Ben hat das Gefühl, dass die Menschheit den Raum zwischen ihnen beiden verdunkelt, diesen Raum, der doch frei und hell bleiben sollte. Als der tätowierte Arm – ein blauer Fisch, ein Anker, das merkwürdige Wort FRIEDE – herüberlangt, um die Münzen einzustreichen, spürt Ben, dass die punktierte Haut Nachdenken ausdünstet, und er senkt den Kopf unter dem Hagel der Worte, der gleich fallen muss. Nichts wird gesagt, der Mann geht weiter, kehrt zu seinem Rad zurück, aber Ben fühlt, dass Verwunderung von ihm ausstrahlt, und er fühlt den scharfen Blick eines Mannes im Nadelstreifenanzug, der neu dazugekommen ist und am anderen Ende der Bude steht, vor der der Kreis immer größer wird; und hastig bemüht, das Geld nur ja noch rechtzeitig loszuwerden, bevor es zu spät ist, legt er seine letzten beiden Fünfcentstücke hin, wieder auf die 7.

Die Gummizunge setzt sich mit einem Ruck in prasselnde Bewegung, und während das Rad sich dreht, beugt der Tätowierte sich zu dem mit den Nadelstreifen hin und hört sich an, was der zu sagen hat; dessen Zunge rührt sich lautlos, doch eine winzige Bewegung seiner gepflegten Hand, dazu ein stechender Blick aus dem Augenwinkel: Das zielt auf Ben.

Die Gummizunge wird langsamer, schlappt nur noch, hält an bei 7 – nein, 8. Er hat verloren und kann gehen. Das Unterste seines Magens wirft sich eigentümlich auf. «He, du da!» Der Mann mit den schrecklichen verschandelten Armen kommt näher. Ben ahnt, dass diese Arme, wie schnell er auch liefe, ihn einholen und festhalten würden.

«Hm?»

«Wie alt bist du, Kleiner?»

«Zehn.»

«Was'n los mit dir, has 'n reichen Daddy?»

Schwerfälliges Kichern kommt von den gewaltigen Köpfen der Erwachsenen ringsum. Ben kennt die Rolle, die er hier spielt, er hat sie hundertmal gespielt, vor Lehrern und älteren Jungen: Er ist der, über den alle lachen. Er versteht alles und würde gern erklären, dass er weiß, dass seine Augen feucht sind und seine Backen rot, aber dass das die Freude ist, das Gefühl von Freiheit, und nicht, weil er verloren hat. Aber das wären viel zu viele Worte; sogar das eine Wort «Nein» klebt ihm am Gaumen fest und löst sich mit einem leise reißenden Ton.

«Hier.» Mit seiner aufregend geübten Hand schnippt der tätowierte Mann Bens zwei Münzen über die gemalte Sieben zurück. Dann gräbt er in seiner Tasche. Er fördert den üblichen kleinen Fünferstapel zutage, lässt vier Münzen auf den Tisch kleckern, hält die fünfte spielerisch mit den Spitzen von Zeige- und Mittelfinger und Daumen fest, zögert, sodass Ben wieder FRIEDE lesen kann, welches blau über des Mannes Handgelenk steht, und flippt dann dieses fünfte Geldstück in seine Handfläche und von da mit Schwung in seine schmutzig sackige Schürzentasche.

«Jetzt verschwinde, Kleiner, marsch, weg mit dir. Und lass dich nicht mehr sehn.»

Ben sammelt sich mühsam die Münzen in die Hand und schiebt sich vom Tisch weg; die Augen auf die scharfe Kante der bemalten Holzplatte geheftet, drängt er sich blind, mit dem Rücken voran, zwischen den vielen Beinen hindurch. Und die ganze Zeit, in all der Hitze und unter den Wasserbächen, die ihm überall aus den Poren springen, rechnet und zählt er und weiß, dass er übers Ohr gehauen worden ist. Vierzig: Er hatte den Vierteldollar und das Zehncentstück und das Fünfcentstück, und wiederbekommen hat er nur sechs Fünfcentstücke: dreißig. Diese Ungerechtigkeit. Erst tun sie so, als wäre er zu klein, um zu verlieren, und dann behalten sie zehn Cent. Diese Vergeudung. Die verlorenen zehn Cent sind wie ein kleines Loch, das alles, was es auf der Welt gibt, in sich einsaugt. Er macht sich davon, mit zitternden, schweißnassen Knien, möchte sich für immer verstecken vor jedem Seemann und jeder dicken Frau und jedem Jungen von der Highschool und wer sonst noch Zeuge seiner Schande gewesen ist, und die sechs Fünfcentstücke sind ein holpriges Gewicht, das ihm durch den Stoff der Hosentasche gegen den Schenkel schlägt. Die glitzernden Strohsplitter und die Lichterschnüre, die Sägezacken der Häusersilhouette rings hinter den Köpfen der Erwachsenen, die sich hoch über dem Gras- und Matschgeruch bewegen, sind wie die Nadeln eines Weihnachtsbaums mit den durchsichtigen, getönten Kugeln behängt, die ihm die Wimpern verkleben.

So stößt uns die Welt, einer abgestumpften Kokette gleich, achtlos zurück, wenn wir versuchen, uns ihr ganz zu geben.

## Die Alligatoren

Joan Edison kam im März zu ihnen, aus Maryland, als das fünfte Schuljahr gerade zur Hälfte hinter ihnen lag. Sie hatte ein mageres Gesicht mit einem beinah erwachsen-müden Ausdruck und langen schwarzen Puppenwimpern. Keiner konnte sie ausstehen. In dem Monat las Miss Fritz ihnen während der Schularbeitsstunde von einem Mädchen namens Emmy vor, das furchtbar verzogen war und den Eltern immerfort Lügen über seine Zwillingsschwester Annie erzählte; und keiner konnte es fassen, es war wirklich kaum zu glauben, dass gerade in dem Augenblick, als sie Emmy am ekligsten fanden, Joan zu ihnen in die Schule kam mit ihren angeberischen Kleidern und den langen Haaren, die ihr lose den Rücken runterhingen über den weichen Pullover, anstatt kurz geschnitten zu sein oder zu Zöpfen geflochten – diese Joan, die tatsächlich die Stirn hatte, den Lehrern zu widersprechen. «Also, es tut mir leid», sagte sie zu Miss Fritz und stand nicht einmal auf, «ich sehe *wirk*lich nicht, was für einen Sinn Hausaufgaben haben. In Baltimore haben wir nie welche aufbekommen, und die *Küken* bei uns haben gewusst, was in diesen Büchern steht.»

Charlie, dem Hausaufgaben eigentlich Spaß machten, wollte gerade in das verärgerte Murren der andern einstimmen. Zwischen Miss Fritz' Augenbrauen hatten sich kleine wehe Furchen eingegraben, und er hatte Mitleid mit ihr; ihm fiel ein, wie sie damals im September, als John Eberly, halb mit Absicht, lila Korrekturtinte auf den frisch abgeschmirgelten Holzfußboden schüttete, das Gesicht in den Armen auf dem Pult vergraben und geweint hatte. Sie hatte Angst vor der Schulbehörde. «Du bist jetzt aber nicht in Baltimore, Joan», sagte Miss Fritz. «Du bist in Olinger, Pennsylvania.»

Die Kinder, auch Charlie, lachten, und eine sanfte braune Färbung stieg Joan ins Gesicht; erregt hob sie die Stimme gegen die Woge von Hass und machte alles noch schlimmer, als sie zu erklären versuchte: «Anstatt dass wir nur in einem Buch über Pflanzen *lasen*, haben wir alle einmal eine Blume mitgebracht, die wir *gepflückt* haben, die haben wir dann aufgeschnitten und uns genau angesehn, unterm *Mikroskop*.» Und weil sie das gesagt hatte, verdunkelten und verwirrten Schatten von großen Blättern und wilden aufgeschlitzten fremden Blumen das Bild, das sie sich von ihr machten.

Miss Fritz kräuselte ihre orangeblassen Lippen in feine Falten, dann lächelte sie. «In den höheren Klassen wirst du es auch auf dieser Schule tun können. Für geduldige kleine Mädchen, Joan, kommt alles zur rechten Zeit.» Als Joan sich anschickte, nun *dieses* zu erörtern, hob Miss Fritz den Zeigefinger und sagte mit dem besonderen Nachdruck, den Erwachsene immer in Reserve haben: «Nein. Kein Wort mehr, kleines Fräulein, oder du bekommst *ernste* Schwierigkeiten mit mir.» Es ermutigte die Klasse, dass Miss Fritz Joan auch nicht ausstehen konnte.

Von nun an konnte Joan in der Klasse den Mund nicht mehr auftun, ohne dass lautes Stöhnen anhob. Draußen auf dem asphaltierten Schulhof, während der Pausen oder Feueralarmübungen oder beim allmorgendlichen Warten auf das Klingelzeichen, sprach kaum jemand mit ihr, höchstens dass mal einer «Angeberin» oder «Emmy» oder «Muh, muh, blöde Kuh» sagte. Die Jungen rissen ihr immer die Schleife hinten an ihren ausgefallenen Kleidern auf und schnippten ihr spuckenasse Papierkügelchen in ihr lockiges, lose fallendes Haar. John Eberly schnitt ihr einmal sogar ein ganzes Büschel mit einer gelben Plastikschere heraus, die er beim Kunstunterricht hatte mitgehen lassen. Das war das einzige Mal, dass Charlie Joan richtige Tränen weinen sah. Er war genauso schlimm wie die andern, schlimmer noch: Die andern verhielten sich nur so, wie ihnen zumute war, er dagegen verfolgte einen Zweck, er wollte sich beliebt machen. In der ersten und zweiten Klasse hatte man ihn ganz gern gemocht, aber dann war er aus irgendeinem Grund in Ungnade gefallen. Es gab eine Clique, Jungen und auch Mädchen, die sich immer samstags – montags hörte man sie dann davon reden – in Stuart Morrisons Garage traf und Wanderungen machte und Touchfootball spielte und im Winter auf der Hill Street rodelte und im Frühling Radrennen durch ganz Olinger veranstaltete und wer weiß was sonst noch alles trieb. Die Anführer hatte Charlie schon in der Zeit vor dem Kindergarten gekannt. Aber jetzt, wenn die Schule aus war, blieb ihm nichts anderes übrig, als gleich nach Haus zu gehen und seine Aufgaben zu machen und mit seinen mittelamerikanischen Briefmarken herumzupusseln und sich Tarzanfilme anzusehen, ganz allein, und an den Wochenenden gab es nichts anderes für ihn, als Darryl Jones oder Marvin Auerbach öde, wieder und wieder, beim Murmelspiel oder Monopoly oder Schach zu schlagen – er hätte sich nie im Leben mit denen abgegeben, wenn sie nicht zufällig gleich nebenan gewohnt hätten, beide waren mindestens ein Jahr jünger als er und obendrein ziemlich zurückgeblieben für ihr Alter. Charlie dachte, die Clique würde ihn beachten und ihn aufnehmen, wenn er sie unaufgefordert bei ihrem Treiben unterstützte.

Während des Naturkundeunterrichts, den die 5 A in Miss Brobsts Zimmer hatte, auf der andern Seite des Flurs, saß er einen Platz vor Joan und ärgerte sie, soviel er nur konnte, trotz des vagen Gefühls, dass sie, unbeliebt, wie sie beide waren, eigentlich etwas Gemeinsames hatten. Er stellte fest, dass sie doch nicht so beschlagen war. Bei mündlichen Prüfungen bekam sie immer schlechtere Noten als er. «Dies ganze Blumenaufschneiden ist dir nicht bekommen. Oder vielleicht haben sie dir in Baltimore alles vor so langer Zeit beigebracht, dass du's auf deine alten Tage vergessen hast», sagte er zu ihr.

Charlie zeichnete. Manchmal zeichnete er in seinen Schreibblock, den sie mühelos über seine Schulter hinweg sehen konnte, ein Bild mit der Überschrift «Die doofe Joan»: das Profil eines Mädchens mit dürrer Nase und leidendem Zierpüppchenmund und gesenkten Wimpern, so schwarz, wie der Bleistift es nur schaffen konnte, und offenem Haar, das in lächerlichen Zickzackreihen, eine neben der andern, über die wasserblaue Lineatur bis ganz unten an den Rand des Schreibblocks reichte.

Der März ging in den Frühling über. Auf dem Highschool-Gelände gab es jedes Jahr ein sicheres Anzeichen für diese Wende: Bevor die Aschenbahn wieder hergerichtet war und wenn auf dem Softballplatz der Matsch noch zehn Zentimeter hoch stand, kam Happy Lasker mit dem kunstvollen Modellflugzeug, an dessen Bau er den ganzen Winter verschwendet hatte. Es trug den amerikanischen Stern auf den Flügelspitzen und einen gemalten Piloten im Cockpit, und es hatte einen Miniaturmotor, der richtigen Sprit brauchte. Das Surren, das den ganzen Samstagvormittag nicht verstummte, rief alle Kinder von der Second Street bis Lynoak zusammen. Und immer passierte das Gleiche: Happy stieß das Flugzeug in die Luft, es stieg, gab sekundenlang ein verheerendes Geräusch von sich, ging dann in den Sturzflug und zerkrachte im Gras oder im Matsch und verbrannte für gewöhnlich. Happys Vater war reich.

Joans Kleider waren im Lauf der Wochen, die sie nun da war, einfacher geworden, sie hatte sich den anderen Mädchen angepasst, und eines Tages erschien sie in der Schule mit kurzem Haar: Das meiste war weg, und der Rest lag flach ihrem Kopf an und lief hinten in einem Schwänzchen aus. Sie wurde mehr ausgelacht als je zuvor. «Uuh, Glatzepatze!», hatte irgendeine Gans gerufen, als Joan in den Garderobenraum trat, und das Gegacker hörte den ganzen Vormittag nicht auf. «Glatzepatze aus Baltimore! Die alte Glatzepatze wird ja rot!» John Eberly machte in einem fort mit den Fingern eine Schere nach und mit der Zunge das saftige, ritschende Geräusch des Schneidens. Miss Fritz klopfte so lange mit den Knöcheln aufs Fensterbrett, bis sie ihr wehtaten und sie sie mit der andern Hand reiben musste, und schließlich schickte sie zwei Jungen in Mr. Lengels Büro hinüber, was Charlie insgeheim mächtig entzückte.

Er selbst wollte nichts sagen zu dem neuen Haarschnitt, er wollte Joan zeichnen, verändert, wie sie jetzt war. Die anderen Zeichnungen von ihr verwahrte er zusammengefaltet in seinem Pult; er hatte immer schon ein Bedürfnis nach Vollständigkeit gehabt, ob es Batman-Comics oder Einser oder Costa-Rica-Briefmarken waren. Joan saß eine halbe Zimmerlänge von ihm entfernt, sie hielt sehr still, wagte anscheinend nicht einmal, die Hand zu rühren, ihr Gesicht war mit dunklem Schamrosa übergossen. Das kurze Haar ließ ihre Stirn stärker hervortreten, legte ihren Nacken bloß, machte das Kinn spitzer, die Augen größer. Charlie war wieder einmal dankbar dafür, dass er als Junge geboren war und ihm so einschneidende Erlebnisse erspart blieben, wie die Locken zu verlieren oder anzufangen zu bluten, was das Erwachsenwerden so peinvoll machte. Wie sehr Mädchen leiden, war einer der ersten Gedanken gewesen, die ihm je gekommen waren.

Seine Karikatur von ihr war großartig, wahrhaft genial. Er zeigte sie Stuart Morrison, der hinter ihm saß; sie war zu gut, als dass der sie hätte würdigen können, seine stumpfen Eieraugen glitten bloß flüchtig drüberhin. Charlie pauste sie auf ein anderes Blatt seines Schreibblocks durch und machte Joans Kopf diesmal völlig kahl. Diese Zeichnung schnappte Stuart sich, und sie wanderte durchs ganze Klassenzimmer, von einer Hand zur andern.

In dieser Nacht hatte er den Traum. Er musste ihn geträumt haben, als schon das Morgenlicht hereinschien, denn als er aufwachte, stand er ihm noch deutlich vor Augen. Sie waren in einem Dschungel gewesen. Joan hatte einen zerrissenen Sarong an und schwamm in einem klaren Fluss, inmitten von Alligatoren. Er sah hinunter, vielleicht von einem Baum, und eine Ruhe lag in den Bewegungen des schlanken Mädchens und der grünen Alligatoren, die bald tiefer, bald höher, aber immer vollkommen sichtbar, unter der gläsernen Haut des Wassers hinzogen. Joans Gesicht zeigte manchmal das Grauen, das sie empfand, und manchmal sah es wie betäubt aus. Ihr Haar schleifte hinter ihr her und breitete sich wie ein Fächer aus, wenn ihr Gesicht an die Oberfläche kam. Er schrie stumm auf vor Schmerz. Dann rettete er sie; er spürte nicht, dass er die Arme ins Wasser tauchte, als er Joan heraushob und sie in beiden Armen hielt, er hatte eine Badehose an, und seine Füße standen sicher und ruhig auf dem warzigen Rücken eines Alligators, der stromaufwärts glitt, durch die Schatten hoher Bäume und weißer Blumen und hängender Ranken, wie ein Surfbrett in einem Kurzfilm. Sie schienen auf eine hölzerne Brücke zuzutreiben, die sich über den Fluss wölbte. Er überlegte, ob er sich wohl tief genug ducken könnte, da verwandelten der Fluss und der Dschungel sich in sein Bett und sein Zimmer, aber über die Verwandlung hinaus dauerte, gleich einer mit dem Pedal verstärkten Note beim Klavierspiel, das süße und stolze Gefühl an, das ihn erfüllt hatte, als er das Mädchen rettete und in seinen Armen trug.

Er liebte Joan Edison. Es regnete am Morgen, und unter dem

Schirm, den seine Mutter ihm aufdrängte, sagte er es sich wieder und wieder, und diese neue Erkenntnis verdichtete sich um ihn wie eine Glocke aus Rauch. Die Liebe schmeckte nach nichts, aber sie schärfte seinen Geruchssinn, und sein Regenmantel, seine Gummistiefel, die rotknospigen Büsche über den niedrigen Böschungsmauern der Vorgärten links und rechts der Grand Street, ja sogar der Schmutz und das Moos in den Ritzen zwischen den Pflastersteinen, alles hatte seinen ganz eigenen deutlichen Duft. Er hätte gelacht, aber oben in der Brust, da, wo sein Hals anfing, drückte ihn eine holzige Schwere. Er konnte sich nicht vorstellen, dass er so bald wieder lachen würde. Es schien, als sei er in eine der Situationen geraten, auf die seine Sonntagsschullehrerin, die arme Miss West mit dem kleinen Schnurrbart, ihn vorzubereiten versucht hatte. Er betete: *Gib mir Joan.* Zusammen mit dem nassen Wetter hatte sich eine feierliche Gleichförmigkeit über alles gelegt; ein orangefarbener Bus, der am Bend wendete, und vier Vögel auf dem Telegraphendraht hatten dasselbe Gewicht. Aber er fühlte eine neue Sicherheit, fühlte sich leichter, und alle Dinge wurden ihm zu Ecken, um die er preschen, und zu Tunneln, die er durcheilen musste. Wenn er sie entführte, sie rettete vor der Grausamkeit der anderen, hieße das, dass er der Clique Trotz bot und eine neue gründete, seine eigene. Am Anfang nur Joan und er, dann kämen andere hinzu, die der Gemeinheit und Stumpfsinnigkeit entsagten, bis seine Clique die stärkere war und Stuart Morrisons Garage samstags leer blieb. Er, Charlie, wäre König und hätte sein eigenes Touchfootball-Team. Jeder würde angekrochen kommen und um seine Gunst betteln.

Der erste Schritt war, allen im Garderobenraum zu verkünden, dass er Joan Edison jetzt liebe. Es interessierte sie weniger, als er erwartet hatte, wenn man bedachte, wie verhasst sie war.

Mehr oder minder war er darauf gefasst gewesen, seine Fäuste zu gebrauchen. Kaum einer kam herbei, sich den Traum anzuhören, den er doch allen hatte erzählen wollen. Jedenfalls würde es an diesem Vormittag in der Klasse die Runde machen, dass er gesagt hatte, er liebe Joan, und obschon er gerade das ja wollte, um sozusagen einen Raum zu öffnen zwischen sich und Joan, war es ein komisches Gefühl, und er stotterte, als Miss Fritz ihn nach vorn an die Tafel rief, wo er etwas erklären sollte.

In der Mittagspause versteckte er sich mit Bedacht im Gemischtwarenladen, bis er sie vorbeikommen sah. Das unansehnliche Mädchen in ihrer Begleitung bog an der nächsten Ecke ab, das wusste er. Er wartete eine Minute, dann trat er hinaus und setzte sich in Trab, um Joan zwischen der Straße, in die das andere Mädchen einbog, und der Straße, wo er abbiegen musste, einzuholen. Es regnete nicht mehr, und sein zusammengerollter Schirm war wie ein Bajonett. «Päng, päng», sagte er, als er dicht hinter ihr war.

Sie drehte sich um und starrte ihn an, und er wusste, dass sie wusste, dass er sie liebte, und er wurde rot und sah zu Boden. «Nanu, Charlie», sagte sie in ihrem trägen Maryland-Tonfall, «was machst du denn auf dieser Straßenseite?» Vor der Elementary School stand der Schutzmann Carl, um den Schülern auf die Seite der Grand Street zu helfen, auf die sie gehörten. Jetzt würde Charlie die breite Straße noch einmal überqueren müssen, ohne Hilfe, am Bend, einer gefährlichen Kreuzung, an der fünf Straßen sich trafen.

«Nichts», sagte er und brachte den einen Satz an, den er sich vorher zurechtgelegt hatte: «Ich find's hübsch, wie deine Haare jetzt sind.»

«Danke», sagte sie und blieb stehen. Sie musste in Baltimore Benimmunterricht gehabt haben. Ihre Augen sahen in die seinen, und sein Blick stieß sich von den Rändern ihrer unteren Lider ab wie von einem Ufer. Doch in dem Raum, den sie einnahm, war eine große Fülle, die ihm Höhe gab, als stünde er an einem Fenster, das auf den Morgen nach dem ersten Schneefall blickt.

«Aber wie sie vorher waren, fand ich sie auch nicht schlecht.»

«Ja?»

Eine merkwürdige Antwort. Und noch etwas war merkwürdig: die bräunliche Tönung unter ihrer Haut; ihm war früher schon aufgefallen, wenn auch nicht aus dieser Nähe, dass, wenn sie errötete, es eigentlich ein sanftes mattes Braun war, das ihr in die Wangen stieg. Außerdem roch irgendetwas an ihr nach Parfum.

Er fragte sie: «Wie gefällt dir Olinger?»

«Oh, ich finde es nett.»

«Nett? Hm, ja, kann sein. Nett. Ich kann's nicht beurteilen, weil ich nie woanders gewesen bin.»

Zum Glück nahm sie das als Scherz und lachte. Bevor er es riskierte, etwas Unwitziges zu sagen, stellte er sich lieber den Regenschirm mit der Spitze auf einen Finger und versuchte, ihn zu balancieren, und als das klappte, ging er rückwärts und wechselte den Schirm von einer Hand auf die andere, immer hin und her, und die Krücke krümmte sich schwarz gegen den fleckigen Himmel. An der Ecke, wo sie sich trennen mussten, trieb er's zu stark: Er spielte einen feinen Herrn, der sich lässig auf seinen Spazierstock stützt, und verbog den Griff hoffnungslos. Ihr Staunen wog den Krach, den seine Mutter voraussichtlich machen würde, doppelt und dreifach auf.

Er nahm sich vor, Joan öfter zu begleiten, weiter mitzugehen, wenn die Schule aus war. Die ganze Zeit während der Mittagspause machte er Pläne. Er würde zusammen mit dem Vater sein Fahrrad neu lackieren. Wenn der nächste Friseurbesuch fällig war, würde er sich die Haare auf der anderen Seite scheiteln lassen, um die Tolle über der Stirn loszuwerden. Er würde sich überhaupt total ändern; jeder sollte sich wundern, was mit ihm geschehen war. Er würde schwimmen lernen und mit ihr zum Stausee gehen.

Am Nachmittag büßte der Traum einiges von seiner Kraft ein. Weil Charlie die Augen nun nicht mehr von ihr ließ, sah er, und ihm wurde ein bisschen übel dabei, dass sie, als sie alle von Miss Brobst zu Miss Fritz hinübergingen, nicht allein war, sondern sich mit anderen unterhielt. Während des Unterrichts flüsterte sie auch. Und weniger mit Erstaunen als mit Scham – mit so großer Scham, dass er sich nicht vorstellen konnte, jemals wieder einem Menschen ins Gesicht zu sehen, nicht einmal seinen Eltern – sah er sie durch die dunkle Scheibe des Gemischtwarenladens, von der Clique umringt, vorübergehen; sie und Stuart Morrison bleckten die Zähne und kreischten vor Lachen, Stuart machte ihr irgendwas vor, und der arme schwachköpfige John Eberly zottelte als dickes Ende hinterdrein. Charlie sah ihnen nach, bis sie hinter einer hohen Hecke verschwanden. Erleichterung war vorläufig nur ein winziger Bruchteil seiner aus den Angeln gehobenen Welt. Ihm dämmerte, dass das, was er für Grausamkeit gehalten, Liebe gewesen war, dass, weit davon entfernt, sie zu hassen, jeder sie geliebt hatte, von Anfang an, und dass selbst der Dümmste das Wochen früher gewusst hatte als er. Dass sie die Königin der Klasse war und es sie ebenso gut gar nicht zu geben brauchte, denn ihn ging das alles nichts mehr an.

## Taubenfedern

Als sie nach Firetown zogen, wurde alles umgekrempelt, verrückt, neu geordnet. Das rote Sofa mit der Rückenlehne aus Rohrgeflecht, das im Wohnzimmer in Olinger das Hauptmöbel gewesen war, wurde hier in die Scheune verbannt und mit einer Zeltplane zugedeckt, es war zu groß für die enge ländliche Stube. Nie wieder würde David den ganzen Nachmittag der Länge nach darauf liegen und Rosinen essen und Kriminalromane oder Science-Fiction-Storys oder P. G. Wodehouse lesen. Der blaue Ohrensessel, der jahrelang im unheimlichen, unberührten Gästezimmer gestanden und durch die gepunkteten Musselingardinen auf die Telegraphendrähte, die Rosskastanien und die Häuser gegenüber geschaut hatte, fand hier gewichtigen Platz vor dem verrußten kleinen Kamin, der in jenen ersten kalten Apriltagen die einzige Wärmequelle war. David hatte als kleiner Junge vor dem Gästezimmer Angst gehabt – er hatte dort mit Masern im Bett gelegen, und da hatte er einen schwarzen Stab gesehen, so lang wie ein Yardstock, der, leicht schräg geneigt, am Fußende entlangruckelte und verschwand, als David schrie –, und es war beunruhigend, dass ein Bestandteil dieser Spukatmosphäre es sich jetzt, inmitten der Familie, am Feuer wohl sein ließ und rußdunkel wurde vom Gebrauch. Die Bücher, die zu Hause im Regal neben dem Klavier Staub angesetzt hatten, waren hier hastig und ohne jede Ordnung in den Borden verstaut worden, die die Tischler unter den breiten Fensterbänken an der einen Wand angebracht hatten. David, mit seinen dreizehn Jahren, war nicht bloß umgezogen, er war verpflanzt worden; wie die Möbel musste er sich an dem neuen Platz zurechtfinden und wieder Wurzeln schlagen, und am Samstag der zweiten Woche versuchte er, diesem Gefühl, ausgerupft worden zu sein, dadurch beizukommen, dass er die Bücher ordnete.

Es war eine Sammlung, die ihn bedrückte, größtenteils Bücher, die seine Mutter zusammengetragen hatte, als sie jung war: College-Anthologien von griechischen Dramen und romantischer Lyrik, Will Durants *Geschichte der Philosophie*, eine in weiches Leder gebundene Shakespeare-Ausgabe mit eingenähten Lesebändchen, *Rima* von W. H. Hudson, in einem Schuber und illustriert mit Holzschnitten, *Ich, der Tiger* von Manuel Komroff, Romane von Autoren wie Galsworthy und Ellen Glasgow und Irvin S. Cobb und Sinclair Lewis und «Elizabeth». Der Geruch nach verwelkten Lesefreuden machte ihm die ominöse Kluft zwischen ihm und seinen Eltern spürbar, den beleidigenden Abgrund an Zeit, den es gab, bevor er geboren wurde. Auf einmal reizte es ihn, in diese Zeit zu tauchen. Aus den Bücherstapeln, die er rings um sich auf die abgetretenen alten Dielenbretter getürmt hatte, griff er sich den zweiten Band einer vierbändigen Ausgabe von *Die Geschichte unserer Welt* von H. G. Wells. David hatte *Die Zeitmaschine* gelesen, so hatte er schon einen kleinen Begriff von dem Autor. Der rote Einband des Buchs war auf dem Rücken zu einem Orangerosa verblasst. Als er den Deckel aufschlug, wehte ihn ein süßlicher, muffiger Geruch an, und auf das Vorsatzblatt war mit unvertrauter Hand der Mädchenname seiner Mutter geschrieben – eine steile, kühne und doch gewissenhafte Signatur, die von fern an die rasche, gequetschte, nach hinten kippende Schrift erinnerte, welche mit wundervoll beständigem Fluss ihre Einkaufslisten und Haushaltsabrechnungen und Weihnachtskarten an College-Freundinnen bedeckte, die aus derselben dunkel drohenden Vergangenheit stammten.

Er blätterte in dem Buch, verweilte bei den in altmodischer Punktiermanier ausgeführten Zeichnungen von Flachreliefs,

Masken, Römern ohne Pupillen, Zubehören altertümlicher Trachten, Tonscherben, gefunden in ausgegrabenen Wohnstätten. Er wusste, in einer Zeitschrift, eingebettet zwischen Anzeigen und Witzen, wäre das alles interessant, aber so, in dieser unverdünnten Form, war Geschichte irgendwie nicht genießbar. Der Druck war entschieden leserlich und peinlich akkurat, wie in einem Schulbuch. Während er sich so über die Seiten mit den vergilbten Rändern beugte, erschienen sie ihm wie Rechtecke aus staubigem Glas, durch die er hinabsah in unwirkliche, belanglose Welten. Er konnte sehen, wie Dinge sich träge bewegten, und ein unangenehmer Kloß schob sich ihm in die Kehle. Seine Mutter und seine Großmutter kramten in der Küche; der junge Hund, den sie gerade angeschafft hatten, zum Schutz auf dem Land, hockte, dann und wann panisch mit den Pfoten scharrend, unter dem Esszimmertisch, der im alten Haus besonderen Anlässen vorbehalten war, hier aber zu jeder Mahlzeit benutzt wurde.

Dann zog es David, bevor er noch die Augen abwenden konnte, in Wells' Darstellung von Jesus hinein. Jesus war ein obskurer politischer Agitator gewesen, so etwas wie ein Hobo, in einer untergeordneten Kolonie des Römischen Reichs. Aufgrund eines heute unmöglich zu rekonstruierenden Zufalls überlebte er (das kleine *e* entsetzte David) seine Kreuzigung und starb mutmaßlich ein paar Wochen später. Auf diese wunderliche Begebenheit wurde eine Religion gegründet. Die glaubensfreudige Phantasie der Zeit damals schrieb ihm nachträglich Wundertätigkeit und übernatürliche Prätentionen zu; ein Mythos entstand, dann eine Kirche, deren Theologie in den meisten Punkten in krassem Widerspruch zu den schlichten, ziemlich kommunistischen Lehren des Galiläers stand.

Es war, als ob ein Stein, der über Monate und sogar Jahre im

Netzgeflecht von Davids Nerven gehangen hatte und immer schwerer geworden war, das Gewebe jetzt reißen lasse und durch diese Buchseite und die hundert anderen Papierschichten breche, die darunter lagen. Diese phantastischen Unwahrheiten – alles eindeutig gelogen: Kirchen standen überall, die gesamte Nation war «im Namen Gottes» gegründet – erschreckten ihn nicht so sehr wie die Tatsache, dass sie sich in einem wirklich vorhandenen menschlichen Gehirn hatten aufhalten dürfen. Das war's, was ihn mit solcher Wucht traf – dass an einem bestimmten Ort in Zeit und Raum die Existenz eines derart schwarzen Gehirns, das Christi Göttlichkeit leugnete, geduldet worden war. Das Universum hatte diesen Teerklumpen nicht ausgespien, sondern ihm erlaubt, weiterzumachen mit seiner Blasphemie, alt zu werden, es zu Ruhm zu bringen, einen Hut zu tragen, Bücher zu schreiben, die, wenn sie stimmten, alles zu einem Chaos des Grauens zusammenstürzen ließen. Die Welt draußen vor den Fenstern mit den breiten Simsen – ein zerfurchter Rasen, eine weiß getünchte Scheune, ein Walnussbaum, von jungem Grün überschäumt – kam ihm wie ein schützender Hafen vor, der ihm für immer versperrt war. Es war, als würden ihm heiße Waschlappen gegen die Wangen gepresst.

Er las das Kapitel noch einmal. Er versuchte bei all seiner Unwissenheit, Argumente auf die Beine zu stellen, die den selbstgefälligen Vormarsch dieser schwarzen Wörter zurückschlagen sollten, fand aber keines. Die Zeitungen berichteten täglich von mit dem Leben Davongekommenen und Missverständnissen, Meldungen, die weit mehr an den Haaren herbeigezogen waren. Aber nichts von alledem führte dazu, dass in jeder Stadt Kirchen gebaut wurden. Er versuchte, sich durch die Kirchen zurückzudenken, von den prächtigen hohen Fassaden durch die schäbigen, dürftig besuchten Innenräume zurück zu den Ereignissen in Jerusalem, und fühlte sich umgeben von sich wandelnden grauen Schatten, Geschichtsjahrhunderten, von denen er nichts wusste. Der Faden zerging ihm in den Händen. War Christus je zu ihm, David Kern, gekommen und hatte gesagt: «Hier. Lege deine Hand in die Wunde in Meiner Seite»? Nein; aber Gebete hatten Antwort gefunden. Was für Gebete? Er hatte gebetet, dass Rudy Mohn, dem er absichtlich ein Bein gestellt hatte, sodass er mit dem Kopf gegen die Heizung schlug, nicht sterbe, und er war nicht gestorben. Trotz des vielen Blutes war es bloß eine kleine Platzwunde gewesen; Rudy war noch am selben Tag wiedergekommen, mit einem Verband um den Kopf, und hatte David weitergehänselt, genauso boshaft wie vorher. Er *hätte* überhaupt nicht sterben können. Ein andermal hatte David gebetet, dass zwei War-Effort-Plakate, die er getrennt abgeschickt hatte, am nächsten Tag ankommen sollten. Das taten sie zwar nicht, aber sie kamen ein paar Tage später an, klackten beide zusammen durch den scheppernden Briefschlitz wie ein Verweis aus Gottes Mund: *Ich erhöre deine Gebete auf Meine Weise, zu Meiner Zeit*. Daraufhin hatte er sich in seinen Gebeten nicht mehr so eindeutig festgelegt, hatte darauf geachtet, dass man ihm nicht mehr so leicht einen Strick draus drehen konnte. Aber was für eine winzige lächerliche Koinzidenz war das, die er da ins Feld führte gegen H. G. Wells' Sturmböcke des Wissens! Im Gegenteil, er bewies damit nur, dass der Feind Recht hatte: Die Hoffnung gründet gewaltige Bauten auf törichte Zufälle und liest ein Wort, wo in Wirklichkeit nur ein Gekritzel steht.

Sein Vater kam nach Hause. Obwohl der Samstag ein freier Tag für ihn war, hatte er gearbeitet. Er war Lehrer an der Schule in Olinger und verbrachte seine freien Tage damit, wie von Panik gehetzt, unnütze Dinge zu verrichten. Er war von Geburt ein Stadtmensch, die Farm machte ihm Angst, und er ergriff jede Gelegenheit zu entwischen. Davids Mutter war hier geboren; es war ihre Idee gewesen, die Farm zurückzukaufen. Mit einer Zielstrebigkeit, die in ihrem Leben beispiellos war, hatte sie erreicht, was sie wollte, und sie alle hierher verpflanzt – ihren Sohn, ihren Mann, ihre Mutter. Granmom hatte in ihren jungen Jahren, zusammen mit ihrem Mann, diese Felder bewirtschaftet, aber jetzt pusselte sie nur noch mit zitternden Händen in der Küche herum, sie hatte die Parkinson'sche Krankheit. Sie war immer im Weg. Merkwürdig, hier draußen auf dem Land, umgeben von zweiunddreißigtausend Hektar, waren sie eng zusammengepfercht. Sein Vater machte seinem Unbehagen Luft, indem er mit Mutter endlose Debatten über biologisch-dynamische Landwirtschaft führte. Während der Dämmerung, während des Abendessens, sie redeten und redeten.

«Elsie, ich *weiß* es, ich weiß es von meiner Studienzeit her, dass der Erdboden aus nichts als Chemikalien besteht. Es ist verdammt nochmal das Einzige, was mir von vier Jahren College geblieben ist, also sag mir nicht, dass es nicht stimmt.»

«George, wenn du nur mal den Fuß auf einen Acker setzen würdest, dann wüsstest du, dass es nicht stimmt. Das Land hat eine *Seele*.»

«Ackerboden – hat – keine – Seele», sagte er und gab jedem Wort steife Betonung, als spreche er zu einer besonders beschränkten Klasse. Zu David sagte er: «Du kannst mit einer Frau einfach nicht vernünftig reden. Und deine Mutter ist eine hundertprozentige Frau. Darum habe ich sie ja geheiratet, und nun muss ich dafür büßen.»

«*Dieser* Boden hat keine Seele», sagte sie, «weil er mit Superphosphat umgebracht worden ist. Boyers Pächter haben ihn zu Tode verätzt.» Boyer war der reiche Mann, von dem sie die Farm gekauft hatten. «Früher hatte er eine Seele, Mutter, oder? Als du mit Pop die Farm bewirtschaftet hast.»

«Ach ja, ich glaube schon.» Granmom versuchte gerade, sich mit der weniger schwer betroffenen Hand eine Gabel voll Essen zum Mund zu führen. Vor Anstrengung hob sie die andere Hand vom Schoß. Die verkrüppelten Finger, stumpfrot im orangefarbenen Licht der Petroleumlampe, die in der Mitte des Tisches stand, waren von der Krankheit zu einem knotigen Haken verschweißt.

«Nur mensch-liche We-sen haben eine Seele», fuhr der Vater mit derselben hackenden leblosen Stimme fort. «Weil die Bibel uns das sagt.» Als er mit dem Essen fertig war, schlug er die Beine übereinander und bohrte mit einem Streichholz in seinem Ohr. Um an das Ding in seinem Kopf heranzukommen, drückte er das Kinn auf die Brust, und seine Stimme war für David nur noch gequetscht vernehmbar. «Als Gott deine Mutter schuf, hat Er eine wahre Frau geschaffen.»

«George, liest du denn keine Zeitungen? Ist dir nicht klar, dass wir bei all den chemischen Düngemitteln und Pestiziden in zehn Jahre allesamt tot sein werden? Alle Männer im Land, die über fünfundvierzig sind, sterben an Herzinfarkt.»

Er seufzte müde. Die gelbe Haut seiner Lider kräuselte sich, als er sich mit dem Streichholz wehtat. «Es besteht kein Zusammenhang», stellte er fest, jedes Wort deutlich, mit gequälter Langmut aussprechend, «zwischen dem Herzen und chemischen Düngemitteln. Die Herzinfarkte kommen vom Alkohol. Alkohol und Milch. Es ist zu viel Cholesterin im Gewebe des amerikanischen Herzens. Erzähl mir nichts von Chemie, Elsie. Der verdammte Kram war vier Jahre mein Hauptfach.»

«Ja, und mein Hauptfach war Philosophie, und ich bin um

keinen Deut klüger deswegen. Mutter, tu deine Wackelhand weg!» Die alte Frau fuhr zusammen, und der Bissen fiel ihr von der Gabel. Aus irgendeinem Grund geriet ihre Tochter beim Anblick der kranken Hand am Tisch in unbarmherzigen Zorn. Granmoms Augen weiteten sich hinter der schiefen Brille. Zwei fadendünne silberne Kreise, so klebte das Gestell in den roten Kerben, das es im Gang der Jahre in die kleine weiße Schnabelnase gezwickt hatte. Im orangefarbenen Geflacker der Petroleumlampe wirkten ihre Verstörtheit, ihr Elend unmenschlich. Davids Mutter begann lautlos zu weinen. Sein Vater sah aus, als habe er überhaupt keine Augen, nur bittergelbe Höhlen aus runzliger Haut. Essensdampf durchwölkte die Szene, die trostlos war, aber vertraut, und David ablenkte von dem unbestimmten Schrecken, der in ihm rumorte, klebrig und entzündet, wie eine zu große Wunde, die nicht heilen will.

Er musste auf die Toilette. Er nahm die Taschenlampe mit durchs nasse Gras zum Häuschen im Hof. Dies eine Mal kam ihm seine Angst vor Spinnen nichtig vor. Er stellte die Taschenlampe, brennend, neben sich, und ein Insekt ließ sich auf dem Abdeckglas nieder, ein winziges Insekt, eine Mücke oder eine Florfliege, etwas, das so durchsichtig war, dass das schwache Licht sein Röntgenbild auf die Wandbretter warf: die zarten Ränder der Flügel, die verwischten strichdünnen langen geknickten Beine, den dunklen Zapfen im Herzen seiner Anatomie. Das leise Zittern musste sein Herzschlag sein.

Ohne Vorwarnung wurde David von einer deutlichen Todesvision überfallen: langes Loch in der Erde, nicht breiter als dein Körper, in das du hinabgezogen wirst, während die weißen Gesichter oben immer weiter zurückweichen. Du willst dich ihnen entgegenrecken, aber die Arme sind dir gefesselt. Schaufeln werfen dir Sand ins Gesicht. Da bleibst du dann auf ewig, in aufrechter Position, blind und stumm, und nach einer Weile erinnert sich niemand mehr an dich, und kein Engel wird dich jemals rufen. Wie Gesteinsschichten sich verändern und verschieben, ziehen deine Finger sich in die Länge, und deine Zähne vergrößern und vervielfachen sich seitwärts zu einer riesigen, untergründigen Grimasse, die nicht zu unterscheiden ist von einem Kalkstreifen. Und die Erde taumelt weiter, und die Sonne erlischt, und reglose Dunkelheit herrscht, wo einstmals Sterne waren.

Schweiß brach ihm am Rücken aus. Es war, als pralle sein Geist von einer undurchdringlichen Wand ab. So ausgelöscht zu werden, das war keine neue Bedrohung, keine ernstere Art von Gefahr, keine Form des Schmerzes; es war von Grund auf etwas anderes. Es war nicht einmal eine Vorstellung, die er sich aus freiem Antrieb machen konnte; es drang von außen in ihn ein. Seine protestierenden Nerven wimmelten an der Oberfläche wie Flechten auf einem Meteor. Die Haut auf seiner Brust war nass von der Anstrengung des Sichweigerns. Die Angst saß geballt und tief in seinem Innern, und zugleich war sie dicht und rings um ihn; eine Lehmflut war zu den Sternen hinaufgespült; der Raum war zu einem Klumpen zusammengepresst. Als er aufstand und automatisch den Kopf einzog, um nicht an die Spinnweben zu kommen, war ihm dumpf so zumut, als sei er zwischen zwei ungeheuren starren Blöcken eingezwängt. Dass er diese kleine Bewegungsfreiheit noch hatte, verwunderte ihn. Als er sich dann in der engen Geborgenheit dieser ekligen Bretterbude die Hosen zuknöpfte, fühlte er sich – und das war ein erster Trostfunke – zu klein, um zermalmt zu werden.

Im Freien aber, als der Lichtstrahl der Taschenlampe mit verängstigter Hast über die Wand der Scheune zuckte, über die Weinlaube und die riesige Kiefer, die am Weg zum Wald stand, brach das Entsetzen von neuem über ihn herein. Er rannte durch das klettige Gras, und was ihn verfolgte, war keines der wilden Tiere, die möglicherweise im Wald hausten, keiner der Kobolde, die seine abergläubische Großmutter ihm in Kindertagen eingeredet hatte, sondern Phantome aus Science-Fiction-Romanen, wo gigantische Aschenmonde die Hälfte des türkisblauen Himmels einnehmen. Während David rannte, rollte ein grauer Planet hinter ihm her und war nur wenige Zoll von seinem Nacken entfernt. Wenn er sich umdrehte, würde er zerschmettert werden. Und im Wirbel seines Entsetzens schwenkten grässliche Möglichkeiten aus dem luftleeren Raum der Phantasie – die Ausdehnung der Sonne, der Triumph der Insekten, die Krabben am Strand in der *Zeitmaschine* – und fügten ihr Gewicht zur Vernichtung, die über ihn verhängt war.

Er riss die Tür auf; die Lampen im Haus flackerten. Die brennenden Dochte hier und da schienen einander widerzuspiegeln. Seine Mutter wusch das Geschirr in einer kleinen Kumme voll erwärmten Pumpenwassers; Granmom flatterte nah an ihrem Ellbogen. Vor dem schwarzen Kamin im Wohnzimmer – das Erdgeschoss des kleinen quadratischen Hauses bestand aus zwei langen Räumen – saß sein Vater und faltete und entfaltete rastlos eine Zeitung, indes er seinen Standpunkt in dem Streit verfocht. «Stickstoff, Phosphor, Pottasche, das sind die drei ersetzbaren Komponenten des Bodens. In einer einzigen Maisernte stecken viele hundert Pfund» – er ließ die Zeitung auf seinen Schoß fallen und hakte es an drei Fingern ab – «Stickstoff, Phosphor, Pottasche.»

«Boyer hat keinen Mais angebaut.»

«In *jeder* Ernte, Elsie. Der Mensch –»

«Du bringst die *Regenwürmer* um, George!»

«Der Mensch hat nach Tausenden und Abertausenden von

Jahren Mittel und Wege gefunden, wie er den chemischen Haushalt des Bodens im Gleichgewicht halten kann. Versetz mich nicht ins Mittelalter zurück.»

«Als wir nach Olinger zogen, war die Erde im Garten wie Schiefer. Einen einzigen Sommer lang Hühnermist von meinem Cousin, und die Regenwürmer waren wieder da.»

«Das Mittelalter war bestimmt eine gute Zeit für die armen Teufel, die damals gelebt haben, aber ich will da nicht hin. Mir graut's davor.» Daddy starrte in die kalte Höhle des Kamins und hielt sich an der zusammengerollten Zeitung in seinem Schoß fest, als bewahre sie allein ihn davor, rückwärts zu rutschen, tiefer, immer tiefer.

Mutter trat in die Tür und fuchtelte mit einer Faust voll nasser Gabeln. «Und dank deinem DDT wird es im ganzen Land bald keine Biene mehr geben. Als ich ein Mädchen war, konnte man hier einen Pfirsich essen, ohne ihn zu waschen.»

«Es ist primitiv, Elsie. Finsterstes Mittelalter.»

«Ach, was weißt *du* denn schon vom Mittelalter!»

«Ich weiß, dass ich nicht dahin zurückmöchte.»

David nahm den dicken ungekürzten Webster seines Großvaters vom Bücherbord, auf das er ihn am Nachmittag gelegt hatte. Er blätterte die großen, dünnen, stoffschlappen Seiten um, bis er den Eintrag fand, den er suchte, und er las:

**Seele** ... 1) Eine Entität, zu verstehen als Inbegriff, Substanz, belebendes Prinzip oder auslösende Ursache des Lebens im Allgemeinen oder des individuellen Lebens, insbesondere des Lebens, das sich in psychischen Aktivitäten manifestiert; Trägerin des individuellen Seins, ihrer Natur nach vom Leib gesondert und allgemein als selbständig existierend betrachtet.

Die Definition ging weiter, brachte griechische und ägyptische

Auffassungen vor, aber an der tückischen Klippe der Antike machte David Halt. Er brauchte nicht weiterzulesen. Die sorgfältigen, übereinander greifenden Worte waren die Schindeln seines einstweiligen Schutzdaches. «Allgemein als selbständig existierend betrachtet» – was konnte unparteiischer, besonnener, verlässlicher sein?

Sein Vater sagte gerade: «Der Farmer von heute kann nicht hinter seinen Kühen hergehen und den Mist aufsammeln. Der arme Teufel hat Hunderte von Hektar am Hals. Der Farmer von heute bedient sich wissenschaftlich ausgetüftelter Gemische wie Fünfzuzehnzufünf oder Sechszuzwölfzusechs oder *Dreizuzwölfzusechs* und bringt sie mit diesen wunderbaren modernen Landmaschinen aus, die für uns natürlich zu teuer sind. Der Farmer von heute kann sich mittelalterliche Methoden einfach nicht *leisten.*»

Mutter in der Küche blieb still; ihr Schweigen strahlte Zorneswellen aus.

«Nun komm, Elsie, spiel nicht das schmollende Frauchen. Lass uns in aller Ruhe diskutieren wie zwei vernünftige Leute aus dem zwanzigsten Jahrhundert. Deine Bio-Spinner greifen nicht das Fünfzuzehnzufünf an, sondern die Kunstdüngergauner. Die Mammutfirmen.»

Eine Tasse klirrte in der Küche. Mutters Zorn traf David ins Gesicht; seine Wangen brannten schuldbewusst. Allein dadurch, dass er sich im Wohnzimmer aufhielt, stand er aufseiten seines Vaters. Mit roten Händen und mit Tränen in den Augen erschien sie in der Tür und sagte zu ihnen beiden: «Ich wusste, dass du nicht hierher wolltest, aber ich habe nicht gewusst, dass du mich so quälen würdest. Du hast Pop mit deinen Reden ins Grab gebracht, und jetzt willst du mich umbringen. Mach nur weiter, George, ich wünsch dir viel Erfolg. Wenigstens werde ich in guter Erde begraben.» Sie wollte sich umdrehen, stieß gegen ein Hindernis und schrie: «Mutter, kleb mir nicht dauernd an den Fersen! Warum gehst du nicht endlich zu *Bett*!»

«Wir sollten alle zu Bett gehen», sagte Davids Vater; er erhob sich aus dem blauen Ohrensessel und klatschte sich mit der Zeitung auf den Schenkel. «Das erinnert mich an den Tod.» David hatte diesen Satz so oft von ihm gehört, dass er nie darüber nachgedacht hatte, was er bedeutete.

Oben schien es ihm, als sei er über seine Ängste hinausgehoben. Die Laken im Bett waren sauber. Granmom hatte sie mit zwei Eisen gebügelt, die sie vom Dachboden in Olinger mitgenommen hatte; wenn sie heiß genug waren, zog sie sie abwechselnd mittels eines Holzgriffs, den man Gans nannte, vom Herd. Es war erstaunlich anzusehen, wie sie damit fertig wurde. Im Zimmer nebenan brummelten friedlich seine Eltern; sie schienen ihre Streitereien weniger ernst zu nehmen als er. Sie machten tröstliche, scharrende Geräusche und gingen dabei mit einer kleinen Lampe hin und her. Die Tür stand einen Spaltbreit offen, so konnte er den Lichtschein wandern und wabern sehen. Bestimmt würde es in den letzten fünf Minuten, in der letzten Sekunde einen Lichtspalt geben, der die Tür zwischen dem dunklen Zimmer und dem anderen, dem hell erleuchteten, erkennen ließ. Bei der Vorstellung erschrak er heftig. Seine Sterbestunde, ein bestimmtes Bett in einem bestimmten Zimmer, bestimmte Wände mit einer besonderen Tapete, das trockene Pfeifen seines Atems, die flüsternden Ärzte, die pflichtbewussten Verwandten, die ein und aus gingen, für ihn aber kein Weg mehr hinaus, nur hinunter, in dieses tiefe Loch. *Nie mehr gehen, nie mehr einen Türknauf anfassen.* Ein Flüstern, und bei seinen Eltern wurde das Licht ausgeblasen. David betete, um Beruhigung zu finden. Er hatte Angst vor dem Experiment, hob aber doch im

Dunkeln die Hände hoch über sein Gesicht und bat Christus, Er möge sie berühren. Nicht fest oder lange, das leiseste, flüchtigste Drüberhinstreifen würde fürs ganze Leben genügen. Seine Hände verharrten in der Luft, die selbst eine Substanz war und ihm durch die Finger rieselte; oder war es der Schlag seines Pulses? Er steckte die Hände wieder unter die Decke, nicht sicher, ob sie berührt worden waren oder nicht. Denn würde Christi Berührung *nicht* unendlich sanft sein?

In allen Strudeln, die von der Offenbarung seines Endes aufgerührt worden waren, hielt David an diesem Gedanken fest: dass er da draußen im Abtritt auf etwas Festes gestoßen war, das sich der Art nach von allem andern unterschied, ein Grund-Entsetzen, das massiv genug war, jegliche Konstruktion zu tragen, wie hoch sie auch sein mochte. Alles, was er brauchte, war ein wenig Hilfe; ein Wort, eine Geste, ein bestätigendes Nicken, und er wäre umschlossen, sicher. Die Garantie des Lexikons war über Nacht geschmolzen. Heute war Sonntag, ein heißer, wolkenloser Tag. Eine Meile weit durch die helle Luft riefen die Kirchenglocken: *Feiert, feiert.* Nur Daddy folgte ihrem Ruf. Er zog sich einen Rock über die aufgekrempelten Hemdsärmel, stieg in den kleinen alten schwarzen Plymouth, der neben der Scheune stand, und fuhr davon, mit dem gleichen schmerzvoll gehetzten Ingrimm, mit dem er alles tat. Die Räder drehten durch, weil er zu hastig in den zweiten Gang schaltete, und wirbelten auf der ungepflasterten Straße rote Staubfedern auf. Mutter ging zum Feld ganz hinten, um nachzusehen, ob Büsche gestutzt werden mussten. David ging mit ihr, obschon er im Allgemeinen lieber zu Hause blieb. Der junge Hund folgte ihnen in einigem Abstand, suchte sich winselnd einen Weg durch die Stoppeln, wich aber furchtsam aus, wenn einer von ihnen beiden ihn auf den Arm nehmen und tragen wollte. Als sie auf der Kuppe des Feldes ankamen, fragte seine Mutter: «David, was ist los mit dir?»

«Nichts. Wieso?»

Sie sah ihn mit scharfem Blick an. Der grünende Wald schraffierte den Raum hinter ihrem halb ergrauten Haar. Dann wandte sie ihm ihr Profil zu und zeigte zum Haus, das sie eine halbe Meile weit zurückgelassen hatten. «Siehst du, wie es sich in die Landschaft einfügt? Heutzutage verstehn sie's nicht mehr, beim Bauen das Land einzubeziehen. Pop hat immer gesagt, die Grundmauern seien nach dem Kompass ausgerichtet. Wir müssen uns mal einen Kompass besorgen und es nachprüfen. Es soll genau nach Süden gehen, aber mir scheint, Süden ist ein klein wenig mehr in *der* Richtung.» So von der Seite, während sie all dies sagte, sah sie hübsch und jung aus. Der weiche Schwung ihres Haars über dem Ohr hatte eine Ruhe, die sie ihm ganz fremd erscheinen ließ. Er hatte seine Eltern nie als Linderer seiner Nöte betrachtet; von Anbeginn war es ihm so vorgekommen, als seien sie mehr in Not als er. Ihre Schwäche hatte die schmeichelhafte Illusion in ihm genährt, dass er stark sei; so wachte er auf diesem hohen hellen Hügelrücken nun eifersüchtig über die Bedrohung ringsum, die wie eine unsichtbare Brise wehte – die Möglichkeit, dass diese ganze weite Szenerie in immer währendes Dunkel fallen könnte. Der merkwürdige Umstand, dass sie zwar gekommen war, um nach dem Buschwerk zu sehen, aber keine Heckenschere mitgenommen hatte – sie hegte ein unumstößliches Vorurteil dagegen, sonntags zu arbeiten –, war der einzige Trost, den zu spenden er ihr gestattete.

Dann gingen sie zurück, mit dem jaulenden Welpen im Schlepp, und die Staubwolke hinter einer fernen Baumreihe kündigte ihnen an, dass Daddy von der Kirche heimgerast kam. Als sie beim Haus anlangten, war er schon da. Er hatte die Sonntagszeitung mitgebracht und die ungestüme Feststellung: «Dobson ist zu intelligent für diese Farmer. Die sitzen mit offenem Mund da und begreifen kein Wort von dem, was der arme Teufel sagt.»

«Wie kommst du darauf, dass Farmer unintelligent sind? Dies Land ist gemacht worden von Farmern. George Washington war Farmer.»

«Sie sind's, Elsie. Sie sind unintelligent. George Washington ist tot. Heutzutage bleiben bloß die Unglückswürmer auf der Farm. Die Lahmen, die Hinkefüße, die Blinden. Die Schwachköpfe mit nur einem Arm. Menschlicher Abfall. Sie erinnern mich an den Tod, wie sie dasitzen mit offenem Mund.»

«Mein *Vater* war Farmer.»

«Er war ein frustrierter Mensch, Elsie. Er wusste nie, wie ihm geschah. Der arme Teufel meinte es so gut, und er wusste nie, worauf es ankam. Deine Mutter wird das bestätigen. Hab ich nicht Recht, Mom? Pop wusste nie, wie ihm geschah?»

«Ach, ich glaube nicht», sagte die alte Frau mit zitternder Stimme, und die Doppeldeutigkeit der Antwort brachte für den Augenblick beide Seiten zum Schweigen.

David verkroch sich bis halb zwei hinter den Comic-Seiten und dem Sportteil. Um zwei versammelte sich die Katechismusklasse in der Kirche von Firetown. Er hatte von der Katechismusklasse der lutherischen Kirche in Olinger in diese hier überwechseln müssen, ein entwürdigender Abstieg. In Olinger traf man sich mittwochabends, man zog sich chic an, und es herrschte eine Stimmung wie bei einem geselligen Beisammensein. Und hinterher, versehen mit dem Segen des ziegelgesichtigen Geistlichen, aus dessen Mund das Wort «Christus» mit einer kämpferischen Kernigkeit kam, gingen die Unternehmungslustigeren von ihnen, mit der Bibel unterm Arm, in eine Luncheonette und ratschten und rauchten. Hier in Firetown waren die Mädchen schwerfällige weiße Kühe und die Jungen enggesichtige braune Ziegenböcke in Altmänneranzügen, die sonntagnachmittags ins schäbige Kirchensouterrain getrieben wurden, wo es immer nach muffigem Heu roch. Weil sein Vater mit dem Auto nach Olinger gefahren war, zu einer seiner endlosen Besorgungen, ging David zu Fuß, dankbar für die frische Luft, die einsame Landstraße, die Stille. Der Katechismusunterricht war ihm peinlich, aber heute setzte er seine Hoffnung darein; vielleicht wurde ihm da das Nicken, die Geste zuteil, mehr brauchte er nicht.

Reverend Dobson war ein zarter junger Mann mit großen dunklen Augen und kleinen weißen, schön geformten Händen, die wie protestierende Tauben flatterten, wenn er predigte; er wirkte ein wenig fehl am Platz als lutherischer Geistlicher. Dies war seine erste Berufung. Es war eine Zwillingsgemeinde; er amtierte noch an einer anderen ländlichen Kirche, zwölf Meilen entfernt. Sein schillernd grüner Ford, vor sechs Monaten ganz neu, war bis zu den Fenstern mit rotem Matsch bespritzt und klapperte in allen Fugen vom Gerüttel über holprige Nebenstraßen, auf denen Dobson, zur schadenfrohen Genugtuung mancher Gemeindemitglieder, sich häufig verirrte. Aber Davids Mutter mochte ihn, und, was für sein Fortkommen noch dienlicher war, die Haiers mochten ihn, eine satte Sippe von Traktor- und Futtermittelhändlern, die die Kirche von Firetown praktisch in der Hand hatte. David mochte ihn auch, und er spürte, dass es auf Gegenseitigkeit beruhte; manchmal, während des Unterrichts, wenn jemand etwas besonders Dummes gesagt hatte, schenkte Dobson ihm einen sanften ungläubigen Blick aus seinen großen schwarzen Augen, einen Blick, der zwar schmeichelhaft war, aber zugleich auf heikle Weise beunruhigend.

Der Katechismusunterricht bestand darin, dass aus einem kleinen Übungsbuch laut die Lösungen von Aufgaben vorgelesen wurden, die jeder für sich während der Woche durchgenommen hatte, Aufgaben wie: «Ich bin der - - - - - -, die - - - - - - und das - - - - - - -, spricht der Herr.» Darauf folgte eine Fragestunde, in der nie irgendwer die kleinste Frage stellte. Das heutige Thema war das letzte Drittel des Apostolischen Glaubensbekenntnisses. Als es dann ans Fragen kam, wurde David rot und fragte: «Was die Auferstehung des Leibes angeht – sind wir bei Bewusstsein in der Zeit zwischen dem Tag, an dem wir sterben, und dem Tag des Jüngsten Gerichts?»

Dobson blinzelte, und sein feiner kleiner Mund kräuselte sich, als wolle er andeuten, dass David einen ohnehin komplizierten Sachverhalt noch komplizierter mache. Die Gesichter der anderen Schüler wurden ausdruckslos, als sei etwas Ungezogenes passiert.

«Nein, ich denke nicht», sagte Reverend Dobson.

«Ja aber, wo ist unsere Seele dann in dieser Zwischenzeit?»

Bei den Schülern wuchs das Gefühl, dass etwas Ungehöriges vor sich ging. Dobsons scheue Augen füllten sich mit Wasser, als strenge es ihn an, höfliche Aufmerksamkeit zu wahren, und eines der Mädchen, das dickste, griente affig zu seiner Zwillingsschwester hin, die nicht ganz so dick war. Die Stühle standen in lockerem Kreis. Die Strömung in diesem Kreis versetzte David in Panik. Wusste denn jeder hier etwas, das er nicht wusste?

«Ich denke, man könnte sagen, dass unsere Seelen schlafen», sagte Dobson.

«Und dann wachen sie auf, und die Erde ist, wie sie immer ist, und alle Leute sind da, die je gelebt haben? Wo ist dann der Himmel?»

Anita Haier kicherte. Dobson sah David aufmerksam an, aber in seinem Blick war etwas Verlegenes, Ratloses, unsicher Verzeihendes, als hätten sie beide ein Geheimnis gehütet, das David nun preisgab. David aber wusste von keinem Geheimnis. Er wollte bloß die Worte hören, die Dobson jeden Sonntagmorgen sagte. Aber er sagte sie nicht. Als ob sie eines Umgangstons nicht würdig wären.

«David, vielleicht könntest du dir den Himmel etwa in der Art vorstellen, wie das Gute, das Abraham Lincoln getan hat, weiterlebt, über seinen Tod hinaus.»

«Aber ist es Lincoln bewusst, dass es weiterlebt?»

Er errötete nicht mehr vor Verlegenheit, sondern vor Ärger; er war guten Glaubens hergekommen und wurde nun zum Narren gehalten.

«Erlebt er das jetzt mit Bewusstsein? Ich müsste wohl nein sagen, aber ich finde, das ist nicht wichtig.» Seine Stimme klang fest, die Stimme eines Feiglings. Er war zum Feind geworden.

«Finden Sie.»

«In den Augen Gottes gewiss nicht.» Der salbungsvolle Ton, die niederschmetternde Dreistigkeit dieser Antwort trieben David Tränen der Empörung in die Augen. Er sah auf sein Buch nieder, dessen Einband mit einem Kreuz aus den Worten Pflicht, Liebe, Gehorsam, Ehre geschmückt war.

«Hast du sonst noch Fragen, David?», fragte Dobson in leiserem Ton.

«Nein.» David legte Festigkeit in seine Stimme, konnte aber nicht aufsehen zu dem Mann.

«Habe ich deine Frage ausführlich genug beantwortet?»

«Ja.»

Der Geistliche schwieg, und die Scham, die *er* hätte empfinden müssen, kam über David, die Bedrückung, die Hitze, ein

Schwindler zu sein, wurden *ihm* auferlegt, ihm, der unschuldig war, und er wusste, es kam einem Schuldbekenntnis gleich, dass er beim Hinausgehen außerstande war, Dobsons Augen zu begegnen, obschon er deren beunruhigten, forschenden Blick an seiner Schläfe spürte.

Anita Haiers Vater nahm ihn im Auto mit, bis dahin, wo die ungepflasterte Straße vom Highway abzweigte. David sagte, er wolle das restliche Stück zu Fuß gehen, und glaubte, Mr. Hayer sei damit einverstanden, weil er seinen dunklen neuen Oldsmobile nicht mit Staub besudeln wollte. Ihm war's recht; alles war ihm recht, solange es einzusehen war. Seine Empörung darüber, verraten worden zu sein, ansehen zu müssen, wie das Christentum verraten wurde, hatte ihn hart gemacht. Die Straße spiegelte seine Härte wider. Rosa Steine bohrten sich durch die gewalzte Oberfläche. Die Aprilsonne brannte mitten aus dem Nachmittagshimmel nieder; sie war schon fast so heiß wie im Sommer. Die Unkrautsäume links und rechts der Straße waren schon schmutzig vom Staub. Aus dem sprießenden Gras und dem Grind der Felder, zwischen denen er hinging, stieg ein eintöniger, mechanischer Insektengesang auf. In der Ferne ging eine winzige Gestalt in der Jacke seines Vaters am Waldrand entlang. Seine Mutter. Er fragte sich, was für eine Freude sie an solchen Spaziergängen fand; für ihn lag in den braunen Weiten mählich steigenden und fallenden Landes nur eine grenzenlose Erschöpfung.

Sie kam früher von ihrem Spaziergang zurück, als er erwartet hatte, erhitzt von frischer Luft und Freude, und überraschte ihn über der Bibel seines Großvaters. Es war ein klobiges schwarzes Buch, und da, wo die Finger des alten Mannes es immer gehalten hatten, waren die Einbanddeckel abgegriffen; der

Rücken hing nur noch an einem dünnen Stofffaden. David hatte die Stelle gesucht, wo Jesus zu dem guten Schächer am Kreuz sagt: «Heute noch wirst du mit Mir im Paradiese sein.» Er hatte noch nie allein in der Bibel gelesen. Es war peinlich, dabei ertappt zu werden, denn er verabscheute das äußerliche Drum und Dran bei der Religiosität. Dumpfige Kirchen, knarzende Choräle, hässliche Sonntagsschullehrerinnen und ihre blöden Blättchen – er hasste das alles, nur auf das Versprechen kam's ihm an, das darin enthalten war, ein Versprechen, das auf die verrückteste Weise – als würde das scheußlichste alte Weib im Königreich mit dem Prinzen vermählt – alles Gute und Wahre möglich machte: Ballspiele und Witze und Mädchen mit großem Busen. Das konnte er seiner Mutter nicht erklären. Dazu war keine Zeit. Ihre Besorgtheit schlug über ihm zusammen.

«David, was machst du da?»

«Nichts.»

«Was machst du mit der Bibel deines Großvaters?»

«Wollte drin lesen. Wir leben doch in einem christlichen Land, oder?»

Sie setzte sich zu ihm unter den schnörkelig gerahmten Spiegel aufs grüne Sofa, das in Olinger im Sonnenzimmer gestanden hatte. Ein kleines Lächeln lag noch auf ihrem Gesicht, vom Spaziergang. «David, ich wollte, du würdest dich aussprechen.»

«Worüber?»

«Über die Sorgen, die du dir machst. Es ist uns beiden aufgefallen, deinem Vater und mir.»

«Ich habe Reverend Dobson nach dem Himmel gefragt, und er hat gesagt, der sei wie das Gute, das Abraham Lincoln getan hat und das nach seinem Tod weiterlebt.»

Er wartete, dass der Schock sie traf. «Ja?», sagte sie, als müsse noch etwas folgen.

«Das ist alles.»

«Und warum hat dir das nicht gefallen?»

«Ja, verstehst du denn nicht? Genauso gut hätte er sagen können, es gibt überhaupt keinen Himmel.»

«Ich finde nicht, dass es dasselbe ist. Was möchtest du denn, wie soll der Himmel sein?»

«Das weiß ich nicht. Ich möchte, dass er *irgend*was ist. Ich habe gedacht, Reverend Dobson würde mir sagen, was er ist. Ich habe gedacht, das wär sein Beruf.» Er wurde zornig, als er spürte, dass sie sich wunderte. Sie hatte angenommen, dass der Himmel ihm schon vor Jahren zerronnen war. Sie hatte geglaubt, dass er in aller Stille der Verschwörung beigetreten war, von der er nun wusste, dass sie ihn rings umgab.

«David», sagte sie sanft, «willst du denn nie zur Ruhe kommen?»

«Nein, niemals.»

«David, du bist so jung. Wenn du älter wirst, sehn die Dinge anders aus.»

«Für Grandpa nicht. Sieh dir an, wie zerfleddert dies Buch ist.»

«Ich habe deinen Großvater nie verstanden.»

«Und ich verstehe Pfarrer nicht, die sagen, der Himmel sei wie das Gute, das Lincoln getan hat und das für immer weiterlebt. Und wenn man nun nicht Lincoln ist?»

«Ich denke, Reverend Dobson hat einen Fehler gemacht. Du musst versuchen, ihm zu verzeihen.»

«Es geht nicht darum, dass er einen Fehler gemacht hat! Es geht darum, dass man stirbt und sich nie mehr bewegt, nie mehr irgendetwas hört oder sieht, nie mehr!»

«Aber» – das klang jetzt genervt –, «mein Herz, es ist so *gierig* von dir, mehr zu wollen. Wo Gott uns diesen herrlichen Apriltag gegeben hat und diese Farm und du dein ganzes Leben vor dir hast –»

«Du glaubst also, es gibt einen Gott?»

«Natürlich glaube ich das.» Sie sprach mit tiefer Erleichterung, die ihr Gesicht zu einem ruhevollen Oval glättete. Er war vor lauter Unbehagen aufgestanden; er hatte Angst, sie werde die Hand ausstrecken und ihn streicheln.

«Er hat alles gemacht? Das glaubst du?»

«Ja.»

«Wer hat dann ihn gemacht?»

«Der Mensch natürlich, der Mensch.» Die Antwort machte sie so glücklich, dass ihr Gesicht strahlte. Bis sie seine Bewegung des Ekels sah. Sie war so einfältig, so unlogisch, eine Frau, wie sie im Buche steht.

«So, es läuft also darauf hinaus, dass es Ihn nicht gibt.»

Ihre Hand wollte nach seiner greifen, aber er zuckte zurück. «David, das ist ein Geheimnis. Ein Wunder. Ein Wunder, das schöner ist als alle, von denen Reverend Dobson dir hätte erzählen können. Du sagst ja auch nicht, dass es keine Häuser gibt, weil der Mensch sie gemacht hat.»

«Nein. Gott muss etwas anderes sein.»

«Aber, David, du hast doch den *Beweis*. Sieh zum Fenster hinaus, sieh die Sonne, die Felder.»

«Mutter, meine Güte! Begreifst du nicht» – er räusperte die Rauheit in seiner Kehle fort –, «dass, wenn wir sterben, nichts mehr ist, dass deine Sonne, deine Felder und was sonst noch alles ein – ah – einziges *Grauen* sind? Ein Meer von Grauen?»

«Aber, David, das stimmt nicht. Es ist so offenkundig, dass es nicht stimmt.» Und sie öffnete beide Hände in drängender Gebärde, wie um seine Hilflosigkeit zu empfangen; ihre ganze Anmut und mütterliche Fürsorge flossen zu einer duldenden

Intensität zusammen, die ihn heftig abstieß. Er würde sich von der Wahrheit nicht weglocken lassen. *Ich bin der Weg, die Wahrheit ...*

«Nein», sagte er. «Lass mich in Ruhe.»

Er fand seinen Tennisball hinter dem Klavier und ging hinaus, um ihn gegen die Hauswand zu werfen. Hoch oben gab es eine Stelle, wo der braune Verputz des Sandsteinmauerwerks abbröckelte. David versuchte, mit dem Tennisball noch mehr herunterzuschlagen. Es war schwer, so hoch hinaufzuzielen; der Ball traf immer wieder weiter unten gegen die Wand.

Sein tiefer Schmerz war von einer geringeren, aber unmittelbareren Sorge überlagert – dass er seine Mutter verletzt hatte. Er hörte das Auto seines Vaters auf dem geraden Wegstück rattern und ging ins Haus, um Frieden zu schließen, bevor er ankam. Zu seiner Erleichterung strömte sie nicht ihre luftabschnürende dumpfe Zorneshitze aus, sondern war kühl, bestimmt, mütterlich. Sie gab ihm ein altes grünes Buch, ihre College-Ausgabe von Platons Schriften.

«Ich möchte, dass du das Höhlengleichnis liest», sagte sie.

«Ist gut», sagte er, obwohl er wusste, dass es nichts nützen würde. Irgendeine Geschichte von einem toten Griechen, gerade verschwommen genug, um ihr zu gefallen. «Mach dir keine Gedanken, Mutter.»

«Ich *mache* mir aber Gedanken. Glaub mir, David, ich bin sicher, dass es für uns etwas gibt. Wenn man älter wird, erscheinen diese Dinge sehr viel weniger bedeutsam.»

«Das kann sein. Ist aber eine trostlose Vorstellung.»

Sein Vater rüttelte an der Tür. Die Schlösser klemmten alle hier. Aber bevor Granmom herbeischlurfen und ihn einlassen konnte, hatte er die Tür schon aufgestoßen. Er war in Olinger gewesen und hatte sich mit den Eintrittskarten fürs Sportfest beschäftigt. Mutter behandelte ihre Unterhaltungen mit David normalerweise vertraulich, aber jetzt rief sie unverzüglich: «George, David macht sich Sorgen wegen des Todes!»

Daddy erschien in der Tür zum Wohnzimmer, aus seiner Hemdtasche stachelten Bleistifte, in der einen Hand hielt er einen Halbliterbecher voll schmelzender Eiscreme und in der anderen das Messer, mit dem er das Eis in vier Portionen teilen wollte, ihren Sonntagsschmaus. «Der Junge macht sich Sorgen wegen des Todes? Denk nicht dran, David. Ich kann von Glück sagen, wenn ich morgen noch am Leben bin, und ich mach mir auch keine Gedanken. Wenn sie eine Schrotflinte genommen und mich in der Wiege erschossen hätten, wär ich besser dran. Die *Welt* wär dann besser dran. Zum Teufel, ich finde, der Tod ist was Großartiges. Ich freu mich drauf. Immer weg mit dem alten Gerümpel. Wenn ich den Mann hier hätte, der den Tod erfunden hat, ich würde ihm einen Orden anstecken.»

«Sch, George! Du machst dem Kind ja noch mehr Angst, als es sowieso schon hat.»

Das stimmte nicht; er machte David niemals Angst. An seinem Vater war nichts Böses, nicht das Geringste. Im Gegenteil, im lebhaften Selbstekel des Mannes empfand der Junge etwas wie einen Verbündeten. Einen fernen Verbündeten. Er überblickte seine Lage mit einer gewissen strategischen Kälte. Nirgendwo in dieser Welt von Menschen würde er den Hinweis finden, das Nicken, das er brauchte, um mit dem Bau seiner Festung gegen den Tod zu beginnen. Kein Einziger von ihnen glaubte. Er war allein. In diesem tiefen Loch.

In den folgenden Monaten änderte sich wenig an seiner Lage. Die Schule war ein kleiner Trost. All die peppigen parfümierten Leute, die Witze machten und Kaugummi kauten und allesamt zum Sterben verdammt waren, und keiner von ihnen achtete darauf. In ihrer Mitte hatte David das Gefühl, dass sie ihn mitnehmen würden in das glitzernde, billige Paradies, das für sie reserviert war. Wo immer Menschen versammelt waren, verlor die Furcht sich ein wenig; er hatte sich überlegt, dass es irgendwo auf der Welt ein paar Leute geben müsse, die glaubten, was notwendig war, und je größer die Menge, desto größer die Chance, dass er so einem Menschen auf Rufweite nahe kam, er durfte nur nicht zu ahnungslos, zu unvorbereitet sein, ihn zu erkennen. Der Anblick von Geistlichen stimmte ihn froh; mochten sie denken, was sie wollten, ihre Kragen jedenfalls waren ein Zeichen dafür, dass irgendwo zu irgendeiner Zeit irgendwer eingesehen hatte, dass wir uns dem Tod nicht beugen dürfen, nicht *dürfen*. Die Predigtthemen, die draußen an Kirchen angeschlagen waren, die schnodderigen, eiligen Frömmigkeitsbekundungen der Discjockeys, die Cartoons in Zeitschriften, die Engel oder Teufel zeigten – mit solchen Krumen nährte er die Möglichkeit einer Hoffnung.

Im Übrigen versuchte er, seine Hoffnungslosigkeit in Lärm und Betriebsamkeit zu ersäufen. Der Flipperautomat in der Luncheonette bot barmherzige Abwechslung. Wenn er sich über die summende, lichtblitzende Spielfläche mit der hin und her flitzenden Kugel und den Gummistoppern beugte, lockerte sich die Verkrampfung in seiner Brust, und die Last wurde leichter. Er war dankbar für die viele Zeit, die sein Vater in Olinger vertrödelte. Jede Verzögerung schob den Augenblick hinaus, da sie zusammen über die staubige Straße ins Herz des dunklen Farmlands fahren mussten, wo das einzige Licht die Petroleumlampe war, die auf dem Esszimmertisch wartete, ein Licht, das alle Mahlzeiten in Schatten ertränkte und sie düster machte.

Er verlor die Lust am Lesen. Er hatte Angst, wieder in eine

Falle zu gehen. In Kriminalromanen starben die Leute wie Puppen, die man einfach wegwirft; in Science-Fiction-Geschichten verschworen sich Unermesslichkeiten von Raum und Zeit, die Menschen auszumerzen; und sogar bei P. G. Wodehouse lauerte eine Drohung: ein milder Spott, aus dem böser Hohn wurde bei der komischen Darstellung unnützer Geistlicher. Alle Fröhlichkeit schien ausgelöscht in solch einer Leere. Alle stillen Stunden waren wie Aufforderungen zum Grauen.

Sogar an den Wochenenden erfanden er und sein Vater Gründe, der Farm zu entkommen; und wenn sie an manchen Samstagen doch zu Hause blieben, dann nur, um etwas Zerstörerisches zu tun – einen alten Hühnerstall abzureißen oder gewaltige Reisigfeuer zu entfachen, die, während Mutter kreischte und mit den Armen fuchtelte, auf den Wald überzugreifen drohten. Wenn sein Vater arbeitete, dann immer mit selbstvergessener Leidenschaftlichkeit; wenn er Anmachholz hackte, sausten Späne der alten Hühnerstallbretter wie Granatsplitter durch die Gegend, und die Beilklinge konnte jeden Augenblick vom Schaft fliegen. Es machte Spaß, ihm zuzusehen, wie er schwitzte und fluchte und Spucketröpfchen in den Mund zurückschlürfte.

Das Schuljahr war zu Ende. Der Vater fuhr mit dem Auto in die entgegengesetzte Richtung, zu einem Straßenbautrupp, bei dem er den Sommer über als Aufseher arbeitete, und David saß fest inmitten brütender grüner Felder und fliegender Pollen und des merkwürdig mechanischen Gesumms, das unsichtbar im Unkraut, in der Luzerne und im trockenen Knäuelgras hing.

Als er fünfzehn wurde, schenkten seine Eltern ihm, mit dem scherzenden Hinweis, dass er ja jetzt ein Hillbilly sei, ein Remington Kaliber 5,6 mm. Ein bisschen war's wie Flippern, wenn er in den Wald ging zu dem alten Brennofen, wo sie ihren Müll abluden, und er Blechbüchsen auf den Sandsteinkragen des

Ofens stellte und sie eine nach der andern herunterschoss. Meist nahm er den jungen Hund mit, dem lange Beine und ein üppiger rötlicher Fellmantel gewachsen waren – er hatte Chow-Chow-Blut in den Adern. Copper hasste das Gewehr, aber seine Liebe zu dem Jungen war so groß, dass er trotzdem mitging. Wenn der flache scharfe Knall kam, raste er panisch im Kreis, und der Kreis zog sich enger, immer enger, bis der Hund zitternd dicht um Davids Beine strich. Je nach Laune schoss David weiter, oder er ließ sich auf die Knie nieder und tröstete den Hund. Und indem er tröstete, fand auch er ein bisschen Trost. Die Ohren des Hundes, die vor Angst flach dem Schädel anlagen, waren so fein gefaltet, so – er suchte nach dem Wort – *unbezweifelbar*. Wo das mit stumpf glänzenden Nieten beschlagene Halsband das Fell aufplusterte, zeigte sich, dass jedes einzelne lange, schwarz endende Haar an der Wurzel von einem weichen Weiß war und dann erst in die Kupferfarbe hineinwuchs, welcher der Hund seinen Namen verdankte. Copper keuchte erregt, seine Nüstern elegante Schlitze, wie zwei verheilte Schnitte oder wie die Schlüssellöcher eines exquisiten Schlosses aus schwarzem, gemasertem Holz. Überall an seinem sich windenden, geschmeidigen, kompakt gefügten Körper gab es solche Schönheiten. Und beim Geruch des Hundefells schien es David, als sinke er durch viele fein differenzierte Erdschichten hinab: durch Mulch, Humus, Sand, Lehm und den glitzernden mineralischen Untergrund.

Aber wenn er wieder ins Haus kam und die Bücher auf den niedrigen Borden stehen sah, kehrte dumpf die Angst zurück. Die vier unnachgiebigen Wells-Bände wie vier dünne Ziegelsteine, der grüne Platon, der ihn verwirrt hatte mit seiner Dialogform und seinem schwer vorstellbaren Schattentheater, der tote Galsworthy und «Elizabeth», Grandpas Mammutwörterbuch, Grandpas alte Bibel, die Bibel mit dem biegsamen Einband, die er selbst bekommen hatte, zur Konfirmation, durch die er Mitglied der lutherischen Kirche von Firetown wurde – beim Anblick dieser Bücher wachte die Angst wieder auf und umschlang ihn. Er war steif und stumpf geworden in ihrer Umarmung. Seine Eltern überlegten, wie sie ihn ablenken könnten.

«David, ich habe eine Beschäftigung für dich», sagte seine Mutter eines Abends bei Tisch.

«Was?»

«Wenn du in diesem Ton reden willst, lassen wir's lieber.»

«Was für ein Ton? Ich hab keinen Ton.»

«Deine Großmutter findet, dass es in der Scheune zu viele Tauben gibt.»

«Wieso?» David wandte sich zu seiner Großmutter hin, die aber starrte auf die brennende Lampe, und ihr Gesicht zeigte Bestürzung, wie immer. Ihre Iris eine blasse Scheibe aus gesprungenem Kristall.

Mutter rief: «Mom, er will wissen, wieso!»

Granmom machte eine abrupte, gereizte Bewegung mit der kranken Hand, als erzeuge sie so die Kraft für eine Äußerung, und sagte: «Sie beschmutzen die Möbel.»

«Da hast du's», sagte Mutter. «Sie hat Angst um die alten Olinger-Möbel, für die wir nie mehr Verwendung haben. David, sie ist seit einem Monat wegen dieser armen Tauben hinter mir her. Sie möchte, dass du sie schießt.»

«Ich bin nicht besonders scharf darauf, irgendwas umzubringen», sagte David.

Daddy sagte: «Der Junge ist wie du, Elsie. Er ist zu gut für diese Welt. Töten oder getötet werden, das ist meine Devise.»

Seine Mutter sagte laut: «Mutter, er möchte nicht.»

«Nicht?» Die Augen der alten Frau weiteten sich erschreckt, und sie ließ ihre Klaue langsam in den Schoß sinken.

«Ach, ich mach's, ich mach's morgen», sagte David kurz und hatte bei dieser Entscheidung einen angenehmen, knusprigen Geschmack im Mund.

«Und ich habe mir gedacht, wenn Boyers Männer wegen des Heus kommen, ist es besser, wenn die Scheune nicht wie ein Riesennistplatz aussieht», setzte seine Mutter überflüssigerweise hinzu.

Eine Scheune ist bei Tag eine kleine Nacht. Die Lichtsplitter zwischen den trockenen Schindeln perforieren das hohe Dach wie Sterne, und die Sparren und Querbalken und eingebauten Leitern erscheinen, bis die Augen sich ans Dämmer gewöhnt haben, so geheimnisvoll wie das Geäst in einem verwunschenen Wald. David trat leise ein, in der Hand das Gewehr. Copper blieb verzweifelt winselnd an der Tür stehen, er hatte wegen des Gewehrs zu viel Angst, hereinzukommen, und wollte den Jungen doch nicht allein lassen. David drehte sich vorsichtig um, sagte: «Verschwinde!», machte dem Hund die Tür vor Nase zu und schob den Riegel vor. Es war eine Tür in einer Tür; das große Tor für Wagen und Traktoren war so hoch und so breit wie eine Hauswand.

Der Geruch nach altem Stroh kratzte ihn in der Nase. Das rote Sofa, halb versteckt unter der weiß bekleckstenen Zeltplane, schien verschmolzen mit diesem Geruch, eingesunken in ihn, begraben. Offen stehende leere Verschläge gähnten wie Höhlen. Rostiges Farmzubehör – aufgerollter Packdraht, ein paar Ersatzzähne für eine Egge, eine Schaufel ohne Stiel – hing an Nägeln, die hier und da ins dicke Holz geschlagen waren. Eine Minute lang stand er reglos; es dauerte ein Weilchen, bis er das Taubengurren vom Rascheln in seinen Ohren unterscheiden konnte. Als er sich auf das Gurren eingestellt hatte, überflutete es das ganze weite

Scheuneninnere mit seinem kehligen, gurgelnden Schwall; es gab kein anderes Geräusch mehr. Sie saßen oben hinter den Balken. Das Licht, mit dem er auskommen musste, sickerte zwischen den Dachschindeln herein und durch die schmutzigen Glasfenster am anderen Ende und durch die kleinen runden Löcher, ungefähr so groß wie Basketbälle, hoch oben in den beiden gemauerten Seitenwänden, gleich unterm First.

Eine Taube tauchte in einem dieser Löcher auf, an der dem Haus zugewandten Seite. Sie flog mit wildem Flügelschlag von draußen herein und verharrte in der Öffnung, ein Schattenriss vor dem engen Himmelsausschnitt, putzte sich das Gefieder und gurrte pulsend, erregt, unschlüssig. David machte auf Zehenspitzen vier Schritte zur Seite, stützte das Gewehr auf die unterste Sprosse einer Leiter, die zwischen zwei senkrechten Balken festgepflockt war, und richtete das Visier auf den winzigen, keck zur Seite geneigten Kopf des Vogels. Der Knall des Schusses schien von der Steinwand hinter ihm abzuprallen, und die Taube fiel nicht. Sie flog auch nicht. Sie blieb in dem runden Loch, drehte sich rasend um sich selbst und nickte frenetisch mit dem Kopf, als sei sie mehr als einverstanden. David riss den Verschluss zurück, schob ihn vor und zielte schon wieder, ehe noch die ausgeworfene Patronenhülse auf den Dielenbrettern neben seinem Fuß ausgeklimpert hatte. Er senkte die Kimme ein wenig, zielte auf die Brust des Vogels und passte auf, dass er ganz ruhig abdrückte. Unter der langsamen Kontraktion seiner Hand barst das Geschoss heraus. Eine halbe Sekunde lang war er im Zweifel, dann fiel die Taube wie eine Hand voll Lumpen herab, segelte an der Scheunenwand herunter in die Strohschicht, die den Heuboden auf dieser Seite bedeckte.

Jetzt stoben andere von den Sparren auf und schwirrten mit wirrem, lautem Federgeraschel durch die dämmrige Luft. Sie würden durch das Loch entwischen wollen; er stellte das Visier auf den kleinen Mond aus Blau ein, und als eine Taube in die Öffnung flog, schoss er sie ab, während sie über die zehn Zoll breite Laibung trippelte, die in den freien Himmel führte. Sie legte sich nieder in dem Tunnel aus Stein, konnte weder zur einen noch zur andern Seite fallen, war aber noch lebendig genug, einen Flügel zu heben und das Licht zu verdunkeln. Der Flügel sank zurück, dann plötzlich hob er sich wieder, mit weit gespreizten Federn. Dieses Schlupfloch war blockiert. David rannte auf die andere Seite des Hauptschiffs der Scheune, wo an der entsprechenden Stelle eine gleiche Leiter festgedübelt war, und stützte sein Gewehr auf die gleiche Sprosse. Drei Vögel flogen gleichzeitig auf das Loch in dieser Wand zu; er erwischte einen, zwei kamen durch. Die anderen ließen sich wieder zwischen den Sparren nieder.

Oberhalb der Querbalken, die das Dach trugen, war ein niedriger dreieckiger Raum. Da oben nisteten sie, das war ihr Versteck. Aber entweder war es dort oben zu eng, oder sie waren neugierig, denn nun, da seine Augen sich an das staubige Dämmerlicht gewöhnt hatten, sah er, wie kleine graue Knäuel hervorlugten und wieder verschwanden. Das Gurren klang jetzt schriller; sein ängstliches Tremolo ließ die gesamte Luftmasse wie etwas Flüssiges erscheinen. David entdeckte ein plusteriges Köpfchen, das besonders hartnäckig Ausschau hielt; er merkte sich den Platz und richtete den Lauf darauf, und als das Köpfchen wieder auftauchte, hatte er schon abgedrückt. Ein flaumiges Paket rutschte vom Balken und fiel aus der Höhe der Scheune herab auf eine Zeltbahn, die ein paar Möbel aus Olinger zudeckte, und wo das Köpfchen sich gezeigt hatte, war jetzt ein neuer Lichtsplitter zwischen den Schindeln.

In der Mitte des Raums stehend, ganz Herr der Lage, es verschmähend, den Lauf anders als mit dem Arm abzustützen, tötete er noch einmal zwei Vögel. Diese dreisten Dinger wagten es, mit den Köpfen aus der schattigen, schartigen Unendlichkeit des riesigen Scheunendachs vorzustoßen, maßten sich an, mit ihrem schmutzigen kleinen Leben die gestirnte Stille zu besudeln, und er schuf Ordnung, brachte sie säuberlich zur Ruhe. Er kam sich wie ein Schöpfer vor; dies kleine Gepluster und Geflatter, das zu erkennen er geschickt genug war – und noch geschickter, es zu treffen in den dämmrigen Schlupfwinkeln zwischen den Sparren –: aus jedem machte er einen vollständigen Vogel. Ein winziges spähendes vortastendes Tüpfelchen Leben – wenn er es traf, blühte es zu einem toten Feind auf, der mit gutem, endgültigem Gewicht niederfiel.

Die Mangelhaftigkeit seines zweiten Opfers, das noch immer dann und wann den Flügel hob da oben in dem runden Loch, wurmte ihn. Er legte einen neuen Ladestreifen in den Schaft. Das Gewehr an sich drückend, stieg er die Leiter hinauf. Das Visierteil vorn am Lauf kratzte ihn am Ohr; wie ein Farbdia schob sich ihm die scharfe, grelle Vision vor Augen, dass er sich selbst erschieße und man ihn finde, wie er, auf den Scheunenboden hingestürzt, inmitten seiner Beute lag. Er umklammerte mit dem Arm die oberste Sprosse – eine zerbrechliche, mürbe Strebe zwischen den Trägern – und schoss aus flachem Winkel in den Vogelkörper. Der Flügel faltete sich, aber der Stoß drückte den Vogel nicht zum Loch hinaus, wie David gehofft hatte. Er feuerte noch einmal und noch einmal, aber der kleine Körper, leichter als Luft, als er noch lebte, war zu schwer, um sich aus seinem hohen Grab zu rühren. Von hier oben konnte David grüne Bäume und eine braune Hausecke durchs Loch sehen. Klebrig von den Spinnweben, die zwischen den Sprossen hingen, feuerte er den ganzen Ladestreifen, acht Kugeln, in den störrischen

Schatten, ohne Erfolg. Er kletterte hinunter, und ihm fiel auf, wie still es in der Scheune war. Die übrig gebliebenen Tauben mussten zum anderen Loch hinausgeflogen sein. Ihm war's recht; er hatte keine Lust mehr.

Er trat mit dem Gewehr hinaus ins Helle. Seine Mutter kam ihm entgegen, und es schmeichelte ihm, als er sah, wie sie vor dem achtlos gehaltenen Gewehr zurückschrak. «Du hast ein Stückchen vom Haus weggeschossen», sagte sie. «Was war los, worum ging's bei den letzten Schüssen?»

«Eine ist oben in dem kleinen runden Loch gestorben, und ich wollte sie herunterschießen.»

«Copper hat sich hinterm Klavier versteckt und will nicht hervorkommen. Ich musste ihn da lassen.»

«Mach mir jetzt keine Vorwürfe. War nicht *meine* Idee, die armen Biester abzuknallen.»

«Hör auf zu grinsen. Du siehst aus wie dein Vater. Wie viele hast du erwischt?»

«Sechs.»

Sie ging in die Scheune, und er folgte ihr. Sie lauschte in die Stille. Ihre Haare waren zerzaust, vielleicht vom Toben mit dem Hund. «Ich glaube nicht, dass die andern wiederkommen», sagte sie müde. «Wie konnte ich mich von Mutter nur dazu überreden lassen. Ihr Gurren war ein so tröstliches Geräusch.» Sie machte sich daran, die toten Tauben einzusammeln. David mochte sie nicht anfassen, ging aber doch in den Heuboden und hob die Erste, die er getötet hatte, bei ihren lauwarmen hornigen korallenfarbenen Füßen auf. Die Flügel fielen bestürzend auseinander, als sei das Geschöpf mit Fäden zusammengehalten gewesen, die nun durchschnitten waren. Es wog nicht viel. Dann holte er die Taube, die auf der anderen Seite lag; seine Mutter nahm die drei, die in die Mitte gefallen waren, und ging voran über die Straße zu dem kleinen Südhang, der hinunterführte zu den Fundamenten des abgerissenen Tabakschuppens. Das Gelände war zu abschüssig, um bepflanzt oder gemäht zu werden; wilde Erdbeeren wuchsen im wirren Gras. Sie legte ihre Last nieder und sagte: «Wir müssen sie begraben. Der Hund wird sonst verrückt.»

Er legte seine zwei auf ihre drei; die Körper mit den glatten Gefiedern rutschten übereinander, als seien sie flüssig. David fragte: «Soll ich dir die Schaufel holen?»

«Hol sie für dich, du begräbst sie. Du hast sie umgebracht. Und mach das Loch ja tief genug, damit Copper sie nicht wieder ausgräbt.» Während er zum Geräteschuppen ging, um die Schaufel zu holen, ging sie zum Haus. Und ganz anders als sonst sah sie nicht auf, weder zum Obstgarten rechts von ihr noch zur Wiese links, sondern hielt den Kopf starr und ein wenig zur Seite geneigt, als horche sie auf den Erdboden.

Er grub das Loch an einer Stelle, wo keine Erdbeeren wuchsen, und schaute sich dann die Tauben genauer an. Noch nie hatte er einen Vogel aus dieser Nähe gesehen. So ein Gefieder war wunderbarer als das Fell eines Hundes, weil jedes Federhärchen für sich geformt war innerhalb der Form der Feder, und alle Federn zusammen waren zu einem Muster geordnet, das ohne Fehl den Vogelkörper umfloss. Er verlor sich in den geometrischen Gezeiten der Gefieder, die sich hier verbreiterten und versteiften, um einen flugstarken Flügel zu bilden, da flaumig weich und dicht waren, um das stumme Fleisch in schützende Wärme zu hüllen. Und über die Oberfläche der unendlich genau ineinander gefügten und doch so mühelosen Anordnung der Federn spielten müßige Farbmusterungen, von denen keine sich wiederholte und die in beherrschtem Entzücken entworfen zu sein schienen, mit einer Freude, die über und hinter ihm in der Luft schwebte. Aber diese Vögel vermehrten sich millionenfach und wurden bekämpft wie Schädlinge. Er ließ einen von ihnen, der breit gebändert war in schiefrigen Blauschattierungen, in die duftende, klaffende Erde fallen und warf einen Zweiten darauf, der über und über, in Rhythmen, lila und grau gesprenkelt war. Der Dritte war fast ganz weiß, bis auf einen lachsrosa Schimmer an der Kehle. Als er die beiden Letzten, noch biegsam, dazugebettet hatte, wurde er von krustigen Umkrallungen befreit, und mit einem feminin zarten Gleiten an seinen Nerven entlang, so, als seien der Luft Hände gegeben, umhüllte ihn diese Gewissheit: Der Gott, der so viel Kunst an diese nichtswürdigen Vögel verschwendet hatte, würde nicht Sein ganzes Schöpfungswerk zunichte machen, indem Er David verwehrte, immerdar zu leben.

## Freunde aus Philadelphia

In der Sekunde bevor ihm die Tür geöffnet wurde, sah er flüchtig Thelmas Schenkel unterhalb des halb heruntergezogenen Rouleaus. Sie war also zu Hause. Sie hatte das Camp-Winniwoho-T-Shirt an und ihre ganz kurzen Shorts.

«Ja, du meine Güte, Janny!», schrie sie. Sie sprach seinen Namen, John, immer so aus, als müsse er sich auf «Ann» reimen. Zu Anfang dieser Ferien war sie in New York City gewesen und bemühte sich nun, so zu sprechen, wie die Leute ihrer Meinung nach dort sprachen. «Was um alles in der Welt führt dich um diese ungewöhnliche Stunde zu mir?»

«Hallo, Thel», sagte er. «Ich hoffe – ich nehme an, es ist eine ziemlich unpassende Zeit.» Sie hatte sich wieder die Brauen gezupft. Er wünschte, sie täte das nicht.

Thelma streckte den Arm aus und berührte John mit den Fingern unten am Hals. Das war keine liebevolle Geste, nur eben eine begrüßende. «Aber ich bitte dich, Janny! Du weißt, dass ich – meine Mutter und ich –, dass wir uns immer freuen, dich zu sehen. Mutter, was glaubst du wohl, wer besucht uns zu so ungewöhnlicher Stunde?»

«Lass John Nordholm nicht so rumstehn», sagte Mrs. Lutz, Thelmas Mutter. Sie saß auf dem dunkelroten Sofa, vorm Fernseher, und rauchte. Eine Kaffeetasse, die sie als Aschenbecher benutzte, stand auf ihrem Schoß, und das Kleid war hochgerutscht, sodass ihre Knie zu sehen waren.

«Hallo, Mrs. Lutz», sagte John und versuchte, nicht auf ihre breiten, bleichen Knie zu sehen. «Es ist mir wirklich unangenehm, dass ich Sie zu dieser ungewöhnlichen Zeit störe.»

«Was ist denn so ungewöhnlich daran.» Sie tat einen tiefen Zug aus ihrer Zigarette und stieß den Rauch durch die Nase aus, wie ein Mann. «Heut Nachmittag waren schon ein paar andere junge Leute hier.»

«Ich wär auch gekommen, wenn mir jemand was gesagt hätte.»

Thelma sagte: «O Janny! Mach doch bloß nicht immer einen Märtyrer aus dir. Halt dich ran, heißt es, wenn du auf dem Laufenden sein willst.»

Er fühlte, wie sein Gesicht heiß wurde, und wusste, dass er errötete, und errötete darum noch mehr. Mrs. Lutz schüttelte ihm ein zerknautschtes Päckchen Herbert Tareytons hin. «Zigarette?», fragte sie.

«Lieber nicht. Vielen Dank.»

«Du hast aufgehört? Ist eine üble Angewohnheit. Ich wünschte, ich hätte auch aufgehört, als ich so alt war wie du. Dabei weiß ich nicht mal, ob ich in deinem Alter überhaupt schon angefangen habe.»

«Nein, es ist bloß, weil ich bald nach Haus muss, und meine Mutter würde den Rauch in meinem Atem riechen. Sie kann ihn sogar durch Kaugummi hindurch riechen.»

«Warum musst du bald nach Haus?», fragte Thelma.

Mrs. Lutz schniefte. «Ich hab's mit den Nebenhöhlen. Ich kann nicht mal mehr die Blumen im Garten riechen oder das Essen auf dem Tisch. Von mir aus sollen die jungen Leute ruhig rauchen, wenn's ihnen Spaß macht. Mir ist das egal. Meine Thelma, die kann rauchen, soviel sie will, in ihrem eigenen Reich, ihrem eigenen Zimmer. Aber wie's aussieht, kommt sie wohl nicht so richtig auf den Geschmack. Ist mir, ehrlich gesagt, genauso recht.»

John hasste es, andern ins Wort zu fallen, aber es ging schon auf halb sechs. «Ich habe ein Problem», sagte er.

«Ein Problem – wie grauenhaft», sagte Thelma. «Und da

dachte ich schon, Mutter, ich würde mit einem Höflichkeitsbesuch beehrt.»

«Rede nicht so», sagte Mrs. Lutz.

«Es ist ziemlich vertrackt», fing John an.

«Wie soll ich nicht reden, Mutter, wie denn nicht?»

«Dann schalte ich das jetzt mal ab», sagte Mrs. Lutz und schnippte den rechten Knopf des Fernsehapparats herum.

«O Mutter, und mich hat das so interessiert!» Thelma ließ sich auf einen Stuhl plumpsen, und ihre Beine blitzten. Wenn sie schmollte, dachte John, war sie zum Küssen.

Mrs. Lutz hatte sich zu einer anteilnehmenden Haltung zurechtgesetzt. Ihre Hände lagen, mit den Innenflächen nach oben, im gespreizten Schoß.

«So schlimm ist es nun auch wieder nicht», beruhigte John sie. «Aber wir kriegen zum Abendessen Besuch aus Philadelphia.» Er wandte sich zu Thelma hin und fügte hinzu: «Wenn heute Abend irgendwas steigt, ich kann nicht kommen.»

«Das Leben birgt aber auch zu und zu viele Enttäuschungen», sagte Thelma.

«Sag doch, gibt es was?»

«Zu und zu viele», sagte Thelma.

Mrs. Lutz machte flatterige Handbewegungen aus ihrem Schoß heraus. «Dieser Besuch aus Philadelphia.»

John sagte: «Vielleicht sollte ich Sie gar nicht damit behelligen –» Er wartete, aber sie sah immer geduldiger aus, und so fuhr er fort: «Meine Mutter möchte Wein auf den Tisch bringen, und mein Vater ist noch nicht aus der Schule zurück. Möglicherweise kommt er erst nach Hause, wenn der Spirituosenladen schon zuhat. Er schließt um sechs, nicht? Meine Mutter muss das Haus in Ordnung bringen, darum bin ich losgegangen.»

«Sie hat dich die ganze Meile zu Fuß gehen lassen? Armer Kerl, kannst du denn nicht fahren?», fragte Mrs. Lutz.

«Na*tür*lich kann ich fahren. Aber ich bin noch nicht sechzehn.»

«Du siehst viel erwachsener aus als fünfzehn.»

John sah Thelma an, er wollte wissen, wie das auf sie wirkte; aber Thelma tat so, als lese sie in einem Leihbüchereiroman, der in einer Zellophanhülle stak.

«Ich bin bis ganz zum Spirituosenladen gegangen», sagte John zu Mrs. Lutz, «aber man wollte mir nichts geben ohne schriftliche Einwilligung. Es war ein neuer Mann da.»

«Dein Leid bricht mir das Herz entzwei», sagte Thelma, als lese sie es aus dem Buch vor.

«Hör nicht drauf, John», sagte Mrs. Lutz. «Frank muss jeden Augenblick zu Hause sein. Warte doch einfach so lange, und dann fahrt ihr zusammen los und kauft eine Flasche.»

«Das klingt phantastisch. Das ist furchtbar nett von Ihnen, vielen Dank.»

Mrs. Lutz' Hand griff wieder zum Knopf am Fernsehapparat. Ein lächelnder Mann spielte Klavier. John wusste nicht, wer das war, bei ihm zu Hause gab es kein Fernsehen. Schweigend sahen sie zu, bis Mr. Lutz draußen auf der Veranda polterte. Die leeren Milchflaschen klingelten, als hätten sie einen Schubs bekommen. «Wundere dich nicht, wenn er einen sitzen hat», sagte Mrs. Lutz.

Er benahm sich aber gar nicht wie einer, der betrunken ist. Er benahm sich wie ein glücklicher Ehemann im Kino. Er nannte Thelma sein kleines Zuckerschnäuzchen und küsste sie auf die Stirn; dann nannte er seine Frau sein großes Zuckerschnäuzchen und küsste sie auf den Mund. Dann schüttelte er John feierlich die Hand und versicherte ihm, wie sehr er sich freue, ihn hier anzutreffen, und erkundigte sich nach Johns Eltern. «Kommt dieser Blödmann immer noch im Fernsehen?», sagte er abschließend.

«Daddy, schenk deine Aufmerksamkeit bitte jemand anderem», sagte Thelma und schaltete den Fernsehapparat aus. «Janny möchte mit dir reden.»

«Und *ich* möchte mit *Johnny* reden», sagte Thelmas Vater. Er breitete plötzlich die Arme aus, ballte die Fäuste und lockerte sie wieder. Er war ein wuchtiger Mann, mit kurz geschorenen grauen Haaren über den Ohren, die klein waren und flach seinem Kopf anlagen. John wusste nicht, wie er anfangen sollte.

Mrs. Lutz erklärte, worum es ging. Als sie fertig war, sagte Mr. Lutz: «Besuch aus Philadelphia. Der Name ist nicht zufällig William L. Trexler, oder?»

«Nein. Ich hab den Namen vergessen, aber so heißen sie nicht. Der Mann ist Ingenieur. Die Frau war mit meiner Mutter zusammen auf dem College.»

«Oh, Leute vom College! Da müssen wir was ganz, ganz Feines besorgen, würde ich sagen.»

«Daddy», sagte Thelma. «*Bitte*. Der Laden macht zu.»

«Tessie, du hörst, was John sagt. Leute vom College. Leute mit Diplom. Und jeden Augenblick ist Ladenschluss, und wer ist immer noch nicht auf dem Weg?» Er packte mit der einen Hand Johns Schulter und mit der andern Thelmas Arm und drängte sie beide zur Tür hinaus. «Wir sind in einer Minute zurück, Mamma», sagte er.

«Fahr vorsichtig», sagte Mrs. Lutz von der dämmrigen Veranda.

Mr. Lutz fuhr einen riesigen blauen Buick. «Ich war nie auf einem College», sagte er, «aber ich kaufe mir ein neues Auto, wann immer ich will.» Er sagte das nicht angeberisch, sondern mild und voller Staunen.

«O Daddy, nicht *das* schon wieder», sagte Thelma mit einem Kopfschütteln zu John hin, damit er begreife, was sie alles durchzumachen hatte. Wenn sie so schaut, dachte John, könnte ich ihr in die Lippe beißen, bis sie blutet.

«Schon mal so einen Wagen gefahren, John?», fragte Mr. Lutz.

«Nein. Den einzigen, den ich fahren kann, ist der Plymouth meiner Eltern, und auch den nicht besonders gut.»

«Welches Baujahr?»

«Ich weiß nicht genau.» John wusste es ganz genau: Baujahr 1940, ein Gebrauchtwagen, nach dem Krieg gekauft.

«Er hat Gangschaltung. Dieser ist automatisch, nicht?»

«Automatikschaltung, Flüssigkeitsgetriebe, Richtungsscheinwerfer, alle Schikanen», sagte Mr. Lutz. «Na, nun sag, ist das nicht komisch, John? Da ist dein Vater, ein gebildeter Mann, und fährt einen alten Plymouth, und dann guck mich an: Ich habe höchstens zehn, zwanzig Bücher in meinem Leben gelesen … sieht nicht so aus, als ob's eine Gerechtigkeit gäbe.» Er klatschte mit der Hand auf den Kotflügel, bückte sich, um einzusteigen, richtete sich jäh wieder auf und fragte: «Möchtest du fahren?»

Thelma sagte: «Daddy fragt dich was.»

«Ich weiß nicht, wie», sagte John.

«Das geht ganz einfach. Ganz einfach. Rutsch rein – komm schon, es wird spät.» John setzte sich hinter das Lenkrad und sah prüfend durch die Windschutzscheibe. Dies Auto war viel größer als der Plymouth; die Haube sah so breit aus wie ein Boot.

Mr. Lutz sagte, er solle den kleinen Hebel hinter dem Lenkrad fassen. «Du ziehst ihn zu dir hin – so, ja, so ist es richtig – und lässt ihn in einer dieser Kerben einrasten. ‹P› steht für ‹Parken›, für wenn du nicht von der Stelle willst. ‹N› bedeutet ‹Neutral›, das ist dasselbe wie bei eurem Wagen, ich benutze das so gut wie nie, ‹D› heißt ‹Drive› – du stellst das einfach ein, und das Auto macht dann alles Übrige. Zu neunundneunzig Prozent brauchst du ‹D› beim Fahren. ‹L› ist ‹Low›, für sehr steile Strecken, rauf oder runter. Und ‹R› steht für – was?»

«Für ‹Reverse›, ‹Rückwärts›», sagte John.

«Sehr, sehr gut. Tessie, der Junge hat Grips. Er wird nie einen Neuwagen besitzen. Und wenn man sich die Reihenfolge merken will, geht das am besten mit dem Satz: ‹Pflück Nur Die Längsten Rosen.› Den hab ich mir ausgedacht, als ich meiner ältesten Tochter das Autofahren beigebracht habe.»

«Pflück Nur Die Längsten Rosen», sagte John.

«Famos. Nun aber los.» Er langte herüber und steckte den Autoschlüssel ins Zündschloss, und seine anderen Schlüssel baumelten herunter.

«Wenn ich starte, welchen Gang möchten Sie dann?», fragte er Mr. Lutz.

Mr. Lutz hatte ihn offenbar nicht gehört, denn er sagte nur wieder: «Nun aber los», und trommelte mit den Fingern aufs Armaturenbrett. Dicke, klobige, behaarte Finger hatte er.

Thelma, auf dem Rücksitz, beugte sich vor. Ihre Wange berührte fast Johns Ohr. «Stell auf ‹D›», flüsterte sie.

Er tat es, dann suchte er nach dem Anlasserknopf. «Wie lässt er ihn an?», fragte er Thelma.

«Ich achte nie drauf», sagte sie. «Im vorigen Auto war ein Knopf, aber in diesem seh ich keinen.»

«Drück aufs Pedal», sang Mr. Lutz; er sah geradeaus und lächelte. «Und auf geht's. Und a-ha-hauf geht's!»

«Tritt einfach aufs Gas», sagte Thelma ermunternd. John trat kräftig zu, damit sein Bein nicht zitterte. Der Motor jaulte, und der Wagen löste sich mit einem Satz vom Bordstein. Eine Straße lang kam John ziemlich gut mit dem Auto zurecht.

«Das flutscht wie ein Boot auf ruhigem Wasser», erläuterte er seinen beiden Passagieren. Der Vergleich gefiel ihm.

Mr. Lutz blinzelte geradeaus. «Wie ein was?»

«Wie ein Boot.»

«Fahr nicht so schnell», sagte Thelma.

«Der Motor schnurrt so friedlich», sagte John. «Wie eine schlafende Katze.»

Ohne Warnung kam ein Lastwagen aus der Pearl Street heraus. Mr. Lutz wollte bremsen und stemmte den Fuß gegen den leeren Boden vor ihm. John konnte sich kaum das Lachen verbeißen. «Ich sehe ihn doch», sagte er und verringerte die Geschwindigkeit, sodass der Lastwagen gerade eben genug Platz hatte, um die Kurve zu nehmen. «Diese Laster tun so, als ob die Straße ihnen gehört», sagte John. Er ließ eine Hand vom Lenkrad gleiten. Einhändig witschte er um einen Bus. «Was macht er so auf offener Straße?»

«Das ist eine gute Frage, John», sagte Mr. Lutz, «und ich weiß keine Antwort. Neunzig vielleicht.»

«Das Tachometer geht bis hundertzehn.» Wieder Schweigen. Niemand schien etwas sagen zu wollen. «Teufel. Ein Baby könnte so ein Auto fahren», sagte John.

«Du zum Beispiel», sagte Thelma. Das hieß, sie hatte zur Kenntnis genommen, wie gut er fuhr.

Vor dem Spirituosenladen standen viele Autos, sodass John den großen Buick neben einen anderen Wagen parken musste. «Das ist nah genug, nah genug», sagte Mr. Lutz. «Nicht noch dichter ran, wow!» Er war heraus aus dem Auto, bevor John es richtig zum Stehen gebracht hatte. «Du und Tessie, ihr wartet hier. Ich geh rein und hol den Wein.»

«Mr. Lutz, Augenblick, Mr. Lutz!», rief John.

«Daddy!», brüllte Thelma.

Mr. Lutz kam zurück. «Was gibt's denn, Jungs und Mädels?» Seine Stimme, bemerkte John, wurde kratzig. Wahrscheinlich hatte er langsam Hunger.

«Hier ist das Geld, das ich mitbekommen habe.» John zog zwei zerknüllte Dollarscheine aus der Tasche seiner Latzhose. «Meine Mutter hat gesagt, ich soll etwas nehmen, das nicht so teuer ist, aber ordentlich.»

«Nicht so teuer, aber ordentlich?», wiederholte Mr. Lutz.

«Sie hat was von kalifornischem Sherry gesagt.»

«Was hat sie gesagt? Du sollst ihn nehmen? Du sollst ihn nicht nehmen?»

«Ich glaube, ich soll ihn nehmen.»

«Du glaubst.» Mr. Lutz stieß sich vom Wagen ab und ging rückwärts auf den Laden zu, während er redete. «Du und Tessie, ihr wartet im Auto. Geht ja nicht weg. Ich bin in einer Minute zurück.»

John lehnte sich im Sitz zurück und legte eine Hand anmutig oben aufs Lenkrad. «Ich mag deinen Vater.»

«Du weißt nicht, wie er sich Mutter gegenüber benimmt», sagte Thelma.

John betrachtete die Linie zwischen Handgelenk und Daumenwurzel. Er bog das Handgelenk hin und her und sah zu, wie die zierlichen kleinen Muskeln im Unterarm sich bewegten. «Weißt du, was mir fehlt?», sagte er. «Eine Armbanduhr.»

«O Jan!», sagte Thelma. «Hör endlich auf, deine Hand zu bewundern. Das ist ja ekelhaft.»

Die Andeutung eines Lächelns spielte um seinen Mund, aber er ließ seine kräftigen, nervigen Finger dort, wo sie waren. «Ich gäbe sonst was drum, wenn ich jetzt einen Zug tun könnte.»

«Daddy hat immer ein Päckchen im Handschuhfach», sagte Thelma. «Ich würd's rausholen, wenn meine Fingernägel nicht so lang wären.»

«*Ich* mach's auf», sagte John. Er tat es. Sie fischten sich eine Zigarette aus dem alten Päckchen Old Golds, das sie fanden, und zogen abwechselnd daran. «Ah», sagte John, «so ein erster Zug am Tag, wie der sich einem die Kehle runterschrappt und -kratzt.»

«Pass auf, wenn Daddy kommt. Sie hassen es, wenn ich rauche.»

«Thelma.»

«Ja?» Sie starrte ihm tief in die Augen, ihr Gesicht war halb verborgen im Schatten.

«Zupf dir nicht die Augenbrauen.»

«Ich finde, das sieht gut aus.»

«Das ist genau so, wie wenn du mich ‹Jan› nennst.» Ein Schweigen entstand, aber kein unangenehmes.

«Wirf die Zigarette weg, Jan. Daddy kommt gerade am Fenster vorbei.»

Der Aufenthalt im Spirituosenladen hatte Mr. Lutz in eine nüchternere Stimmung versetzt. «Das hätten wir, John», sagte er in geschäftlichem Ton. Er reichte John eine große samtrote Flasche hin. «Lass mich lieber fahren. Du fährst zwar wie ein Alter, aber ich kenne mich mit den Abkürzungen aus.»

«Ich kann von Ihrem Haus aus zu Fuß gehen, Mr. Lutz», sagte John und wusste, dass Mr. Lutz ihn nicht zu Fuß gehen lassen würde. «Danke vielmals für alles, was Sie getan haben.»

«Ich fahre dich nach Haus. Leute aus Philadelphia darf man nicht warten lassen. Wir können diesen jungen Mann doch nicht eine Meile zu Fuß gehen lassen, was, Tessie?» Niemand wusste, was darauf zu sagen war, und so schwiegen sie den ganzen Weg, obwohl John Verschiedenes auf der Seele lag.

Als sie vor seinem Haus hielten, einem ländlichen Haus, das aber nah an der Straße stand, fasste John sich ein Herz und fragte: «Übrigens, Mr. Lutz, ich denke gerade darüber nach, ob Sie wohl noch Geld rausgekriegt haben?»

«Was? Oh. Meine Güte. Hätt ich beinah vergessen. Dein Daddy wird noch glauben, ich bin ein Gauner.» Er griff in seine Tasche, und ohne hinzusehen, gab er John einen Dollar, einen Vierteldollar und einen Penny.

«Das ist aber viel», sagte John. Der Wein musste sehr billig gewesen sein. Vielleicht wäre es besser gewesen, er hätte seine Mutter machen lassen: Die hatte seinen Vater in der Schule anrufen wollen, damit der den Wein besorgte.

«Dein Wechselgeld», sagte Mr. Lutz.

«Na gut, danke vielmals.»

«Also dann, auf Wiedersehn, mein Freund», sagte Mr. Lutz.

«Bis dann.» John knallte die Tür zu. «Wiedersehn, Thelma. Vergiss nicht, was ich dir gesagt habe.» Er zwinkerte.

Der Wagen fuhr an, und John ging den Weg zum Haus hinauf. «Vergiss nicht, was ich dir gesagt habe», wiederholte er zwinkernd zu sich selbst. Die Flasche war kühl und schwer in seinen Händen. Er sah aufs Etikett; darauf stand: *Château Mouton-Rothschild 1937*.

## Ein Gefühl der Geborgenheit

Den ganzen Tag wehte der Schnee gegen die Highschool, nasser, großflockiger Schnee, der sich nur schwer anhäufte. William spitzte zwei Bleistifte an und sah dabei auf den Parkplatz hinunter, der wie das Negativ einer Wandtafel war; Autoreifen hatten weiche schwarze Bögen in das Weiß geschnitten, und überall da, wo ein Schulbus gewendet hatte, war eine autokratische Signatur zurückgeblieben: VV. Obschon der Schnee zeitweilig undurchdringlich dicht niederwirbelte, konnte er diese Male nicht ganz wegbleichen. Die Temperatur musste genau null Grad betragen. Das Fenster war einen Spaltbreit offen, eine schräg gestellte Glasscheibe schaufelte William frische Luft ins Gesicht, und der Zedernholzduft der Bleistiftschnitzel wurde vom transparenten Geruch des nassen Fenstersimses überdeckt. Bei jeder Umdrehung der Kurbel kamen seine Fingerknöchel bis auf den Bruchteil eines Zolls ans schräg gekippte Glas heran, und der leise Eiseshauch, der dann über sie hinstrich, verschärfte sein ohnedies schon durchdringendes Gefühl der Geborgenheit.

Der Himmel hinter den Schneeschwaden war steinfarben. Das trübe Dämmer im hohen Klassenzimmer gab der Luft eine Dichte, die die Deckenbeleuchtung auf ihre Gehäuse beschränkte: sechs matt leuchtende Kugeln, die auf einem flachen Meer schwammen. Das Gefühl, das dieses Düster ihm gab, war nicht düster, sondern erquicklich; ihm war, als seien sie alle fest umschlossen und in Sicherheit. Alle Stoffe hatten sattere Farben, die Flüsterlaute waren deutlicher, die Gerüche nach Schreibpapier und nassen Schuhen und Bohnerwachs und Gesichtspuder weckten ein jähes Besitzempfinden in ihm. Es waren seine Klassengefährten, die hier sicher umschlossen waren, seine, die dummen ebenso wie die intelligenten, die hässlichen wie die hübschen, seine Feinde und seine Freunde, seine. Er fühlte sich wie ein König, und als er an seinen Platz ging, war ihm, als schreite er zwischen den gesenkten Köpfen von Untertanen hin, die ihn weniger liebten als er sie. Sein Platz war bestätigt durch Tradition; seit zwölf Jahren saß er in der letzten Reihe in Klassenzimmern: William Young, zwischen Marsha Wyckoff und Andy Zimmerman. Früher hatte es mal zwei Zimmermans gegeben, aber der eine war abgegangen und arbeitete bei seinem Vater im Gewächshaus, und in manchen Unterrichtsstunden – Latein und Trigonometrie – gab es überhaupt keinen, und William saß in der äußersten Ecke des Klassenzimmers wie auf einem Klippenrand, und aus Marsha Wyckoff wurde Marvin Wolf oder Sandra Wade. Es war jedoch immer ein Pult; die Oberfläche wechselte zwar von einer Unterrichtsstunde zur nächsten, aber aus der blau verklecksten Tintenfassvertiefung konnte William Erinnerungen ziehen, wie eine Kette zusammengeknoteter Zauberertüchlein, Erinnerungen von der ersten Klasse an.

Er war Schüler der Abschlussklasse, schon darum war er so etwas wie ein König, und er war der Liebling der Lehrer, das machte ihn noch in anderer Hinsicht zum König, zu einem Handlangerkönig: Dauernd wurden ihm Ämter zugewiesen, und manchmal, wenn es zwischen zwei Footballhelden unentschieden stand, wurde er sogar gewählt. Er war nicht beliebt, er hatte nie ein Mädchen gehabt, die engen Freunde aus Kindertagen waren fortgedriftet in Sportteams und Cliquen, und bei größeren Veranstaltungen – zum Beispiel, wenn im Herbst die ganze Schule zum herrlichen, nach Dung und Zuckerwatte duftenden County-Jahrmarkt fuhr – war er immer fünftes Rad am Wagen und bekam bei der Heimfahrt nie einen Sitzplatz im Bus. Aber ausgeschlossen zu sein ist in sich eine Form der Zugehörigkeit. Er hatte sogar einen Spitznamen: Mip, weil er stotterte. Die Hänseleien schreckten ihn nicht mehr; er hatte sein physisches Erbe spät angetreten, aber in diesem Sommer war es so weit gewesen, er war endlich genauso groß wie seine großen, ungestümen Eltern, er musste die Manschetten aufknöpfen, wenn er mit den Händen durch die Hemdsärmel wollte, und er entdeckte, dass er einen Basketball mit einer Hand aufheben konnte. Und wie er so dasaß und seine langen Beine die Eingänge zweier Bankreihen versperrten, fühlte er sich auch der Größe nach königlich, und fast zitternd vor Glück unter den hohen Lichtkugeln, über deren mondhaftem Schein unsichtbare Schneeflocken auf dem Kiesdach seiner Burg ertranken, glaubte er, dass die lange Frist der Unbeliebtheit nur der inneren Festigung habe dienen sollen und dass er jetzt endlich stark genug sei, seine Flügel auszubreiten. Heute noch würde er Mary Landis sagen, dass er sie liebe.

Er hatte sie geliebt, seit sie beide in der zweiten Klasse waren und Mary, eine rundgesichtige Göre mit Sommersprossen und grünen Augen, ihm auf dem Heimweg in der Jewett Street geschickt die gummigefütterte Schulmappe geklaut hatte und weggelaufen war – einfach, weil sie die schnelleren Beine hatte. Die höhere Laufgeschwindigkeit, die man bei einem Jungen voraussetzte, er hatte sie nicht. In der Nierengegend hatte es ihn vor Panik gebrannt. Vor dem Lebensmittelladen neben ihrem Haus war sie stehen geblieben und hatte sich nach ihm umgesehen. Sie war bereit, sich von ihm einholen zu lassen. Zu allem Überfluss noch diese Demütigung – das war zu viel. Tränen ballten sich ihm in der Kehle; er drehte sich auf dem Absatz um, rannte nach Haus und warf sich auf den Fußboden im Wohnzimmer, wo sein Großvater, mit den Füßen wippend, den ganzen Vormittag lang Zeitung las und Selbstgespräche führte. Nach einer Weile schepperte der Briefkastenschlitz, und die Türglocke läutete, und Mary gab Williams Mutter die Schulmappe, und die beiden wechselten höflich ein paar Flüsterworte. Wie er da auf dem Teppich gelegen hatte, den Kopf in den Armen vergraben, hatte er die beiden Stimmen nicht voneinander unterscheiden können. Mutter hatte Mary immer gern gehabt. Seit damals, als sie als ganz kleines Mädchen an der Hand einer älteren Schwester an der Hecke entlanggehopst war, hatte Mutter sie gemocht. So viele Kinder waren durch die Nachbarschaft geschwärmt und hatten einander geglichen wie eine Taube der andern, aber Mutters Herz hatte wie mit Krallen nach Mary gegriffen und sie nicht mehr losgelassen. Er hatte die Schulmappe nie mehr benutzt, er hatte sich geweigert, sie noch einmal anzufassen. Er nahm an, dass sie noch immer auf dem Dachboden lag, noch immer leise nach dem Gummifutter roch.

Hoch oben am Wandverputz saß, wie ein Zaunkönig, der sich an einer Scheunenmauer festhält, der Summer, der jetzt das Zeichen zur zweiminütigen Pause gab. Mary Landis erhob sich von ihrem Platz in der Mitte des Klassenzimmers, auf ihrer Brust klebte das Aufsichtsschüler-Abzeichen. Ihr breiter roter Gürtel hatte eine Messingschnalle, die aus Pfeil und Bogen bestand. Sie trug einen lavendelblauen Pullover und hatte die Ärmel hochgeschoben, sodass ihre Unterarme entblößt waren, ein köstlich billiger Effekt. Wilde Gerüchte waren über sie im Umlauf; möglich, dass er nur deshalb Härte in ihrem Gesicht zu sehen glaubte, weil er diese Geschichten kannte. Ihre Augen schienen sich jeden Augenblick zu Schlitzen verengen zu wollen, und die grüne Iris war mit Raureif überzogen. Ihre Sommersprossen waren verblasst. William fand, dass sie in diesem Jahr weniger lachte; seit sie in den Sekretärinnenkurs gegangen war und er in die College-Vorbereitung, traf er jeden Tag nur in einem einzigen Unterrichtsfach mit ihr zusammen, in der Englischstunde. Eine Sekunde lang blieb sie so stehen, um die Schenkel herum von

Jack Stephens' zebragestreiften Schultern verdeckt, und sah mit starrem, müdem Blick über die Klasse hin, als habe sie zu oft schon die immer gleichen Gesichter vor Augen gehabt. Ihre Gewohnheit, sich sehr aufrecht zu halten, betonte die Eckigkeit, in die sie hineingewachsen war. Ihr Knochenbau hatte etwas nervös Kantiges, Kastenförmiges, das schon unterm Babyspeck da gewesen sein musste. Ihre Augen lagen in tiefen Höhlen, und ihr Kinn reckte sich spröde vor und wirkte trotzig im trüben Licht und so, als zittere es. Ihr Rock war gerade geschnitten und glatt. Unterhalb der Taille war sie mager; die Beine, die ihm davongelaufen waren, waren immer noch sportlich, sie war ein Star beim Hockey und in der Cheerleadergruppe. Obenherum war sie üppig. Sie drehte sich um, schob sich durch den Mittelgang und traf auf ein Jungenbein, das ihr den Weg versperrte. Kühl blickte sie darauf nieder, bis es sich zurückzog. Solche Aufmerksamkeiten war sie gewöhnt. Mit wohlbalancierten, spitz vorspringenden Brüsten bewegte sie sich zur Tür, und jemand, den sie im Flur erspähte, entlockte ihr ein Lächeln, ein breites Lächeln voll Herzlichkeit und kleiner weißer Zähne, und Liebe höhlte William das Herz aus. Er *würde* es ihr sagen.

Eine Minute später schnarrte es zum zweiten Mal. Er schlurfte durch die parfümierte Menge und schnulzte leise, mit der gleichen langsamen, überdeutlichen Aussprache des Negervokalisten, der den Song dies Jahr wieder zum Leben erweckt hatte, vor sich hin:

«Laa-vendel blau, dilly dilly,
Lavendii grü-hüün,
Wäär ich ein König, dilly dilly,
Wärst du Königiiin.»

Der Song hob ihn in eine jauchzende, schwebende Stimmung, die sich mit den Freuden des Tages verflocht. Er wusste alles, er hatte alle Hausaufgaben gemacht, die Lehrer riefen ihn nur auf, weil sie die Unwissenheit der anderen tadeln wollten. In Trigonometrie und in Sozialkunde, in beiden Fächern war es so. Beim Turnen, in der vierten Stunde an diesem Vormittag, überraschte er, der sonst immer unter den Letzten rangierte, seine Mannschaft mit Glanzleistungen beim Volleyball, er sprang wie ein Verrückter, brüllte wie ein Rabauke. Der Ball flog leicht wie eine Feder gegen seine starken Knochen. Mit duschnassen Ringellöckchen ging er durch die eisige Luft zu Lukes Luncheonette, setzte sich in eine Nische zu drei Schülern aus der Klasse unter ihm und aß drei Hamburger à zwanzig Cent. Barry Kruppman saß da, ein großer, basedowäugiger Junge, der mit dem Schulbus aus dem Landstädtchen Bowsville kam und Hypnotiseur aus Leidenschaft war; er erzählte die Geschichte von einem Geschäftsmann in Portland, Oregon, der mittels Hypnose auf dem Weg über sechzehn Reinkarnationen in den Stand einer Konkubine am Hof eines Hohepriesters der Isis zurückversetzt worden war. Außerdem war Barrys Freund Lionel Griffin da, ein dicklicher Simpel, dem das Blondhaar in zwei pomadigen Flügeln oberhalb der Ohren abstand. Man munkelte, dass er eine Tunte sei, und tatsächlich schien ihn an der Seelenwanderung am meisten der Transvestitenaspekt zu erregen. Lionel hatte seinen weiblichen Spezi bei sich, Virginia, eine trostlose kleine Heimlichtuerin, die eine English Oval an der andern anzündete und nie auch nur ein Wort sagte. Sie hatte eine fahle Haut und trübe Augen. Lionel knuffte sie in einem fort und kreischte vor Vergnügen, so laut, dass William zusammenzuckte. Viel lieber wäre er mit den Leuten aus seiner eigenen Klasse zusammen gewesen, die in den anderen Nischen saßen, aber denen hätte er sich aufdrängen müssen. Diese Jüngeren freuten sich über seine Gesellschaft. Er fragte: «N-na, war er denn auch mal eine K-k-k-Kakerlake, wie Archy?»

Kruppmans Gesicht wurde ernst; seine flaumigen Lider senkten sich über die vorquellenden Augen, und als sie sich wieder hoben, waren seine Pupillen so klein und hart wie Schrotkugeln. «Das ist das wirklich Interessante an der Sache. Es hat eine Lücke gegeben, verstehst du, zwischen seiner Zeit als Ritter unter Karl dem Großen und danach, als er Seemann bei Nero war und mit einem Schiff von der mazedonischen Küste losfuhr, das war da, wo jetzt Jugoslawien ist, und in dieser Lücke, verstehst du, ist der Kerl bloß immerzu im Büro rumgetigert und hat geknurrt und gefaucht, ungefähr so.» Kruppman verzog sein pickliges Frettchengesicht zu einer Fauchgrimasse, und Griffin kreischte. «Er hat versucht, einen der Angestellten zu beißen, und man nimmt an, dass er sechshundert Jahre lang» – der unheimliche, gefährliche Ernst dieses Flüstertons ließ Griffin vorübergehend verstummen –, «dass er sechshundert Jahre lang ein Wolf nach dem andern war. Wahrscheinlich in den deutschen Wäldern. Nämlich, als er in Mazedonien war» – sein Flüstern war fast nicht mehr zu hören –, «hat er eine Frau ermordet.»

Griffin quiekte verzückt und schrie: «O Kruppman, Kruppman! Wo hast du das bloß alles her!» Und er pikste mit dem Finger so heftig in Virginias Arm, dass ihr die English Oval aus der Hand sprang und über den Resopaltisch hoppelte. William starrte gequält über ihre Köpfe hinweg.

Die Menge an der Theke für alkoholfreie Getränke hatte sich ein wenig verlaufen, sodass er die Eingangstür im Auge hatte und sehen konnte, wie Mary hereinkam und eine Sekunde auf der Schwelle verharrte, da, wo der Rauch drinnen und der Schnee draußen zusammenwirbelten. Diese Mischung stellte ein – Kruppmans absurde Geschichte hatte ihm das Wort eingegeben –, ein Wolfswetter her, und Mary war nur ein grauer Schatten darin, gefangen und allein. Sie kaufte ein Päckchen Zigaretten bei Luke und ging wieder hinaus, um den Kopf trug sie ein Tuch, und das Druckluftding über der Tür zischte ihr nach. Lange Zeit hatte sie zum harten Kern der jeweiligen Clique gehört, die gerade den Ton angab: In der zweiten Klasse war es die Gruppe, die nach der Schule immer geschlossen nach Hause ging, in der sechsten Klasse gehörte sie zu denen, die Radtouren bis zum Steinbruch und zum Rentschler-Landsitz machten und samstagnachmittags Touchfootball spielten, und in der neunten Klasse zu denen, die mit den Jungen aus der zehnten Klasse im Candlebridge-Park Rollschuh liefen, und in der elften Klasse feierten sie Partys bis weit nach Mitternacht und fuhren sonntags in Caravans bis Philadelphia und zurück. Und während dieser ganzen Zeit hatte sie in ununterbrochener Folge Freunde gehabt, zuerst Jack Stephens und Fritz March, beide waren in einer Klasse mit ihr und William, dann Jungen, die eine Klasse höher waren, und dann Barrel Lord, der schon im letzten Schuljahr war, als sie noch die Unterstufe besuchten, und dessen Name während der Footballsaison durch alle Zeitungen ging, und seit dem letzten Sommer hatte sie jemanden, der längst fertig war mit der Schule, einen Mann, den sie kennen gelernt hatte, als sie in Alton als Kellnerin arbeitete. Dies Jahr waren ihre Wochenenden also alle besetzt, und die Partyclique feierte weiter, als habe es Mary nie gegeben, und man sah sie so gut wie nie, außer in der Schule oder wenn sie bei Luke Zigaretten kaufte. Ihre Silhouette vor dem großen Fenster hatte müde ausgesehen, ihr Kopf verhüllt, ihr Gesicht angenagt vom Licht, ihre Finger nervös mit den Münzen auf der gemaserten Theke spielend. Er sehnte sich danach, die Hand nach ihr auszustrecken, sie zu trösten, aber er war tief in den lauten Nischen eingekeilt, zwischen dem Klingeln des Flipperautomaten und dem Plärren der Jukebox. Der Impuls erstarb, und zurück blieb ein unangenehmes Gefühl. Er hatte sie zu lange angebetet, um zuzulassen, dass seine Investition durch Mitleid geschmälert wurde.

Die zwei Schulstunden am Nachmittag waren mit Latein und Hausaufgaben ausgefüllt. In der Hausaufgabenstunde, während die fünf anderen, mit denen er am Tisch saß, Ticktacktoe spielten, Hustenbonbons lutschten und gähnten, erledigte er alle Arbeit für den nächsten Tag. Er bereitete dreißig Zeilen Vergil vor, Aeneas in der Unterwelt. Das Hausaufgabenzimmer war ein großer niedriger Raum im Souterrain, seine Behaglichkeit färbte auf den Tartaros ab. Auf der anderen Seite der vanillepuddingfarbenen Wand war der Werkunterrichtsraum, und die Kreissäge jaulte und keuchte und jaulte dann wieder: Mit ansteigenden, angstgepeinigten Tönen biss sie Holz in Stücke – *bsssssup*! Er löste zehn Trigonometrie-Aufgaben. Sein Verstand schlug sich methodisch durch ihre Knoten und trennte sie, einen nach dem andern, in übersichtlichen Antwortkästchen, von der langen Schnur der Probleme, welche die Planimetrie mit der Stereometrie verband. Und schließlich, während der Schnee schräg in die Zementschächte vor den Fenstern mit den Stahlsprossen trieb, las er eine Erzählung von Edgar Allan Poe. Ein erquickendes letztes Gruseln, und er klappte sacht das Buch zu. Er starrte versonnen ins rote, feuchte, mentholparfümierte Innere von Judy Whipples gähnendem Mund, der mit krümeligem rosa Lippenstift nachgezogen war, und überließ sich ganz dem wohligen Gefühl, alle Arbeit getan zu haben, den Schnee draußen fallen zu sehen und die warmen Minuten zu kosten, die so langsam und geborgen dahingingen. Die perforierte schalldämpfende Plattenverkleidung an der Decke erschien ihm wie das Innenfutter eines Tunnels, der bis ans Ende führte: von der Highschool zum College, vom College zum Hochschulstudium, vom Hochschulstudium zum Lehramt an einem College – Assistent, außerordentlicher Professor, ordentlicher Professor, Herr über ein Dutzend Sprachen und tausend Bücher, brillant mit vierzig, weise mit fünfzig, berühmt mit sechzig, verehrt mit siebzig und dann, im Ruhestand, heiter-gelassen dem Tag entgegensehend, da es Zeit sein würde für den letzten Übergang von Stille zu Stille, und er würde sterben wie Tennyson, mit einer Ausgabe von *Cymbeline* neben sich auf dem mondgebadeten Bett.

Nach dem Unterricht musste er ins Zimmer 101 gehen und eine Sportkarikatur auf eine Matrize übertragen, für die Schulzeitung. Er mochte die Highschool am liebsten, wenn sie fast leer war. Dann gingen die Hausmeister durch die Flure, streuten Samen roten Bohnerwachses aus und hielten mit breiten Besen eine reinliche Ernte, lasen alles auf – Staubflocken, Haarnadeln, Bonbonpapier, Puderkrümel –, was die Tiere an dem Tag fallen gelassen hatten. Das Basketballteam stampfte im hallenden Turnsaal; die Cheerleader probten hinter geschlossenem Vorhang auf der Bühne. Im Zimmer 101 hieben zwei hohlköpfige Stenotypistinnen mit gebleichten Strähnen im Haar auf die Maschinentasten ein und kicherten und vertippten sich. Mrs. Gregory saß an ihrem Pult und korrigierte missmutig mit dem Bleistift die Schreibfehler in den auf Kladdepapier entworfenen Nachrichtentexten. William nahm den Leuchtkasten vom Aktenschrank herunter, die Matrizenschreiber und kleinen eckigen Plastikplättchen aus der Schublade und die Matrize aus dem Wandschrank, in dem an Haken, wie brüchige Schärpen, die getippten Druckvorlagen hingen. «B-BALLER BEUGEN SICH, 57–42», lautete die Überschrift. Er zeichnete einen großen B-Baller, der sich vor einem kleinen dicken Heidengötzen verbeugt, und der Götze bekam ein «W» auf den Leib, für die siegreiche Weiserton High; dann übertrug er die Zeichnung mit feinem Griffel auf das weiche blaue Wachs. Vorsichtig strich ihm sein Atem über die Fingerknöchel. Die Brauen hatte er gerunzelt, aber sein Herz hüpfte vergnügt beim einfältigen Geschnatter der Stenotypistinnen. Der Leuchtkasten bestand einfach aus einem schwarzen Rahmen, der eine Glasscheibe hielt und an der einen Kante mittels zweier Beine hochgestellt war, sodass man eine Glühbirne in einer Metallfassung darunter schieben konnte. Während er so mit brennenden Augen arbeitete, kam er sich wie die Glühbirne vor, ihm war, als brenne er selber unter einem schrägen Dach, auf dem eine riesige Hand herumkratzte. Das Glas wurde heiß; man musste aufpassen, dass man mit der schweißfeuchten Hand nicht das weiche Wachs verzog und die getippten Buchstaben verzerrte oder gar zerriss. Manchmal blieb einem die Mitte eines *o* an der Haut kleben wie ein blaues Konfettiblättchen. Aber er kannte sich aus und war vorsichtig. Er brachte die Sachen an ihren Platz zurück, und ihm war, als rage er in luftige Höhen, die noch höher wurden durch Mrs. Gregorys Anerkennung: Sie kehrte ihm die ganze Zeit den Rücken zu, womit sie zu verstehen gab, dass auf die anderen Mitarbeiter kein Verlass war, William aber nicht überwacht zu werden brauchte.

Der Flur draußen vor dem Zimmer 101 hallte nur noch vom Lärm des Basketballgetümmels wider; der Gesang der Cheerleader war verstummt. Er hatte jetzt alles erledigt, aber er konnte sich nicht entschließen zu gehen. Keiner von den Eltern – beide arbeiteten – würde um diese Zeit zu Hause sein, und dies Gebäude war ihm ebenso gut ein Zuhause. Er kannte jeden Winkel hier. Im ersten Stock des Anbaus, hinter dem Zeichensaal, gab es eine merkwürdige enge Jungentoilette, die niemand je zu benutzen schien. Hier hatte Barry Kruppman ihn eines Tages zu hypnotisieren versucht, um ihn von seinem Stottern zu heilen. Kruppmans Stimme schnurrte, und die Iris im vorquellenden Augapfel wurde winzig, und eine Sekunde lang spürte William, wie er sich unwillkürlich zurücksinken ließ, dann aber lenkten die blutroten geplatzten Äderchen in den Winkeln dieser Glubschaugen ihn ab. Ihm ging auf, wie idiotisch es war, sich willenlos diesem Freak auszuliefern; er weigerte sich, loszulassen und unterzugehen, und vielleicht stotterte er darum immer noch.

Das Mattglasfenster am Ende des langen schmalen Raums warf wässeriges Licht auf den grünen Boden und ließ die weißen Urinale wie Mondscheiben leuchten. William wusch sich mit übertriebener Gründlichkeit die Hände und genoss die verschwenderische Menge zermahlener Seife, die diese städtische Burg für ihn bereithielt. Er studierte sein Gesicht im Spiegel, rückte es mit winzig feinen Bewegungen so lange hin und her, bis es den eindeutig schmeichelhaftesten Anblick bot, und legte sich dann die Hände unten an den Hals, damit ihre kraftvolle, langfingrige Schönheit mit ins Bild kam. Auf dem Weg zur Tür sang er, die Augen schließend und sehnsüchtig keuchend, als sei er ein richtiger Neger, dessen ganze Karriere von dieser Aufnahme abhing:

«Wer – sagte so, dilly dilly,
Wer sagt' es mi-hir?
*Iich* sagt' es mir, dilly dilly,
Ich sagt' es mir.»

Als er in den Flur hinaustrat, war der nicht leer: Durch die blank gebohnerte Perspektive kam ein Mädchen auf ihn zu, Mary Landis, mit einem Tuch um den Kopf und mit Büchern im Arm. Ihr Spind war hier oben, im ersten Stock des Anbaus. Seiner war im

Souterrain. Ein Pulsen, das weder im Medium des Tons noch in dem des Lichts existierte, drängte sich ihm gegen die Kehle. Sie wischte sich das Tuch vom Haar und sagte zwanglos, mit einer Stimme, die weit durch den blanken Flur hallte: «Hi, Billy.» Der Name stammte aus alten Zeiten, als sie beide Kinder gewesen waren, und er fühlte sich auf einmal klein, aber tapfer.

«Hi. Wie geht's.»

«Gut.» Vom $G$ des Worts an zog ihr Lächeln sich immer mehr in die Breite.

Was war so komisch? War sie wirklich, wie es den Anschein hatte, erfreut, ihn zu sehen?

«B-b-bist du gerade mit der Cheer-cheer-cheerleaderprobe fertig?»

«Ja. Gott sei Dank. *Oh*, ist die furchtbar. Jedes Mal müssen wir die dämliche Lokomotive machen. Ich hab ihr gesagt, kein Wunder, wenn's keine Anfeuerungsrufe mehr gibt.»

«Du meinst M-M-Miss Potter?» Er wurde rot, er fühlte, dass er hässlich aussah, als er versuchte, über das $M$ hinwegzukommen. Wenn er sich mitten im Satz verhakte, war die Verkrampfung schlimmer als sonst. Er bewunderte es, wie ihr die Worte über die Lippen kamen, deutlich und ein wenig gereizt.

«Ja, die potthässliche Potter», sagte sie, «die lechzt nach einem Mann, und an uns lässt sie's aus. Ich wollte, sie kriegte endlich einen. Ehrlich, Billy, ich bin so gut wie entschlossen, hier aufzuhören. Wenn's doch bloß schon Juni wär und ich nie mehr einen Fuß in dies blöde Gebäude setzen müsste.»

Ihr Mund, blass ohne Lippenrot – das war weggenagt –, kräuselte sich bitter. Von seiner Höhe gesehen, war ihr Gesicht verkürzt und wirkte mürrisch wie das einer Katze. Es schockierte ihn ein wenig, dass die arme Miss Potter und diese freundliche warme Schule in ihr etwas aufrührten, das er wohl als echte Vergrätztheit zu verstehen hatte; diese Sandpapierrauheit in ihr war die erste scheuernde Struktur, auf die er heute gestoßen war. Konnte sie den Lehrern denn nicht unter die Haut sehen, sah sie nicht ihre Müdigkeit, ihre Armut, ihre Angst? Es war so lange her, dass er mit ihr geredet hatte, er war sich nicht sicher, wie grobkörnig sie geworden war. «Geh nicht ab», brachte er schließlich heraus. «Es wäre n-n-n- - - es wäre nicht mehr schön ohne dich.»

Er hielt ihr die Tür am Ende des Flurs auf, und als sie unter seinem Arm durchging, sah sie zu ihm auf und sagte: «Na so was, du bist ja richtig nett.»

Das Treppenhaus, ganz aus Asphalt und Eisen, roch nach Gummischuhen. Es kam William noch verschwiegener vor als der Flur, es gehörte noch mehr ihnen beiden; etwas Magisches lag in der raschen Vervielfachung von Ebenen und Winkeln, als er mit Mary die Treppe hinunterging, und der Bann, in den seine Zunge geschlagen war, wurde aufgehoben; die Worte kamen ihm ebenso flink, wie seine Füße auf den Stufen trappelten.

«Nein, ich mein's im Ernst», sagte er, «du bist wirklich ein schönes Cheerleader-Mädchen. Du bist überhaupt schön.»

«Ich habe dünne Beine.»

«Wer sagt das?»

«Jemand.»

«Na, *der* war nicht sehr nett.»

«Nein.»

«Warum hasst du diese arme alte Schule?»

«Ach, Billy, tu doch nicht so. Dir ist dieser Schrottkasten doch genauso egal wie mir.»

«Ich hänge daran. Und es bricht mir das Herz, wenn du sagst, dass du abgehn willst, denn dann sehe ich dich nie wieder.»

«Das ist dir doch gleich, oder?»

«Das ist mir *nicht* gleich. Du weißt» – ihre Füße hielten inne; sie waren unten angekommen, auf dem Treppenabsatz im Erdgeschoss, zwei messingbeschlagene Türen, ein schmieriger Heizkörper –, «dass ich dich immer schon geli-liebt habe.»

«Das ist nicht dein Ernst.»

«Doch. Es ist albern, aber es ist so. Ich hatte mir vorgenommen, es dir heute zu sagen, und nun hab ich es gesagt.»

Er rechnete damit, dass sie lachte und zur Tür hinausging, stattdessen aber zeigte sie eine unerwartete Bereitschaft, das peinliche Thema zu erörtern. Er hätte sich vorher klar machen sollen, dass Frauen es genießen, wenn man sich mit ihnen unterhält. «Es ist sehr dumm, so etwas zu sagen», sagte sie zum Auftakt.

«Ich sehe nicht ein, wieso», sagte er, ziemlich kühn jetzt, da er sich lächerlicher nicht mehr machen konnte; trotzdem wählte er seine Worte mit einer gewissen strategischen Umsicht. «*So* dumm ist es nun auch wieder nicht, jemanden zu lieben, was ist schon dabei. Dumm ist wahrscheinlich bloß, dass ich zig Jahre nichts unternommen habe, aber andererseits hatte ich ja auch keine Gelegenheit – dachte ich zumindest.»

Er legte seine Bücher auf die Heizung, und sie legte ihre neben seine. «Auf was für eine Gelegenheit hast du denn gewartet?»

«Das ist es ja, ich wusste es nicht.» Fast wünschte er, sie ginge zur Tür hinaus. Aber sie hatte sich's an der Wand bequem gemacht und wollte die Unterhaltung ganz offensichtlich fortsetzen. «D-du warst so eine Königin, und ich war so ein Nichts, da wollte ich mir keine falschen Hoffnungen machen.» Es war wirklich nicht besonders interessant; es machte ihn verlegen, dass sie so interessiert zu sein schien. Ihr Gesicht war ganz streng geworden, der Mund klein und nachdenklich, und William machte eine Bewegung mit den Händen, die sagen sollte, es sei nicht der Mühe wert, sich darüber Gedanken zu machen. Schließlich war es ja nur eine Regung seines Herzens, nichts Dauerhaftes oder Kostspieliges; vielleicht war's überhaupt bloß eine Idee seiner Mutter. Halb aus Ungeduld und um die Sache zum Abschluss zu bringen, fragte er: «Willst du mich heiraten?»

«Du willst mich gar nicht heiraten», sagte sie. «Du machst weiter und wirst jemand.»

Er wurde rot vor Freude; so sah sie ihn? So sahen sie ihn alle? jetzt ein Niemand, in absehbarer Zeit aber ein Jemand? Waren seine Hoffnungen also keine Hirngespinste gewesen? Er ließ sich nichts anmerken und sagte: «Nein, hab ich nicht vor. Du bist jedenfalls jetzt schon toll. Du bist so hübsch, Mary.»

«Ach, Billy», sagte sie, «einen einzigen Tag lang ich, und du wärst bedient.»

Sie sagte das ziemlich ausdruckslos und sah ihm dabei in die Augen. Er wünschte, in ihrer Stimme hätte mehr Trübsal gelegen. In seiner Welt geschlossener Oberflächen hatte ein Paneel, achtlos gedrückt, sich geöffnet, und in dieser Öffnung hing er jetzt, gelähmt, unfähig, sich etwas Passendes einfallen zu lassen. Nichts, was ihm in den Sinn kam, war dem plötzlich ungeheuren Kontext angemessen. Der Heizkörper räusperte sich; die Wärme, die er ausstrahlte, schuf in dem intimen Raum gleich diesseits der Türen, gegen deren Fenster matt der Schnee flatterte, eine provozierende Molligkeit. Er nahm an, dass er sie jetzt wohl küssen müsse, machte einen Schritt auf sie zu und hob die Hände, um sie bei den Schultern zu fassen. Mary wich ihm aus, trat zwischen ihn und die Heizung und band sich wieder das Tuch um. Sie hielt es sich wie einen breiten karierten Heiligenschein über den Kopf, legte es sich um die Wangen und verknotete die Enden unterm Kinn, sodass sie, zumal sie rote Galoschen und einen unförmigen Mantel trug, wie eine Bauersfrau in einem Film über Europa aussah. Ihr Gesicht wirkte blass und plump, nun da ihr dichtes Haar verdeckt war, und als sie sich die Bücher wieder auf den Arm lud, war ihr Rücken demütig gebückt. «Es ist zu warm hier», sagte sie. «Ich muss noch auf jemanden warten.» Die Zusammenhanglosigkeit der beiden Feststellungen erschien ihm ganz natürlich in der zerhackten Atmosphäre, die er mit seinem Vor und Zurück geschaffen hatte. Sie drückte mit der Schulter gegen den schweren Messingriegel, und die Tür krachte auf; er folgte Mary ins Winterwetter hinaus.

«Auf die Person, die findet, deine Beine sind zu dünn?»

«Könnte sein, Mip.» Als sie zu ihm aufblickte, verfing eine Schneeflocke sich in den Wimpern ihres Auges. Sie schupperte ungeduldig mit der Wange an der Mantelschulter und stampfte mit dem Fuß; Schneematsch spritzte hoch. Kaltes Wasser drang hinten durch Williams dünnes Hemd. Er steckte die Hände in die Taschen und presste die Arme an den Körper, um nicht zu schlottern.

«Da-dann w-w-willst du mich also nicht heiraten?»

Sein Instinkt sagte ihm, dass er nur zurückkonnte, indem er aufs lächerlichste vorpreschte.

«Wir kennen uns nicht», sagte sie.

«Mein Gott», sagte er, «wieso denn nicht? Ich kenne dich seit dem Kindergarten.»

«Was weißt du von mir?»

Wenn sie bloß nicht so schrecklich ernsthaft wäre. Er musste was dagegen tun. «Dass du keine Jungfrau mehr bist.»

Aber anstatt dass sie das zum Lachen brachte, wurde ihr Gesicht ganz tot und wandte sich ab. Er hatte einen Fehler gemacht, wie vorhin, als er sie küssen wollte. Einesteils war er dankbar für seine Fehler; sie waren wie treue Freunde, auch wenn sie ihn in Verlegenheit brachten. «Und du, was weißt du von *mir*?», fragte er und wappnete sich gegen die endgültige Kränkung, hatte aber Angst davor. Er hasste das Lächeln, das sich in seinen Wangen festgebissen hatte; er sah, als sei der Schnee ein Spiegel, was für einen abscheulichen Anblick er bot.

«Dass du eigentlich sehr nett bist.»

Ihre Antwort überwältigte ihn, ihm wurde ein wenig übel, und er flammte vor Reue. «Hör zu», sagte er, «ich *habe* dich *geliebt*. Lass uns das wenigstens klarstellen.»

«Du hast nie jemanden geliebt, Billy», sagte sie. «Du weißt gar nicht, was das ist.»

«Okay», sagte er. «Entschuldigung.»

«Bitte sehr.»

«Warte doch lieber in der Schule», riet er ihr. «Es ka-k-kann dauern, bis er kommt.»

Sie antwortete nicht und ging weiter am schlappenden Tau entlang, das den Parkplatz vom Softballfeld trennte. Ein einsames Fahrrad, so verrostet, als warte es schon seit Jahren hier, lehnte im Ständer, seine Schutzbleche gewölbt zu weißen Mondsicheln.

Als er wieder hineinging, schlug die Hitze ihm drückend entgegen. Er nahm seine Bücher, ratschte mit einem Bleistift über die schwarzen Rippen des Heizkörpers und ging ins Souterrain hinunter zu seinem Spind. Die Schatten drängten sich dicht am Fuß der Treppe; plötzlich war es sehr spät, er musste sich beeilen und sehen, dass er nach Hause kam. Die irrationale Furcht packte ihn, die Schulgewaltigen könnten ihn hier einsperren. Die klösterlichen Gerüche nach Papier, Schweiß und nach Sägemehl aus dem Werkunterrichtsraum am anderen Ende des Souterrainflurs schmeichelten ihm nicht mehr; die hohen grünen Doppelspinde schienen ihn aus ihren drei Belüftungsschlitzen oben kritisch zu beäugen. Er öffnete seinen Spind, legte seine Bücher in sein Fach unter das von Marvin Wolf, und als er seinen Mantel vom Haken nahm, war ihm, als krieche sein Ich in den schmalen dunklen Raum, der dadurch frei wurde, sein gedemütigtes, hässliches, erziehbares Ich. Auf eine leichte Bewegung seiner großen Hand glitt die Stahltür gewichtlos ins Schloss, und von Kopf bis Fuß fühlte er sich so rein und frei, dass er lächelte. Zwischen jetzt und der glücklichen Zukunft, die ihm prophezeit war, hatte er nichts, beinah wörtlich nichts, zu tun.

## Flügge

Mit siebzehn Jahren war ich ärmlich gekleidet und komisch anzusehen und dachte an mich selbst immer in der dritten Person. «Allen Dow ging die Straße entlang nach Hause.» – «Allen Dow lächelte ein schmales, zynisches Lächeln.» Das Bewusstsein, mir sei ein besonderes Schicksal beschieden, machte mich arrogant und scheu zugleich. Vor Jahren, als ich elf oder zwölf war, gerade an der Grenze, da ich aufhörte, ein kleiner Junge zu sein, wanderten meine Mutter und ich eines Sonntagnachmittags – mein Vater war beschäftigt oder schlief – den Shale Hill hinauf, einen Kinderberg, der die eine Flanke des Tals bildete, in das unsere Stadt gebettet lag. Da lag sie unter uns hingebreitet, Olinger, tausend Häuser vielleicht, die feinsten und größten kletterten den Shale Hill hinauf, uns entgegen, und die Ziegelhausreihen dahinter, Ein- und Zweifamilienhäuser, in denen meine Freunde wohnten, zogen sich hinunter bis zum blassen Faden der Alton Pike, an der die Highschool, der Tennisplatz, das Kino, die wenigen Läden und Tankstellen des Orts, die Elementary School und die lutherische Kirche aufgefädelt waren. Auf der anderen Seite waren auch noch Häuser, unseres zum Beispiel, ein winziger weißer Fleck, genau dort, wo das Land zum gegenüberliegenden Berg anstieg, zum Cedar Top. Jenseits des Cedar Top wellten sich Hügel und Aberhügel, und wenn wir nach Süden blickten, konnten wir sehen, wie die Straße in anderen Städten unterschlüpfte und außer Sicht schwang zwischen den grünen und braunen Feldern des Farmlands, und das ganze County bot sich unter einem feinen Dunstschleier dar. Ich war alt genug, um verlegen zu sein, als ich da allein mit meiner Mutter neben einer windverkrüppelten Fichte auf einem langen Schiefergrat stand. Plötzlich grub sie die Finger in meine Haare und sagte: «Da gehören wir alle hin, und da werden wir bleiben, für immer.» Sie machte eine Pause vor dem «Für immer», und sie machte abermals eine Pause, bevor sie hinzusetzte: «Außer dir, Allen. Du wirst fortfliegen.» Ein paar Vögel hingen weit draußen über dem Tal, in Höhe unserer Augen, und in ihrer impulsiven Art hatte sie von ihnen das Bild abgeschaut; für mich aber war es der Fingerzeig, auf den ich meine ganze Kindheit lang gewartet hatte. Mein geheimstes Ich fühlte sich angesprochen, ich war in unendlicher Verlegenheit und duckte meinen Kopf nervös unter ihrer melodramatischen Hand weg.

Sie war impulsiv und romantisch und voller Widersprüche. Nie ist es mir gelungen, diese spontane, trost- und verheißungsvolle Bemerkung zu einem Thema zwischen uns zu machen. Dass sie mich weiter wie ein gewöhnliches Kind behandelte, kam mir wie ein Verrat an der Vision vor, an der sie mich hatte teilhaben lassen. Ich war gefangen in einer Hoffnung, die sie abgetan und vergessen hatte. Meine schüchternen Versuche, Unebenheiten in meinem Benehmen – oft las ich spätabends noch oder kam nach der Schule nicht gleich nach Hause – dadurch zu rechtfertigen, dass ich mich auf das Bild vom Fliegen berief, wurden mit verblüfftem, verständnislosem Blick quittiert, als redete ich Unsinn. Es kam mir empörend ungerecht vor. Ja, aber, wollte ich sagen, ja, aber es ist *dein* Unsinn. Und natürlich war es ebendas, was meinen Appell unwirksam bleiben ließ: Sie wusste, dass ich's mir nicht zu Eigen gemacht hatte, dass ich zynisch beabsichtigte, beides auszunutzen, das Privileg, außergewöhnlich, und die Annehmlichkeiten, gewöhnlich zu sein. Sie fürchtete meinen Wunsch, gewöhnlich zu sein. Einmal reagierte sie auf meinen Protest, dass ich mich doch bloß aufs Fliegen vorbereitete, indem sie mich mit zornrotem Gesicht anschrie: «Du wirst es nie lernen, du wirst im Dreck stecken bleiben und sterben, genau wie ich. Warum solltest du besser dran sein als deine Mutter!»

Sie war zehn Meilen weiter südlich geboren, auf einer Farm, die sie und ihre Mutter geliebt hatten. Ihre Mutter, eine kleine, wilde Frau, die eher einer Araberin glich als einer Deutschen, arbeitete mit den Männern auf den Feldern und fuhr jeden Freitag mit dem Leiterwagen zum zehn Meilen entfernten Markt. Als meine Mutter ein kleines Mädchen war, fuhr sie mit ihr, und wenn ich mir diese Fahrten vorstelle, fühle ich nichts als Angst, die Angst des kleinen Mädchens vor den rohen, biertrunkenen Männern, die nach ihm greifen und es an sich drücken, die Angst, der Wagen breche zusammen, die Produkte würden nicht verkauft, die Angst vor dem Zustand des Vaters, wenn sie bei Anbruch der Nacht zurückkehrten. Der Freitag war sein arbeitsfreier Tag, und er trank. Sein Trinken kann ich mir nicht vorstellen, denn ich habe ihn nur als geduldigen, belehrenden, fast biblischen alten Mann gekannt, dessen ganze Leidenschaft der Zeitungslektüre und dessen ganzer Abscheu der Republikanischen Partei galt. Er hatte etwas Staatsmännisches; nun, da er tot ist, entdecke ich immer wieder etwas von ihm bei berühmten Politikern – seine Uhrkette und seinen großen, vierschrötigen Bauch in alten Filmaufnahmen von Theodore Roosevelt, seine Schnürstiefel und seine schräge Kopfhaltung auf einer Fotografie von Alfalfa Bill Murry. Alfalfa Bill hat den Kopf im Gespräch zur Seite geneigt und hält seinen Hut am Kniff, drückt den Kniff leicht mit Daumen und zwei Fingern zusammen, ein legerer, eleganter Griff, der mich so lebhaft an meinen Großvater erinnerte, dass ich das Bild aus *Life* herausriss und es in eine Schublade legte.

Land zu bestellen hatte meinem Großvater nie zugesagt, obgleich es ihm, mit Hilfe seiner Frau, finanziell gut dabei ging. In einer Zeit dann, als Erfolg schwer zu umgehen war, begann er, Geld in Aktien anzulegen. 1922 kaufte er unser großes weißes Haus in der Stadt – die bevorzugte Wohngegend hatte sich damals noch nicht auf die Shale-Hill-Seite des Tals verlagert – und ließ sich dort nieder, um seine Dividenden zu ernten. Er glaubte bis zu seinem Tod, dass Frauen töricht seien, und die gebrochenen Herzen der beiden, die zu ihm gehörten, hatten ihn in dieser Meinung sicher bestärkt. Die Würde der Finanzwelt gegen die Unwürdigkeit des Ackerbaus: Der Tausch muss ihm äußerst vorteilhaft erschienen sein. Ich sehe es genauso, wie aber lässt sich meine Vorstellung von jenen angstgepeinigten Wagenfahrten mit dem Kummer vereinbaren, der, so behauptet meine Mutter beharrlich, sie und ihre Mutter ergriffen hat, als sie die Farm verlassen mussten? Vielleicht ist anhaltende Angst ein Boden, auf dem Liebe wächst. Vielleicht aber, und das ist wahrscheinlicher, ist die Gleichung lang und komplex, und die wenigen mir bekannten Faktoren – der männliche Stolz aufs Land, der die alternde Frau erfüllte, die Freude des heranwachsenden Mädchens, über die Felder zu reiten, das beiden gemeinsame Gefühl, in Olinger nicht willkommen zu sein – sind in Klammern gesetzt und durch Koeffizienten potenziert, die ich nicht sehe. Vielleicht aber auch ist es gar nicht die Liebe zum Land, sondern die Abwesenheit von Liebe, die der Erklärung bedarf; meines Großvaters anspruchsvolles Wesen und sein Hochmut mögen schuld gewesen sein. Er glaubte, dass er als Junge zu viel habe arbeiten müssen, und hegte gegen seinen Vater einen Groll, den meine Mutter nie verstehen konnte. Für sie war ihr Großvater ein heiliger schlanker Riese, beinah eins neunzig groß, und das zu einer Zeit, da dies ein Wunder war, und wusste alles beim Namen zu nennen, wie Adam im Garten Eden. Als er sehr alt war, wurde er blind. Wenn er aus dem Haus trat, liefen die Hunde herbei, um ihm die Hände zu lecken. Als er im Sterben lag, bat er um einen Gravensteiner vom Baum ganz hinten auf der Wiese, und sein Sohn brachte ihm einen Krauser aus dem Obstgarten nahe dem Haus. Der alte Mann nahm ihn nicht, und mein Großvater musste ein zweites Mal laufen, in den Augen meiner Mutter aber war eine Freveltat geschehen, eine grausame Kränkung ohne Grund. Was hatte sein Vater ihm getan? Die einzige ausdrückliche Beschwerde, die ich von meinem Großvater je gehört habe, war, dass er als Junge für die Männer auf dem Feld Wasser holen musste und sein Vater ihm spöttisch zurief: «Heb die Füße hoch, runter kommen sie von allein!» Wie absurd! Als begehe jede Elterngeneration an ihren Kindern grässliche Verbrechen, die durch Gottes Ratschluss der übrigen Welt verborgen bleiben.

Meine Großmutter ist mir in Erinnerung als eine kleine dunkeläugige Frau, die selten spricht und mich immer füttern will, und dann als hakennasiges Profil, das sich rosa von den zitronenfarbenen Polstern des Sargs abhebt. Sie starb, als ich sieben war. Alles, was ich sonst noch von ihr weiß, ist, dass sie das jüngste von zwölf Kindern war, dass sie unseren Garten zu einem der schönsten in der ganzen Stadt gemacht hatte und dass ich angeblich ihrem Bruder Pete ähnlich sehe.

Meine Mutter war frühreif. Sie war vierzehn, als die Familie umzog. Drei Jahre lang hatte sie das Lehrerseminar des County besucht; als sie ihr Examen am Lake College bei Philadelphia machte, war sie erst zwanzig, ein hoch gewachsenes hübsches Mädchen, mit einem Lächeln, das Selbstmissbilligung ausdrückte, nach einer der sich einrollenden Fotografien zu urteilen, die in einem Schuhkarton verwahrt wurden, einem Karton, den ich als Kind immer wieder geöffnet habe, als lasse sich darin ein Schlüssel zu den Streitereien in unserm Haus finden. Die

Fotografie zeigt meine Mutter, wie sie am Ende unseres Klinkerwegs steht, neben dem kunstvoll getrimmten Abschluss unserer Ligusterhecke, einer dicken eckigen Säule, die von einem struppigen Blätterball gekrönt wird. In zerfranstem Bogen ragt von rechts ein blühender Fliederstrauch ins Bild, und hinter meiner Mutter sehe ich ein unbebautes Grundstück, auf dem doch, solange ich denken kann, ein Haus gestanden hat. Sie posiert mit ländlicher Anmut in einem langen, hellen Mantel, den sie nicht zugeknöpft hat, damit man die Perlenkette und das kurze, aber schickliche Flapper-Kleid sieht. Ihre Hände stecken in den Manteltaschen, eine Baskenmütze sitzt ihr schräg auf der Ponyfrisur, und überhaupt ist alles an ihr von einer Flottheit, die mir unpassend erschien, als ich dies Foto am Abend der Dreißiger und in der Finsternis der kriegerischen Vierziger auf dem fleckigen Teppich in dem trüb erleuchteten alten Haus betrachtete. Die Kleidung, das ganze Mädchen wirken so modisch, so chic. In seiner wohlhabenden Zeit war es meinem Großvater ein Vergnügen gewesen, seiner Tochter viel Geld für ihre Garderobe zu geben. Mein Vater, der mittellose jüngere Sohn eines presbyterianischen Geistlichen in New Jersey, hatte sein Studium am Lake College finanziert, indem er als Kellner arbeitete, und er spricht noch heute mit mildem Groll von den schönen Kleidern, die Lilian Baer immer trug. Diese Seite meiner Mutter hat mir auf der Highschool einigen Kummer gemacht: Sie war versnobt, wenn es um Sachen zum Anziehen ging, und bestand darauf, meine Hosen und Sporthemden im besten Geschäft von Alton zu kaufen, und weil wir wenig Geld hatten, kaufte sie mir nur wenig, dabei hätte ich natürlich das gebraucht, was meine Klassengefährten besaßen – eine reichhaltige Auswahl billiger Kleidungsstücke.

Zu der Zeit, da die Aufnahme gemacht wurde, wollte meine

Mutter nach New York gehen. Was sie dort getan hätte oder was sie überhaupt dort vorhatte, weiß ich nicht; ihr Vater verbot es ihr jedenfalls. Das Wort «verbieten» ist heute nur mehr eine leere Hülse, damals aber, in jener altmodischen Gegend, aus dem Mund eines «nachgiebigen Vaters», war es anscheinend noch lebensbestimmend, denn die Macht dieses Verbots war noch viele Jahre im Haus spürbar, und wenn in meiner Kindheit eine der endlosen Reden, die meine Mutter ihrem Vater hielt, ihren tränenreichen Höhepunkt erreichte, konnte ich es um mich und über mir fühlen, wie eine mächtige Wurzel, der ein Regenwurm sich entgegenkrümmt.

Vielleicht hat meine Mutter meinen Vater, Victor Dow, aus Wut geheiratet, der brachte sie wenigstens bis nach Wilmington, wo er bei einer Maschinenbaufirma angefangen hatte. Aber die Depression brach herein, mein Vater wurde arbeitslos, und das Paar zog in das weiß gestrichene Backsteinhaus in Olinger, wo mein Großvater saß und die Zeitungen las und den Verfall seiner Aktien verfolgte. Ich wurde geboren. Meine Großmutter arbeitete als Putzfrau und zog in unserem tausend Quadratmeter großen Garten Gemüse, das sie verkaufte. Wir hielten Hühner und bauten Spargel an. Nachdem sie gestorben war, habe ich sie oft verängstigt in den Spargelbeeten gesucht. Zur Mittsommerzeit stand dort ein Wald zarter grüner Bäume, manche so groß wie ich, und wenn sie schaumleicht mich streiften, war es, als rede ein Geist zu mir, und im weichen dichten Netz ihrer verflochtenen Zweige hatten ein Versprechen und eine Drohung zugleich sich verfangen. Die Spargelbäume waren zum Fürchten; in der Mitte der Anbaufläche, fern vom Haus und der Hintergasse, umfing mich ein Zauberbann, ich wurde zum Däumling, wanderte zwischen den hohen, biegsamen grünen Stämmen umher und war darauf gefasst, ein kleines Haus mit rauchendem

Schornstein und in dem Haus meine Großmutter zu finden. Sie hatte selber an Geister geglaubt, das machte ihren eigenen Geist mächtig. Sogar jetzt, wenn ich allein in meinem Haus sitze und in der Küche ein Dielenbrett knarrt, hebe ich den Kopf und habe Angst, dass sie zur Tür hereinkommt. Und nachts, kurz bevor ich einschlafe, ruft ihre Stimme in durchdringendem Flüsterton meinen Namen, oder sie ruft: «*Pete.*»

Meine Mutter arbeitete in einem Kaufhaus in Alton und verkaufte Vorhangstoff für vierzehn Dollar die Woche. Während meines ersten Lebensjahrs sorgte mein Vater tagsüber für mich. Seither hat er oft gesagt – und es schmeichelt mir, wie alles, was von ihm kommt –, dass er nur darum nicht verrückt geworden sei, weil er mich am Hals hatte. Vielleicht ist das der Grund dafür, warum meine Liebe zu ihm so unartikuliert ist: als sei ich immer noch ein wortloses Kleinkind, das zur gluckenhaften Verschwommenheit seines männlichen Gesichts aufblickt. Und dieses gemeinsame Jahr erklärt vielleicht auch seine Sanftheit mir gegenüber, seine Bereitschaft, mich zu loben, als hafte allem, was ich tue, etwas Trauriges und Verkümmertes an. Er hat Mitleid mit mir; meine Geburt fiel mit der Geburt nationalen Elends zusammen – erst kürzlich hat er aufgehört, mich beim Spitznamen «Jung Amerika» zu nennen. Um meinen ersten Geburtstag herum bekam er eine Anstellung als Lehrer für Arithmetik und Algebra an der Highschool in Olinger, und obgleich er zu gütig und zu humorvoll war, um für Disziplin zu sorgen, hielt er es Tag um Tag und Jahr um Jahr auf seinem Posten aus und wurde allmählich zu einer Respektsperson in dieser fremden Stadt, und ich glaube, es gibt heute ein oder zwei Dutzend ehemaliger Schüler und Schülerinnen, die mittlerweile selbst in die Jahre gekommen sind und eine bestimmte, von meinem Vater empfangene Ermutigung mit sich herumtragen oder sich an einen Satz erinnern, der mitgeholfen hat, sie zu formen. Und sicher erinnern viele sich an die Späße, mit denen er sein Unbehagen während des Unterrichts überspielte. In seinem Katheder verwahrte er eine konfiszierte Spielzeugpistole, und wenn er eine besonders dumme Antwort bekam, holte er sie heraus, hielt sie sich mit bekümmerter, bedauernder Miene an die Schläfe und erschoss sich.

Mein Großvater war der Letzte, der Arbeit annahm. Erniedrigende Arbeit. Er ging zur Straßenbaukolonne, die Kies auf die Fahrdämme schaufelte und Teer darüber goss. Unförmig und geheimnisvoll in ihren Schutzanzügen, von Dampf umhüllt, im Bund mit dramatischem, unheilverkündendem Gerät, waren diese Männer herrlich in den Augen eines Kindes, und ich verstand nicht, warum mein Großvater sich weigerte, mir zuzuwinken oder sonst wie seine Anwesenheit einzugestehen, wenn ich auf dem Schulweg vorüberkam. Er war merkwürdig stark, wenn man bedachte, wie verwöhnt er war, und hielt bis hoch in die siebzig, bis seine Sehkraft schwand, bei dieser Arbeit aus. Meine Aufgabe war es fortan, ihm aus seinen geliebten Zeitungen vorzulesen, während er in seinem Sessel am Erkerfenster saß und in der Sonne mit den Stiefeln wippte. Ich ärgerte ihn, las bald zu schnell, bald enervierend langsam, sprang von einer Spalte zur anderen und knüpfte eine lange, chaotische Geschichte; ich las ihm bedächtig den Sportteil vor, der ihn nicht interessierte, und nuschelte die Leitartikel herunter. Nur die Geschwindigkeit, mit der seine Füße wippten, verriet seinen Ärger. Wenn ich aufhören wollte, bat er sanft, mit seiner schönen, altmodischen, klangvollen Stimme: «Nur noch die Todesanzeigen, Allen. Nur die Namen, damit ich sehe, ob jemand dabei ist, den ich kenne.» Wenn ich ihm dann bösartig die Liste der Namen entgegenbellte, in der vielleicht ein Freund verzeichnet war, bildete ich mir ein, dass ich meine Mutter rächte; ich glaubte, dass sie ihn hasse, und um ihretwillen versuchte ich, ihn auch zu hassen. Unaufhörlich beschwor sie geheimnisvolle Kränkungen, die tief unten im lichtlosen Grund einer Zeit begraben waren, in der es mich noch nicht gab, und so hatte ich nur folgern können, dass er ein böser Mann war und ihr Leben zerstört hatte, das Leben jener hellen Gestalt mit der Baskenmütze. Ich hatte keine Ahnung. Sie kämpfte mit ihm nicht, weil sie kämpfen wollte, sondern weil *sie es nicht ertragen konnte, ihn in Ruhe zu lassen.*

Manchmal, wenn ich den Blick von den bedruckten Seiten hob, von Bildern, auf denen unsere Armeen in Schwärmen zurückwichen wie bedrängte Insekten, sah ich, wie der alte Mann gerade mit leiser Bewegung das Gesicht dem warmen Sonnenschein zuwandte; es war ein trockenes, zerbrechliches Gesicht und wurde geadelt von einer dicken Krone glatten, maisfasernweichen Haars. Mir dämmerte dann, dass die Sünden, die er als Vater begangen hatte, wahrscheinlich nicht schlimmer waren als die jedes anderen Vaters. Meiner Mutter jedoch war es gegeben, den Menschen, die ihr am nächsten standen, mythische Größe zu verleihen. Ich war der Phönix. Mein Vater und meine Großmutter waren sagenhafte Eindringlingsheilige, sie eine Deutsche mit arabischem Einschlag, er ein Überläufer aus den protestantischen Wüsten New Jerseys, und beide dienten ihren Ehegefährten und versklavten sie sich mit ihren Wunderkräften an Ausdauer und Energie. Denn meine Mutter glaubte, dass sie und ebenso ihr Vater durch die Ehe zerstört und in Fesseln geschlagen worden waren von Menschen, die zwar besser, aber geringer waren als sie. Es stimmte, mein Vater hatte Mom Baer geliebt, und seit sie tot war, wirkte er mehr denn je wie ein Fremdling. Er und ihr Geist standen auf einer Seite, im Schatten, aber gesondert von des Hauses dunklem Herzen, dem Erbe an Enttäuschung und verpassten Gelegenheiten, das von meinem Großvater auf meine Mutter auf mich gekommen war und das ich, mit wenigen Schlägen meiner ausgebreiteten Flügel, rückgängig und wieder gutmachen sollte.

In dem Herbst, als ich siebzehn und im letzten Schuljahr war, fuhr ich mit drei Mädchen zu einer Debatte in einer mehr als hundert Meilen entfernten Highschool. Alle drei waren gute Schülerinnen, bekamen immer nur Einsen, sie waren von Einsen entstellt wie von Akne. Trotzdem fand ich es aufregend, eines frühen Freitagmorgens mit ihnen den Zug zu besteigen, zu einer Zeit, da unsere Schulgefährten sich gerade für die erste Unterrichtsstunde auf ihre Plätze bequemen mussten. Die Sonne warf breite Staubstreifen durchs halb leere Abteil, und vor den Fenstern entspulte Pennsylvania sich wie eine braune, mit Industrie bekritzelte Schriftrolle. Schwarze Rohre rasten über Meilen neben den Gleisen her. In rhythmischen Abständen wölbte sich eines von ihnen auf, wie der griechische Buchstabe $\Omega$. «Warum macht es das?», fragte ich. «Ist es krank?»

«Kondensation?», schlug Judith Potteiger mit ihrer schüchternen, durchsichtigen Stimme vor. Sie liebte die Naturwissenschaften.

«Nein», sagte ich. «Es hat Schmerzen. Es windet sich! Es fällt gleich über den Zug her! Vorsicht!» Ich duckte mich und hatte wirklich ein bisschen Angst.

Judith und Catharine Miller waren in meiner Klasse und hielten es für selbstverständlich, dass ich amüsant war; die Dritte aber, eine mollige Kleine aus der vorletzten Klasse mit Namen Molly Bingaman, hatte nicht gewusst, was ihr bevorstand. Sie war das Publikum, für das ich spielte. Sie war von den dreien am besten angezogen und benahm sich am gelassensten, darum argwöhnte ich, dass sie am wenigsten intelligent war. Sie war erst im letzten Augenblick für ein erkranktes Mitglied des Debattierteams eingesprungen; ich kannte sie nur vom Sehen in den Fluren und in der Aula. Von weitem wirkte sie untersetzt und vorzeitig erwachsen, mit einem Hauch von Doppelkinn. Von nahem aber war sie sanft und süß, und ihre Haut vor dem müdvioletten Stoff der Sitzbezüge leuchtete. Sie hatte eine wunderschöne, eine herzzerreißend schöne Haut, ein Bleistiftpunkt wäre ein Makel gewesen, und ihre großen blauen Augen waren ebenso klar. Sie und ich saßen nebeneinander, den beiden anderen Mädchen gegenüber, die mehr und mehr die fahle Verschlagenheit von Kupplerinnen annahmen. Sie waren es gewesen, die auf dieser Sitzordnung bestanden hatten.

Wir debattierten am Nachmittag und gewannen. Ja, die Deutsche Bundesrepublik *sollte* von jeglicher alliierten Kontrolle befreit werden. Die Schule, ein schickes Schloss am Rand einer elenden Kohlestadt, war der Schauplatz eines Debattierzyklus, an dem alle Schulen des Staats teilnahmen und der bis in den Samstag hinein dauern sollte. Am Freitagabend gab es in der Turnhalle eine Tanzveranstaltung. Ich tanzte fast nur mit Molly, aber dann tat sie sich zu meinem Ärger mit ein paar Jungen aus Harrisburg zusammen, und ich bewegte pflichtschuldig Judith und Catharine über den Tanzboden. Wir waren schwerfällige Tänzer, wir drei; nur mit Molly kam ich mir gut vor, mit ihr machte ich sogar furchtlos Rückwärtsschritte, und ihre Wange zerkrumpelte mir mein feuchtes Hemd. Die Turnhalle war mit orangefarbenem und schwarzem Krepppapier dekoriert, wegen Halloween, und die Wimpel aller am Wettstreit beteiligten Schulen hingen an den Wänden, und eine Zwölf-Mann-Band dudelte wonnevoll die melancholischen Hits des Jahres – «Heartaches», «Near You», «That's My Desire». Eine große Ballonwolke oben zwischen den Stahlträgern wurde freigelassen. Es gab rosa Punsch, und ein Mädchen von der Schule sang.

Judith und Catharine wollten gehen, bevor das Fest zu Ende war, und ich überredete Molly mitzukommen, obwohl ihr das Vergnügen buchstäblich aus allen Poren drang: Ihre makellose Haut im ovalen Ausschnitt des Kleids war gerötet und glänzte. In einem kleinen Anfall von Besitzgier und Mitleid ging mir auf, dass sie zu Hause in Olinger gegen die Konkurrenz der prunkvollen Gänse nicht ankommen konnte und dies Maß an Aufmerksamkeit also neu für sie war.

Wir gingen zusammen zu dem Haus, in dem wir vier untergebracht waren, einem großen, mit Brettern verkleideten Haus, das einem alten Ehepaar gehörte und mit einsamer Würde in einer heruntergekommenen Gegend stand. Judith und Catharine bogen in den Weg zur Haustür ein, Molly und ich aber fassten den schüchternen Entschluss – und ich glaube, den Anstoß dazu hat sie gegeben –, «nochmal kurz um den Block zu gehen». Wir gingen viele Meilen und kehrten nach Mitternacht in einem straßenbahnwagenförmigen Diner ein. Ich wollte einen Hamburger, und sie beeindruckte mich, indem sie Kaffee bestellte. Wir gingen zum Haus zurück und schlossen die Tür mit dem Schlüssel auf, den man uns gegeben hatte; aber anstatt nach oben zu gehen in unsere Zimmer, setzten wir uns unten ins dunkle Wohnzimmer und unterhielten uns leise noch viele Stunden lang.

Worüber wir sprachen? Ich erzählte von mir. Es ist schwierig, zu hören, und noch schwieriger, sich zu merken, was man selbst sagt, so wie es einem Filmprojektor, gäbe man ihm Leben, schwer fiele, die Schatten zu sehen, die sein Lichtauge wirft. Eine Niederschrift des Monologs, den ich während des weiten Wendepunkts jener Nacht gehalten habe, mit all der Eingebildetheit, die aus jedem Wort sprach, würde, wenn ich sie überhaupt zustande brächte, das Bild verzerren: dieses Wohnzimmer, meilenweit weg von zu Hause, die Straßenbeleuchtung, die durch den Spalt zwischen den Vorhängen drang und yardstockhohe Lichtstäbe auf die Tapete stellte, unsere Gastgeber und Begleiterinnen, die oben schliefen, das unaufhörliche Wispern meiner Stimme, die kaffeetrunkene Molly auf dem Fußboden neben meinem Sessel, ihre auf dem Teppich ausgestreckten bestrumpften Beine; und diese sonderbare Atmosphäre im Zimmer, eine Aura ohne Geruch, ohne Geschmack, als dehne sich eine Wasserfläche.

An einen Punkt unserer Unterhaltung kann ich mich erinnern. Ich habe von den steilen Wogen der Todesangst gesprochen, die mich seit frühester Kindheit überrollt hatten, ungefähr alle drei Jahre einmal, und ich schloss mit der Vermutung, dass man wohl großen Mut haben müsse, um Atheist zu sein. «Aber du wirst bestimmt mal einer», sagte Molly. «Bloß um dir zu beweisen, dass du mutig genug bist.» Ich war geschmeichelt. Wenige Jahre später, als mir noch viele ihrer Worte im Ohr nachklangen, ging mir auf, wie rührend unbedarft unsere Annahme war, ein Atheist sei ein einsamer Rebell; Massen von Menschen sind im Atheismus vereint, und ins Vergessen zu fallen – diese dunkle bleischwere See, die von Zeit zu Zeit über mir zusammenschlug – ist für sie von so geringfügigem Gewicht wie das Portemonnaie in der Hüfttasche. Diese groteske und zarte Fehleinschätzung der Welt glimmt in meiner Erinnerung an unser Gespräch wie eines der unzähligen Streichhölzer, die wir angezündet haben.

Das Zimmer füllte sich mit Rauch. Zu müde, um noch länger zu sitzen, legte ich mich neben sie auf den Boden und streichelte stumm ihren Silberarm, war aber zu schüchtern, auf die weite negative Aura zu reagieren, die ich nicht als das verstand, was sie war: Einwilligung. Oben an der Treppe, als ich gerade zu meinem Zimmer gehen wollte, kam Molly entschlossen auf mich zu und küsste mich. Mit unbeholfener Gewalt drang ich ein in den negativen Raum, der für mich bereitstand. Der Lippenstift verschmierte zu hässlichen kleinen Flecken auf der Haut um ihren Mund; es war, als bekäme ich ein Gesicht zu essen, und dass es dabei Knochenhärte gab – den Schädel unter der Kopfhaut, Zähne hinter den Lippen –, behinderte mich. Wir standen lange unter der brennenden Flurlampe, bis mir der Hals vom Bücken wehtat. Meine Beine zitterten, als wir uns endlich trennten und jeder sich in sein Zimmer stahl. Im Bett dachte ich: «Allen Dow warf sich ruhelos herum», und stellte fest, dass ich zum ersten Mal an diesem Tag in der dritten Person an mich gedacht hatte.

Am Samstagvormittag verloren wir die Debatte. Ich war verschlafen und weitschweifig und überheblich, und einige Schüler im Publikum riefen «Buh!», sobald ich den Mund auftat. Der Direktor kam auf die Bühne und hielt eine tadelnde Rede, die mir und meinem Anliegen, einem keinem Zwang unterworfenen Deutschland, ein Ende machte. Auf der Heimfahrt richteten Catharine und Judith es so ein, dass sie hinter Molly und mir saßen; so konnten sie nur unsere Hinterköpfe bespitzeln. Auf dieser Heimfahrt ahnte ich zum ersten Mal, was es bedeutet, eine Demütigung im Körper einer Frau zu begraben. Nichts, nur das Reiben meines Gesichts an ihrem, konnte den Widerhall jener Buh-Rufe ersticken. Wenn wir uns küssten, wallte ein roter Schatten hinter meinen Lidern auf und verdunkelte die feindseligen, johlenden Gesichter im Publikum, und wenn unsere Lippen voneinander ließen, ebbte das helle Meer in mir zurück, und die Gesichter waren wieder da, deutlicher als zuvor. Erschauernd vor Scham versteckte ich mein Gesicht an ihrer

Schulter, und in der warmen Dunkelheit dort, während eine Rüsche ihres braven Kleids mich sanft an der Nase kratzte, fühlte ich mich eins mit Hitler und all den Verbrechern, Verrätern, Verrückten und Versagern, denen es gelungen war, bis zum Augenblick der Gefangennahme oder des Todes eine Frau bei sich zu halten. Das war mir immer ein Rätsel gewesen. In der Highschool waren weibliche Wesen stolz und unnahbar; in den Zeitungen waren sie märchenhafte Ungeheuer an Ergebenheit. Und nun gab Molly mir Trost mit kleinen Bewegungen und körperlichen Anpassungen, die etwas verblüffend Praktisches hatten.

Unsere Eltern holten uns am Bahnhof ab. Ich war erschrocken, wie müde meine Mutter aussah. Tiefe blaue Einkerbungen waren zu beiden Seiten ihrer Nase, und ihr Haar wirkte irgendwie abgetrennt vom Kopf, so als wäre es eine struppige, halb graue Perücke, die sie sich achtlos aufgesetzt hatte. Sie war in ihren mittleren Jahren korpulent geworden und trug ihr Gewicht aufrecht, wie einen stolzen Besitz, jetzt aber war es ihrer Herrschaft entglitten und schien im grämlichen Licht des Bahnsteigs auf der Welt zu lasten. Ich fragte: «Wie geht es Grandpa?» Er hatte sich vor einigen Monaten wegen Schmerzen in der Brust ins Bett gelegt.

«Er singt noch», sagte sie, ziemlich scharf. Um sich in seiner zunehmenden Blindheit zu unterhalten, hatte mein Großvater vor langer Zeit mit dem Singen angefangen, und mit seiner schönen alten Stimme sang er, wann immer es ihm gefiel, Choräle, vergessene komische Balladen und Lagerfeuerlieder. Sein Gedächtnis wurde immer besser, je länger er lebte.

Die Gereiztheit meiner Mutter wurde in der engen Höhle des Autos noch deutlicher; ihr schweres Schweigen bedrückte mich. «Du siehst so müde aus, Mutter», sagte ich; ich wollte die Offensive ergreifen.

«Das ist nichts im Vergleich dazu, wie *du* aussiehst», antwortete sie. «Was ist da oben passiert? Du lässt die Schultern hängen wie ein alter Ehemann.»

«Nichts ist passiert», log ich. Meine Wangen brannten, als hätte der glühende unbewegliche Zorn meiner Mutter die Kraft, mich zu versengen.

«Ich kenne die Mutter der kleinen Bingaman, seit wir damals in die Stadt gezogen sind. Sie war das eingebildetste kleine Stück nördlich der Pike. Die sind vom guten alten Olinger-Schlag. Die wollen keine Hillbillys.»

Mein Vater versuchte, das Thema zu wechseln. «Also, eine Debatte hast du gewonnen, Allen, das ist mehr, als ich je geschafft hätte. Ich begreife nicht, wie du das machst.»

«Das hat er von dir, Victor. Ich habe noch nie eine Debatte mit dir gewonnen.»

«Er hat es von Pop Baer. Wenn der in die Politik gegangen wäre, Lilian, das ganze Elend seines Lebens wär ihm erspart geblieben.»

«Dad war nie ein Debattierer. Er war ein Tyrann. Geh nicht mit kleinen Frauen, Allen. Es bringt dich zu nah an die Erde.»

«Ich gehe mit niemandem, Mutter. Du hast wirklich eine blühende Phantasie.»

«Na, wie sie da mit schwabbelndem Doppelkinn aus dem Zug gestiegen ist, kam sie mir vor, als hätte sie gerade einen Kanarienvogel verspeist. Und dann meinen armen Sohn, der nur aus Haut und Knochen besteht, ihren Koffer tragen zu lassen! Als sie an mir vorbeiging, hatte ich ehrlich Angst, sie spuckt mir ins Gesicht.»

«Irgendjemandes Koffer *musste* ich tragen. Ich bin sicher, sie weiß gar nicht, wer du bist.» Das stimmte zwar, aber ich hatte in der vergangenen Nacht ziemlich viel von meiner Familie erzählt.

Meine Mutter wandte sich von mir ab. «Da hast du's, Victor – er verteidigt sie. Als ich in seinem Alter war, hat die Mutter dieses Mädchens mich so geschnitten, dass ich noch heute davon blute, und jetzt greift mein eigener Sohn mich wegen ihrer dicken kleinen Tochter an. Ich möchte wissen, ob ihre Mutter sie dazu angestiftet hat, ihn zu angeln.»

«Molly ist ein nettes Mädchen», sagte mein Vater beschwichtigend. «Sie hat mir im Unterricht nie Kummer gemacht, wie so manche von den dünkelhaften kleinen Mistviechern.» Aber dafür, dass er ein solcher Christenmensch war, brachte er den Lobspruch merkwürdig schwunglos vor.

Dass ich mit Molly Bingaman ging, passte niemandem, wie ich entdeckte. Meine Freunde – weil ich komisch sein konnte, hatte ich tatsächlich einige Freunde, Klassenkameraden, deren Liebesgeschichten über meinen Kopf hinweg stattfanden, die mich aber, als Clown, bei ihren geselligen Zusammenkünften duldeten – sprachen nie mit mir über Molly, und wenn ich sie zu ihren Partys mitbrachte, taten sie so, als sei sie Luft, und so nahm ich Molly nicht mehr mit. Die Lehrer lächelten mit merkwürdig schmalen Lippen, wenn sie sahen, wie wir nebeneinander an Mollys Spind lehnten oder im Treppenhaus zusammenstanden. Der Englischlehrer der elften Klasse – einer meiner «Förderer» unter den Lehrern, einer, der mich unentwegt «herausfordern» und mein «Potential ausschöpfen» wollte – nahm mich beiseite und erklärte mir, wie dumm sie sei. Sie könne einfach nicht die logischen Prinzipien einschränkender und nichteinschränkender Relativsätze begreifen. Er vertraute mir ihre Satzgliederungsfehler an, als verrieten sie – was sie einesteils auch wirklich taten – eine Beschränktheit, die sich hinter artigen Manieren verbarg. Sogar die Fabers, ultrarepublikanische Eheleute, die nahe der Highschool eine Luncheonette betrieben, zeigten sich erfreut, wann immer Molly und ich in Unfrieden auseinander gingen, und ließen sich nicht darin beirren, meine Bindung an sie als lustige Spielerei zu betrachten, genauso wie mein Kommunistengehabe Mr. Faber gegenüber. Die ganze Stadt schien sich im Phantasiegespinst meiner Mutter verheddert zu haben, nämlich dass das mir zugedachte Schicksal in der Flucht liege. Es war, als sei ich ein aus der Art geschlagener Spross, den die geisterhaften Ältesten von der Gemeinschaft abgesondert hatten und bei passender Gelegenheit der Luft zu überantworten gedachten; das entsprach dem zwiespältigen Gefühl, das mich in dieser Stadt nie verlassen hat: gleichzeitig umworben und abgelehnt zu sein.

Mollys Eltern waren gegen uns, weil meine Familie in ihren Augen deklassiert war. Mir wurde so beharrlich eingehämmert, ich sei zu gut für Molly, dass ich gar nicht auf die Idee kam, sie könne, mit anderem Maß gemessen, zu gut für mich sein. Außerdem schirmte Molly mich ab. Nur ein Mal, als ich sie mit einer langatmigen, herablassenden Seelenbeichte aufgebracht hatte, warf sie mir hin, dass ihre Mutter mich nicht leiden könne. «Warum nicht?», fragte ich, ehrlich überrascht. Ich bewunderte Mrs. Bingaman – sie war so schön erhalten – und fühlte mich immer wohl in ihrem Haus mit dem weißen Holzwerk und den zueinander passenden Möbeln und den Vasen voller Iris, die graziös vor blanken Spiegeln ragten.

«Ach, ich weiß nicht. Sie findet, du bist oberflächlich.»

«Aber das stimmt nicht! Niemand nimmt sich selbst so ernst wie ich!»

Während Molly mich vor Bösartigkeiten seitens der Bingaman-Fronde beschützte, teilte ich ihr den Dow-Standpunkt mehr oder minder unverblümt mit. Es machte mich wütend, dass niemand mir erlaubte, stolz auf sie zu sein. Und ich reagierte, indem ich ihr mit Fragen zusetzte. Warum war sie so dumm in Englisch? Warum kam sie mit meinen Freunden nicht zurecht? Warum sah sie so plump und hochnäsig aus? – dies Letzte trotz der Tatsache, dass ich sie oft, vor allem in intimen Augenblicken, wunderschön fand. Und besonders wütend war ich auf sie, weil diese Geschichte eine gemeine, hysterische, rohe Seite meiner Mutter zum Vorschein brachte, die mir sonst vielleicht verborgen geblieben wäre. Ich hatte gehofft, ich könne meine Angelegenheiten vor ihr geheim halten, aber selbst wenn ihre Intuition nicht so erbarmungslos gewesen wäre: Mein Vater in der Schule erfuhr sowieso alles. Meine Mutter sagte manchmal sogar, es sei ihr ganz egal, ob ich mit Molly was hätte; mein Vater war's, der sich aufregte. Wie ein toller Hund, den man an einem Bein festgebunden hat, schnappte er um sich und erging sich in so absurden Behauptungen – zum Beispiel, dass Mrs. Bingaman mir Molly auf den Hals gehetzt habe, nur damit ich nicht aufs College ginge und den Dows ja keinen Grund gäbe, stolz zu sein –, dass wir beide in Lachen ausbrachen, meine Mutter und ich. Lachen hatte in jenem Winter schuldvollen Klang in unserm Haus. Mein Großvater lag im Sterben, er lag oben und sang und hustete und weinte, wie ihm gerade der Sinn stand, und wir waren zu arm, um eine Pflegerin zu bestellen, und zu nett und zu feige, ihn in ein «Heim» zu bringen. Es war schließlich immer noch sein Haus. Jeder Laut, der von ihm kam, zerriss meiner Mutter das Herz, und sie konnte nicht mehr oben in seiner Nähe schlafen, sondern durchwachte die Nächte unten auf dem Sofa. In ihrer Verzweiflung sagte sie Unverzeihliches zu mir, sogar noch, während ihr die Tränen übers Gesicht strömten. Nie habe ich so viele Tränen gesehen wie in jenem Winter.

Jedes Mal, wenn ich meine Mutter weinen sah, kam es mir so

vor, als müsse ich Molly zum Weinen bringen. Ich entwickelte große Fertigkeit darin; sie stellte sich ganz von selbst ein bei einem Einzelkind, das sein Leben lang von unglücklichen Erwachsenen umgeben war. Sogar wenn wir einander ganz nah waren, beide halb nackt, sagte ich etwas, das sie auf Distanz halten sollte. Wir haben nie richtig miteinander geschlafen. Mein Grund dafür war eine Mischung aus Idealismus und Aberglaube; ich hatte das Gefühl, dass sie für immer mein sein würde, wenn ich ihr die Jungfräulichkeit nähme. Ich maß einer bloßen Äußerlichkeit übertriebenen Wert bei; sie gab sich mir auch so ganz, ich hatte sie auch so und habe sie noch, denn je länger ich den Weg gehe, den ich mit ihr nicht hätte gehen können, desto deutlicher wird mir, dass sie der einzige Mensch ist, der mich nicht um eines Vorteils willen geliebt hat. Ich war ein unansehnlicher, komisch ehrgeiziger armer Junge und habe es nicht einmal fertig gebracht, ihr zu sagen, dass ich sie liebte, habe es nicht vermocht, das Wort «Liebe» auszusprechen – eine eisige Pedanterie, die mich entsetzt, nun da ich den Kontext, in dem mir das klug erschien, nahezu vergessen habe.

Zur Krankheit meines Großvaters und dem Unglück meiner Mutter und zu meiner bangen Ungeduld, ob ich wohl ein Stipendium für das einzige College bekäme, das gut genug für mich war, kamen die Belastungen meiner vielfältigen Bagatellpflichten während des letzten Schuljahrs. Ich war für die Eintragungen im Jahrbuch verantwortlich, für das Layout der Schülerzeitung, war Vorsitzender des Ausschusses für Abschiedsgeschenke, Leiter der Versammlung der Abgehenden und Packesel für die Lehrer. Verängstigt durch meines Vaters Schilderungen von Nervenzusammenbrüchen, die er erlebt hatte, lauschte ich unablässig darauf, wann mein Gehirn wohl ausrasten würde, und die Vorstellung von dieser grauen, unendlich vermaschten Substanz wurde zu meiner einzigen, alles umfassenden Welt, ein dichter organischer Kerker, und ich fühlte, ich musste heraus; wenn mir der Ausbruch gelänge, wenn ich den Juni erreichte, dann gäbe es blauen Himmel, und mein Leben würde sich zum Guten wenden.

Eines Freitagabends im Frühling, als ich mich schon über eine Stunde damit abgeplagt hatte, fünfunddreißig herzliche Worte fürs Jahrbuch zusammenzubringen, über ein nichts sagendes Mädchen aus dem Handelskurs, das ich nur vom Sehen kannte, hörte ich, wie mein Großvater oben zu husten begann; es klang, als reiße eine trockene Membran, und Panik ergriff mich. Ich rief die Treppe hinauf: «Mutter! Ich muss noch weg!»

«Es ist neun.»

«Ich weiß, aber ich muss. Ich werde verrückt!»

Ohne ihre Antwort abzuwarten und ohne mir eine Jacke mitzunehmen, lief ich aus dem Haus und holte unser altes Auto aus der Garage. Am Wochenende davor hatte ich mich wieder mit Molly zerstritten. Die ganze Woche hatte ich nicht mit ihr gesprochen, dabei war ich ihr einmal bei Fabers begegnet, sie war mit einem Jungen aus ihrer Klasse dort und wandte das Gesicht ab, während ich, neben dem Flipperautomaten lehnend, rüde Witzeleien in ihre Richtung schickte. Ich wagte nicht, so spät am Abend an ihre Haustür zu klopfen; ich parkte einfach auf der anderen Straßenseite und beobachtete die erleuchteten Fenster. Durchs Wohnzimmerfenster konnte ich eine von Mrs. Bingamans Vasen mit Treibhausiris sehen, die auf einem weißen Kaminsims stand, und mein offenes Autofenster ließ die Frühlingsluft herein, die köstlich nach nasser Asche roch. Molly war vermutlich mit dem Schwachkopf aus ihrer Klasse ausgegangen. Aber da öffnete sich die Tür der Bingamans, und Molly trat in das Rechteck aus Licht. Sie stand mit dem Rücken zu mir, hatte einen Mantel überm Arm, und ihre Mutter schien zu keifen. Molly schloss die Tür, lief von der Veranda herunter, über die Straße und stieg rasch ins Auto, mit niedergeschlagenen Augen. *Sie ist gekommen.* Wenn ich irgendwann alles vergessen haben werde – ihren pudrigen Duft, ihre leuchtende kühle Haut, ihre Unterlippe, die wie ein geschwungenes Kissen aus zweierlei Stoff war, dem staubig roten Äußern und dem feuchtrosa Innern –, dies eine wird mir immer schmerzlich im Gedächtnis bleiben: Sie ist zu mir gekommen.

Als ich sie wieder nach Hause gebracht hatte – sie sagte, ich müsse mir keine Sorgen machen, ihre Mutter schreie gern –, fuhr ich zu dem Diner gleich jenseits der Stadtgrenze, der die ganze Nacht geöffnet war, aß drei Hamburger, die ich einzeln, einen nach dem andern, bestellte, und trank zwei Gläser Milch. Es war nach eins, als ich zu Hause ankam, aber meine Mutter war noch wach. Sie lag im Dunkeln auf dem Sofa, das Radio auf dem Fußboden spielte leisen Dixieland, der von New Orleans über Philadelphia hereinkam. Radiomusik war ein fester Bestandteil ihres schlaflosen Lebens; die Geräusche ihres Vaters oben ließen sich damit übertönen, aber das war's nicht allein, die Musik an sich schien ihr Freude zu machen. Wenn mein Vater sie bat, sie solle ins Bett kommen, sagte sie jedes Mal, das New-Orleans-Programm sei noch nicht zu Ende. Das Radio war ein altes Philco, das wir schon immer hatten; ich hatte einmal einen Fisch auf die orangefarbene Scheibe der Zelluloidskala gemalt, weil sie meinen Kinderaugen wie ein Goldfischglas vorgekommen war.

Die Einsamkeit meiner Mutter zerrte an mir. Ich ging ins Wohnzimmer und setzte mich auf einen Stuhl, mit dem Rücken zum Fenster. Lange Zeit sah sie mich gespannt aus dem Dunkel an. «Na», sagte sie schließlich, «wie war das geile kleine

Stück?» Die Vulgarität ihrer Sprache, seit Beginn dieser Affäre, erschreckte mich.

«Ich habe sie zum Weinen gebracht», sagte ich.

«Warum quälst du das Mädchen?»

«Um dir einen Gefallen zu tun.»

«Du tust mir keinen Gefallen damit.»

«Also, dann hack nicht mehr auf mir rum.»

«Ich hacke nicht mehr auf dir herum, wenn du mir ernsthaft versicherst, dass du sie heiraten willst.»

Ich sagte nichts darauf, sie wartete eine Weile und fuhr dann mit veränderter Stimme fort: «Eigentlich komisch, dass sich bei dir so eine Schwäche zeigt.»

«Schwäche ist ein merkwürdiger Ausdruck – wo es doch das Einzige ist, das mir Kraft gibt.»

«Wirklich, Allen? Nun ja. Mag sein. Ich vergesse immer, dass du hier geboren bist.»

Oben, dicht über unseren Köpfen, begann mein Großvater mit brüchiger, aber immer noch melodischer Stimme zu singen: «Es gibt einen glücklichen Ort, weit weit in der Ferne, und Engel im Glorienschein dort, hell hell wie die Sterne.» Wir lauschten, und seine Stimme brach in einem Hustenanfall, einem furchtbaren, berstenden Husten, der zornig anschwoll und sich aus der Brust herauskämpfte, und laut vor Angst rief mein Großvater den Namen meiner Mutter. Sie rührte sich nicht. Die Stimme wurde riesig, wurde tyrannisch, rief immer wieder: «Lillian! Lillian!», und ich sah, wie die Gestalt meiner Mutter erzitterte unter der Macht, die von der Treppe her auf sie eindrang; sie war wie ein Damm; und dann, als mein Großvater einen Augenblick still war, flutete die Macht in der Dunkelheit auf mich zu, und ich wurde ungeheuer wütend und hasste diese schwarze Masse des Leidens, konnte mir aber gleichwohl rasch und leicht ausrechnen, dass ich zu schwach war, ihr standzuhalten.

In trockenem Ton, einer Mischung aus Bestimmtheit und Abneigung – wie hart mein Herz geworden war –, sagte ich: «Na schön. Diese Runde geht an dich, Mutter, aber es ist die letzte.»

Die Angst, die mich nach dieser beispiellosen eiskalten Unverschämtheit ansprang, löschte meine Sinne aus; der Stuhl unter mir war nicht mehr fühlbar, die Wände und Möbel des Zimmers versanken, nur der trüb orangefarbene Schein der Radioskala unten am Boden blieb übrig. Mit rauer Stimme, die aus großer Ferne zu kommen schien, sagte meine Mutter – und sie sagte es so melodramatisch, wie es ihre Art war –: «Leb wohl, Allen.»

## Glücklicher war ich nie

Neil Hovey kam, um mich abzuholen, er hatte einen feinen Anzug an. Er parkte den grauen Chrysler seines Vaters auf der Lehmrampe neben unserer Scheune, stieg aus, stand an der offenen Autotür in einem doppelreihigen hellbraunen Gabardineanzug, die Hände in den Taschen, das Haar nass zurückgekämmt, und blinzelte zu einem Blitzableiter hinauf, den vor langer Zeit ein Orkan umgeknickt hatte.

Wir wollten nach Chicago fahren, und ich hatte mir abgewetzte Slacks und ein ausgedientes Cordhemd angezogen. Neil war der Freund, mit dem ich immer am ungezwungensten umgegangen war, und so machte es mir nichts weiter aus. Meine Eltern und ich, wir gingen vom Haus aus über die Rasenfläche, die hauptsächlich aus Matsch bestand nach dem Tauwetter, das am Weihnachtstag eingesetzt hatte, und meine Großmutter, der ich doch schon drinnen im Haus einen Abschiedskuss gegeben hatte, trat auf die Veranda heraus, gebückt und ziemlich zornig blickend, um den Kopf den Heiligenschein weißen Haars, wie wilde alte Frauen ihn haben, mit der schlimmer von der Parkinson'schen Krankheit betroffenen Hand besorgt vor der Brust hin und her wedelnd. Es wurde schon dunkel, und mein Großvater war zu Bett gegangen. «Trau niemals einem Mann, der eine rote Krawatte trägt und einen Mittelscheitel hat», war sein letzter Rat gewesen.

Seit dem frühen Nachmittag schon hatten wir mit Neil gerechnet. Ich war neunzehn, fast zwanzig, Sophomore am College und war über Weihnachten nach Hause gefahren. Im Herbst hatte ich in einem Kurs für Bildende Kunst ein Mädchen kennen gelernt, in das ich mich verliebt hatte, und nun sollte ich zu der Silvesterparty kommen, die ihre Eltern jedes Jahr gaben, und ein paar Tage bei ihr zu Hause verbringen. Sie wohnte in Chicago und Neil jetzt auch, aber er war bei uns auf der Highschool gewesen. Sein Vater hatte einen Job – verkaufte Stahl, meinem Eindruck nach, ein Riese von einem Mann, der eine Aktenmappe aufklappt und sagt: «Die T-Träger sind sehr gut dies Jahr» –, einen Job, der ihn nie sesshaft werden ließ, sodass Neil mit ungefähr dreizehn zu den Eltern von Mrs. Hovey gegeben worden war, den Lancasters. Sie hatten in Olinger gelebt, seit der Ort eine Stadt war. Der alte Jesse Lancaster, dessen kranker Kehlkopf pfiff, wenn er uns Jungen seine haarsträubenden, tollen Gedanken über die Mädchen verriet, die den ganzen Tag an seiner Veranda vorbeispazierten, war sogar zweimal Stadtverordneter gewesen. Neils Vater hatte mittlerweile einen festen Arbeitsplatz, aber er ließ Neil bis zum Highschool-Abschluss in Olinger. Am Tag nach der Abschlussprüfung fuhr Neil in einem Stück, ohne anzuhalten, zu seinen Eltern. Von Chicago bis in diese Gegend von Pennsylvania braucht man siebzehn Stunden. Während der zwanzig Monate, die Neil nun fort war, hatte er diese Fahrt zu uns in den Osten ziemlich oft gemacht; er fuhr gern Auto, und Olinger war der einzige Ort, der für ihn so etwas wie Heimat bedeutete. In Chicago arbeitete er in einer Autowerkstatt und ließ sich von der Army seine übereinander gewachsenen Zähne richten, damit er eingezogen werden konnte. Korea war gerade im Gange. Er musste jetzt zurück, und ich wollte auch nach Chicago, das fügte sich also glücklich. «Du bist so aufgetakelt», warf ich ihm sofort vor.

«Ich habe mich verabschiedet.» Sein Schlipsknoten hatte sich gelockert, und seine Mundwinkel waren rosa verschmiert. Noch Jahre später erinnerte meine Mutter sich daran, wie biergeschwängert sein Atem ihr an diesem Abend entgegengeschlagen war und dass sie Angst gehabt hatte, mich mit ihm ziehen zu lassen. «Dein Großvater hat seinen Großvater immer für einen sehr dubiosen Charakter gehalten», hatte sie gesagt.

Mein Vater und Neil verstauten mein Gepäck im Kofferraum; ich hatte alle Sachen wieder eingepackt, die ich mitgebracht hatte, denn wir wollten zusammen mit dem Zug zum College zurückfahren, das Mädchen und ich, und bis zum Frühling würde ich nicht wieder nach Hause kommen.

«Na dann, auf Wiedersehn, Jungs», sagte meine Mutter. «Ich finde euch alle beide sehr mutig.» Was mich betraf, so bezog sich das ebenso aufs Mädchen wie auf die Straße.

«Machen Sie sich keine Sorgen, Mrs. Nordholm», sagte Neil rasch. «Er wird sicherer sein als in seinem Bett. Ich wette, er schläft von hier bis Indiana.» Und er sah mich an mit dem aufreizend echt nachgeahmten liebevollen Blick meiner Mutter. Die beiden gaben sich die Hand zum Abschied, und eine Eintracht herrschte zwischen ihnen, die sich auf meine totale Hilflosigkeit gründete. Es irritierte mich, dass er so glatt war, aber andererseits, man kann jahrelang mit jemandem befreundet sein, ohne je erlebt zu haben, wie er mit Erwachsenen umgeht.

Ich umarmte meine Mutter und versuchte, über ihre Schulter hinweg mit der Kamera meines Kopfes eine Aufnahme zu machen, die ich mitnehmen konnte, einen Schnappschuss vom Haus, vom Wald dahinter, vom Sonnenuntergang hinter dem Wald, von der Bank unter dem Walnussbaum, auf der mein Großvater immer saß und Äpfel schälte und in kleine Schnitze zerteilte, die er sich dann in den Mund schob, und von den Radspuren im weichen Rasen, die das Bäckereiauto am Morgen hinterlassen hatte.

Wir fuhren die halbe Meile auf der ungepflasterten Straße zum Highway, der in der einen Richtung nach Alton führte, über Olinger, und in der anderen sich durch Farmland schnitt, zur

Turnpike hin. Es war ein Genuss, sich nach dem strapaziösen Abschied mit spitzen Fingern eine Zigarette aus dem Päckchen in der Hemdtasche zu holen. Meine Familie wusste, dass ich rauchte, aber ich tat es nie in ihrer Gegenwart; wir waren alle zu feinfühlig, um eine solche Peinlichkeit zu ertragen. Ich zündete meine Zigarette an und hielt dann Neil das Streichholz hin. Es war eine unangestrengte Freundschaft. Wir waren etwa gleich groß, gleich inkompetent beim Sport und hatten beide nicht dies gewisse Etwas, was immer das war, das man brauchte, um bei schönen Mädchen Hingabe und Ergebenheit zu wecken. Aber mir schien, das Wichtigste – bei unserer Freundschaft wie auch bei unserem Unvermögen, die Liebe, die wir für Frauen empfanden, in die Tat umzusetzen – war, dass wir beide mit Großeltern zusammenlebten. Das schärfte unseren Blick sowohl zurück als auch nach vorn; wir waren mit Nachtgeschirren vertraut und mit den mitternächtlichen Hustenanfällen, von denen die meisten Männer früher oder später geschüttelt werden, und wir hatten einen Begriff von einer Kindheit vor 1900, als der Farmer Herr über das Land war und Amerika westwärts schaute. Eine Dimension war uns gemein, die uns mild und humorvoll unter unseresgleichen machte, aber schüchtern bei Tanzveranstaltungen und zaudernd im Auto. Mädchen hassen es, wenn Jungen Skrupel haben, sie empfinden das als Beleidigung. Zahmheit mögen verheiratete Frauen schätzen. (Dachte ich damals.) Ein Mädchen, dem aus blauem Himmel Gaben zugefallen sind, die es mit allem Elfenbein Afrikas und allem Gold Asiens aufnehmen können, will mehr als bloß einen netten Kerl, wenn es diese Gaben verschenken soll.

Beim Highway angekommen, bog Neil nach rechts Richtung Olinger ab und nicht nach links zur Turnpike. Meine Reaktion darauf war, dass ich mich umdrehte und, durchs Rückfenster spähend, mich vergewisserte, dass niemand bei mir zu Hause uns sehen konnte, obschon ein rosa Sandsteindreieck durch die Baumkronen schimmerte.

Als er wieder im dritten Gang war, fragte Neil: «Hast du es eilig?»

«Nein, nicht besonders.»

«Schuman gibt seine Silvesterparty zwei Tage früher, wir können also hin. Ich hab gedacht, wir feiern ein paar Stunden mit und ersparen uns den Freitagabendstau auf der Pike.» Sein Mund bewegte und schloss sich vorsichtig über den stumpfsilbernen schmerzhaften Zahnspangen.

«Klar», sagte ich. «Ist mir recht.» Und bei allem, was danach kam, wurde ich das Gefühl nicht los, aufgelesen und mitgenommen worden zu sein.

Von der Farm bis Olinger waren es vier Meilen; wir fuhren durch die Buchanan Road und kamen an dem großen weiß gestrichenen Backsteinhaus vorbei, in dem ich bis zu meinem dreizehnten Jahr gelebt hatte. Mein Großvater hatte es gekauft, bevor ich auf die Welt kam und seine Aktien wertlos wurden, was sich im selben Jahr zugetragen hatte. Die neuen Besitzer hatten Schnüre mit bunten Glühbirnen rings um die Eingangstür und an den Kanten des Verandadaches angebracht. Weiter drinnen in der Stadt, im Schaufenster des Drugstore, nickte noch immer der Papp-Santa-Claus mit dem Kopf, aber aus dem Lautsprecher auf dem Rasen des Bestattungsunternehmers dudelten keine Weihnachtslieder mehr. Es war inzwischen ziemlich dunkel, und die roten und grünen Lichterbogen über der Grand Avenue sahen wunderbar schwebend aus. Bei Tag sah man, dass die Birnen einfach an verschieden langen Schnüren von einem geraden Kabel herunterhingen. Larry Schuman wohnte am anderen Ende der Stadt, in dem neueren Teil. Lichter liefen vorn an allen Kanten des Hauses hinauf und an der ganzen Regenrinne entlang. Beim Nachbarn stand ein Rentierschlitten aus Sperrholz im Vorgarten und wurde von einem Scheinwerfer angestrahlt, und ein Schneemann aus Pappmaché lehnte beschwipst (seine Augen waren Xe) an der Hausecke. Richtiger Schnee war in diesem Winter noch nicht gefallen. Aber die Luft gab an diesem Abend zu spüren, dass strengeres Wetter kommen würde.

Im Wohnzimmer bei den Schumans war es warm. In der einen Ecke ragte eine mit Lametta überschüttete Blautanne bis zur Decke; um ihren Fuß brandete eine Flut von Einwickelpapier, Schleifenband und Schachteln, von denen einige noch Geschenke enthielten, Handschuhe und Taschenkalender und andere Kleinigkeiten, die der Strom des Überflusses noch nicht absorbiert hatte. Die Kugeln waren so groß wie Baseballe und alle entweder karmesinrot oder indigoblau; der Baum war so fabelhaft angezogen, dass ich mich ganz befangen fühlte in einem Zimmer mit ihm, so ohne Jackett und Schlips, in einem alten grünen Hemd mit viel zu kurzen Ärmeln. Alle, außer mir, waren für eine Party angezogen. Dann stapfte behäbig Mr. Schuman herein und donnerte uns mit seinem Willkommensgruß zusammen, Neil und mich und die drei anderen Jungen, die bislang aufgekreuzt waren. Er und seine Frau wollten einen Besuch in der Stadt machen, er trug einen kamelhaarfarbenen Überzieher und einen silbrigen Seidenschal und rauchte eine Zigarre, an der noch die Banderole war. Wenn man Mr. Schuman sah, wusste man, woher Larry seine roten Haare und die weißen Wimpern und das Selbstvertrauen hatte, aber was beim Sohn schmunzelig und drängelig wirkte, das war beim Vater gewitzt und gekonnt. Was einen bei dem einen nervös machte, gab einem bei dem andern ein Gefühl der Behaglichkeit. Während Mr. Schuman seine

Späße mit uns machte, unterhielt Zoe Loessner, eine neue Flamme von Larry und vorläufig das einzige Mädchen auf der Party, sich artig mit Mrs. Schuman, nickte mit dem ganzen Hals, spielte mit ihrer Kaufhaus-Perlenkette und blies den Zigarettenrauch aus dem Mundwinkel heraus, damit er der älteren Dame nicht ins Gesicht wehe. Jedes Mal, wenn Zoes Mund eine Rauchfeder entquoll, hüpfte der Überhang honigblonden Haars an ihrer Schläfe. Mrs. Schuman strahlte heiter-mild über ihrem Nerzmantel und dem strassbesetzten Täschchen. Es war merkwürdig, sie so zu sehen, aufgezäumt mit dem Geschirr des Wohlstands, der normalerweise eine unsichtbare Stütze für ihre Gutmütigkeit war, wie eine stabile Matratze unter einer hellen, freundlichen Steppdecke. Jeder mochte sie. Sie war ein Musterkind des County, eine Pennsylvaniadeutsche mit Söhnen, die nichts lieber tat, als ihren Söhnen etwas zu essen zu machen, und die glaubte, dass die ganze Welt, wie ihr eigenes Leben, sich in Freuden drehe. Ich habe sie niemals *nicht* lächeln gesehen, außer im Umgang mit ihrem Mann. Schließlich schob sie ihn zur Tür hinaus. Er drehte sich auf der Schwelle noch einmal um, machte eine komische Bewegung mit den Knien und rief uns zu: «Seid brav, und wenn ihr nicht brav sein könnt, seht euch wenigstens vor!»

Als die Luft rein war, musste als Nächstes Alkohol beschafft werden. Es lief immer gleich ab. Hatte jemand einen gefälschten Führerschein? Wenn nicht, wer riskierte es, seinen zu fälschen? Larry konnte mit Tusche dienen. Vielleicht kam ja auch Larrys älterer Bruder nach Haus, dann könnte der fahren, wenn es nicht zu lange dauerte. Allerdings fuhr Dale am Wochenende oft direkt von seinem Arbeitsplatz zur Wohnung seiner Verlobten und blieb über Sonntag dort. Für den Fall, dass alle Stränge rissen, kannte Larry einen illegalen Laden in Alton, aber die nahmen einen da so schamlos aus. Das Problem fand dann eine merkwürdige Lösung. Mit der Zeit kamen immer mehr Gäste, und einer von ihnen, Cookie Behn, der ein Jahr hatte aussetzen müssen und dann in unsere Klasse versetzt worden war, verkündete, dass er vorigen November auf Ehrenwort einundzwanzig geworden sei. Jedenfalls gab ich Cookie meinen Anteil vom Geld und fühlte mich ein bisschen unwohl dabei, Sündigen wurde einem so leicht gemacht.

Die Party war so wie alle Partys, auf denen ich bisher in meinem Leben gewesen war, angefangen mit Ann Mahlons erster Halloweenparty, die ich als schwitzender, atemloser, stolpernder, blinder Donald Duck mitgemacht habe. Meine Mutter hatte das Kostüm genäht, und die Augen verrutschten dauernd und waren weiter auseinander als meine Augen, sodass selbst dann, wenn die Gazewolken sich teilten, sie bloß die enttäuschende flache Welt enthüllten, die man mit einem Auge sieht. Ann, die ein bisschen kindlich geblieben war, weil ihre Mutter sie so zärtlich wie ein Kind behandelte, und ich und noch ein Junge und ein Mädchen, die nicht in irgendwelche romantischen Abenteuer verwickelt waren, gingen in den Keller der Schumans und spielten Pingpong im Kreis. Mit Schlägern bewaffnet standen wir jeder an einer Seite des Tisches, und wenn der Ball kam, liefen wir gegen den Uhrzeigersinn um den Tisch, schlugen nach dem Ball und kreischten laut. Um besser laufen zu können, zogen die Mädchen ihre hochhackigen Schuhe aus und ruinierten sich die Strümpfe auf dem Betonfußboden. Ihre Gesichter und Arme und Schulterpartien röteten sich, und wenn eine sich vorbeugte, zum Netz hin, verrutschte der steife Ausschnitt ihres Partykleids, und man konnte die weißen Bögen ihres Büstenhalters sehen, der sich um rundes Fleisch schmiegte, und wenn sie sich hochreckte, schimmerte ihre rasierte Achselhöhle wie ein

Stückchen Hühnerhaut. Ein Ohrring von Ann flog weg: Die beiden ineinander gehängten Strasssteine schlitterten über den Boden und landeten irgendwo an der Wand, zwischen dem elektrischen Rasenmäher der Schumans und den Badmintonpfosten und den leeren bronzefarbenen Motorenölkanistern, die jeweils zwei dreieckige Löcher hatten. Alle diese Bilder gingen sofort unter im Wirbel unseres Spiels; uns war schwindlig, als wir aufhörten. Ann lehnte sich an mich, um wieder in ihre Schuhe zu steigen.

Als wir die Kellertür aufstießen, knallte sie gegen den Geländerpfosten der teppichbelegten Treppe, die zum ersten Stock hinaufführte. Einige Stufen weiter oben saß, in ein Gespräch vertieft, ein Pärchen. Das Mädchen, Jacky Iselin, weinte ohne jede Regung – nichts weiter, nur Tränen, wie Wasser, das über Holz floss. Ein Teil der Gesellschaft hielt sich in der Küche auf, mixte Drinks und machte Lärm. Andere tanzten im Wohnzimmer zu Schallplatten: Achtundsiebziger damals, steife Scheiben, die in schwerfälligem, schiefem Stapel auf der Spindel von Schumans Musiktruhe staken. Alle drei Minuten fiel mit einem Klick und einem Klack eine neue herunter, und die Stimmung wechselte abrupt. Eben war es noch «Stay as Sweet as You Are»: Clarence Lang stand da und wiegte sich monoton hin und her, mit dem Ausdruck eines Vollidioten im Gesicht und June Kaufmans knochenloser, trauriger brauner Hand in seiner Hand; ihre Gesichter starrten in dieselbe Richtung und klebten aneinander wie die zwei Gesichter eines Götzen. Als die Musik stoppte und sie sich trennten, hatten sie beide einen großen eckigen dunklen Fleck auf der Wange. Im nächsten Augenblick war es dann Goodmans «Loch Lomond» oder «Cherokee», und niemand außer Margaret Lentwood wollte Jitterbug tanzen. Sie war eine Verflossene von Larry, war aber trotzdem zur Party erschienen; sie wohnte außerhalb von Olinger und war mit einem anderen Mädchen gekommen. Außer Rand und Band tanzte sie solo, schwang wild den Kopf hin und her und wackelte mit dem Hinterteil, und mit einem Schwappen ihres Rocks fegte sie eine Christbaumkugel auf den Teppich, wo sie in viele konvexe kleine Spiegel zersprang. Mädchenschuhe waren in Paaren übers Zimmer verteilt. Einige waren flach und hatten sich, mit schüchtern abgewandten Spitzen, unters Sofa verkrochen; andere waren hochhackig und lagen schielend da, der Stachel des einen ins Innere des anderen gebohrt.

Ich saß allein und unbeachtet in einem großen Lehnstuhl und sah mit einer heißen, heftigen Verwirrtheit zu, als hätte ich wirklich Tränen in den Augen. Wäre nicht alles so unverändert gewesen, ich hätte es wohl nicht als so traurig empfunden. Aber die Mädchen, die diese Schuhe abgestreift hatten, waren, mit wenigen Ausnahmen, die, die auf der Party meines Lebens gewesen waren. Die Veränderungen waren so klein: kürzeres Haar, ein Verlobungsring, eine deutlicher gewordene Stämmigkeit. Manchmal, während sie um mich herumwirbelten, traf mich ein fremder Strahl aus ihren Gesichtern, er brach aus einer Härte, die mir neu war: als würden diese Mädchen undurchlässiger unter ihrer Haut. Der brutale Zug, der sich in die Gesichter der mir so gut bekannten Jungen geschlichen hatte, schien gewollt zu sein, ersehnt sogar, und war darum nicht so bedrückend. Dafür, dass Krieg war, hatten sich erstaunlich viele hier eingefunden, wehruntauglich oder auf dem College oder auf ihre Einberufung wartend. Kurz vor Mitternacht rüttelte jemand an der Tür, und da, unter der Verandalampe, standen, verloren und verfroren in ihren kurzen Sportblousons, drei Jungen aus der Klasse über uns, die in den alten Zeiten immer versucht hatten, Schumans Partys zu sprengen. Sie waren Sportstars gewesen an der Olinger High und hielten sich immer noch mit dieser gesammelten Lockerheit, als hingen sie an Schnüren. Alle drei hatten sich am Melanchthon eingeschrieben, einem kleinen lutherischen College am Rand von Alton, und spielten in dieser Saison im Melanchthon-Basketballteam. Das heißt, zwei spielten, der Dritte war nicht gut genug gewesen. Mehr aus Feigheit als aus Barmherzigkeit ließ Schuman sie ein, und sie verzogen sich unverzüglich in den Keller; sie hatten ihre eigene Flasche mitgebracht und behelligten uns nicht.

Eine ganz neuartige Verlegenheit entstand plötzlich. Darryl Bechtel hatte Emmy Johnson geheiratet, und das Paar kam. Darryl hatte im Gewächshaus seines Vaters gearbeitet und galt allgemein als beschränkt; Emmy aber hatte zu uns gehört. Anfangs tanzte niemand mit ihr, und Darryl verstand nichts davon, aber dann riskierte Schuman es, vielleicht, weil er der Gastgeber war. Andere folgten seinem Beispiel, aber Schuman hatte sie am häufigsten im Arm, und um Mitternacht, als wir so taten, als ob das neue Jahr anfinge, küsste er sie. Eine Welle des Küssens schwappte jetzt durchs Zimmer, und jeder riss sich darum, Emmy zu küssen. Auch ich. Sie war verheiratet, und irgendwie wurde es dadurch außergewöhnlich. Ihre Wangen glühten, und sie sah Hilfe suchend um sich, aber Darryl, verlegen, seine Frau tanzen zu sehen, war ins Zimmer vom alten Schuman gegangen, und da saß auch Neil, brütend, versunken in mysteriösem Kummer.

Als das Küssen nachließ und Darryl wieder auftauchte, ging ich zu Neil hinein. Er hatte die Hände vorm Gesicht und klopfte mit dem Fuß den Takt zu einer Platte, die sich auf Mr. Schumans privatem Grammophon drehte: Krupas «Dark Eyes». Das Arrangement war eintönig und wiederholte sich, und Neil hatte die Platte seit Stunden wieder und wieder gespielt. Er liebte Saxophon; wahrscheinlich taten wir das alle, wir Kinder des Depressionsjahrgangs. Ich fragte ihn: «Meinst du, der Verkehr auf der Turnpike hat sich inzwischen gelegt?»

Er nahm das hohe Glas, das auf der kleinen Truhe neben ihm stand, und tat einen überzeugenden Schluck. Sein Gesicht sah hager aus von der Seite und leicht bläulich. «Kann sein», sagte er und starrte auf die Eiswürfel unten in der ockerfarbenen Flüssigkeit.

«Das Mädchen in Chicago wartet auf dich?»

«Na ja, schon, aber wir können anrufen und ihr Bescheid geben, wenn *wir* nur wissen, wann wir kommen.»

«Hast du Angst, sie wird schlecht?»

«Wie meinst du das?»

«Ich meine, siehst du sie nicht die ganze Zeit, wenn wir erst mal da sind? Willst du sie nicht heiraten?»

«Keine Ahnung. Möglich.»

«Na also, du hast noch dein ganzes gesegnetes Leben lang Gelegenheit, sie zu sehn.» Er sah mich starr an, und der trübe Schleier über seinen Augen sagte mir, dass er sturzbetrunken war. «Das Elend mit euch Kerlen, die ihr alles Glück habt», sagte er langsam, «ist, dass ihr euch einen Scheißdreck um uns andere schert, die wir keins haben.» Ein derartiger Angriff von Neil überraschte mich, ebenso wie vor ein paar Stunden sein Gesülze meiner Mutter gegenüber. Beim Versuch, seinem waidwunden Starren auszuweichen, entdeckte ich, dass noch jemand im Zimmer war: ein Mädchen, das, mit Schuhen an den Füßen, dasaß und *Holiday* las. Sie hielt sich zwar die Zeitschrift vors Gesicht, aber an ihrem Kleid und den unvertrauten Beinen erkannte ich, dass es sich um die Freundin handelte, die Margaret Lento mitgebracht hatte. Margaret kam nicht aus Olinger, sondern aus Riverside, einem Stadtteil von Alton, keinem Vorort. Sie hatte

Larry Schuman bei einem Sommerjob in einem Restaurant kennen gelernt und war während des letzten Highschool-Jahrs mehr oder minder mit ihm gegangen. Daraufhin jedoch hatte es Mr. und Mrs. Schuman gedämmert, dass es sogar in einer Demokratie Standesunterschiede gibt, für Larry wahrscheinlich eine willkommene Neuigkeit. Auf die grausamste und langwierigste Weise, die er zuwege bringen konnte, hatte er im Lauf des Jahres, das jetzt beinah vorüber war, mit ihr Schluss gemacht. Ich war überrascht gewesen, sie auf dieser Party zu treffen. Offenbar hatte sie ein bisschen Angst davor gehabt, hier aufzukreuzen, und so hatte sie die Freundin mitgenommen, als den einzigen Schutz, den sie hatte auftreiben können. Das andere Mädchen benahm sich dann auch wie eine für den Abend angeheuerte Leibwache.

Weil ich auf Neils Attacke keine Antwort hatte, ging ich ins Wohnzimmer, wo Margaret, sinnlos betrunken, sich herumwarf, als wollte sie sich alle Knochen brechen. Halbwegs im Takt mit der Musik rannte sie ein paar Schritte, ließ ihren Körper wellenförmig vor- und zurückschnellen wie eine Peitsche, schlug mit dem Kinn dabei auf die Brust, ihre Schultern zuckten nach vorn, und die Hände flogen, mit weit gespreizten Fingern, nach hinten. Ihr Körper hatte etwas kindlich Biegsames; unversehrt prallte sie hoch aus dieser Verrenkung und begann, in die Hände zu klatschen und die Beine hochzuwerfen und zu summen. Schuman hielt sich von ihr fern. Margaret war klein, höchstens eins siebenundfünfzig, von der Kleinheit, die früh ausreift. Sie hatte einen Teil ihres schwarzen Haars platinblond gefärbt, alles zusammen ganz kurz geschoren und die Stoppeln zu drahtigen Löckchen gedreht, wie bei antiken Knabenstatuen. Von vorn wirkte ihr Gesicht ziemlich grob, aber ihr Profil war unerwartet klassisch. Ein bisschen wie Portia sah sie aus. Wenn sie sich nicht ihrem wilden, verrückten Tanz hingab, war sie im Badezimmer und erbrach sich. Das Traurige und Vulgäre ihrer exhibitionistischen Aufführung gab jedem, der nüchtern war, ein unbehagliches Gefühl. Die gemeinsame Schuld, Zeugen zu sein bei den Exerzitien dieses Mädchens, schweißte uns so fest zusammen in diesem Zimmer, dass es mir so vorkam, als könnten wir uns nie, bis in alle Ewigkeit nicht, voneinander trennen. Ich selbst war vollkommen nüchtern. Ich hatte damals den Eindruck, dass Leute nur tranken, um nicht mehr unglücklich zu sein, und ich war fast immer zumindest halbwegs glücklich.

Gottlob hatte Margaret gerade eine Übelkeitsphase, als gegen eins die alten Schumans nach Haus kamen. Sie schauten kurz zu uns herein. Es war vergnüglich, aus ihrem Lächeln zu ersehen, dass wir ihnen, so verrottet und hellwach wir uns fühlten, jung und müde vorkamen: Larrys Freunde. Sie gingen nach oben, und bei uns wurde es ruhiger. Eine halbe Stunde später balancierten einige Gäste Kaffeetassen aus der Küche ins Wohnzimmer. Gegen zwei standen vier Mädchen in Schürzen an Mrs. Schumans Spüle, und andere pendelten hin und her und trugen die Gläser und Aschenbecher zusammen. Und zum Geklapper in der Küche kam noch ein anderer argloser Lärm: Die drei Melanchthon-Athleten hatten auf dem kalten Rasen draußen das Badmintonnetz ausgespannt und schlugen im blassen Lichtschein des Hauses den Ball hinüber und herüber. Er stieg und fiel durch die ungleichmäßigen Lichtstreifen und glimmerte wie ein Leuchtkäfer.

Nun da die Party in den letzten Zügen lag, hatte Neils Apathie etwas bewusst Erbitterndes, etwas geradezu Rachsüchtiges. Mindestens noch eine Stunde lang hörte er sich wieder und wieder «Dark Eyes» an, hielt den Kopf in den Händen und klopfte mit dem Fuß. Die ganze Szene in Mr. Schumans Zimmer war von einer Beständigkeit, die gespenstisch war; das Mädchen rührte sich nicht vom Sessel und las Magazine, *Holiday, Esquire*, eines nach dem andern. In der Zwischenzeit fuhren draußen Autos vor und starteten wieder, und die Motoren heulten. Larry Schuman war mit Ann Mahlon weggefahren und kam nicht wieder; Zoe Loessner musste also von Mr. und Mrs. Bechtel nach Haus gebracht werden. Die Melanchthon-Jungen hatten den künstlichen Schneemann des Nachbarn mitten auf die Straße gestellt und waren verschwunden. Im Durcheinander des Wer-fährt-wen hatte Neil anscheinend zugesagt, dass er Margaret und das andere Mädchen nach Haus bringen werde. Margaret war im Bad unten und erholte sich. Ich schloss einen kleinen gläsernen Bücherschrankaufsatz auf, der einen Schreibtisch im dunklen Esszimmer zierte, und nahm einen Band aus Thackerays Werken heraus. Es war Band II von *Henry Esmond*, wie ich dann sah. Aber lieber fing ich mit dem an, als noch ein Buch aus der Reihe zu zerren, die so lange zusammengepresst in dem Schränkchen gestanden hatte, dass die Einbände sozusagen ineinander gewachsen waren.

Henry brach gerade wieder zum Krieg auf, als Neil endlich in der Tür erschien und sagte: «Okay, Norseman. Auf nach Chicago.» – «Norseman» war eine Abwandlung meines Namens, die er nur gebrauchte, wenn er besondere Zuneigung empfand.

Wir machten alle Lampen aus und ließen nur die in der Diele an, für Larry, wenn er nach Haus käme. Margaret Lento schien nüchterner geworden zu sein. Neil reichte ihr den Arm und führte sie zum Rücksitz im vornehmen Auto seines Vaters; ich trat beiseite, damit das andere Mädchen sich neben sie setzen könne, aber Neil bedeutete mir, dass ich hinten einsteigen solle. Ich nahm an, ihm war klar, dass dem stummen Magazinmädchen nun nichts anderes übrig blieb, als sich vorn neben ihn zu setzen. Sie saß ruhig auf ihrer Seite, das war alles, was ich beobachten konnte. Neil fuhr rückwärts auf die Straße und steuerte mit ungewohnter Vorsicht am Schneemann vorbei. Unsere Scheinwerfer machten deutlich, dass die Rückseite des Schneemanns eine rechteckige klaffende Öffnung war; er war nur dafür bestimmt, an einer Hausecke zu lehnen.

Von Olinger aus musste man diagonal durch Alton fahren, um nach Riverside zu kommen. Die Stadt schlief, als wir sie durchquerten. Die meisten Ampeln standen auf Grün. Alton hatte einen schlechten Ruf unter den Städten; seine Korruption, seine Spielhöllen, seine leicht beeinflussbaren Geschworenen und seine Freudenhäuser waren in den mittelatlantischen Staaten angeblich berüchtigt. Aber mir zeigte es immer ein unschuldiges Gesicht: lauter Häuserreihen, gebaut aus einem hier beheimateten staubig roten, blumentopffarbenen Backstein, und jedes Haus bewehrt mit einer winzigen markisenüberdachten, von einem Geländer umgebenen Veranda, und nichts, außer den vielen Kinos und den Bierreklamen an der Hauptstraße, woraus sich schließen ließe, dass Altons Bürger, mehr als die übrige Menschheit, dem Vergnügen frönte. Und in der Tat, als wir mit mäßiger Geschwindigkeit durch diese stillen, mit geparkten Autos gesäumten Straßen fuhren, an einer Kirche aus Kalkstein vorbei, die sich an jeder Mauerecke weit vorbeugte, und die Natriumlampen von oben her Wache hielten, wirkte Alton nicht so sehr wie das Zentrum einer urbanen Region, sondern schien eher selbst ein Vorort zu sein, Vorort einer weiten mythischen Metropole, ob Pandämonium oder Paradies. Ich nahm wahr, dass Tür auf Tür einen Kranz aus Tannengrün trug, und ich nahm die Hausnummern auf den Buntglaslünetten über den Türen wahr. Und ich nahm außerdem wahr, dass wir uns mit jedem Block weiter von der Turnpike entfernten.

Riverside folgte den Biegungen des Schuylkill und war darum nicht so regelmäßig angelegt. Margarets Haus stand in einer kurzen, mit Kunststoffschindeln verkleideten Reihenhaussiedlung; wir fuhren von der Rückseite heran, durch eine kleine Hintergasse, deren Zementpflaster von Abflussrinnsalen meliert war. Die Veranden waren nur wenige Zoll höher als die Hintergasse. Margaret fragte, ob wir Lust hätten, auf einen Kaffee mit hereinzukommen, weil wir doch nach Chicago wollten; Neil nahm die Einladung an, indem er ausstieg und die Tür auf seiner Seite zuschlug. Der Knall hallte durch die Gasse, und ich fuhr zusammen. Ich wunderte mich über das lockere gesellige Leben, das bei meinen Freunden um halb vier in der Frühe offenbar üblich war. Margaret ließ uns dann aber doch recht verstohlen ein und knipste nur die Küchenlampe an. Die Küche war vom Wohnzimmer durch ein großes Sofa abgeteilt, dessen Sitzfläche einem verworrenen Dunkel zugewandt war; mattes Licht sickerte von der anderen Seite der Hintergasse her übers Fensterbrett und über die Rippen eines Heizkörpers. In der einen Ecke war die Glasscheibe eines Fernsehers zu erkennen; der Schirm erschiene einem jetzt absurd klein, aber damals wirkte er unverhältnismäßig elegant. Ich hätte die Schäbigkeit allenthalben nicht als so krass empfunden, wäre ich nicht gerade aus dem Haus der Schumans gekommen. Neil und das andere Mädchen setzten sich aufs Sofa. Margaret hielt ein Streichholz an einen Gasbrenner, und während die blauen Flammen einen alten Kessel umzüngelten, gab sie sparsam Pulverkaffee in vier geblümte Tassen.

Irgendeiner der früheren Bewohner dieses Hauses hatte am Küchenfenster eine Frühstücksecke eingerichtet: zwei Bretterwände, in der Mitte ein Tisch und links und rechts je eine Bank mit hoher Rückenlehne. Ich setzte mich und las alle Wörter, die ich sehen konnte: «Salz», «Pfeffer», «Nehmen Sie WÜRFEL-ZUCKER», «Dezember», «Mohns Milch e. G. – Fröhliche Weihnachten und ein Glückliches Neues Jahr – Mohns Milch ist *Sichere* Milch – Mommy, nimm doch Mohns Milch!», «Streichhölzer», «*HOTPOINT*», «DRÜCKEN», «Vereinigte Magee Herd & Heizungsofen Werke», «Gott lebt in diesem Haus», «Ave Maria Gratia Plena», «GESCHROTETER WEIZEN Macht Die Neue KUNGSHOLM Produktlinie So Bekömmlich.»

Margaret versorgte die beiden auf dem Sofa und kam dann mit zwei Tassen Kaffee an den Tisch und setzte sich mir gegenüber. Müdigkeit hatte unter ihren Augen bläuliche Striemen aufquellen lassen.

«Na», fragte ich, «gut amüsiert?»

Sie lächelte, blickte nieder und stieß ein kurzes «Ghh!», aus, für «Gott!». Mit zerstreuter Behutsamkeit rührte sie in ihrer Tasse und nahm den Löffel heraus, ohne dass der Kaffee sich auch nur kräuselte.

«Ziemlich merkwürdig am Schluss», sagte ich, «der Gastgeber war nicht mal da.»

«Er hat Ann Mahlon nach Hause gebracht.»

«Ich weiß.» Ich war überrascht, dass sie es wusste, wo sie doch um die Zeit im Badezimmer gewesen war.

«Klingt, als wärst du eifersüchtig.»

«Wer? Ich? Bestimmt nicht.»

«Du magst sie, John, nicht wahr?» Dass sie mich beim Vornamen nannte und die Art, wie sie fragte, hatte, obwohl wir uns nur hin und wieder auf einer Party begegnet waren und uns kaum kannten, nichts Zudringliches, wenn man bedachte, wie spät es war und dass sie mir Kaffee gemacht hatte. Ein Mädchen, das einem Kaffee gemacht hat, muss sich das schon erlauben dürfen.

«Oh, ich mag jeden», sagte ich, «und je länger ich jemanden kenne, umso mehr mag ich ihn, weil er umso mehr zu mir gehört. Die einzigen Leute, die ich noch lieber mag, sind die, die ich gerade kennen gelernt habe. Ann Mahlon kenne ich seit dem Kindergarten. Ihre Mutter hat sie jeden Morgen bis zum Schulhof gebracht, viele Monate noch, nachdem alle anderen Mütter damit aufgehört hatten.» Ich wollte eine gute Figur in Margarets Augen machen, aber sie waren zu dunkel. Gleichmütig war sie ihrer Müdigkeit Herr geworden, aber die wurde immer schwerer in ihr.

«Hast du sie damals gemocht?»

«Sie hat mir leidgetan, weil ihre Mutter sie so in Verlegenheit gebracht hat.»

Sie fragte: «Wie war Larry, als er klein war?»

«Oh, intelligent. Ein bisschen hinterhältig.»

«Er war hinterhältig?»

«Würd ich sagen, ja. Irgendwann, ich weiß nicht mehr, in welcher Klasse, fingen wir an, zusammen Schach zu spielen. Ich gewann immer, und da nahm er heimlich Unterricht bei einem Bekannten seiner Eltern und las Lehrbücher.»

Margaret lachte, ehrlich amüsiert. «Und hat er dann gewonnen?»

«Ein Mal. Danach habe ich mir wirklich Mühe gegeben, und daraufhin fand er, dass Schach Kinderkram ist. Außerdem war ich abgenutzt. Er war auf eine Weise hinter einem her, dass man jeden Nachmittag bei ihm zu Haus verbringen musste, und ein paar Monate später dann ernannte er jemand andern zu seinem Busenfreund, und das war's dann.»

«Er ist komisch», sagte Margaret. «Er weiß genau, was er will. Wenn er sich etwas in den Kopf setzt, tut er alles, um es zu erreichen, und ganz egal, was andere sagen, er lässt sich nicht davon abbringen.»

«Ja, er kriegt eigentlich immer, was er will», stimmte ich vorsichtig zu und merkte, dass sie das auf sich bezog. Armes, verletztes Mädchen, in ihren Augen strebte er die ganze Zeit, allen Einwänden seiner Eltern zum Trotz, geradenwegs auf sie zu.

Meine Tasse war fast leer, und ich sah zum Sofa im anderen Zimmer hinüber. Neil und das Mädchen waren in der Versenkung verschwunden, hinter der Rückenlehne. Ich war vorher gar nicht auf den Gedanken gekommen, dass es eine Beziehung zwischen ihnen gab, aber jetzt, da es offensichtlich war, fand ich es ganz natürlich und erfreulich, so mitten in der Nacht, auch wenn es bedeutete, dass wir noch immer nicht nach Chicago aufbrechen würden.

So unterhielt ich mich mit Margaret über Larry, und aus ihren Fragen und Antworten wurde deutlich, dass sie ein ausgesprochen feines Gespür für ihn hatte. Mir kam es allerdings absurd vor, derart ernsthaft die Persönlichkeit eines Schulfreunds von einst zu erörtern, als ob er über Nacht ein Faktor in der Welt geworden sei; ich konnte mir im Grunde nicht einmal vorstellen, dass er in *ihrer* Welt eine Rolle spielte. Larry Schuman war nach etwas mehr als einem Jahr zu einem Nichts für mich geworden. Wichtig war nur unsere Unterhaltung, nicht das Thema: die raschen Übereinstimmungen, das langsame Nicken, das Ineinanderflechten zweier verschiedener Erinnerungen; es war wie einer der Panamakörbe, die unter Wasser um einen wertlosen Stein geformt werden.

Sie bot mir noch einen Kaffee an. Und als sie mit der Tasse wiederkam, setzte sie sich nicht mir gegenüber, sondern neben mich und hob mich auf einen solchen Gipfel der Dankbarkeit und Zuneigung, dass ich meinte, die einzige Möglichkeit, auszudrücken, was ich fühlte, sei, sie *nicht* zu küssen, als ob ein Kuss eine Schändung bedeutete, eine von vielen, die Frauen erdulden mussten. «Kalt. Der Geizkragen schaltet den Thermostat immer auf fünfzehn Grad runter», sagte sie, ihren Vater meinend. Sie zog meinen Arm um ihre Schultern und faltete meine Hand um ihren nackten Arm, dass sie ihn wärme. Der Rücken meines Daumens lehnte sich gegen die Wölbung ihrer Brust. Ihr Kopf schmiegte sich in die Kuhle, wo mein Arm in meinen Brustkorb überging; sie war schrecklich klein, wenn man sie so nah am eigenen Körper spürte. Etwas über hundert Pfund, mehr wog sie sicher nicht. Ihre Lider senkten sich, und ich küsste ihre dichten Brauen und dann die Hautzwischenräume zwischen den struppigen Löckchen, einige schwarz, einige gebleicht, die ihre Stirn säumten. Im Übrigen trachtete ich, so reglos zu sein, wie ein Bett es wäre. Es *war* kalt geworden. Ein Schauer, der meine andere, ihr abgekehrte Körperhälfte durchlief, ließ meine Schultern zucken, sosehr ich mich bemühte, mich nicht zu rühren; sie runzelte die Stirn und zog unwillkürlich meinen Arm fester um sich. Niemand hatte die Küchenlampe ausgemacht. Auf Margarets verkürzter Oberlippe schienen zwei Bleistiftpunkte zu sein; das lange Handgelenk, das mein viel zu kurzer Ärmel entblößte, sah bleich und nackt aus, verglichen mit dem zierlichen, nach unten sich drehenden Arm, den es festhielt.

Vorn auf der Straße war alles still. Nur einmal fuhr ein Auto vorbei: um fünf ungefähr, mit zwei Auspufftöpfen, eingeschaltetem Radio und einem grölenden Jungen. Neil und das Mädchen flüsterten unaufhörlich miteinander; dann und wann konnte ich verstehen, was sie sagten.

«Nein. Was?», fragte sie.

«Das ist mir gleich.»

«Würdest du nicht einen Jungen wollen?»

«Ich würd mich freuen, egal, was kommt.»

«Ich weiß, aber was wär dir *lieber*? Wollen Männer nicht immer einen Sohn?»

«Ist mir gleich. Ich will dich.»

Ein wenig später fuhr auf der andern Straßenseite der Mohn-Wagen vor. Der Milchmann saß, dick vermummt, hinter den Scheinwerfern in einem warmen, orangegelb beleuchteten Raum von der Größe einer Telefonzelle, steuerte mit einer Hand und rauchte eine Zigarre, die er auf der Kante des Armaturenbretts ablegte, als er, mit ein paar Flaschen in seinem vibrierenden Drahtträger, eilig aus dem Lastwagen stieg. Sein Auftauchen veranlasste Neil zu dem Entschluss, dass es jetzt Zeit sei. Margaret wachte auf, aus Angst vor ihrem Vater, und wir flüsterten ihr hastig unsere Abschieds- und Dankesworte zu. Neil setzte die andere vor ihrer Haustür ein paar Straßenecken entfernt ab – er wusste, wo. Irgendwann in dieser Nacht muss ich ihr Gesicht gesehen haben, aber ich habe keine Erinnerung daran. Sie ist immer hinter einem Magazin oder im Dunkel verborgen oder kehrt mir den Rücken zu. Ich weiß, Neil heiratete sie wenige Jahre später, aber nachdem wir in Chicago angekommen waren, habe ich auch ihn nie wiedergesehen.

Frühlicht betupfte die Wolken über den schwarzen Schieferdächern, als wir, zusammen mit einigen anderen Autos, durch Alton fuhren. Die mondgroße Uhr einer Bierreklame stand auf zehn nach sechs. Olinger war totenstill. Die Luft wurde heller, als wir auf dem Highway waren; die leuchtende Wand meines Hauses hing überm Wald, als wir in die lange Kurve bei der Mennoniten-Molkerei einbogen. Mit einem 5,6 hätte ich eine Scheibe im Schlafzimmerfenster meiner Eltern treffen können, und die träumten, ich sei in Indiana. Mein Großvater war sicher schon auf und stapfte in der Küche umher, damit meine Großmutter komme und ihm Frühstück mache, oder er war draußen und sah nach, ob sich auf dem Bach Eis gebildet hatte. Einen Augenblick lang hatte ich wirklich Angst, er könnte mich vom First des Scheunendaches aus zu sich rufen. Dann schoben sich Bäume dazwischen, und wir gelangten in eine Landschaft, wo sich niemand um uns kümmerte.

Bei der Einfahrt zur Turnpike tat Neil etwas Ungewöhnliches: Er hielt an und ließ mich hinters Lenkrad. Er hatte mich bisher noch nie das Auto seines Vaters fahren lassen, als sei ich dadurch, dass ich, im Gegensatz zu ihm, nicht alles über Kurbelwellen und Vergaser wusste, in meiner Fahrtüchtigkeit beeinträchtigt. Aber jetzt war er ganz friedlich. Er kuschelte sich in seinem Gabardineanzug unter einer alten Mackinawdecke zusammen, lehnte den Kopf gegen die Metallkante des Fensterrahmens und war bald darauf eingeschlafen. Wir überquerten den Susquehanna auf einer langen, sanft geschwungenen Brücke unterhalb von Harrisburg und fuhren dann bergan, zu den Alleghenies. In den Bergen lag Schnee, ein trockenes Stäuben, wie Sand, der über die Straße wehte. Ein Stück weiter gab es Neuschnee, zwei Zoll hoch vielleicht, und die Pflüge hatten noch nicht alle Fahrspuren geräumt. Ich überholte gerade einen Sunoco-Truck in einer ansteigenden Kurve, als die geräumte Strecke unvermutet aufhörte und ich begriff, dass ich jetzt in den Schutzzaun oder gar über den Rand schlittern würde. Das Radio sang: «Teppiche aus Klee will ich dir zu Füßen breiten», und das Tachometer zeigte achtzig an. Nichts passierte; der Chrysler blieb sicher im Schnee, und Neil verschlief die Minute der Gefahr mit himmelwärts gewandtem Gesicht und rasselndem Atem. Es war das erste Mal, dass ich einen Gleichaltrigen schnarchen hörte.

Dann kamen wir ins Tunnelland, und das wechselnde Hell

und Dunkel und die hohle Lautverstärkung weckten Neil auf. Er reckte sich, ließ die Mackinawdecke auf seine Knie rutschen und zündete sich eine Zigarette an. Und eine Sekunde nachdem das Streichholz aufgeflammt war, kam der Augenblick, der alle folgenden während unserer langen, gewundenen Bergabfahrt Richtung Pittsburgh ein wenig verblassen ließ. Es gab viele Gründe dafür, dass ich so glücklich war. Wir waren auf dem Weg nach Chicago. Ich hatte einen Sonnenaufgang gesehen. Bis jetzt, das musste Neil zugeben, hatte ich uns sicher gesteuert. Am Ziel wartete ein Mädchen, das mich heiraten würde, wenn ich es darum bäte, aber noch hatten wir eine weite Reise vor uns: Viele Stunden und Städte lagen zwischen mir und dieser Begegnung. Und das Licht der Zehn-Uhr-Morgensonne, wie es in der Luft hing vor der Windschutzscheibe, wie es gefiltert wurde vom dünnen Wolkenschleier und ein Loblied sang auf die Verantwortungslosigkeit – es war, als könnte man für immer dahingleiten durch so ein kühles, klares Element –, und indem es zu verstehen gab, wie hoch diese Hügel geworden waren, was für einen Stolz es da in einem hochquellen ließ: Pennsylvania, dein Staat – als hättest du es geschafft. Und zu wissen, dass zweimal seit Mitternacht ein Mensch Vertrauen genug zu mir gehabt hatte, an meiner Seite einzuschlafen.

## Beständigkeit der Sehnsucht

In Pennypackers Praxis roch es immer noch nach Linoleum – ein sauberer, trübseliger Geruch, der in Quadraten abwechselnder Intensität vom Schachbrettboden aufzusteigen schien; Clyde hatte bei diesem Muster schon als Junge das mulmige, nervöse Gefühl gehabt, in einem Liniengeflecht gefangen zu sein, und jetzt stand er da, kreuz und quer von der Empfindung durchströmt, als gebe es ihn doppelt: als erstrecke seine jetzige Identität sich von Massachusetts bis hier herunter nach Pennsylvania, um mit seiner freudlosen frühen Jugend zusammenzutreffen, die ihrerseits aus einer Entfernung von wenigen Jahren nach Massachusetts hinaufreichte. Die vergrößerte kolorierte Fotografie eines Sees in der kanadischen Wildnis bedeckte noch immer die eine ganze Wand, und die nussbraun gebeizten Stühle und Bänke ahmten immer noch den Shaker-Stil nach. Der einzige neue Gegenstand hockte vierschrötig auf einem orangefarbenen Beistelltisch: Eine kompakte schwarze Uhr, die wie ein Tachometer aussah; sie zeigte in arabischen Ziffern die augenblickliche Zeit an – 1:28 –, und verborgen in ihrem Werk lagen die beiden Unendlichkeiten Vergangenheit und Zukunft aufgespult. Clyde war früh dran; das Wartezimmer war leer. Er setzte sich auf einen Stuhl gegenüber der Uhr. Inzwischen war es 1:29, und unter seinen Blicken klickten die Ziffern abermals: noch ein Tropfen in die randvolle Leere. Er sah sich nach einer tröstlichen Uhr mit Zifferblatt und anmutigen, allmählich fortschreitenden Zeigern um. Eine stehen gebliebene Standuhr passte zu den anderen unechten Antiquitäten. Er schlug eine Zeitschrift auf und las: «Wissenschaft weist nach, dass die Zellen des normalen menschlichen Körpers sich in toto alle sieben Jahre erneuern.»

Am anderen Ende des Zimmers öffnete sich die obere Hälfte einer quer geteilten Tür, und eingerahmt in diesem Viereck, strahlte Pennypackers Sprechstundenhilfe mit ihrem scheibenrunden Gesicht ihn an. «Mr. Behn?», fragte sie mit glockenheller Stimme. «Dr. Pennypacker ist jeden Augenblick vom Mittagessen zurück.» Sie entschwand nach hinten in das Labyrinth kleiner Gelasse, wo Pennypacker, ein Augen-, Hals-, Nasen-, Ohrenarzt, seine fabelhaften Apparate stehen hatte. Durch das Erkerfenster konnte Clyde den Verkehr, farbenfröhlicher, als er ihm in Erinnerung war, auf der Grand Avenue hineinen sehen. Nacktschultrige Mädchen, die sich in nichts als ihren Namen von den Mädchen unterschieden, die er einst gekannt hatte, schlenderten zu zweit und zu dritt auf dem Gehweg vorbei. Perennierende Kleinstadtpflanzen, bewegten sie sich ziemlich traurig unter der Last ihrer Blüte. In entgegengesetzter Richtung zogen Rudel des anderen Geschlechts, Baseballhandschuhe tragend.

Clyde wurde es bei der Betrachtung seiner alten Straße so einsam zumut, dass er dankbar aufsah, als die Tür zur Eingangsdiele sich schmatzend öffnete; er war in seiner Heimatstadt und hielt es für ausgemacht, dass der Eintretende ein Bekannter sein müsse. Als er sah, wer es war, zuckten seine Hände im Schoß, und das Blut in ihm brandete gegen seine Haut, obwohl doch jede Zelle seines Körpers sich erneuert hatte, seit er das letzte Mal mit ihr zusammen gewesen war.

«Clyde Behn», verkündete sie mit mütterlicher, wohlwollender, wiewohl erschrockener Unwiderruflichkeit, als sei er ein Kind und sein Name die Moral einer Geschichte.

«Janet.» Er erhob sich linkisch von seinem Stuhl und stand gebeugt, weniger aus Höflichkeit, als um den Druck auf seinem Herzen zu verringern.

«Was um alles in der Welt führt dich wieder in diese Gegend?» Sie tat, als sei sie nur irgendjemand, der ihn von früher kannte.

Er ließ sich zurückplumpsen. «Ich komme immer wieder. Du bist bloß nie hier gewesen.»

«Ja, ich bin» – sie setzte sich auf eine orangefarbene Bank und schlug kokett die rundlichen Beine übereinander – «in Deutschland gewesen, mit meinem Mann.»

«Er war bei der Air Force.»

«Ja.» Es erschreckte sie ein wenig, dass er das wusste.

«Und jetzt ist er entlassen?» Clyde war ihm nie begegnet, aber nun da er Janet wieder sah, hatte er das Gefühl, als kenne er ihn gut: ein unbedeutender, banaler Mensch, nach den kaum merklichen Spuren zu urteilen, die er bei ihr hinterlassen hatte. Vermutlich trug er eine die Brauen betonende Brille, war ein Besserwisser und konnte irgendwas, womit sich kein Blumentopf gewinnen ließ, Klarinette spielen, zum Beispiel, oder politische Karikaturen zeichnen, und schlug jetzt eine triste Geschäftskarriere ein. In der Versicherungsbranche, aller Wahrscheinlichkeit nach. Arme Janet, dachte Clyde; nach dem Zwischenspiel mit ihm, seiner überragenden vergänglichen Person, würde sie nie mehr das Licht sehen. Aber sie hatte sich ihre schöne Gelassenheit bewahrt, die schlaflose Ruhe, die sich in den hübschen kleinen lavendelblauen Schwellungen unter ihren Augen ausdrückte. Und entweder war sie schlanker geworden, oder er hatte mehr Nachsicht mit Fülligkeit. Ihre dicken Fesseln und überhaupt die Sturheit ihres Fleisches hatten ihn immer dazu angestachelt, grausam zu sein.

«Ja.» Ihr Ton ließ erkennen, dass sie sich zurückgezogen hatte; vielleicht war ihr eine hässliche Erinnerung an den letzten Abschied gekommen.

«Ich war dienstuntauglich.» Er schämte sich deswegen, und

dass er es ihr gestand, gab ihrem Gespräch eine Wendung nach innen, auch wenn Janet sich der Veränderung anscheinend nicht bewusst war. «Ein Drückeberger in Friedenszeiten», fuhr er fort. «Gibt es etwas Schändlicheres?»

Sie schwieg eine Weile, dann fragte sie: «Wie viele Kinder hast du?»

«Zwei. Drei Jahre und ein Jahr. Ein Mädchen und ein Junge, sehr symmetrisch. Hast du» – er errötete ein wenig und strich sich über die Stirn, um es zu verbergen –, «hast du Kinder?»

«Nein, wir fanden es nicht fair, solange wir nicht in geregelteren Verhältnissen leben.»

Nun war's an ihm, den Moment des Schweigens zu wahren. Sie hatte sein Versagen mit ihrem Versagen wettgemacht. Sie schlug die Beine andersherum übereinander und lächelte auf eine merkwürdige angespannte Weise.

«Ich versuche gerade, mich an unser letztes Zusammensein zu erinnern», sagte er. «Ich weiß nicht mehr, wie es zu dem Bruch kam.»

«Ich auch nicht», sagte sie. «Es passierte so oft.»

Clyde fragte sich, ob es ihre Absicht war, ihn mit dieser sarkastischen Bemerkung zu Tränen zu rühren. Wahrscheinlich nicht; Vorsätzlichkeit hatte nie zu ihren Waffen gehört, obwohl sie sich Mühe gegeben hatte, von ihm zu lernen.

Er überquerte die Linoleumfläche und setzte sich neben sie auf die Bank. «Ich kann dir nicht sagen», sagte er, «wie sehr, von allen Menschen in dieser Stadt, du es warst, nur du, den ich sehn wollte.» Es war idiotisch, aber er hatte sich diesen Satz zurechtgelegt, für den Fall, dass er sie jemals wiedersähe.

«Warum?» Das sah ihr schon ähnlicher: unverblümte, schmollmundige Neugier. Er hatte das vergessen. «Mensch, na ja, aus allen möglichen Gründen. Ich wollte dir was sagen.»

«Was?»

«Na ja, wenn ich dir wehgetan habe, dann war das aus Dummheit, weil ich jung war. Ich habe mich seither oft gefragt, wieso ich es getan habe, denn jetzt kommt es mir so vor, als seiest du, abgesehen von meiner Familie, der einzige Mensch gewesen, der mich jemals wirklich gemocht hat.»

«Hab ich das?»

«Wenn du glaubst, du machst Eindruck, wenn du nichts tust, außer einsilbige Fragen zu stellen, irrst du dich.»

Sie wandte das Gesicht ab, ließ gleichsam nur ihren Körper zurück – die blasse säulenhafte Breite des Arms, den sommersprossigen Halbmond des Schultermuskels unter dem Baumwollträger des Sommerkleids. «Du bist es, der Eindruck macht.» Es war eine so matte, sinnlose Erwiderung, mit der sie sich verteidigen wollte; Clyde, gelähmt von einer derart überdosierten Injektion von Liebe, berührte Janets Arm mit eiskalter Hand.

Mit einer Hast, die verriet, dass sie dies vorausgesehen hatte, stand sie auf und ging zum Tisch am Erkerfenster, auf dem Reihen einander überlappender Zeitschriften auslagen. Sie beugte den Kopf über die Titel, ihr Nacken im Schatten des halb aufgelösten Haarknotens. Sie hatte immer Schwierigkeiten gehabt, ihr Haar aufgesteckt zu halten.

Clyde errötete tief. «Arbeitet dein Mann hier in der Gegend?»

«Er ist auf der Suche nach Arbeit.» Dass sie sich nicht umwandte, während sie dies sagte, machte ihm Hoffnung.


«Mr. Behn?» Die zierliche Arzthelferin, die Hüften wie ein Pendel hin und her schwingen lassend, ging ihm voraus ins Allerheiligste und bedeutete ihm, sich auf einen hohen, verstellbaren, mit schwarzem Leder gepolsterten Stuhl zu setzen. Pennypackers Ausrüstung hatte ihn immer nervös gemacht; in allen

Kabinen waren Apparate aufgestellt. Ein komplizierter Baum aus Schläuchen und Linsen neigte sich über seine linke Schulter, und neben seinem rechten Ellbogen höhlte sich erwartungsvoll ein Porzellanbecken. Eine Augenprüftafel behauptete flott irgendeinen Stuss. Nach einer Weile erschien Pennypacker persönlich: ein großer, gebeugter Mann mit fleckigen Wangen und einer Miene unterdrückten Ärgers.

«Na, was gibt's denn, Clyde?»

«Nichts, das heißt, es ist nicht schlimm», fing Clyde an und lachte unpassend. Als Jugendlicher hatte er es mit seinem Zahnarzt und dem Hausarzt zu scherzhafter Vertrautheit gebracht, aber mit Pennypacker war er nie warm geworden, der blieb, was er von Anfang an gewesen war: einer, der kühl und reserviert kostspielige Demütigungen verabreichte. Als Clyde in der dritten Klasse war, hatte Pennypacker ihm eine Brille aufgezwungen. Später spülte er ihm jedes Jahr mit einem schrillen Stoß heißen Wassers das Ohrenschmalz heraus, und einmal hatte er ihm zwei lange, dünne Kupferröhrchen in die Nasenlöcher gestoßen und sich vergeblich bemüht, ihm die Nebenhöhlen durchzublasen. Clyde hatte sich Pennypackers von jeher unwürdig gefühlt, kam sich immer wie ein verschmutztes Leitungsrohr vor, das den glatten Reputationsfluss des Arztes und seiner Apparate blockierte. Er wurde rot, weil er jetzt über seine jüngste triviale Störung sprechen musste. «Es ist bloß, dass seit über zwei Monaten mein Augenlid zuckt, das hindert einen so am Denken.»

Pennypacker beschrieb mit einer bleistiftgroßen Stablampe kleine Kreise vor Clydes rechtem Auge.

«Es ist das linke Lid», sagte Clyde und wagte nicht, den Kopf zu bewegen. «Ich war bei einem Arzt, da, wo ich jetzt wohne, und der meinte, das sei wie das Klappern eines Kotflügels, man könne nichts machen. Er sagte, es würde weggehn, aber es geht und geht nicht weg, darum habe ich meine Mutter gebeten, einen Termin mit Ihnen auszumachen, wenn ich das nächste Mal zu Besuch käme.»

Pennypacker wandte sich dem linken Auge zu und rückte noch näher heran. Die Entfernung zwischen seinen Augen und seinen Mundwinkeln war sehr lang; der emotionale Ausdruck seines Gesichts, so von nahem, war wie der jener ersten Aufnahmen, die von Raketen aus entstanden waren und die die Erdkrümmung deutlich machten. «Wie gefällt's dir denn so auf heimatlichem Boden?», fragte Pennypacker.

«Gut.»

«Hat es ein bisschen was Merkwürdiges?»

Die Frage selbst hatte etwas Merkwürdiges. «Ein bisschen.»

«Hm. Interessant.»

«Wegen des Auges – ich hab mir zweierlei überlegt. Erstens, ich habe mir in Massachusetts von jemandem, zu dem niemand sonst ging, eine Brille verschreiben lassen und dachte, dass er vielleicht was Falsches aufgeschrieben hat. Seine ganze Ausrüstung war so altertümlich, so spinnwebig irgendwie – wie auf einem Dürer-Stich.» Clyde konnte sich nie schlüssig werden, wie gebildet Pennypacker war; der kanadische See sprach gegen ihn, aber sein Fachwissen hatte sich im ganzen County herumgesprochen, in einer Gegend, wo Ärzte ganz oben auf der intellektuellen Werteskala rangierten.

Die Stablampe, eine laue Sonne, eingefasst von ineinander greifenden optischen Kreisen, hinter denen verschwommen und farblos Pennypackers Gesicht drohte, berührte die Haut von Clydes Auge, und das schemenhafte Gesicht ruckte zornig vor, und Clyde, blind in einer Welt voll Licht, fürchtete, dass Pennypacker den Grund seiner Seele inspiziere. Paralysiert vor Panik

**157**

hauchte er: «Zweitens hab ich gedacht, dass vielleicht irgendwas hineingeraten ist. Nachts fühlt es sich an, als ob ein winziges Stäubchen ganz tief unten hinterm Lid wär.»

Pennypacker lehnte sich zurück und stöberte anmaßend mit dem Lichtstrahl in Clydes Gesicht umher. «Wie lange hast du schon dies schuppige Zeugs auf den Lidern?»

Die beleidigende Frage alarmierte Clyde. «Ist denn da was?»

«Wie lange hast du das?»

«Manchmal am Morgen fallen mir kleine Körnchen auf, wie Salz, ich dachte, das sei das, was ich früher Schlafsand genannt habe –»

«Das ist kein Schlafsand», sagte der Arzt. Er wiederholte: «Das ist kein Schlafsand.» Clyde wollte lächeln – er glaubte, Pennypacker amüsiere sich über seine kindliche Ausdrucksweise –, aber Pennypacker beschied ihn knapp: «So etwas kann zum Verlust der Wimpern führen.»

«Ehrlich?» Clyde war stolz auf seine Wimpern; als er ein Junge war, waren sie außergewöhnlich lang gewesen und hatten seinem Gesicht den wachen, sensiblen Ausdruck eines Mädchens gegeben. «Glauben Sie, das hängt mit dem Tic zusammen?» Er stellte sich sein Gesicht vor: die Lider kahl, die Wimpern auf seinen Wangen verstreut wie Insektenbeine. «Was kann ich tun?»

«Strengst du deine Augen sehr an?»

«Ein bisschen. Nicht mehr als sonst.»

Pennypackers Hände – dem geblendeten Clyde erschienen sie blau – nahmen eine intensiv braune Flasche aus der Schublade. «Es kann etwas Bakterielles sein, es kann eine Allergie sein. Wenn du nachher gehst, gebe ich dir etwas mit, das der Sache auf jeden Fall den Garaus macht. Hörst du mir zu? Jetzt, Clyde» – seine Stimme wurde zu einem tröstenden Gemurmel, indes er eine gewölbte Hand, starr wie eine Elektrode, auf Clydes Kopf legte – «werde ich dir ein paar Tropfen in die Augen tun, damit wir prüfen können, ob man dir in Massachusetts auch die richtige Brille verschrieben hat.»

Clyde hatte vergessen, dass die Tropfen so brannten; er rang laut nach Luft, und seine Augen tränten, während Pennypacker mit den Fingern die Lider auseinander zog und sie sacht auf- und zuklappte, als spiele er mit Löwenmäulchen. Dann setzte er Clyde eine lächerlich winzige Brille mit kreisrunden dunkelbraunen Gläsern auf die Nase und verschwand mit der modischen Hornbrille, die Clyde in der Tasche gehabt hatte. Pennypackers Methode war es, seine kleinen Kabinen mit wartenden Patienten zu füllen und wie ein Kerkermeister von einer Zelle zur andern zu gehen.

Weit weg hörte Clyde die Glöckchenstimme der Arzthelferin und, verstärkt durch den hallenden Flur, Pennypackers Begrüßungsgepolter und Janets Erwiderung. Das Wort «Kopfschmerzen» ragte mit missmutigem Nachdruck aus ihrer Antwort heraus. Dann wurde eine Tür geschlossen. Stille. Clyde bewunderte, wie sachlich ihre Stimme geklungen hatte. Er hatte immer schon diese Kompetenz bei ihr bewundert, ihre Autorität in der Welt außerhalb der Welt der Liebe, in der sie so fügsam war. Er erinnerte sich, wie sie mit Kellnerinnen und mit Lehrern fertig werden konnte und wie sie ihre Mutter hinters Licht führte, wenn die wachsame Person unverhofft auf der mit Fliegengitter umgebenen Veranda erschien, wo sie angeblich Cribbage spielten. Topfbegonien hockten in den Ecken der Veranda wie treue Zwerge; im Flieder draußen, nur wenige Zoll vom Fliegengitter entfernt, hatten Wanderdrosseln ein Nest gebaut. Es war wie ein gutes Omen, wie ein Segen gewesen, dass eines

Abends, als sie beide auf der Hollywoodschaukel saßen, die Vögel keine Angst mehr hatten.

Die Tapete, die er durch die offene Tür sah, erschien ihm so deutlich wie immer. Anders als die Wirkung von Novocain, zum Beispiel, ist die Erweiterung der Pupillen nicht spürbar. Er hielt sich die Fingernägel dicht vor die Nase und konnte die Nagelhäutchen nicht mehr sehen. Er berührte die Seiten seiner Nase, wo Spuren von den Tränen geblieben waren. Er sah wieder auf seine Finger, und sie waren noch unschärfer. Er konnte die Hautrillen an seinen Fingerkuppen nicht mehr erkennen. Die Webfäden seines Hemds waren zu einer undefinierbaren flüssigen Oberfläche verschmolzen.

Eine Tür öffnete und schloss sich, und ein neuer Patient wurde in ein Sprechzimmer geführt und von Pennypacker eingekerkert. Janets Schritte waren nicht dabei gewesen. In der Highschool hatte Clyde, ohne seinen Ruf, ein Junge mit gutem Benehmen zu sein, jemals ernstlich zu gefährden, doch einiges gewagt, wenn es darum ging, Lehrern, die er für dumm oder ungerecht hielt, in die Parade zu fahren. Er stand von seinem Stuhl auf, sah den Flur hinunter, wo sich ganz hinten ein weißes Zipfelchen der Arzthelferin zeigte, und ging rasch an einer geschlossenen Tür vorbei zu einer, die angelehnt war. Sein Blut sagte ihm: *Diese hier*.

Janet saß auf einem Stuhl, der so gerade war wie der, auf dem er eben noch gesessen hatte, hielt eine dicke Haarnadel im Mund, drückte das Kreuz durch, hatte die Arme erhoben und steckte sich die Haare auf. Als er hereinschlüpfte, nahm sie die Haarnadel zwischen ihren Zähnen weg und lachte. In einem kleinen randlosen, schräg gekippten Spiegel über ihrem Kopf sah er sein Gesicht: verzerrt vor lauter Heimlichkeit und grotesk kostümiert mit Brillengläsern, die wie Schokoladentaler aussahen;

da verstand er ihr Lachen, obschon es nicht zu dem passte, was er ihr sagen wollte. Er sagte es trotzdem: «Janet, bist du glücklich?»

Sie stand mit einem sachlichen Ausdruck im Gesicht auf, ging an ihm vorbei und klickte die Tür zu. Während sie noch da stand und lauschte, ob sich draußen etwas rühre, bündelte er ihr Haar in seiner Hand und hob es von ihrem Nacken, den er verschattet glaubte und der stattdessen hell wie Kerzenschein für seine geweiteten Augen war. Ungeschickt presste er die Lippen darauf.

«Liebst du deine Frau nicht?», fragte sie.

«Über die Maßen», murmelte er in den feinen Nackenflaum.

Sie trat beiseite, ließ ihn wie einen Tölpel stehen und strich sich vor dem Spiegel die Haare hinter die Ohren. Sie setzte sich wieder und kreuzte die Handgelenke im Schoß.

«Mir wurde gerade eröffnet, dass demnächst meine Wimpern ausfallen.»

«Deine hübschen Wimpern», sagte sie elegisch.

«Warum hasst du mich?»

«Sch. Ich hasse dich jetzt nicht.»

«Aber du hast es mal getan.»

«Nein, das hab ich *nicht*, Clyde, was soll das Theater, was willst du eigentlich?»

«Verflucht nochmal, ich mache also Theater. Ich hab's gewusst. Du hast einfach alles vergessen. Während ich die ganze Zeit dran gedacht habe. Du bist so ent*setz*lich stumpf. Ich komme hier herein, bin ein einziges Schmerzbündel und will dir sagen, dass es mir leidtut und dass ich möchte, dass du glücklich bist, und alles, was ich kriege, ist dein Nacken.» In Mitleidenschaft gezogen von dem, was seinen Augen zugestoßen war, hatte seine Zunge sich gelöst, und das Herz floss ihm über, und als sei das nicht verrückt genug, ließ er sich neben ihrem Stuhl auf die Knie fallen und fragte sich, ob der Plumps wohl Pennypacker auf den Plan rufen würde. «Ich muss dich wiedersehn», blubberte er hervor.

«Sch.»

«Ich komme nach Hause und stelle fest, dass ich den einzigen Menschen, der jemals freundlich zu mir war, so schlecht behandelt habe, dass er mich hasst.»

«Clyde», sagte sie, «du hast mich nicht schlecht behandelt. Du warst ein lieber Junge.»

Er richtete sich auf den Knien auf und fingerte am Ausschnitt ihres Kleids entlang, zog ihn nach vorn und sah in die schattige Höhlung zwischen ihren Brüsten hinab. Er hatte in Erinnerung, dass sie von den Schultern bis hinunter in den Badeanzug mit Sommersprossen gesprenkelt war. Seine Brille stieß gegen ihre Wange.

Sie pikte ihm mit den Spitzen der Haarnadel in den Handrücken, und er rappelte sich auf die Füße und reckte sich hoch in eine neue, weniger wehmütige Atmosphäre. «Wann?», fragte er, kurzatmig.

«Nein», sagte sie.

«Wie heißt du jetzt?»

«Clyde, ich dachte, es geht dir gut. Ich dachte, du hast reizende Kinder. Bist du nicht glücklich?»

«Doch, doch. Aber» – der Rest war nur ein Hauch, der über seine Lippen streifte – «Glück ist nicht alles.»

Schritte klackten den Flur entlang, auf ihre Tür zu, an ihr vorbei. Seine Brust war vor Angst ganz ausgehöhlt, aber verwegen wie in den alten Highschool-Tagen warf er Janet eine Kusshand zu, wartete, öffnete die Tür und wirbelte hinaus. Seine Hand hatte die Klinke gerade losgelassen, als die Arzthelferin aus dem Zimmer kam, in dem er hätte sein sollen, und ihm in dem nach Linoleum riechenden Flur gegenüberstand. «Wo kann ich wohl einen Schluck Wasser bekommen?», fragte er klagend und nahm die gebückte Haltung und den Jammerton eines blinden Bettlers an. Er hatte wirklich Durst, das merkte er erst jetzt.

«Einmal im Jahr komme ich durch dein Revier», hob Pennypacker an, während er ein immer größeres Gewicht an Linsen in den Apparat auf Clydes Nase schob. Er war entspannter und gesprächiger zu Clyde zurückgekehrt, nun da seine Kämmerchen alle voll waren. Clyde hatte versucht, aus dem Geräuschgewebe herauszuhören, ob Janet schon entlassen war. Er glaubte, ja. Der Gedanke ließ sein Lid pochen. Er wusste nicht einmal, wie sie jetzt hieß. «Die Turnpike runter», brummte Pennypacker weiter, und sein Gesicht war bald scharf, bald verschwommen, «die New Jersey Pike rauf, über die George Washington Bridge, den Merritt Parkway rauf, dann die Route 7 bis zum Lake Champlain. Den großen Seebarsch fangen. Ein Erlebnis, kann ich dir sagen.»

«Sie haben eine neue Uhr im Wartezimmer, ist mir gleich aufgefallen.»

«Ein Weihnachtsgeschenk von der Alton Optical Company. Kannst du die Zeile da lesen?»

«H, L, F, Y, T, dann eventuell ein S oder auch ein E - -»

«K», sagte Pennypacker, ohne hinzusehen. Armer Teufel, er kannte sämtliche Buchstaben auswendig, das ganze Kauderwelsch – Clyde hatte jäh das Bedürfnis, ihn zu mögen. Der Okulist wechselte eine Linse aus. «Ist es so besser? ... Oder so?»

Am Schluss der Untersuchung sagte Pennypacker: «Bei dem Mann mag ja alles verstaubt gewesen sein, aber er hat dir die richtige Brille verschrieben. Bei deinem rechten Auge hat sich die Astigmatismusachse um einige Grad gedreht, das wird mit den Gläsern korrigiert. Wenn du trotzdem ein Gefühl von Überanstrengung gehabt hast, dann liegt das zum Teil daran, Clyde, dass diese schweren Hornfassungen auf der Nase runterrutschen, was eine prismatische Verzerrung verursacht. Du solltest eine festsitzende Brille nehmen, eine mit Metallfassung und regulierbaren Nasenklemmen.»

«Man bekommt so hässliche Druckstellen davon.»

«Du solltest trotzdem so eine nehmen. Sieh mal, dein Nasenbein» – er klopfte auf sein eigenes – «ist ein wenig eingedellt. Man muss ein ebenmäßiges Gesicht haben, wenn man genormte Fassungen tragen will. Hast du deine Brille ständig auf?»

«Im Kino und zum Lesen. Als ich sie bekam, damals in der dritten Klasse, haben Sie gesagt, zu mehr hätte ich sie nicht nötig.»

«Du solltest sie ständig tragen.»

«Wirklich? Auch wenn ich bloß so rumlaufe?»

«Ständig, ja. Deine Augen sind nicht mehr die jüngsten.»

Pennypacker gab ihm ein Plastikfläschchen mit Tropfen. «Das ist gegen den Pilz auf deinen Lidern.»

«Pilz? Klingt brutal. Hilft es auch gegen das Zucken?»

Pennypacker herrschte ihn ungeduldig an: «Das Zucken ist die Folge von Muskelüberanstrengung.»

Und so wurde Clyde in eine verrottete Welt entlassen, in der die Dinge seinem Blick auswichen. Er ging mit seiner Sonnenbrille durch den Flur und bekam von der Arzthelferin den Bescheid, dass man ihm die Rechnung schicken werde. Das Wartezimmer war jetzt voll, hauptsächlich saßen verzagte alte Männer dort und kurzsichtige Kinder, die an ihren Müttern zerrten. Eine üppige junge Frau löste sich aus dieser Menge und trat dicht vor ihn hin, und Clyde, umschlossen vom Aroma, das von ihrem

Haar und ihrer Haut aufstieg, fühlte sich schwach und weit und herrlich, wie eine sterbende Rose. Janet steckte ihm einen zusammengefalteten Zettel in die Tasche seines Hemds und sagte in beiläufigem Ton: «Er wartet draußen im Auto.»

Das neutrale, ominöse «Er» öffnete weit eine Verschwörung, der Clyde ohne zu zögern beitrat. Er wartete eine Minute, um ihr Zeit zum Wegfahren zu lassen. Umringt von den taxierenden Blicken der Jungen und Alten, kam er sich wie ein Schauspieler vor, der in Sicherheit ist hinter dem blendenden Schutz des Rampenlichts; mit zusammengekniffenen Augen sah er lange auf die Tachometeruhr, und sie war unbeschrieben, wie ein Brief, der auf der Bühne übergeben wird. Mit ironischem Lächeln nach links und rechts verließ er dann das Wartezimmer und trat in Pennypackers Diele, ein Kabuff mit einem Schirmständer aus Stuck und einer roten Gummimatte, auf der so groß, dass er es lesen konnte, HEREIN stand.

Er hatte nicht damit gerechnet, dass er außerstande sein würde, ihre Botschaft zu entziffern. Er hielt sie auf Armeslänge von sich entfernt, holte sie dann langsam dicht vor seine Augen und kippte sie mal so, mal so im von außen einfallenden Licht. Etliche Male tat er das, aber nicht das einfachste Wort entschlüsselte sich ihm. Nur nasse blaue Flecken. An ihrer Dichte und Anordnung aber glaubte er die Handschrift zu erkennen – schräg, offen, unoriginell –, die ihm von anderen, vor langer Zeit empfangenen Briefchen vertraut war. Dieser verwischte Blick, durch die Haut des Papiers hindurch, auf die Janet von damals gab seiner Sehnsucht süßer die Sporen, als es vorhin die Berührung vermocht hatte. Er steckte den Zettel wieder in die Hemdtasche, und die Sprödigkeit des Papiers wurde zum Schutzschild für sein Herz. So gewappnet trat er auf die vertraute Straße hinaus. Ahorne, Asphalt, Schatten, Häuser, Autos, alles leuchtete so hell und klar in seinen misshandelten Augen wie eine Szenerie, die man nie vergessen hat; er wurde wieder Kind in dieser Stadt, wo das Leben ein fernes Abenteuer war, ein Gerücht, eine immer aufs Neue bevorstehende Freude.

## Der glückselige Mann von Boston, der Fingerhut meiner Großmutter und Fanning Island

Ich habe ihn nur für einen Augenblick gesehen, und das ist Jahre her. Boston war von den White Sox geschlagen worden. Es war ein Abendspiel, und als es vorbei war und die Menge, darunter ich und meine Freunde, mit dieser unterdrückten abendländischen Panik durch die Gänge zu den Ausgangsrampen drängte, wurde er, wie der schwere Goldkiesel, der nicht von der Pfanne heruntergewaschen worden ist, sichtbar: Allein, reglos, lächelnd saß er da irgendwo in den grünen Sitzreihen. Er war ein alter Chinese, gediegen korpulent wie ein Chevrolethändler, und er trug abgewetzte schwarze Hosen und ein weißes Hemd mit aufgekrempelten Ärmeln. Er saß da, hatte einen Arm auf die Lehne des Sitzes neben sich gelegt und lächelte aufs Spielfeld hinaus; die Platzwärter zogen gerade die Plane über das perspektivisch verkürzte Diamond, und das Außenfeld sah unter den Bogenlampen so leuchtend und glatt aus wie der Filzbelag eines Pooltisches. Und als mein Blick auf diesen Mann fiel, der da allein und ganz ruhig inmitten der geräumten Sitze saß, kam mir blitzhaft der Gedanke, dass dies der glückliche Mann schlechthin war, der Mann der unaufhörlichen und federleichten Glückseligkeit. Und ich dachte damals daran, ein Buch über ihn zu schreiben, einen ungeheuren Roman, in dem ich jeden seiner Schritte verzeichnen wollte, jede seiner Mahlzeiten, jeden Wurf, jede Verzögerung bei jedem Ballspiel, das er besuchte, die Nummer jeglichen Hauses, an dem er vorbeikam auf seinem Weg durch Bostons Dreidecker-Slums, die genaue Position und Form jedes rissigen, abblätternden Stückchens Farbe an den Türen, den exakten Glanz und den

Rost jeder floralen und verschlungenen Laune der kleinen Eisengitter, die neben seinen Beinen herliefen, die Kreidezeichen, die Backsteine (lila überhaucht, ockergelb verschmiert, rot), die Konstellationen von Flusen und Flecken in seinem winzigen Junggesellenzimmer (grüne Wände, gestrichene Heizungsrohre, hustend vom Dampf, Telefonkabel, mit Krampen an der Fußleiste befestigt), den nie-zweimal-genau-gleichen Dampfschnörkel über seinem Reistopf, die Klangstriche, die die Geräusch-Schraffuren hinter ihm schufen, jeden erstickten Schrei, jedes Zischen einer defekten Neonreklame, jedes Flugzeug und jeden Zug in der Ferne, jedes Rollschuhschrammen: alles in einer endlosen Sequenz aneinander gereiht, mit der kahlen Schmucklosigkeit einer Litanei, Tausende und Abertausende von Seiten voll ekstatischer Ereignislosigkeit, voll göttlicher, herausfordernder Monotonie.

Aber wir, die wir so gern Romanautoren wären, haben eine Reichweite, die nicht über das hinausgeht, was wir auf unserer Haut spüren. Wir durchwandern Welten des Ungesagten und sondern, wie Schnecken, nur eine fadendünne Spur ab. Aus dem Tau der wenigen Flocken, die auf unserm Gesicht schmelzen, können wir nicht den Schneesturm nachbilden.

Neulich Abend stolperte ich im Dunkeln auf der Treppe und stieß den Nähkorb meiner Frau vom mittleren Absatz herunter. Nadeln, Garnrollen, Knöpfe, Flicken streuten sich umher. Als ich die Sachen zusammenlas, fand ich den Fingerhut meiner Großmutter. Im ersten Augenblick wusste ich nicht, was das war: Ich hielt einen silbernen Kelch ohne Stiel, nur wenige Gramm schwer, in der Hand. Dann wusste ich's, die Schleusentore der Zeit taten sich auf, und zum ersten Mal nach Jahren stand meine Großmutter wieder vor mir, und mit heiliger Notwendigkeit schien es mir auferlegt, zu erzählen, dass es einst eine Frau gegeben hatte, die jetzt nicht mehr war, dass sie gelebt hatte in einer Welt, die es nicht mehr gab, auch wenn ihre Mahnzeichen rings um uns waren; dass der Fingerhut, wie in einer magischen Grotte, geformt worden war im schwarzen Gebirge der Zeit, von Handwerkern, die winzig geworden waren durch die große Entfernung, in einer längst vergangenen Werkstatt, jetzt nicht mehr größer als der Fingerhut selbst und gleich ihm dazu verdammt, bald ganz zermalmt zu werden, wie von einem geologischen Druck. O Herr, gib diesen armen Sätzen Deinen Segen, die in ihrer niedrigen Unwissenheit Dein Werk der Auferstehung tun wollen.

Sie hatte den Fingerhut meiner Frau und mir zur Hochzeit geschenkt. Ich war ihr einziges Enkelkind. Zu der Zeit, als ich heiratete, war sie hoch in den Siebzigern, verkrüppelt und entkräftet. Sie hatte einen langen Kampf gegen die Parkinson'sche Krankheit gekämpft; in meinen frühesten Erinnerungen ist sie von ihr befallen. Ihre Finger und ihr Rücken sind verkrümmt; sie zittert, wenn sie sich durch die dunklen, seltsam geschnittenen Zimmer unseres Hauses in der Stadt bewegt, wo ich geboren bin. Zusammengekauert im Flur vor dem Zimmer meiner Großeltern – das ich nie betreten habe – kann ich hören, wie sie in undeutlichem Flüsterton, der sich mit kleinen, scharfen Stichen durch die Wand bohrt, gereizt auf eine Frage antwortet, die mein Großvater unhörbar gestellt hat. Es ist seltsam: Außerhalb dieses Zimmers spricht er viel lauter. Wenn sie sich über mich beugt, rieche ich Moder, eine Mischung aus Hustenmedizin und altem Stoff, der mit getrocknetem Sonnenlicht durchwoben ist. In meinen Kindertagen war sie stark, ausgestattet mit Besitz und Möglichkeiten. Zum Zeitpunkt, da ich heiratete, war sie so schwach, dass nur noch ihr schneidender Wille sie treppauf und treppab trug in dem kleinen ländlichen Haus, in das wir inzwischen gezogen waren und in dem sie als jung verheiratete Frau gelebt hatte. Sie sprach mit großer Mühe; weil die Worte ihr fehlten, stak sie meist mitten im Satz fest, ihre wässerigen Augen und ihr wildes weißes Haar wie erstarrt. Sie besaß nichts mehr. Außer ihren Kleidern und ihrem Bett war der elegante silberne Fingerhut – ein Geschenk ihres Vaters, graviert mit ihren Mädcheninitialen – ihr letztes Besitztum, und sie gab es uns.

Bei jedem Abschied von ihr in jenen Tagen dachte ich, es sei der letzte. Als ich fortging, um mich zu verheiraten, rechnete ich nicht damit, sie wiederzusehen. Aber als meine Frau und ich am Ende des Sommers zurückkamen, war nicht sie gestorben, sondern mein Großvater. Es war wenige Minuten vor unserer Ankunft geschehen. Sein Leichnam lag auf dem Fußboden im großelterlichen Schlafzimmer, der Mund ein kleines dunkles Dreieck in einem Gesicht, das bis zur Unkenntlichkeit verdorrt war. Das Zimmer war spärlich erhellt vom warmen Schein einer Petroleumlampe. Ich hatte Angst vor seinem Körper; meine Großmutter schien keine Angst zu haben, das verwunderte mich. Ich fürchtete mich davor, dass der Körper sich bewegen könne. Versuchsweise flüsterte ich: «Grandpa», und zuckte zusammen aus Angst vor einer Antwort.

Meine Großmutter saß benommen auf der Bettkante und lächelte mir zur Begrüßung zerstreut zu. Sie war verwirrt, wie ein Künstler, der nach langer konzentrierter Arbeit den Blick hebt. Mein Großvater, der geistig gesündeste aller alten Männer, hatte am letzten Tag seines Lebens den Verstand verloren. Er hatte gebrüllt; sie hatte ihn mit Gewalt zu bändigen versucht. Er dachte, das Bett stehe in Flammen, und warf sich hinaus; sie klammerte sich an ihm fest, und während sie beide zu Boden stürzten, starb er. Aber nicht ganz. Meine Mutter rannte die Treppe hinauf und schrie: «Was macht ihr da?»

«Na was schon, wir liegen am Boden», sagte er mit gleichmütigem Sarkasmus, und das Herz stand ihm still.

Mein Vater lief über den Rasen unseren Autoscheinwerfern entgegen; er keuchte. «Mein Gott», sagte er zu mir, «du hast dir einen merkwürdigen Zeitpunkt ausgesucht. Wir glauben, Pop ist gerade gestorben.» Meine Schwiegereltern waren mit uns gekommen; der Vater meiner Frau, ein Chirurg, ein Intimus des Todes, ging zum Leichnam hinauf. Er kehrte zurück, lächelte und sagte, der Puls gehe nicht mehr, aber das Handgelenk sei noch warm. Als ich dann hinaufging, sah ich meine Großmutter auf ganz die gleiche abwesende, nach innen gekehrte Weise lächeln.

Sie saß, ausgelaugt und geläutert von ihrem Kampf, auf der Kante des Betts mit den zwei Mulden. Sie war eine kleine Frau, beseelt von einer übermäßigen Stärke. Ihren Mann in den Tod getragen zu haben war ihre letzte große Anstrengung gewesen. Von dem Augenblick an versuchte ihr Wille, sich für die Niederlage bereitzumachen, und seine Widerstandskraft wurde ihr zur beschwerlichen Last. Ich umarmte sie hastig, hatte auch vor ihrem Körper Angst, der so kürzlich erst den auf dem Boden liegenden umklammert hatte. Meine Mutter, die hinter mir stand, fragte sie, ob sie nicht herunterkommen wolle zu den andern. Meine Großmutter schüttelte den Kopf und sagte: «Ein Weilchen noch», und machte eine ungeduldige, zittrige Handbewegung, als wolle sie etwas erklären oder uns wegscheuchen.

Vielleicht wusste sie, was ich erst jetzt erschüttert feststellte, als ich mit zitternden Knien und einem Kribbeln am ganzen Leib, wie nach einem Bad, die Treppe hinunterging: dass wir keine Gesten haben, mit denen wir den gebieterischen Gesten der Natur hinlänglich begegnen könnten. Das menschliche Leben zieht zwischen tauben Bergen auf einer absurden Tiefstraße hin. Der Sherry, den meine Mutter zu unserem Empfang besorgt hatte, wurde ausgeschenkt; das Warten auf den Bestattungsunternehmer wurde überdeckt mit einer gedämpften Version der Party, die sie geplant hatte. Mein Schwiegervater schnitt mit ernüchternder routinierter Gewandtheit den kalten Schinken auf; meine Mutter, zum Zerreißen ruhig, wie im Mittelpunkt mehrerer widerstreitender Spannungen, machte ein paar ihrer witzigen Bemerkungen; das Telefongespräch zwischen meinem Vater und unserem lutherischen Geistlichen war so verwirrt und verwirrend wie alle Unterhaltungen zwischen ihm und diesem jungen Mann. Ich wusste zwar nicht, was ich mir vorgestellt hatte, aber dies hier konnte ich kaum fassen; das Geschnatter wurde unerträglich laut in meinen Ohren, ich dachte an meine Großmutter, die oben alles mit anhörte, und es platzte aus mir heraus: «Könnt ihr dem alten Mann denn nicht seine Ruhe lassen?» Meine Mutter sah mich erschrocken und vorwurfsvoll an, und ich fühlte mich wieder sicher aufgehoben als ihr intelligenter, aber unerfahrener Sohn; es gab eben Dinge, die ich nicht verstand.

Der Geistliche kam mit trauerverdüstertem Gesicht, das sich erleichtert aufhellte, als er Gelächter im Haus fand. Beim Kirchen-Softball hatte er sich den Knöchel gebrochen, als er ins zweite Base schlitterte, und er humpelte noch immer. Seine Gebete schienen Splitterchen von unseren Herzen abzuspalten und sie hinwegzuschwemmen. Die Angestellten des Bestattungsunternehmens kamen, komische steife Figuren, die aussahen wie die Henker von einst, und rollten den Leichnam zur Tür hinaus. So wurden wir, wie durch eine Reihe von Absperrventilen, gegen die Nähe des Todes geschützt.

Meine Großmutter kam nicht zur Beerdigung. Das war klug von ihr, denn die Freimaurer machten mit ihrer dünkelhaften Geheimniskrämerei eine Farce daraus. Meine Großmutter, die immer so rührig gewesen war, verließ nicht mehr das Haus und blieb immer öfter im Bett. Als meine Frau und ich wieder abreisten – ich hatte noch ein Jahr auf dem College vor mir –, sagte ich ihr in meinem Herzen Lebewohl. Aber als wir zu Weihnachten wiederkamen, lebte sie noch, und sie lebte auch noch im Juni, freilich war sie inzwischen für immer ans Bett gefesselt.

Ihr Wille kämpfte blind. Mein Großvater war ein energischer Befürworter von Gymnastik gewesen, er hielt sie für den Schlüssel zu einem langen Leben. Möglich, dass meine Großmutter nur einem Widerhall der Stimme ihres Mannes folgte, wenn sie verlangte, man solle sie an den Händen zu sitzender Haltung hochziehen und wieder herunterlassen, hoch und runter, hoch und runter, bis die Person, die ihr half, die Geduld verlor und entnervt aus dem Zimmer lief. Sie hatte gern Gesellschaft, obwohl sie fast gar nicht mehr sprechen konnte. «Hoch, hoch», diese heiße, flehentliche Bitte war alles, was ich noch verstand. Wir wussten, dass die Krankheit ihr nur die Zunge lähmte; dass in diesem wortlosen wilden Kopf noch derselbe wache, begierige Geist lebte. Aber ein Geist, der sich nicht mehr mitteilen kann, hört auf zu existieren in unserer Welt, und es kam immer öfter vor, dass wir in ihrem Zimmer miteinander redeten, als sei es leer. In der Gewissheit, dass ich sie nun wirklich nicht mehr wiedersähe – meine Frau und ich wollten für ein Jahr nach England gehen –, verbrachte ich einige Sommernachmittage bei ihr im Zimmer. Ich wusste, dass sie hören konnte, aber wir hatten nie viel miteinander gesprochen, so saß ich nur still da und las oder schrieb. Ich erinnere mich, dass ich im Schaukelstuhl am Fußende des Bettes saß, nahe der Stelle, wo an jenem Abend vor zwei Jahren der Leichnam meines Großvaters im warmen Lampenschein gelegen hatte, und dass ich, während die Sonne durch die Geranien auf der Fensterbank strömte, ein kleines Gedicht schrieb, ein paar Verse darüber, wie ich mir die Seereise vorstellte, die ich bald machen würde.

Der Horizont ist unersättlich.
Das Blau darüber, das ist göttlich.
Das Blau darunter ist marin.
Manchmal ist dies Blau auch grün.

Wenn ich diese Strophe jetzt lese, sehe ich, wie über den Rand des Schreibpapiers hinweg, die Nasenlöcher meiner Großmutter. Die Altersschwäche wirkte ungleichmäßig auf ihren Körper ein, renkte ihn aus aller Symmetrie; das eine Nasenloch war tränenförmig zusammengedrückt, das andere war ein rundes schwarzes Loch, durch das sie Luft holte. Es war, als hänge das ganze zarte Gerüst ihrer Existenz an dieser letzten hungrigen Öffnung, die so groß war wie ein Zehncentstück und durch die ihr Leben erhalten wurde.

In England hatte ich jedes Mal, wenn ein Brief von zu Hause kam, Angst, ihn zu öffnen, Angst, er könne die Nachricht von ihrem Tod enthalten. Aber als sei sie konserviert worden in der Unwirklichkeit jener Tage, die ohne Gewicht auf einer Insel hingingen, deren Nachmittage unsere Morgen und deren Morgen unsere Nächte waren, überlebte sie und war noch da, als wir zurückkehrten. Wir brachten ein Baby mit, ein Mädchen. Wir legten das Kind, das noch zu klein zum Krabbeln war, auf ihr Bett, neben den Höcker ihrer Beine, und für eine kurze Frist waren vier Generationen in einem Zimmer vereint; ohne den Kopf zu bewegen, konnte meine Großmutter ihre gesamte Nachkommenschaft überblicken: meine Mutter, mich und meine Tochter. Später, beim Begräbnis der alten Frau, lächelte meine Tochter, inzwischen wach für die Dinge rings um sie her, ich hielt sie auf dem Arm, und sie streckte die Hand nach dem vertrockneten geschminkten Gesicht im Sarg aus, das ihr vielleicht ganz von fern vertraut vorkam.

Meine Großmutter war schließlich doch gestorben, als ich weit weg war, in Boston. Ich war auf einer Party; es war Samstagabend. Ich ging ans Telefon, eine Zigarette in der Hand und Cointreau im Atem; meine Mutter – ihre Stimme war winzig vor Entfernung – begann mit dem Satz: «Grammy hat uns verlassen.» Sie hatten sie am Morgen tot aufgefunden und hatten mich erst jetzt erreichen können. Es war natürlich ein Segen; die Gesundheit meiner Mutter war nahezu zerrüttet vom langen Pflegedienst. Jetzt waren wir alle erlöst. Ich kehrte zur Party zurück und berichtete, was geschehen war; es wurde respektvoll aufgenommen. Es war eine kleine Party, nur alte Freunde. Doch Partystimmung lässt sich nicht einen ganzen Abend unterdrücken, und als sie wieder die Oberhand gewann, ließ ich mich wahrscheinlich mitreißen. Aber ich wollte doch etwas Angemessenes tun, eine passende Geste finden, und so gelobte ich, am nächsten Morgen in den lutherischen Gottesdienst zu gehen. Aber als der Sonntagmorgen kam, schlief ich lange, und das Gelübde erschien mir als lästige Laune. Ich ging nicht in die Kirche.

*Ich ging nicht.* Diese Unterlassung ist mir wie ein Gesicht aus jener Partygesellschaft im Gedächtnis, und ich will mit ihm streiten, aber andere Erinnerungen kommen und zupfen mich am Ärmel und führen mich weg.

Als alle von uns noch am Leben waren, wir zu fünft in dem petroleumerleuchteten Haus, fuhr ich freitag- und samstagabends, im Frühling und im Sommer, zu einer Stunde, da es noch strahlend hell war, mit dem Auto meines Vaters in die Stadt, wo meine Freunde wohnten. Ich hatte, indem ich zehn Meilen weit fortgezogen war, endlich Freunde gewonnen: gemäß dem seltsamen

Gesetz, nach dem wir, wie Orpheus, der Eurydike vorangeht, das Ersehnte erlangen sollen, wenn wir den Rücken wenden. Ich hatte sogar ein Mädchen gefunden, sodass die Vibrationen, die mich durchzitterten, sowohl Vorfreude aufs Gesellige als auch aufs Sexuelle waren; ich alberte herum vor dem Spiegel in unserer Küche, während ich mich über einer Schüssel heiß gemachten Wassers rasierte, mir mit tropfnassem Kamm das Haar kämmte und so lange mit meinem Spiegelbild beschäftigt war, bis ich mein Gesicht in genau den elektrisierenden Winkel gerückt hatte, in dem es schön und immerwährend erschien, dank der schieren Massen an Luft und Himmel und Gras, die wie ein lautloser Wall unser Haus, das geliebte, umgaben. Meine Großmutter wich mir nicht von der Seite und beobachtete mich furchtsam, wie damals, als ich noch ein Kind war und sie Angst hatte, ich könnte von einem Baum herunterfallen. Taumelig vor Freude und singend packte ich sie und hob sie hoch, hob sie hoch wie ein Kind, krümmte den einen Arm unter ihre Knie und umfasste mit dem andern ihren Rücken. Frohlockend über meine Größe, meine Kraft hob ich diesen zerbrechlichen kleinen Körper empor, hundert Pfund wog er vielleicht, und wirbelte ihn in meinen Armen herum, und die übrige Familie sah verdutzt und mit besorgtem Lächeln zu. Wäre ich gestolpert oder hätte ich sie fallen gelassen, ich hätte ihr leicht das Rückgrat brechen können, aber meine Freude erwies sich immer als eine sichere Wiege. Und wie ironisch mein Impuls auch sein mochte, welche Rolle der Kontrast auch spielte zwischen diesem uralten, ausgetrockneten, kaum noch weiblichen Wesen und dem schmiegsamen warmen Mädchen, das ich in den Armen halten würde, bevor der Abend sich neigte – das unmittelbare Entzücken verging: Ich trug die, die mich getragen hatte, ich tanzte mit meiner Vergangenheit, ich hatte die ängstliche Hüterin meiner Kindheit vom Boden hochgehoben, ich brachte sie mit meiner Tollkühnheit in Gefahr, brachte sie in eine Lage, vor der sie mich immer hatte bewahren wollen.

Es gibt eine Fotografie, die meine Großmutter und mich an der Seite neben unserem ersten Haus zeigt. Schnee liegt auf der Erde. Der Klinkerweg ist frei geschaufelt. Ich trage einen einteiligen Schneeanzug, dessen Unförmigkeit mich doppelt tapsig macht. Wir heben uns beide dunkel gegen den Schnee und die weiß gestrichene Backsteinmauer des Hauses ab. Ich stehe wacklig auf den Beinen; die schwarze Gestalt meiner Großmutter beugt sich mit raubvogelhafter Fürsorglichkeit über mich und hält meine Hand in der ihren, die unter der entstellenden Wirkung der Krankheit schon ein wenig klauenartig geworden ist. Sie machte sich Sorgen, dass ich hinfallen könnte, dass ich nicht genug äße, dass die größeren Jungen aus der Nachbarschaft mir was täten, dass ich mir eine Erkältung holte; und ihre Befürchtungen waren nicht unbegründet. Es *gab* Gefahr in jenem freundlichen Haus. Tiger des Jähzorns lauerten unter den Möbeln, und Schatten der Verzweiflung folgten meinem Vater zur Tür und pressten sich gegen die Fenster, wenn er allein die schattige Straße hinunterging.

Ich erinnere mich, dass ich meiner Mutter im Esszimmer einmal beim Bügeln zugesehen habe. Plötzlich zuckt ihre Hand zum Kinn; ihr Gesicht wird weiß; ein jäher Schock zersplittert ihr den Blick. Ein so stechender Zahnschmerz hatte sie durchfahren, dass ihr die Tränen über die Wangen liefen, während sie weiterbügelte. Ich muss aufgeschrien haben, denn sie lächelte mir zu. Ich sagte ihr, sie müsse zum Zahnarzt gehen, und kehrte zu meinem Malbuch zurück. Das tröstliche Aroma erhitzten Stoffs faltete sich über dem jähen Funken von Schmerz zusammen. Jetzt kristallisiert sich um diesen kalten Funken, isoliert in der Erinnerung, die Atmosphäre des Hauses: unsere vernachlässigten Zähne, unsere arme, stärkehaltige Ernährung, unsere abgetretenen Fußböden, unsere muffigen, von Gespenstern bewohnten Flure. Ich sitze auf dem Teppich – der unter dem Esstisch seinen hohen Flor bewahrt hatte und mir wie Dschungelgras erschien –, und meine Mutter steht am Bügelbrett, und um uns, wie Hieroglyphen, die gleich einer Gloriole die steifen Figuren eines Wandgemäldes in einer Gruft umgeben, die kunstlosen Formen der anderen drei: mein Großvater, eine Pyramide, im schwindenden Licht des Wohnzimmers sitzend und wieder und wieder dieselbe Zeitung lesend, mein Vater, ein gegabelter Stock, langen Schritts die Stadt durchmessend, meine Großmutter über uns in ihrem Zimmer oder hinter uns in der Küche, ein Halbmond, über irgendeine Hausarbeit gekrümmt. Solange ihr Körper es zuließ, hat sie gearbeitet.

Am Abend, als wir umzogen, kamen meine Mutter und ich übers nasse schwarze Gras um die Ecke des Farmhauses aus Sandstein und sahen, wie meine Großmutter, gerahmt vom Türrechteck, ganz nah von uns und doch weit weg, gleich einer Frau in einem Vermeer, sich mit einem zitternden Streichholz hochreckte, um den Docht einer Lampe auf dem Kaminsims in der Küche anzuzünden. Jahre später rief meine Mutter mir diesen Augenblick in Erinnerung, und ihre Stimme brach, als sie hinzusetzte: «Immer hat sie solche Sachen gemacht.» Lampen angezündet. Immer hat sie eine Lampe angezündet.

Und durch dieses «Immer» tauche ich in die Masse der Zeit, die vor meiner Geburt war und in der meine Großmutter eine Figur der Geschichte ist, täuschend greifbar durch ihr Fortdauern bis in meine Tage. Sie war das jüngste von zwölf Kindern, die alle – was ungewöhnlich war in einer Zeit hoher Sterblichkeit – ihre Reife erlebten. Sie war das Nesthäkchen, der Liebling ihres

Vaters, der Augapfel ihrer Brüder. Am Ende ihres Lebens, als Wahngesichte aus den Zimmerwänden traten und still in den Ecken verharrten, wurden ihre Brüder, die sie alle lange überlebt hatte, wieder lebendig für sie. Ich wurde einer von ihnen. Sie benutzte Petes Namen, wenn sie nach mir verlangte. Pete war ihr jüngster Bruder, ihr liebster. Seine braune Fotografie, auf steife, mit goldenen Schnörkeln bedruckte Pappe aufgezogen, stand auf dem Tisch neben ihrem Bett. Er zeigte eine Hakennase und die herausgeputzte Arroganz eines ländlichen Stutzers, der sich für den Fotografen in Positur setzt. Wie die Augen einer Ikone, so wachten die blitzenden schwarzen Augen dieses Bruders – das Einzige, das auf der Fotografie nicht verblichen war – über ihr Sterbebett.

Ich glaube, ihre erste Sprache war Pennsylvaniadeutsch. So wie manche Eltern in Gegenwart der Kinder Geheimnisse auf Französisch austauschen, benutzten meine Großeltern diesen Dialekt, wenn meine Mutter sie nicht verstehen sollte. Nur zwei Wörter sind auf mich gekommen – *ferhuttelt* und *dopich*, und sie bedeuten «wirr» und «träge». Meine Großmutter hat sie oft gebraucht; so müssen alle Leute ihr vorgekommen sein. Sie war gekrümmt wie eine Sichel, und ihr Leben mähte sich durch Wiesen voller Wirrnis und Trägheit, die innerhalb eines Sommermonats wieder so hoch standen wie zuvor.

Wie beim glückseligen Mann von Boston müsste ich hier einen Katalog ihres Lebensablaufs zusammenstellen: ihre Eheschließung mit einem zehn Jahre älteren Mann, die Qual ihrer einzigen Niederkunft, die Strudel des Schicksals, in denen ihre endlose Plackerei beschlossen lag. Die Felder, die Landarbeiter, die Pferde, die Steine der Scheune und des Kamins, die Drei-Meilen-Gasthöfe an der Straße zum Markt. Die Geburt meiner Mutter: das Lampenlicht, das siedende Wasser, der Buggy, der davonklapperte, um den beschwipsten Arzt zu holen, Angst wie eine transparente Paste an der Decke, die Stunden voller Schmerz, die sich höher und höher türmten – meine Großmutter war eine kleine Frau, und das Kind war groß. Ihre Größe gleich von Anbeginn empfand meine Mutter als nie wieder gutzumachenden Affront gegenüber der Frau, die sie geboren hatte, das erste von tausend peinvollen Versäumnissen, das Normale zu tun. Aber für mich, aus meinem entfernteren Blickwinkel, in dem Legende, Erinnerung und Blut sich vermischen, ist das Entscheidende an der Geschichte das Überleben. Beide überlebten die Prüfung. Und am Ende laufen alle meine Eindrücke vom Leben meiner Großmutter auf einen Punkt hinaus: auf ihr Überleben.

Als wir auf die Farm zurückkehrten, wo meine Mutter zur Welt gekommen war, bestand meine Großmutter immer darauf, das Wasser vom Brunnen zu holen. Allen unseren Warnungen zum Trotz schlich sie sich mit dem Eimer davon und schleppte ihn dann randvoll auf ihren unsicheren Beinen den Grashang hinauf und verschüttete merkwürdig wenig. Eines Sommertags standen meine Mutter und ich an der Seite des Hauses. Die Luft vibrierte von den Lauten der Natur, dem dringlichen Tremolo der Insekten und Vögel. Plötzlich erstarrte das Gesicht meiner Mutter, wie unter einem jähen Zahnschmerzanfall, und wurde weiß: «Hör!» Bevor ich etwas hören konnte, rannte sie den Rasen hinunter zum Brunnen, ich ihr nach, und da fanden wir meine Großmutter über dem Wasser hängend, mit einer Schulter gegen die Sandsteinmauer gepresst, die auf drei Seiten den Brunnen umschloss. Das Gewicht des Eimers hatte die alte Frau vornübergezogen; sie hatte sich zur Seite geworfen und, außerstande, eine Bewegung zu tun, allein durch die Kraft ihres Willens sich vor dem Ertrinken bewahrt, bis ihre schwachen vogelhaften Hilferufe ans hellhörige Ohr ihres Kindes drangen. Der Tod konnte sie sich nur greifen, während sie schlief.

Soviel ich weiß, ist sie nie über die Grenzen Pennsylvanias hinausgekommen. Sie ist nie im Kino gewesen; ich habe sie nie lesen sehen. Sie lebte inmitten unserer Nation wie ein Fisch in der Tiefsee. Eines Nachts, als sie – irrtümlich – meinte, sie müsse sterben, hörte ich sie fragen: «Werde ich ein kleiner Deubel?» So weit war ihre Neugier noch nie gegangen. Wenn sie es mit einer unangenehmen Mitteilung aufzunehmen hatte, machte sie ein bestürztes Gesicht und sagte dann langsam, mit einem aufdämmernden Lächeln: «Ach, das kann ich mir nicht denken», und wünschte sich das Hindernis einfach weg, wie ein Kind.

Natürlich bin ich ihr spät begegnet, mit dem ahnungslosen Blick eines Kindes. Die Naivität, die sie in meiner Vorstellung besaß, ist auf meine eigene Naivität zurückzuführen, ihre Weltfremdheit auf meine. Man hat mir gesagt, dass sie zu ihrer Zeit anspruchsvoll und beeindruckend gewesen sei. Sie hatte Gefallen an eleganten Kleidern, gutem Essen, hübschen Dingen. Sie war eine der ersten Frauen in der Gegend, die ein Auto fuhren. Dieses Automobil, ein Overland, der über orangefarbene ungepflasterte Straßen sauste, durch ländliche Täler, in denen jetzt Ranchhäuser stehen und Pendler aus Philadelphia unterwegs sind, gehört in eine andere Landschaft, gehört zu einer Frau, die ich mir erdenken muss – eine Frau, die nichts gemein hat mit meiner Großmutter.

Die Initialen waren K. Z. K. Als mir neulich abend dieser Fingerhut in die Hände fiel, mit der punktierten Kappe gleich einer winzigen Honigwabe und mit den zierlichen fünfblättrigen Blüten, die rings um den Rand ins Silber ziseliert sind, fühlte ich hinter mir eine steile Woge aufsteigen, die jeden Augenblick über die Welt hereinbrechen und uns mitsamt all unseren flittrigen

Überlebensstrategien unter sich begraben würde. Denn ich habe das Gefühl, dass die Welt am Ende ist, dass die wachsende Menschenmasse bald eine Finsternis herbeiführen wird, die diesen Silberschimmer auslöscht; diese drohende Katastrophe ist es, die mir zu schreien gebietet, jetzt, in der letzten Sekunde, da der Schrei noch Sinn hat: dass einst eine Frau war, die einer der Erdteile in einem seiner Landstriche zum Sein veranlasst hat. Dass das Land, welches sie hervorbrachte, rauer war, weniger ausgebeutet, fruchtbarer, als es heute ist. Dass sie ohnegleichen war; dass sie gegen Ende der Zeit auf Erden weilte, als es noch möglich war, ohnegleichen zu sein. Schon drängen sich auswechselbare Gesichter auf den Straßen. Sie reichte in mein eigenes Leben hinein, indem sie willentlich fortgelebt hatte; ich lebte mit ihr, und sie liebte mich, und ich verstand sie nicht, es war mir gleich. Sie ist gegangen, weil wir sie im Stich gelassen haben; der Fingerhut ist wie ein Andenken, mir in die Hand gegeben von einer verlassenen Frau, als ich, in Gesellschaft anderer, von einer Insel hinaussegelte in die Wildnis.

Solche einfachen Gedanken führen mich zur dritten meiner ungeschriebenen Geschichten. Es ist eine schlichte Geschichte, eine Geschichte vom Leben, das jeglicher Illusion des Fortbestehens beraubt ist und das sich im Historischen vollendet: das Zufallen einer Tür in einem leeren Haus. «Stellen wir uns», fordert Pascal uns auf, «eine Anzahl von Männern in Ketten vor, die alle zum Tod verurteilt sind ...»

Fanning Island ist eine abgeschiedene Insel im Pazifik, nahe dem Äquator. Es befindet sich jetzt eine Relaisstation der transozeanischen Telegraphenlinie dort. Als Kapitän Fanning die Insel entdeckte, war sie unbewohnt, es gab aber Spuren von Besiedlung: ein rechteckiges Fundament aus Korallenblöcken, eine Krummaxt aus Basalt, ein paar Angelhaken aus Fischbein, etliche Grabhügel, in denen sich durchbohrte Delphinzähne und menschliche Knochen fanden. Alle diese Dinge waren alt.

Man muss wissen, dass die Polynesischen Inseln nur durch Zufall besiedelt waren, so wie in der Natur Samen ausgesät werden. Auf der weiten Wüste des Ozeans wurden viele Kanus und Praus vom Wind abgetrieben; kurzfristig unternommene Fahrten waren riskant, und über längere Strecken den Kurs zu halten war nicht möglich. Manche trieben auf andere besiedelte Inseln zu und wurden von Dornen verschlungen. Manche verhungerten in der kahlen Ödnis des Pazifiks; manche verirrten sich südwärts und gingen unter im antarktischen Eis. Manche wurden an Atolle gespült, und nur die Ratten in den Kanus lebten noch. Einige wenige – sehr wenige: Die Natur mit ihrem Gebirge an Zeit spielt ein verschwenderisches Spiel – überlebten und erreichten eine unbewohnte, aber bewohnbare Insel. Wenn zur Gesellschaft der Überlebenden fruchtbare Frauen gehörten, fand die Besiedlung statt. Die Seelen, die von einem Stamm abgesprengt worden waren, wurden der Same eines neuen. Eine Rückkehr gab es nicht. Die Sterne sind viel unzulänglichere Wegweiser, als Stammtischtheoretiker meinen. Hier wie anderswo ist der Zufall die erzeugende Kraft unter der scheinbar geplanten Oberfläche der Dinge.

Dies muss sich zugetragen haben: Mehrere Männer, die in einer Prau zwischen den Marquesas segelten, kamen vom Kurs ab. Schließlich wurden sie ans Ufer von Fanning Island geworfen. Sie bauten ein Haus, fischten und lebten. Sie hatten keine Frauen bei sich, so konnte ihre Zahl sich nur verringern. Der Jüngste von ihnen mag noch fünfzig Jahre gelebt haben. Die Gebeine dieses Mannes, den niemand mehr begraben konnte, vermoderten und zerfielen. Kein Anzeichen für eine Katastrophe wurde gefunden, mit dem das Verschwinden dieser Männer sich hätte erklären lassen. Es ist keines nötig.

*Qu'on s'imagine un nombre d'hommes dans les chaînes, et tous condamnés à la mort, dont les uns étant chaque jour égorgés à la vue des autres, ceux qui restent voient leur propre condition dans celles de leurs semblables, et, se regardant les uns et les autres avec douleur et sans espérance, attendent à leur tour. C'est l'image de la condition des hommes.*

Wir kamen von Hiva Oa und hatten Schweine und Botschaften bei uns für Nuku Hiva unter dem Horizont. Mein Vater war Häuptling. Das Tabu war stark, und wir hatten keine Frauen bei uns in der Prau. Der Wind legte sich und kehrte aus einer anderen Himmelsrichtung zurück. Das Meer wurde allzu glatt und glänzend, wie das Innere einer Kokosnuss; der südliche Himmel verschmolz mit dem Meer. Im Sturm gingen viele Schweine verloren und ein alter Mann, der als Knabe auf Nuku Hiva gewesen war. Als der Himmel aufklarte, war es Nacht, und die Sterne waren durcheinander gemischt. Bei Sonnenaufgang war der Horizont rings um uns eine ununterbrochene Linie; wir mühten uns, etwas zu sehen, wenn die großen Wellen uns hochhoben. Wir sangen zur Sonne hinauf und schliefen im Schatten der Körper der Wachenden. Der Sturm hatte die Hütte weggerissen. Die Mutlosen steckten uns an. Aber die Gesänge gaben mir Trost, und meines Vaters Gegenwart beschirmte mich. Er war der Größte und Tapferste und war doch unter den Ersten, die ihr Leben geben mussten. Wir verschlangen seinen Leichnam; seine Kraft ging in mich über, wenngleich ich jung war. Lange im Voraus fühlte ich, dass die Insel nah war. Mich zu berühren gab den Männern Hoffnung und machte sie fröhlich. Die Insel erschien anfangs wie eine Wolke; aber Marheyo sah Vögel. Wir hatten keine Segel mehr und paddelten mit Händen, die ihre Form verloren hatten. Das Wasser zerfetzte unsere Haut. Unsere Kehlen waren zugeschwollen; wir sprachen nicht. Zwei Tage und eine

Nacht brauchten wir, bis wir die Insel erreichten; beim zweiten Morgengrauen streckte sie die Arme nach uns aus. Wir sahen grünes Gebüsch und Kokospalmen über dem Felsen. Noch ehe wir wieder ganz zu Kräften gekommen waren, kämpften Karnoonoo und ich. Er war im Dorf ein gefürchteter Mann gewesen, doch ich siegte, und ich tötete ihn unter Tränen. Wir richteten unsere Gedanken auf ein Obdach. Wir bauten ein Haus aus Stein, spalteten den Fels, weich wie Asche, mit unseren Äxten. Wir ernteten Früchte und Fische und lernten, Tapa zu machen aus der fremden Rinde. Wir begruben unsere Toten. Wir schnitzten aus einem Holzstück der Prau einen Gott. Wir machten einander zu Frauen. Ich war der Jüngste; ich gab mich denen, die mir lieb waren, den Freundlichsten. Es waren nicht immer die Alten, die starben. Dämonen der Stumpfheit griffen nach Mehivi, dem Spaßmacher, und nach Kory-Kory, der dem Gott gedient hatte. Der Horizont schien immer zu uns sprechen zu wollen; zu welchem Ende waren wir hierher geführt worden? Wir lebten, und obwohl wir sahen, wie die anderen erkalteten, ihr Kiefer herunterfiel und der Körper steif und leicht wurde, gleich dem Kanu eines Kindes, glaubten wir, die wir zurückblieben, nicht, dass wir sterben würden. Wir begruben sie mit den Amuletten, die wir aus dem Dorf mitgenommen hatten. Jetzt bin ich der Letzte. Vor vier Monden habe ich Marheyo begraben, den Dreifingrigen, und des Nachts spricht er zu mir.

Das sind die Grundzüge; aber auf die Tage würde es ankommen, die Beschwörung der Tage … der grünen Tage. Auf die Aufgaben, das Gras, das Wetter, die Schattierungen von Meer und Luft. So wie eine Grassode, aus einer Wiese herausgelöst, zu einem *gloria* wird, wenn Dürer sie zeichnet. Details. Details sind die Finger des Riesen. Er packt das trockene Reis und streift die

Rinde ab und zeigt das feuchte weiße Holz der Freude, das darunter brennt. Denn ich dachte, dass diese Geschichte, ganz erzählt, ohne mein Zutun eine glückliche Geschichte sein würde, eine Geschichte voller Freude; wäre mein Talent größer gewesen, wüssten wir es. So aber müsst ihr's, wie ich, in gutem Glauben hinnehmen.

## Festgetretene Erde, Kirchgang, eine sterbende Katze, ein altes Auto

Unterschiedliche Dinge bewegen uns. Ich, David Kern, bin immer gerührt – getröstet, von nostalgischer Freude erfüllt, ja sogar stolz als Mitglied meiner animalischen Spezies –, wenn ich nackte Erde sehe, die von Menschenfüßen glatt und festgetreten ist. In kleinen Städten gibt es eine Vielfalt solcher Stellen: die heimliche Lücke im Schulhofzaun, die zum Hauptdurchgang ernannt worden ist, die staubige Mulde unter jeglicher Schaukel, der verwischte Trampelpfad, der quer durch ein Rasenstück läuft, die namenlose kleine Erhebung oder Böschung, glatt gewetzt vom Spielen und mit Steinchen überstreut wie von einem hochzeitlichen Konfettiregen. Solche Stellen auf dem Erdboden, denen unbewusst der Stempel der Menschen aufgeprägt ist und die zu unbedeutend, zu gering sind, um einen Namen zu haben, erinnern mich an meine Kindheit, die Zeit, da man mit dem Matsch zwischen den Füßen gleichsam höherer Persönlichkeiten verkehrt. Die Erde ist in der Kindheit unser Spielgefährte, und der Ruf zum Abendessen hat einen durchdringenden eschatologischen Klang.

Die Straßenecke, an der ich jetzt wohne, ist kürzlich verbreitert worden, damit den Autofahrern, die zur Feriensiedlung am Point wollen oder von dort kommen, die Belästigung erspart bleibt, den Fuß vom Gas nehmen zu müssen. Mein Nachbar hat sein Haus an die Stadt verkauft, eine Firma zur Verwertung von Altmaterial hat es säuberlich abgewrackt und dann in Flammen aufgehen lassen, ein großes Freudenfeuer aus gekerbten Balken und zersplitterten Schalbrettern, das einen ganzen Wintertag baumhoch in den kalten Nieselregen loderte. Dann wälzten sich Bulldozer in die Straße, riesenhaft und gelb und laut, und machten sich daran, unsere Hausecke anzufressen – wenigstens schien es so. Mein drittes Kind, ein Junge von nicht ganz zwei Jahren, rannte, in Schreckenstränen aufgelöst, vom Fenster weg. Ich versuchte, ihn mit Erklärungen zu beschwichtigen, darauf folgte er mir durchs ganze Haus und schluchzte und wimmerte: «Ssine? Ssine?», während unsere Zimmer unter den Flüchen der stampfenden Maschinen erzitterten. Sie rammten die Fundamente des einstigen Nachbarhauses in den Boden und begradigten das planierte Grundstück, so wie meine Großmutter immer den überschüssigen Teig vom Rand des Kuchenblechs weggeschnitten hatte. Die Straßenkurve führt jetzt unmittelbar an der Ecke meines Grundstücks vorbei, und der festgetretene Erdweg, der vor meinem Haus als Gehsteig dient, wird diagonal von einem fußhohen Riff durchschnitten.

Gestern Abend war ich gegenüber bei einem Nachbarn zu einem nicht verabredeten Beschwerdegespräch über städtische Missstände und darüber, wie hässlich das von den Bulldozern kahl geschorene Grundstück aussehe, nun da der Schnee geschmolzen sei: die hohe, grob aufgeschaufelte Böschung von Rinnsalen ausgekehlt und mit alten Schornsteinziegeln übersät. Und bald, so schlossen wir, würde der Platz von Unkraut starren, denn wir hatten Frühling. Als ich von dieser Unterhaltung heimging, entdeckte ich, dass es das Erdriff, welches mir bislang im Weg gewesen war, nicht mehr gab; Füße – Kinderfüße hauptsächlich, denn hauptsächlich Kinder laufen in unserer Stadt umher – hatten den scharfen Grat niedergetreten und eine kleine Rampe geformt, über die man leichter hinwegsteigen konnte.

Diese kleine Modifizierung, dies bescheidene Werk einer von Menschen bewirkten Erosion erschien mir kostbar – nicht nur, weil die Schrägung und Erdbeschaffenheit des kleinen Walls mich an einen Abschnitt des Wegs erinnerte, der vor langer Zeit vom Garten meiner Eltern zum Softballplatz der Highschool geführt hatte, sondern auch, weil das, was da entstanden war, zufällig entstanden war und das Anmutige, Friedvolle hatte, das jenseits allen Beabsichtigten ist. Wir in Amerika haben von Anfang an die Erde aufgerissen und entblößt, haben die endlos weite Natur, die uns gegeben worden ist, bezwingen und umformen wollen. Wir haben, im Interesse der ganzen Menschheit, dieses Paradoxon erforscht: Je mehr Materie wir äußerlich beherrschen, desto mehr überwältigt sie uns in unseren Herzen. Zeugnisse eines Kriegs – klaffende, von der öffentlichen Hand geschlagene Durchfahrtsschneisen, erbarmungslos geplünderte Landstriche, blutende Müllkippenberge – umgeben uns: eines Kriegs, der kein Ende nimmt, und es ist gut zu wissen, dass unsere Schar jetzt groß genug ist, sich zum Gegenangriff zu sammeln. Täten morgen Krater sich in unserer Landschaft auf, würden sich übermorgen gangbare Pfade an den versengten Hängen hinunterschlängeln. Während unser Sinn für das waldige Vermächtnis verloren geht, das Gott uns ausgesetzt hat, erwächst aus diesen erschöpften, wund geriebenen, niedergewalzten Landflächen das Bewusstsein eines menschlichen Vermächtnisses – es ist wie mit den Füßen von Heiligenstatuen, die so viele Jahrhunderte lang geküsst wurden, dass sie keine Zehen mehr haben. Man denkt daran, wie John Dewey Gott definiert hat: als Vereinigung des Realen und des Idealen.

Es gab eine Zeit, da wunderte ich mich, warum nicht mehr Leute in die Kirche gingen. Rein als Freizeitbeschäftigung gesehen: Was konnte köstlicher sein, unvermuteter, als ein ehrwürdiges, verschwenderisch bemessenes Gebäude zu betreten, das warm und rein gehalten wurde, damit es ein oder zwei Stunden in der

Woche benutzt werden konnte, und in einer Gemeinschaft zu sitzen oder zu stehen und Glaubensbekenntnisse und Bittgebete zu singen oder zu sprechen, die wie glatt getretene Pfade im zerklüfteten Gelände unseres Herzens sind? Zuzuhören oder nicht zuzuhören, wie ein dürftig bezahlter, aber prächtig gewandeter Mann uns zu trösten versucht mit den Überresten uralter Briefe und mit unsicheren, von den Worten hoffnungslos bloßgestellten Interpretationen jener Ankündigungen himmlischer Freude, mit denen es einem wie mit Schmerzen geht: sobald sie vorbei sind, kann man sich nicht mehr an sie erinnern, glaubt man sie nicht mehr; teilhaftig zu werden des Anblicks der Fenster, die von verblichenen Schirmherren gestiftet wurden, und der von unbemerkten Händen geordneten Altarblumen und des ganzen durchdachten Spektakels, das seinen Glanz bewahrt hat unter der Patina langer Gewohnheit; und für all dies nicht mehr zu bezahlen, als man zu geben bereit ist – das hat sicher nicht seinesgleichen in der ganzen Demokratie. Tatsächlich ist es die wohlfeilste demokratische Erfahrung. Wir wählen seltener als ein Mal im Jahr. Nur in der Kirche und in den Wahllokalen wird uns unser angenommener Wert zugestanden, die Seeleneinheit eins, mit ihrer rein gedanklichen Gleichheitsarithmetik: Eins gleich eins gleich eins.

Mein Predigen desavouiert die Worte und desavouiert mich. Glaube entsteht unbewusst und wird bewusst gelebt. Während meiner Kindheit empfand ich in der Kirche nichts außer Langeweile und einer bedrückenden Sinnlosigkeit. Aus Gründen, die er nie erklärte, war mein Vater ein pflichttreuer Kirchgänger; meine Mutter, die ihren Verstand benutzte, die Santayana und Wells gelesen hatte, blieb sonntagvormittags zu Hause, und ich stand ganz auf ihrer Seite in jenen Jahren, auf der Seite der Phänomene, wenn ich auch, wie alle anderen Kinder, in die Sonntagsschule ging. Erst als wir aus der Stadt fortzogen und einer Kirche auf dem Land beitraten, hatte ich, mittlerweile ein Halbwüchsiger von fünfzehn Jahren, dessen Kopf ein Frühbeet war für Gedanken an Mädchen und Literatur, angenehme Empfindungen in der Kirche. In der Fastenzeit – dem öden Zeitabschnitt, den vierzig grauen Tagen, während deren die Erde sich bereitmacht für die Auferstehung, was dem Kirchenkalender als Symbol wie gerufen kommt – gingen mein Vater und ich bei den Mittwochabend-Gottesdiensten mit den Kollektetellern herum. Wenn wir an jenen rauen Märzabenden in unserem alten Auto ankamen – es war, glaube ich, der Chevrolet Jahrgang 38 –, war es eine angenehme Überraschung, dass das Gebäude schon durchwärmt war und der aufgeheizte Ofen im Souterrain andächtig summte. Das Mittelschiff war trüb erleuchtet, die Gemeinde klein, die Predigt kurz, und draußen vor den schwarzen Fenstern, die mit verstümmelten Aposteln gefleckt waren, heulte der Wind einen nihilistischen Kontrapunkt; die halb leeren Bankreihen, die den Geistlichen fern und klein und zeichenhaft erscheinen ließen, verstärkten unser Gefühl, dass wir uns wie Schafe aneinander drängten. Das Ganze hatte einen sepiabraunen Anflug von frühem Christentum: eine winzige Minderheit, heimlich zusammengekommen inmitten der feindlichen Übermacht eines sterbenden, weinenden Imperiums. Der breite Rücken und feste Nacken des zuweilen gehorsamen Sohns überragte bullig in der letzten Reihe die schwarzen Strohhüte der scheel blickenden, von der Landarbeit verkrümmten alten Frauen, die auf ihren Bänken hockten wie schrumplige Äpfel auf den Borden eines süß riechenden Kellers. Mein Vater schlug das linke Bein über das rechte, dann das rechte über das linke, dann wieder stellte er beide Füße nebeneinander und starrte auf seine Gedanken, die weit weg zu sein schienen. Es war beruhigend, in der hintersten Reihe mit ihm zu sitzen. Stillsitzen war nicht seine Sache. Wenn meine Eltern und ich ins Kino gingen, bestand er auf dem Platz am Gang, angeblich, um die Beine ausstrecken zu können. Nach ungefähr zwanzig Minuten aber sprang er auf und verbrachte den Rest der Filmvorführung damit, im Vorraum umherzuspazieren, Wasser zu trinken und mit dem Geschäftsführer zu reden, indes meine Mutter und ich, verlassen, wie wir waren, uns mit den flimmernden Riesen des Scheins trösteten. Er hatte nichts Unbeteiligtes; eine Kirche war für ihn immer etwas, das er persönlich mit in Gang hielt. Wenn dann der Augenblick gekommen war, da wir tätig werden mussten, war es höchst erquicklich und sogar aufregend, neben ihm den Mittelgang entlang nach vorn zu gehen, das Klacken unserer Schuhe das einzige Geräusch in der Kirche, und von nebelhaft huschenden weiß gewandeten Gestalten die hölzernen, mit Filz ausgeschlagenen Sammelteller in Empfang zu nehmen und den demütigen Dienst der Kollekte zu verrichten. Münzen und kleine Umschläge bedeckten allmählich den Filz. Ich ließ mich herab, beugte mich galant in jede Bankreihe hinein. Die Gemeinde, das waren die anderen; mit blitzenden Vierteldollarmünzen in den Händen reckten sie sich nach Mysterien aus, in die ich behaglich eingebettet war. Allein schon Kirchendienst zu verrichten vermengt uns mit den Engeln und ist eine gefährliche Sache.

Die Kirchen in Greenwich Village hatten alle etwas vom zweiten Jahrhundert. In Manhattan ist das Christentum so schwach, dass es seine Zukunft noch vor sich zu haben scheint. Man geht zur Kirche an klappernden Cafeterias und finster blickenden Zeitungsverkäufern vorbei, in einem Winterwetter, das immer etwas von Fastenzeit hat, über Pflasterquadrate, die mit dem Erbrochenen der letzten Nacht bedeckt sind. Die erwartungsvolle Stille in der Kirche ist wie die niedergetretene Stelle nach einem

Softballspiel auf einem mit Unkraut überwucherten unbebauten Grundstück. Die Nähe der Stadt schlägt wie Wind gegen die leuchtenden Fensterscheiben. Hinterher hastet man mit gesenktem Kopf nach Hause und hat es eilig, sich als Nichtkirchgänger zu verkleiden, mit Pullover und Khakihosen. Ich gab mir Mühe, nicht in die Kirche zu gehen, aber ich schaffte es nicht. Ich ging nie zwei Sonntage hintereinander in dieselbe Kirche, aus Angst, ich könnte bekannt werden und man würde mich erwarten. Bekannt zu sein mit Gesicht und Namen und finanziellem Status beraubt uns unserer Einheitsseele, hebt uns heraus aus der Schar der anderen. Teufelswerk. Wir sind die anderen. Es ist von elementarer Wichtigkeit, in der Kirche ein Fremder zu sein.

Auf der Insel machte schon die Farbe meiner Haut mich zu einem Fremden. Die Insel war den Nachkommen ihrer Sklaven überlassen worden. Ihre Kirche stand auf einem Hügel; inzwischen gibt es sie nicht mehr – aus Briefen habe ich erfahren, dass ein Hurrikan sie abgerissen hat. Um zu ihr zu gelangen, musste man einen steilen, tückischen Pfad hinaufsteigen: Immerfort lösten sich Geröllbröckchen vom Korallenfels, einem zerklüfteten, grauen, schlackenartigen Gestein, das keinerlei sichtbare Beziehung mehr hatte zu den pastellfarbenen, noch biegsamen Zweigen, die man im Flachwasser am Maid's Beach pflücken konnte. Dunkle Ziegen waren längs des Pfads angebunden; mit den Vorderbeinen hatten sie sich so fest in den Stricken verfangen, dass, wann immer sie nickten, das Gesträuch, das sie festhielt, ebenfalls nickte. Anstelle von Fenstern besaß die Kirche hohe, bogenförmige Öffnungen, die nicht mit buntem Glas, sondern mit Luft und Aussicht gefüllt waren; man konnte die Ziegen sehen, wie sie im niederen Blattwerk stöberten, und die leuchtend bunt gekleideten kleinen Mädchen, die dem Gottesdienst entwischt waren und auf dem festgetretenen

Erdreich rings um die Kirche spielten. Der Gottesdienst zog sich ermüdend lang hin. Es gab ausführliche Bittgebete (für die Queen, für den Premierminister, fürs Parlament) und viele achtstrophige Choräle, die mit hingebungsvoller Langsamkeit ausgekostet und begleitet wurden von einer Blasebalgorgel. Die Orgel atmete ein und aus, laut und leise, und die Gemeinde, überwiegend Frauen, folgte ihrem Ebben und Fluten in kurzem, aber merklichem Abstand; die Lippenbewegungen hinkten der Melodie ein wenig nach, sodass ich einbezogen schien in einen schlecht synchronisierten Film. Die musikalische Betonung, der westindische Akzent, die Vokalverschleifungen wirkten sich dreifach entstellend auf die Worte aus. «Lait eth's waadsa *cull* raio-ind ...» Vergeblich die Stelle im Choral suchend – ohne visuellen Anhaltspunkt war ich verloren –, fühlte ich mich davongetragen von süß leiernden milchigen Wellen, von einem steigenden, fallenden Singsang, der so geduldig war wie das Nicken der Ziegen.

Während des Gottesdienstes gingen die ganze Zeit Diakone zu den hohen Bogenöffnungen ein und aus. In meiner Langeweile – denn selbst des Trostes werden wir irgendwann überdrüssig – entdeckte ich, dass auch ich, ohne dass ich mich von meinem Platz zu rühren brauchte, durch diese Portale entweichen konnte, die dazu da waren, die Brise einzulassen. Ich ließ meinen Blick auf dem weiten Rund der Erde ruhen. Aus dieser Höhe gesehen, war der Meereshorizont halb in den Himmel gehoben. Das Karibische Meer war wie eine steil gekippte blaue Fläche, auf der die wenigen Fischerboote unten in der Bucht wie mit Magneten versehenes Spielzeug klebten. Gott hat die Welt, sagt der Aquiner, im Spiel erschaffen.

Die Materie hat ihren Glanz und ihre Düsternis; sie erhebt und sie begräbt. Die Dinge stehen in einem Wettstreit; ein Leben verlangt ein Leben. Auf einer anderen englischen Insel, in Oxford – es ist eine merkwürdige Tatsache, dass wir Amerikaner dazu neigen, unsere übernatürliche Post auf ausländischem Boden zu empfangen –, half ich einer Katze beim Sterben. Der Vorfall war versehen mit der Signatur: entschieden, aber unleserlich. Jahrelang sagte ich meiner Frau nichts davon, aus Angst, es könne sie erschrecken. Einige Stunden zuvor hatte ich mich in der Klinik von ihr verabschiedet, sie lag in den ersten Wehen. Angetan mit keimfreiem Kittel und Mundschutz, hatte ich sie in einem weiß gekachelten Raum besucht, an dessen Wänden sich blitzende Abflussrinnen entlangzogen, bereit, Ströme von Blut aufzufangen. Ihr Gesicht sah geschrubbt und blank aus und glühte vor Eifer wie das eines Kindes, und wie sie dalag, mit weißen Tüchern bedeckt, schien nichts anderes ihr bevorzustehen als eine Abschlussfeier. Unvermittelt hörte sie auf zu reden und lauschte, als höre sie von fern die Stimme einer Lehrerin, ihr Gesicht nahm einen entrückten Ausdruck an, und als die Kontraktion vorüber war, seufzte sie und sagte: «Die war gut», und plauderte noch ein bisschen darüber, wie ich mich wohl allein ernähren könne und wem ich alles telegraphieren müsse.

Ich wurde aus dem Zimmer gescheucht, man nahm mir den Mundschutz weg, und ich wollte warten, aber man sagte mir – dem komischen überflüssigen Ehemann aus amerikanischen Cartoons –, ich solle, marsch, nach Hause gehn, es dauere «seine Zeit». Ich ging hinaus und nahm einen Bus. Es war der letzte Tag im März. Ich bin im März geboren und hatte mich darauf gefreut, mein Kind in diesem Monat willkommen zu heißen; aber sie war spät dran. Wir wohnten in der Iffley Road, und gegen Mitternacht verließ ich aus irgendeinem Grund – ich glaube, um einen Brief einzuwerfen, aber was für ein Brief hatte so wichtig sein können? – die Wohnung und ging ein Stück die Straße hinunter. Die Nacht war so kalt, dass ich Handschuhe trug. Die Erregung, Vater zu werden – oder richtiger, der Mangel an Erregung: das Ausbleiben mitleidender Schmerzen, der betäubte Schrecken, das aufgeschobene Gefühl des Stolzes –, ließ die Straße unwirklich erscheinen. Es gab hier nicht die vorbeiwischende Gesellschaft von Autoscheinwerfern, die uns an einer amerikanischen Straße immer wieder kurzen Trost spendet. Bis auf einen introvertierten Lampenschein hier und da in einem oberen Fenster waren die Klinkerhäuser dunkel in ihrer strikten englischen Reserviertheit hinter den trockenen Hecken und stachligen Mauern. Das Licht der Straßenlaternen, kühl, zurückhaltend, sog allem die Farbe aus. Selbst ein Schatten, sah ich mitten auf der Straße einen anderen. Eine Pfütze aus Schwarz, die, während ich hinsah, sich um sich selbst krümmte; ihre beiden Enden hoben sich vom Asphalt und reckten sich wie in einem Gähnen. Dann lag sie wieder reglos. Ich war zu Tode erschrocken; das Ding war ungefähr so groß wie ein Baby. Als es sich zum zweiten Mal hochkrümmte, ging ich zu ihm, meine Schritte waren das einzige Geräusch auf der Straße.

Eine Katze war's, überfahren von einem Auto. Überfahren, aber nicht ganz getötet: ein Zeugnis für die maßvolle Geschwindigkeit und das vernünftige Format englischer Automobile. Im teilnahmslosen Licht der Straßenlampen zwischen den Bäumen konnte ich nicht deutlich erkennen, was für eine Farbe ihr Fell hatte – es kam mir orangegelb vor, getigert mit dunklen ingwerfarbenen Streifen. Sie war dick und trug ein Halsband. Irgendwer hatte sie geliebt. Am einen Ohr war etwas Schwarzes und verdunkelte die eine Hälfte des Kopfes, und als ich vorsichtig mit dem Finger darüber fuhr, fühlte es sich an wie ein Napf. Zum dritten Mal reckte die Katze sich, die Spitzen ihrer Hinterbeine zitterten luxuriös, wie es bei Katzen Brauch ist. Mit heftiger, krampfartiger Anstrengung warf sie sich auf die andere Seite, gab aber keinen Laut. Nichts war zu hören, nur mein leises tröstendes Gurren, als ich sie an den Rand der Straße trug und sie hinter die Hecke legte, die mir am nächsten war.

Ein schwaches Licht brannte oben im Haus. Ich hätte gern gewusst, ob die Katze wohl zu den Leuten da oben gehörte. Hielt ich gerade deren Liebling in meinen Händen? Beobachteten sie mich, wie ich mich gebückt mit meiner Last durch ihre Hecke zwängte? Hielten sie mich für jemanden, der Hausfriedensbruch beging? Als Amerikaner hatte ich eine Scheu vor englischen Tabus. In meinem eigenen Land war es eine keineswegs unübliche Beleidigung, eine Katze umzubringen und den Kadaver in den Garten des Feindes zu werfen, und ich hatte Angst, dass man das, was ich da tat, so auffassen könnte. Ich wollte ein Briefchen schreiben und alles erklären, aber ich hatte weder Papier noch Bleistift bei mir. Ich erklärte der Katze (einer weiblichen Katze, das fühlte ich), dass ich sie von der Straße forttrüge, damit nicht noch mehr Autos sie verletzten, und dass ich sie hierher legte, auf die ruhige sichere Erde hinter der Hecke, wo sie ausruhen und wieder gesund werden könne. Ich glaubte nicht, dass sie wieder gesund würde. Ich glaube, sie war schon tot. Ihr Gewicht hatte sich in meinen Händen tot angefühlt, und als ich sie niederlegte, zuckte oder reckte sie sich keinmal mehr.

In meiner Wohnung angekommen, sah ich, dass mein einer Handschuh mit Blut verschmiert war. Der größte Teil der Innenfläche und drei Finger waren weinbraun verfärbt. Ich hatte gar nicht gemerkt, dass sie so geblutet hatte. Ich zog die Handschuhe aus und schrieb sorgfältig einen kleinen Brief, in dem ich erklärte, dass ich die Katze mitten auf dem Fahrdamm gefunden

**197**

hätte, noch lebend, und dass ich sie hinter die Hecke gelegt hätte, damit sie in Sicherheit sei. Wenn, wie ich vermutete, die Katze gestorben sei, so hoffte ich, dass die Finder sie begrüben. Nach einiger Überlegung setzte ich meinen Namen und meine Adresse unter den Brief. Ich ging zurück und schob ihn unter den Katzenkörper, der sich anscheinend ganz zu Hause fühlte hinter der Hecke; er nahm meine Zudringlichkeit ein wenig steif hin. Er gab mir zu verstehen, dass ich zu viel Aufhebens machte, und schien zu sagen: *Mach, dass du nach Hause kommst.*

Als ich wieder in der Wohnung war, fühlte ich mich plötzlich sehr müde, obgleich mein Herz hämmerte. Ich ging zu Bett, stellte den Wecker auf drei und las in einem Buch. Ich weiß noch den Titel, es war Chestertons *The Everlasting Man*. Ich machte das Licht aus, betete für meine Frau, und obschon ich es nicht für möglich gehalten hatte, schlief ich ein. Der Wecker riss mich um drei mit Gerassel aus irgendeinem unschuldigen Traum, und mein zermürbter Kopf war wie eine hohle Schale. Ich zog mich an, ging zur Telefonzelle eine Straßenecke weiter und rief in der Klinik an. Ein Weilchen wurde in Unterlagen gekramt, dann teilte eine zirpende Stimme mir mit, dass vor einigen Stunden, genau gesagt, in der ersten Stunde des April (in den Vereinigten Staaten war noch März), ein makelloser weiblicher Säugling geboren sei. Mir.

Am nächsten Vormittag, als alle Telegramme aufgegeben waren, ging ich zur Hecke zurück, und die Katze und mein Brief waren nicht mehr da. Obwohl ich meine Adresse hinterlassen hatte, bekam ich nie eine Antwort.

Als wir aus England zurückkehrten, kauften wir uns ein Auto. Wir hatten es über meine Eltern bestellt, nach Prospekten, die sie uns geschickt hatten, und wenn sein Blau auch treuherziger war, mehr dem Blau eines Wanderdrosseleis glich, als wir erwartet hatten, erwies dieser Ford Jahrgang 55 sich doch als vorzügliche Erwerbung. Ob er allmorgendlich auf der West Eightyfifth Street von einem Kantstein zum andern gestoßen oder im zweiten Gang eine ausgewaschene Gebirgsstraße in Vermont hinaufgejagt wurde, er beklagte sich nie. In New Nork ließen Dachdecker heißen Teer auf seine unschuldige Lackfarbe kleckern, in Vermont ging sein Auspufftopf an einem Felsvorsprung zuschanden, und in Massachusetts wälzte er sich, unter heftigem Stinken seiner schleifenden Kupplung, zu wiederholten Malen aus Schneegruften heraus. Nicht nur Sandkörner und Bonbonpapier sammeln sich im Innern eines Autos, sondern auch Augenblicke des Heroismus und der Gemeinschaft. Amerikaner lieben sich in ihren Autos, verfolgen Sportreportagen und planen ihr Werben um den Dollar: Kein Wunder, dass die Landschaft diesen Traumvehikeln einer einheitlichen Menschheit zum Opfer fällt.

Am Anfang haben meine Frau und ich die fleckenlose Haut der Motorhaube liebevoll mit Seife und warmem Wasser behandelt, als wüschen wir den Brustkorb eines großen blauen Babys, und am Ende ließen wir den tapferen alten Kasten rosten, wo er wollte. Sein eierschalenzarter Lack wurde grisselig vom Ahornsamen. Die Türen klemmten, die Fenster ließen sich nicht mehr herunterkurbeln. Aber ich konnte mir nicht vorstellen, dass wir ihn je in Zahlung geben würden für einen neuen, obgleich das auf der andern Seite des Ozeans in der ominösen ersten Aprilnacht geborene kleine Mädchen, inzwischen eine der Sprache mächtige, statusbewusste Demokratin von fast sechs Jahren, immer größeren Druck ausübte. Der Handel wurde abgeschlossen, während meine Seele das Gesicht abgewandt hatte, und Detroit sicherte vertraglich zu, sein Kind zu verschlingen. Aber bevor der neue Wagen eintraf, gab es eine Gnadenfrist von einem Monat, und während dieser Gnadenfrist unternahm ich die letzte große Fahrt mit meinem Auto, meinem ersten, meinem einzigen, denn alle anderen werden nur Ersatz sein. Es kam so:

Auf einer Party tanzte ich mit einer Frau, die nicht meine Frau war, und ergriff die Gelegenheit, ihre Hand in meiner umzudrehen und die Innenfläche zu küssen. Eine ganze Weile schon hatten ihre Schenkel sich an meinen gerieben, und in den Tanzpausen hatte sie die nervöse, unbeholfene Eigenart, sich, auf Zehenspitzen stehend, gegen mich fallen zu lassen und mit ihren Brüsten meinen Arm zu streifen, den ich, weil ich rauchte, angewinkelt hielt. Mein erster Gedanke war, dass sie sich verbrennen könnte; mein zweiter, dass die Natur in ihrer ruppigen mütterlichen Art eine ihrer günstigen Gelegenheiten arrangiert hatte – so wie meine Mutter, als ich Kind war, aus heiterem Himmel entschied, mir eine Geburtstags- oder Halloweenparty zu bescheren. Gehorsam beugte ich den Kopf und küsste die feuchte Handfläche meiner Freundin. Als die Hand vor dieser Annäherung zurückwich, streichelten ihre Fingerspitzen mein Kinn so zerstreut, wie man die Schnauze eines zudringlichen Hundes tätschelt. Das Hin und Her zwischen uns transponierte uns in eine höhere Tonart; ich konnte kaum noch meine eigene Stimme hören, unser Tanzen verlor jegliche Beziehung zur Musik, und meine Hand erkundete ihr Rückgrat aus weiter, schemenhafter Ferne. Ihr Rücken schien geheimnisvoll straff und hart; der Körper einer fremden Frau bewahrt mehr von seinem mineralischen Gehalt, weil er noch nicht umgewandelt ist in Erinnerung. In einer stillen Ecke des Zimmers hörten wir auf zu tanzen und redeten miteinander, und ganz deutlich erinnere ich mich daran, wie unter ihrem stetigen, dunklen, taxierenden

Blick ihre Hände in nervöser Unruhe blind die meinen suchten und mit kindlichem Instinkt nach meinen Daumen griffen und sie sanft festhielten. Nur meine Daumen hielt sie, und während wir sprachen, bewegte sie sie bald so, bald so, als ob sie mich steuere. Wenn ich die Augen schloss, flirrte das rote Dunkel hinter meinen Lidern, und als ich mich wieder zu meiner Frau gesellte und zum Tanzen den Arm um sie legte, fragte sie: «Warum keuchst du so?»

Als wir zu Hause waren, einen Blick auf unsere vier Kinder geworfen und im Bett noch ein paar Seiten gelesen hatten, die unerträglich grell waren im Nachglühen des Gins, überraschte sie mich damit, dass sie mir nicht den Rücken zuwandte. Der Alkohol mit seiner lockernden Wirkung rührt Frauen in dieser Hinsicht tiefer auf als Männer; oder vielleicht waren wir wie ein aufeinander abgestimmtes Paar Stimmgabeln, und ich hatte sie in Schwingungen versetzt. Gleichviel, von welchen unerlaubten Stimulantien wir aufgestachelt waren, wir ließen's aneinander aus.

Zu meinem Bedauern überlebte ich die natürliche Wonne der Sattheit – wenn jeder Muskel sich behaglich wie ein Blütenblatt in die Korolla schmiegt – und wurde in das brodelnde azoische Gelände der Schlaflosigkeit geschleudert. Die fedrige, ängstlich begierige Umarmung, die meinen Daumen widerfahren war, folterte mich in zwanzig Positionen. Der Magen drehte sich mir um vor Liebe zu dieser Frau; ich hatte Angst, mir könnte physisch schlecht werden, und blieb vorsichtig auf dem Rücken liegen und versuchte, mich beschwichtigen zu lassen von den freundlichen Autoscheinwerfern, leuchtende Streifen an der Wand, die sich zu raschen parabolischen Fächern auffalteten, über die Decke wischten und verschwanden: Dies Phänomen, mit seinen Hinweisen auf ein Leben jenseits meines eigenen, war mir in frühester Kindheit Trost in schlaflosen Nächten gewesen. Jetzt war es nur ein kümmerlicher Trost. Vor langer Zeit in der Sonntagsschule war ich erschauert bei der Stelle, wo Jesus sagt, wer eine Frau ansieht, ihrer zu begehren, der hat mit ihr schon die Ehe gebrochen in seinem Herzen. Ich lag da, hilflos dem Bewusstsein ausgeliefert, dass Wünsche, nicht Taten beurteilt werden. Nach einer Sünde sich sehnen hieß, sie zu begehen; dem Rand sich nähern hieß, tief unten im Abgrund zu sein. Das Universum, das mir so bereitwillig gestattete, Ehebruch zu begehen, wurde, mittels logischer Schritte, von denen jeweils der nächste steiler hinunterführte als der vorige, zu einem Universum, das mir bereitwillig zu sterben gestattete. Die Tiefe des kosmischen Raums, die unerträgliche Ausdehnung der Zeit, die vergessenen Gemetzel der Geschichte, das im ausrangierten Eisschrank erstickte Kind, die kürzlich gelungene Entschlüsselung der molekularen Lebensspirale, die erwiesenen physiologischen Wurzeln des Geistes, die Anwesenheit von Idioten mitten unter uns, von Eichmanns, Tieren und Bakterien – all dies Beweismaterial türmte sich auf, und ich schien schon auf ewig vergessen. Die dunkle vibrierende Luft in meinem Schlafzimmer kam mir vor wie der Staub meines Grabes, der Staub stieg und stieg, und ich betete, betete um ein Zeichen, einen winzigen Schimmer nur, ein mikroskopisches Schlupfloch oder wenigstens eine Schwachstelle in der Beweiskette, aber ich sah nichts. Ein Film fiel mir ein, der mir Angst gemacht hatte, als ich Kind war; in dem Film wird James Cagney, stöhnend, sich wehrend, auf Gummibeinen einen langen Flur entlanggeschleift zum elektrischen Stuhl. Dieser Verurteilte war ich. Mein Gehirn in seinem Kalziumgewölbe schrie gegen die Ungerechtigkeit an, donnerte Beschuldigungen in die stumpfe, ruhige Homogenität der Luft. Jede Sekunde, in der mein Protest ohne Antwort blieb, bestätigte es mir umso unumstößlicher: Der Gott, der zuließ, dass ich diese Angst ausstand, war es nicht wert zu existieren. Jeder Augenblick, da mein Entsetzen fortdauerte, verstärkte Gottes Nichtexistenz, so wie die Kurve bestimmter Gleichungen in immer weiteren Bögen ausschwingt, während sie sich an der x-Achse entlangbewegt, oder wie die elektromagnetische Antriebskraft in Teilchenbeschleunigern sich aus sich selbst immer stärker beschleunigt, wurde ich in einen immer rasenderen Strudel gezogen, bis zu seinem unerträglich schrillen höchsten Punkt sog es mich, da konnte ich nicht mehr anders, ich ließ mein Gewicht auf den Körper meiner Frau fallen und flehte: «Wach auf, Elaine, ich habe solche Angst.»

Ich erzählte ihr von den kommenden Jahrhunderten, da unser Name vergessen, von den Jahrtausenden, da unsere Nation ein Mythos sein würde und unser Kontinent ein Ozean, von den Äonen, da unsere Erde untergegangen wäre und die Sterne sich verloren hätten in einer gleichförmigen, irreversiblen Kälte. So wie ich vor einer Stunde meine Begierde auf sie übertragen hatte, versuchte ich jetzt, meine Angst in sie zu gießen. Es schien ihren Geschmack zu beleidigen, dass ich auf künftige Äonen eifersüchtig war und außer mir, weil ich sie nicht durchleben konnte; sie fragte mich, ob mir noch nie so übel gewesen sei, dass es mich nicht mehr gekümmert habe, ob ich lebte oder starb. Diese verachtenswerte Antwort – animalischer Stoizismus – erwies sich als eine sonderbare Psychologie: Ich schlief schließlich ein, genau so, wie ich es während der Geburt meines ersten Kindes getan hatte. In meinen Träumen war ich wieder in der Highschool, mit Leuten, die ich seit Jahren nicht gesehen hatte.

Der nächste Tag, ein Samstag, war mein Geburtstag. Er verging wie jeder Tag, nur dass ich unter der Tarnung von Möbelstücken und Stimmen und gewohnheitsmäßigen Handlungen den Tod heranrücken fühlte wie eine riesige Armee. In den Zeitungen standen nichts als Grässlichkeiten. Meine Kinder, verletzt und empört in ihrem Konkurrenzkampf, kamen zu mir und wollten getröstet werden, und es entsetzte mich, dass ich, eine ausgebrannte Hülse, ihnen als Inbegriff und Garant eines sicheren Universums erschien. Freunde kamen zu Besuch, und zum ersten Mal in meinem Leben ging mir auf, dass sich hinter jedem Gesicht das Wissen von einer ungeheuren Katastrophe staut; unsere Gesichter sind Dämme, die faltig werden unter dem Druck.

Gegen sechs klingelte das Telefon. Es war meine Mutter, aus Pennsylvania. Ich vermutete, dass sie wegen meines Geburtstags anrief, und schwatzte ihr humorig etwas von den Beschwerden des Älterwerdens vor, bis es ihr endlich mit schwacher Stimme gelang, die Neuigkeit loszuwerden: Mein Vater war im Krankenhaus. Zwei Wochen lang war er mit Schmerzen in der Brust herumgelaufen, und nachts hatte er unter Atemnot gelitten. Schließlich hatte sie ihn dazu überredet, einen Arzt aufzusuchen; der Arzt hatte ein Kardiogramm gemacht und ihn sofort ins Krankenhaus gefahren. Mein Vater war ernsthaft krank.

Augenblicklich war ich erleichtert. Den ganzen Tag war der Tod in voller Deckung vorgerückt, und jetzt hatte er zugeschlagen, seinen Standort offenbart. Mein Vater hatte den Feind gebunden, und er würde ihn besiegen.

Ich gelangte wieder zu frischer Gesundheit in der Spielwelt des Tuns. Am Abend hatten wir zur Feier meines Geburtstags ein paar Freunde zu Gast, und am nächsten Tag brachte ich die beiden älteren Kinder zur Sonntagsschule, und ich selbst ging in die Kirche. Die blassvioletten rautenförmigen Scheiben der weißen Fenster leuchteten und dunkelten launenhaft; es war ein wechselnd bewölkter Tag, und er spuckte ein wenig Schnee.

Während ich in der Kirche war, hatte meine Frau ein Lammgericht zubereitet. Beim Kaffee wurde mir klar, dass ich nach Pennsylvania fahren würde. Meine Mutter und ich waren übereingekommen, dass ich in ein paar Tagen nach Philadelphia flöge und dort versuchte, einen Leihwagen zu bekommen. Das konnte unter Umständen schwierig werden, weil ich, als Selbständiger, keine Kreditkarte hatte. Diese Schwierigkeit war mühelos zu überwinden, dachte ich plötzlich: Ich würde fahren. Das Auto sollte in ein paar Tagen weggegeben werden; es war gerade abgeschmiert worden; ich hatte eine Vision, wie ich unserem matschigen New-England-Frühling entfloh und gen Süden fuhr. In einer halben Stunde war meine Reisetasche gepackt. *Mach, dass du nach Hause kommst.*

An der Route 128 las ich einen jungen Matrosen auf, der bis New York mit mir fuhr und zwei Stunden lang, auf der Strecke durch Connecticut, hinterm Lenkrad saß. Ich vertraute ihm. Er hatte den massigen Körper, das offene, fleischige, blauäugige Gesicht der zahmen Titanen – arglos, kompetent, nicht allzu ernsthaft –, die wir, ozeanweit entfernt von den zehrenden lateinischen Leidenschaften und nordischen Ängsten Europas, mit unserem beispiellosen Überfluss an Milch und Honig, an Vitaminen und Protein herangemästet haben. Er war unpassend – und irgendwie ermutigend – gebräunt. Die Bräune stammte aus Key West, wo er vierundzwanzig Stunden zugebracht hatte; er war hin und zurück per Anhalter mit Navy-Jets geflogen. Während der vierundzwanzig Stunden hatte er am Strand geschlafen und Souvenirs gekauft und sie seinen Eltern und seiner Freundin geschickt. Seine Eltern wohnten in Salem, seine Freundin in Peabody. Er wollte sie heiraten, aber seine Eltern hatten altmodische Vorstellungen, sie fanden, er sei zu jung. Und viele Kumpel bei der Navy sagen: Nicht heiraten, bloß nie heiraten. Aber sie war ein nettes Mädchen, nicht besonders hübsch oder so, einfach richtig nett, er hatte wirklich nichts dagegen, sie zu heiraten.

Ich fragte ihn, wie alt er sei. Er war zweiundzwanzig und in der Ausbildung zum Flugzeugmechaniker. Wenn sein Wehrdienst zu Ende war, wollte er nach Salem zurück und dort leben. Er schätzte, dass es für einen Flugzeugmechaniker bestimmt was zu tun gebe. Mit väterlicher Festigkeit, die meine Ohren erstaunte, sagte ich ihm, er solle das Mädchen heiraten, unbedingt; seine Eltern würden sich schon daran gewöhnen. Ganz gleich, was man tut, sagte ich, Eltern mögen einen insgeheim immer. Ich selbst hätte mit einundzwanzig geheiratet und es nie bereut.

Er fragte: «Was machen Sie? Sind Sie Lehrer?»

Das beeindruckte mich. Mein Großvater war Lehrer gewesen, und mein Vater war Lehrer, und von Anfang an hatte es für alle Leute festgestanden, dass auch ich Lehrer werden würde.

«Nein», sagte ich. «Ich bin Schriftsteller.»

Er nahm nicht eigentlich Anstoß daran, er war eher verwirrt. «Was schreiben Sie denn?»

«Oh – was mir so in den Sinn kommt.»

«Und wozu?»

«Ich weiß nicht», sagte ich. «Ich wollte, ich wüsste es. Vielleicht gibt es mehrere Gründe.»

Von nun an unterhielten wir uns nicht mehr so unbefangen. Auf seine Bitte ließ ich ihn im nassen Zwielicht an einer Texaco-Tankstelle kurz vor der Einfahrt zur New-Jersey-Turnpike aussteigen. Er hoffte, von hier aus bis nach Washington mitgenommen zu werden. In den Eingängen zur Tankstelle drängten sich noch andere Matrosen, sie waren vor dem Regen dorthin geflüchtet und riefen dem Jungen Grußworte entgegen, als hätten sie auf ihn gewartet, und als er zu ihnen ging, war er, von hinten gesehen, einfach ein Matrose mehr, namenlos, auf hoher See. Er drehte sich nicht um, winkte mir zum Abschied nicht zu. Ich spürte, dass ich ihn erschreckt hatte, und das tat mir leid, denn er hatte mich sehr gut gefahren, und ich wollte, dass er sein Mädchen heirate. Allein fuhr ich durch die Dunkelheit auf der Turnpike nach Süden. In den ersten Jahren meines Autos, als wir in Manhattan lebten, erreichte es fünfundsiebzig auf dieser breiten schwarzen Strecke, ohne dass wir darauf achteten; jetzt pegelte die Nadel sich bei sechzig ein. Die Scheibenwischer tickten, und die Wunderlandlichter der Raffinerien von Newark blähten sich und zerplatzten wie Seifenblasen auf den Seitenfenstern, so durch die Regentropfen gesehen. Einige Sekunden hing ein Kreuz aus blinkenden Sternen im oberen Teil der Windschutzscheibe: Ein Flugzeug über mir schwebte zur Landung ein.

Ich aß erst, als ich auf pennsylvanischem Boden war. Die Howard Johnsons sind in Pennsylvania sauberer, nicht so überfüllt, und die Einrichtung ist gemütlicher. Die Zierpflanzen sehen aus, als wüchsen sie tatsächlich, und die Kellnerinnen haben gerade gestern die Mennonitenhaube abgelegt, ihr Haar ist noch immer zu einem weichen Knoten geschlungen, der gut zu ihren blassen, verschmitzten Gesichtern passt. Sie bedienten mich mit der hurtigen Anmut, wie sie dazugehört in einer Gegend, wo das Essen noch zu den Freuden zählt. Die vertraute und leise Ironie ihres Lächelns schärfte wieder meinen Sinn für pennsylvanische Klugheit – für das Wissen, dass die Wahrheit gut ist. Sie waren die Töchter des Wirts, Gott hatte uns die Früchte des Feldes beschert, und mein Buggy draußen war angespannt.

Als ich zum Wagen zurückkehrte, hatte die Musik im Radio die Farbe geändert. Das gekünstelte Hicksen und Reibeisenkratzen der Atlantikküsten-Hillbillysongs hatte sich, weiter landeinwärts, zurückverwandelt, in etwas Jüngeres. Als ich die Valley-

Forge-Kreuzung überquerte, kam ein Benny-Goodman-Quintett, bei dem sich mir immer die Kopfhaut zusammengezogen hatte. Das Tachometer ging ohne Mühe auf siebzig.

Ich verließ die Mautstraße und fuhr weiter auf unserem heimischen Highway, und als ich bremste, um in unseren ungepflasterten Weg einzubiegen, wurde ich fast von einem Scheinwerferpaar gerammt, das sich, nach Pennsylvania-Art, sechs Fuß hinter mir gehalten hatte. Ich parkte vor der Scheune, neben dem Auto meines Vaters. Meine Mutter kam aus dem Haus, ohne dass ich sie sah, und während die Hunde rasend vor Freude in ihrem Gehege kläfften, erörterten wir – zwei rufende Stimmen im nieseligen Dunkel –, ob ich weiter weg von der Straße parken sollte. «Außer Reichweite des Leids», hätte mein Großvater gesagt. Nörgelnd gehorchte ich. Meine Mutter machte kehrt, als ich mit der Reisetasche den Sandsteinweg heraufkam, und ging mir zur Hintertür voran, als kennte ich den Weg nicht. So konnte ich ihr den Begrüßungskuss erst geben, als wir im Haus waren. Sie schenkte uns zwei Gläser Wein ein. Wein hatte feierliche Bedeutung in unserer Familie; wir tranken selten welchen. Meine Mutter schien aufgekratzt, geradezu albern, und es dauerte eine Stunde, bis diese forcierte Fröhlichkeit nachließ. Sie wandte das Gesicht ab, sah taktvoll auf den Teppich, und die Seite ihres Halses rötete sich, als sie mir sagte: «Daddy sagt, er hat allen Glauben verloren.»

«Oje.» Weil ich meinen auch verloren hatte, fiel mir nichts ein, was ich sonst hätte sagen können. Wir schwiegen, und mir fiel eine Unterhaltung ein, die ich einmal in den College-Ferien mit meinem Vater gehabt hatte. Mit seiner üblichen unverblümten Wissbegier hatte er mich gefragt: «Hast du jemals Zweifel gehabt an der Existenz eines Göttlichen Wesens?»

«Klar», hatte ich erwidert.

«Ich nie», sagte er. «Das ist jenseits meiner Vorstellungskraft. An der Göttlichkeit Jesu ja, aber an der Existenz eines Göttlichen Wesens nie.» Er brachte das nicht so vor, als wolle er mich beeinflussen, sondern als sei es ein mäßig wunderlicher Tatbestand, den er in diesem Augenblick bei sich festgestellt hatte.

«Er war nie so richtig für den Glauben geschaffen», fügte meine Mutter hinzu, gekränkt, weil ich nichts sagte. «Er hat sich ganz und gar der Arbeit verschrieben.»

Ich schlief schlecht; mir fehlte der Körper meiner Frau, dies Gewicht der Erinnerung, an meiner Seite. Ich war Vater genug, mich verloren zu fühlen außerhalb meines Nests kleiner raschelnder Seelen. Immer wieder sah ich zum Fenster hinaus. Die drei roten Lichter auf den Schornsteinen der Förderanlage, die ein paar Meilen entfernt zum Abbau des Eisenerzes minderer Güte errichtet worden war, schienen über des Nachbarn welliges Feld auf unsere Farm vorzurücken. Meine Mutter hatte, in der irrigen Meinung, dass ich ein Stoiker sei wie mein Vater, nicht genug Decken aufs Bett gelegt. Ich fand einen alten Mantel meines Vaters und breitete ihn über mich; der Kragen kratzte mich am Kinn. Ich kippte in den Schlaf und erwachte. Der Morgen war durchdringend sonnig; Schäfchenwolken drängten hastig über den schleierigen blauen Himmel. Ein paar Grasbüschel im Rasen leuchteten schon grün und waren in die Höhe geschossen. Ein gelber Krokus spitzte aus der Erde, neben dem Vorsicht-bissiger-Hund-Schild, das ein Schüler im Kunstunterricht für meinen Vater gemacht hatte.

Ich bestand darauf, dass wir mit meinem Auto nach Alton führen, und dann tat es mir leid, es musste wie eine Kränkung fürs Auto meiner Eltern klingen. Vor wenigen Monaten erst hatte mein Vater sein altes Auto in Zahlung gegeben für den nächsten Gebrauchtwagen: Er fuhr jetzt einen 53er Dodge. Aber während meiner Knabenjahre hatte ich mit den Autos meines Vaters so viele hinterhältige Pannen erlebt, dass ich unbedingt mit meinem fahren wollte, auf das konnte ich mich verlassen. Oder vielleicht wollte ich nur nicht den Platz meines Vaters hinter dem Lenkrad seines Wagens einnehmen. Der Platz meines Vaters war zwischen mir und dem Himmel; ich hatte Angst davor, diesem fernen Firmament so nahe zu kommen. Wir fuhren als Erstes zu seinem Arzt. Unser alter Arzt, ein Mann, der glaubte, dass die Menschen sich einfach «abnutzten» und man nichts dagegen tun könne, hatte sich vor einigen Jahren selber abgenutzt und war gestorben. Die Praxis des neuen Arztes, im Stadtzentrum, war mit einem gewissen kruden Chic eingerichtet. Dezente Musik rieselte von den Wänden, die mit semiprofessionellen Ölbildern behängt waren. Er selbst war ein drahtiger, mit Entschiedenheit sprechender junger Mann, nicht viel älter als ich, aber respekteinflößend aufgrund von Kompetenz und bezeugtem Schmerz. Von der Art sind die forschen Hirten, die uns, hopp, über den letzten Zauntritt helfen. Er holte von einem Aktenschrank ein Gipsmodell des menschlichen Herzens herunter. «*Ihr* Herz», erklärte er mir, ist hübsch und kompakt wie dies hier, aber das Herz Ihres Dads ist erweitert. Wir glauben, dass die Obstruktion hier sitzt, in einem dieser kleinen Gefäße an der Außenseite – zum Glück für Ihren Dad.»

Draußen, auf den Straßen von Alton, hatte ich das Gefühl, auch mein Herz sei erweitert. Eine weiße Sonne wärmte die adretten Fassaden aus gestrichenem Backstein; Schornsteine, rot wie Pfingstrosenschösslinge, stießen zwischen knospenden Baumkronen hervor. Inzwischen gewöhnt an die engen improvisierten Städte New Englands, war ich, wie ein Tourist, beeindruckt von Altons geraden breiten Straßen und seinen ansehnlichen öffentlichen Gebäuden. Während meine Mutter sich nach einem Geburtstagsgeschenk für meine Tochter umsah – der erste April war nah –, brachte ich ein Buch, das sie sich geliehen hatte, in die Public Library zurück. Ich hatte das satte Aroma vergessen, von dem die Bücherei durchwölkt war, dies Duftgemisch aus Staub und Putzmitteln und Buchbinderleim und aus Backwaren, die gleich nebenan verkauft wurden. Ich ging wieder zum Regal mit den P. G. Wodehouse-Bänden, die ich einst alle in einem Zug gelesen hatte, nahm *Mulliner Nights* heraus und suchte hinten nach dem Datumsstempel, irgendwann 1947 oder 48, das war ich. Es zog mich nie dorthin, wo meine eigenen wenigen Bücher standen. Sie waren nicht ich. Sie waren meine Kinder, empfindlich und eigensinnig.

Auf der Fahrt zum Krankenhaus am Stadtrand von Alton kamen wir am Museumsgelände vorbei, wo jeder Baum, jedes Blumenbeet ein Namensschild trug und schwarze Schwäne durch Flottillen zerkrümelten Brotes zogen. Als Kind hatte ich ernsthaft geglaubt, dass Brot, aufs Wasser geworfen, vermehrt zurückkomme. Im Museum gab es Mumien mit erstaunt gefletschten Zähnen; einen kleinen goldenen Thron für einen Baby-Pharao; einen Elefantenzahn, in den Hunderte winziger Chinesen und Pagoden und geduckte laubreiche Bäume geschnitzt waren; Miniatur-Eskimodörfer, die man durch das Anknipsen eines Schalters beleuchtete und in die man hineinlugen konnte wie in ein Osterei; Vitrinen voller Pfeilspitzen; Räume voll ausgestopfter Vögel; und im ersten Stock Mitgifttruhen, von den frommen «Plain People» mit Herzen und Einhörnern und Tulpen bemalt, und irisierende Glasgebilde aus den Brennöfen des Barons von Steigel und gewaltige in Öl gemalte Darstellungen pennsylvanischen Waldlands der Brüder Shearer und Bronzestatuetten von ringenden Indianern, die die ersten erotischen

Träume in mir entzündeten, und ganz oben, in dem runden Raum mit dem Oberlicht, am Ende der Marmortreppe, ein schwarz eingefasstes Becken, in dessen Mitte ein nacktes grünes Mädchen stand und an die gespitzten Lippen eine Muschel hielt, deren durchsichtiger Inhalt auf ewig überfloss und die ganze Weite des obersten Stockwerks – von dessen Palladio-Fenstern man sehen konnte, wie die Schwäne auf dem brotbestreuten Teich ihre Fächerspur hinter sich herzogen – mit dem Tröpfeln und Platschen fallenden Wassers erfüllte. Die Welt war damals ein verzweigtes Wunder, das zu meinem Vergnügen vor mich hingebreitet war, ohne dass ein Preis verlangt wurde. Über den Bäumen auf der anderen Seite des Teichs schimmerte hier und da rosa das Krankenhaus, mehrere regelmäßig angeordnete große Ziegelrechtecke, in eine ebene, gepflegte Parkanlage gestellt: eine ideale Stadt für die Kranken.

Ich hatte vergessen, wie groß das Hospital von Alton war. Ich hatte seinen imposanten Eingang, zu dem eine grasbewachsene Promenade führte, nicht mehr gesehen, seit ich hier mit acht Jahren von meinen Mandeln befreit wurde. Auch damals war Frühling gewesen, und auf der Promenade leuchtete das erste frische Grün, und meine Mutter war bei mir. Ich erinnerte sie daran, und sie sagte: «Ich hatte ein so schlechtes Gewissen. Du warst so krank.»

«Tatsächlich? Ich hab's als so angenehm in Erinnerung.» Man hatte mir einen Becher aus rosa Gummi über die Nase gestülpt, in tosender Flut war der Geruch nach Zuckerwatte auf mich eingestürzt, und ich machte die Augen auf, und meine Mutter saß, eine Zeitschrift lesend, an meinem Bett.

«Du warst ein so zuversichtlicher guter Junge», sagte meine Mutter, und ich sah ihr nicht ins Gesicht, aus Angst, dass ich sie weinen sehen könnte.

Ich überlegte laut, ob ein gewisses Mädchen aus meiner Highschool-Klasse hier wohl noch immer als Schwester arbeite.

«Ach Gott», sagte meine Mutter, «da dachte ich, du hättest die weite Fahrt gemacht, um deinen armen alten Vater zu besuchen, aber das Einzige, was dich interessiert, ist diese –» Und sie nannte den Geburtsnamen des Mädchens, obwohl es ebenso lange verheiratet war wie ich.

Als wir in die Eingangshalle traten, überraschte sie mich damit, dass sie den Weg wusste. Normalerweise waren es immer mein Vater oder ich, die wussten, wo es langging. Als ich ihr durch das Linoleumlabyrinth folgte, schien auf den Schultern meiner Mutter schon das schwere schwarze Tuch der Witwenschaft zu liegen. Wie die Flure eines Palastes waren die Krankenhauskorridore mit Bittstellern gesäumt, die auf einen Bescheid warteten. Negerinnen, aufreizend dramatisch in ihren gestärkten weißen Uniformen, falteten Baumwolllaken und stapelten sie auf; graue Männer schoben ausgewrungene Wischmopps vor sich her. Wir gingen an einem Ausgang-Schild vorbei, eine Treppe hinunter und gelangten in einen Bereich, wo magere Rekonvaleszenten in Bademänteln durch Türen ein und aus schlurften. Ich sah meinen Vater diagonal durch eine offen stehende Tür, bevor wir in sein Zimmer traten. Er saß im Bett, wie ein Sultan gegen eine Vielzahl von Kissen gelehnt, und trug einen rot gestreiften Pyjama.

Ich hatte ihn noch nie in einem Pyjama gesehen; groß darin, zwischen zwei Punkten die kürzeste Entfernung zu finden, ging er immer im Unterzeug zu Bett. Aber nun, da man ihn schließlich doch in einen Pyjama gezwungen hatte, benahm er sich wie ein großherziger Löwe und versuchte nicht, seine Bezwingung herunterzuspielen, sondern lag vollständig aufgedeckt da, das

Betttuch verhüllte nicht einmal seine Füße. Sie sahen blass aus, dünnhäutig und merkwürdig unbenutzt.

Abgesehen von einer müden lymphatischen Röte unter den Wangenknochen war sein Gesicht ganz so wie immer. Ich hatte Angst gehabt, dass sein Glaubensverlust sich äußerlich bemerkbar machen würde, so wie die Form seines Mundes sich verändert hatte, als ihm sämtliche Zähne gezogen worden waren. Grinsend tauschten wir den verlegenen Händedruck, zu dem wir uns hatten überwinden müssen, als ich fortging zum College. Ich setzte mich auf die Fensterbank neben seinem Bett, und meine Mutter nahm den Stuhl am Fußende, und der Zimmergenosse meines Vaters, ein Mann um die vierzig, der mit einer Bandscheibenverletzung flach auf dem Rücken lag, seufzte und blies Zigarettenrauch an die Decke und gab sich Mühe, vermute ich, uns nicht zuzuhören. Obgleich alles sich von Grund auf verändert hatte, verlief unsere Unterhaltung nach alten Mustern. Das Thema wechselte sehr rasch von ihm zu mir. «Ich verstehe nicht, wie du das machst, David», sagte er. «Ich bekäme das nie hin, was du machst, und wenn du mir eine Million Dollar pro Tag gäbst.» Verlegen und geschmeichelt, wie immer, versuchte ich, ihn zum Schweigen zu bringen, aber er wandte sich unfolgsam seinem Zimmergefährten zu und sagte laut: «Ich weiß nicht, wo der Junge seine Ideen herhat. Nicht von seinem alten Herrn, das ist sicher. Ich habe dem armen Jungen in meinem ganzen Leben nichts beigebracht.»

«Natürlich hast du das», sagte ich leise, ich wollte dem Mann mit dem schmerzenden Rücken eine Antwort ersparen. «Du hast mir zwei Sachen beigebracht. Erstens, streich die Butter auf der Scheibe Brot immer zu den Rändern hin, in die Mitte kommt sowieso genug; und, zweitens, einerlei, was dir zustößt, es ist eine neue Erfahrung.»

Zu meiner Bestürzung schien ihn das melancholisch zu stimmen. «Das ist wahr, David», sagte er. «Einerlei, was dir zustößt, es ist eine neue Erfahrung. Das Einzige, was mich bekümmert, ist, dass *sie*» – er zeigte auf meine Mutter – «den Wagen kaputtmacht. Ich will nicht, dass deiner Mutter etwas passiert.»

«Dem Wagen, meinst du», sagte meine Mutter, und zu mir gewandt, setzte sie hinzu: «Es ist eine Sünde, die Art, wie er dies Auto vergöttert.»

Mein Vater leugnete es nicht. «Herrgott, ich liebe diesen Wagen», sagte er. «Es ist der erste in meinem Leben, der mir nie übel mitgespielt hat. Weißt du noch, all die Schrottkisten, mit denen wir immer zur Schule gefahren sind?»

Der alte Chevy kriegte immer Dreck in die Benzinpumpe und weigerte sich anzuspringen. Einmal, als wir gerade den Firetown Hill hinunterfuhren, brach das linke Vorderrad von der Achse ab; mein Vater kämpfte mit dem Lenkrad, die Reifen kreischten, und die weißen Pfosten des Schutzzauns schwammen auf meine Augen zu. Als das Auto, seitwärts rutschend, unmittelbar vor der Böschung zum Stehen kam, sah das Gesicht meines Vaters betäubt aus, und aus den Mundwinkeln tröpfelte ihm Speichel. Ich war verblüfft; ich war gar nicht auf den Gedanken gekommen, Angst zu haben. Der 36er Buick hatte Öl gesoffen, alle fünfzig Meilen fast einen Liter, und kriegte gern einen Plattfuß, nach Mitternacht, wenn ich mit leergefegtem Kopf und Lippenstiftgeruch in der Nase beschwingt nach Hause segeln wollte. Einmal, als wir zu zweit in die Stadt gefahren waren und ich meinen Vater abgesetzt und das Auto für mich behalten hatte, war ich, ohne es zu merken, allein nach Hause gefahren. Ich trat zur Tür hinein, und meine Mutter sagte: «Nanu, wo ist denn dein Vater?»

Mir wurde übel. «Großer Gott», sagte ich, «ich habe ganz vergessen, dass ich ihn bei mir hatte.»

Als ich, lächelnd, Atem holte und gemeinsam mit ihm in Erinnerungen an diese Abenteuer schwelgen wollte, sagte mein Vater und sah dabei starr in die Luft oberhalb seiner blassen, reglosen Zehen: «Ich liebe dieses Krankenhaus. Es gibt so viele wunderbare Menschen hier. Das Einzige, was mich bekümmert, ist, dass deine Mutter den Wagen kaputtmacht.»

Meine Mutter beugte sich auf dem Stuhl am Fußende des Bettes mit rosa angelaufenem Gesicht vor und versuchte zu lächeln. Er warf ihr einen flüchtigen Blick zu und sagte zu mir: «Das ist ein merkwürdiges Gefühl. In der Nacht, bevor wir zum Arzt fuhren, wachte ich auf und bekam keine Luft und begriff, dass ich nicht bereit war zu sterben. Ich hatte immer gedacht, ich sei es. Das ist ein merkwürdiges Gefühl.»

«Zum Glück für Ihren Dad», «allen Glauben», «wunderbare Menschen»: Diese Satzfetzen wirbelten mir im Kopf herum, und meine Zunge schien flach auf den Grund ihrer Gruft gepresst. Die Pyjamastreifen bewegten sich unter meinen Augen, strömten wie Blut. Ich wollte sprechen, wollte ihm sagen, wie sehr ich ihn immer noch brauchte, wollte ihn bitten, er möge mich nicht verlassen, aber es gab keine Worte, keine Form, so etwas zu sagen, in unserer Familientradition. Eine Rauchsäule stieg vom seufzenden Mann im anderen Bett auf.

Auf diesen Kampfplatz trat zögernd ein wenig attraktives, peinlich sauber gekleidetes Mädchen mit Block und Bleistift. Sie hatte gelbe Haare, dicke Lippen, und die vergrößerten Augen hinter den rosa gefassten Brillengläsern sahen aus, als hätten sie mal geschielt und seien inzwischen korrigiert worden. Sie flackerten über unsere Gesichter und konzentrierten sich dann stur geradeaus zu dem Tunnelblick all derer, die ganz genau wissen, dass sie Zielscheiben des Spotts sind; die Zeugen Jehovas, die an die Haustür kommen, schützen sich mit diesem Blick. Sie näherte sich dem Bett, in dem mein Vater mit bloßen Füßen lag, und erklärte, ein Stottern unterdrückend, dass sie von der Lutherischen Inneren Mission sei und dass man dort Buch führe über alle im Krankenhaus liegenden Lutheraner und die zuständigen Pastoren benachrichtige, falls seelsorgerischer Besuch erwünscht sei. Vielleicht hatte sie von meinem Vater eine Abfuhr erwartet. Vielleicht erkannten ihre Augen, in dieser Hinsicht geübter als meine, die äußeren Zeichen des Glaubensverlusts, die ich nicht sah. Auf jeden Fall war mein Vater erst nachträglich Lutheraner geworden; geboren und aufgewachsen war er als Presbyterianer, und er sah immer noch so aus.

«Das ist *furcht*bar nett von Ihnen», sagte er zu dem Mädchen. «Ich begreife nicht, wie ihr das macht, mit dem bisschen Geld, das ihr von uns bekommt.»

Sie griente verlegen und machte weiter mit ihrem Programm. «Ihre Kirche ist –?»

Er sagte es ihr, sprach jede Silbe überdeutlich aus und beriet sich mit meiner Mutter und mir, ob das Wort «Evangelisch» im offiziellen Titel vorkomme.

«Dann ist der für Sie zuständige Pastor Reverend –»

«Ja. Und der kommt, machen Sie sich keine Sorgen. Zehn wilde Pferde könnten den nicht abhalten. Nichts, was dem lieber wär, als mal rauszukommen aus dem Kuhdorf und nach Alton zu fahren. Ich wollte Sie eben nicht in Verwirrung bringen; was ich meinte, war, dass wir gerade letzte Woche im Kirchenrat über euch gesprochen haben. Wir konnten uns nicht vorstellen, wie ihr überhaupt etwas ausrichten könnt, bei dem bisschen Geld, das wir euch geben. Nachdem wir es erreicht haben, den Ofen am Brennen zu halten und den unwissenden Hindu zu bekehren, ist nicht mehr viel übrig für euch, die ihr den armen Teufeln vor unserer eigenen Haustür helfen wollt.»

Das grienende Mädchen war verloren unter diesem Ansturm von Lob und klammerte sich an den Rest ihres einstudierten Programms. «Bis dahin», sagte sie, «gebe ich Ihnen eine Broschüre, die Sie vielleicht lesen mögen.»

Mein Vater nahm das Heft mit einer so ungestüm ausholenden Bewegung entgegen, dass ich von der Fensterbank heruntersprang, um ihn, falls nötig, physisch zu bändigen. Dass er still liegen musste, war mein einziges Druckmittel gegen ihn, das Einzige, was ich mit Sicherheit über seinen Zustand wusste. «Das ist furchtbar nett von Ihnen», sagte er zu dem Mädchen, «ich möchte bloß wissen, wo zum Teufel ihr das Geld herhabt, so was drucken zu lassen.»

«Wir hoffen, Sie haben einen angenehmen Aufenthalt im Krankenhaus, und wünschen Ihnen gute Erholung und eine baldige Genesung.»

«Vielen Dank. Ich weiß, dass Sie es ehrlich meinen. Gerade eben habe ich zu meinem Sohn David hier gesagt, wenn ich tue, was die Ärzte mir sagen, wird's mir wieder gut gehen. Das erste Mal in meinem Leben, dass ich mir Mühe gebe, das zu tun, was andere mir vorschreiben. Der Junge hat mir gerade gesagt: ‹Einerlei, was dir zustößt, es ist eine neue Erfahrung.›»

«Wenn Sie mich jetzt entschuldigen möchten – ich muss noch andere Besuche machen.»

«Selbstverständlich. Nur zu, kranke Lutheraner gibt's wie Sand am Meer. Sie sind eine wunderbare Frau, dass Sie tun, was Sie tun.»

Und sie verließ das Zimmer, verwandelt in ebendas. Wie ein Stern an unserem Himmel leuchtet, obschon er aus dem Universum verschwunden ist, goss mein Vater fort und fort Zuversicht auf andere aus. Für die restliche Dauer meines Besuchs bei ihm fühlte ich mich allein dadurch getröstet, im selben Zimmer mit ihm zu sein, und eine so heiter-beschwingte Stimmung ergriff mich, dass ich überrascht war, als meine Mutter beim Hinausgehen bemerkte, wir hätten ihn ermüdet.

«Das ist mir gar nicht aufgefallen», sagte ich.

«Und es macht mir Sorge», fuhr sie fort, «dass er so viel vom Kino redet. Du weißt, dass er nie gern ins Kino gegangen ist.» Als ich vorgeschlagen hatte, noch eine Nacht zu bleiben, damit ich ihn noch einmal besuchen könne, hatte er gesagt: «Nein, aber warum gehst du morgen mit deiner Mutter nicht ins Kino?» Da würde ich dann lieber heimfahren, sagte ich. Es dauerte einen Augenblick, so schien es, bis ihm klar wurde, dass ich mit «heim» einen Ort weit weg meinte, wo ich eine Frau und Kinder hatte, Zahnarzttermine und berufliche Verpflichtungen. Ich habe damals zwar ungeduldig darauf gewartet, er möge mich fahren lassen, aber mir ist seither oft durch den Sinn gegangen, dass in dem Augenblick, da sein Gesicht so ausdruckslos war, er die Erkenntnis hinunterschluckte, dass er sterben könnte und mein Leben weitergehen würde. Als er's geschluckt hatte, sagte er, wie nett es von mir gewesen sei, dass ich die weite Fahrt gemacht hätte, um ihn zu besuchen. Er sagte, ich sei ein guter Sohn und ein guter Vater; er umfasste meine Hand. Ich hatte das Gefühl, ich würde nach diesem Händedruck geradenwegs gen Norden fahren.

Ich brachte meine Mutter zu ihrer Farm zurück, holte meine Reisetasche und nahm auf dem Rasen Abschied. Das kleine Sandsteinhaus leuchtete rosa im sinkenden Sonnenlicht; der Rasen war ein klingelndes Gewirr vorsichtiger Flüsschen. Sie stand neben dem Vorsicht-bissiger-Hund-Schild und seinem Krokusgefährten, lächelte und sagte: «Es ist wie damals, als du geboren wurdest. Dein Vater ist in unserem alten Model A ganz von Wheeling hergekommen, bei Schneesturm.» Er hatte damals bei der Telefongesellschaft gearbeitet; die Geschichte von der Fahrt durch die Nacht war die älteste Erzählung, in der ich eine Rolle spielte.

Die Dunkelheit senkte sich erst in New Jersey herab. Während der einstündigen Fahrt auf der Pennsylvania Turnpike sah die Landschaft verzaubert aus – die Zweige der Bäume mit knospendem Rotbraun grundiert, die Wiesen genoppt wie neue Teppiche, die bronzene Sonne schräg über Valley Forge und ebenso über Levittown stehend. Ich weiß nicht, was es ist, das mir so lieb ist an der pennsylvanischen Landschaft, aber es ist die gleiche Eigenschaft – vielleicht ein Ausruhen in der Gewissheit, dass die Wahrheit gut ist –, die ich auch in pennsylvanischen Gesichtern sehe. Um diese Sonnenuntergangsstunde war mir zumut, als sei die Welt unsere Braut, uns gegeben, dass wir sie lieben, und als lägen Schrecken und Freude der Ehe darin, dass wir eine Natur mitbringen, die nicht die Natur unserer Braut ist.

Es gab keinen Matrosen, der mir bei der neunstündigen Rückfahrt half. New Jersey begann im Dämmerlicht und endete in Dunkelheit, und Manhattan hatte seinen sprühenden Auftritt zur Show-Time-Stunde, um acht. Danach wurde die Fahrt immer mühseliger. Der Merritt Parkway erschien mir sinnlos kokett, die von Ampeln geregelte Strecke südlich von Hartford zermürbend stur und die Stunde danach beängstigend leer. Die Entfernung wurde immer undurchdringlicher; der komplizierte Mechanismus des Motors, die sternenhafte Unendlichkeit an Explosionsfunken, die nötig war, ihn anzutreiben, drangen in meinen Körper ein und ermüdeten mich. Immer wieder hielt ich an, um einen Kaffee zu trinken und mir den halluzinatorischen Trost menschlicher Gesichter zu verschaffen, und nach jedem Halt gehorchte mein wartendes Auto, mein Gefährte und Obdach und williges Streitross, von neuem meinem Befehl. Allmählich erschien es mir wie ein Wunder, dass das Auto sich von meinem tauben Fuß beschleunigen ließ; sogar die Musik aus dem Radio nagte an unseren Kräften, und ich schaltete sie aus, löschte die irdische Zeit. Wir klommen durch einen Raum, der durchflochten war von zerstreutem Licht und gebadet in einem monotonen Wind. Ich war seit Ewigkeiten gefahren; Häuser, Möbel, Kirchen, Frauen, alles nur unschuldig von mir geträumt. Und während dieser Äonen entfaltete sich mein Auto, zu Beginn eine mechanische Zusammensetzung von Molekülen, zu etwas Weichem, Organischem, bewusst Tapferem. Ich verlor zuerst das Herz, dann den Kopf und schließlich jegliches Gefühl für meinen Körper. In der letzten Stunde hörte ich auf, irgendetwas zu denken oder zu fühlen oder im eigentlichen Sinn etwas zu sehen, doch das Auto behielt seine stetige Vorwärtsbewegung bei, obwohl seine Seele, der Fahrer, gestorben war, und brachte die Reise zu einem sicheren Ende. Die Sterne über meinem Garten standen wie angefroren, und die Umrisse der Nachbarhäuser führten das Wunder vor, das Kinder sich verschaffen, wenn sie sich um sich selbst drehen.

Jeden Tag kann es jetzt passieren; wir warten nur auf den Anruf. Ich weiß, wie es sein wird. Mein Vater hat viele Autos gegen andere in Zahlung gegeben. Es läuft ganz reibungslos ab, ist erledigt, ehe man sichs versieht. Er fuhr im alten Auto auf der staubigen Straße davon, genau wie immer, und wenn er zurückkam, war das Auto neu für uns, und das alte war weg, spurlos wieder eingegangen in die mineralische Welt, aus der es einst hervorgezaubert worden war, entlassen ohne Segensspruch, ohne Kuss, ohne Zeugnis, ohne jegliche Abschiedszeremonie. Wir in Amerika brauchen Zeremonien, das ist, glaube ich, der Grund, Matrose, warum ich dies geschrieben habe.

## In der Footballsaison

Erinnern Sie sich an den Duft junger Mädchen im Herbst? Wenn man nach der Schule neben ihnen hergeht, drücken sie ihre Bücher fest an sich und neigen den Kopf, um dem, was man zu ihnen sagt, eine noch schmeichelndere Aufmerksamkeit zu schenken, und in dem so gebildeten kleinen, intimen Raum, halbmondförmig in die Luft hineingeschnitten, ist ein komplexer Duft nach Tabak, Puder, Lippenstift, frisch gewaschenem Haar, verbunden mit jenem vielleicht imaginären, jedenfalls aber schwer zu bestimmenden Geruch, den Wolle – mag es sich nun um die Revers einer Jacke oder den Flor eines Pullovers handeln – auszuströmen scheint, wenn der wolkenlose Herbsthimmel gleich der blauen Glocke eines Vakuums die frohen Ausdünstungen aller Dinge zu sich hinaufzieht. Dieser Duft, so zart und kokett bei den nachmittäglichen Spaziergängen durch das trockene Laub, vertausendfachte sich und lag wie die Luft in einem Blumenladen schwer auf dem dunklen Hang des Stadions, wenn wir freitags abends in der Stadt Football spielten.

‹Wir› – wir, eine Vorortschule, mieteten für einige unserer Heimspiele das Stadion eines Colleges in der drei Meilen entfernten Stadt Alton. Mein Vater war Sportlehrer in unserer Schule, der Olinger Highschool, und wenn ich vor halb offenen Türen aus poliertem Holz und Milchglas auf ihn wartete, hörte ich manches mit von den hitzigen Diskussionen und bekam einen Eindruck von den Sorgen, die diesen kühnen und damals beispiellosen Entschluss begleiteten. Später taten es uns viele Highschools der Umgegend gleich, denn die Tatsachen rechtfertigten den Entschluss. Wenn wir freitags spielten, war das Stadion immer gut besetzt. Außer Schülern und Eltern kamen auch Leute, die weder mit der einen noch mit der anderen Schule etwas zu tun hatten, und von dem Geld, das uns blieb, wenn die Stadionmiete bezahlt war, konnte unser gesamtes sportliches Ausbildungsprogramm finanziert werden. Ich erinnere mich an den Geruch des von vielen Füßen zertrampelten Grases hinter den Grenzlinien. Der Geruch war intensiver als der einer gewöhnlichen Wiese; und in dem bläulichen elektrischen Licht schien der grüne Rasen zu zittern wie ein aufgeregtes Kind, das ausnahmsweise länger aufbleiben darf. Ich erinnere mich, dass mein Vater die Eintrittskarten verkaufte, eingezwängt in einer kleinen Holzbude, die ihn irgendwie gnomenhaft aussehen ließ. Und natürlich erinnere ich mich, wie wir Schüler mit all unseren Eifersüchteleien und Antipathien und Launen dicht gedrängt auf den Bänken saßen – Schönheit neben Einfaltspinsel, angehende Sexbombe neben Büffler –, zusammengepresst wie Blumen, um dem schwarzen Himmel eine konzentrierte Huldigung hinaufzuschicken, einen Weihrauchschwaden, gemischt aus Kosmetika, Zigarettenrauch, erwärmtem Wollstoff, heißen Würstchen und dem zugleich animalischen und metallischen Geruch sauberen Haares. In einer Art von rauem Geruchsschrei stiegen alle diese Düfte empor. Ein dichter Dunst sammelte sich über den Bogenlampen, am oberen Rand der Decke aus Licht, die mit ihrer Helle die Sterne auslöschte und den Himmel romantisch leer und ganz nah erscheinen ließ, gleich dem Tod, der sich dann und wann bückte und einen von uns aus einem in Klump gefahrenen Auto holte. Wenn wir zum obersten Rang hinaufgingen und uns dort auf die oberste Bank stellten, konnten wir über die steinerne Umfassungsmauer des Stadions hinweg die Häuser der Stadt sehen und die kalte Novemberluft spüren wie die schwarze Gegenwart des Ozeans hinter einer Schiffsreling; und wenn wir nach dem Spiel fortgingen und von den stillen Straßen dieses Stadtteils zurückblickten, dann glich die vor Licht dampfende

Masse des Stadions mit den wie Bullaugen leuchtenden Bogen der Kolonnaden einem großen, sinkenden Schiff, sodass wir uns als die Überlebenden einer in die Geschichte eingegangenen Katastrophe fühlen konnten.

Um in Stimmung zu bleiben, sangen wir Lieder, vorzugsweise eines, dessen erste Strophe lautet:

Oh, you can't get to Heaven
  *(Oh, you can't get to Heaven)*
In a rocking chair
  *(In a rocking chair)*
'cause the Lord don't want
  *('cause the Lord don't want)*
No lazy people there!
  *(No lazy people there!)*

Jede Zeile wurde wiederholt, aber doppelt so schnell. Es war ein Bandwurmlied; wenn uns die Strophen ausgingen, erfand ich welche:

Oh, you can't get to Heaven
  *(Oh, you can't get to Heaven)*
In Smokey's Ford
  *(In Smokey's Ford)*
'cause the cylinders
  *('cause the cylinders)*
Have to be rebored.
  *(Have to be rebored.)*

So ging es durch das vornehme Wohnviertel, weiter durch das nicht ganz so feine Viertel und das Geschäftsviertel, vorbei an dunklen Kirchen, wo nach innen gerichtete Buntglasfenster uns warnend linkshändige Segenszeichen mit auf den Weg gaben, die Warren Avenue hinunter zur Running-Horse-Brücke, über die Brücke hinüber und dann noch zwei Meilen auf der Alton Pike nach Olinger, die Straßenbahnschienen entlang. Ich ‹dichtete› unbekümmert drauflos:

Oh, you can't get to Heaven
*(Oh, you can't get to Heaven)*
In a motel bed
*(In a motel bed)*
'cause the sky is blue
*('cause the sky is blue)*
And the sheets are red.
*(And the sheets are red.)*

Nur wenige von uns besaßen einen Führerschein, und kaum einer hatte je in einem Motel übernachtet. Wir befanden uns in jenem unschuldigen Alter so um die sechzehn, in dem Sünde und Verdammnis als eine köstliche Verheißung erscheinen. Da waren Mary Louise Hornberger, hoch gewachsen und von so aufrechter, selbstbewusster Haltung, dass sie in den beiden Theateraufführungen unserer Klasse die Rolle der Mutter gespielt hatte, und Alma Bidding mit ihrer Hakennase und dem gezierten Lächeln, das durch den kirschroten Lippenstift noch alberner wirkte, und Joanne Hardt, deren Vater Schriftsetzer war, und Marilyn Wenrich, die einen grauen Schneidezahn hatte und sich im Schularbeitsraum gern den Rücken kratzen ließ, und Nanette Seifert mit ihrer Knopfnase und den feuchten schwarzen Augen und den Pfirsichhautwangen, umrahmt von dem weißen Pelzbesatz ihrer blauen Anorakkapuze. Und da waren die Jungen – Henney Gring, Leo Horst, Hawley Peters, Jack Lillijedahl und ich. Gelegentlich waren es noch mehr, oder auch weniger. Einmal ging Billy Trupp an Krücken mit uns. Billy spielte Football und gehörte, obwohl er erst im zweiten Collegejahr war, bereits der Universitätsmannschaft an, aber jetzt hatte er sich den Knöchel gebrochen. Er war langweilig und stur und mochte Alma, und sie mit ihrem gemalten Lächeln ließ alle Verführungskünste spielen. Wir erboten uns, ihm zuliebe mit der Straßenbahn zu fahren, aber er hatte es bereits abgelehnt, sich mit dem Auto nach Olinger zurückbringen zu lassen, und humpelte eigensinnig an seinen Krücken neben uns her, den dick eingegipsten Fuß wie einen Felsbrocken mit sich schleppend. Sein Heroismus steckte uns alle an; wir forderten die kalten Sterne mit unseren Liedern heraus, eine Meile, zwei Meilen, drei Meilen. Wie langsam wir gingen! Was für ein köstliches Gefühl der Verschwendung es war, die Zeit zu vertun! Denn als Kinder hatten wir in der engen Welt tickender Uhren und pünktlicher Klingeln gelebt, in der jede Minute eine Mahnung zur Sparsamkeit war und die Saumseligkeit einem Kind, das sich verspätet hatte und mit einem unbehaglichen Gefühl im Magen die Straße entlanghastete, als die geheimnisvollste und grässlichste aller Sünden erschien. Jetzt, an der Schwelle zum Erwachsensein, stellten wir fest, dass die Zeit eine schwarze Unermesslichkeit war, die sich ebenso wenig verbrauchte wie der Wind.

Meistens trafen wir in Olinger erst ein, wenn die Drugstores, die für die ersten Wellen der heimkehrenden Footballfreunde noch offen gehalten hatten, längst geschlossen waren. Bis auf die Straßenlaternen war es so dunkel wie in einer Märchenstadt. Wir trennten uns dann: Jeder brachte ein Mädchen nach Hause, und vor ihrer Tür senkte man sein Gesicht vielleicht für einen Augenblick in diesen Dufthalbmond und schmeckte ihn und ließ ihn unauslöschlich in sich eindringen. Neulich überholte ich in einer weit von Olinger entfernten Stadt auf dem Bürgersteig zwei Mädchen, mir völlig unbekannt und halb so alt wie ich, und nahm ganz schwach diesen Duft aus der Vergangenheit wahr, den sie wie einen Blumenstrauß in den Armen trugen. Und mir war, während ich weiterging, als versänke ich in einen Abgrund, tiefer als jener umgekehrte Abgrund über uns an den Freitagabenden in der Footballsaison.

Wenn ich mein Mädchen nach Hause gebracht hatte, schlenderte ich durch die stillen Straßen, wo das Laub raschelte wie im Gefolge des Spiels verstreuter Papierfetzen, und ging zu dem Haus von Mr. Lloyd Stephens. Dort konnte ich, wenn ich durch das kleine Fenster der vorderen Sturmtür spähte, einen dunklen Flur und dahinter die erleuchtete Küche sehen, in der Mr. Stephens, mein Vater und Mr. Jesse Honneger an einem abgenutzten Kacheltisch saßen und Geld zählten. Stephens, ein Bauunternehmer, war der Schatzmeister der Schulverwaltung, und Honneger, der in Soziologie unterrichtete, war Vorsitzender der Sportabteilung unserer Schule. Sie zählten noch immer; die silbernen Münzenstapel glitzerten zwischen ihren Fingern, und das Gold des Biers stand in Zylindern neben ihren behaarten Handgelenken. Die Ärmel waren hochgerollt, und Rauch schwebte gleich einem vierten Anwesenden mit ausgebreiteten Schwingen über ihren Köpfen. Sie zählten noch immer, also war alles in Ordnung. Ich kam nicht zu spät. Wir wohnten nämlich zehn Meilen außerhalb, und ich konnte erst nach Hause, wenn mein Vater fertig war. Manchmal dauerte es bis Mitternacht. Ich klopfte und öffnete die Sturmtür, die nach außen aufging, und die eigentliche Tür, die nach innen aufging, und betrat den Flur, wo es immer warm war. In der Küche ließ ich mir ein Glas Ginger Ale einschenken und blieb bei den Männern sitzen, bis sie ihre Arbeit beendet hatten. Es war spät, sehr spät, aber man machte mir keinen Vorwurf; es war gestattet. Lautlos zählend und mit geübten Bewegungen die Münzen in kleine, zylindrische

Hüllen aus farbigem Papier stopfend, ordneten und weihten die Männer dieses Reich der Nacht, in das sich meine Tage früher niemals erstreckt hatten. Die eine Stunde oder mehr, die hinter mir lag und die ich, obgleich die Straßenbahn viel schneller gewesen wäre, so leichtsinnig mit Zufußgehen vergeudet hatte und so sündhaft mit Lästerung und Sinnlichkeit, diese Stunde war vorüber und verziehen; sie war nötig gewesen; sie war gestattet.

Heute spähe ich in Fenster und offene Turen, finde jedoch nirgends diese Atmosphäre des Erlaubtseins. Sie ist aus der Welt geschwunden. Mädchen gehen an mir vorbei mit ihren unsichtbaren Duftsträußen, gepflückt auf Feldern, die noch in Unschuld getaucht sind, und ich schaue auf wie jemand, der mit dem Blick einem Leichenwagen folgt und sich an erlittenen Schmerz erinnert.

# Draußen in der Welt

## Das luzide Auge in der Silberstadt

Als ich das erste Mal New York besuchte, war ich dreizehn, und ich fuhr mit meinem Vater. Ich fuhr, um meinen Onkel Quin kennen zu lernen und um ein Buch über Vermeer zu kaufen. Das Vermeer-Buch war meine und meiner Mutter Idee; das Treffen mit Onkel Quin war die Idee meines Vaters. Eine Generation zuvor war mein Onkel in Richtung Chicago entschwunden, und er war offenbar reich geworden; in der vergangenen Woche war er in Geschäften an die Ostküste gekommen, und ich hatte mit guten Noten die achte Klasse hinter mich gebracht. Mein Vater behauptete, ich und sein Bruder wären die klügsten Menschen, denen er je begegnet sei – «Tatmenschen» nannte er uns, mit vielleicht mehr Ironie, als ich ihm damals zugetraut hätte –, und in seiner visionären Art hatte er plötzlich das unabweisbare Gefühl, jetzt sei die Zeit gekommen, da wir uns kennen lernen müssten. New York war damals sieben Dollar entfernt; wir maßen alles, Entfernung und Zeit, in Geld. Der Zweite Weltkrieg war vorüber, aber wir lebten noch immer in der Phase der Wirtschaftskrise. Mein Vater und ich machten uns mit den Rückfahrkarten und einer Fünf-Dollar-Note in seiner Tasche auf den Weg. Die fünf Dollar waren für das Buch.

Auf dem Bahnsteig rief meine Mutter plötzlich: «Ich *hasse* die Augusts.» Das wunderte mich, denn wir waren alle Augusts – ich war ein August, mein Vater war ein August, Onkel Quincy war ein August, und sie, hatte ich gedacht, war eine August.

Mein Vater ließ den Blick heiter über ihren Kopf hinweg schweifen und sagte: «Du hast allen Grund dazu. Ich würde es dir nicht verübeln, wenn du eine Flinte nähmst und uns alle erschössest. Außer Quin und deinen Sohn. Die beiden sind die Einzigen von uns, die je Kraft und Mumm hatten.» Nichts war erbitternder an meinem Vater als seine Art, einem Recht zu geben.

Onkel Quin holte uns nicht an der Pennsylvania Station ab. Falls mein Vater enttäuscht war, ließ er es sich mir gegenüber jedenfalls nicht anmerken. Es war nach ein Uhr, und wir hatten nur zwei Schokoladenriegel zum Mittagessen. Zu Fuß gingen wir einen, wie es mir vorkam, sehr langen Weg über Straßen, die nur ein bisschen breiter waren als die in unserer Stadt und nicht so sauber, bis wir das Hotel erreichten, das irgendwie den sahnebonbonfarbenen Tunneln unter der Grand Central Station entspross. In der Halle roch es nach Parfüm. Nachdem der Hotelangestellte Quincy August angerufen und ihm mitgeteilt hatte, ein Mann, der sagte, er wäre sein Bruder, sei am Empfang, brachte uns ein Fahrstuhl ins zwanzigste Stockwerk. Im Zimmer saßen drei Männer, jeder in einem grauen oder blauen Anzug mit frisch gebügelten Hosen und Strumpfbändern, die unter den Hosenaufschlägen hervorsahen, wenn sie die Beine übereinander schlugen. So ganz austauschbar waren die Männer nicht. Einer hatte einen Schnurrbart, der wie eine Raupe aussah, einer hatte struppige blonde Augenbrauen wie mein Vater, und der Dritte hielt einen Drink in der Hand – die beiden anderen hatten auch Drinks, aber sie hielten ihre Gläser nicht so fest umklammert.

«Meine Herren, ich möchte Ihnen meinen Bruder Marty und seinen jungen Sohn vorstellen», sagte Onkel Quin.

«Das Kind heißt Jay», ergänzte mein Vater, während er beiden Männern die Hand schüttelte und ihnen fest in die Augen sah. Ich tat es ihm gleich, und der schnurrbärtige Mann, der auf meinen festen Händedruck und Blick nicht gefasst war, sagte: «Oh, hallo, Jay!»

«Marty, würdet ihr euch gern frisch machen, du und der Junge? Durch die Tür und dann links, da findet ihr alles.»

«Danke, Quin, vielen Dank. Ich glaube, das werden wir tun. Entschuldigen Sie mich, meine Herren.»

«Selbstverständlich.»

«Selbstverständlich.»

Mein Vater und ich gingen in das Schlafzimmer der Suite. Die Möbel waren klobig und neu, und alle hatten die gleiche kastanienbraune Farbe. Auf dem Bett lag ein offener Koffer, auch er war neu. Die sauberen, teuren Gerüche von Leder und Lotion kamen mir wunderbar vor. Onkel Quins Unterwäsche sah wie aus Seide aus und war überall mit Fleurs-de-lis bedruckt. Als ich im Badezimmer fertig war, steuerte ich auf das Wohnzimmer zu, weil ich wieder zu Onkel Quin und seinen Freunden wollte.

«Moment, bleib», sagte mein Vater. «Lass uns hier drinnen warten.»

«Sieht das nicht unhöflich aus?»

«Nein. Quin möchte es so.»

«Also, Daddy, mach dich nicht lächerlich. Er denkt noch, wir wären hier drinnen gestorben.»

«Nein, das denkt er nicht, nicht mein Bruder. Er handelt da gerade irgendetwas aus. Er will nicht gestört werden. Ich weiß, wie mein Bruder vorgeht; er hat uns hier reingeschickt, damit wir hier bleiben.»

«Also, wirklich, Pop. Was du dir alles ausdenkst.» Aber ich wollte nicht ohne ihn da reingehen. Ich sah mich im Schlafzimmer nach etwas zum Lesen um. Es war nichts da, nicht einmal eine Zeitung, nur eine billig glänzende kleine Broschüre über das Hotel. Ich überlegte, wann wir wohl eine Gelegenheit hätten, nach dem Buch über Vermeer zu gucken, und worüber die Männer im Nebenzimmer wohl sprachen. Ich überlegte, warum Onkel Quin wohl so klein war, wenn mein Vater doch so groß war. Wenn ich mich aus dem Fenster lehnte, konnte ich Taxis sehen, die wie aufgezogene Spielzeugautos herumfuhren.

Mein Vater kam und stellte sich neben mich. «Lehn dich nicht zu weit raus.»

Ich schob mich noch ein paar Zentimeter weiter raus und atmete eine große Portion von der hohen kalten Luft ein, die mit den fernen Straßengeräuschen gewürzt war. «Guck mal, das grüne Taxi, das dem gelben den Weg abschneidet», sagte ich. «Dürfen die auf dieser Straße wenden?»

«In New York ist das okay. Das Überleben des Tüchtigsten ist hier das einzige Gesetz.»

«Ist das da drüben das Chrysler Building?»

«Ja, und ist es nicht elegant? Ich muss immer an die Dame auf dem Schachbrett denken.»

«Und das daneben, was ist das?»

«Ich weiß nicht. Irgendein Riesengrabstein. Das Gebäude weit dahinten, von diesem Fenster aus, ist das Woolworth Building. Jahrelang war es das höchste Gebäude der Welt.»

Während wir nebeneinander am Fenster standen und sprachen, war ich überrascht, dass mein Vater so viele meiner Fragen beantworten konnte. Als junger Mann, ehe ich geboren wurde, war er auf der Suche nach Arbeit herumgereist, und für *ihn* war dies nicht die erste Fahrt nach New York. Beschwingt von meinem neuen Respekt, hätte ich gern etwas gesagt, um dieses stille, geschlagene Gesicht neu zu formen.

«Glaubst du wirklich, er hat gewollt, dass wir hier drinnen bleiben?»

«Quin ist ein Tatmensch», sagte er und sah über meinen Kopf hinweg. «Ich bewundere ihn. Von klein auf hat er alles, was er wollte, beharrlich verfolgt. Zack. Peng. Mit seinen Gedanken ist er mir Meilen voraus – genau wie deine Mutter. Du siehst förmlich, wie sie dir vorauseilen.» Er bewegte beide Hände, die Handflächen nach unten, wie zwei Taxis, von denen das linke schnell an dem rechten vorbeizog. «Du bist auch so.»

«Gut, gut.» Meine Ungeduld war nicht nur Verlegenheit darüber, dass ich gerühmt wurde; mich ärgerte, dass er Onkel Quin für so klug hielt wie mich. In der damaligen Phase meines Lebens war ich überzeugt, dass nur dumme Leute sich für Geld interessierten.

Als Onkel Quin schließlich ins Schlafzimmer kam, sagte er: «Martin, ich hatte gehofft, ihr würdet rauskommen, du und der Junge, und euch zu uns setzen.»

«Verdammt, ich wollte nicht reinplatzen. Du hattest eine geschäftliche Besprechung mit diesen Männern.»

«Lucas und Roebuck und ich? Also, Marty, es war nichts, was mein eigener Bruder nicht hätte hören dürfen. Nur eine kleinere Sache der Abstimmung. Beide sind vornehme Männer. Sehr bedeutend auf ihren Spezialgebieten. Ich finde es schade, dass ihr sie nicht ein bisschen mehr kennen gelernt habt. Glaub mir, ich hatte nicht im Sinn, euch hier drinnen zu verstecken. Na, und was möchtet ihr gern trinken?»

«Mir ist alles recht. Ich trinke nur noch sehr wenig.»

«Scotch mit Wasser, Marty?»

«Toll.»

«Und der Junge? Wie wär's mit einem Ginger Ale, junger Mann? Oder lieber Milch?»

«Ginger Ale», sagte ich.

«Es hat Zeiten gegeben, verstehst du, da konnte dein Vater glatt zwei Männer unter den Tisch trinken.»

Soweit ich mich erinnere, brachte ein Kellner die Drinks in den Raum, und während wir tranken, fragte ich, ob wir den ganzen Nachmittag in diesem Zimmer verbringen würden. Onkel Quin schien nichts gehört zu haben, aber fünf Minuten darauf meinte er, der Junge würde vielleicht gern etwas von der Stadt sehen – Gotham nannte er die Stadt, Bagdad an der Untergrundbahn. Mein Vater sagte, das wäre etwas Besonderes, woran sich das Kind sein Leben lang erinnern würde. Er nannte mich immer «das Kind», wenn ich krank war oder etwas verloren hatte oder wütend war – kurz, wenn ich ihm leid tat. Zu dritt fuhren wir im Fahrstuhl nach unten und nahmen ein Taxi, mit dem wir den Broadway runter fuhren oder rauf, ich wusste es nicht genau. «Das hier ist, was sie den Great White Way nennen», sagte Onkel Quin mehrere Male. Und einmal entschuldigte er sich: «Bei Tag ist es einfach eine Straße wie jede andere.» Die Fahrt diente offenbar nicht so sehr dem Sightseeing, vielmehr brachte sie Onkel Quin zum Pickernut Club, einem kleinen Restaurant in einem Block, wo es lauter ähnliche Lokale mit Markisen über dem Eingang gab. Ich erinnere mich, dass wir ein paar Stufen hinuntergingen und dass es drinnen dunkel war. Ein Klavier spielte «There's a Small Hotel».

«Aber das soll er doch nicht», sagte Onkel Quin. Dann winkte er dem Mann am Klavier zu. «Wie geht's dir, Freddie? Wie geht's den Kindern?»

«Gut, Mr. August, gut», sagte Freddie, wobei er lächelnd den Kopf auf und ab bewegte, ohne einen Ton zu verfehlen.

«Das ist Quins Song», sagte mein Vater zu mir, während wir uns auf eine glatte, halbkreisförmige Bank an einem runden Tisch schoben.

Ich sagte nichts, aber Onkel Quin, der etwas Missbilligendes aus meinem Schweigen heraushörte, sagte: «Freddie ist ein erstklassiger Mann. Er hat einen Sohn, der diesen Herbst bei Colgate anfängt.»

Ich fragte: «Ist das wirklich dein Song?»

Onkel Quin grinste und legte seine warme breite Hand auf meine Schulter; ich konnte es in dem Alter, in dem ich war, nicht ausstehen, wenn man mich berührte. «Ich lasse sie in dem Glauben, dass es so ist», sagte er mit einem seltsamen Schnurren. «Songs sind für mich wie junge Mädchen. Alle sind hübsch.»

Ein Kellner in rotem Rock trippelte herbei. «Mr. August! Aus dem Westen zurück? Wie geht es Ihnen, Mr. August?»

«Es geht, Jerome, es geht. Jerome, das ist mein jüngerer Bruder Martin.»

«Wie geht es Ihnen, Mr. Martin. Sind Sie zu Besuch in New York? Oder leben Sie hier?»

Mein Vater schüttelte Jerome sogleich die Hand – ein wenig zu Jeromes Verwunderung. «Danke, ich bin nur für den Nachmittag hier. Ich lebe in einem Kaff in Pennsylvania, von dem Sie noch nie gehört haben.

«Ich verstehe, Sir. Ein kurzer Besuch.»

«Es ist das erste Mal seit sechs Jahren, dass ich die Gelegenheit habe, meinen Bruder zu sehen.»

«Ja, in den letzten Jahren haben wir ziemlich wenig von ihm zu sehen bekommen. Er ist ein Mann, den wir gar nicht oft genug sehen können, stimmt's?»

Onkel Quin unterbrach: «Das ist mein Neffe Jay.»

«Wie gefällt dir die große Stadt, Jay?»

«Gut.» Ich wiederholte nicht den Fehler meines Vaters, ihm die Hand hinzustrecken.

«Also, Jerome», sagte Onkel Quin, «mein Bruder und ich hätten gern einen Scotch on the rocks. Der Junge hätte gern ein Ginger Ale.»

«Nein, warte», sagte ich. «Was für Sorten Eiskrem haben Sie?»

**237**

«Vanille und Schokolade, Sir.»

Ich zögerte. Ich konnte es kaum glauben, wo doch der billige Drugstore bei uns zu Hause fünfzehn Sorten hatte.

«Ich fürchte, das ist keine sehr große Auswahl», sagte Jerome.

«Ich glaube, Vanille.»

«Jawohl, Sir. Eine Portion Vanille-Eiskrem.»

Als meine Eiskrem kam, war es ein Golfball in einem flachen Silberschälchen; sie drehte sich dauernd weg, wenn ich meinen Löffel hineinstecken wollte. Onkel Quin sah mir zu und fragte: «Gibt es etwas Bestimmtes, was Jay gern machen würde?»

«Das Kind würde gern in einen Buchladen gehen», sagte mein Vater.

«Einen Buchladen? Was für ein Buch, Jay?»

Ich sagte: «Ich würde gern nach einem guten Buch über Vermeer gucken.»

«Vermeer», wiederholte Onkel Quin langsam, wobei er die r genüsslich betonte und so tat, als dächte er angelegentlich darüber nach. «Niederländische Schule.»

«Er ist Holländer, ja.»

«Für meinen Geschmack, Jay, sind die Franzosen unschlagbar. Wir haben vier Balletttänzerinnen von Degas in unserem Wohnzimmer in Chicago, und ich könnte stundenlang dasitzen und eine davon ansehen. Dieses Gefühl für Balance, das der Mann hatte – ich finde es wunderbar.»

«Jaja, aber erinnern dich die Gemälde von Degas nicht immer an kolorierte Zeichnungen? Wenn es ums wirkliche *Sehen* von Dingen im malerischen Sinne geht, um das luzide Auge, dann lässt Vermeer, finde ich, Degas arm aussehen.»

Onkel Quin sagte nichts, und mein Vater sagte nach einem besorgten Blick über den Tisch hin: «So reden er und seine Mutter dauernd. Das geht alles über meinen Horizont. Ich kapiere nichts von dem, was sie sagen.»

«Deine Mutter ermuntert dich also, Jay, dass du Maler wirst?» Onkel Quins Lächeln war sehr breit, und seine Wangen waren aufgeblasen, als hätte er in jeder einen Bonbon.

«Sicher, ich nehme an, das tut sie.»

«Deine Mutter, Jay, ist eine ganz wunderbare Frau», sagte Onkel Quin.

Das war eine so genierliche Bemerkung, und so viel hing davon ab, wie man das «wunderbar» definierte, dass ich mich auf meine Eiskrem konzentrierte und mein Vater Onkel Quin nach Edna, seiner eigenen Frau, fragte. Als wir aufbrachen, unterschrieb Onkel Quin die Rechnung mit seinem Namen und dem Namen einer Firma. Es war kurz vor fünf Uhr.

Mein Onkel wusste nicht genau, wo es in New York Buchläden gab – die letzten zwanzig Jahre hatte er in Chicago gelebt –, aber er meinte, wenn wir zur Forty-second Street/Ecke Sixth Avenue gingen, müssten wir etwas finden. Der Taxifahrer ließ uns an einem Park aussteigen, der so etwas wie ein nach hinten heraus gelegener Garten der Public Library war. Er sah so einladend aus, so angenehm staubig, mit den Tauben und den auf Bänken schlummernden Männern und den Büromädchen in ihren adretten Sommerkleidern, dass ich, ohne nachzudenken, hineinging, den beiden Männern voran. Schimmernde Gebäude schossen wie Pfeile nach oben und glitzerten durch die Baumkronen. Das war New York, sagte ich mir: die Silberstadt. Türme von Ehrgeiz erhoben sich in mir, kristallklar. «Wenn du hier stehst», sagte mein Vater, «kannst du das Empire State Building sehen.» Ich ging hin und stellte mich unter den Arm meines Vaters und folgte mit den Augen der Richtung, in die er wies. Etwas Scharfes und Hartes fiel mir in mein rechtes Auge. Ich zog den Kopf ein und blinzelte; es tat weh.

«Was ist passiert?», fragte Onkel Quins Stimme.

Mein Vater sagte: «Das arme Kind hat was ins Auge gekriegt. Er hat ein Pech in der Beziehung wie kein anderer, den ich kenne.»

Das Ding schien lebendig zu sein. Es stach. «Au!», sagte ich, so wütend, dass ich beinahe geweint hätte.

«Wenn wir ihn aus der Zugluft hier rauskriegen», sagte die Stimme meines Vaters, «sehe ich es vielleicht.»

«Komm, Marty, jetzt gebrauch deinen Verstand. Nie an Augen oder Ohren rummachen. Das Hotel ist zwei Blocks von hier entfernt. Kannst du zwei Blocks gehen, Jay?»

«Ich bin blind, nicht lahm», schnappte ich.

«Er ist ganz schön schlagfertig», sagte Onkel Quin.

Mein Auge mit der Hand abschirmend, ging ich zwischen den beiden Männern zum Hotel. Hin und wieder nahm einer von ihnen meine andere Hand oder legte seine Hand auf meine Schulter, aber dann ging ich schneller, und die Hände fielen von mir ab. Ich hoffte, wir würden nicht zu viel Aufsehen erregen, wenn wir die Hotelhalle betraten; ich nahm die Hand von meinem Auge und ging aufrecht, trotzte dem Impuls, den Kopf zu senken. Abgesehen davon, dass mein eines Augenlid geschlossen und mein Gesicht womöglich gerötet war, sah ich, so stellte ich mir vor, einigermaßen ansprechend aus. Doch meine Beschützer verloren keine Zeit, mich zu verraten. Nicht nur dass sie mir auf den Fersen folgten, als könnte ich jeden Moment umfallen, mein Vater erzählte auch noch einem alten Nichtstuer, der in der Halle saß: «Das arme Kind hat was ins Auge gekriegt», und Onkel Quin rief, als er am Empfang vorbeiging: «Schicken Sie einen Arzt auf Zimmer zwanzig-elf.»

«Das hättest du nicht tun sollen, Quin», sagte mein Vater im Fahrstuhl. «Ich kriege das schon raus, jetzt, wo er aus der Zugluft raus ist. Das passiert dem Kind dauernd. Die Augen stehen ihm zu weit aus dem Kopf.»

«Nie an den Augen rummachen, Martin. Sie sind dein kostbarstes Werkzeug im Leben.»

«Es wird schon rausgehen», sagte ich, obwohl ich das nicht glaubte. Es fühlte sich an wie ein tief eingeklemmter Stahlsplitter.

Oben im Zimmer bestand Onkel Quin darauf, dass ich mich aufs Bett legte. Mein Vater kam, mit einem zusammengedrückten Taschentuch in der Hand, von dem ein Zipfel rausguckte, zu mir, aber es tat so weh, das Auge aufzumachen, dass ich ihn zurückstieß. «Quäl mich nicht», sagte ich und drehte mein Gesicht weg. «Wozu soll das gut sein? Der Arzt ist bestimmt gleich da.»

Bedauernd schob mein Vater das Taschentuch wieder in die Hosentasche.

Der Arzt war ein behutsamer Mann, der nicht viele Worte machte; er tat nicht so, als wäre er der Hausarzt. Er rollte mein oberes Augenlid auf ein dünnes Stäbchen, tupfte es mit einem Q-Tip ab und zeigte mir, auf dem Ende des Q-Tips, eine Augenwimper. Meine eigene Augenwimper. Er tropfte drei Tropfen einer gelben Flüssigkeit in das Auge, um der Gefahr einer Infektion vorzubeugen. Die Flüssigkeit brannte, und ich schloss die Augen, legte mich aufs Kopfkissen zurück, froh, dass es überstanden war. Als ich die Augen öffnete, schob mein Vater einen Geldschein in die Hand des Arztes. Der Arzt dankte ihm, zwinkerte mir zu und ging. Onkel Quin kam aus dem Bad.

«Na, junger Mann, wie fühlst du dich jetzt?», fragte er.

«Gut.»

«Es war nur eine Wimper», sagte mein Vater.

«*Nur* eine Wimper! Oh, ich weiß, wie eine Augenwimper sich da drinnen anfühlen kann, wie eine Rasierklinge. Aber da der junge Invalide jetzt wiederhergestellt ist, können wir ans Abendessen denken.»

«Nein, ich weiß deine Freundlichkeit wirklich zu schätzen, Quin, aber wir müssen zurück, in unsere Provinz. Ich habe um acht Uhr eine Sitzung, die ich nicht versäumen sollte.»

«Das tut mir aber außerordentlich Leid, Marty. Was für eine Sitzung?»

«Vom Kirchengemeinderat.»

«Dann arbeitest du also immer noch in der Kirche mit? Gott segne dich dafür.»

«Grace hat mich gebeten, dich zu fragen, ob du nicht vielleicht einen dieser Tage rüberkommen könntest. Wir bringen dich für die Nacht unter. Es würde Grace eine wirkliche Freude sein, dich wieder zu sehen.»

Onkel Quin reckte sich und legte seinem jüngeren Bruder den Arm um die Schultern. «Martin, nichts in der Welt würde ich lieber tun. Aber ich habe eine Verabredung nach der andern, und diesen Donnerstag muss ich eilig westwärts. Die gönnen mir keine Minute Erholung. Nichts läge mir mehr am Herzen, als einen ruhigen Tag mit dir und Grace bei euch zu Hause zu verbringen. Bitte, grüße sie sehr herzlich von mir und sage ihr, was für ein wunderbarer Junge das ist, den sie da großzieht. Den ihr beide großzieht.»

Mein Vater versprach: «Das werde ich tun.» Und nach ein bisschen weiterem Getue brachen wir auf.

«Geht's dem Kleinen besser?», rief der alte Mann in der Halle zu uns herüber, als wir auf dem Weg nach draußen waren.

«Es war nur eine Wimper, vielen Dank, Sir», sagte mein Vater.

Als wir nach draußen kamen, überlegte ich, ob wohl noch irgendwelche Buchhandlungen offen waren.

«Wir haben kein Geld.»

«Gar nichts?»

«Der Arzt hat fünf Dollar berechnet. Das kostet es in New York, wenn du was ins Auge kriegst.»

«Ich hab's ja nicht mit Absicht getan. Denkst du, ich hätte mir eine Wimper ausgezogen und sie mir selber ins Auge gesteckt? *Ich* habe dich nicht gebeten, den Arzt zu rufen.»

«Das weiß ich.»

«Können wir nicht einfach in eine Buchhandlung gehen und uns einen Augenblick umgucken?»

«Wir haben keine Zeit, Jay.»

Aber als wir zur Pennsylvania Station kamen, waren es noch über dreißig Minuten, bis der nächste Zug fuhr. Wir setzten uns auf eine Bank, und mein Vater lächelte versonnen. «Junge, ist der raffiniert, nicht? Mit seinen Gedanken ist er mir um sechzig Lichtjahre voraus.»

«Wer? Wessen Gedanken?»

«Mein Bruder. Hast du bemerkt, wie er sich im Bad versteckt hat, bis der Arzt gegangen war? So macht man Geld. Der Reiche sammelt Dollarnoten, wie der Briefmarkensammler Marken sammelt. Ich habe gewusst, dass er es so machen würde. Ich wusste es, als er dem Mann am Empfang gesagt hat, er solle einen Arzt raufschicken. Ich wusste, dass ich es bezahlen müsste.»

«Aber warum sollte *er* es bezahlen? *Du* warst derjenige, der es bezahlen musste.»

«Das stimmt. Warum sollte er?» Mein Vater lehnte sich zurück und blickte vor sich hin, die Hände über Kreuz und schlaff auf seinem Schoß. Die Haut unter seinem Kinn hing lose herunter, seine Schläfen sahen aus, als wären sie eingedellt. Der Alkohol bekam ihm wahrscheinlich nicht. «Das ist der Grund, weshalb er jetzt da ist, wo er ist, und weshalb ich da bin, wo ich bin.»

Der Keim meines Zorns war das Verlangen, ihn daran zu erinnern, wer er war, ihn zu schelten und rauszuholen aus dem Gefühl, dass er alt und müde war. «Aber warum hast du auch nur fünf Dollar mitgenommen? Du hättest wissen können, dass irgendwas passiert.»

«Du hast Recht, Jay. Ich hätte mehr mitnehmen sollen.»

«Guck mal. Da drüben ist ein offener Buchladen. Hättest du *zehn* Dollar mitgenommen, dann –»

«Ist er offen? Ich glaube nicht. Sie haben nur die Schaufensterbeleuchtung angelassen.»

«Und wenn, was soll's? Uns kann's egal sein. Außerdem, was für ein Kunstbuch kriegst du schon für fünf Dollar? Farbtafeln kosten Geld. Was glaubst du, wie viel ein anständiges Buch über Vermeer kostet? Es wäre noch billig für fünfzehn Dollar, selbst wenn es ein antiquarisches Buch ist, alle Seiten dreckig und voller Kaffeeflecken.» Ich redete weiter, ich drosch schrill auf die passive, erbitternde Gestalt meines Vaters ein, bis wir die Stadt verließen. Im Zug, auf der Heimfahrt, hörte mein Wutanfall auf; er war ein Ritual gewesen, für uns beide, und mein Vater hatte meine Schreie willfährig über sich ergehen lassen und beifällig genickt, wie eine Hebamme, die Beistand leistet bei der Geburt von Familienstolz. Jahre vergingen, bis es sich ergab, dass ich wieder nach New York musste.

## Das Gepfeif des Jungen

Es konnte kaum besser sein: In drei Wochen war Weihnachten, Roy arbeitete jeden Tag bis zum späten Abend und verdoppelte sein Gehalt durch Überstunden, und heute Abend regnete es. Regen war Roys Lieblingswetter, und er fühlte sich nie zufriedener, nie geborgener, als wenn er spätabends im zweiten Stock des Herlihy-Gebäudes in seinem überheizten kleinen Zimmer saß, die Verkaufsräume sich dunkel und ausgestorben unter ihm erstreckten, das Radio dudelte, Regen aufs schwarze Oberlicht trommelte und eine halbe Meile entfernt im Güterbahnhof an der Fourth Street die Lokomotiven rangierten.

Das einzig Störende war das Gepfeif des Jungen. Zehn Monate im Jahr besorgte Roy die Dekorationsabteilung allein. Wenn er zu viele Preisschilder auf einmal zu machen hatte, lieh Shipping ihm einen Lehrling zur Hilfe aus. Aber Anfang November stellte Simmons, der Geschäftsführer, regelmäßig einen Jungen von der Highschool ein, der unter der Woche jeden Abend kam und samstags für den ganzen Tag. In diesem Jahr hieß der Aushilfsjunge Jack, und er pfiff. Er pfiff in einem fort.

Jack stand an der Handpresse, druckte Preisschilder und intonierte dabei «Summertime». Er schien der Ansicht zu sein, dass die Melodie eines kühlen, zurückhaltenden Vortrags bedürfe, und Roy war ihm dankbar dafür; er wollte gerade mit dem großen Schild für die Spielwarenabteilung beginnen, und er wollte es gut machen. Obschon die übliche Grotesk oder die halbfette Antiqua es auch getan hätten, wollte er es diesmal mit altenglischen Versalien versuchen. Ausschließlich zu seinem Privatvergnügen wollte er das; niemand würde diese Extraleistung zu würdigen wissen, am wenigsten Simmons. Auf einer Sperrholzplatte, anderthalb Zentimeter dick, fünfundvierzig

Zentimeter hoch, drei Meter dreißig breit und mit gebrochenem Weiß grundiert, zog Roy die Begrenzungslinien und skizzierte mit Bleistift die Buchstaben, um sich den Platz einzuteilen. Er zündete sich eine Zigarette an, tat ein paar paffende Züge, ohne zu inhalieren, und legte die Zigarette dann auf der Kante des Arbeitstisches ab. Sein Zeichenbrett war mit Scharnieren am zweiten von vier Borden befestigt; zum Arbeiten heruntergeklappt, ruhte es in einem Winkel von dreißig Grad auf der hüfthohen Tischkante und ragte ein Stückchen darüber hinaus. Wenn es nicht gebraucht wurde, sollte es eigentlich in eine Ösenschraube am obersten Bord eingehakt werden, aber die Schraube hatte sich in dem weichen Kiefernholz nicht gehalten, und das Brett hing immer herunter. Dadurch wurde das unterste Bord zur Hälfte verdeckt und war zum Schlupfwinkel für leere Farbdosen, vergessene Notizzettel, steinharte Pinsel und Reste von Holzfaserplatten geworden. Auf dem zweiten Bord standen, in Regenbogenfolge, die Dosen mit den Plakatfarben. Auf dem dritten Bord wurden Gläser mit Nägeln verwahrt, Schachteln mit Reißzwecken und Heftklammern, zwei Drahthefter (einer kaputt), farbige Tinten (eingetrocknet), Federhalter in einem Kaffeebecher, Federn in einer Zigarrenkiste, Pinsel in einem Bierhumpen, drei Hämmer, zwei Metallstäbe, mit denen man die Arme von Schaufensterpuppen abstützen konnte, und eine Stichsäge ohne Sägeblatt; dies alles war aber nicht so wohlgeordnet wie die Plakatfarben. Der weite Raum zwischen dem vierten Bord und der Zimmerdecke war kunterbunt voll gestopft mit verstaubten ausgedienten Requisiten: Papp-Indianern, Knallbonbons, Rentieren, Wolken, Dollarschildern. Auch an der Wand links von Roy stiegen Borde hoch, auf denen es, je höher sie waren, immer unordentlicher zuging, und rechts, ein Stück weiter weg, waren der Junge, die Handpresse und die Tür. Hinter ihm befanden sich die Elektrowerkzeuge, ein paar Bretter und, im dunkelsten Winkel des Raums, der Wandschrank mit den Schaufensterpuppen. Obwohl Roy einen hochbeinigen Schemel hatte, stand er lieber am Zeichenbrett. Er entschied sich für einen abgeschrägten Neuner-Pinsel und die Plakatfarbe Himmelblau. Er warf einen Blick in das Schriftmusterbuch, das bei «Altenglisch» aufgeschlagen war. Er vergewisserte sich, dass der Zerstäuber mit dem Silberstaub griffbereit stand.

Dann tauchte er, ohne zu zögern, den Pinsel ein und setzte ihn auf der Holzplatte an. Den großen Halbmond des *T* vollendete er ohne Zittern. Der breite Bogen, den er darüber legte, besaß genau den richtigen eleganten, von links nach rechts führenden Abwärtsschwung. Mit einem Zweier-Pinsel fügte er die Haarstriche hinzu. Rasch sprühte er Silberstaub auf den feuchten Buchstaben, blies das lose Zeug weg und trat befriedigt einen Schritt zurück.

Im Geist knallte er eine Tür zu zwischen sich und Jacks beharrlicher Interpretation von «Lady Be Good». Er spülte den Pinsel in einem Glas mit Wasser aus und machte sich ans *O*, mit Dunkelgelb. Er war nicht sicher, ob das Gelb sich genügend vom weißen Untergrund abheben würde, aber es tat's, besonders als der Silberstaub dazukam.

Jack wechselte zu «After You've Gone», laut und mit dem Fuß den Takt klopfend. Er schwang sich zu solchen Trompetentönen empor, dass Roy, der gerade dabei war, den Haarstrich beim *Y* zu ziehen, Angst bekam, seine Hand könnte zittern; er drehte sich um und starrte durchdringend auf Jacks Wirbelsäule. Der Effekt war gleich null. Jack war groß, ungefähr fünfzehn Zentimeter größer als Roy, und dünn. Sein Hals, nicht dicker als ein Arm, verlor sich in einem Muff ungeschnittenen Haars. Der Junge trommelte mit zwei Holzlettern auf den Tisch, lehnte sich zurück und ließ vier gewaltige jubilierende Triller steigen.

«Hey, Jack!», rief Roy.

Der Junge drehte sich um. «Ja?» Er sah erschrocken aus, wie ertappt. Eigentlich war er nett, keiner von diesen Flegeln.

«Wie wär's mit 'ner Coke?»

«Toll. Wenn Sie eine mittrinken.»

Roy wollte nichts trinken, er wollte Ruhe. Aber er hatte sich in eine Situation gebracht, in der ihm nichts anderes übrig blieb, als in den dunklen Flur hinauszugehen, zwei Zehncentstücke aus der Tasche zu kramen, sie in den Automaten zu stecken, zu warten, dass die kalten nassen Flaschen herunterrumpelten, und mit ihnen in die Dekorationsabteilung zurückzukehren. Als er Jack die eine Flasche gab, hielt der ihm ein Fünfcentstück und fünf einzelne Pennys hin. «Behalt dein Geld», sagte Roy. «Kauf dir ein Saxophon dafür.»

Jacks freundliches, ahnungsloses Gesicht ließ erkennen, dass die Anspielung zu subtil für ihn gewesen war.

«Mögen Sie 'n paar Erdnüsse?», fragte er und zeigte zu einer tintenverschmierten Dose hin, auf der Planters stand.

Roy fühlte das kühle Gewicht der Flasche in der Hand und fand, Salznüsse seien jetzt gerade das Richtige. Er nahm sich eine gute Hand voll, merkte dann, dass die Dose fast leer war, und tat ein paar Nüsse zurück. Der Junge sah ihm zu, wie er sich eine nach der andern in den Mund schob, und hoffte sichtlich auf eine Unterhaltung. Roy wies mit locker geballter Hand auf das Bündel von Bestellzetteln auf der Spindel. «Wird 'n langer Abend werden.»

«Die schaff ich heut Abend aber nicht alle.»

Das stimmte, Roy wusste das, aber wenn er es zugab, würde das den Jungen womöglich zum Trödeln verleiten. Ohne ein weiteres Wort wandte er sich wieder seinem Schild zu. Er führte die Feinstriche am *Y* zu Ende und zog mit einer ununterbrochenen, langsamen, genussvollen Bewegung seines Arms die Unterlänge. Dann der Silberstaub.

Er wusch beide Pinsel aus, öffnete die Dose mit dem Etikett «Karmesin» und betrachtete dabei seine Hände. Sie waren eckig und glatthäutig, mit elegant manikürten Nägeln und von makelloser Reinheit, aber nicht etwa so weiß, dass sie im Kontrast zu den sauberen Manschetten nicht schmeichelhaft braun gewirkt hätten. Die Manschetten waren akkurat umgeschlagen, zweimal, und gestärkt, etwa so steif wie dünne Pappe, und kerbten sich leicht in seine Unterarme, was ihm ein angenehmes verpacktes Gefühl gab. Gut, dass er den Jungen nicht angeschnauzt hatte. So sah eben dessen Abendfriede aus: pfeifen, mit Lettern spielen, die grobe Schürze schön fest um sich fühlen, auf dem Tisch neben sich die Dose mit den gesalzenen Erdnüssen und die Packung Philip Morris und im Kopf Gott weiß nicht was. Der Junge rauchte unablässig. Als Roy ihn einmal gefragt hatte, ob er nicht ein bisschen viel rauche, hatte Jack gesagt, nein, er rauche sonst nie, nur hier, und genau darum ging's ja, aber Roy ließ es dabei bewenden. Schließlich war er nicht der Vater.

Roy begann mit dem *L*. Jack mit «If I Could Be with You One Hour Tonight» – auf eine enervierende lässig-jazzige Art. Sollte sich wohl wie Coleman Hawkins anhören oder wie einer von den Boppern. Roy schaltete erbittert das Radio an, das im Regal stand. Es war ein altes Motorola; seine Röhren waren fast alle hinüber. Roy drehte es voll auf, aber es war einfach nicht laut genug, um das Gepfeif zu übertönen und an Jacks Ohr zu dringen. Der Junge pfiff weiter, er pfiff, als ob er ein Vogel hoch oben in einem Baum wär.

Roy war gerade mit dem *L* fertig. Da verstummte Jack plötzlich. Roy fürchtete schon, der Junge sei gekränkt, und machte das Radio aus. In der jähen Stille hörte er, was den Jungen tatsächlich zum Schweigen gebracht hatte: das Zuknallen der Fahrstuhltür und dann das Klicken hoher Absätze.

Mehr als eine Minute schien zu verstreichen, bis die Tür zur Dekorationsabteilung sich öffnete. Maureen stand da, in einem durchsichtigen Regenmantel, der über und über mit Tropfen beperlt war, ebenso wie ihr kurzes rotes Haar. Etwas Angriffslustiges ging von diesem nassen Haarschopf aus. Sie blinzelte in dem hellen fluoreszierenden Licht. «Es ist dunkel draußen», sagte sie. «Ich habe mich verlaufen.»

«Der Schalter ist gleich neben dem Fahrstuhl» – das war alles, was Roy einfiel.

Sie ging an der Handpresse vorbei, wo der Junge stand, blieb neben Roy stehen und sah sich das Schild an.

«‹Todl›?», fragte sie.

«‹Toyl›. Das ist ein Ypsilon.»

«Aber es ist oben doch geschlossen. Es sieht aus wie ein *D* mit Wackelschwanz.»

«Das ist gotische Schrift.»

«Na schön, wir wollen nicht streiten. Sicher liegt es an mir.»

«Wieso bist du hier? Was ist los?»

«Der Regen hat mich unruhig gemacht.»

«Du bist den ganzen Weg zu Fuß gegangen? Wer hat dich unten reingelassen?»

«Sind doch bloß sechs Blocks. Es macht mir nichts, durch den Regen zu laufen. Ich hab's gern.» Maureen hielt den Kopf schief und fingerte an ihrem Ohrring herum. «Der Nachtwächter hat mich reingelassen. Er hat gesagt: ‹Ich bring Sie dann mal gleich rauf, Mrs. Mays. Er wird sich freuen, wenn Sie kommen.

Er ist bestimmt furchtbar einsam, und Sie machen ihn jetzt glücklich.›»

«Orley hat dich reingelassen?»

«Ich hab nicht nach seinem Namen gefragt.» Sie nahm eine Zigarette aus Roys Päckchen.

«Zieh lieber den Regenmantel aus», sagte Roy. «Sonst erkältest du dich noch.»

Sie ließ den Mantel an sich herunterrutschen, drapierte ihn über die elektrische Stichsäge und stellte sich, die Beine so weit gespreizt, wie der enge Rock es zuließ, vor dem Regal auf und betrachtete rauchend das Gerümpel auf dem obersten Bord. Roy nahm das Orange herunter und begann mit dem $A$.

«Orange neben Rot», sagte sie. «Huuuh!»

«Bääh», knurrte er, aber ganz vorsichtig, damit seine Hand nicht wackelte.

«Was ist in den Kästen da?»

«Kästen?» Roy war auf sein $A$ konzentriert und hörte kaum, was sie sagte.

«*Da*, in den Kästen.»

Er setzte den Pinsel ab und wandte den Kopf, um zu sehen, worauf sie zeigte. «Lametta.»

«Lametta! Lieber Himmel, zwei, vier, sechs – *sechs* Riesenkisten Lametta! Was *machst* du damit? Schläfst du drauf? Verfütterst du's an Kühe?»

«Man kriegt Mengenrabatt.»

Sie stieß nachdenklich mit dem Fuß gegen eine der Kisten und setzte ihre Inspektion fort. Das letzte Mal, dass Maureen ihn im Herlihy's besucht hatte, war über drei Monate her; sie hatte ihn zum Essen abholen und mit ihm ins Kino gehen wollen. Damals war sie in einer ganz anderen Stimmung gewesen. «Schmeiß doch endlich mal diesen Krempel raus!», rief sie mit dumpf hallender Stimme aus den Tiefen des Wandschranks, wo die Schaufensterpuppen lagerten.

«Sei vorsichtig, die Dinger sind teuer.» Roy setzte zur kühnen schwungvollen Serife am *A* an.

Sie kam zurück. «Wofür ist *das* da?»

Er sprühte erst Silberstaub auf den trocknenden Buchstaben, bevor er sich umdrehte, um zu sehen, was sie meinte. «Das sind Tannenzweige.»

«Das seh ich selber. Ich meine, was *machst* du damit?»

«Na was wohl! Ich leg sie ins Schaufenster, mach Kränze draus. Wir haben Weihnachten, Herrgott nochmal.»

Er wandte ihr den Rücken und starrte auf sein Schild. Sie trat neben ihn. Er fing mit dem *N* an. Als er den Abwärtsstrich zog, berührte er sie mit dem Ellbogen, so nah stand sie.

«Wann kommst du nach Hause?», fragte sie leise; zum ersten Mal benahm sie sich so, als sei ihr bewusst, dass ein Dritter im Zimmer war.

«Wie spät ist es jetzt?»

«Kurz nach neun.»

«Ich glaube nicht, dass ich vor elf hier wegkomme. Ich muss dies Schild fertig machen.»

«Es ist doch fast fertig.»

«Ich muss das Schild fertig machen. Anschließend können wir's dann gleich aufhängen, der Junge und ich. Und außerdem gibt es noch andere Sachen zu erledigen. Es läppert sich. Ich versuch, es bis elf zu schaffen –»

«Roy, *wirklich*.»

«Ich versuch, es bis elf zu schaffen, aber ich kann's nicht garantieren. Tut mir leid, Schatz, aber Simmons sitzt mir im Nacken. Was soll's, immerhin bekomme ich fünfzig Prozent Zuschlag.»

Sie schwieg, und er führte die Serifen am *N* aus. «Dann ist es ja wohl sinnlos, dass ich weiter hier rumstehe und warte», sagte sie schließlich.

Das *N* sah fabelhaft aus. Das ganze Schild war überhaupt mehr als passabel. Er war ziemlich stolz auf sich, dass er sich von ihr nicht hatte aus dem Konzept bringen lassen.

«Also dann bis elf», sagte Maureen. «Ich bleibe so lange wach, wenn ich kann.» Sie zog ihren Regenmantel an.

«Warte, ich bringe dich runter.»

«Oh, bewahre!» Sie hob eine schmale, blasse, spöttische Hand. «Lass dich durch *mich* nicht aufhalten. Denk an deinen Zuschlag. Ich stolpere mich schon allein zurecht.»

Roy hielt es angesichts ihrer Stimmung für besser, sie gewähren zu lassen; weiß der Himmel, worauf sie aus war.

Er schickte ihr begütigende Blicke nach, als sie zur Tür ging. Sie wusste, dass er ihr nachsah; er merkte es daran, wie sie beim Gehen kess den Rücken durchdrückte. Als sie an Jacks Arbeitsplatz vorbeikam, blieb sie stehen und sagte: «Hallo! Was machen *Sie* denn noch so spät hier?»

Jack deutete mit den Augen auf die frisch gedruckten Schilder – *$ 1,50 pro Stück, $ 2,98 das Paar;* VORWEIHNACHTLICHER PANIKVERKAUF; *HERRENKRAWATTEN 100% Seide; Unaussprechliche in allen Größen ab 89 ¢.* «Die da drucken.»

«So viele? Und alle mit diesem kleinen Ding?» Sie stippte gegen die Presse. «Ganz voll Farbe!»

Sie hielt dem Jungen Zeige- und Mittelfinger hin; auf beiden war je ein blutroter Fleck, wie zwei Konfettiplättchen. Jack kramte verzweifelt nach einem sauberen Lappen. Das Einzige, was er ihr bieten konnte, war ein Zipfel seiner Schürze. «Danke Ihnen *viel*mals», sagte sie und wischte sich langsam, sorgfältig die Finger ab. An der Tür lächelte sie und sagte zu einem Punkt irgendwo in der Mitte zwischen ihrem Mann und dem Jungen: «Ta-ta allerseits.»

Roy beschloss, für den letzten Buchstaben, das *D*, wieder Himmelblau zu nehmen, wie fürs Anfangs-*T*. Das würde dem Ganzen etwas Abgerundetes geben. Während er den Buchstaben gestaltete, erst mit dem Neuner-Pinsel, dann mit dem Zweier, hatte er plötzlich das Gefühl, dass irgendetwas in seinem Zimmer nicht mehr stimmte; irgendetwas war aus dem Lot geraten. Und einen Teil seiner Aufmerksamkeit verwandte er darauf, die Ursache zu ergründen. Das war ein Fehler. Als Roy den Silberstaub aufgetragen hatte und einen Schritt zurücktrat, sah er, dass das *D* verpatzt war. Es war zu plump geraten, hatte nicht ganz die richtige Größe, stand zu nah am *N*. Niemand würde es merken, weder Simmons noch sonst jemand – wer achtete schon auf Schilder –, aber Roy wusste, dass er sein Werk verpfuscht hatte, und er wusste jetzt auch, warum. Der Junge hatte zu pfeifen aufgehört.

## Ace ist Trumpf

Als Ace in den Boulevard einbog, der geradenwegs nach Hause führte, knipste er das Radio an. Er brauchte das Radio, besonders heute. In den Sekunden, bis die Röhren warm wurden, sagte er laut, nur um eine menschliche Stimme zu hören: «Jungejunge. Die wird sich wundern.» Seine Stimme, so vertraut sie ihm auch war, ärgerte ihn; sie klang dünn und kratzig, als fingen die Knochen in seinem Kopf atmosphärische Störungen auf. In tieferem Ton fügte er hinzu: «Die bringt mich um.» Dann setzte das Radio ein, warm und voll, und er machte sich keine Gedanken mehr. Die Five Kings sangen «Blueberry Hill»; Ace hörte zu und fühlte sich innerlich so sicher, dass er sich aus dem Päckchen, das zwischen Autodach und Sonnenblende klemmte, eine Zigarette zupfte, sie sich an die Unterlippe klebte, mit einem Streichholz über die verrostete Stelle am Armaturenbrett ratschte, die Flamme an den instinktiven Punkt nahe der Nasenspitze hielt, zog und das Streichholz ausblies, alles im Takt mit der Musik. Er kurbelte das Fenster herunter und schnippte das Streichholz so hinaus, dass es sich überschlug und dann erst im Rinnstein landete. «Zwei Punkte», sagte er und kippte die Zigarette mit den Lippen nach oben, Richtung Autodach, tat einen kräftigen Zug und stieß den Rauch durch die Nasenlöcher aus. Langsam fing er an, wieder er selbst zu sein, Ace Anderson, zum ersten Mal an diesem Tag. Kein guter Tag, bislang. Er trat den Takt aufs Gaspedal. Der Wagen ruckte wie wild. «On Blueberry Hill», sang Ace, «my heart stood still. The wind in the willow tree» – Rot: er bremste – «played love's suu-weet melody –»

«Weiter, Alter, deine Lunge platzt gleich!», trompetete eine Jungenstimme. Sie kam aus einem zweiundfünfziger Pontiac, der neben Ace an der Ampel hielt. Das Profil des Fahrers – auch er ein Halbwüchsiger – ragte dunkel über der Schulter des anderen.

Ace sah hinüber und lächelte lässig, zog nur leicht den Mundwinkel hoch. «Schieb's dir doch einfach sonst wohin», sagte er gutmütig. Vor ein paar Jahren war er genauso alt gewesen wie die beiden da.

Aber der Junge, der irgendwie italienisch aussah, hob seine wulstige Oberlippe und spuckte aus dem Fenster. Die Spucke glitzerte auf dem Asphalt wie ein Fünfzigcentstück.

«Sauber!», sagte Ace, mit einem Auge auf die Ampel achtend. «Du mieser Spaghettifresser. *So* was von mies.»

Während der Junge noch auf einen smarten Gegenschlag sann, sprang die Ampel auf Grün. Ace gab so heftig Gas, dass es nach verbranntem Gummi roch. Im Rückspiegel sah er den Pontiac ein paar Meter vorwärts hoppeln und dann verrecken, mitten auf der Kreuzung.

Die Vorstellung, wie sie ihren dicken Blechpontiac abwürgten, hielt ihn während der ganzen Fahrt in guter Stimmung. Er beschloss, bei seiner Mutter vorbeizufahren und das Baby abzuholen, was er sonst immer Evey überließ. Seine Mutter hatte ihn offenbar kommen sehen. Sie trat auf die Veranda heraus, mit einem Plastiklöffel in der Hand, umweht von Kuchenduft.

«Du bist früh dran», sagte sie.

«Goldman hat mich gefeuert», sagte Ace.

«Gratuliere», sagte seine Mutter. «Ich habe immer gesagt, dass er dich nicht anständig behandelt.» Sie fingerte eine Zigarette aus der Schürzentasche und schob sie sich tief in den Mundwinkel: wie immer, wenn etwas zu ihrer Zufriedenheit ausgegangen war.

Ace gab ihr Feuer. «An und für sich war Goldman in Ordnung. Er verlangte bloß zu viel für sein Geld. Das tut diese Sorte immer. Samstags arbeiten, das seh ich ja noch ein, aber jeden Freitag bis elf, zwölf in der Nacht, das ging zu weit. Jeder hat ein Recht auf ein bisschen Freizeit.»

«Na, ich möchte ja nicht wissen, was Evey dazu sagt, aber was mich betrifft, ich danke meinem Schöpfer, dass du Grips genug gehabt hast, auszusteigen. Ich habe immer gesagt, dass dieser Job aussichtslos ist –, in jeder Beziehung, Freddy.»

«Wahrscheinlich hast du Recht», sagte Ace. «Aber ich wollte nicht aufgeben. Wegen der Familie.»

«Also, ich weiß, so was sagt man nicht, aber falls Evey – das ist jetzt ganz unter uns –, falls Evey meint, sie kann's besser, dann komm her, in deinem Elternhaus ist immer Platz für dich. Für dich *und* für Bonnie.» Sie kniff die Lippen zusammen. Er hörte förmlich, wie seine alte Dame dachte: *So, jetzt ist es heraus.*

«Sieh mal, Mom, Evey gibt sich irrsinnige Mühe, und ohnehin weißt du doch, dass sie nicht *so* arbeiten kann. Nicht dass *das* – ich meine, klar, sie ist auch realistisch ...» Er ließ den Rest des Gedankens zerflattern, denn drüben auf der anderen Straßenseite dribbelte ein Junge einen Basketball um einen Telegrafenmast, an den ein Spielbrett mit Korb genagelt war.

«Evey ist ein prächtiges Mädchen – auf ihre Art. Aber ich habe immer gesagt, und dein Vater stimmt mir da zu, dass Römisch-Katholische unter sich heiraten sollten. Ich weiß, ich wiederhole mich, aber wenn die in die besseren Kreise vordringen –»

«*Nein*, Mom.»

Sie runzelte die Stirn, schluckte ihren Ärger hinunter und sagte: «Du stehst heute in der Zeitung.»

Ace hatte keine Lust, darauf einzugehen. Er sah dem Jungen mit dem Basketball zu. Komisch, dachte er, der Witz ist doch, den Ball nach oben in die Luft zu kriegen, aber diese Kinder packen ihn immer von der Seite und drücken ihn dadurch runter. Kinder denken einfach nicht. Hoch mit dem Ding, *hoch*.

«Hast du gehört?», fragte seine Mutter.

«Ja, na und?», sagte Ace. Die Unterlippe seiner Mutter schob sich bedrohlich vor, und so wechselte er lieber das Thema. «Dann nehme ich jetzt wohl Bonnie mit.»

Seine Mutter ging ins Haus und kehrte mit seiner Tochter zurück. Sie war in eine blaue Decke gewickelt und sah duselig aus. «Den ganzen Tag hat sie rumgequengelt», beschwerte seine Mutter sich. «Ich hab zu deinem Vater gesagt: ‹Bonnie ist ja ein liebes kleines Mädchen, aber sie ist ganz unverkennbar die Tochter ihrer Mutter.› Du warst das friedlichste Kind von der Welt.»

«Ich *hatte* ja auch alles», sagte Ace ungeduldig. Seine Mutter blinzelte und widersprach nicht. Er ließ seine Zigarette säuberlich in einen braunen Blumentopf am Rand der Veranda fallen und nahm seine Tochter auf den Arm. Sie wurde immer schwerer, kompakter. Als er am Ende des Zementwegs angelangt war, stand seine Mutter immer noch auf der Veranda und winkte. Er war ihr so nah, dass er das Fett an ihrem Ellbogen wabbeln sehen konnte, und er wohnte genau eine Straßenecke weiter, aber sie stand da und winkte, als wollte er nach Japan.

Es kam ihm plötzlich albern vor, dies poplige Stückchen Weg mit dem Auto zu fahren. «Nehmt nie das Auto, wenn ihr zu Fuß gehn könnt», hatte Coach Behn seinen Jungs eingeschärft. Ace ließ den Zündschlüssel in der Tasche und lief den Gehweg entlang, und Bonnie juchzte und hopste an seiner Brust. Mit Getöse öffnete und schloss er die Tür zum Haus seiner Vermieterin, preschte die zwei Treppen hinauf zu seiner Wohnung und rang so heftig nach Atem, dass er mehrere Sekunden brauchte, bis er den Schlüssel im Schloss hatte.

Das Gehopse hatte Bonnie anscheinend auf Touren gebracht. Kaum lag sie in ihrem Gitterbett, schrie sie los und fuchtelte mit den Armen. Ace hatte keine Lust, mit ihr zu spielen. Er warf ihr ein paar Bauklötze und eine Klapper ins Bett, ging ins Bad, drehte den Warmwasserhahn auf und begann, sich zu kämmen. Er hielt den Kamm unter das Wasser und zog ihn sich durchs Haar, immer wieder, bis alles glatt nach vorn gekämmt war. Es war so lang, dass eine Strähne sich unter seiner Nase ringelte und ihn an der Lippe kitzelte. Mit einem einzigen Kopfrucken schwappte er den ganzen Schopf zurück. Er drückte die gebauschten Stellen über den Ohren glatt und fuhr mit dem Kamm auf beiden Seiten straff nach hinten. Mit den Fingern tastete er dann den kleinen Grat am Hinterkopf ab, da, wo die beiden Haarpartien zusammenstießen: saß tadellos. Zum Schluss zupfte er vorn gerade so viel herum, dass ihm eine kleine Tolle in die Stirn fiel, wie bei Alan Ladd. Die Schläfen wirkten dadurch nicht so hoch. Sein Haaransatz rutschte jeden Tag höher, fand er. Das war ihm allenthalben schon aufgefallen: Blonde Männer wurden anscheinend schneller kahl als andere. Aber er erinnerte sich, irgendwo mal gelesen zu haben, dass Kahlköpfigkeit ein Zeichen für Virilität ist.

Auf dem Weg zur Küche knipste er den Knopf links am Fernseher an. Bonnie war leichter zu bändigen, wenn der Kasten lief. Ace konnte sich nicht vorstellen, dass sie viel mitbekam, aber irgendwas schien der Apparat ihr zu bedeuten. Er fand eine Dose Bier im Kühlschrank hinter einem angefaulten Salatkopf und den Hotdogs, die Evey längst hatte heiß machen wollen, wozu es aber nie kam. Sie musste jeden Augenblick hier sein. Auf der Uhr war es zwölf nach fünf. Die wird sich wundern.

Ace sah nicht, was er anderes tun sollte, als ihr mit Vernunftargumenten zu kommen. «Evey», würde er sagen, «du solltest deinem Schöpfer danken, dass ich da raus bin. War doch ein aussichtsloser Fall, dieser Job.» Er hoffte, sie würde nicht zu sehr in Fahrt geraten, denn wenn sie in Fahrt war, fragte er sich immer, ob er sie überhaupt hätte heiraten sollen, und wenn er sich *das* fragte, kam er in Bedrängnis. Es war schlimm genug, dass seine Mutter ihn dauernd bedrängte. Er stanzte die beiden Dreiecke oben in die Bierdose, erst das kleine, dann das große, aus dem er trank. Hoffentlich würde Evey nichts sagen, das sich nicht vergessen ließ. Frauen schienen einfach nicht zu begreifen, dass es manches gibt, das man zwar weiß, aber nicht sagen sollte.

Es tat ihm leid, dass er den Jungen im Auto Spaghettifresser genannt hatte.

Ace stellte das Bier auf eine Ecke des Babybetts, wo zwei Gitterwände aneinander stießen, und suchte unter den Sesseln nach der Morgenzeitung. Es dauerte eine Weile, bis er seinen Namen gefunden hatte; er stand in der untersten Zeile einer Spalte auf einer innen versteckten Sportseite, in einem kleinen Artikel über den Punktestand beim County-Basketball:

«Dusty» Tremwick, Grosvenor Parks Centerspieler mit der souveränen Hand, kann in dieser Spielzeit die großartige Gesamtzahl von 376 Punkten für sich verbuchen. Damit hat er sich bis auf 18 Punkte dem Dauerrekord von 394 genähert, der in der Spielzeit 1949/50 von Fred Anderson, Olinger High, aufgestellt wurde.

Verärgert ließ Ace die Zeitung auf einen Sessel segeln. Auf einmal hieß er Fred Anderson; früher war er immer nur Ace gewesen, das große Ass. Er hasste es, wenn man ihn Fred nannte, noch dazu in der Zeitung, aber die Sportreporter waren alle eh bloß Laufburschen, hatte Coach Behn immer gesagt.

«Verlangen Sie nicht einfach Schuhcreme», sagte ein Mann im Fernsehen, «verlangen Sie *Emu-Hochglanz-Schuhcreme*, die *einzige* Pflege, die Ihnen die *Sicherheit* gibt, dass Ihre Schuhe neuer werden als neu.» Ace schaltete den Ton ab, sodass der Mann seinen Mund nur noch wie ein blasenblubbernder Fisch bewegte. Sofort brüllte Bonnie los. Ace drehte den Ton wieder auf, so laut, dass Bonnie nicht mehr zu hören war, und ging in die Küche, ohne zu wissen, warum. Hunger hatte er keinen; sein Magen war wie zugeschnürt. So ähnlich war's früher immer, kurz vor einem Spiel, wenn er allein im Dunkeln zur Sporthalle ging und die Leute aus der Stadt sah, Jungen mit ihren Eltern, die sich an den erleuchteten Türen drängten. Aber wenn er in den Umkleideraum trat, war es hell und warm dort, und die andern waren da und lachten und schlugen mit Handtüchern nacheinander, und die Beklemmung löste sich. Jetzt vergingen ganze Tage, ohne dass sie wich.

Ein Schlüssel rumorte im Schloss. Ace blieb in der Küche. Sollte sie doch zu ihm kommen. Ihre Absätze klapperten drei, vier Schritt über die Dielen, dann verstummte der Fernsehapparat. Bonnie fing an zu weinen. «Ruhe, Schätzchen», sagte Evey. Und es *war* Ruhe.

«Ich bin da!», rief Ace.

«Ach nein. Ich dachte, Bonnie hätte sich das Bier geholt.»

Ace lachte. Sie war sarkastisch aufgelegt, kam sich wie Lauren Bacall vor. Ihm war's recht, Hauptsache, sie blieb bei Laune. Lächelnd kam er ins Wohnzimmer geschlendert, und schon bekam er eins übergebraten: «Was hast *du* eigentlich zu grinsen? Noch eine Frage: Was hast du dir dabei gedacht, mit Bonnie durch die Straße zu rennen, als ob sie ein Football wär?»

«Du hast das gesehn?»

«Deine Mutter hat es mir gesagt.»

«Du hast mit ihr gesprochen?»

«Natürlich hab ich mit ihr gesprochen, ich wollte das Kind abholen. Was zum Teufel glaubst du – dass ich ihre Winzlingsgedanken lese?»

«Immer mit der Ruhe», sagte Ace und hätte gern gewusst, ob Mom ihr das mit Goldman erzählt hatte.

«Immer mit der Ruhe? Gib *mir* keine Ratschläge! Noch eine Frage: Warum steht das Auto vor ihrer Tür? Hast du es ihr geschenkt?»

«Mensch, ich hab's da geparkt, als ich Bonnie abholte, und ich hab gedacht, ich lass es da stehn.»

«Wieso?»

«Wieso, wieso! Ich hab's einfach getan. Ich hab gedacht, ich verschaff mir ein bisschen Bewegung. Ist ja nicht *so* weit, wie du weißt.»

«Nein, weiß ich *nicht*. Wenn du den ganzen Tag auf den Beinen gewesen wärst, würde es dir von einer Straßenecke zur nächsten verdammt weit vorkommen.»

«Okay. Tut mir leid.»

Sie hängte ihren Mantel auf, streifte die Schuhe ab und ging im Zimmer umher und sammelte heruntergefallene Sachen auf. Sie stopfte die Zeitung in den Papierkorb.

Ace sagte: «Mein Name steht heute in der Zeitung.»

«Haben sie ihn richtig geschrieben?» Sie stieß die Zeitung mit dem bestrumpften Fuß noch tiefer in den Papierkorb. Es gab keinen Zweifel: Sie wusste von der Sache mit Goldman.

«Sie haben ‹Fred› geschrieben.»

«Na und, so heißt du doch. Oder wie heißt du sonst, deiner Meinung nach? Held Supergroß?»

Darauf gab es keine Antwort, Ace versuchte es gar nicht erst. Er setzte sich mit einer Zigarette aufs Sofa und wartete.

Evey nahm Bonnie aus dem Gitterbett. «Das arme Wurm stinkt. Was macht deine Mutter mit ihr, schrubbt sie mit ihr die Toilette?»

«Reg dich doch nicht so auf. Ich weiß, dass du müde bist.»

«Kunststück. Ich bin immer müde.»

Evey und Bonnie verschwanden im Bad. Als sie wiederkamen, war Bonnie sauber und Evey ruhig. Sie setzte sich auf einen Sessel neben Ace und legte ihre bestrumpften Füße auf seine Knie. «Einen Zug», sagte sie und schnippte mit den Fingern nach der Zigarette.

Das Baby krabbelte zu ihrem Sessel und versuchte, sich dran hochzuziehen, um zu sehen, was Ace ihr gab. Evey beugte sich vor, berührte fast Bonnies Nase, und Rauch quoll zwischen ihren Zähnen hervor, als sie grinsend sagte: «Nur für Erwachsene, Schätzchen.»

«Eve», fing Ace an, «dieser Job war aussichtslos. Den ganzen Samstag arbeiten und dazu noch jeden Freitag bis in die Nacht.»

«Ich weiß. Das hat deine Mutter mir schon vorgebetet. Von dir will ich bloß noch wissen, was passiert ist.»

Sie wollte es also als guter Kumpel hinnehmen. Was *war* denn nun passiert – er überlegte. «Es war nicht meine Schuld», sagte er. «Goldman wollte, dass ich einen einundfünfziger Chevy rückwärts in die Reihe gleich vorn an der Church Street einparke. Er hat ihn heute Morgen erst von einem alten Knacker gekauft, der behauptete, der Wagen hätte höchstens zwanzigtausend drauf. Ich spring also rein und starte. Der Motor knatterte wie ein Maschinengewehr. Ich wollte Goldman schon sagen, er hätte sich 'ne frisierte Mühle zugelegt, aber du weißt ja, ich verkneif mir solche kiebigen Bemerkungen, seit Larry Palotta mich freigestellt hat.»

«*Die* Geschichte kenne ich. Wie geht diese weiter?»

«Mensch, Eve, ich bin ja *dabei*. Möchtest du, dass ich ein bisschen weggehe – ins Kino oder so?»

«Ganz wie's dir beliebt.»

«Also, ich spring in den Chevy und bugsiere ihn rückwärts in die Lücke, und auf einmal ist da so ein komisches Schrappen und Rumsen. Ich steige aus und seh nach, und Goldman kommt angerannt und macht *so* mit den Armen» – Ace ruderte wild mit beiden Armen und lachte –, «und da war bei einem neunundvierziger Merc der ganze hintere Kotflügel eingedetscht. Sah aus, als hätt einer 'nen großen Hobel genommen und die Ausbauchung dahinten wegrasiert.» Er versuchte, es ihr mit den Händen anschaulich zu machen. «Aber der Chevy hat nicht den kleinsten Kratzer abgekriegt. Er hat sogar noch ein bisschen Farbe dazubekommen. Aber Goldman, was *der* aufgestellt hat! Junge, die können vielleicht toben, wenn's denen an die Brieftasche geht! Er hat gesagt –» Ace lachte wieder. «Na, lassen wir das.»

Evey sagte: «Du bist stolz auf dich.»

«Nein, hör mal. Ich freu mich wahrhaftig nicht über die Geschichte. Aber ich konnte nicht das Geringste dafür. An meinem Fahren lag's *nicht*. Ich kuckte auf der andern Seite nach, und da waren keine zehn Zentimeter zwischen dem Chevy und einem Buick. *Niemand* hätte in dies Loch gekonnt. Auch nicht, wenn's Haare gehabt hätte.» Er fand das gut.

Sie nicht. «Du hättest aufpassen können.»

«Es war nicht genug *Platz*. Goldman sagte: Quetsch ihn rein. Ich *hab* ihn reingequetscht.»

«Aber du hättest dich vorher vergewissern und die andern Wagen verschieben können, dann hättest du Platz gehabt.»

«Ja, das wär wahrscheinlich schlau gewesen.»

«Ja, das scheint mir auch. Was jetzt?»

«Wieso, was meinst du?»

«Ich meine, was jetzt? Gehst du zurück zur Army? Zu deiner Mutter? Wirst du Basketballprofi? Oder was?»

«Ich bin nicht groß genug, das weißt du doch. Unter eins fünfundneunzig hat man keine Chance.»

«Was du nicht sagst – eins fünfundneunzig? Jetzt hör mir mal zu, du kümmerlicher Einsvierundneunzigkommaneun: Mir reicht es. Ich bin fertig mit dir. Von mir aus kannst du gehn, wohin du willst.» Sie drückte ihre Zigarette so heftig in dem Aschenbecher auf der Sessellehne aus, dass er herunterfiel und sein Inhalt sich über den Boden verstreute. Evey wurde rot und verstummte.

Das Schlimmste bei ihren Streitereien, fand Ace, war dies Schweigen, wenn Evey etwas so Hässliches gesagt hatte, dass es ihr selber leidtat.

«Da frag mal lieber erst den Priester», brummelte er.

Sie setzte sich kerzengerade auf und riss die Füße von seinen Knien. «Die Priester überlässt du gefälligst mir. Die sind meine Sache. Von denen verstehst du einen Dreck. Einen Dreck.»

«He, sieh dir Bonnie an», sagte er, so unbefangen er nur konnte.

Evey hörte ihn gar nicht. «Wenn du glaubst, Mr. Fred», redete sie weiter, «wenn du auch nur einen einzigen mickrigen Augenblick lang glaubst, dass du mit deinen Kraftmeiereien das A und O meines Lebens bist –»

«Nun kuck doch, du Rabenmutter», sagte Ace beschwörend und zeigte auf Bonnie. Das Kind hatte den kupfernen Aschenbecher aufgehoben und setzte ihn sich gerade als Hut auf den Kopf.

Evey warf der Tochter einen unwilligen Blick zu. «Süß», sagte sie. «Genauso süß wie ihr Vater.»

Der Aschenbecher rutschte Bonnie vom Kopf, und sie grabschte ihn sich wieder.

«Mhm, sieh dir das an», sagte Ace. «Achte auf ihre Hände. Was für einen Griff die hat.»

«Du bist nicht bei Trost», sagte Evey.

«Nein, im Ernst. Bonnie ist phantastisch. Ein Naturtalent. Hol ihr die Klapper. Nein, lass, ich hol sie schon.» Mit zwei Sätzen war er an Bonnies Gitterbett und klaubte aus dem Durcheinander von Bauklötzen und Plastikringen und Bohnensäckchen die Klapper heraus. Er rasselte leise damit und streckte sie seiner Tochter hin. Wachsam – weil ihr plötzlich so viel Aufmerksamkeit zuteil wurde – packte Bonnie zu: Wie zwei kleine Tiere fuhren ihre Hände auf die Klapper los, die eine von der einen Seite, die andere von der andern, bis sie sie gleichzeitig im Griff hatten. Ein Lächeln dämmerte in ihrem Gesicht. Ace zog sacht an dem Spielzeug. Bonnie zögerte einen Moment und zog dann zurück. «Sie ist ein Naturtalent», sagte Ace, «und damit kann sie überhaupt nichts anfangen, weil sie ein Mädchen ist. Baby, wir brauchen einen Jungen.»

«Ich bin nicht dein Baby», sagte Evey und schloss die Augen.

Wieder und wieder «Baby» sagend bewegte Ace sich rückwärts aufs Radio zu, das vergessen auf einem Regal hinter dem Fernseher stand. Ohne sich umzudrehen, schaltete er es an. In der Sekunde, bevor der Ton kam, hatte Evey gerade Zeit zu sagen: «Streng deinen Grips an, Fred. Was soll jetzt werden?»

Das Radio brachte etwas Langsames, Klimperndes: Musik zum Feierabend. Ace hob Bonnie auf und setzte sie ins Gitterbett. «Wollen wir tanzen?», fragte er seine Frau und verbeugte sich.

«Wir müssen reden.»

«Baby, jetzt ist Cocktailstunde.»

«Wir haben doch gar keinen Platz hier», sagte sie, stand aber doch von ihrem Sessel auf.

«Fred junior. Ich seh ihn vor mir», sagte er und sah nichts.

«Es wird keinen Junior geben.»

Bonnie in ihrem Gitterbett wimmerte, als sie mit ansehen musste, wie ihre Mutter umfasst wurde. Ace schmiegte seine Hand in die dafür vorgesehene Mulde in Eveys Rücken, und Evey passte sich widerstrebend seinem Rhythmus an. Plötzlich setzten die Saxophone ein, das Tempo belebte sich, und Ace ließ Evey sich drehen, sehr gewissenhaft machte er das, und mit den Schultern ruckte er den Takt dazu. Ihr Haar streifte seine Lippen, als sie sich an seinem Arm zu ihm hinzog und wieder nach außen schwang; er konnte fühlen, wie ihre Zehen sich in den Teppich gruben. Er flappte sich das Haar von den Augen zurück. Die Musik aß sich durch seine Haut und verflocht sich mit den Nerven und den kleinen Adern; er wurde wieder ganz groß, und all die andern Jungen umringten sie in weitem Kreis und applaudierten im Takt.

## Morgen und morgen und so fort

In wirrem, schwatzendem Schwarm drängte die 11 D ins Unterrichtszimmer 109. Aus der Art ihrer Unruhe schloss Mark Prosser, dass es regnen würde. Er war jetzt seit drei Jahren Lehrer an der Highschool, aber seine Schüler beeindruckten ihn immer noch; sie waren so sensible Geschöpfe. Sie reagierten auf die leiseste Luftdruckveränderung.

Brute Young blieb mitten in der Tür stehen; in Höhe seines Ellbogens kicherte der kleine Barry Snyder. Ein affektiertes Lachen, das stieg und fiel; es tauchte zu irgendeinem schmutzigen Geheimnis hinab, das nicht oft genug gekostet werden konnte, und schraubte sich im nächsten Augenblick gekünstelt hoch, weil alle wissen sollten, dass er, der kleine Barry, ein solches Geheimnis mit dem Fullback der Schule teile. Brutes Hampelmann zu sein war Barrys ganze Seligkeit. Der Fullback beachtete ihn nicht; er renkte sich den Hals aus nach etwas, das bislang nicht zu sehen war. Widerstrebend ließ er sich von den nachdrängenden anderen ins Zimmer hineinschieben.

Unmittelbar vor Prosser – wie ein Mord, der einem beim Betrachten eines historischen Frieses von Königen und Königinnen jäh in die Augen springt – stach jemand mit einem Bleistift einem Mädchen in den Rücken. Kess ignorierte den Anschlag. Eine andere Hand riss Geoffrey Langer den Hemdzipfel aus der Hose. Geoffrey, ein intelligenter Schüler, war sich nicht schlüssig, ob er die Sache mit einem Lachen abtun oder sich wütend wehren sollte; zögernd, halb zum Einlenken bereit, drehte er sich um, und an der leisen Überheblichkeit in seinem Gesicht erkannte Prosser, dass das die Angst war, die gleiche, die er selbst in manchen Augenblicken auf dem Schulhof gehabt hatte. Überall, im Glitzern von Schlüsselketten und in den spitzen Winkeln umgeschlagener Hemdenmanschetten, war eine Elektrizität zu spüren, die nicht einfach nur vom Wetter herrühren konnte.

Mark dachte, ob Gloria Andrews heute wohl wieder diesen glühend rosa Angorapullover anhatte, den mit den ganz kurzen Ärmeln. Eigentlich war er ärmellos, und das war das Beunruhigende daran: die Nacktheit dieser beiden heiteren Arme, die sich weiß wie Schenkel von der zarten Wolle abhoben.

Er hatte richtig gedacht. Ein leuchtendes Rosa flammte auf im Gewirr von Armen und Schultern, als das letzte Knäuel sich ins Unterrichtszimmer schob.

«Setzt euch», sagte Mark Prosser. «Ein bisschen Tempo, wir wollen anfangen.»

Die meisten gehorchten, nur Peter Forry, der Eifrigste in dem Rudel, das sich um Gloria geschart hatte, trödelte mit ihr noch an der Tür herum und erzählte irgendeine Geschichte zu Ende, offensichtlich entschlossen, sie zum Lachen zu bringen oder ihr den Atem zu verschlagen. Als sie dann tatsächlich nach Luft schnappte, warf er voller Genugtuung den Kopf zurück. Sein aprikosenfarbenes Haar hüpfte. Rothaarige Jungs sind alle gleich, dachte Mark, weiße Wimpern, Klugscheißergesicht, der Mund ständig verzogen in durch nichts begründetem Selbstvertrauen. Bluffer, alle miteinander.

Als Gloria in bedachter, würdevoller Haltung ihren Platz eingenommen und Peter sich auf seinen geschwungen hatte, sagte Mr. Prosser: «Peter Forry.»

«Ja?» Peter blätterte hastig in seinem Buch nach den Seiten, die sie zu Hause hatten durchnehmen sollen.

«Sei so freundlich und erkläre der Klasse den Sinn der Verse ‹Morgen und morgen und dann wieder morgen/Kriecht so mit kleinem Schritt von Tag zu Tag ...›»

Peter schielte auf die Highschool-Ausgabe von *Macbeth* hinunter, die aufgeschlagen auf seinem Pult lag. Aus den hinteren Reihen kam erwartungsvolles Kichern: eine von den weniger Begabten. Peter war beliebt bei den Mädchen; Mädchen in diesem Alter hatten einen Verstand wie Fliegen.

«Peter, mit geschlossenem Buch, bitte. Wir haben diese Stelle für heute alle auswendig gelernt. Oder?» Das Mädchen im Hintergrund quiekte vor Vergnügen. Gloria legte ihr Buch aufgeklappt vor sich aufs Pult, sodass Peter hineinsehen konnte.

Mit einem Knall schlug Peter sein Buch zu und starrte in Glorias. «Also», sagte er schließlich, «ich würde sagen, es bedeutet so ziemlich genau das, was da steht.»

«Und das wäre?»

«Na, dass wir immerzu an morgen denken müssen. Dauernd schleicht es sich in unsere Unterhaltungen. Wir können überhaupt keine Pläne machen, ohne an morgen zu denken.»

«Aha. Du meinst also, Macbeth bezieht sich hier auf den Terminkalender-Aspekt des Lebens.»

Geoffrey Langer lachte, zweifellos, um Mr. Prosser zu schmeicheln. Und einen Augenblick lang *war* Mark geschmeichelt. Aber es ging nicht an, dass er Lacher einheimste, auf Kosten eines Schülers. Seine Paraphrase hatte Peters Auslegung der Verse lächerlicher erscheinen lassen, als sie war. Er versuchte einzulenken: «Ich gebe zu –»

Aber Peter war nicht aufzuhalten. Rothaarige wissen nie, wann sie einen Punkt machen müssen. «Macbeth will damit sagen, wenn wir aufhören würden, uns ums Morgen zu kümmern, und einfach nur fürs Heute leben, dann könnten wir viel besser all die herrlichen Dinge genießen, die vor unserer Nase passieren.»

Mark bedachte dies einen Augenblick, bevor er Stellung nahm. Er wollte nicht sarkastisch sein. «Hm, ich will ja nicht bestreiten, dass an deinen Ausführungen was dran ist, Peter, aber glaubst du wirklich, dass Macbeth in dieser Situation derart» – er konnte sich nicht helfen –, «derart sonnige Gefühle äußert?»

Geoffrey lachte wieder. Peters Hals rötete sich; er starrte auf den Fußboden. Gloria funkelte Mr. Prosser mit unverhohlenem Zorn an.

Mark beeilte sich, seinen Fehler gutzumachen. «Missversteh mich bitte nicht», sagte er zu Peter. «Ich habe selber nicht auf alles eine Antwort. Aber mir scheint doch, die ganze Passage, bis hinunter zu ‹Das nichts bedeutet›, besagt, dass das Leben ein – nun ja, ein *Betrug* ist. Nichts Herrliches hat.»

«War das wirklich Shakespeares Meinung?», fragte Geoffrey Langer, und seine Stimme klang schrill vor nervöser Lebhaftigkeit.

Mark glaubte zu erkennen, dass Geoffrey die schreckliche Wahrheit ahnte, so wie er selbst sie geahnt hatte, damals, als Junge. Er musste etwas unternehmen – was, das war klar. Er wandte seine Aufmerksamkeit von Peter fort und sah durchs Fenster zum gerinnenden Himmel. Die Wolken hingen tief, wurden dunkler. «In Shakespeares Werk», begann Mr. Prosser langsam, «gibt es viel Düsternis, und kein Stück ist so düster wie *Macbeth*. Die Atmosphäre ist vergiftend, erdrückend. Ein Kritiker hat gesagt, in diesem Stück würde die Menschheit erstickt.» Das war zu stark.

«Auf der Höhe seiner Schaffenszeit schrieb Shakespeare Stücke über Männer wie Hamlet und Othello und Macbeth – Männer, die durch ihre Umwelt oder ihre dunklen Sterne oder irgendeinen in ihrer Natur begründeten kleinen Makel daran gehindert wurden, sich zu der Größe zu entfalten, deren sie fähig gewesen wären. Sogar Shakespeares Komödien aus dieser Zeit handeln von einer Welt, die bitter geworden ist. Als hätte er hinter die strahlenden, glorreichen Kulissen seiner früheren Komödien und Historienstücke geschaut und etwas Furchtbares gefunden. Etwas, das ihn erschreckt hat – so wie es eines Tages vielleicht auch den einen oder andern von euch erschrecken wird.» Ganz darauf konzentriert, die richtigen Worte zu finden, hatte er, ohne es zu beabsichtigen, Gloria angestarrt. Sie nickte verlegen, da erst ging es ihm auf, und er nickte zurück.

Er gab sich Mühe, seine Ausführungen mit mehr Zurückhaltung vorzubringen. «Aber dann, scheint mir, gelangte Shakespeare zu einer neuen, einer versöhnenden Wahrheit. Seine letzten Stücke sind heiter und symbolhaft, als sei er, durch alles Hässliche hindurch, in ein Reich vorgedrungen, wo es wieder Schönheit gibt. So gesehen gibt Shakespeares Gesamtwerk ein Weltbild wieder, das vollständiger ist als das jedes andern Autors, außer vielleicht Dantes, eines italienischen Dichters, der drei Jahrhunderte früher gelebt hat.» Er war weit abgekommen von Macbeths Selbstgespräch. Andere Lehrer hatten ihm schadenfroh erzählt, dass die Kids sich einen Spaß daraus machten, ihn zum Reden zu bringen. Er sah zu Geoffrey hinüber. Der Junge kritzelte gelangweilt in seinem Notizblock. Mr. Prosser schloss: «Das letzte Stück, das Shakespeare geschrieben hat, ist eine außergewöhnliche Dichtung und heißt *Der Sturm*. Vielleicht hat ja der eine oder andere von euch Lust, es zu lesen – fürs nächste Referat, das am zehnten Mai fällig ist. Es ist ein kurzes Stück.»

Die Klasse hatte es sich bequem gemacht. Barry Snyder schnippte Schrotkügelchen gegen die Wandtafel und schielte zu Brute Young hin, ob der es auch sah. «Ein einziges Mal noch, Barry», sagte Mr. Prosser, «und du gehst hinaus.» Barry wurde rot und grinste, um sein Erröten zu verbergen, während seine

Augäpfel sich in Brutes Richtung verdrehten. Das stumpfsinnige Mädchen in der letzten Reihe schminkte sich die Lippen. «Leg den Lippenstift weg, Alice», befahl Mr. Prosser. Sie kicherte und gehorchte. Sejak, der kleine Pole, der die Nacht über arbeitete, schlief an seinem Pult; seine Wange drückte sich weiß gegen das lackierte Holz, sein Mund war schlaff zur Seite gesackt. Mr. Prossers erste Regung war, ihn schlafen zu lassen. Aber diese Regung entsprang womöglich nicht echter Güte, sondern lediglich der selbstgefälligen gütigen Pose, in der er sich zuweilen ertappte. Und außerdem – ein derartiger Verstoß gegen die Disziplin hätte weitere zur Folge. Er ging den Mittelgang hinunter und weckte Sejak mit sanftem Schütteln. Dann wandte er sich dem immer lauter werdenden Getuschel vorn im Unterrichtszimmer zu.

Peter Forry flüsterte auf Gloria ein, versuchte, sie zum Lachen zu bringen. Aber ihr Gesicht war kühl und ernst, als sei in ihrem Kopf ein Gedanke ausgelöst worden. Vielleicht hatte wenigstens sie aufgenommen, was Mr. Prosser gesagt hatte. Ermutigt und voll großzügigen Entgegenkommens sagte Mark: «Peter, ich habe den Eindruck, du möchtest deiner These dringend etwas hinzufügen.»

Peter erwiderte höflich: «Nein, Sir. Ich verstehe den Absatz ehrlich nicht. Bitte, Sir, was hat er zu bedeuten?»

Dies offene Eingeständnis und die befremdliche Bitte um Aufklärung verblüfften die Klasse. Ruckartig wandten sich Mark sämtliche Gesichter zu: weiß und rund und voller Lernbegierde. «Ich weiß es nicht», sagte er. «Ich habe gehofft, *ihr* würdet es *mir* sagen.»

Wenn auf dem College ein Professor sich so verhalten hatte, war die Wirkung immer ungeheuer gewesen. Die Demut des Professors, die Notwendigkeit kreativen Zusammenspiels zwischen

Lehrer und Schüler hatte auf die Studenten dramatischen Eindruck gemacht. Für die 11 D aber war Unwissenheit bei einem Lehrer genauso ein Unding wie ein Loch im Dach. Es war, als hätte er dreißig Stränge in Händen gehalten und mit ihnen dreißig Gesichter straff zu sich herangezogen und dann die Stränge losgelassen. Kopfschütteln, Augenabkehr, Stimmengeschwirr. Ein paar von den Schwierigen, wie Peter Forry, grinsten einander vielsagend zu.

«Ruhe!», rief Mr. Prosser. «Das gilt für alle! Dichtung ist keine Arithmetik. Es gibt nie nur eine einzige richtige Antwort. Ich möchte euch nicht meine Ansicht aufdrängen, auch wenn ich ein bisschen mehr Erfahrung mit Literatur habe.» Er artikulierte den letzten Teil des Satzes sehr laut und bestimmt, und etliche der gefügigeren Schüler schienen beruhigt. «Außerdem weiß ich, dass *ihr* das auch nicht mögt», sagte er.

Ob sie es ihm nun abnahmen oder nicht, sie beschieden sich damit. Mark meinte, er könne jetzt getrost wieder seine Mensch-unter-Menschen-Haltung einnehmen. Er hockte sich auf die Kante des Katheders und beugte sich eindringlich vor. «Also mal ehrlich. Hat irgendjemand ein ganz persönliches Empfinden bei diesen Versen, an dem er die Klasse und mich teilhaben lassen möchte?»

Eine Hand, ein zerknülltes geblümtes Taschentuch umklammernd, ging unsicher hoch. «Nur zu, Teresa», sagte Mr. Prosser ermunternd. Teresa war ein schüchternes, linkisches Mädchen, dessen Mutter den Adventisten vom Siebten Tag angehörte.

«Ich muss dabei an Wolkenschatten denken», sagte sie.

Geoffrey Langer lachte. «Sei nicht taktlos, Geoff», sagte Mr. Prosser leise zur Seite hin und wandte sich dann wieder mit klingender Stimme nach vorn: «Eine interessante und zudem begründete Assoziation. Das Dahinziehen der Wolken hat tatsächlich etwas von dem langsamen monotonen Rhythmus, den man in der Zeile ‹Morgen und morgen und dann wieder morgen› spürt. Eine sehr graue Zeile, nicht wahr – ihr andern?» Niemand stimmte zu, niemand war dagegen.

Draußen vor den Fenstern zogen eilig die Wolken hin, und unstete Sonnenstrahlen flirrten im Zimmer umher. Anmutig, goldübergossen, hob sich Glorias Arm und wölbte sich über ihrem Kopf. «Gloria?», fragte Mr. Prosser.

Sie sah von ihrem Pult auf, ein finsteres Leuchten im Gesicht. «Ich finde sehr gut, was Teresa eben gesagt hat», sagte sie mit einem Funkeln zu Geoffrey Langer hin. Geoffrey gnickerte herausfordernd. «Und ich habe eine Frage. Was bedeutet ‹mit kleinem Schritt›?»

«Damit ist das öde, tagein, tagaus gleiche Leben gemeint, wie, sagen wir, ein Buchhalter oder ein Bankangestellter es führt. Oder ein Schulmeister», setzte er hinzu und lächelte.

Sie lächelte nicht zurück. Nachdenkliche Falten trübten ihre glatte Stirn. «Aber Macbeth führt Kriege und bringt Könige um und ist selber ein König», hielt sie ihm entgegen.

«Ja, aber gerade all das ist es doch, was Macbeth als ‹Nichts› verdammt. Leuchtet dir das nicht ein?»

Gloria schüttelte den Kopf. «Noch etwas, das mich beschäftigt – ist es nicht ein bisschen komisch von Macbeth, mitten in diesem Krieg Selbstgespräche zu führen, noch dazu, wo seine Frau gerade tot ist und alles?»

«Ich finde nicht, Gloria. Einerlei, wie schnell die Ereignisse hereinbrechen, der Gedanke ist schneller.»

Seine Antwort war schwach. Jeder wusste das, auch wenn Gloria nicht laut vor sich hin gedacht hätte – bestimmt hatte sie es nur für sich gedacht, allerdings so, dass die ganze Klasse es hörte: «Es kommt einem so *dumm* vor.»

Mark zuckte zusammen, durchbohrt von der schrecklichen Schärfe, mit der seine Schüler ihn sahen. Wie verschroben musste er ihnen vorkommen, mit seinen weichen Händen und der Hornbrille und dem ewig zerrauften Haar und dem ständigen Eingesponnensein in «Literatur», wo der König, wenn's brenzlig wird, ein Gedicht brabbelt, das niemand versteht. Die Freude, die Mr. Prosser an solch verrücktem Zeug hatte, weckte nicht nur Zweifel an seinem gesunden Verstand, sondern auch an seiner Männlichkeit. Es war geradezu edel von ihnen, dass sie ihn nicht zur Tür hinauslachten. Er senkte den Kopf und rieb die Fingerspitzen aneinander, um den Kreidestaub wegzuwischen. Die Geräusche in der Klasse versickerten, eine unnatürliche Stille breitete sich aus. «Es wird spät», sagte er schließlich. «Beginnen wir mit dem Rezitieren der auswendig gelernten Passage. Bernard Amilson, du bist dran.»

Bernard hatte Schwierigkeiten mit der Aussprache, und seine Rezitation hörte sich folgendermaßen an: «‹Morng n morng n dann wiea morng›.» Mr. Prosser fand es bewundernswert, wie viel Mühe die Klasse sich gab, ihre Belustigung zu unterdrücken, und schrieb «A» in sein Notizbuch neben Bernards Namen. Er gab Bernard immer ein A in Rezitation, der Schulärztin zum Trotz, die behauptete, dass mit dem Mund des Jungen organisch alles in Ordnung sei.

Es herrschte der Brauch – grausam, aber Tradition –, zum Aufsagen nach vorn zu kommen. Als Alice an der Reihe war, brachte schon die erste Grimasse, die Peter Forry ihr schnitt, sie völlig aus der Fassung. Mark ließ sie eine gute Minute schmoren, bis ihr Gesicht zu Kirschröte herangereift war; dann endlich hatte er Erbarmen: «Sehr gut, Alice – vielleicht versuchst du's später nochmal.»

Die meisten hatten die Stelle einigermaßen im Kopf; allerdings ließen sie fast durchweg die Zeile «Zur letzten Silb auf unserm Lebensblatt» weg, und aus «spreizt und knirscht» machten sie «knirscht und spreizt» oder schlicht «spreizt und spreizt». Sogar Sejak, der sich mit dem Absatz unmöglich befasst haben konnte, bevor er zum Unterricht kam, gelangte glücklich bis «und dann nicht mehr vernommen wird».

Geoffrey Langer brillierte wie immer damit, dass er seinen eigenen Vortrag mit klugen Fragen unterbrach. «‹Morgen und morgen und dann wieder morgen›», sagte er, «‹kriecht so› – müsste es nicht ‹kriechen so› heißen, Mr. Prosser?»

«Es heißt ‹kriech*t*›. Das dreimalige ‹morgen› steht im Singular. Fahr fort.» Mr. Prosser war es leid, immer wieder auf Langer einzugehen. Wenn man denen die Zügel schießen ließ, diesen fixen Schülern, dann würden die noch die ganze Klasse rebellisch machen. «Ohne Fußnoten bitte.»

«Kriech*tt* so mit kleinem Schritt von Tag zu Tag/Zur letzten Silb auf unserm Lebensblatt;/Und alle unsre Gestern führten Narr'n/Den Pfad des stäub'gen Tods. Aus, kleines Licht –»

«Nicht so!» Mr. Prosser sprang von seinem Stuhl auf. «Das ist Dichtung! Nuschle doch nicht alles ineinander! Mach eine kleine Pause nach ‹Narrn›.»

Geoffrey sah diesmal ehrlich bestürzt drein, und Mark begriff seinen Ärger selber nicht ganz, und im Geist hinter sich blickend, war ihm, als erspähe er im feuchten Dickicht zwei böse funkelnde Augen, den Blick, den Gloria auf Geoffrey abgefeuert hatte. Er sah sich plötzlich in der absurden Rolle als Glorias Gefolgsmann in ihrem unerfindlichen Privatkrieg gegen diesen intelligenten Jungen. Er seufzte reumütig. «Dichtung besteht aus Versen», begann er, sich der Klasse zuwendend. Gloria schob Peter Forry einen Zettel zu.

So eine Unverfrorenheit! Briefchen zu schreiben während

einer Strafpredigt, die sie verschuldet hatte, ganz allein sie! Mark fing des Mädchens Handgelenk ein – wie zart und zerbrechlich es war – und pflückte ihr den Zettel aus den Fingern. Er las ihn für sich, aber vor aller Augen, obwohl er derartige Erziehungsmethoden verabscheute. Auf dem Zettel stand:

Pete – ich finde, du hast Unrecht mit deiner Meinung über Mr. Prosser. Ich finde ihn phantastisch, und ich lerne enorm viel bei ihm. Er ist himmlisch, wenn er über Dichtung spricht. Ich glaube, ich liebe ihn. Ich liebe ihn wirklich. Das wär's.

Mr. Prosser kniffte den Zettel zusammen und steckte ihn in seine Jackentasche. «Komm nach dem Unterricht zu mir, Gloria», sagte er. Und dann, zu Geoffrey: «Versuchen wir's noch einmal. Fang ganz von vorn an. Lass die *Worte* sprechen, Geoffrey.»

Während der Junge noch rezitierte, ertönte der Schnarrer: Die Stunde war um. Die letzte für heute. Das Zimmer leerte sich rasch, nur Gloria blieb. Im Flur wurden Spinde aufgerissen, Bücher klatschten gegen Metall, Stimmen tönten durcheinander.

«Wer hat 'n Auto?»

«Gib mir 'ne Fluppe, Puppe.»

«Bei diesem Sauwetter können wir nicht trainieren.»

Mark hatte nicht genau darauf geachtet, wann der Regen anfing, aber es goss jetzt in Strömen. Er ging mit der Fensterstange im Zimmer umher, schloss die Fenster, zog die Rouleaus herunter. Regentropfen sprühten ihm auf die Hände. Er sprach zu Gloria in einem forschen Ton, der, ebenso wie das Hantieren an den Fenstern, verhindern sollte, dass sie beide in Verlegenheit gerieten.

«Zum Thema Briefchenschreiben.» Sie saß reglos vorn an ihrem Pult, ihr kurzes, hochgebürstetes Haar wie eine kühle Fackel. An der Art, wie sie dasaß, die nackten Arme vor den Brüsten verschränkt, die Schultern hochgezogen, spürte er, dass ihr kalt war. «Es ist nicht nur ungehörig zu kritzeln, während der Lehrer redet, sondern es ist auch dumm, etwas zu Papier zu bringen, das sich geschrieben viel törichter ausnimmt, als wenn man es nur mal eben so hingesagt hätte.»

Er lehnte die Fensterstange in die Ecke und ging zu seinem Katheder.

«Und nun zum Begriff Liebe. ‹Liebe›, das ist eines von den Worten, die deutlich machen, wie sehr die Sprache sich im Lauf der Zeit abnutzt. Jeder Filmstar, jeder Schlagersänger und Pastor und Psychiater nimmt heutzutage dieses Wort in den Mund, es ist völlig heruntergekommen, bedeutet gar nichts mehr, ist allenfalls noch eine verschwommene Umschreibung dafür, dass einem etwas angenehm ist: Ich liebe den Regen, die Wandtafel, die Pulte, dich. Du siehst, es bedeutet nichts mehr, wohingegen es ursprünglich für etwas sehr Bestimmtes stand: für die Sehnsucht, alles, was man hat und ist, mit einem anderen zu teilen. Es wird Zeit, dass wir ein neues Wort prägen, das dies ausdrückt, und wenn *du* für dich eines gefunden hast, schlage ich vor, dass du sparsam damit umgehst. Behandle es als etwas, das du nur ein Mal vergeben kannst – wenn schon nicht um deiner selbst willen, dann wenigstens um der Sprache willen.» Er legte zwei Bleistifte aufs Katheder, als wollte er sagen: «Das ist alles.»

«Es tut mir leid», sagte Gloria.

«Schon gut», sagte Mr. Prosser, ziemlich überrascht.

«Aber Sie verstehn nicht.»

«Natürlich nicht. Wahrscheinlich habe ich nie verstanden. Ich war wie Geoffrey Langer, als ich so alt war wie ihr.»

«Nein, das glaube ich Ihnen nicht!» Das Mädchen weinte fast; er war ganz sicher.

«Na komm, Gloria. Zieh ab. Schwamm drüber.» Langsam nahm sie ihre Bücher in die Wiege zwischen ihrem nackten Arm und dem Pullover und verließ das Zimmer mit diesem melancholischen Teenagerschlurfen, sodass es schien, als ob ihr Körper oberhalb der Hüften über die Pulte hinschwebte.

Worauf, fragte Mark sich, waren diese jungen Leute aus? Was wollten sie? *Gleiten*, vermutete er, leicht und mühelos dahingleiten, immer im Rhythmus, immer cool, auf summenden kleinen Rädern, die keinem bestimmten Ziel zurollten. Wenn es den Himmel gab – so würde es dort sein. «Er ist himmlisch, wenn er über Dichtung spricht.» Sie liebten dieses Wort. Der Himmel kam in fast allen ihren Songs vor.

«Guter Gott, er summt!» Strunk, der Turnlehrer, war ins Zimmer gekommen, ohne dass Prosser es gehört hatte. Gloria hatte die Tür nur angelehnt.

«Ach», sagte Mark, «ein gefallener Engel, nur Grütze im Kopf.»

«Was um alles in der Welt beglückt dich denn so?»

«Ich bin nicht beglückt, nur heiter. Der Tag ist nun vorüber, et cetera.»

«Du –» Strunk kam mit unangenehm weibischem Watschelgang, trächtig von Klatsch, näher –, «hast du schon gehört, das mit Murchison?»

«Nein.» Mark ahmte Strunks Flüsterton nach.

«Den hat man heute so was von vergackeiert.»

«Ach Gott.»

Strunk lachte, wie so oft, bevor er mit einer Klatschgeschichte anfing. «Du weißt, dass er denkt, dass er wunder weiß was für 'nen Schlag bei den Frauen hat?»

«Und ob», sagte Mark, obschon Strunk das von jedem männlichen Mitglied des Kollegiums behauptete.

«Du hasst Gloria Andrews, nicht?»

«Und ob.»

«Also, heute Morgen schnappt Murky ihr einen Zettel weg, den sie gerade geschrieben hat, und auf dem Zettel steht, was für ein toller Typ Murchison ist und dass sie ihn *liebt*!» Strunk wartete, dass Mark etwas sagte, aber der schwieg, und Strunk redete weiter: «Du kannst dir ja vorstellen – Murky fühlte sich mächtig am Bauch gekitzelt. Aber – halt dich fest – in der Mittagspause stellt sich heraus, dass Fryeburg gestern in Geschichte genau dasselbe passiert ist!» Strunk lachte, und als Mark immer noch nichts sagte, gab er ihm einen kleinen Knuff – einen Schulhofknuff. «Das Mädchen ist zu dumm, um es selber ausgeheckt zu haben. Wir glauben alle, Peter Forry steckt dahinter.»

«Wahrscheinlich», sagte Mark. Er ging hinaus zu seinem Spind, und Strunk begleitete ihn und beschrieb ihm Murchisons Gesichtsausdruck, als Fryeburg (in aller Arglosigkeit, versteht sich) erzählte, was ihm passiert war.

Mark drehte die Zahlenkombination seines Spinds: 18, 24, 3. «Würdest du mich jetzt entschuldigen, Dave?», sagte er. «Meine Frau wartet sicher draußen. Sie holt mich immer ab, wenn es regnet.»

Strunk war zu beschränkt, um Marks Ärger zu spüren. «Lass dich nicht aufhalten», sagte er. «Ich muss rüber zur Turnhalle. Kann die kleinen Lieblinge nicht dem Regen aussetzen, ihre Mammis schreiben dem Lehrer sonst böse Briefe.» Er klackerte den Flur entlang, und ganz hinten drehte er sich um und rief: «Erzähl's nicht weiter, du weißt schon! Dem mit dem Schlag bei den Frauen!»

Mr. Prosser nahm seinen Mantel aus dem Spind und zog ihn an. Setzte sich den Hut auf. Streifte die Gummigaloschen über und klemmte sich schmerzhaft die Finger dabei ein. Nahm den Regenschirm vom Haken. Überlegte, ob er ihn schon hier, im leeren Flur, aufspannen sollte, zum Spaß, nur für sich, ließ es dann aber. Das Mädchen hatte fast geweint; er war ganz sicher.

## Die christlichen Zimmergenossen

Orson Ziegler, angehender Harvard-Student, stammte aus einer kleinen Stadt in South Dakota, wo sein Vater Arzt war. Der achtzehnjährige Orson maß fast sechs Fuß, wog 149 Pfund und hatte einen Intelligenzquotienten von 155. Seine ekzematösen Wangen und der etwas verkniffene Zug um die Augen – als wäre sein Gesicht zu lange vom Anblick eines waagerechten Horizonts durchschnitten worden – ließen nicht ahnen, dass er eine gehörige Portion Selbstvertrauen besaß. Als Sohn des Arztes hatte er in der Stadt immer etwas gegolten. Auf der Highschool war er Klassensprecher, Redner bei Abschlussfeiern und Kapitän der Football- und der Baseballmannschaft gewesen. (Kapitän der Basketballmannschaft war Lester Gefleckter Elch gewesen, ein reinblütiger Chippewa-Indianer mit schmutzigen Fingernägeln und blitzenden Zähnen, ein passionierter Raucher und Trinker, ein schwieriger Fall in puncto Disziplin und der einzige Junge, den Orson je gekannt hatte, der bei allem, worauf es ankam, besser war als er.) Orson war der erste Harvard-Student seiner Heimatstadt und wahrscheinlich auch der letzte, zumindest bis sein Sohn einmal so weit war. Er sah seine Zukunft genau vor sich: vorklinisches Studium hier, Medizinstudium entweder in Harvard, Penn oder Yale und dann zurück nach South Dakota, wo er bereits ein Mädchen als Ehefrau auserkoren und sie bewogen hatte, auf ihn zu warten. Zwei Nächte vor seiner Abreise nach Harvard hatte er sie entjungfert. Sie war in Tränen zerflossen, und er war sich töricht vorgekommen, weil er fürchtete, irgendwie versagt zu haben. Es war auch für ihn das erste Mal gewesen. Orson war vernünftig genug, zu wissen, dass er noch viel lernen musste, und innerhalb gewisser Grenzen war er dazu auch bereit. Harvard bildet Tausende von solchen Jungen aus und gibt sie der Welt zurück, ohne dass sie sichtbaren Schaden erlitten haben. Wahrscheinlich weil er aus einer Gegend westlich des Mississippi kam und protestantischer Christ (Methodist) war, hatte ihm die Universitätsverwaltung als Zimmergenossen einen Studienanfänger zugeteilt, der aus Oregon stammte und von sich aus zur Episkopalkirche gefunden hatte.

Als Orson am Morgen des Immatrikulationstages in Harvard eintraf, leicht benommen und mit steifen Gliedern von einer Flugreise, die mit mehrmaligem Umsteigen vierzehn Stunden gedauert hatte, war sein Zimmergenosse bereits eingezogen. *H. Palamountain* stand in schwungvoller Schrift auf dem oberen der zwei Namensschilder an der Tür von Zimmer 14. In dem Bett am Fenster hatte jemand geschlafen, und auf dem Tisch am Fenster waren Bücher sehr ordentlich aneinander gereiht. Orson, der müde auf der Schwelle stand und mit letzter Kraft seine zwei schweren Koffer festhielt, spürte eine fremde Gegenwart im Zimmer, ohne sie lokalisieren zu können; optisch und geistig schaltete er mit leichter Verzögerung.

Der Zimmergenosse, der barfuß auf dem Boden vor einem kleinen Spinnrad saß, sprang leichtfüßig auf. Orsons erster Eindruck war die erstaunliche Schnelligkeit, mit der fast wie durch Zauberhand das dicklippige, glotzäugige Gesicht des Jungen vor dem seinen auftauchte. Der andere war einen Kopf kleiner als Orson; seine unbestrumpften Beine steckten in himmelblauen, zu den Knöcheln hin schmaler werdenden Slacks; darüber trug er ein Lumberjackhemd, dessen Halsausschnitt sehr flott mit einem Seidenschal ausgefüllt war, und eine weiße Mütze, wie sie Orson bisher nur auf Fotos von Pandit Nehru gesehen hatte. Orson stellte den einen Koffer ab und streckte die Hand zur Begrüßung aus. Statt sie zu ergreifen, legte der Zimmergenosse seine Handflächen gegeneinander, verneigte sich und murmelte etwas, was Orson nicht verstand. Dann zog er anmutig die Mütze und entblößte einen schmalen Streifen lockigen blonden Haares, der einem Hahnenkamm glich. «Ich bin Henry Palamountain.» Seine Stimme, klar und farblos, wie Stimmen von der Westküste zu klingen pflegen, erinnerte im Tonfall an einen Rundfunksprecher. In seinem metallisch festen Händedruck schien sich eine Spur Bosheit zu verraten. Wie Orson trug er eine Brille. Die dicken Gläser betonten die vorstehenden Augen des Schilddrüsenkranken und ihren fischartigen, forschenden Ausdruck.

«Orson Ziegler», stellte sich Orson vor.

«Ich weiß.»

Orson verspürte das Bedürfnis, etwas angemessen Feierliches hinzuzufügen, denn sie gingen doch gewissermaßen so etwas wie eine Ehe ein. «Nun, Henry –» erschöpft stellte er auch den zweiten Koffer ab –, «wir werden ja in der nächsten Zeit viel miteinander zu tun haben.»

«Du kannst mich Hub nennen», sagte der Zimmergenosse. «Die meisten tun das. Aber wenn es dir lieber ist, bleib ruhig bei Henry. Ich möchte deine schreckliche Freiheit nicht einschränken. Vielleicht willst du mir überhaupt keinen Namen geben. Ich habe mir hier im Studentenheim schon drei erbitterte Feinde geschaffen.»

Jeder Satz dieser fließend vorgebrachten Rede, nicht zuletzt der erste, beunruhigte Orson. Er selbst hatte nie einen Spitznamen gehabt; das war die einzige Ehre, die seine Klassenkameraden ihm nicht hatten zuteil werden lassen. Als Heranwachsender hatte er des Öfteren Spitznamen für sich geprägt – Orrie, Ziggy – und vergebens versucht, sie zu gängiger Münze zu machen. Und was war mit «schrecklicher Freiheit» gemeint? Das klang nach Sarkasmus. Und warum sollte er den Wunsch haben, dem anderen überhaupt keinen Namen zu geben? Und wie hatte der Zimmergenosse es angefangen, sich jetzt schon Feinde zu machen? «Seit wann bist du denn hier?», fragte Orson leicht gereizt.

«Seit acht Tagen.» Henry beendete jede Aussage mit einem eigentümlichen Lippenkräuseln, einer Art von selbstzufriedenem stummem Schnalzen, das offenbar heißen sollte: Na, wie findest du *das*?

Orson hatte das Gefühl, er sei als leicht zu verblüffender Mensch eingestuft worden, aber er rutschte hilflos in die Rolle des Stichwortlieferanten hinein, die ihm ebenso wie das zweitbeste Bett zugedacht war. «*So* lange schon?»

«Ja. Ich war bis vorgestern der einzige Bewohner des Heims. Ich bin nämlich per Anhalter gekommen, weißt du.»

«Was – von *Oregon*?»

«Ja. Und ich wollte mir einen Spielraum für alle Eventualitäten lassen. Für den Fall, dass ich beraubt würde, hatte ich mir einen Fünfzig-Dollar-Schein ins Hemd eingenäht. Aber es hat alles großartig geklappt, reibungslose Fahrt von A bis Z. Ich hatte mir ein großes Schild mit der Aufschrift ‹Harvard› gemalt. Das müsstest du auch mal probieren. Man trifft unterwegs interessante alte Harvard-Leute.»

«Haben deine Eltern sich denn keine Sorgen gemacht?»

«Klar. Meine Eltern sind geschieden. Mein Vater war wütend. Er verlangte, ich solle fliegen. Ich legte ihm nahe, das Geld für die Flugkarte dem Indianer-Hilfsfonds zu überweisen. Er spendet nie einen Cent für wohltätige Zwecke. Und dann bin ich ja auch kein Kind mehr. Ich bin zwanzig.»

«Warst du schon beim Militär?»

Henry hob die Hände und taumelte zurück wie unter einem Schlag. Er presste den Handrücken an die Stirn, wimmerte: «Niemals», erschauerte, richtete sich straff auf und salutierte. «Die

Rekrutierungsbehörde von Portland ist hinter mir her, wenn du's genau wissen willst.» Mit einer affektierten Bewegung seiner flinken Hände – die alt aussahen, wie Orson feststellte: knochig, geädert und, wie Frauenhände, mit rötlichen Nägeln – zupfte er seinen Schal zurecht. «Sie erkennen keine Wehrdienstverweigerer an, nur Quäker und Mennoniten. Mein Bischof denkt genauso. Man wollte mir eine goldene Brücke bauen und schlug vor, dass ich den Dienst in einem Krankenhaus ableisten sollte, aber ich habe erklärt, dadurch würde ein anderer für den Frontdienst frei, und dann könnte genauso gut ich eine Knarre tragen. Ich schieße ausgezeichnet, bin jedoch aus Prinzip gegen das Töten.»

Der Koreakrieg hatte in diesem Sommer begonnen, und Orson, den seither das dunkle Gefühl quälte, dass es eigentlich seine Pflicht sei, sich freiwillig zu melden, war nicht gerade angetan von diesem fröhlichen Pazifismus. «Was hast du denn die zwei Jahre gemacht?»

«In einer Sperrholzfabrik gearbeitet. Als Leimer. Das eigentliche Leimen besorgen ja Maschinen, aber die ersaufen ab und zu in ihrem eigenen Leim. Das ist so eine Art von exzessiver Introspektion – hast du *Hamlet* gelesen?»

«Nur *Macbeth* und *Der Kaufmann von Venedig*.»

«So. Na ja, die müssen dann mit einem Lösungsmittel gesäubert werden. Man trägt dabei Gummihandschuhe, die bis zum Ellbogen reichen. Es ist eine Arbeit, die die Nerven beruhigt. Und sie bietet einem die beste Gelegenheit, griechische Zitate zu memorieren. Ich habe auf diese Art fast den ganzen *Phaidon* auswendig gelernt.» Er deutete auf seinen Tisch, und Orson erkannte in der Bücherreihe mehrere Bände der grünen Loeb-Ausgabe, Werke von Platon und Aristoteles in griechischer Sprache. Sie sahen abgegriffen aus, als wären sie oft gelesen worden. Zum ersten Mal erschreckte ihn der Gedanke an das Studium in

Harvard. Orson, der noch immer zwischen seinen Koffern stand, machte sich nun ans Auspacken. «Hast du mir eine Kommode gelassen?»

«Natürlich. Die bessere.» Henry sprang auf das Bett, das noch nicht benutzt war, und hüpfte darauf herum, als wäre es ein Trampolin. «Das Bett mit der besseren Matratze bekommst du auch», sagte er, noch immer hüpfend. «Und den Tisch, an dem dich das Licht vom Fenster nicht so blendet.»

«Danke», sagte Orson kurz.

Henry reagierte sofort auf den Tonfall. «Hättest du lieber mein Bett? Meinen Tisch?» Er sprang vom Bett, lief zu seinem Tisch und ergriff einen Stapel Bücher.

Orson hielt ihn fest und war erstaunt über die straffen Muskeln des Armes, den er gepackt hatte. «Mach keinen Unsinn», sagte er. «Die sind doch genau gleich.»

Henry legte die Bücher auf den Tisch zurück. «Ich wünsche keine bitteren Gefühle und kein unreifes Gezänk. Als der Ältere ist es meine Pflicht, nachzugeben. Hier, ich schenke dir das Hemd, das ich auf dem Leib trage.» Damit knöpfte er sein Lumberjackhemd auf. Er trug ein Unterhemd, und der geknotete Schal auf der nackten Brust hatte etwas Theatralisches.

Nachdem er Orson einen Gesichtsausdruck entlockt hatte, den Orson selbst nicht sehen konnte, knöpfte Henry lächelnd das Hemd wieder zu. «Hast du etwas dagegen, dass mein Name auf dem oberen Türschild steht? Dann entferne ich ihn natürlich sofort und bitte um Verzeihung. Ich konnte ja nicht wissen, dass du so sensibel bist.»

Vielleicht war das alles als Witz gemeint. Orson versuchte es mit einem Scherz. Er deutete auf das Spinnrand und fragte: «Kriege ich auch so eins?»

«Ach, *das*.» Henry hüpfte auf einem seiner nackten Füße

rückwärts und machte ein verlegenes Gesicht. «Das ist ein Experiment. Ich habe es mir aus Kalkutta schicken lassen und spinne täglich eine halbe Stunde. Nach dem Yogatraining.»

«Mit Yoga befasst du dich auch?»

«Vorerst nur mit den elementarsten Übungen. Länger als fünf Minuten halten meine Knöchel die Lotusposition noch nicht aus.»

«Und du sagst, du hast einen Bischof.»

Der Zimmergenosse blickte ihn mit neu erwachendem Interesse an. «Alle Wetter, du hörst aber gut zu. Ja. Ich betrachte mich als stark von Gandhi beeinflussten anglikanisch-christlichen Platoniker.» Er legte die Handflächen vor der Brust aneinander, verneigte sich, richtete sich auf und kicherte. «Mein Bischof hasst mich», sagte er. «Ich meine den in Oregon, der will, dass ich Soldat werde. Ich habe mich dem hiesigen Bischof vorgestellt, und der mag mich, glaube ich, ebenso wenig. Übrigens ist mir auch mein Studienberater nicht grün. Bloß weil ich ihm gesagt habe, dass ich nicht daran denke, die naturwissenschaftlichen Pflichtfächer zu belegen.»

«Aber warum denn nicht?»

«Sei ehrlich, du willst es ja gar nicht wissen.»

Orson hatte das Gefühl, dass diese Zurückweisung eine kleine Kraftprobe war. «Nicht unbedingt», gab er zu.

«Ich betrachte die Naturwissenschaft als eine dämonische Illusion der menschlichen Hybris. Ihre trügerische Natur wird durch den Umstand bewiesen, dass sie ständig revidiert werden muss. Ich habe den Berater gefragt: ‹Warum sollte ich ein Viertel meiner Studienzeit damit vergeuden, mir eine Unzahl von Hypothesen anzueignen, die bestimmt schon überholt sind, wenn ich mein Examen mache? Wäre es nicht viel nützlicher, wenn ich mich in dieser Zeit mit Platon beschäftigte?›»

«Mein Gott, Henry!», rief Orson empört aus, denn er dachte an die Millionen von Menschen, die der medizinischen Wissenschaft ihr Leben verdanken. «Das kann doch nicht dein Ernst sein!»

«Bitte, sag Hub zu mir. Ich bin für dich vielleicht ein schwieriger Fall, und ich glaube, es wird dir die Sache erleichtern, wenn du mich bei meinem Namen nennst. Aber reden wir doch mal von dir. Dein Vater ist Arzt, du hast auf der Highschool lauter gute Noten bekommen – ich kann mich nur sehr mittelmäßiger Noten rühmen –, und du willst in Harvard studieren, weil du hier eine kosmopolitische Oststaatenumgebung zu finden hoffst, von der du dir Nutzen versprichst, nachdem du dein bisheriges Leben in einer kleinen Provinzstadt verbracht hast.»

«Zum Teufel, wer hat dir denn das alles erzählt?» Orson war rot geworden, als er die wörtliche Wiedergabe seines Aufnahmeantrags hörte. Er kam sich jetzt schon bedeutend älter vor als der Junge, der das geschrieben hatte.

«Die Universitätsverwaltung», antwortete Henry. «Ich bin hingegangen und habe Einblick in deine Akte verlangt. Zuerst wollten sie nichts davon wissen, aber ich habe gesagt, wenn ich schon einen Zimmergenossen bekäme, obgleich ich ausdrücklich um ein Einzelzimmer gebeten hätte, dann müssten sie mir auch Gelegenheit geben, Näheres über dich zu erfahren und auf diese Weise mögliche Reibungspunkte zu umgehen.»

«Und sie haben die Akte rausgerückt?»

«Natürlich. Menschen ohne innere Überzeugung besitzen keine Widerstandskraft.» Sein Mund produzierte das selbstzufriedene lautlose Schnalzen, und Orson fühlte sich zu der Frage bewogen: «Warum bist du nach Harvard gekommen?»

«Zwei Gründe.» Er zählte sie an zwei Fingern ab. «Raphael Demos und Werner Jaeger.»

Orson kannte diese Namen nicht. «Freunde von dir?», erkundigte er sich und hatte im nächsten Moment den Eindruck, etwas Dummes gesagt zu haben.

Aber Henry nickte. «Ich habe mich Demos vorgestellt. Ein reizender alter Gelehrter mit einer bildhübschen jungen Frau.»

«Soll das heißen, du bist einfach hingegangen und hast dich ihm aufgedrängt?» Orson hörte, wie seine Stimme schrill wurde; die hohe und schwankende Stimme gehörte zu den Dingen, die er an sich selbst am wenigsten leiden konnte.

Henry zuckte zusammen. Er sah unerwartet verletzlich aus, wie er da schlank, flott gekleidet und mit hässlichen, gelblichen, plattnagligen nackten Füßen auf den schwarz gestrichenen Dielen stand. «So würde ich das nicht bezeichnen. Ich bin als Pilger zu ihm gegangen. Er schien sich sehr gern mit mir zu unterhalten.» Er sprach behutsam, und sein Mund enthielt sich des Schnalzens.

Dass er seinen Zimmergenossen kränken konnte – dass dieser junge Frechdachs überhaupt tieferer Empfindungen fähig war –, verwirrte Orson mehr als alle Überraschungen, mit denen der andere ihn gezielt konfrontiert hatte. Ebenso schnell, wie Henry aufgesprungen war, ließ er sich jetzt auf den Fußboden gleiten; es war, als rutsche er durch eine in der Konversationsebene befindliche Falltür. Er begann von neuem zu spinnen. Die Methode verlangte offenbar, dass der Faden um den großen Zeh geschlungen und durch eine Art geistesabwesende Tretbewegung straff gehalten wurde. Während Henry sich dieser Beschäftigung hingab, schien er hermetisch abgeschlossen in einer der Leimmaschinen zu sitzen, die der Nährboden seiner Philosophie waren. Beim Auspacken fühlte sich Orson in zunehmendem Maß durch ein schwer definierbares Gefühl des Unbehagens behindert. Er suchte sich zu erinnern, wie die Mutter zu

Hause seine Sachen in der Kommode untergebracht hatte: Socken und Unterwäsche in der einen Schublade, Oberhemden und Taschentücher in der anderen. Zu Hause – das schien unendlich weit weg zu sein, und als wäre die Schwärze der Dielenbretter die Farbe eines Abgrunds, spürte er unter seinen Füßen eine schwindelnde Tiefe. Das Spinnrad schnatterte gleichmäßig vor sich hin. Orsons Unbehagen kreiste im Raum und konzentrierte sich dann auf seinen Zimmergenossen, der, das war klar, ernsthaft über profunde Dinge nachgedacht hatte, Dinge, um die sich Orson so gut wie gar nicht gekümmert hatte, da er vollauf damit beschäftigt gewesen war, ein guter Schüler zu sein. Klar war auch, dass Henry unintelligent gedacht hatte. Diese Unintelligenz («Ich kann mich nur sehr mittelmäßiger Noten rühmen») war eher eine Drohung als ein Trost. Orson stand über die Kommode gebeugt, und seine geistige Haltung entsprach ziemlich genau der körperlichen: Er konnte sich weder zu voller Verachtung erheben noch sich in aufrichtiger Bewunderung vor seinem Zimmergenossen niederwerfen. Seine Empfindungen wurden noch kompliziert durch den Widerwillen, den Henrys körperliche Gegenwart bei ihm hervorrief. Er, der von fast krankhafter Reinlichkeit war, fühlte sich von Leim verfolgt, und eine klebrige Atmosphäre behinderte beim Auspacken jede seiner Bewegungen.

Das Schweigen zwischen den beiden Zimmergenossen dauerte fort, bis eine große Glocke gewichtig zu dröhnen begann. Das Geräusch war nah und doch fern, gleich dem Schlag eines Herzens im Busen der Zeit, und mit ihm schien das dämpfend dichte Laubwerk der Bäume im Hof ins Zimmer zu dringen, jener Bäume, die Orsons präriegewohnten Augen so tropisch üppig vorgekommen waren; die Zimmerwände vibrierten von Blattschatten, und viele winzige Wesenheiten – Staubteilchen,

Straßengeräusche, Engel, von denen mehrere auf einem Stecknadelkopf tanzen konnten – erfüllten die Luft und machten das Atmen schwer. Auf den Treppen des Studentenheims polterte es. Jungen in Jacketts und Krawatten kamen lachend ins Zimmer gestürmt und riefen: «Hub! He, Hub!»

«Steh vom Boden auf, Daddy.»

«Mensch, Hub, zieh dir Schuhe an.»

«Pfui Spinne.»

«Und mach das Taschentuch ab, das du dir um den Hals gewickelt hast.»

«Und das Schwesternhäubchen.»

«Denk an die Lilien auf dem Felde, Hub. Sie arbeiten nicht, sie spinnen nicht, und doch sage ich dir, selbst Salomo in all seiner Pracht war nicht gekleidet wie eine von ihnen.»

«Amen, Brüder!»

«Fitch, du solltest Pfarrer werden.»

Orson sah sie alle zum ersten Mal. Hub stand auf und übernahm es gewandt, seinen Zimmergenossen mit den anderen bekannt zu machen.

Nach ein paar Tagen konnte sich Orson ein Bild von jedem Einzelnen machen. Das scheinbar so fest gefügte und homogene Konglomerat zerfiel bei näherer Betrachtung in Doppelindividuen: Zimmergenossen. Da waren Silverstein und Koshland, Dawson und Kern, Young und Carter, Petersen und Fitch.

Silverstein und Koshland, die das Zimmer über Orson und Henry hatten, waren Juden aus New York City. Orson wusste nicht viel von Juden, außer von denen in der Bibel; er hielt sie samt und sonders für leidgeprüfte Menschen voller Musik, Schlauheit und Schwermut. Aber Silverstein und Koshland alberten ständig herum, rissen ständig Witze. Sie spielten Bridge,

Poker, Schach und Go, fuhren nach Boston ins Kino und tranken Kaffee in den Schnellrestaurants am Square. Sie hatten – der eine in der Bronx, der andere in Brooklyn – ‹bessere› Highschools besucht, und Cambridge schien für sie einfach ein weiterer New Yorker Stadtteil zu sein. Das meiste von dem, was der Lehrplan für Studienanfänger vorsah, schienen sie offenbar schon zu wissen. Als der Winter näher kam, entwickelte Koshland eine Leidenschaft für Basketball, und wenn er und seine Mannschaftskameraden im Zimmer mit einem Tennisball und einem Papierkorb trainierten, wackelten die Wände. Eines Nachmittags fiel von der Decke ein großes Stück Putz auf Orsons Bett.

Nebenan in Zimmer 12 wohnten Dawson und Kern und wollten beide Schriftsteller werden. Der eine – Dawson – kam aus Ohio, der andere aus Pennsylvania. Dawson wirkte etwas mürrisch; er hatte eine schlechte Haltung, die Mimik eines eifrigen jungen Hundes und ein sehr cholerisches Temperament. Seine schriftstellerischen Vorbilder waren Sherwood Anderson und Ernest Hemingway, und er selber schrieb trocken wie für eine Tageszeitung. Er war als Atheist aufgewachsen, und keiner im Studentenheim reizte in so sehr zu Wutausbrüchen wie Hub. Orson, der das Gefühl hatte, dass er und Dawson aus einander fremden Grenzgebieten jenes großen psychologischen Areals kamen, das man den Mittelwesten nennt, mochte ihn recht gern. Weniger gut kam er mit Kern aus, der den Oststaatler hervorkehrte und in dem eine subtile Boshaftigkeit zu schlummern schien. Auf einer Farm groß geworden, bis zur Unnatürlichkeit blasiert, an nervösen Beschwerden leidend, die von Bindehautentzündung bis zu Hämorrhoiden reichten, rauchte und redete Kern pausenlos. Er und Dawson stachelten einander zu immer neuen Witzen an. Nachts hörte Orson durch die Wand, wie sie sich mit improvisierten Parodien und Gesangsnummern wach hielten, bei denen es um ihre Professoren, Vorlesungen und Kommilitonen ging. Einmal sang Dawson um Mitternacht so laut, dass nebenan jedes Wort zu verstehen war: «Ich heiße Orson Ziegler und komm aus South Dakota.» Nach einer kurzen Pause ließ sich Kern vernehmen: «Und wenn ich fein gewichst hab, dann penn ich wie ein Tota.»

Auf der anderen Seite des Korridors, in Zimmer 15, wohnten Young und Carter, zwei Neger. Carter stammte aus Detroit und war sehr schwarz, sprach sehr schnell, war sehr gut gekleidet und konnte über einen treffenden Witz in ein spastisches Kichern ausbrechen, das ihm Tränen in die Augen trieb. Kern versetzte ihn oft in diesen Zustand. Young war ein schlanker malzbrauner Jüngling aus North Carolina, den ein Staatsstipendium nach Harvard verschlagen hatte; er fühlte sich hier als Fremder, hatte Heimweh und wurde mit keinem warm. Kern nannte ihn Bruder Opossum. Young schlief den ganzen Tag, nachts saß er auf seinem Bett und blies auf dem Mundstück einer Trompete. Anfangs hatte er nachmittags auf der ganzen Trompete geblasen und das Studentenheim und die grüne Hülle von Bäumen mit strahlenden rhythmischen Versionen schmachtender Melodien wie *Sentimental Journey* und *The Tennessee Waltz* überschwemmt. Das war hübsch gewesen. Aber Youngs ängstliches Taktgefühl – ein Drang, sich abzusondern, den der Schock von Harvard in ihm verstärkt hatte – machte diesen harmlosen Darbietungen bald ein Ende. Er ging dazu über, das Tageslicht zu meiden. Wenn sich Orson nachts einzuschlafen bemühte, erschien ihm das leise spuckend-zischende Geräusch von jenseits des Ganges wie eine in Scham ertrinkende Musik. Carter nannte seinen Zimmergenossen immer «Jonathan» und artikulierte dabei die Silben so sorgfältig, als spräche er den Namen eines fernen Wesens aus, von dem er eben zum ersten Mal gehört hatte, wie La Rochefocauld oder Demosthenes.

Schräg gegenüber, in dem Zimmer mit der Unglückszahl 13, bildeten Petersen und Fitch ein eigenartiges Gespann. Beide waren groß, hatten schmale Schultern und ein breites Hinterteil, doch davon abgesehen schien es zwischen ihnen keine Gemeinsamkeiten zu geben, und niemand wusste, was die Verwaltung bewogen hatte, ausgerechnet sie zu Zimmergenossen zu machen. Fitch hatte dunkle Glotzaugen und den flachen Schädel von Frankensteins Monster. Er war ein Wunderkind aus Maine, mit Philosophie voll gestopft, von Ideen überquellend und schon schwanger gehend mit dem Nervenzusammenbruch, den er ein paar Monate später, im April, tatsächlich erlitt. Petersen war ein liebenswürdiger Schwede mit einer transparenten Haut, die ein paar blaue Äderchen in seiner Nase durchscheinen ließ. Er hatte mehrere Sommer lang in Duluth als Reporter für den *Herald* gearbeitet und sich in dieser Zeit alle Eigen- und Unarten des Journalisten angeeignet: das witzige Sticheln, den Schluck Whisky dann und wann, den ins Genick geschobenen Hut, die Angewohnheit, brennende Zigaretten auf den Boden zu werfen. Er schien nicht recht zu wissen, weshalb er in Harvard war, und kam auch nach dem ersten Studienjahr nicht mehr zurück. Inzwischen aber, während diese beiden ihrem jeweiligen Scheitern entgegengingen, bildeten sie ein Paar, das sich merkwürdig gut ergänzte. Jeder von ihnen hatte seine Stärke dort, wo der andere hilflos war. Fitch war so unpraktisch, dass er nicht einmal tippen konnte; er pflegte im Schlafanzug auf dem Bett zu liegen und, sich windend und Grimassen schneidend, seinem Zimmergenossen eine geisteswissenschaftliche Abhandlung zu diktieren, doppelt so lang wie gefordert und meistens über Bücher, die nicht im Lehrplan standen. Es blieb Petersen überlassen, mit

Hilfe eines hektischen Zweifingersystems aus diesem chaotischen Monolog ein Manuskript zu machen. Er war von einer geradezu mütterlichen Geduld. Als Gegenleistung wurde Petersen mit Ideen aus der Überfülle von Gedanken versorgt, die sich so schmerzhaft in dem großen, flachen Schädel von Fitch drängten. Petersen hatte absolut keine Ideen; er konnte den heiligen Augustinus und Marc Aurel weder vergleichen noch kritisch betrachten, noch einander gegenüberstellen. Vielleicht lag es an den vielen Leichen, Feuersbrünsten, Polizisten und Prostituierten, die er schon in jungen Jahren gesehen hatte, dass sein Geist vorzeitig stumpf geworden war. Immerhin konnte er sich, indem er Fitch bemutterte, praktisch betätigen, und Orson beneidete die beiden.

Er beneidete überhaupt alle Zimmergenossen, welcher Art das Band zwischen ihnen auch sein mochte – geographische Herkunft, Rasse, erstrebtes Ziel, körperliche Erscheinung –, denn er vermochte zwischen sich und Hub Palamountain keinerlei Gemeinsamkeit zu erkennen, außer dass sie gezwungen waren, in demselben Zimmer zu wohnen. Nicht dass es, äußerlich gesehen, unangenehm gewesen wäre, mit Hub zusammenzuleben. Hub war ordentlich und sauber, fleißig und betont rücksichtsvoll. Er stand um sieben Uhr auf, betete, absolvierte seine Yogaübungen, spann, ging zum Frühstück hinunter und blieb dann oft bis zum Abend unsichtbar. Im Allgemeinen legte er sich Punkt elf Uhr schlafen. Wenn es im Haus noch laut war, steckte er sich Gummistöpsel in die Ohren, band eine schwarze Maske über die Augen und schlief trotz des Lärms ein. Tagsüber hielt er sich streng an seinen Stundenplan: Neben den vier Pflichtkursen besuchte er noch zwei als Gasthörer, er ging zwecks körperlicher Ertüchtigung dreimal in der Woche zum Ringen, er deichselte es, dass er gelegentlich von Demos, Jaeger oder dem Bischof von Massachusetts zum Tee eingeladen wurde, er besuchte abendliche Vorträge und Lesungen, er ging im Phillips Brooks House ein und aus, und an zwei Nachmittagen der Woche beaufsichtigte er in einem Jugendheim in Roxbury eine Gruppe von Jungen aus den Slums. Damit nicht genug, nahm er auch noch Klavierunterricht in Brookline. An vielen Tagen sah Orson ihn nur bei den Mahlzeiten in der Mensa, wo sich die Studienanfänger in jenen ersten Herbstmonaten, als ihre Bekanntschaft noch neu war und die Verschiedenartigkeit der Interessen sie noch nicht auseinander gerissen hatte, gewöhnlich an einem langen Tisch zusammentrafen. Damals wurde oft über ein Thema diskutiert, das sie buchstäblich vor Augen hatten: Hub war Vegetarier. Da saß er vor einer dampfenden doppelten Portion Kartoffelbrei und Limabohnen, während Fitch den Punkt zu finden suchte, an dem Vegetarier inkonsequent werden. «Du isst doch Eier», sagte er.

«Ja», gab Hub zu.

«Ist dir klar, dass vom Huhn aus gesehen jedes Ei ein neugeborenes Baby ist?»

«Das stimmt nicht. Nur wenn es von einem Hahn befruchtet wurde.»

«Nun nimm mal an», fuhr Fitch fort, «ein Ei, das unbefruchtet sein müsste, ist *doch* befruchtet worden und enthält einen Embryo – so was kommt vor, ich habe es selbst gesehen, als ich auf der Hühnerfarm meines Onkels in Maine gearbeitet habe.»

«Wenn ich das merke, esse ich dieses Ei natürlich nicht», erwiderte Hub, und seine Lippen vollführten ihr lautloses Schnalzen.

Fitch schlug triumphierend auf den Tisch und fegte dabei eine Gabel vom Tisch. «Aber *warum* nicht? Die Henne empfindet den gleichen Schmerz, ob sie nun ein befruchtetes oder ein unbefruchtetes Ei legt. Der Embryo hat noch kein Bewusstsein – er ist eine Pflanze. Als Vegetarier müsstest du ihn mit besonderem Genuss essen.» Er kippte mit seinem Stuhl so weit nach hinten, dass er sich an der Tischkante festhalten musste, um einem Sturz zu entgehen.

«Mir scheint», sagte Dawson und runzelte finster die Stirn – diese Diskussionen waren ihm aus irgendeinem Grund zuwider und verdarben ihm oft die Laune –, «mir scheint, die Psychoanalyse der Hühner ist es nicht wert, dass man sie in Betracht zieht.»

«Im Gegenteil», erwiderte Kern leichthin, räusperte sich und kniff seine entzündeten Augenlider zusammen, «ich bin überzeugt, dass sich in dem winzigen, trüben Hirn der Henne – dem Minimalhirn sozusagen – die Tragödie des Universums im Kleinen abspielt. Stellt euch mal das Gefühlsleben einer Henne vor. Was bedeutet für sie Gemeinschaft? Eine Schar von pickenden Gackerliesen. Und Geborgenheit? Ein paar kotbekleckerte Stangen. Und Nahrung? Mengfutter und ein paar Körner, lieblos hingeworfen. Und Liebe? Die beiläufige Vergewaltigung durch einen polygamen Hahn. Plötzlich aber, wie herbeigezaubert, taucht in dieser herzlosen Welt ein Ei auf. Ein Ei von ihr. Ein Ei, so muss es ihr vorkommen, das sie und Gott gemacht haben. Wie muss sie es lieben, seine schöne Glätte, seinen zarten Glanz, seine feste und doch irgendwie zerbrechliche, leise schwankende Schwere.»

Carter rang krampfhaft nach Fassung. Er saß über sein Tablett gebeugt, hielt die Augen fest geschlossen, und sein dunkles Gesicht zuckte vor unterdrücktem Lachen. «O bitte», keuchte er schließlich, «bitte hör auf. Mir tut schon der Magen weh.»

«Ach, Carter», sagte Kern lässig, «wenn's nur das wäre. Die Tragödie geht ja weiter. Da hockt nun die arme, unschuldige

Henne und hält dieses seltsame, gesichtslose, ovale Kind, wiegt es, leicht wie es ist, sanft in ihren Fittichen –» er blickte erwartungsvoll zu Carter hinüber, aber der farbige Junge biss sich auf die Unterlippe und hielt tapfer durch –, «und eines Tages kommt ein riesengroßer Mensch, der nach Bier und Mist riecht, und entreißt ihr das Ei. Und warum? Weil *er* –» Kern deutete mit ausgestrecktem Arm über den Tisch, sodass sein nikotinbrauner Zeigefinger fast Hubs Nase berührte –, «*er*, der heilige Henry Palamountain, mehr Eier essen will. ‹Mehr Eier!›, ruft er gefräßig, damit brutale Ochsen und perfide Schweine weiterhin die Kinder amerikanischer Mütter bedrohen können!»

Dawson warf sein Besteck hin, stand auf und verließ den Speisesaal. Kern wurde rot. Seine Ausgelassenheit war bei seinen Zimmerkameraden nicht gut angekommen. Eine Weile herrschte Schweigen, dann stopfte sich Petersen eine zusammengelegte Scheibe Roastbeef in den Mund und sagte kauend: «Mensch, Hub, wenn jemand anders die Tiere tötet, könntest du sie doch ruhig essen. Denen macht das gar nichts mehr aus.»

«Ach, ihr habt ja keine Ahnung», sagte Hub nur.

«Du, Hub», rief Silverstein vom anderen Ende des Tischs herüber, «wie ist denn das mit Milch? Kälber trinken doch Milch, also entziehst du vielleicht so einem armen Tier die Milch.»

Orson sah sich zum Eingreifen genötigt. «Nein», sagte er so heftig, dass seine Stimme wie geborsten klang. «Jeder, sofern er nicht aus New York stammt, weiß, dass Milchkühe ihre Kälber nicht säugen. Was mich dagegen wundert, Hub, das sind deine Schuhe. Du trägst Lederschuhe.»

«Ja, allerdings.» Hub fand es jetzt nicht mehr lustig, sich zu verteidigen. Seine Lippen wurden schmal.

«Leder ist Rindshaut.»

«Aber das Tier war ja sowieso schon geschlachtet.»

«Du sprichst wie Petersen. Der Umstand, dass du Lederwaren kaufst – was ist übrigens mit deiner Brieftasche und deinem Gürtel? –, fördert das Schlachten. Du bist genauso ein Mörder wie wir. Nein, ein noch schlimmerer als wir – weil du darüber nachdenkst.»

Hub faltete langsam die Hände und stützte sie wie zum Gebet auf die Tischkante. Seine Stimme war noch immer die eines Rundfunksprechers, jetzt aber eines, der schnell und leise den Endspurt eines Rennens schildert. «Mein Gürtel ist, glaube ich, aus Plastik. Die Brieftasche habe ich vor Jahren von meiner Mutter geschenkt bekommen, zu einer Zeit, als ich noch kein Vegetarier war. Bedenk bitte, dass ich achtzehn Jahre lang Fleisch gegessen und noch immer Appetit darauf habe. Wenn es eine andere konzentrierte Proteinquelle gäbe, würde ich sofort auf Eier verzichten. Es gibt Vegetarier, die essen keine. Andererseits gibt es Vegetarier, die Fisch essen und Lebertran nehmen. Das tue ich nicht. Schuhe sind ein Problem, das stimmt. Es gibt zwar eine Schuhfabrik in Chicago, die kein Leder verwendet, aber die Schuhe sind sehr teuer und gar nicht bequem. Ich habe einmal ein Paar bestellt und es dann sehr bereut. Leder ‹atmet› nämlich, während synthetische Ersatzstoffe das nicht tun. Meine Füße sind sehr empfindlich, und deshalb habe ich einen Kompromiss geschlossen. Ich bedauere das sehr. Du kannst übrigens noch weitergehen: Wenn ich Klavier spiele, fördere ich das Töten von Elefanten, und wenn ich mir die Zähne putze, was ich besonders sorgfältig tun muss, weil die vegetarische Kost so reich an Kohlehydraten ist, benutze ich eine Zahnbürste mit Schweinsborsten. Ich bin mit Blut befleckt und bete täglich, dass Gott mir verzeihen möge.» Er ergriff seine Gabel und stieß sie von neuem in den Kartoffelbrei.

Orson war verblüfft; er hatte sich aus einer Art Mitgefühl heraus eingeschaltet, und nun behandelte ihn Hub wie seinen einzigen Feind. Er suchte sich zu verteidigen. «Es gibt ausgezeichnete Schuhe aus Segeltuch, mit Kreppsohlen», sagte er.

«Ich kann sie mir ja mal ansehen», erwiderte Hub. «Aber für mich werden sie wohl zu auffällig sein.»

Gelächter lief rund um den Tisch, und damit war das Thema abgetan. Nach dem Essen ging Orson, von einem gewissen Völlegefühl gequält, zur Bibliothek hinüber; eine nachträgliche Gemütserregung schlug sich ihm auf den Magen. Er spürte ein zunehmendes Unbehagen, das sich nicht abschütteln ließ. Es ärgerte ihn, mit Hub in Verbindung gebracht zu werden, und doch fühlte er sich angegriffen, wenn Hub angegriffen wurde. Ihm schien, Hub verdiene Anerkennung, weil er sich mutig zu seiner Überzeugung bekannte – Leute wie Fitch und Kern setzten sich nur selbst herab, wenn sie über ihn spotteten. Und doch lächelte Hub über ihre Kritik, die er als Scherz zu betrachten schien, während er sich Orson ernstlich widersetzte und ihn dadurch in eine falsche Position hineinmanövrierte. Warum nur? Hing es damit zusammen, dass auch Orson sich zum christlichen Glauben bekannte? War deshalb nur er allein einer ernsten Zurechtweisung würdig? Aber Carter ging doch jeden Sonntag zur Kirche, in einem blauen Nadelstreifenanzug, das Taschentuch mit Monogramm in der Brusttasche; Petersen war zumindest nominell Presbyterianer; was Kern betraf, so hatte Orson ihn einmal aus der Memorial-Kapelle schlüpfen sehen; sogar Koshland blieb an seinen Feiertagen den Vorlesungen fern und ließ das Mittagessen ausfallen. Warum also, fragte sich Orson, schlug Hub immer nur bei ihm zurück? Und warum machte er, Orson, sich eigentlich Gedanken darüber? Es war ja nicht so, dass er Hub besonders achtete oder ihn gar bewunderte. Hubs Handschrift war groß und sauber wie die eines Kindes, und bei den ersten Zwischenprüfungen brachte er es in allen Fächern nur auf C-Noten, sogar in dem Kursus über Platon und Aristoteles. Orson widerstrebte es, von ihm herablassend behandelt zu werden. Das Bewusstsein, dass er bei Tisch den Kürzeren gezogen hatte, ärgerte ihn wie eine ungerechte Note. Sein Verhältnis zu Hub wurde in seinem Kopf zu einer graphischen Darstellung, auf der alle seine Absichten in rechten Winkeln davonschossen und die Stärken hingegen ins Nichts ausliefen. Hinter dem Diagramm schwebten das selbstgefällige Kräuseln von Hubs Lippen, die fischige Unverschämtheit seiner Augen und die ausgesprochen hässliche Form und Hautfärbung seiner Hände und Füße. Diese Bilder – Hub in entkörperlichter Form – trug Orson mit sich in die Bibliothek, von einer Vorlesung zur anderen und durch die verstopften Straßen am Square; ab und zu tauchte der glasige Glanz eines Auges oder ein großer Zeh mit flachem gelblichem Nagel aus einer Buchseite auf und glitt später, vielfach vergrößert, zusammen mit Orson in das Unterbewusstsein des Schlafs. Dennoch war es für ihn selbst eine Überraschung, als er an einem Februarnachmittag bei Dawson und Kern in Zimmer 12 saß und auf einmal herausplatzte: «Ich hasse ihn.» Er bedachte, was er da gesagt hatte, fand, dass es ihm gefiel, und wiederholte: «Ich hasse den Kerl. Und habe dabei noch nie einen Menschen gehasst.» Seine Stimme überschlug sich, und seine Augen wurden warm von aufsteigenden Tränen.

Sie waren alle aus den Weihnachtsferien zurückgekehrt, um sich in den unheimlichen Limbus der Lektürewochen und das für sie neue Abenteuer der Halbjahresprüfungen zu stürzen. Die Bewohner dieses Studentenheimes waren größtenteils Absolventen staatlicher Schulen, für die das erste Studienjahr in Harvard immer eine starke Belastung bedeutet. Die Jungen, die von Privatschulen kommen, von kleinen Harvards wie Andover und Groton, bringen dieses erste Jahr im Allgemeinen leicht hinter sich, stranden aber dafür später an fremden Riffs, das heißt, sie ergeben sich dem Alkohol oder verfallen in dandyhafte Apathie. Aber die Institution verlangt von jedem, dass er unter Opfern Ballast abwirft, bevor sie ihn entlässt. Orsons Mutter hatte Weihnachten den Eindruck gehabt, ihr Sohn sei abgemagert, und war bemüht gewesen, ihn aufzupäppeln. Orson wiederum hatte betroffen festgestellt, wie sehr sein Vater gealtert war. In den ersten Tagen zu Hause hörte Orson stundenlang plätschernde Radiomusik und fuhr auf schmalen, geraden Straßen, die der Schneepflug bereits mit hohen weißen Mauern gesäumt hatte, durch die ländliche Gegend. Nie zuvor war ihm der Himmel von South Dakota so offen, so klar erschienen; er hatte gar nicht gewusst, dass die hohe, trockene Sonne, unter der es einem selbst bei Frost mittags warm vorkam, ein lokales Phänomen war. Er schlief wieder mit seinem Mädchen, und wieder weinte sie. Um sie zu trösten, bezichtigte er sich der Ungeschicklichkeit, insgeheim aber gab er ihr die Schuld. Sie kam ihm kein bisschen entgegen. Als er nach Cambridge zurückkehrte, regnete es, regnete im Januar, und der Eingang ihres Hauses war voll grauer Fußspuren und nasser Fahrräder, und alle Mädchen vom Radcliffe College trugen Regenmäntel und Gummischuhe. Hub war nicht nach Hause gefahren; er hatte Weihnachten allein in dem Doppelzimmer gesessen und die Geburt Christi mit einem Fasttag gefeiert.

In dem eintönigen, fast halluzinatorisch unwirklichen Monat des Lesens, Büffelns und Repetierens erkannte Orson, wie wenig er wusste, wie dumm er war, wie unnatürlich alles Lernen ist und wie nutzlos. Harvard belohnte ihn mit drei A-Noten und einem B. Hub bekam zweimal B und zweimal C. Kern, Dawson und Silverstein schnitten gut ab; Petersen, Koshland und Carter erhielten mittelmäßige Noten; Fitch fiel in einem Fach durch, Young in dreien. Der bleiche Neger schlich umher wie ein Schwerkranker, der den Tod nahen fühlt; er wurde, während er noch unter ihnen weilte, zu einem Gerücht. Das unterdrückte Zischen des Trompetenmundstücks klang nicht mehr durch die Nacht. Silverstein und Koshland und die Basketballmannschaft nahmen Carter unter ihre Fittiche und gingen drei- oder viermal in der Woche mit ihm in Boston ins Kino.

Nach den Prüfungen, mitten im Winter, tritt in Harvard eine dankbar begrüßte Pause ein. Man sucht sich neue Kurse aus, und die ganzjährigen Kurse, die nun in die zweite Hälfte gehen, legen sich bisweilen einen neuen Professor zu, etwa so wie man sich einen neuen Hut leistet. Die Tage werden allmählich länger; es gibt ein oder zwei Schneestürme; die Schwimm- und die Squash-Mannschaften verleihen den Sportseiten von *Crimson* eine ungewohnt siegesfrohe Note. Bläuliche Schatten auf dem Schnee sind wie eine Art Frühlingsahnen. Die Ulmen nehmen die Form von Springbrunnen an. Die Scheiben, die schwere Stiefel in den Schnee des Bürgersteigs vor Albiani's gestanzt haben, sehen wie kostbare Münzen aus; die Backsteingebäude, die Torbogen, die archaischen Pulte und die scheunenartigen Villen in der Brattle Street dünken den jungen Studenten ein Erbe, das er vorübergehend in Besitz genommen hat. Die abgegriffenen Rücken seiner inzwischen vertraut gewordenen Lehrbücher scheinen der Beweis einer gewissen neu erworbenen Bildung zu sein, und der Riemen der grünen Büchertasche zerrt an seinem Handgelenk wie ein erregter Falke. Die Briefe von zu Hause sind jetzt nicht mehr so wichtig. Die Stunden weiten sich. Man hat mehr Zeit. Experimente werden gemacht, Beziehungen zwischen den Geschlechtern angeknüpft. Gespräche ziehen sich mehr und mehr in die Länge, ein fast gieriges Verlangen, sich gegenseitig zu entdecken, erfasst Leute, die nur flüchtig miteinander bekannt sind. In dieser Atmosphäre platzte Orson mit seinem Geständnis heraus.

Dawson wandte den Kopf ab, als hätten die Worte des Hasses ihm gegolten. Kern blinzelte, zündete sich eine Zigarette an und fragte: «Was gefällt dir denn nicht an ihm?»

«Ach –» Orson rückte auf dem schwarzen, schön geformten, aber harten Harvard-Stuhl unbehaglich hin und her –, «es sind so Kleinigkeiten. Jedes Mal wenn er einen Brief von der Rekrutierungsbehörde in Portland bekommt, zerreißt er ihn ungelesen und wirft die Fetzen aus dem Fenster.»

«Und du hast Angst, man könnte dich der Beihilfe anklagen und ins Kittchen stecken?»

«Nein – ich weiß nicht. Mir kommt das so übertrieben vor. Er übertreibt alles. Ihr solltet nur sehen, wie er betet.»

«Woher weißt du denn, wie er betet?»

«Er zeigt es mir. Jeden Morgen kniet er nieder und *wirft* sich über sein Bett, mit ausgebreiteten Armen, das Gesicht in die Decke gedrückt.» Er machte es vor.

«Großer Gott», rief Dawson, «das ist kolossal! Das ist mittelalterlich. Nein, mehr als mittelalterlich. Gegenreformatorisch.»

«Ich meine», sagte Orson, und sein Gesicht verzerrte sich, weil ihm klar war, dass er einen gemeinen Verrat an Hub begangen hatte, «ich bete ja auch, aber ich stelle mich dabei nicht derart zur Schau.»

Ein Stirnrunzeln ließ Dawsons Gesichtsausdruck gerinnen und verschwand wieder.

«Er ist ein Heiliger», sagte Kern.

«Das ist er *nicht*», protestierte Orson. «Er ist nicht mal intelligent. Ich bin mit ihm zusammen in Chemie I, und da stellt er sich bei den Berechnungen dümmer an als ein Kind. Und die griechischen Bücher auf seinem Tisch, die sehen nur so zerlesen aus, weil er sie alt gekauft hat.»

«Heilige brauchen nicht gut in Mathe zu sein», sagte Kern. «Was Heilige haben müssen, ist Energie. Und die hat Hub.»

«Beim Ringen zum Beispiel ist er sehr ausdauernd», sagte Dawson.

«Ausdauernd vielleicht, aber nicht gut», meinte Orson. «In die Mannschaft des ersten Studienjahres ist er jedenfalls nicht aufgenommen worden. Und wenn wir ihn Klavier spielen hören könnten, wären wir bestimmt entsetzt.»

«Du scheinst nicht zu begreifen, worum es Hub geht», sagte Kern mit geschlossenen Augen.

«Ich weiß verdammt gut, worum es ihm *angeblich* geht», erwiderte Orson. «Aber das ist alles Schwindel. Es steckt nichts dahinter. Dieser Vegetarismus und diese Liebe zu den hungernden Indern – in Wirklichkeit ist er ein ganz kalter Bursche. Ich glaube, er ist so ziemlich der gefühlloseste Mensch, dem ich je begegnet bin.»

«Ich glaube nicht, dass Orson das glaubt; du vielleicht?», wandte sich Kern an Dawson.

«Nein», antwortete Dawson, und ein Lächeln hellte sein umwölktes Gesicht auf. «Das ist nicht das, was unser Pastor Orson wirklich glaubt.»

«Pastor Orson ist gut», rief Kern lachend.

Dawson und Kern fuhren mit ihren Witzeleien fort, bis Orson das Gefühl hatte, er werde auf dem Altar des stets gefährdeten Friedens zwischen den beiden Zimmergenossen geopfert. Daraufhin ging er, scheinbar beleidigt, insgeheim aber geschmeichelt, denn nun hatte er endlich so etwas wie einen Spitznamen: Pastor Orson.

Einige Tage später besuchten sie einen Vortragsabend von

Carl Sandburg in der New Lecture Hall – die vier Studenten aus den benachbarten Zimmern und Fitch. Um nicht neben Hub sitzen zu müssen, der zielbewusst auf eine vordere Reihe zusteuerte, blieb Orson ein wenig zurück, und so saß er dann am weitesten von dem Mädchen entfernt, hinter dem sich Hub niedergelassen harte. Sie fiel Orson sofort durch die üppige Mähne kupferroten Haares auf, die über die Rücklehne ihres Sitzes flutete. Die Farbe und die Fülle erinnerten ihn an Pferde, Erde, Sonne, Weizen und zu Hause. Von seinem Platz aus sah er sie fast im Profil: ein kleines Gesicht mit einem schrägen, schattenverschwommenen Wangenknochen und einem leicht abstehenden blassen Ohr. Ihr Ohr erinnerte ihn an Emily, sie war Emily, mit langem rotem Haar und von Cambridger Noblesse. Ihn verlangte es danach, ihr Gesicht zu sehen, und wusste, dass sie sich gleich abwandte – jetzt wandte sie den Kopf ab. Hub hatte sich vorgebeugt und sagte ihr etwas ins andere Ohr. Fitch schnappte seine Worte auf und gab sie feixend an Dawson weiter, der Kern und Orson zuflüsterte: «Hub hat zu dem Mädchen gesagt: ‹Sie haben schönes Haar.›»

Mehrmals während der Lesung beugte sich Hub vor, um ihr weitere Bemerkungen ins Ohr zu wispern, die Fitch, Dawson und Kern jedes Mal zu unterdrücktem Lachen reizten. Auf dem Podium rezitierte derweil Sandburg, dem die weißen Ponyfransen so starr und glänzend in die Stirn hingen, dass sie wie eine Puppenperücke aus Kunstfasern wirkten; er begleitete seinen Singsang mit eigenartigem Geklimper auf einer Gitarre. Nachher verließ Hub an der Seite des Mädchens den Saal. Aus einiger Entfernung sah Orson, wie ihr weißes Gesicht in ein Lachen ausbrach. Als Hub zu seinen Freunden zurückkehrte, sah es in der Dunkelheit aus, als hätte sich die selbstgefällige Kerbe in seinem Mundwinkel zu einem Spalt vertieft.

Nicht am nächsten Tag, nicht in der nächsten Woche, aber noch vor Ablauf des Monats brachte Hub ein Bündel rotes Haar an. Orson fand es, auf einer Zeitung ausgebreitet, gleich einer Tierleiche auf seinem Bett liegen. «Um Himmels willen!», rief er. «Was ist denn das?»

Hub kauerte auf dem Boden und fingerte an seinem Spinnrad. «Haar.»

«*Menschenhaar?*»

«Natürlich.»

«Von wem?»

«Von einem Mädchen.»

«Was ist denn passiert?» Die Frage klang seltsam; was Orson gemeint hatte, war: Von welchem Mädchen?

Hub antwortete, als hätte sein Zimmergenosse diese Frage gestellt. «Ich habe sie neulich bei Sandburgs Vortragsabend getroffen; du kennst sie nicht.»

«Das ist *ihr* Haar?»

«Ja. Ich hatte sie darum gebeten. Sie sagte, sie wolle es sich im Frühjahr sowieso abschneiden lassen.»

Orson stand völlig benommen vor dem Bett, von dem heißen Wunsch erfasst, Gesicht und Hände in das Haar zu wühlen. «Hast du dich mit ihr getroffen?» Dieses unmännliche Aufschrillen seiner Stimme – er hasste es, und nur Hub vermochte es auszulösen.

«Gelegentlich. In meinem Stundenplan ist nicht viel Raum für Verabredungen, aber mein Studienberater hat mir empfohlen, mich auch mal zu entspannen.»

«Gehst du mit ihr ins Kino?»

«Ab und zu. Sie bezahlte natürlich ihre Eintrittskarte selbst.»

«*Natürlich.*»

Hub wies ihn wegen des ironischen Tones zurecht. «Vergiss

bitte nicht, dass ich hier nur von meinen Ersparnissen lebe. Ich habe jede finanzielle Unterstützung durch meinen Vater abgelehnt.»

«Hub —» in dieser einen Silbe schien sich Orsons ganzer Schmerz auszudrücken —, «was hast du mit dem Haar vor?»

«Ich werde es zu einem Seil verspinnen.»

«Zu einem *Seil*?»

«Ja. Es wird schwierig; sie hat so schrecklich feines Haar.»

«Und was willst du mit dem Seil anfangen?»

«Einen Knoten daraus machen.»

«Einen *Knoten*?»

«Ja, so nennt man es wohl. Ich rolle das Seil zusammen, befestige die Enden, damit sie nicht aufgehen können, und gebe es ihr zurück. Dann hat sie ihr Haar immer so wie zu der Zeit, als sie neunzehn war.»

«Wie hast du denn das arme Mädchen dazu überredet?»

«Ich habe sie nicht überredet. Ich habe es ihr nur angeboten, und sie fand die Idee wunderbar. Wirklich, Orson, ich begreife deine bourgeoisen Skrupel nicht. Frauen lassen sich doch dauernd das Haar abschneiden.»

«Sie hält dich bestimmt für verrückt und hat nur zugestimmt, um dich nicht zu reizen.»

«Wie du meinst. Es war ein durchaus vernünftiger Vorschlag, und wegen meiner Geistesverfassung ist es zwischen uns nie zu Diskussionen gekommen.»

«Also *ich* halte dich für verrückt, Hub. Du bist total übergeschnappt.»

Orson ging hinaus, knallte die Tür hinter sich zu und kam erst um elf Uhr zurück, als Hub bereits unter seiner schwarzen Maske schlief. Das Haarbündel lag jetzt neben dem Spinnrad, und einige Strähnen waren schon mit ihm verbunden. Im Laufe der Zeit entstand ein geflochtenes Seil, so dick wie der kleine Finger einer Frau, etwa einen Fuß lang, gewichtslos und wächsern. Das erdige, pferdige Feuer in der Farbe des Haares war erloschen. Hub rollte den Strick sorgfältig zusammen und sicherte die Enden mit schwarzem Faden. Lange Nadeln versteiften die Spirale zu einer Scheibe von der Größe einer kleinen Untertasse. Dieses Gebilde überreichte Hub dem Mädchen an einem Freitagabend. Damit schien die Sache für ihn erledigt zu sein, denn soweit Orson es beurteilen konnte, traf er sich nicht mehr mit ihr. Dann und wann sah Orson sie auf dem Universitätsgelände, und er stellte jedes Mal fest, dass sie kaum noch wie eine Frau wirkte. Das kleine, blasse Gesicht war von kurzen Haarbüscheln gesäumt, aus denen die jetzt riesengroß erscheinenden Ohren herausragten. Er wollte sie ansprechen; irgendein obskures Mitleid, vielleicht die vage Hoffnung, ihr helfen zu können, trieb ihn, dieses bleiche Zwitterwesen zu grüßen, aber schon das erste Wort blieb ihm im Hals stecken. Sie machte nicht den Eindruck, als bemitleide sie sich oder wisse, was man ihr angetan hatte.

Irgendetwas Magisches schien Hub zu beschützen; alles glitt an ihm ab. Orson, der ihn verrückt genannt hatte, begann allmählich an dem eigenen Verstand zu zweifeln. Als es auf den Frühling zuging, lag er nachts stundenlang wach. Zahlen und Fakten drehten sich träge in einem schlaflosen Sumpf. Seine Kurse wurden zu vier parallelen Puzzlespielen. In Mathematik entzog sich ihm beharrlich die entscheidende Permutation, die ihm die Lösung ermöglicht hätte, rutschte in die Ritzen zwischen den Zahlen. In Chemie war es wie verhext: Die Mengen wurden unbeständig; die Waagschalen, scheinbar nicht ausbalanciert, klirrten hinunter, und das Periodensystem der Elemente, das vom Labor bis zu den Sternen ausfächerte, brach zusammen. In dem Kursus, der einen Geschichtsüberblick vermitteln sollte, hatten sie das Zeitalter der Aufklärung erreicht, und Orson war ebenso verwirrt wie beeindruckt von Voltaires Anklage gegen Gott, obwohl der Dozent die Sache ganz ruhig abhandelte als einen weiteren Gegenstand der Geistesgeschichte, weder wahr noch falsch. Und in Deutsch, das Orson als Fremdsprache gewählt hatte, stapelten sich die Wörter gnadenlos übereinander; die Existenz von Sprachen außer der englischen, die Existenz so vieler Sprachen, deren jede so umfangreich, so kompliziert und so undurchsichtig war, schien der Beweis für einen kosmischen Schwachsinn zu sein. Orson fühlte, wie sein Denken, das von jeher nicht gerade schnell funktioniert hatte, immer langsamer wurde. Oft schien sein Stuhl an ihm festzukleben, und dann sprang er in panischem Schrecken auf. Von Schlaflosigkeit gequält, mit Informationen voll gestopft, die er weder vergessen noch verarbeiten konnte, wurde er das Opfer von Zwangsvorstellungen; er war davon überzeugt, dass sein Mädchen in South Dakota die Freundin eines anderen Jungen geworden war und mit ihm die Wonnen der Liebe genoss, nachdem er, Orson, die Mühe, sie zu entjungfern, und ihre Vorwürfe auf sich genommen hatte. Sogar aus den Schnörkeln, die Emilys Kugelschreiber in ihren belanglosen Briefen an ihn beschrieb, glaubte er frohgemute Rundlichkeit und innere Fülle einer befriedigten Frau herauszulesen. Und er kannte den Mann auch. Es war Lester Gefleckter Elch, der Chippewa-Indianer mit den schwarzen Fingernägeln, von dessen ruhiger Geschmeidigkeit sich Orson auf dem Basketballplatz so oft hatte bluffen lassen, dessen unerschütterlicher Gleichmut und verblüffende Reaktionsgeschwindigkeit ihm so ungerecht erschienen waren und den Emily, wie er sich jetzt erinnerte, häufig in Schutz genommen hatte. Seine Frau war eine Hure geworden, eine Squaw; die zottigen, beharrlich schweigenden Kinder aus dem Reservat, die sein Vater in der Armenklinik behandelt hatte, wurden in Orsons übereinander gleitenden Phantasiebildern zu seinen eigenen Kindern. In seinen Träumen – oder in jenen vagen, unzusammenhängenden Bilderfolgen, die in Ermanglung des Schlafs als Träume gelten mochten – schien es Gefleckter Elch zu sein, mit dem er zusammenwohnte, und sein Zimmergenosse, der manchmal eine Maske trug, hatte unweigerlich mit hinterhältigen Mitteln die Liebe und Bewunderung errungen, die rechtmäßig Orson zustanden. Eine Verschwörung war im Gange. Sooft Orson durch die Wand hindurch Kern und Dawson lachen hörte, wusste er, dass sie über ihn und seine geheimsten Gewohnheiten lachten. Die allerprivateste Sphäre wurde in empörender Weise verletzt; im Bett, halb entspannt, sah er sich auf einmal in körperlichem Kontakt mit Hubs Lippen, Hubs Beinen, Hubs geäderten, leicht femininen Händen. Anfangs wehrte er sich gegen diese Visionen, suchte sie auszulöschen, aber das war, als wollte er Kräuselwellen auf Wasser auslöschen. Also unterwarf er sich ihnen, ließ eine Attacke nach der anderen – denn es war eine Attacke, mit Zähnen und jähen akrobatischen Bewegungen – über sich hinwegspülen, bis er schließlich so erledigt war, dass er einschlief. Dieses willenlose Hinabtauchen erwies sich als das einzig wirksame Schlafmittel. Wenn er morgens aufwachte, lag Hub entweder theatralisch hingegossen quer über dem Bett und verrichtete seine Andacht, oder er saß am Spinnrad, oder er ging – chic mit seiner Nehrumütze gekleidet – auf Zehenspitzen zur Tür, die er betont vorsichtig hinter sich schloss; und dann hasste er ihn – hasste sein Äußeres, sein Gebaren, seine Anmaßungen – mit einer Detailgier, wie er sie in der Liebe nie kennen gelernt hatte. Die kleinen Einzelheiten der physischen Erscheinung seines Zimmergenossen – die neben dem Mund aufzuckenden Fältchen, die etwas welk wirkenden Hände, das selbstgefällig polierte knitterige Leder der Schuhe – schienen eine giftige Nahrung zu sein, die Orson immer wieder essen musste. Seine Ekzeme verschlimmerten sich in beunruhigendem Maße.

Im April war Orson nahe daran, die Studentenklinik aufzusuchen, in der es eine psychiatrische Abteilung gab. Doch da kam ihm Fitch zu Hilfe, der gleichsam stellvertretend für ihn einen Nervenzusammenbruch erlitt. Wochenlang hatte sich Fitch mehrmals am Tag geduscht. Zuletzt war er in keine Vorlesung mehr gegangen und meistens halb nackt umhergelaufen, nur mit einem um die Hüften geschlungenen Handtuch bekleidet. Er versuchte eine Seminararbeit abzuschließen, die seit einem Monat fällig und bereits zwanzig Seiten zu lang war. Das Studentenheim verließ er nur zu den Mahlzeiten und um noch mehr Bücher aus der Bibliothek zu holen. Eines Abends gegen neun Uhr wurde Petersen an das Telefon im Obergeschoss gerufen. Die Polizei von Watertown hatte Fitch aufgegriffen, als er sich, vier Meilen von der Stadt entfernt, am Ufer des Charles durch das Unterholz arbeitete. Er gab an, er wolle nach Westen gehen, denn man habe ihm gesagt, dort sei genug Raum für Gott; anschließend hielt er dem Polizeichef einen höchst aufgeregten Vortrag über Kierkegaard und Nietzsche, ihre Unterschiede und Gemeinsamkeiten. Hub, der stets auf eine Gelegenheit wartete, sich unter dem Deckmantel der Fürsorge irgendwo einmischen zu können, ging zu dem Aufsichtführenden – einem spindeldürren graduierten Astronomiestudenten, der unter Harlow Shapleys Anleitung mit einer endlosen Zählung von Galaxien beschäftigt war – und stellte sich als Experte für diesen Fall zur Verfügung. Er hatte auch lange Gespräche mit dem Klinikpsychiater. Nach Hubs Ansicht war Fitch für seine Hybris bestraft worden, während der Psychiater auf einen Ödipuskomplex tippte. Fitch wurde nach Maine zurückgeschickt. Hub sagte zu Orson, dass Petersen nun im neuen Studienjahr einen Zimmergenossen brauche. «Ich glaube, ihr würdet gut zusammenpassen. Ihr seid beide Materialisten.»

«Ich bin *kein* Materialist.»

Hub hob seine schrecklichen Hände zu einer angedeuteten Geste des Segnens. «Wie du willst. Ich möchte ja nur Reibungen vermeiden.»

«Verdammt nochmal, Hub, alles, was es zwischen uns an Reibungen gibt, rührt doch nur von dir her.»

«Wieso? Was mache ich denn? Sag's mir, und ich stelle es sofort ab. Ich schenke dir das Hemd, das ich auf dem Leib trage.» Er begann das Hemd aufzuknöpfen, hörte aber auf, als er sah, dass Orson den Mund nicht zum Lachen verzog.

Orson fühlte sich schwach und leer; wider Willen wand er sich innerlich unter einer hilflosen Zuneigung zu seinem unwirklichen, unerreichbaren Freund. «Ich weiß es nicht, Hub», gab er zu. «Ich kann einfach nicht erklären, weshalb du mir auf die Nerven gehst.»

Eine Paste des Schweigens trocknete in der Luft zwischen ihnen.

Schließlich gab sich Orson einen Ruck. «Ich glaube, du hast Recht, wir sollten nächstes Jahr nicht zusammenwohnen.»

Hub schien ein wenig bestürzt, aber er nickte und meinte: «Ich habe denen in der Verwaltung ja gleich gesagt, dass für mich ein Einzelzimmer besser wäre.» Seine tief beleidigten Augen erstarrten hinter den Brillengläsern zu einem unverletzlichen, byzantinischen Blick.

Eines Nachmittags Mitte Mai saß Orson an seinem Tisch und versuchte verzweifelt zu arbeiten. Er hatte zwei Examen hinter sich und noch zwei vor sich, die zwischen ihm und der Erlösung wie zwei hohe Mauern aus schmutzigem Papier aufragten. Seine Lage erschien ihm äußerst prekär: Ein Zurück gab es nicht, und vorwärts ging es nur auf dem fadendünnen Hochseil des gesunden Verstandes, auf dem er über einem Abgrund von Statistiken und Formeln balancierte, im Kopf ein Firmament von flimmernden Zellen. Ein Stoß, und es war um ihn geschehen. Plötzlich hörte er hastige Schritte auf der Treppe, und dann kam Hub ins Zimmer gestürmt. Im Arm hielt er einen metallenen Gegenstand von der Farbe einer Pistole und der Größe einer Katze. Das Ding hatte eine rote Zunge. Hub schlug die Tür zu, schloss sie ab und warf den Gegenstand auf Orsons Bett. Es war eine von ihrem Gestell abgetrennte Parkuhr. Ein heftiger Schmerz schoss jäh durch Orsons Lenden. «Um Gottes willen», schrie er mit jener schrillen Stimme, die ihm selbst am meisten zuwider war, «was ist denn *das*?»

«Eine Parkuhr.»

«Natürlich, ich habe ja *Augen* im Kopf. Aber wo hast du sie *her*?»

«Solange du dich derart hysterisch aufführst, rede ich nicht mit dir», sagte Hub und ging zu seinem Tisch, auf dem seine Post lag. Er griff nach dem obersten Brief, einer Eilsendung aus Portland, und riss ihn mittendurch. Diesmal schoss der Schmerz durch Orsons Brust. Er bettete den Kopf in die aufgestützten Arme und tastete hilflos in einem schwarz-roten Dunkel umher. Sein Körper erschreckte ihn; seine Nerven erwarteten den dritten psychosomatischen Hieb.

Es klopfte an der Tür, und zwar so energisch, dass es nur die Polizei sein konnte. Hub sauste zum Bett hinüber und versteckte die Parkuhr unter Orsons Kopfkissen. Dann ging er gemessenen Schrittes zur Tür und öffnete sie.

Draußen standen Dawson und Kern. «Was ist hier los?», fragte Dawson und runzelte die Stirn, als wäre die Ruhe im Haus nur gestört worden, um ihn zu ärgern.

«Wir dachten, Ziegler wird gefoltert», sagte Kern. «So klang es jedenfalls.»

Orson deutete auf Hub. «Er hat eine Parkuhr kastriert!»

«Gar nicht wahr», protestierte Hub. «In der Massachusetts Avenue ist ein Wagen ins Schleudern geraten und gegen einen parkenden Wagen geprallt, der eine Parkuhr umgestoßen hat. Natürlich liefen eine Menge Leute zusammen. Das Oberteil der Parkuhr lag im Rinnstein, und da habe ich es aufgehoben und mitgenommen. Sonst hätte es am Ende noch jemand gestohlen.»

«Zum Beispiel du», sagte Orson.

«Und kein Mensch hat dich daran gehindert?»

«Aber nein. Die drängten sich doch alle um den Fahrer des Wagens.»

«War er verletzt?»

«Keine Ahnung. Ich habe nicht hingesehen.»

«Nicht hingesehen?», rief Orson. «Du bist mir ein schöner Samariter.»

«Ich bin über morbide Neugierde erhaben», sagte Hub.

«Wo war die Polizei?», erkundigte sich Kern.

«Die war noch nicht da.»

«Und warum hast du nicht gewartet, bis ein Polizist kam, dem du die Parkuhr geben konntest?», fragte Dawson.

«Was denn? Einem Agenten des Staates hätte ich sie geben sollen? Der hat doch nicht mehr Anspruch darauf als ich.»

«*Doch*», rief Orson.

«Die Vorsehung hat sie in meine Hände gelegt, das ist ganz klar», sagte Hub, die Mundwinkel fest eingekerbt. «Ich bin mir nur noch nicht schlüssig, welcher wohltätigen Organisation ich das Geld stiften soll, das die Uhr enthält.»

«Ist das nicht Diebstahl?», ließ sich Dawson vernehmen.

«Dann müsstest du es auch Diebstahl nennen, wenn der Staat die Leute zwingt, Geld für den Platz zu bezahlen, auf dem sie ihren Wagen, für den sie Steuern bezahlen, abstellen wollen», versetzte Hub.

Orson stand auf. «Hub, du gibst das Ding sofort ab, sonst kommen wir beide ins Gefängnis.» Er sah sich ruiniert, seine kaum begonnene Karriere zerstört, seinen Vater, den Arzt, entehrt.

Hub wandte sich ihm gelassen zu. «Ich habe keine Angst. Unter einem totalitären Regime im Gefängnis zu sitzen ist eine Ehre. Wenn du ein Gewissen hättest, würdest du das verstehen.»

Petersen, Carter und Silverstein kamen herein, und einige Studenten aus den anderen Stockwerken folgten ihnen. Unter großem Hallo erzählte man die Geschichte von neuem. Die Parkuhr wurde aus ihrem Versteck geholt, herumgereicht und geschüttelt, weil man schätzen wollte, wie viel Geld sie enthielt. Hub trug immer, gleichsam als Abzeichen des Holzfällerlandes, aus dem er stammte, ein kompliziertes Allzwecktaschenmesser bei sich, und damit begann er nun die kleine Geldklappe aufzubrechen. Orson sprang hinter ihn und schlang ihm einen Arm um den Hals. Hub straffte sich. Er gab die Parkuhr und das offene Messer an Carter weiter, und dann fühlte Orson, wie er hochgehoben wurde, durch die Luft flog, auf dem Boden landete. Über ihm – er sah es verkehrt herum – war Hubs Gesicht. Er rappelte sich auf und ging ein zweites Mal auf ihn los, starr vor Zorn und doch innerlich wohlig entspannt. Hubs Körper war zäh und gelenkig und ließ sich gut packen: Allerdings lenkte er, da er Ringer war, Orsons Griff ab, hob seinen Gegner abermals hoch und schleuderte ihn auf den schwarzen Fußboden. Diesmal tat es Orson ziemlich weh, als sein Steißbein auf die Dielen knallte, doch selbst durch den Schmerz hindurch erkannte er, ins Herz dieser Verbindung blickend, dass Hub so behutsam wie möglich mit ihm verfuhr. Und tröstlich war auch, dass er allen Ernstes versuchen konnte, Hub umzubringen, ohne Gefahr zu laufen, dass es ihm gelang. Er griff zum dritten Mal an und genoss wieder die straffe, geschickte Abwehrreaktion: Hubs Körper beschrieb eine Art Kurve im Raum, und dadurch wurde sein, Orsons, Körper nach einem ekstatischen Augenblick der Gegenwehr in die Rückenlage gebracht. Er sprang auf und wollte sich ein viertes Mal auf Hub stürzen, aber seine Kommilitonen hielten ihn an den Armen fest. Er schüttelte sie ab, ging wortlos zu seinem Tisch, setzte sich vor sein Buch und blätterte eine Seite um. Die Buchstaben sahen recht deutlich aus, aber sie zitterten zu sehr, als dass er sie hätte entziffern können.

Die Parkuhr blieb über Nacht im Zimmer. Am nächsten Tag ließ sich Hub überreden (von den anderen, Orson sprach nicht mehr mit ihm), sie zum Polizeipräsidium am Central Square zu bringen. Dawson und Kern knüpften ein Band um die Uhr und befestigten einen Zettel daran: «Bitte, sorgt gut für mein Baby.» Keiner von ihnen hatte jedoch den Mut, Hub zu begleiten. Er berichtete später, im Präsidium sei man sehr erfreut gewesen, die Parkuhr wiederzubekommen, man habe sich vielmals bei ihm bedankt und versprochen, die Münzen dem städtischen Waisenhaus zu stiften.

Eine Woche später waren die letzten Prüfungen überstanden. Die jungen Leute fuhren nach Hause, und als sie im Herbst zurückkehrten, waren sie keine Studienanfänger mehr, sondern Studenten im zweiten Jahr. Petersen und Young kamen allerdings nicht wieder. Fitch dagegen machte weiter, holte gewaltig auf und schloss im übernächsten Jahr sein Studium der Geschichte und Literatur *magna cum laude* ab. Er unterrichtet jetzt an einer Vor-College-Schule der Quäker. Silverstein ist Biochemiker, Koshland Anwalt. Dawson schreibt in Cleveland konservative Leitartikel, Kern arbeitet in New York in der Werbebranche. Carter verschwand zwischen dem dritten und vierten Studienjahr, als hätte er sich verpflichtet gefühlt, Young in die Vergessenheit zu folgen. Die alten Zimmernachbarn verloren einander allmählich aus den Augen, obgleich Hub, der seinen Fall an die Behörde von Massachusetts hatte überweisen lassen, von Zeit zu Zeit in *Crimson* abgebildet war. Einmal hielt er auch einen Vortrag über das Thema «Warum ich episkopal-christlicher Pazifist bin». Im Verlauf des Prozesses trat der Bischof von Massachusetts, wenn auch widerwillig, für ihn ein, und als es zur letzten Verhandlung kam, war der Koreakrieg vorüber. Der Vorsitzende des Gerichts entschied, Hubs Bereitschaft, notfalls eine Gefängnisstrafe auf sich zu nehmen, beweise, dass er den Wehrdienst aus ehrlicher Überzeugung verweigert habe. Hub war ziemlich enttäuscht über dieses Urteil, denn er hatte schon eine für drei Jahre ausreichende Liste von Büchern zusammengestellt, die er in der Gefängniszelle lesen wollte; außerdem hatte er geplant, alle vier Evangelien im griechischen Original auswendig zu lernen.

Nach dem Abschlussexamen besuchte er das Union Theological Seminary, war mehrere Jahre als Hilfspfarrer in Baltimore tätig und lernte immerhin so gut Klavier spielen, dass er in einer Hotelbar in der Charles Street die Cocktailstunde musikalisch untermalen konnte. Er legte dabei seinen Priesterkragen nicht ab und verhalf so der Bar zu einer kleinen Attraktion. Nachdem er ein Jahr lang Leute überflügelt hatte, die weniger fest im Glauben waren, durfte er nach Südafrika gehen, wo er unter den Bantus lebte und predigte, bis die Regierung ihn des Landes verwies. Er übersiedelte nach Nigeria, und als er zuletzt von sich hören ließ – auf einer Weihnachtskarte mit französischen Grüßen und Heiligen Drei Negerkönigen, die verschmutzt und zerknittert im Februar in South Dakota eintraf –, lebte er als «kombinierter Missionar, politischer Agitator und Fußballtrainer» in Madagaskar. Diese Definition hielt Orson für irreführend, und Hubs kindliche und zuversichtliche Schrift, die jeden Buchstaben einzeln malte, ließ ihn wieder ein wenig von dem alten Ärger empfinden. Er nahm sich fest vor, die Karte zu beantworten, aber dann verlegte er sie, was gar nicht seine Art war.

Nach dem Zwischenfall mit der Parkuhr sprach Orson zwei Tage lang kein Wort mit Hub. Schließlich wurde ihnen das jedoch zu dumm, und sie brachten das Studienjahr, nebeneinander an ihren Arbeitstischen sitzend, so freundlich und höflich zu Ende wie zwei Fahrgäste, die lange in drangvoller Enge als Nachbarn im Bus gesessen haben. Beim Abschied schüttelten sie sich die Hände, und Hub wäre sogar bis zur U-Bahn mitgegangen, wenn er sich nicht einer Verabredung wegen in die entgegengesetzte Richtung hätte wenden müssen. Orson bestand das Abschlussexamen mit zwei A- und zwei B-Noten. Während der noch verbleibenden drei Jahre in Harvard hatte er ohne besondere Vorkommnisse mit zwei anderen Vorklinikern namens Wallace und Neuhauser zusammengewohnt. Nach dem Examen heiratete er Emily, besuchte die medizinische Fakultät von Yale und arbeitete als Assistenzarzt in St. Louis. Inzwischen hat er vier Kinder und ist seit dem Tod seines Vaters der einzige Arzt in der kleinen Stadt. Sein Leben ist ungefähr so verlaufen, wie er es geplant hatte, und er ist auch ungefähr so ein Mensch geworden, wie es ihm mit achtzehn Jahren vorschwebte. Er hilft bei Entbindungen, steht den Sterbenden bei, besucht die notwendigen Veranstaltungen, spielt Golf und unterstützt die Armen. Er ist redlich und leicht reizbar. Vielleicht liebt man ihn nicht so sehr wie seinen Vater, aber dafür wird er umso mehr geachtet. In einem Punkt allerdings – es ist eine Art Narbe, die er ohne Schmerz zu empfinden und ohne eine deutliche Erinnerung an die Amputation mit sich herumträgt – unterscheidet er sich von dem Menschen, der er hatte werden wollen. Er betet nie.

## Zähne und Zweifel

Burton wusste, was dem Zahnarzt als Erstes auffallen würde: das Kollar. Das sahen die Leute immer zuerst. Der Zahnarzt stand nicht ganz der Tür zugewandt, als habe er sich gerade abkehren wollen. Seine Augen, grau in einem rosigen Schnurrbärtchengesicht, verweilten eine Sekunde zu lange auf Burtons Hals, um vollendete Höflichkeit zu bekunden. «Hallo!», sagte er, wechselte das Standbein und streckte eine unerwartet weiche Hand aus.

Als Nächstes bemerkte er, dass Burton Amerikaner war. In Oxford hatte Burton es sich zur Gewohnheit gemacht, leise zu sprechen, aber der Flüsterton allein vermochte nichts an der Bevorzugung der Vokale gegenüber den Konsonanten, am leichten Nachschleppen des Satzendes oder an den diphthongischen Eigenheiten zu ändern, mit denen die Amerikaner sich den zwitschernden Engländern verraten. Kaum hatte Burton den Gruß erwidert, sich entschuldigt für seine Verspätung (er schob die Schuld nicht den britischen Bussen zu, wiewohl er allen Grund dafür hatte), glaubte er, hören zu können, wie der andere in Gedanken registrierte: «USA ... Pionierfrömmigkeit ... römisch-katholisch? Kann nicht sein, kein schwarzer Hut ... nervöses Lächeln ... ziemlicher Zahnstein auf den Schneidezähnen.»

Mit einer Geste bat er Burton auf den Stuhl, ging zum Waschbecken und wusch sich die Hände, ohne hinzusehen. Er sprach über seine Schulter hinweg. «Aus welcher Gegend sind Sie?»

«Meinen Sie, in den Staaten?» Burton sagte gern «Staaten», es klang so umfassend, so ominös.

«Ja. Oder kommen Sie aus Kanada?»

«Nein, ich komme aus Pennsylvania.» Burton hatte noch von keinem Zahnarztstuhl aus eine so gute Sicht gehabt. Ein großes

Erkerfenster ging auf einen kleinen Hintergarten hinaus. Schwarze Vogelschatten flatterten und hüpften im Geäst von zwei, drei Bäumen – Weiden, vermutete er. Abgesehen von den Vögeln waren die Bäume kahl. Ein verwaschener Himmel hing wenige Fuß, so schien es, hinter dem Netz aus Zweigen. Eine Backsteinmauer zeigte einen Anflug von Rostrot, und hier und da spielte ein Stückchen Himmel ins Blassblaue, richtige Farbe aber gab es nirgends.

«Pennsylvania», sinnierte der Zahnarzt, die letzten Silben des Worts verstärkend, indes er sich näherte. «Das liegt im Osten?»

«Ja, einer von den mittelatlantischen Staaten. Sie wissen, wo New York City liegt?»

«Ungefähr.»

«Pennsylvania liegt ein bisschen westlich davon. Eine Art dazwischengeschobener Staat.»

«Ah so.» Der Zahnarzt beugte sich über ihn, und Burton erfuhr zwei wundervolle Überraschungen: Als er den Mund aufmachte, sagte der Zahnarzt: «Danke schön», und dann – im Atem des Zahnarztes war etwas, das, ohne wirklich auf eines von beiden zuzutreffen, süß wie Kandis roch und würzig wie Nelken. Er sah Burton in den Mund und schlug ihm mit einem kleinen Spiegel gegen die Zähne. An einem Riemen um den Kopf trug er einen elektrischen Reflektor, wie ein Augenarzt. Die großen schwarzen Vögel draußen vollführten Kunststücke in den Zweigen. Die Augen des Zahnarztes waren gar nicht richtig grau; angespannt blinzelnd, schienen sie eher braun, und als sie dann rasch zum Instrumententablett hinblickten, waren sie ganz grün. Er kratzte an einem Eckzahn herum, aber mit so viel Fingerspitzengefühl, dass Burton nichts spürte. «Da ist allerdings was», sagte er und wandte sich ab, um sich auf einer Karte etwas zu notieren.

Burton nutzte die Gelegenheit, sich einer Bemerkung zu entledigen, die er einstweilen in der Hinterhand behalten hatte. «Über neunzig Prozent des gesamten Anthrazits in der Welt ist früher aus Pennsylvania gekommen.»

«Tatsächlich», sagte der Zahnarzt, und es war deutlich, dass er ihm nicht glaubte. Seine Hände kehrten, mit den Instrumenten jetzt, an Burtons Kinn zurück. Burton öffnete den Mund. «Danke schön», sagte der Zahnarzt.

Während er untersuchte und stocherte und sich Notizen machte, gewann Burton ein Maß heiterer Gelassenheit zurück. An diesem Morgen, möglicherweise wegen des Termins bei einem ausländischen Zahnarzt, war der Teufel sehr rührig gewesen. Skepsis hatte sich mit der Wärme und dem Aroma seines Bettes vermischt; sie war von den kalten ockerfarbenen Wänden seines Zimmers getropft; sie war die Substanz seiner Träume gewesen. Seine Pantoffeln, sein Bademantel, sein Gesicht im Spiegel, seine Bücher – schwarze Bücher, braune Bücher, C. S. Lewis, Karl Barth, *The Portable Medieval Reader*, Raymond Tully und Bertrand Russell, so unbekümmert nebeneinander stehend, als seien sie Belloc und Chesterton – legten Zeugnis ab von einer Vergeblichkeit, die alle Hoffnung, alle Theorie aushöhlte. Sogar seine Zahnbürste, die sich an guten Tagen als Ministrant bei der morgendlichen Andacht darbot, schien heute ein Agent atheistischer Hygiene zu sein, der die grässliche Nachricht von der Existenz der Bakterien verbreitete. Warum hatte Gott sie geschaffen, warum ließ Er zu, dass sie sich wie verrückt vermehrten und sich gegenseitig verschlangen und in den Mündern und Gedärmen höher entwickelter Tiere Unruhe stifteten? Der Wasserhahn mit seinem fröhlichen Gurgeln hatte sich lustig gemacht über Burtons Stoßgebet, die Stimme des Teufels möge zum Schweigen gebracht werden.

Der Kandis- und Nelkenhauch hob sich. Der Zahnarzt stand aufgerichtet da und fragte: «Vertragen Sie Novocain?»

Burton zögerte. Seiner Ansicht nach war es eine der bequemeren modernen Thesen, dass der Schmerz mit dem Bösen gleichzusetzen sei. Freilich, insofern als der Schmerz uns vor der Verderbnis warnte, war er notwendig und gut. Und andererseits, den Schmerz anderer zu lindern war eine eindeutige Tugend, wohl die eindeutigste überhaupt. Und den Schmerz zu suchen war ebenso morbid, wie dem Genuss nachzujagen. Sich dem Schmerz zu entziehen war jedoch unleugbar Feigheit.

Ohne dass seine Stimme erkennen ließ, ob er etliche Sekunden oder überhaupt nicht auf eine Antwort gewartet hatte, fragte der Zahnarzt: «Gibt Ihr Zahnarzt zu Hause Ihnen Novocain?»

Immer schon, seit Burton ein kleiner Junge in derben Latzhosen gewesen war, hatte Dr. Gribling ihm Novocain gegeben. «Ja.» Die Antwort klang brüsk, unhöflich. Burton setzte hinzu: «Er sagt, meine Nerven seien außergewöhnlich verzweigt.» Wie geschwollen das klang.

«Wir nehmen uns jetzt gleich mal den Eckzahn vor», sagte der Zahnarzt.

Burtons Herz flatterte wie eine Wespe im Glas, als der Zahnarzt das Behandlungszimmer durchquerte, ein unsichtbares Ritual am Waschbecken verrichtete und mit einer gefüllten Injektionsspritze zurückkam. Ein Tropfen hing, Wunder der Adhäsion, zitternd an der Nadelspitze. Burton machte den Mund auf, während der Zahnarzt ihm noch den Rücken zukehrte. Als der Mann sich dann umdrehte, mit steil erhobenem Instrument, zuckte es ein wenig unter seinem Bärtchen: vor Überraschung und vielleicht vor Belustigung darüber, die Dinge in solcher Bereitschaft vorzufinden. «Machen Sie ihn bitte ein klein wenig weiter auf», sagte er. «Danke schön.» Die Nadel kam näher. Sie war unter Burtons Nase und nur noch verschwommen sichtbar. «Das tut jetzt unter Umständen ein bisschen weh.» Wie nett, das zu sagen! Der scharfe Stich und der darauf folgende langsame, anschwellende Schmerz zwangen Burtons Augen weit auf, und er sah die Kronen der nackten Weiden, den erschrockenen weißen Himmel und die schwarzen Vögel. Während er hinsah, setzte ein Vogel sich neben einen anderen auf den höchsten Zweig, und nach einer Weile setzte ein dritter sich dazu, und der Zweig bog sich nach unten, zu einem Halbkreis, und alle drei Vögel flatterten fort, wohin seine Augen ihnen nicht folgen konnten.

«So», seufzte der Zahnarzt in einem Zephyr von Kandis und Nelken.

Während sie darauf warteten, dass das Novocain seine Wirkung tue, machten Burton und der Zahnarzt Konversation.

«Und was führt Sie nach Oxford?», begann der Zahnarzt.

«Ich arbeite an einer Dissertation.»

«Oh! Worüber?»

«Ich arbeite über einen Mann namens Richard Hooker.»

«Oh!» Der Zahnarzt schien ebenso ungläubig wie vorhin bei Pennsylvanias Anthrazit.

Richard Hooker – «fromm, friedliebend, freisinnig», in Waltons Formulierung – stand so beherrschend in Burtons Welt, dass, wollte man an Hookers Existenz zweifeln, man auch an der Existenz von Burtons Welt zweifeln müsste. Aber er setzte das erläuternde «Ein englischer Kirchengelehrter» ohne die geringste Gereiztheit oder Herablassung hinzu. Die Lektion der Demut hatte Burton vergleichsweise mühelos gemeistert. Indes, er erkannte, dass er sich mit dem bloßen Gedanken an seine Demut des Stolzes schuldig machte, und die unverzügliche Erkenntnis wiederum, dass er die Schuld des Stolzes auf sich lud, bot sicheren Boden für weitere, subtilere Selbstüberhebung. Er wäre der Sünde bis zu ihrem Ursprung auf den Fersen geblieben, hätte der Zahnarzt nicht gesagt: «Ein Kirchengelehrter ist jemand, der geistliche Schriften verfasst?»

«So ist es.»

«Könnten Sie mir etwas von ihm zitieren?»

Burton war auf einige Fragen gefasst gewesen und hatte auch die Antworten darauf («Wann hat er gelebt?» – «Von 1554 bis 1600.» – «Worauf beruht sein Ruhm?» – «Er hat versucht, die christliche – das heißt die thomistische – politische Theorie in Einklang zu bringen mit dem tatsächlichen Stand der Dinge unter der Tudormonarchie; es ist ihm nicht ganz gelungen, aber er hat doch immerhin so manches vom politischen Denken der heutigen Zeit antizipiert.» – «Worum geht es in Ihrer Dissertation?» – «Vorwiegend um den Versuch, hinter die Gründe zu kommen, warum Hooker bei seiner Auseinandersetzung mit dem Renaissance-Platonismus gescheitert ist»), auf diese eine aber war er nicht vorbereitet. Bruchstückhafte Wendungen und Schlagworte – «sichtbare Kirche», «ewiges Gesetz», «sehr schmale Begabung», «papistischer Aberglaube», das absonderliche Wort «Skrupulosität» – kamen ihm in den Sinn, aber kein runder Satz wollte sich einstellen. «Im Augenblick fällt mir nichts ein», sagte er bedauernd; er fasste sich an den Kragen und war, wie es ihm hin und wieder immer noch passierte, bestürzt ob der steifen, ununterbrochenen Kante, an die seine Finger stießen.

Der Zahnarzt machte nicht den Eindruck, als sei er enttäuscht. «Fühlt es sich schon taub an?», fragte er.

Burton prüfte und sagte: «Ja.»

Der Zahnarzt schwenkte den Bohrapparat herum, und Burton machte den Mund auf. «Danke schön.» Das Novacain wirkte. Das Bohren im Zahn schien weit, weit weg zu sein, und es tat nicht mehr weh als die Explosion eines Sterns oder der Tod eines Elefanten in Indien oder – Burton verhehlte es sich nicht – die Prügel, die ein Kind im Haus nebenan bekam. Schmerz. Das war das Problem. Er nahm Zuflucht zu den Beweisen, mit denen er sich immer selbst überzeugte. Die Schöpfung ist Sein Trachten, Seelen zu machen aus Materie. Materie an sich ist, moralisch gesehen, neutral; wenn ihr eine Form gegeben ist, ist sie gut, aber ihrer eigentlichen Natur nach will sie die Oberhand behalten. Zwei Dinge können nicht zur selben Zeit denselben Platz einnehmen. Daher Schmerz. Wir müssen aber aus nichtmateriellen Gründen handeln. Was war Sein Erdenleben anderes als ein Sichhinwegsetzen über dies Die-Oberhand-gewinnen-Wollen? Und dann ist da noch der Teufel. Aber mit dem Teufel geriet der ganze Kosmos durcheinander, und Burtons Aufmerksamkeit blieb pflichtvergessen bei den schwarzen Vögeln. Unentwegt fielen sie aus dem Himmel und aus den Baumkronen, aber er sah nur wenige aufsteigen.

Der Zahnarzt nahm einen anderen Bohrkopf. «Danke schön.» Es gab Dinge, die konnte Burton begreifen. Und es gab solche, die konnte er nicht begreifen, zum Beispiel Gottes äonenlanges Warten, während das Leben sich vom Atom und von den Algen hinaufkämpfte. Mit was für Gefühlen sah Er all diesen grotesken, ernsten Kreaturen zu, die sich aus dem Sumpf empormühten und ohne Sinn und Ziel verdarben auf dem langen, gewundenen Weg zum Menschen? Und die Sterne, so weit entfernt, die Komödie der brachen Räume – Theologen hatten immer von «unendlich» gesprochen, aber konnten sie mit «unendlich» *das* gemeint haben? Burton hatte seinen Vater einmal gefragt, ob er ans Fegefeuer glaube. «Selbstverständlich!», hatte der barsch gesagt und mit seiner Pfeife in Richtung Fußboden gestoßen. «*Dies* ist das Fegefeuer.» Die Erinnerung an diesen Vorfall machte Burton so niedergeschlagen, dass es wie eine Antwort für ihn kam, als der Bohrer die betäubte Schicht durchdrang und auf den Nerv traf; er begrüßte den Schmerz fast mit Verzückung.

«So», sagte der Zahnarzt. «Würden Sie jetzt wohl bitte ausspülen?» Er schwenkte das Bohrinstrument beiseite, damit Burton sehe, dass es nicht mehr gebraucht wurde. Er war so zuvorkommend.

«Es scheint sehr viele Vögel in Ihrem Garten zu geben», sagte Burton.

«Wir haben ein Futterhaus», sagte der Zahnarzt und zerstieß das Silber für die Füllung in einem dickwandigen Glasmörser.

«Die schwarzen, was für Vögel sind das?»

«Stare. Gefräßige Vögel. Sie lassen nichts für die Zaunkönige übrig.»

Zum ersten Mal wurde Burton auf kleinere Schatten zwischen den Ästen aufmerksam, auf flinkere, die aber nicht so zahlreich und nicht so zielstrebig waren wie die großen schwarzen. Besonders einen fasste er ins Auge: Er turnte an seinem Zweig, war jetzt ein formloser Tropfen, wie eine dicke Knospe, und im nächsten Augenblick eine deutlich umrissene lebhafte Gestalt, wie eine Picasso-Keramik. Während er dem Vogel zusah, wurde sein Geist ganz leer, und nichts, nicht einmal das Knirschen des Silbers, drang störend zu ihm durch.

Als er sich dann seiner Umgebung wieder bewusst wurde, waren es zuvörderst die Gegenstände vor ihm auf dem Tablett, die ihm Anlass zu grenzenlosem Staunen gaben; die Pinzetten, die spitzen Sonden, die Bohrköpfe, der Wattebehälter aus Zelluloid, die winzigen Wattetampons, der Metallnapf, in dem eine Flamme brennen konnte, das emaillierte Becken neben ihm mit seinem Wassergetröpfel, dann die gekachelten Wände, der Fensterrahmen, die Dinge draußen vorm Fenster – alles strömte auf seine Sinne ein, beladen mit Entzücken und Kraft. Es war ein Gefühl, das Burton oft in Kindertagen gehabt hatte, aber immer seltener, je älter er wurde. Der Impuls zu lachen oder mit den Gegenständen irgendetwas zu *tun*, erstarb, und auch das Lächeln, das er dem Zahnarzt zuwarf, ging verloren, denn der Mann war damit beschäftigt, einen kleinen Klecks Silber auf dem Ende eines golfschlägerförmigen Instruments zu halten.

Burton bekam das Silber in den Zahn. Er dachte daran, dass die Welt, wie alle Musik, auf Spannung beruhe. Der Baum, der nach oben strebt, die Schwerkraft, die nach unten zieht, der Vogel, der die Luft füllen möchte, die Luft, die den Vogel zerdrücken muss. Sein Kopf war voll von nebensächlichen Erinnerungen: ein Donald Duck aus Gummi, den er als kleines Kind misshandelt hatte; die Weinlaube im Garten seiner Eltern; der rührende, merkwürdig nackte Anblick, den sein Vater bot, wenn er im Garten arbeitete und dabei nicht das Kollar trug; Shibe Park im Sonnenschein; Max Beerbohms Aphorismus, dass es immer ein kleiner Schock sei, einen Brief von eigener Hand wiederzusehen, der den Postweg hinter sich hat.

Der Zahnarzt hustete. Es klang nicht wie das Husten eines Mannes, der husten muss, sondern wie das Husten eines Mannes, der seine Arbeit getan hat und husten kann, wenn ihm danach ist. «Würden Sie bitte ausspülen?» Er wies auf ein Glas mit rosa Flüssigkeit, das Burton bis zu diesem Augenblick übersehen hatte. Burton nahm etwas von der Flüssigkeit in den Mund (sie roch gut, aber nicht so gut wie der Atem des Zahnarztes), ließ den Schluck ein paarmal hin und her schwappen und spuckte ihn dann so geräuschlos wie möglich ins wispernde Becken. «Ich fürchte, drei- oder viermal werden Sie noch kommen müssen», sagte der Zahnarzt und sah auf seine Karte.

«Fein.»

Das Bärtchen des Zahnarztes straffte sich fast unmerklich. «Miss Leviston wird Ihnen die Termine geben.» Einen nach dem andern legte er die Bohreraufsätze in ein unterteiltes Schubfach. «Haben Sie eine Erklärung, warum Ihre Zähne so – nun ja, nicht gerade die besten sind?»

Burton war ganz Ohr. Es verlangte ihn danach, dem Mann zu danken, ja ihn zu segnen, aber weil er darauf nicht vorbereitet war, wollte er seine Dankbarkeit dadurch beweisen, dass er allem, was der Zahnarzt sagte, die größte Aufmerksamkeit schenkte. «Ich glaube, was Zähne betrifft, hat Pennsylvania mit den schlechtesten Ruf unter den Staaten.»

«Tatsächlich? Und wie kommt das?»

«Ich weiß nicht. Wir essen Doughnuts mit viel Zucker und süße Brötchen. Ich glaube, die besten Zähne gibt es in den Südstaaten. Da isst man Fisch und Rübenkraut und alles Mögliche, das viel Calcium enthält.»

«Ah so.» Der Zahnarzt trat zur Seite, damit Burton sich aus dem Stuhl erheben konnte. «Bis zum nächsten Mal also.»

Burton nahm an, dass man einander bei einem Besuch nicht zweimal die Hand gab. An der Tür drehte er sich um.

«Ach, Doktor ... äh ...»

«Merritt», sagte der Zahnarzt.

«Mir fällt gerade ein Zitat von Hooker ein. Es ist ganz kurz.»

«Ja?»

«‹Ich räume ein, wir sind geneigt, willens und bereit, abzulassen von Gott; ist Gott aber ebenso bereit, abzulassen von uns? Unser Sinn ist wankelmütig; ist der Seine es auch?›»

Dr. Merritt lächelte. Die Männer standen wie vorhin, als Burton ins Zimmer getreten war. Burton lächelte. Draußen vor dem Fenster waren die Zaunkönige und die Stare, ununterscheidbar, in Manöver verwickelt, die vor allem Spiel zu sein schienen.

# Ein Verrückter

England kam uns ein wenig verrückt vor. Die Wiesen, die auf der Strecke Southampton–London an den Fenstern unseres Zuges vorüberflogen, wirkten so wahnwitzig grün, schienen so tief in diese Farbe getaucht zu sein, dass meine Augen, noch an die erschöpfte Vegetation der amerikanischen Felder mit ihrem septemberlichen Rostbraun gewöhnt, ernstlich bezweifelten, dass diese Landschaft fähig sei, irgendetwas Nützliches hervorzubringen. England existierte scheinbar nur als literarischer Kontext. Ich hatte vier Jahre lang diese Literatur studiert und war hierher geschickt worden, um das Studium fortzusetzen. Mein von der Reise aufgeputschtes und betäubtes Hirn vermochte jedoch nur mit einer einzigen Assoziation aufzuwarten: Shakespeares ‹*a' babbled of green fields*›. Dieses belanglose, durch eine klassische typografische Emendation berühmt gewordene Textfetzchen ging mir immer wieder durch den Kopf, ‹*a' babbled, a' babbled*›, während die Räder uns und sechs stumme, hin und her schaukelnde Mitreisende in Daktylusmetren nordwärts nach London trugen.

Die Stadt übertraf bei weitem unsere Erwartungen. Die Kipling'sche Großartigkeit der Waterloo Station, die Eliot'sche Trostlosigkeit der Backsteinhäuserflucht in Chelsea, wo wir bei Bekannten übernachteten, der Dickens'sche Albdruck von Nebel und schwitzendem Pflaster und schmutzigen Simsen, der uns umgab, als wir aufwachten – das alles schien zu echt, um wahr zu sein, schien zu sehr die Literatur zu bestätigen, um als Wirklichkeit gelten zu können. Das Taxi, das uns zur Paddington Station brachte, hatte ein hohes Dach und war an einer Seite offen, was ihm in unseren Augen den erschrockenen, schielenden Ausdruck eines Charakterdarstellers in einem Agatha-Christie-

Melodram verlieh. Wir fuhren an Herrenhäusern aus der Feder von Galsworthy und Parks von A. A. Milne vorüber; wir erhaschten einen Blick in eine mit Kopfsteinen gepflasterte Gasse aus dem 18. Jahrhundert, komplett mit heraushängenden Kneipenschildern, eine Gasse, in der Dr. Johnson geschwankt und gekeucht haben könnte in jener Nacht, als er so laut lachte – ein Zwischenfall, von dem Boswell berichtet und den Beerbohm in seinem Essay so schön ausführlich dargestellt hat. Und darunter, unter weiß Gott wie vielen mittelalterlichen Seuchen, Festspielen und Feuersbrünsten lag das alte Londinium wie ein begrabener Titan, schwelend in einem Abgrund wirrer Zeit. Ein bestürzender Anblick für Augen, die gewohnt waren, das Land als eine von der Geschichte nicht berührte Fläche zu betrachten. Wir fühlten uns sehr erleichtert, als wir in den Zug stiegen, der uns nach Westen trug.

Gegen Abend trafen wir in Oxford ein. Wir hatten kein Quartier vorbestellt. Wir stiegen in ein Taxi und teilten das dem Fahrer mit. Der Mann, in mittleren Jahren, mit großen, haarigen Ohren, starrte uns so ungläubig an, als hätte er noch nie Fahrgäste befördert, die ihr Reiseziel zum ersten Mal besuchten. Außerdem schien ihn die Entdeckung zu verwirren, dass wir, obwohl wir behaupteten, Amerikaner zu sein, weder Stillwater noch Tulsa kannten. Er war nämlich vor fünfzehn Jahren im Rahmen des Pacht- und Leihvertrages zum Piloten ausgebildet worden und hatte einige Monate im tiefsten Oklahoma verbracht. Nun trug er seine Schuld ab, indem er uns durch eine schmale Straße von Backsteinhäusern steuerte, deren Fenster – eigenartig, es war doch die Stunde des Abendessens – alle dunkel waren. «Wir wollen's mal bei den Potts probieren», sagte er und hielt an. Er ging mit uns zur Haustür und drehte einen in der Mitte angebrachten schweren, schmiedeeisernen Griff herum.

Irgendwo hinter den milchig-fleckigen Scheiben rasselte eine Glocke. Wir warteten, und endlich erschien ein großer, düster blickender Mann. Der Taxifahrer schilderte ihm unsere Lage; «Potty, das sind zwei obdachlose Yankees. Sie wissen hier nicht Bescheid.»

Obwohl es noch früh am Abend war, zeigte Mr. Pott die unwirsche Miene eines aus dem Schlaf Gerissenen. Das Schild in seinem Fenster – Zimmer mit Frühstück – schien ihn zu keinerlei Gastlichkeit zu verpflichten. Erst nachdem er deutlich gemacht hatte, wie schwierig es sei, uns unterzubringen, und in welchem Maß wir die Vereinbarungen behinderten, die er mit einer unfreundlichen, technisierten Welt getroffen hatte, führte er uns in ein Zimmer im Obergeschoss. Das Zimmer war groß und kalt, aber versehen mit sämtlichen Halbgöttern, die für den Schlaf des Menschen zuständig sind. Ich weiß noch, dass über den köstlich kühlen Laken und den derben Wolldecken eine purpurrote Steppdecke lag, die nach Lavendel duftete, und dass meine Frau und ich am nächsten Morgen beim Ankleiden die wärmenden Strahlen des elektrischen Heizofens bald verspürten, bald verließen, während wir hin und her hüpften wie eine Nymphe und ein Satyr, die vor einem Heiligtum miteinander wetteifern. Den Stecker des Heizofens, ein riesiges, sehr gefährlich aussehendes Ding mit drei Zinken, in die Steckdose zu bugsieren war meine erste wirkliche Akklimatisationsleistung. Wir fanden uns verspätet zum Frühstück ein. Von den anderen Pensionsgästen war nur Mr. Robinson (ich habe seinen richtigen Namen vergessen) noch nicht erschienen. Auf dem Esstisch war für uns gedeckt, und an meinem Platz prangte, o Graus – ich wollte meinen Augen nicht trauen –, eine halbe gebackene Tomate auf einer Scheibe Toastbrot.

Mr. Robinson kam herunter, während uns Mr. Pott auseinander setzte, warum wir so schnell wie möglich eine endgültige Unterkunft finden müssten. Unser Zimmer, so hieß es, würde bald wieder von seinem eigentlichen Mieter benötigt werden, einem indischen Studenten. Er konnte jetzt jeden Tag auftauchen. An Studenten vermieten war eine undankbare Sache, weil sie zu jeder Tages- und Nachtzeit kamen und gingen, sich laut unterhielten und Musik machten, obgleich der Hauswirt gehalten war, ab Mitternacht für völlige Ruhe zu sorgen. «Kurz und gut», knurrte Mr. Pott, «die Universität möchte, dass ich Kindermädchen und Polizeispitzel spiele.» In verändertem Ton sprach er weiter: «Ah, Mr. Robinson! Guten Morgen, Herr Professor. Wir haben heute ein junges Paar aus Amerika bei uns.»

Mr. Robinson schüttelte uns feierlich die Hand. Ein Professor? Der mittelgroße alte Herr hatte die leicht gebeugte Haltung eines Gelehrten und langes, schütteres, gelblich weißes Haar, das er nach hinten gekämmt trug. Er war überaus höflich, ein geistreicher Plauderer voll schmeichelnder Aufmerksamkeit. Wir wandten uns ihm erleichtert zu; nach den düsteren Reden und Unmutsäußerungen unseres Wirtes schienen wir nun mit dem lichten England Bekanntschaft zu machen. «Willkommen in Oxford», sagte er, und aus einer kleinen Spannung seiner Wangenmuskeln ersahen wir, dass ein Zitat folgen würde, «‹der Heimstatt verlorener Rechtssachen und aufgegebener Glaubensmeinungen, unpopulärer Namen und unmöglicher Loyalitäten›. Das ist von Matthew Arnold; wenn Sie Oxford verstehen wollen, müssen Sie Arnold lesen. Student am Balliol College, Fellow des Oriel College, Professor der Poesie, der höchste Vogel, der je mit den gestutzten Schwingen eines Pedanten flog. Lesen Sie Arnold und lesen Sie Newman. Oxford, ‹das von seinen Türmen flüstert des Mittelalters letzten Zauber› – was er übrigens gar nicht so positiv meinte, wissen Sie; o nein, Arnold war keineswegs für die Kirche eingenommen. ‹Hoch wogte einst die See des Glaubens, nun aber hör ich ihr fernes Rauschen nur, das trostlos und *verklingend* weicht zurück, indes der Nachtwind weht hinab die nackten Schindeln dieser öden Welt.› Ha! Mr. Pott, was sehe ich da vor mir stehen? Mein übliches Ei. Sie sind wahrhaftig ein Faktotum der Liebenswürdigkeit, ein Johannes-Faktotum. Mr. Pott aus der St. John's Street», vertraute er uns in seiner raschen, zwinkernden Art an, «eine Institution, die von der Studentenschaft nicht weniger verehrt wird als St. Michael's Church, eine Kirche, die in sich birgt, wie Sie wissen müssen und *sehen* werden, das älteste noch stehende Gebäude von –» er räusperte sich, als wolle er darauf hinweisen, dass jetzt etwas Besonderes käme – «Oxnaford: den alten Sachsenturm, der spätestens im 9. Jahrhundert erbaut wurde. Spätestens, sage ich, obwohl ich mir mit dieser Behauptung zweifellos den Zorn der unbedeutenderen unter den hiesigen Archäologen zuziehe, falls wir diese Herren überhaupt des Titels würdigen wollen, den Schliemann und Sir Leonard Woolley zu solchen Ehren brachten.» Er machte sich eifrig daran, sein Ei mit einem Löffel aufzuklopfen.

«Sind Sie Professor der Archäologie?», erkundigte sich meine Frau.

«In gewisser Weise, Verehrteste», sagte er, «in gewisser Weise habe ich sämtliches Wissen zu meinem Fach gemacht. Kennen Sie die Stadt Ann Arbor in dem, soviel ich weiß, sehr waldreichen Staat Michigan? Nein? Kein Grund, sich zu schämen, keineswegs. Ihr Land ist so groß, dass einem armen Engländer der Kopf schwirrt. Meine Nichte, die Tochter meiner Schwester, ist dort mit einem Dozenten verheiratet. Ich entnehme ihren Briefen, dass die Temperatur häufig – *häufig* – unter null Grad Fahrenheit absinkt. Mr. Pott, wird dieses reizende junge Paar das Trimester hier bei uns verbringen?» Nachdem ihm mehr bereitwillig als taktvoll erklärt worden war, dass unsere Anwesenheit in Mr. Potts Haus eine Notlösung sei, das Ergebnis einer barmherzigen Regung, die der Besitzer – es schwang in seinen Worten mit – bereits bedauere, senkte Mr. Robinson den Kopf bis fast auf den Tisch und sah uns an. Seine oberen Zähne waren makellos weiß. «Sie müssen da Bescheid wissen», sagte er, «Sie müssen die Gepflogenheiten kennen, die kleinen Abkürzungen und die Umwege, das Hin und das Her, eben die *Umstände*; sonst finden Sie nie eine Wohnung. Sie haben lange gewartet, zu lange; in ein paar Tagen bricht das Herbsttrimester über uns herein, und da ist von Woodstock bis Cowley kein Zimmer mehr zu kriegen. Aber ich –» er hob den Zeigefinger und kniff verschmitzt ein Auge zu –, «ich kann Ihnen vielleicht helfen. ‹Che tu mi segui›, wie Vergil zu Dante sagte, ‹e io sarò tua guida!›»

Wir akzeptierten ihn natürlich dankbar als Führer. Zu dritt gingen wir die St. John's Street entlang (überall waren die Rouleaus heruntergelassen – am helllichten Tag!), dann durch die Beaumont Street, vorbei an dem rußigen, löwenhaften Komplex des Ashmolean Museum, bogen in die Magdalen Street ein und kamen zum Cornmarket, wo wir tatsächlich den Sachsenturm sahen. Mr. Robinson wies uns ständig auf Sehenswürdigkeiten hin. Sein Unterkiefer wirkte abnorm schmal, als wäre für ihn eine normale Kinnlade der besseren Flexibilität und Behändigkeit wegen zurechtgeschnitzt worden. Er hatte, soviel man sah, nur einen unteren Zahn, der noch dazu schief stand und kaum größer als ein Tabakkrümel zu sein schien; die Oberzähne dagegen waren vollzählig und erstaunlich gleichmäßig. Durch diese schlecht zueinander passenden Torflügel quoll unablässig eine Flut von Worten, die nur zum Stehen kam, wenn sich Mr. Robinson vor einem besonders gelehrten Erguss bedeutsam räusperte. «Und nun stehen wir im Zentrum der Stadt und im Herzen von Oxfordshire auf dem Carfax, abgeleitet – ehem, ehem – von dem normannischen *carrefor*, dem lateinischen *quadrifurcus*, das heißt Viergabel oder Kreuzweg. Können Sie Latein? Die letzte internationale Sprache, das – ehem – Esperanto der Christenheit.» Wir befanden uns auf einem großen überdachten Marktplatz, umgeben von blutfleckigen Metzgerständen und Körben voller Gemüse, das nach feuchter Erde roch. Mr. Robinson hatte eine alte Tragetüte bei sich und füllte sie methodisch mit Kartoffeln. Er untersuchte jede einzelne Kartoffel, hielt sie zögernd zwischen den Fingern, als wäre es die letzte; aber dann schoss seine unruhige, pergamentene Hand doch wieder vor und ergriff die nächste. Als nichts mehr in die Tüte hineinging, zuckte er die Achseln und schlenderte davon. Die Standinhaberin brach in lautes Protestgeschrei aus. Sie war dick; ihr Gesicht sah aus wie verbrannt; sie trug Männerstiefel und zahlreiche ausfasernde Strickjacken. Wortlos machte Mr. Robinson kehrt und kippte majestätisch alle Kartoffeln in den Korb zurück. Mit den Kartoffeln flatterten auch einige Papiere heraus, und die tat er wieder in die Tüte. Dann wandte er sich uns zu und lächelte. «Jetzt», erklärte er, «ist unbedingt Zeit zum Lunch. Oxnaford ist keine Stadt, die man mit leerem Magen erobert.»

«Aber Mr. Robinson», sagte ich, «was ist mit der Wohnung, die wir suchen?»

Er atmete hörbar aus, als hätte er gerade einen erlesenen Wein gekostet.

«*Aaaaah*. Das habe ich nicht vergessen, nein, das habe ich nicht vergessen. Wir müssen behutsam vorgehen; Sie kennen sich hier eben noch nicht aus. Kennen die Prozeduren nicht, die *Umstände*.» Er führte uns zu einem Selbstbedienungsrestaurant über einem Möbelgeschäft in der Broad Street, und während wir Fisch mit Kartoffelchips und hinterher Eierkremspeise aßen, unterhielt er uns mit einer ausführlichen Beschreibung der hohen Zeit Oxfords im Mittelalter – Roger Bacon, Duns Scotus, das ‹Mad Parliament› von 1258, die Kämpfe zwischen Bürgern und Studenten am St.-Scholastika-Tag 1355. Als wir wieder auf der Straße waren, ging er dazu über, uns am Ärmel zu zupfen und Versprechungen zu machen. Nur noch ein kurzer Weg, eine ganz kleine Exkursion, die *sehr* nützlich für uns sein würde, und dann sollte die Wohnung an die Reihe kommen. Er führte uns die High Street bis zur Magdalen Bridge hinunter, und wir bekamen zum ersten Mal den Cherwell zu Gesicht. Um diese Jahreszeit waren keine Punts unterwegs, und die Schwäne hielten sich gewöhnlich weiter flussabwärts auf. Aber als wir zur Stadtmitte zurückblickten, bot sich uns die Bilderbuchansicht von Oxford dar, Türme und Konturen und abblätternder Stein, das Ganze unter einem Himmel von John Constable, R. A.

Schwach und verwirrt spürte ich, wie mein Widerstand nachließ; wir gaben uns geschlagen – sollte dieser Tag Mr. Robinson gehören. Er erfasste intuitiv die Situation und führte uns frohlockend die Rose Lane hinunter, durch den Botanischen Garten mit seinen roten und goldenen Herbstblumen, das Merton Field entlang und durch eine Reihe winkliger Gassen zurück zum Geschäftsviertel. Er nahm uns in eine Buchhandlung mit, zog eine kleine Zeitung, das Wochenblatt für die Grafschaft Oxford, aus einem Ständer und bedeutete dem Inhaber, dass ich bezahlen würde. Während ich in meiner Tasche nach einem Vierpencestück wühlte, stolzierte Mr. Robinson zur anderen Wand hinüber und kam mit einem Buch zurück. Es war ein Band Essays von Matthew Arnold. «Kaufen Sie dieses Buch nicht», sagte er zu mir. «*Kaufen Sie es nicht.* Ich habe es in einer viel besseren Ausgabe und leihe es Ihnen gern. Verstehen Sie? Ich *leihe* es Ihnen.» Als ich mich bedankte, verkündete er, als wäre ein wenig Dankbarkeit alles, was er von uns gewollt hatte, jetzt werde er uns verlassen. Er tippte mit dem Finger auf die Zeitung in meiner Hand und zwinkerte mir zu. «Ihre Probleme – und glauben Sie nicht, glauben Sie nur nicht, sie hätten mir kein Kopfzerbrechen gemacht – Ihre Probleme sind gelöst; die Wohnung, die Sie suchen, finden Sie *hier.* Nur wenige, ganz, ganz wenige Leute wissen von dieser Zeitung, aber alle Einheimischen, *alle* Einheimischen mit *ordentlichen* Zimmern inserieren hier drin; sie misstrauen der regulären Vermittlung. Man muss sich eben auskennen, man muss wissen, wie und wo.» Damit ließ er uns stehen, gleichsam vor der Pforte des Paradieses.

Es begann dunkel zu werden, auf jene langsame, dämmerlichtige Art, die englische Nachmittage an sich haben. Wir tranken eine Tasse Tee, um einen klaren Kopf zu bekommen, und gingen dann zu Mr. Potts Haus in der St. John's Street zurück – was hätten wir anderes tun sollen? Unterwegs sahen wir zum ersten Mal Studenten; sie flitzten auf Fahrrädern an uns vorbei und erinnerten mit ihren flatternden schwarzen Talaren an Fledermäuse. Nur uns fehlte ein Ruheplatz. Meine Frau legte sich auf die purpurrote Steppdecke und weinte still vor sich hin. Ihre Beine schmerzten vom vielen Gehen. Sie war – unser großes Geheimnis – im dritten Monat schwanger. Wir fürchteten, dass kein Hauswirt in Oxford uns aufnehmen würde, wenn wir mit der Wahrheit herausrückten. Ich ging mit meiner Zeitung in eine Telefonzelle. In diesem Wochenblatt wurden tatsächlich ein paar Wohnungen angeboten, aber alle bis auf eine hatten keine Küche; diese eine war in der St. Aldate's Street. Ich wählte die

Nummer, und eine Frau meldete sich. Als sie mich sprechen hörte, fragte sie: «Sind Sie Amerikaner?»

«Ja, allerdings.»

«Tut mir Leid. Mein Mann mag keine Amerikaner.»

«Nein? Warum nicht?» Mir war bei der Verleihung meines Stipendiums eingeschärft worden, dass ich im Ausland als Botschafter meiner Heimat zu wirken hätte.

Nach einer Pause antwortete sie: «Wenn Sie es unbedingt wissen wollen – unsere Tochter hat einen Flieger von Ihrem Stützpunkt in Brize Norton geheiratet.»

«Oh ... Nun, ich bin kein Flieger. Ich bin Student. Und ich bin auch schon verheiratet. Die Wohnung wäre nur für mich und meine Frau, wir haben keine Kinder.»

«Hallo, Jack! Der Ausruf klang gedämpft, als hätte sie den Kopf vom Telefonhörer abgewandt. Gleich darauf war sie wieder dicht an meinem Ohr, vertraulich flüsternd. «Mein Mann ist gerade gekommen. Wollen Sie mit ihm sprechen?»

«Nein», sagte ich und legte auf, zitternd, aber froh, dass ich es war, der dieses Gespräch beenden konnte.

Am nächsten Morgen saß Mr. Robinson schon am Frühstückstisch, als wir herunterkamen. Vielleicht hatte ihn das einigen Schlaf gekostet, denn sein Gesicht zeigte die gleiche gelbliche Färbung wie das zerzauste Haar. Er begrüßte uns eifrig, aber in seiner Stimme schwang ein unüberhörbares Jammern mit. Dass er oben falsche Zähne hatte, wurde nun schmerzhaft deutlich; er versprühte Speichel bei dem Bemühen, die Prothese an ihrem Platz zu halten. «‹Sonne strahlt in England›», zitierte er bei unserem Erscheinen, «‹auch in Oxford wich dem Tag die Nacht. Kaltschöne Stadt, ein Standbild, jetzt klebt Blut an deiner Tracht; stolze Herrscher, fromm und heilig, bauten dich vor Zeiten, bauten deine Straßen, über die erhabene Männer schreiten, bauten dich mit deinen Türmen, Monumenten, Grüften, mit der Liebe süßem Hauch und den kosend linden Lüften.›»

«Ich dachte», sagte ich zu ihm, «ich spreche heute Morgen mal bei meinem College vor – vielleicht können die uns helfen.»

«Welches College?», fragte er. Sein Gesicht bekam einen ungewöhnlich aufmerksamen Ausdruck.

«Keble.»

«Ah», rief er triumphierend, «die helfen Ihnen bestimmt nicht. Die nicht. Die haben ja keine Ahnung. Die *wollen* von nichts eine Ahnung haben. *Nihil ex nihilo.*»

«Das Spiel, das die da spielen», knurrte Mr. Pott missmutig, «heißt Hände weg.»

«Wirklich?», sagte meine Frau mit einer Stimme, in der Tränen zitterten.

«Trotzdem», beharrte ich, «irgendwo müssen wir anfangen. In der Wochenzeitung, die Sie uns besorgt haben, stand nur ein Angebot, das in Frage gekommen wäre, und da hatte der Mann der Hauswirtin eine unüberwindliche Abneigung gegen Amerikaner.»

«Eure verflixten Piloten drüben in Norton haben euch in Verruf gebracht», erklärte Mr. Pott. «Die Burschen kommen zu uns nach Oxford, breitschultrig und in ihren rauchblauen Uniformen, und fallen über die Nutten her, dass die Fetzen nur so fliegen.»

Meine Erwähnung des Wochenblattes hatte Mr. Robinson an etwas erinnert. Er griff sich an die Stirn und rief: «Das Buch! Ich hatte doch versprochen, Ihnen das Buch zu leihen. Verzeihen Sie, *verzeihen* Sie einem zerstreuten alten Mann. Ich hole es sofort. Keine Widerrede, keine Widerrede. Der Jugend muss man stets zu Diensten sein.»

Er eilte nach oben. Wir blickten Mr. Pott fragend an, und er nickte. «Wenn ich in Ihren Schuhen steckte, würde ich mich schleunigst verkrümeln», sagte er.

Wir hatten es gerade bis zur dritten Straßenecke geschafft und fühlten uns in der Menschenmenge auf dem Cornmarket ganz sicher, als Mr. Robinson uns einholte. Er war noch in Pantoffeln und rang nach Luft. «Warten Sie», jammerte er, «so *warten* Sie doch. Sie dürfen nicht blindlings in solche Situationen hineinrennen, Sie kennen sich ja nicht mit den *Umständen* aus.» Er zog ein Buch aus seiner Einkaufstüte, die er wieder bei sich trug, und drückte es mir in die Hand. Es waren die Essays von Matthew Arnold in einer um die Jahrhundertwende erschienenen Ausgabe mit marmorierten Vorsatzblättern. Mitten in dem Menschengewühl stehend, schlug ich den Band auf und hätte ihn vor Schreck beinahe fallen lassen, denn jede einzelne Seite war ein Spinnengewebe von Randbemerkungen und unterstrichenen Stellen, in Bleistift und Tinte und in den verschiedensten Handschriften. «Vgl.»; «*videlicet*», «Hier verrät er sich», «Typischer Optim. d. 19. Jh.s» – diese Hinweise sprangen mir aus dem wilden Schwarm entgegen. Die Anmerkungen waren ihrerseits mit Anmerkungen versehen. «Stimmt das?», hatte eine energische Hand an einer Stelle an den Rand geschrieben, und darunter stand in schrägen, dünnen Bleistiftbuchstaben: «Ja, es stimmt» (*stimmt* dreimal unterstrichen), und darunter wieder hatte ein zittriger Kugelschreiber zweifelnd vermerkt: «Wirklich?» Mir wurde von alldem ganz schwindlig; ich klappte das Buch zu und bedankte mich.

Mr. Robinson sah mich schlau von der Seite an. «Sie dachten gewiss, ich hätte es vergessen», sagte er. «Sie dachten, dass alte Männer einen schwachen Kopf haben. Oh, Sie brauchen sich nicht zu schämen, in Ihrer Lage hätte ich das wahrscheinlich auch gedacht. Aber ich halte, was ich verspreche, und jetzt werde ich Ihnen als Cicerone dienen. Ehem. ‹Jedermann, ich werde mit dir gehen!› Ha!» Er deutete auf das alte Rathaus und teilte uns mit, während der Rebellion gegen Karl I. sei Oxford das Hauptquartier der Royalisten gewesen.

«‹Der König, krit'schen Blicks ermessend
Die Lage seiner beiden Universitäten,
Nach Oxford schickte eine Schar zu Pferde, und warum?›»

zitierte er, und die weit ausholende Armbewegung, mit der er schloss, zog die Blicke mehrerer Passanten auf uns.

Genauso wie ein Verbrecher dadurch, dass er für eindeutig geistesgestört erklärt wird, sich seltsamerweise die Gesellschaft verpflichtet, die er geschädigt hat, war auch Mr. Robinson jetzt ganz und gar zu unserem Beherrscher geworden. Das Schlurfen seiner Pantoffeln auf dem Pflaster, das besorgte Betonen gewisser Wörter, das immer wiederkehrende stolze Räuspern waren wie Fäden, die uns an ihn banden, während wir, von Verlegenheit und Frustration fast erstickt, neben ihm durch die Stadt gingen. Unsere Route deckte sich zum großen Teil mit der vom Vortag, doch begann er jetzt, ein neues Thema zu entwickeln – er sagte, er habe uns von Anfang an sehr genau beobachtet, und wir hätten die Prüfung bestanden, mit *fliegenden* Fahnen; deshalb wolle er uns nun mit einigen seiner Freunde bekannt machen, mit wirklich *wichtigen* Leuten, die über Einfluss und Verbindungen verfügten und uns jede Menge Zimmer beschaffen könnten. Er werde Briefe schreiben, uns einführen, dafür sorgen, dass wir Zutritt zu Geheimgesellschaften bekämen. Nach dem Lunch, etwa um die Zeit, zu der er uns tags zuvor in den Buch- und Zeitschriftenladen geschleppt hatte, führte er uns in die Bibliothek der Oxford Union Society und stellte uns dem blasierten jungen Mann vor, der dort die Aufsicht führte. Mr. Robinsons Stimme, durch den Flüsterton irgendwie verstärkt, drang bis in den letzten altehrwürdigen Winkel dieser heiligen Hallen. Der junge Bibliothekar vermochte trotz seiner offensichtlichen Qual ein ironisches Lächeln nicht zu unterdrücken. Als sich seine Augen uns zuwandten, bekamen sie einen höflichen Schimmer, der die Geringschätzung allerdings nicht ganz verbergen konnte. Aber mit was für einer beglückten und zeremoniösen Anteilnahme überwachte Mr. Robinson, der offenbar tatsächlich Mitglied der Oxford Union Society war, die Eintragung unserer Namen in das dicke alte Register! Als Gegengabe für die Unterschriften wurde uns mit der Handbewegung eines Zauberers ein Formular überreicht – der Antrag auf Mitgliedschaft. Das musste man Mr. Robinson zugute halten: Er ließ einen nie mit ganz leeren Händen zurück.

Als wir wieder in unserem Zimmer waren, aufgelöst und völlig benommen, konnten wir das Aufnahmeformular und den mit Anmerkungen versehenen Arnold zu unserer ersten Trophäe legen, der Wochenzeitschrift für die Grafschaft Oxford. Ich legte mich neben meine Frau aufs Bett und las den Leitartikel, eine kämpferische Beschwerde über den kläglichen Zustand der normannischen Kirche in Iffley. Als meine Beine wieder einigermaßen ihren Dienst taten, ging ich zum Keble College hinüber und stellte fest, dass man mich richtig informiert hatte. Die väterliche Fürsorge des Colleges erstreckte sich nicht auf jene Studenten, die so geschmacklos waren, eine Ehefrau zu haben. Aber es gebe doch genügend frei vermietbare Wohnungen, wie mir der Angestellte im Sekretariat versicherte. Er saß in einem winzigen Raum, dessen gotisches Fenster auf ein Hofviereck hinausging, und kratzte mit einem altmodischen Federhalter wichtigtuerisch drauflos; sein Schreibpult erinnerte an die

Zeichnung von Tenniel, auf der alle Karten des Kartenspiels davonfliegen.

Ich war so jung verheiratet, dass ich nicht damit rechnete, meine Frau werde mir, der ich jede Hoffnung aufgegeben hatte, neuen Mut einflößen. Sie hatte sich in meiner Abwesenheit zu der Überzeugung durchgerungen, dass wir nicht mehr so höflich zu Mr. Robinson sein durften. Das schien wirklich der einzige Ausweg aus unserem Dilemma zu sein. Ich hätte selbst darauf kommen sollen. Wir machten uns fein und speisten sehr teuer in einem pseudofranzösischen Restaurant, vor dem Mr. Robinson uns eindringlich gewarnt hatte, weil es ein «Nepplokal» sei. Dann sahen wir uns einen amerikanischen Film an, um die nötige Brutalität zu gewinnen, und am nächsten Morgen kamen wir wohlgerüstet zum Frühstück herunter. Mr. Robinson war nicht da.

Dieses Frühstück sollte, wie sich bald herausstellte, unser letztes bei den Potts sein. Wir hatten uns inzwischen schon so weit akklimatisiert, dass wir uns zum Beispiel nicht mehr suchend nach Mrs. Pott umschauten; wir hatten uns damit abgefunden, dass sie, wenn überhaupt, auf einer für uns unsichtbaren Ebene existierte. Die anderen Hausgäste grüßten uns jetzt mit Namen. Zwei neue Gesichter waren dabei – junge Studenten, die nahezu überflossen von erstaunlich sachlichen und respektvollen Fragen nach den Verhältnissen in den Vereinigten Staaten. Ihrer Meinung nach hatten die USA bereits den Weg beschritten, auf dem ihnen früher oder später alle anderen Länder folgen würden. Ein Amerikaner zu sein, so bedeuteten sie uns, hieß Glück haben. Mr. Pott teilte uns mit, Karam habe geschrieben, dass er vom Wochenende an sein Zimmer brauche. Er schob mir einen Zettel mit mehreren Adressen über den Tisch. «Da ist eine Dreizimmer-Souterrainwohnung für vier Pfund zehn nahe der Banbury Road», sagte er, «und wenn Sie fünf Guineas ausgeben wollen, Mrs. Shipley drüben bei der St. Hilda's Church hat noch ihren ersten Stock frei.»

Es dauerte einen Augenblick, bis wir erfasst hatten, was das bedeutete; dann sprudelten wir verblüffte Dankesworte hervor. «Mr. Robinson», so platzte ich zum Schluss noch heraus, krampfhaft, aber nicht sehr erfolgreich nach einer Mr. Pott angemessenen idiomatischen Wendung suchend, «hat uns die ganze Zeit um den Maibaum herumgeführt.»

«Der arme Robbie», sagte Mr. Pott. «Bekloppt wie ein Kotelett.» Er tippte an den Stirnknochen seines schmalen, dunkelhaarigen Kopfes.

«Ist er immer – so?», fragte meine Frau.

«Nur wenn er ein, zwei Neulinge findet, die er am Schlafittchen nehmen kann; aber sie kommen ihm immer bald auf die Schliche.»

«Hat er wirklich eine Nichte in Michigan?»

«O ja. So ganz übergeschnappt ist er nun auch wieder nicht. Er war vor seiner Krankheit ein sehr gelehrter Kopf, aber an die Universität ist er nie berufen worden.»

«‹So ist die Poesie›», deklamierte eine vertraute, ebenso sanfte wie hartnäckige Stimme hinter uns, «‹in Oxford eine Kunst, in London nichts als ein Gewerbe.› Dryden. Kein echter Oxford-Mann, aber dennoch ein exzellenter Dichter und Amateurgelehrter. Wenn man etwas für seinen lieblich dahinplätschernden Stil übrig hat. Mr. Pott, kann dieses Ei das meine sein?» Er nahm Platz, klopfte das Ei behutsam mit dem Löffel auf und wandte sich dann freudestrahlend uns zu. Vielleicht hing sein verspätetes Erscheinen am Frühstückstisch damit zusammen, dass er sich sorgfältig zurechtgemacht hatte, denn er wirkte sehr gepflegt: Das lange Haar war zu talgfarbenem Glanz gebürstet, die Krawatte fest geknotet, die Zahnprothese so eingesetzt, dass sie nicht wackelte, und um den Hals hatte er einen karierten Wollschal geschlungen. «Heute», sagte er, «werde ich mich ausschließlich Ihrer Angelegenheit widmen, von ganzem Herzen und mit ganzer Kraft. Ich habe gerade eine Stunde damit verbracht, eine wunderbare Überraschung vorzubereiten, *mirabile dictu*, wie der treue Äneas zu seiner Mutter Aphrodite sagte.»

«Ich fürchte», erwiderte ich in einem Ton, der, bedingt durch die Gegenwart der anderen Frühstücksgäste, ein wenig gezwungen klang, «wir müssen heute etwas Dringenderes erledigen. Mr. Pott hat uns eben gesagt, dass Karam ...»

«Warten Sie, *warten* Sie», rief er aufgeregt und erhob sich. «Sie verstehen doch nichts davon. Sie sind beide so *unerfahren* – reizende Menschen, gewiss, hochbegabt und gebildet, aber unerfahren. Sie müssen sich erst auskennen, müssen die Mittel und Wege ...»

«Nein, wirklich ...»

«*Warten* Sie. Kommen Sie mit nach oben. Wenn Sie darauf bestehen, zeige ich Ihnen meine Überraschung jetzt gleich.» Damit ließ er das ungegessene Ei im Stich, hastete aus dem Zimmer und stürmte die Treppe hinauf. Meine Frau und ich folgten ihm, erleichtert bei dem Gedanken, dass wir das, was geschehen musste, ohne Zeugen erledigen konnten.

Mr. Robinson kam schon aus seinem Zimmer zurück, als wir den Flur des ersten Stockwerks erreichten. In der Eile hatte er vergessen, die Tür hinter sich zu schließen. Über seine Schulter hinweg erspähte ich ein Chaos durcheinander geworfener Bücher, alter Zeitschriften und getragener Kleidung. Er hielt einen Bogen in der Hand, offensichtlich eine Liste. «Ich habe die letzte Stunde darauf verwendet», sagte er, «mit einer Sorgfalt, die sich annähernd mit der – *ehem-ehem* – des heiligen Hieronymus bei der Arbeit an der Vulgata vergleichen lässt, eine Namenliste zusammenzustellen. Hier, das sind die Leute, mit denen wir heute *sprechen* werden.» Ich las die Liste, die er mir vors Gesicht hielt. Die zuerst aufgeführten Ämter und Titel und Namen sagten mir nichts, aber ungefähr in der Mitte, wo die Handschrift größer und unregelmäßig zu werden begann, standen das Wort «Kanzler», ein riesiger Doppelpunkt und der Name «Lord Halifax».

Mein Gesichtsausdruck bewirkte wohl, dass der Bogen Papier zu zittern begann. Mr. Robinson ließ die Liste sinken und hielt sie in der herabhängenden Hand, während er mit der anderen an seinem Rockaufschlag fingerte. «Sie haben sich ganz rührend um uns bemüht», sagte ich. «Niemand hätte uns besser durch Oxford führen können. Aber heute müssen wir uns wirklich allein auf den Weg machen. Unbedingt.»

«Nein, nein, so begreifen Sie doch! Sie kennen sich ja nicht mit den *Umständen* ...»

«Bitte», unterbrach ihn meine Frau in scharfem Ton.

Er sah sie an, dann mich, und eine unerwartete Ruhe breitete sich auf seinen Zügen aus. Das Zwinkern hörte auf, das Kinn entspannte sich, und sein Gesicht hätte das irgendeines müden alten Mannes sein können, als er seufzend sagte: «Gewiss, gewiss. Selbstverständlich.»

«Wir danken Ihnen vielmals.» Meine Frau wollte seine schlaffe Hand berühren, die er wie schützend an den Rockaufschlag presste, berührte sie dann aber doch nicht.

Wie versteinert stand er mit eingeknickten Knien auf dem Treppenabsatz vor der Tür seines Zimmers. Als wir die Treppe hinuntergingen, machte er noch eine letzte impulsive Geste: Er trat ans Geländer, hob die Hand und rief uns nach: «Gottes Segen, Gottes Segen.»

## Stillleben

Leonard Hartz, ein schlanker, ernsthafter Amerikaner mit einem komisch runden Kopf, trug sich an der Constable School ein, weil sie eine der drei britischen Kunstakademien war, die die Veterans Administration nach den neuen, gestutzten Stipendiumsbestimmungen für ehemalige G.I.s zugelassen hatte. Es war ihm unverständlich, was die VA an dieser Schule fand. An der Constable – «Connie» für die zwitscherzüngigen, rotbeinigen Mädchen, aus denen die Hälfte der Studentenschaft bestand – ging es pedantisch und zugleich verbummelt zu. Das weitläufige Universitätsmuseum, das mit einer eher zerstreut einbeziehenden als mütterlichen Geste in seinem linken Flügel die Akademie beherbergte, war in erster Linie archäologisch orientiert. Oben war Zimmer auf Zimmer mit Glasschränken voller angelsächsischer Trümmer möbliert; unten schwärmten erstaunlich lückenlos zusammengetragene Gipsabgüsse klassischer Statuen durch die Flure und gestikulierten unter hohen Rundbögen in einer Art versteinerten Volksaufstands. Diesen Reichtum abgeklatschter Skulpturen, von denen viele noch die Nahtspuren des Abgussverfahrens trugen und die von Staub ganz dunkel waren, hatte man nur grob geordnet. Der Weg begann im Osten, bei wespentaillierten *kouroi*, auf deren asiatischen Gesichtern ein erstes leises Lächeln attischer Morgenröte dämmerte, führte durch das unaufgeräumte goldene Zeitalter der Griechen mit seiner Herrlichkeit und Größe und endete in einem verwahrlosten Westraum, wo ein paar gewaltige, grobe Monumente römisch-christlicher Degeneration hypnotisiert ins Halbdunkel starrten. Meisterwerke versteckten sich, Spionen gleich, unter diesem Mob. In der ersten Woche brachte Leonard einen Vormittag und zwei Nachmittage damit zu, eine schwärzliche Amazone zu zeichnen, die halb bekleidet in einer dunklen Ecke stand, und erst am Ende des zweiten Tages, als ihm plötzlich eine Ähnlichkeit auffiel zwischen seiner Skizze und dem Markenzeichen eines amerikanischen Bleistiftherstellers, ging ihm auf, dass seine schweigsame Gefährtin die Venus von Milo gewesen war.

Die Anfänger an der Constable School waren gehalten, der Akademie selbst mit ihrem munteren Geplauder und den lustigen Malerkitteln fernzubleiben und erst einmal in diesen trüben Galerien «nach der Antike zu zeichnen». Die Neuankömmlinge – Leonard und vier andere verdrossene amerikanische Veteranen, ein schmächtiger kleiner Engländer und ein Dutzend stämmiger englischer Teenagermädchen – stapften allmorgendlich ins Museum, ein Zeichenbrett unter dem einen Arm, einen Schemel, genannt «Bock», unter dem andern, und zur Dämmerzeit, die im Museum früh hereinbrach, tauchten sie wieder auf mit ihrer Last, trugen inzwischen schwerer daran, weil das Gewicht einer Gottheit hinzugekommen war, die sie auf dem Zeichenbrett festgezwackt hatten; es war gerade die Zeit, da die fortgeschrittenen Studenten sich um das Pinselwaschbecken drängten und das Aktmodell, ganz unpassend in Straßenkleidung, aus der Umkleidekabine trat. Zu dieser Stunde roch es in der Akademie immer nach Terpentin.

Der trostlose Terpentingeruch hing ihm noch im Kopf, wenn er die Akademie verließ, die drei Treppen mit den flachen Stufen hinunterhastete und gerade rechtzeitig kam, um zu sehen, wie sein Bus ihm davonfuhr. Wohin er sich auch wandte in diesen ersten Wochen, überall hatte er dies Gefühl, dass die Dinge sich ihm entzogen. Wenn er dann doch einen Bus bestieg und zum Oberdeck hinaufging, enteilten die Ladenfassaden unten, als würden sie verfolgt – die Drogerien, die keine richtigen Drugstores, die Teestuben, die keinesfalls Luncheonettes waren. Die

Mauern der College-Gebäude, schroff und uneinnehmbar, flogen vorbei wie eine Armada großer grauer Segel, und der von Drayton und Milton und Matthew Arnold besungene kleine Fluss schlüpfte unter ihm hin, und rechtwinklig zur kurvenreichen Strecke stürzten rote Vorortstraßen tiefen Fluchtpunkten zu, sträubten sich mit Hecken, stachligen Mauern und Ketten mit Vorhängeschlössern. Manchmal hing, Flakwölkchen gleich, eine Schar von zehn oder mehr Vögeln zwischen den zurückweichenden Backsteinreihen, und immer stoben sie davon. Die Melancholie des englischen Spätnachmittags wurde für Leonard selten durch eine Vorfreude auf den Abend gemildert. Drei der vier anderen Amerikaner waren verheiratet, und die Ehepaare luden ihn immer abwechselnd zu Abendbrot und Scrabble ein, aber das konnte seinen allabendlichen Hunger nicht stillen. Die amerikanischen Filme, die an jeder Ecke liefen, waren kein Trost, sie bestärkten ihn eher in seiner Befürchtung, dass er zu allem, was ihm Mut geben könnte, die Verbindung verloren hatte. Sogar in der Akademie, wo er beschlossen hatte, sich zumindest vorläufig in die Obhut von Professor Seabrights abgestandener Ästhetik zu begeben, wurde er dies Gefühl nicht los: Ihm war, als verberge sich in der präzisen Kontur einer Schulter und der einzigartigen Formung des leeren Raums zwischen Apollons Beinen etwas unendlich Wichtiges, das – obwohl er radierte, bis das Papier zerriss, und blinzelte, bis ihm die Augen brannten – sich ihm beharrlich entzog.

Seabright war bestrebt, einmal am Tag bei jedem seiner Studenten vorbeizuschauen, die verstreut zwischen den Abgüssen saßen. Die energischen Schritte, mit denen er sich näherte, unterschieden sich deutlich von denen der seltenen Besucher, oftmals zweier Nonnen, die flüsternd und sacht schlurfend in diesen Teil des Museums vordrangen. Seabrights Stimme, deren

Lispeln in der allgemeinen Verschwommenheit unterging, grummelte von weit her, als ob die Götter ein Gewitter planten. In Abständen von jeweils fünf Minuten kam sie näher und adressierte schließlich klar vernehmbar die Studentin auf der anderen Seite des Postaments, eine statiöse Engländerin, die sich, reichlich verwegen bei ihrer üppigen Figur, Robin nannte.

«Na, na», sagte Seabright, «wir machen doch keine Scherenschnitte.»

«Ich habe mir gedacht, verstehn Sie», erwiderte Robin in eifrigem Ton, der für Leonards amerikanische Ohren aber auch hochmütig klang, «wenn die Umrisse stimmen, braucht man sie bloß noch auszufüllen.»

«O nein. O nein. Wir füllen nicht aus, wir bauen die Form in ihrer Gesamtheit auf. Sonst fügen sich all die Einzelteile nie zu einem Ganzen. Sehn Sie, da, man weiß nicht einmal, wo die Mitte ihrer Brust ist. Ah – darf ich?» Aus dem Ächzen und Seufzen schloss Leonard, dass Robin sich mit gegrätschten Beinen von ihrem Bock erhob und Seabright darauf Platz nahm. «Lieber Himmel», sagte er, «Sie haben die Umrisse so schwarz gemacht, dass sie meine Augen regelrecht in Bann schlagen. Aber warten Sie mal ...»

Seabrights Charme, fand Leonard, lag unter anderem darin, dass er das Unterrichten vergaß, sobald er es mit einem zeichnerischen Problem zu tun bekam; es verschlang ihn mit Haut und Haar. Er hatte sich dazu erziehen müssen, immer wieder auf die Uhr zu schauen; sonst würde er den ganzen Nachmittag damit zubringen, die Übungsarbeit eines Anfängers zu belauern, grimmig wie ein Kater vorm Mauseloch, während der Student vergessen und mit schmerzenden Beinen daneben stand.

«So», seufzte Seabright widerstrebend. «Ich fürchte, ich vertue zu viel Zeit mit Ihnen. Es ist zwar nur eine einzelne Stelle, aber Sie können hier sehn, hier, am Brustkorb, wie sich die einzelnen Elemente bereits zur großen Fläche formen. Und wenn Sie dann zum Rippengewölbe übergehn, erst diese beiden Schatten da andeuten, sehn Sie, so ... Vielleicht sollte ich doch noch ein *biss*chen weitermachen ... Da, sehn Sie. Und nun können wir uns dem Hals zuwenden. Übrigens eine gute Idee, bei diesen Figuren mit der Halsgrube anzufangen, und dann die Schultern nach außen, so, und dann hinauf zum Kopf ...»

«Ja, Sir», sagte Robin, eine Spur ungeduldig.

«Die ganze Dynamik der Körperhaltung liegt in diesen Winkeln, sehn Sie? *Sehn* Sie das?»

«Ja, Sir, ich hoffe doch.»

Aber ihre Hoffnungen reichten ihm nicht; er kam um das Postament herum, und seine gedrungene, würdevolle, leicht katzenhafte Gestalt war in Leonards Blickfeld, als er sich umwandte und besorgt zu dem nicht sichtbaren Mädchen sagte: «Sie haben verstanden, dass Sie den Bleistift so leicht wie nur möglich aufsetzen müssen? Und die Form nach und nach in ihrer Gesamtheit aufbauen?»

«Doch, durchaus», kam Robins schnippische Antwort.

Seabright ruckte den Kopf herum und stellte sich hinter Leonard. «Ich glaube nicht», sagte er schließlich, «dass wir die Abgussnähte mitzeichnen müssen. So weit dürfen wir schon von der Vorlage abweichen.»

«Ich fand, es ist eine Hilfe, die Abstände hinzubekommen», erklärte Leonard.

«Es sind zwar nur Fingerübungen, aber es ist ja nicht nötig, sie – äh – ausgesprochen hässlich geraten zu lassen, nicht wahr?» Leonard wandte sich zu seinem Lehrer um, der für gewöhnlich nicht sarkastisch war, und Seabrigtht redete mit einiger Verlegenheit weiter; sein Sprachfehler war weniger hörbar als sichtbar, eine verkrampfte Anstrengung der Lippen. «Ich muss zugeben, Ihr Gegenstand ist von keiner großen Hilfe für Sie.» Sein Blick war auf die Statue geheftet, die Leonard sich ausgesucht hatte, weil sie im Besitz aller vier Gliedmaßen war. Vollständigkeit war der krude Maßstab, nach dem Leonard eine Statue einer anderen vorzog. Mit Verwunderung hörte er, wie Seabright erbittert vor sich hin murmelte: «Scheußliches Ding.»

«Entschuldigung, Sir?»

«Sehen Sie her, Hartz!», rief Seabright, tat einen beunruhigend aggressiven Schritt nach vorn, reckte sich auf die Zehenspitzen und klatschte dem Gipsriesen gegen die Flanke. «Der Römer, der diese Kopie gemacht hat, hat nicht mal begriffen, dass die Seite hier eingeknickt sein muss, wegen des Beins, das das Gewicht trägt!» Seabright knickte selbst ein bisschen ein, blinzelte dann beschämt, trat wieder zu Leonard und sagte in zurückgenommenerem Ton: «Aber Sie haben manche Partien außerordentlich eindringlich herausgearbeitet. Viel-äh-vielleicht ein bisschen *zu* eindringlich. Seien Sie lockerer, folgen Sie erst mal dem Schwung der Linien im Ganzen – die kleine Kurve hier, sehn Sie, wie die gegen die lange schmale gesetzt ist.» Leonard war darauf gefasst, dass Seabright um den Bleistift bitten werde, stattdessen aber fragte er: «Warum probieren Sie es nicht mit einer anderen Statue? Die reizende junge Dame da, Miss Cox, versucht sich gerade an – Artemis, ja, ich glaube, es ist Artemis. Da spürt man wenigstens einen gewissen Widerhall griechischer Grazie. Ich finde, dieser Figur hier haben Sie jetzt Genüge getan.»

«Gut. Allmählich war's tatsächlich wie rein mechanisches Zeichnen.» Um seiner Botmäßigkeit Nachdruck zu verleihen, begann Leonard, die Reißzwecken herauszupolken, aber Seabrights fünf Minuten waren noch nicht um.

«Nicht wahr, Sie finden es doch sinnvoll, zum Studienbeginn

diese Statuen zu zeichnen?» Die amerikanischen Studenten verunsicherten Seabright; von den fünf, das wusste Leonard, machte er den am wenigsten rebellischen Eindruck.

«Natürlich. Es ist eine ziemliche Herausforderung, wenn man sich erst einmal darauf einlässt.»

Der Engländer war noch nicht gänzlich beruhigt. Er zögerte verlegen und vertraute Leonard dann eine Anekdote an: «Zu Picasso kam einmal eine Frau und wollte wissen, wie man zeichnen lernt, und er sagte: ‹*Dessinez antiques.*› Zeichnen Sie nach der Antike. Was Besseres gibt es nicht, wenn man die großen Formen begreifen will.»

Damit entfernte Seabright sich, trappelte an finsteren Athleten und Imperatoren vorbei, durch den Rundbogen, ganz hinaus aus dieser Abteilung, hinein in den angrenzenden freundlicheren Raum, wo mittelalterliche Rüstungen, Sporen, Ringe, Löffel und Kelche ausgestellt waren. Das Geräusch seiner Schritte erstarb. Aus dem Hinterhalt, hinter dem Postament hervor, ganz dicht an Leonards Ohr, flötete Robins helle Stimme: «Na, ist Puss nicht mal wieder in Schnurreputzlaune?»

Um sich die Statue vorzunehmen, die Seabright ihm empfohlen hatte, rückte Leonard mit seinem Bock ein paar Meter vor, achtete aber darauf, im kostbaren Licht zu bleiben, das hoch oben hinter ihm durch ein Fenster sickerte. Von seinem neuen Platz war Robin teilweise sichtbar. Ihr Körper war zwar immer noch von einer Plinthe verdeckt, aber hinter dieser Plinthe schaute ihr schräg gestelltes Zeichenbrett hervor, und ihre Hand war zu sehen, wenn sie auf das Papier einhieb, und manchmal, wenn sie sich zu einem Detail vorbeugte, ihr ganzer Kopf, schwer von lose fallendem hellem Haar. Anfangs war er zu schüchtern, einen Blickkontakt zu riskieren, und so lenkte er die ganze Wucht seiner Aufmerksamkeit auf ihren Fuß, der, am Knöchel von der Plinthe abgetrennt, ganz für sich in seinem blauen Ballerinaslipper auf dem schattigen Marmorboden stand. Es war ein langer Fuß, und der runde blaue Ausschnitt des Slippers gab die Zehenansätze frei, und die sanfte Blässe des entblößten Ovals ging oberhalb des Rists in die von Nebel und Kühle gerötete Rauheit eines englischen Frauenbeins über. Diese spezifisch englischen Beine, kompakt an den Knöcheln und bis zu den Knien mit einer Art Wetterschutzschicht überzogen, waren bei Robin nicht hässlich. Wie ein Stück feiner pinkfarbener Keramik schlug ihr Knöchel, um mit Seabright zu sprechen, seine Augen in Bann.

Nach einer Stunde fasste er sich ein Herz: «Haben Sie nicht kalte Füße – nur so in diesen Ballerinas?»

«Und wie», sagte sie prompt, und mit einem raschen Gedankensprung – eine Gewohnheit von ihr, wie er bald merkte – antwortete sie über seine Frage hinaus: «Ich krieg am ganzen Körper Gänsehaut, in dieser gruseligen Umgebung.»

Das ging ihm zu schnell. «Sie meinen die Akademie?»

«Ach, die ist in Ordnung, ich meine diese grässlichen Antiken.»

«Mögen Sie die nicht? Finden Sie nicht, dass sie was Dauerhaftes, Zeitloses haben?»

«Wenn diese alten Dinger zeitlos sind, will ich weiß Gott lieber nicht zeitlos sein.»

«Nein, im Ernst. Stellen Sie sich vor, es seien Engel.»

«Im Ernst – ach du meine Güte. Ihr Amerikaner seid nie ernst. Ihr albert immer bloß herum – als ob man sich im Affenhaus unterhält.»

Mit diesem strengen Ton, fürchtete Leonard, war alles zu Ende, aber eine Minute später bewies sie ihm, dass sein Schweigen zu vorsichtig war, indem sie mit heller Stimme verkündete: «Ich habe einen Freund, der ist Atheist und hofft, dass der Dritte Weltkrieg alles in die Luft sprengt. Ihm ist es egal, er ist Atheist.»

Auch ihre späteren Unterhaltungen behielten dies Entmutigende bei: zwei Wesen, die, zufällig aneinander geraten, in derselben Sprache, über eine Entfernung, die größer war, als sie schien, falsch berechnete Signale austauschten. Er glaubte, dass sie seine Ernsthaftigkeit verkannte und überrascht wäre, wenn sie erführe, wie tief und fest sie in seinem Herzen verankert war; es bedurfte nur eines festen Punktes, um die schwere tote Masse seiner freien Zeit aus den Angeln zu heben, die auf einmal leichter als Luft zu sein schien, ein Dunstgewebe aus phantastischen Erwartungen, geträumtem Flüstern, ungezwungenen Entkleidungen und Touristenfreuden. Er glaubte, dass er England lieben werde. Er ging zu einem Herrenausstatter und kaufte sich für vier Guineas das landesübliche Sakko aus steifem grünem Wollstoff, um dann vor dem schlierigen Spiegel in seinem möblierten Zimmer festzustellen, dass es seinen Kopf lächerlich klein aussehen ließ, wie eine einzelne Beere ganz oben an einem Strauch; so zog er, wenn er zur Constable School ging, weiterhin die kleine khakifarbene Windjacke mit dem Reißverschluss an.

Als Fremder konnte er nicht abschätzen, wie töricht sie in Wirklichkeit war. Sie war achtzehn und schilderte, wie sie als Kind zum Himmel geschaut und aus dem Bauch eines deutschen Bombenflugzugs Bomben habe niederschweben sehen, aber hinter ihren großen Augen war etwas Flaches, Glattes, das Nähe abwehrte. Sie schien unberührt von der ruppigen, alles aufnehmenden Lebensklugheit der Mädchen zu Hause, deren Kriegserfahrungen sich im Sammeln von Altmaterial erschöpften. Das Unvereinbare an Robin – ihr Name und ihre Figur, ihre Erfahrungen und ihre Unschuld – war durch eine bewusst aufrechte Haltung miteinander verstrebt, als verkörpere sie die Britannia der politischen Cartoons; ihre Konturen hatten nichts Erotisches, umschrieben nur ein notwendig weibliches Symbol uralter Kampfbereitschaft. Robin war groß, und wenn sie hin und her kreuzte durch die Schatten der Gipsfiguren und die Lichtflecken dazwischen, war es für Leonard, als gehe sie auf Stelzen. Immer kam oder ging sie gerade. Kam um halb zehn, atemlos; ging um zehn auf einen Kaffee; zurück um elf; halb zwölf Lunch; zurück um eins; halb drei Zigarettenpause; zurück gegen drei; Schluss um vier. Seit den Tagen ihrer gemeinsamen Bemühungen um die keusche Bogenschützin, die Mondgöttin, hatte Robin sorglose Arbeitsgewohnheiten angenommen. Sie war in einen anderen Bereich gezogen, um eine andere Figur zu analysieren, und er hatte nicht den Mut gehabt, ihr mit seinem Block zu folgen, obwohl die Statue, die er sich als nächste vornahm, ihn in ihre Richtung führte. Aber wenigstens kam sie ihm alle Stunde einmal vor Augen, und auch wenn die Kaffeepausen und die langen Lunchzeiten ihn zwangen, auf einen lebhaften geselligen Verkehr mit Einheimischen zu schließen, hielt er sie doch, da die endlosen Tage bei der Army ihn ja Geduld gelehrt hatten, halbwegs für die Seine. Es erschien ihm ganz natürlich, als Puss – Leonard hatte eingestimmt in den Spott – sie drei Wochen vor Beendigung des Herbstsemesters gemeinsam in die Stilllebenklasse versetzte.

Am Montagmorgen kauften sie beim Gemüsehändler Zutaten für ein Stillleben ein. In der Constable School gab es einen großen Kasten voll toter Objekte, und Leonard hatte einen alten Mörser mit Stößel herausgesucht. Er stellte sich vor, dass sie, um ein einleuchtendes Bild zu schaffen, Gemüse kaufen sollten, das sich zerstoßen ließ, und das würden sie dann in chardineskem Kunterbunt arrangieren. Was aber ließ sich zerstoßen, außer Nüssen? Der Gemüsehändler hatte Walnüsse aus Jamaika vorrätig.

«Wie kommen Sie mir denn vor, Leonard», sagte Robin. «All die entsetzlichen kleinen Runzeln, wir würden ewig dafür brauchen.»

«Na, was könnte man denn sonst zerstoßen?»

«Wir zerstoßen überhaupt nichts, wir malen. Und dafür brauchen wir was *Glattes*.»

«Orangen, Miss?», schlug der junge Verkäufer vor.

«Ach, Orangen. Jeder nimmt Orangen – sieht immer wie Werbung für Vitamin C aus. Nein, wir brauchen ...» Stirnrunzelnd inspizierte sie das Angebot, und Leonards Herz, in die ganz neuartige Intimität gestürzt, mit einer Frau einzukaufen, schlug aufgeregt. «Zwiebeln», sagte Robin bestimmt. «Zwiebeln sind genau das Richtige.»

«Zwiebeln, Miss?»

«Ja, drei, und einen Wirsingkohl.»

«Einen Wirsingkohl?»

«Hier, kann ich mir einen aussuchen?»

«Aber, Robin», sagte Leonard, er hatte sie noch nie bei ihrem Namen genannt, «Zwiebeln und Kohl passen nicht zusammen.»

«Also wirklich, Leonard, Sie reden, als wollten wir das Zeug *ess*en.»

«Beides ist so rund.»

«Das walte Gott. Ich denke nicht daran, irgendwelches Matschobst zu malen. Unseres vergammelt wenigstens nicht.»

«Unser Matschobst?»

«Unser *Stillleben*, Schnuck. Haben Sie Melissas Birnen gesehn? Ehrlich, wenn ich den ganzen Tag auf diese braunen Stellen kucken müsste, ich glaub, mir würde schlecht.»

Der junge Mann, in seiner grauen Schürze und den dreckverkrusteten Stiefeln, drückte ihr vorsichtig die Papiertüte in den Arm. «Zehn Pence, Miss. Fünf für die Zwiebeln und vier für den Kopf und für die Tüte einen Penny.»

«Da», sagte Leonard heiser; der Akt des Geldaushändigens war so ehegattenhaft, dass er rot wurde.

Robin fragte: «Sind die Zwiebeln hübsch?»

«O ja», sagte der Junge in gleichmütigem, teilnahmslosem Ton, der ihn gegen jede Absicht feite, die sie womöglich hegte, einschließlich der, ihn zu veräppeln. «Haben Sie uns hübsche Zwiebeln gegeben?», fragte sie noch einmal. «Wir haben nämlich nicht vor, sie zu essen.»

«O doch, sie sehn gut aus, Miss.»

Dass der Verkäufer den Kohl schlicht als «Kopf» bezeichnet hatte, ging Leonard nach, und er fuhr zusammen, wie wenn er ein Gespenst sähe, als er mit Robin auf die enge Straße hinaustrat und der Kopf eines Passanten ihm lebhaft bekannt vorkam; es war nur der markant modellierte Kopf, in allem Übrigen hatte Jack Fredericks sich angepasst. Er war ganz in Leder und Wolle gekleidet, und sogar seine Haare, die sein verdutztes, wiedererkennendes Gaffen rahmten, waren in der fülligen britischen Façon geschnitten. Unheimliche Begegnungen zwischen Amerikanern in Europa kommen häufig vor, aber Leonard war noch nie aus derart ferner Vergangenheit begrüßt worden. Es kränkte ihn, dass man so mir nichts, dir nichts in seine Privatsphäre eindrang, die er sich in vielen Wochen schmerzlicher Einsamkeit geschaffen hatte, andererseits aber schmeichelte es ihm, in so attraktiver Begleitung angetroffen zu werden. «Jack, dies ist Robin Cox; Robin, Jack Fredericks. Jack stammt aus meiner Heimatstadt, aus Wheeling.»

«Wheeling, in welchem Staat?», fragte das Mädchen.

«West Virginia», sagte Jack lächelnd. «Hat Ähnlichkeit mit eurem Black Country.»

«Mehr grün als schwarz», sagte Leonard.

Jack wieherte. «Der gute alte Len, nimmt alles wörtlich», sagte er zu Robin. Seine kleinen feuchten Augen bemühten sich vergeblich, ihren Blick einzufangen bei diesem Witz über ihren gemeinsamen Freund. Er und Leonard hatten nie auf «Len»-Fuß gestanden. Hätten sie sich zufällig in Wheeling auf der Straße gesehen, keiner von ihnen wäre stehen geblieben.

«Was machst du hier?», fragte Leonard.

«Ich höre Kirchengeschichte am Jesus, aber mir ist ein Rätsel, was *du* hier machst. An der Universität bist du doch nicht, oder?»

«Doch, gewissermaßen. Wir sind beide an der Constable School of Art. Die ist angegliedert.»

«Hab im *Leben* nicht davon gehört!» Jack lachte brüllend, und Leonard war dankbar dafür, weil Robin immer mehr erstarrte.

Sie sagte: «Sie befindet sich in einem Flügel des Ash. Ein sehr würdiges Ambiente.»

«Tatsächlich? Na, ich muss bei Gelegenheit mal vorbeikommen und mir diese bemerkenswerte Institution ansehn. Ich bin im Augenblick gerade ziemlich interessiert an Malerei.»

Leonard sagte, sich sicher fühlend: «Klar. Komm vorbei. Jederzeit. Wir müssen jetzt zurück und aus den Zwiebeln hier ein Stillleben machen.»

«Also, du bist vielleicht einer! Wissen Sie», sagte Jack zu dem Mädchen, «Len war in der Public School eine Klasse über mir, und ich bin es gewohnt, zu ihm aufzublicken.»

Diese alberne Lüge beantwortete Robin kühl mit einer anderen: «Oh, an der Connie blicken wir alle zu ihm auf.»

Die Constable School konnte es sich nicht leisten, ihren kostbaren Platz an Stillleben zu verschwenden, darum nützte sie die Gutmütigkeit des Museums aus und etablierte die Studenten ganz unten im Treppenschacht, einer Art Souterrain mit Oberlicht. Hier wurden schwer einzuordnende Abgüsse verwahrt. Hier hatte ein großer naturalistischer Keiler sich auf seinem schmalen borstigen Hinterteil niedergelassen, der Sterbende Gallier sonnte sich im sanften Licht, das wie Staub von oben herabrieselte, die geflügelte Siegesgöttin hisste ihre zerrupften Federn, und ein großer Hermaphrodit, verstümmelt von byzantinischer Frömmigkeit, posierte hinter einer Galerie brutaler römischer Portraitbüsten. Die Wände trugen seltsam fröhliches Blau, und von noch seltsamerer Fröhlichkeit waren die fünf oder sechs Studenten, die perspektivisch verkürzt waren zu munteren, flinken Formen und fruchtbeladene Tische umschwirrten. Leonard folgte dem Blondkopf seiner Freundin die dröhnenden Eisenstufen der Wendeltreppe hinab und hatte das Gefühl, dass er endlich angekommen war im leuchtenden Herzen der Akademie.

Nirgends im Museum war so viel Licht wie im Treppenschacht. Die Vertrautheit, die im Gemüseladen zwischen ihnen entstanden war, schien hier klarer und stärker, wurde noch gesteigert durch ihr gemeinsames künstlerisches Vorhaben. Mit peinlicher Sorgfalt arrangierten sie die Einzelteile auf einem gelben Tuch. Robins weiße Hände machten sich gebieterisch über den Kohlkopf her, Blatt um Blatt riss sie ab, bis sie ihn zu einer Rundheit reduziert hatte, die ihrer Meinung nach leicht zu zeichnen war. Nach dem Lunch begannen sie, auf ihren neu gekauften Leinwänden, die nach Leim und frischem Holz rochen, mit Kohle die Umrisse zu markieren. Zu wissen, dass sie, in geringer Entfernung von ihm, das Gleiche tat wie er: dass sie die Augen auf dieselbe Anordnung von Formen geheftet hielt – Formen, die nach einer kleinen Weile der Konzentration übernatürliche Intensität annahmen, wie Früchte im Paradies –, gab ihm das eigentümliche Gefühl, er werde physisch größer; er kam sich turmhoch über dem Fliesenboden vor, und wenn er auf Robins jähe Ausrufe und Klagen antwortete, hallte seine Stimme im hellen Treppenschacht. Auch die anderen Studenten der Stillleben-Gruppe arbeiteten mit feierlichem Ernst; nachmittags waren es immer nur wenige. Die Geräusche des Museumsbetriebs wehten aus einer vergleichsweise dunklen und chaotischen Welt zu ihnen herunter.

Jack Fredericks machte seinen Besuch gleich am nächsten Tag. Er polterte in seinem kleinen Scholarenumhang die Treppe herunter, glotzte über Robins Schulter auf das Stillleben und fragte: «Warum wollen Sie Zwiebeln in einem Mörser zerkleinern?»

«Wollen wir nicht», entgegnete sie in dem arroganten Ton, den Leonard ganz am Anfang von ihr gehört hatte.

Jack schlenderte zum Hermaphroditen hinüber und sagte: «Guter Gott, was ist mit *dem* passiert?»

Leonard unternahm keinen ernsthaften Versuch, es ihm bequem zu machen. Verlegen und darum störrisch legte Jack sich auf den niedrigen Sims, der dazu gedacht war, Schaustücke besser zur Geltung zu bringen, wählte sich einen Platz genau hinter dem Tisch mit dem Gemüsestillleben und grinste spöttisch zu den Gesichtern der Maler hinauf. Er wollte lässig-elegant erscheinen, aber in der hellen, leichten Atmosphäre wirkte er klobig in all dem Leder und dem Wollstoff. Der Eindruck von Massigkeit war so stark, dass Leonard Angst hatte, Jack könnte sich bewegen und einen der Gipsabgüsse umstoßen. Auf der Straße war es Leonard gar nicht aufgefallen, wie schwer sein Landsmann aus West Virginia geworden war. Die Massigkeit bestand hauptsächlich aus Fleisch – breite fleischige Hände, über der Weste gefaltet, fleischige Beine, auf dem kalten Steinboden unbehaglich übereinander geschlagen.

Seabright machte sich nicht die Mühe, so zu tun, als sei er nicht unangenehm überrascht über Fredericks' Anwesenheit. «Was, äh, was wollen Sie?»

«Ein bisschen schnuppern, würde ich sagen.»

Bei dem großmäuligen «würde ich sagen» machte Puss einen noch höheren Buckel. «Wir reservieren im Allgemeinen keine Plätze für Zuschauer.»

«Ach, ich benehme mich ganz unauffällig, Sir. Wir haben kein Sterbenswörtchen miteinander geredet.»

«Mag sein, aber Sie versperren den Leuten hier die Sicht. Wenn Sie nicht heruntergekommen sind, um sich die Statuen anzusehen, fürchte ich, haben Sie hier nichts verloren.»

«Aha. Ja. Natürlich.» Jack wuchtete seinen Körper auf die Füße, und sein Gesicht verzerrte sich vor Anstrengung. «Ich wusste nicht, dass es hier solche Vorschriften gibt.»

Leonard nutzte diesen Sieg nicht aus. Sein Werben um Robin blieb so zart wie zuvor, obschon er es zweimal gewagt hatte, sie ins Kino einzuladen. Beim zweiten Mal hatte sie ja gesagt. Die in delikaten Tönen gehaltene japanische Liebesgeschichte, so sonderbar mit Morden befleckt, schien ihnen ein Terrain zu bieten, auf dem sie beide Fremde waren und einander von Gleich zu Gleich begegnen konnten, aber die strengen Regeln ihres Studentinnenheims, die verlangten, dass sie sich unverzüglich in einen überfüllten Bus drängelten, ließen den ganzen Ausflug am Ende peinlich und töricht erscheinen. Viel lieber waren ihm die Tage voller Helligkeit und Zeit, da ihrer beider Nähe die Grazie des Zufälligen hatte und ein beständiges Gesprächsthema vor ihnen arrangiert war. Ja er fragte sich sogar, ob er in ihren Augen durch das eine Rendezvous nicht vielleicht eine gewisse Würde eingebüßt haben könnte. Der Ton, in dem sie zu ihm redete, unten im Treppenschacht, war respektvoll, umso mehr, als es mit seinem Gemälde exzellent voranging. Etwas in diesen sphärischen Formen und milden Farben sprach ihn an. Seabright zeigte sich hoch erfreut angesichts dieses Gelingens. «Mmm», schnurrte er. «Deliziöse Abstufungen hier auf der verschatteten Seite. Ich glaube aber doch, Sie schattieren ein wenig zu sehr ins Rötliche. Es ist doch fraglos ein ganz deutliches Violett, sehen Sie? Wenn Sie mir einen Augenblick Ihre Palette geben würden … Und einen sauberen Pinsel?» Stunde um Stunde wurde Leonard in Seabrights Welt hineingezogen, eine behutsame, gedämpfte Welt, die auf Violett gegründet war und in der – beim leisesten Hauch eines Schattens, beim zartesten Zaudern von Rot oder Blau – Violett an die Oberfläche kam, scheu bebend. Robins derb farbenfrohe Auffassung veranlasste ihn zu der Beschwerde: «Also wirklich, Miss Cox, Sie sollten sich zuerst um eine korrekte Zeichnung bemühen, bevor Sie die Flächen ausmalen.» Wenn Puss die Wendeltreppe hinaufgegangen war, gab Robin seine Ungehaltenheit an Leonard weiter: «Ehrlich, Len, ich seh das einfach nicht, dies ganze blöde Lila. Meine Zwiebeln könnten genauso gut Weintrauben sein, nach dem, was er mit ihnen gemacht hat. Was meinen Sie, soll ich seine Farbe einfach abkratzen?»

Leonard ging zu ihrer Staffelei hinüber und schlug vor: «Versuchen Sie doch, alles Übrige auf die Zwiebeln abzustimmen.»

«Abstimmen! Abstimmen!» Die schrill ausgestoßenen Silben befriedigten sie anscheinend.

«Warum nicht! Malen Sie den Kohl grünlich lila und das gelbe

Tuch bräunlich lila, und den Mörser, probieren Sie den mit reinem Terpentin.»

«Nein», sagte sie maulend, «ich finde das nicht komisch. Sie benehmen sich gerade wie ein ekliger, blöder Amerikaner. Sie denken, ich kann nicht mit Farben umgehn.»

Mit jedem Tag schlüpfte er mehr in die Rolle eines Vaters; ihm war jede sichere, feste Beziehung zu ihr willkommen, aber er fragte sich doch, ob er auf diese Weise nicht neutralisiert werde. Außer in technischen Fragen hatte sie noch nie seinen Rat gesucht, bis dann jener Tag kurz vor Semesterende kam; da fragte sie – und für ihn war das insofern ein großer Schritt vorwärts –: «Wie gut kennen Sie Ihren Freund Jack Fredericks?»

«Überhaupt nicht gut. Ich würde ihn nicht als meinen Freund bezeichnen. Er war in der Schule eine Klasse unter mir, und im Grunde gehören wir auch nicht zur gleichen Gesellschaftsschicht.»

«Die gesellschaftlichen Unterschiede, sind die in Amerika sehr groß?»

«Na ja – die Trennungslinien sind nicht so deutlich wie hier, aber dafür haben wir mehr.»

«Und er kommt aus einem guten Haus?»

«Mittel.» Er hielt Zurückhaltung für die beste Taktik, aber als sie ihm beim Schweigen Gesellschaft leistete, war er genötigt nachzuhelfen. «Warum fragen Sie?»

«Also, Leonard, Sie dürfen niemandem ein Wort sagen, wenn Sie's tun, versinke ich im Erdboden. Er hat mich nämlich gebeten, dass ich für ihn Modell stehe.»

«*Modell*? Für *ihn*? Er kann doch gar nicht malen.»

«Doch, er kann. Er hat mir einige seiner Sachen gezeigt, und die sind ziemlich gut.»

«Wie meint er das, ‹Modell›? Was für eine Art Modell?»

«Ja. Nackt.» Eine brennende Röte überzog gleichmäßig ihr Gesicht; sie tupfte auf der Leinwand herum.

«Das ist lächerlich. Er malt überhaupt nicht.»

«Doch, Leonard. Er befasst sich sehr ernsthaft damit. Ich habe seine Arbeiten *gesehn*.»

«Wie sehen die aus?»

«Oh, ziemlich abstrakt.»

«Kann ich mir denken.»

«Ihr Amerikaner malt doch alle abstrakt.»

«Ich nicht.» Ein besonderer Pluspunkt war das nicht, fühlte er.

«Er sagt, ich hätte einen hübsche Figur –»

«Also, das hätte ich Ihnen auch sagen können.» Aber er hatte es nicht gesagt.

«– und *schwört*, dass absolut nichts dabei ist. Er hat mir sogar ein Modell-Honorar angeboten.»

«Also, ich hab in meinem ganzen Leben noch nicht von einer derart peinlichen, widerlichen Machenschaft gehört.»

«Wirklich, Leonard, es ist nur peinlich, wenn Sie darüber sprechen. Ich *weiß*, dass er als Maler durch und durch seriös ist.»

Leonard rührte einen Klecks Schwarz in die Farbmischung auf seiner Palette und seufzte. «Na dann, Robin. Tun Sie, was Sie nicht lassen können. Ist ja schließlich *Ihr* Leben.»

«Oh, ich würd im Traum nicht daran denken, es zu *tun*! Mummy und Daddy würden tot umfallen!»

Seine Erleichterung wurde zunichte gemacht von dem jähen heißen Gefühl, dass ihm Unrecht geschah. Er sagte: «Lassen Sie sich doch von *denen* nicht den Weg verbauen. Wer weiß, vielleicht ist dies der Anfang einer großen Karriere für Sie.»

«Ich meine, ich habe es nie ernstlich erwogen. Ich wollte nur hören, was Sie von dem Mann halten.»

«Was ich von dem Mann halte? Er ist *grauenvoll*. Er ist ein dummer verzogener Snob und auf dem besten Weg, ein fettes Schwein zu werden, und ich begreife nicht, was Sie an ihm finden. Schauerliches Subjekt. Schauerlich.»

«Na eben, Sie sagten ja schon, dass Sie ihn nicht besonders gut kennen.»

Leonard und der andere unverheiratete Kriegsveteran reisten während der Herbstferien auf den Kontinent. Als er auf der Kanalfähre war, endlich erlöst von der Unruhe des Aufbruchs, kehrten seine Gedanken zu Robin zurück, und die Gewissheit, dass sie Fredericks abweisen werde, wärmte ihn auf dem kalten, salzigen Deck. In Paris erregte es ihn, sich vor Augen zu halten, dass sie mit einem derartigen Angebot auch nur kokettiert hatte; wies das nicht auf ein weites Feld der Bereitschaft, der Einsamkeit hin, zu dem Leonard sich durchaus Zugang verschaffen konnte? In Frankfurt fragte er sich, ob sie seinen Landsmann wohl wirklich zurückweisen werde – er wusste, dass sie während der Ferien in der Nähe der Universität blieb –, und in Hamburg war er sicher, dass sie es nicht getan hatte; sie hatte nachgegeben. Er gewöhnte sich an diese Gewissheit, indes er mit seinem Gefährten (der sich mit Hingabe der Begutachtung sämtlicher Biere Europas widmete) gemächlich quer durch die Niederlande zurückfuhr. Als er in Dover von Bord ging, ließ ihre Nacktheit ihn gleichgültig.

In der Constable School war es in den vier Wochen kälter geworden. Die Früchtearrangements im Treppenschacht waren verfault; für den Fall, dass einige Studenten in den Ferien weiterarbeiten wollten, hatte man sie unbehelligt stehen lassen. Seinem und Robins Stillleben hatte die Zeit am wenigsten anhaben können. Die Zwiebeln waren so unwandelbar wie die Statuen;

der Kohlkopf jedoch, den Robin bis zu seinem festen blassen Herzen entblättert hatte, war welk erschlafft, und die äußeren Blätter ruhten grau und fast transparent auf dem gelben Tuch. Sein Gemälde, das noch auf der Staffelei stand, bewahrte die ursprüngliche Erscheinung des Kohls, aber die Pigmente waren stumpf geworden, waren in die Leinwand eingesunken; die getrocknete Farbe ließ das Bild fertig erscheinen, obwohl manche Ecken noch ganz ohne Farbauftrag waren und sein erholtes Auge zahlreiche Kontraste entdeckte, die der Glättung bedurften. Er drückte Farben auf seine Palette und tupfte sie zögernd auf die Leinwand. Der Treppenschacht war an diesem ersten Montagmorgen nach den Ferien so leer, dass er glaubte, er müsse sich geirrt haben: Vielleicht hatte er den Stundenplan falsch gelesen oder ihn zu wörtlich genommen.

Am anderen Ende demontierte der schmächtige kleine Engländer, der sich als Lehrerliebling unentbehrlich gemacht hatte, geräuschvoll die Arrangements und schmiss alles, was Gemüse war, in einen Papiersack.

Kurz nach elf erschien Robin oben auf dem Absatz der Wendeltreppe. Gelassen wie Britannia stand sie da und blickte in den Schacht hinab – der Busen furchtlos gewölbt, Hüften und Beine ein festes Fundament – und fegte dann wie ein Windstoß die Stufen hinunter. «Leonard. Wo *waren* Sie?»

«Ich habe doch gesagt, dass ich mit Max zum Kontinent hinüber wollte. Wir sind Richtung Osten gefahren, bis Hamburg, und dann über Belgien und Holland zurück.»

«Sie sind nach *Deutschland* gefahren? Wozu um alles in der Welt?»

«Na, immerhin stamme ich von dort.»

Ihre Aufmerksamkeit schweifte ab. «Ich muss schon sagen, der Kohl hat sehr gelitten, finden Sie nicht?» Sie nahm ihr Bild von der Staffelei. Machen Sie noch weiter? Puss hat mich in die Antike zurückversetzt.»

«Das ist ein starkes Stück!»

«Na ja. Er sagte zu mir: ‹Was Sie hier machen, ist ziemlich miserabel, nicht?› Und ich habe ihm Recht gegeben. Stimmt ja auch.»

Leonard ärgerte sich über das, was in dieser fröhlichen Unbekümmertheit mitschwang: dass sie auch ihn, den Gefährten ihrer fruchtlosen Bemühungen, leichten Herzens aufgeben konnte. Er war so gekränkt, dass sein Mund ganz steif war, als er sarkastisch fragte: «Ihr Modellstehen für Jack Fredericks, macht es sich?»

Sie riss die blauen Augen auf. «Modell stehn für *den*? Ich habe nichts dergleichen getan.» Ebenso gut hätte sie sagen können: «Ich liebe dich»; in seinem Herzen war ein jähes Ziehen, und er wollte gerade sagen: «Ich bin froh.»

Aber sie redete mit überraschender Vehemenz weiter: «Leonard, Sie weigern sich offenbar, mich ernst zu nehmen. Ich wusste doch die ganze Zeit, dass er ein grässlicher Langweiler ist.» Mit dem einen Arm hielt sie das Bild seitlich an sich gepresst, und mit der freien Hand strich sie sich ungeduldig das weiche Haar aus der Stirn – eine strenge, aristokratische Geste, die seine keimende Hoffnung ein für alle Mal hinwegfegte. Er war dumm gewesen. Er war so dumm gewesen zu glauben, dass, wenn Fredericks aus dem Weg war, er, Leonard Hartz, übrig bliebe. Hier drüben waren er und Jack zwei von der gleichen Sorte, und er selbst hatte zugegeben, dass er gesellschaftlich unter Jack stand. Sie hatte genug von dem albernen ausländischen Pack. Boyfriends sind schließlich was Ernstes.

Wie die Vogelschwärme, die er manchmal vom Busfenster aus sah, zerstob sie unter seinem Blick. Und obwohl sie sich noch mit keinem Schritt von ihm entfernt hatte, war ihm, als entweiche sie mit solcher Eile, dass er die Stimme hob und behauptete – weniger zur Entschuldigung als vielmehr, um eine neue Basis zu schaffen –: «Wahrscheinlich sind alle Amerikaner Langweiler.»

# Heim

Erst die Schiffsreise nach Haus: in Liverpool ein Regenguss und auf der Pier zwei Mädchen (Nutten?), die sangen «Sitz nicht unter dem Apfelbaum»; sie hatten zusammen nur einen Regenmantel, den sie sich wie einen Baldachin über die Köpfe hielten, während alle anderen Leute sich unter den Dachtraufen der Speicherhäuser drängten, aber diese Mädchen kamen bis an die äußerste Kante des betonierten Kais und sangen praktisch für den ganzen Ozeandampfer, insbesondere aber (zwei Matrosenliebchen?) für eine oder mehrere Personen unter dem Touristendeck. Und dann Cobh in goldenem Sonnenschein und ein amerikanisches Mädchen aus Virginia, das vom Lotsenboot an Bord kam, in engen Toreadorhosen, unter dem Arm ostentativ die Modern-Library-Ausgabe des *Ulysses*. Und dann die Tage des makellosen kreisrunden Horizonts: Vingt-et-un mit den Rhodes-Studenten und Tischtennis mit den Fulbright-Stipendiaten und Fleischbrühe um elf und die Bugwellen, die sich unter den Schiffsrumpf legten, und das Kielwasser hinter ihnen wie eine limonenfarbene Landstraße. Robert hatte sich vorgenommen, von der Freiheitsstatue nicht enttäuscht zu sein, sich ihrem Klischee zu beugen, aber sie enttäuschte ihn doch, indem sie ihm echte Ehrfurcht einflößte – im Morgendunst des Hafens, die leichte Drehung ihrer grünen Gestalt, als hätte sie gerade daran gedacht, die Fackel zu heben oder wenigstens so hoch zu heben. Das Baby in seinem Strampelsack zappelte auf seiner Schulter, und die anderen jungen Amerikaner drängten sich an der Reling und hinderten ihn, einen klassischen Eindruck auf sich wirken zu lassen, die Königin der Embleme, die erhabene Schutzmarke. Er hatte sich auf Herablassung vorbereitet und war nun derjenige, der dem Augenblick nicht gewachsen war.

Und dann Amerika. Der Kuddelmuddel von Straßenverkehr und Taxis, der am westlichen Ende der Vierziger Straßen herrscht, wenn ein Passagierdampfer einläuft, aber sein, sein Vaterland. Im vergangenen Jahr war der Anblick eines dieser großen, Grimassen schneidenden Wagen, die sich ihren Weg durch die Sträßchen von Oxford bahnten, für ihn wie eine wehende Fahne, wie ein Trompetenstoß jenseits eines Kornfeldes gewesen; und hier waren sie nun in solchen Mengen, dass der Verkehr natürlich stocken musste, hupten und funkelten sich gegenseitig an in dieser tropisch erscheinenden Hitze, dicht an dicht wie Weinbeeren in einer Traube und so farbig wie Paradiesvögel. Sie waren empörend, aber sinnvoll: Seine Augen passten sich an. Schon war England ein ferner grauer Schemen. Es schien drei Jahre und nicht drei Monate her zu sein, dass er allein auf einem Zweieinhalbshilling-Platz des amerikanischen Kinos in Oxford gesessen und geweint hatte. Joanne hatte gerade entbunden. Jetzt schlief sie, eine kurze Busstrecke entfernt, in einem Krankenhausbett, an dessen Fußende ein Korb hing, und darin lag Corinne. Mit all den anderen Müttern im Saal schien irgendetwas nicht zu stimmen. Sie waren irisch oder amerikanisch, ledig oder leidend. Eine geschwätzige alte Vettel, die Tuberkulose hatte, wurde regelmäßig mittels eines blubbernden Apparates gemolken. In dem Bett neben Joanne lag eine junge Irin, die den ganzen Tag weinte, weil ihr einwandernder Mann noch keine Arbeit gefunden hatte. In der Besuchszeit bettete er sein stupsnasiges Gesicht neben sie aufs Bettlaken, und sie weinten zusammen. Joanne hatte geweint, als man ihr gesagt hatte, hierzulande würden gesunde Frauen gebeten, ihre Kinder zu Hause zu bekommen; ihr Zuhause war eine nasskalte Souterrainwohnung, in der sie von einer trockenen und warmen Insel zur anderen hüpften. An der Spitze einer Schlange von jungen Müttern war sie in Tränen ausgebrochen, und der Wohlfahrtsstaat hatte sie an seinen reizlosen, geräumigen Busen genommen. Man gab ihr Bons, für die sie Orangensaftpulver bekam. Man wickelte das Neugeborene von Kopf bis Fuß. Alles, was er von Corinne sehen konnte, war ihr Kopf, eine blaurote Kugel, heiß von seinem Blut. Es war alles sehr sonderbar. Bei Sonnenuntergang kam ein Pastor in den Saal und hielt einen anglikanischen Gottesdienst, der die Mütter zu Tränen rührte. Dann kamen die Ehemänner und brachten kleine Tüten mit Obst und Süßigkeiten. Von dem engen Wartezimmer aus konnten sie ihre aufgeputzten Frauen in den hochgekurbelten Betten sitzen sehen. Dann schlug es sieben Uhr, erst hier, dann dort, in der ganzen Stadt. Wenn es acht Uhr schlug, gab Joanne Robert einen leidenschaftlichen Kuss, hart vor Angst und weich vor Schlafbedürfnis. Sie schlief, und keine zwei Kilometer weiter sah er einen Film mit Doris Day über diese sagenhafte Stadt im Mittelwesten, die Hollywood irgendwo in seinem Fundus aufbewahrt. Weiße Häuser, dunkle Veranden, grüner Rasen, gefegte Gehsteige, windbewegte dunkle Ahornzweige vor hellen Straßenlaternen. Wie Doris Days Oberlippe sich hob, wie ihre Stimme brach, das passte genau in diese Kleinstadt. Mit einem Mal entdeckte er inmitten raschelnder Schokoladenpapiere, mickeriger Ladenmädchen und junger britischer Rowdys in ihrer düster schwarzen Tracht – entdeckte er zu seinem Erstaunen und Entzücken, dass er weinte, aufrichtige, heiße Tränen weinte um seine verlorene Heimat.

Und dann das raunzige Knurren der Zollbeamten; man sah das Gepäck Stück für Stück das Förderband heruntergleiten und bemühte sich, den schwitzenden Säugling zu beschwichtigen, der solche Hitze noch nie erlebt hatte. Der Cherub mit der Dienstmarke, der das Tor zur Nation hütete, erlaubte ihm, durchzugehen und das Kind den Großeltern und Großtanten und Cousinen zu übergeben, die auf der anderen Seite warteten. Seine Mutter stand auf und gab ihm einen Kuss auf die Backe, und sein Vater schüttelte ihm abgewandten Blicks die Hand, und die Schwiegereltern machten es genauso wie die Eltern, und die übrigen Verwandten gaben ihre Zuneigung in angemessener Weise zu erkennen, und dann wanderten sie alle in verzweifelten kleinen Kreisen des Aufschubs in dem trübseligen, hallenden Warteraum umher. Während seines Auslandsaufenthalts waren die Briefe seiner Mutter – anmutig, witzig, informativ, fröhlich – sein Hauptbindeglied zur Heimat gewesen, aber jetzt, da er seine Eltern leibhaftig vor sich sah, galt sein Interesse dem Vater. So etwas wie ihn hatte es in Europa nicht gegeben. Alt, unglaublich alt war er geworden – er hatte sich während Roberts Abwesenheit seine letzten sechzehn Zähne ziehen lassen, und sein Gesicht schien vom Schmerz vergilbt und seine falschen Zähne zu groß und zu gleichmäßig –, aber er hielt sich noch immer ganz gerade, wie ein Kind, das eben stehen gelernt hat, und die schlaffen Hände hielt er in Gürtelhöhe vor dem Körper. Da er seinen einzigen Sohn oder seine kleine Enkelin nicht lange ansehen wollte oder konnte, erforschte er den Warteraum, untersuchte den Trinkbrunnen und ein Plakat für Manischewitz-Wein und die Knöpfe an der Jacke eines farbigen Gepäckträgers so gründlich, als könnten sie den Schlüssel zu etwas enthalten, was er verloren hatte. Obgleich er dreißig Jahre lang Volksschullehrer gewesen war, glaubte er immer noch an Erziehung. Jetzt verwickelte er den Gepäckträger in ein Gespräch und fragte ihn, traurig gestikulierend, aus; Robert konnte die Fragen nicht verstehen, aber er wusste aus Erfahrung, dass sie sich auf alles beziehen konnten – auf die Tonnage großer Schiffe, die Beliebtheit von Manischewitz-Wein, die technischen Einzelheiten des

Gepäckabladens. Jede Auskunft linderte für einen kurzen Augenblick die Traurigkeit seines Vaters. Der Träger blickte auf, anfangs verdutzt und wachsam, dann fühlte er sich – so ging es meistens – geschmeichelt und wurde redselig. Die Vorübergehenden wandten, auch wenn sie es eilig hatten, den Kopf und starrten das seltsame Paar an: den hoch gewachsenen, gelbgesichtigen, eigensinnig nickenden Mann mit aufgerollten Hemdsärmeln und den dozierenden kleinen Neger. Der Träger holte einen seiner Kollegen herbei, damit er etwas bestätigte. Sie fuchtelten viel mit den Händen und wurden allmählich laut. Roberts Gesicht brannte von den altbekannten Stacheln der Verlegenheit. Sein Vater fiel überall auf. Er war so groß, dass er bei einer anderen Rückkehr aus Europa zu Uncle Sam ernannt und im Herbst 1945 zum Anführer der Siegesparade in ihrer Heimatstadt gewählt worden war.

Endlich stieß er wieder zu der übrigen Familie und verkündete: «Das war ein sehr interessanter Mann. Er sagt, all diese Schilder ‹Keine Trinkgelder› sind einfach Quatsch. Seine Gewerkschaft kämpft seit Jahren dafür, dass sie entfernt werden, sagt er.» Er überbrachte diese Nachrichten mit einer milde hoffnungsvollen Miene, wobei er die Worte eilig um seine ungewohnten falschen Zähne herumdirigierte. Robert brummte gereizt und kehrte ihm den Rücken. So. Noch keine Stunde im Lande, und schon war er grob zu seinem Vater gewesen. Er ging wieder auf die andere Seite der Sperre und erledigte die letzten Formalitäten.

Sie bugsierten das Gepäck in den Kofferraum des schwarzen 49er Plymouth seines Vaters. Der kleine Wagen sah zwischen den flotten Taxis verstaubt und anfällig aus. Ein junger blonder Polizist kam herüber, um zu rügen, dass der Wagen unvorschriftsmäßig geparkt war, und so unwiderstehlich war die Wirkung der stoischen Verwirrung seines Vaters, dass er ihnen zum Schluss half, den riesigen, altmodischen Koffer – es war der Collegekoffer von Roberts Mutter – zwischen den kaputten Wagenhebern, verknäulten Seilen und sich auflösenden Rollen von Basketball-Eintrittskarten, die sein Vater herumschleppte, zu verstauen. Der Koffer ragte über die Stoßstange hinaus. Sie banden die Kofferraumhaube mit ausgefransten Stricken fest. Sein Vater fragte den Polizisten, wie viele Taxis es in Manhattan gebe und ob es wahr sei, wie er gelesen hatte, dass die Fahrer so oft ausgeraubt worden seien, dass sie abends nicht mehr nach Harlem fahren wollten. Ihr Gespräch überschnitt sich mit der allgemeinen Verabschiedung. Roberts Tante ging mit einem Kuss, der nach Mentholzigaretten und gestärktem Leinen roch, zum Zug nach Stamford. Sein Vetter, ihr Sohn, ging unter den Pfeilern des West Side Highways davon; er wohnte in der West Twelfth Street und war als Trickfilmzeichner für das Werbefernsehen tätig. Die Eltern seiner Frau trieben die kleine Herde ihrer Sippe zum Parkplatz, lösten ihren scharlachroten Volvo aus und machten sich auf die lange Fahrt nach Boston. Mutter stieg vorn in den Plymouth. Robert, Joanne und Corinne installierten sich auf dem Rücksitz. Minuten vergingen; dann trennte sein Vater sich von dem Polizisten und setzte sich ans Steuer. «Das war sehr interessant», sagte er. «Er sagt, neunundneunzig von hundert Puertoricanern sind ehrliche Leute.» Mit einem schmerzhaften Krachen der Kupplung brachen sie nach Pennsylvania auf.

Robert hatte Arbeit als Lehrer gefunden – im Geschirr wie sein Vater, aber aus besserem Leder –, in einem vornehmen College am Hudson für ehemalige Debütantinnen. Er würde im September anfangen. Jetzt war Juli. In der Zwischenzeit mussten sie ihren beiden Eltern auf der Tasche liegen. Die seinen waren zuerst dran. Er hatte sich auf diesen Monat gefreut; er würde nie wieder so lange mit seiner Frau in Pennsylvania sein, und er hatte eine Erinnerung an irgendetwas in seinem Elternhaus, das er ihr hatte beschreiben, erklären wollen. Aber was es genau war, hatte er vergessen. Seine Eltern wohnten in einer kleinen Stadt, achtzig Kilometer westlich von Philadelphia, in einem vor hundertfünfzig Jahren vorwiegend deutsch besiedelten County. Seine Mutter war in diesem County auf einer Farm geboren und fühlte sich mit dem Land verbunden, doch seinen Bewohnern entfremdet. Sein Vater kam aus Elizabeth, New Jersey, und war immer auf der Suche nach Menschen, hatte aber für das Land nicht viel übrig. Während Robert, der in der kleinen Stadt, wo Land und Leute nicht zu trennen sind, geboren und aufgewachsen war, beide zu lieben glaubte; und doch hatte er, so weit er zurückdenken konnte, immer Fluchtpläne gehabt. Die Luft war ihm undurchdringlich erschienen, zu voll mit Pollen und Moral, und hatte ihn zu ersticken gedroht. Die Flucht war gelungen. Sie war ihm notwendig erschienen. Aber sie hatte ihn ausgehöhlt, zerbrechlich, durchlässig zurückgelassen – ein Gefäß, das darauf wartete, mit Tränen über den nächsten Doris-Day-Film gefüllt zu werden. Das Heimkehren erfüllte ihn mit Kraft, einer kompakteren Flüssigkeit. Aber jedes Mal weniger, das spürte er. Das Land veränderte sich und er auch. Das Gefäß wurde enger, was es enthielt, wurde unrein. Im vergangenen Jahr waren ihm die Briefe seiner Mutter oft rätselhaft erschienen und ihr Inhalt blass und fremd. So kam es, dass er jetzt mit einem Gefühl schuldbewussten Drängens im Stillen den Wagen antrieb, als könnte das Herz Amerikas versagen, bevor er es erreichte.

Sein Vater sagte: «Dieser Polyp hat mir erzählt, dass er Fernsehmonteur gelernt hat, aber dann konnte er keine Arbeit finden, und da ist er zur Polizei gegangen. Der Beruf, sagt er, ist in den letzten fünf Jahren mächtig überfüllt.»

«Sei still, Daddy», sagte Mutter. «Das Baby will schlafen.»

Corinne war durch das Tuten der Schlepper erschreckt worden, und das Wandern von einem Arm in den andern hatte sie keineswegs beruhigt. Jetzt lag sie am Boden des Wagens in einem cremefarbenen Tragbettchen, das sie in England gekauft hatten. Der Anblick der Nickelknöpfe und -streben erinnerte Robert an den Kinderwagenladen in der Cowley Road mit den glänzenden schwarzen Reihen stattlicher Gefährte, die wie fürs ganze Leben gemacht schienen; und die Engländer fuhren ihre Kinder ja auch herum, bis sie riesengroß waren. Ach, die lieben, rosigen Engländer; sein Blut strömte sanft zurück, und er bekam Heimweh nach ihnen. Würde er denn nie zur Ruhe kommen?

Sie zogen Corinne die Wollsachen aus, und sie lag, rosarot vor Hitze, in ihrer Windel da, strampelte mit den Beinen und wimmerte. Dann fiel das quirlige Gesichtchen zur Seite, die sternförmigen Händchen hörten auf zu zappeln, und sie schlief am rüttelnden Busen des Highway ein. «Also wirklich, Joanne», sagte Roberts Mutter, «so ein vollkommenes Baby habe ich noch nie gesehen. Und ich sage das nicht nur als deine Schwiegermutter.» Das erregte mehrfachen Anstoß; Robert verwahrte sich gegen die stillschweigende Unterstellung, das Baby wäre einzig und allein Joannes Werk.

«Mir gefällt ihr Bauchknöpfchen», behauptete er.

«Es ist ein Meisterwerk», sagte seine Mutter, und er fühlte sich auf kuriose Weise bestätigt. Dennoch: Die Schönheit des Babys war wie alle Schönheit etwas in sich Geschlossenes und führte nirgendshin. Die Unterhaltung blieb scheu und tastend. Zwischen Robert und seinen Eltern gab es allerlei Klatsch, an dem seine Frau sich nicht beteiligen konnte, und zwischen ihm und Joanne immer mehr Anspielungen, die seine Eltern als Außenstehende nicht verstanden. Das wachsende Ausmaß und die zunehmende Bedeutung dieser Anspielungen, die nicht völlig zu unterdrücken waren, auch wenn man sich noch so höflich bemühte, schienen seine Beziehung zu den Eltern zu entwerten und zu verspotten.

Er hatte immer, auch als er schon im College war, heimlich und nie im Hause geraucht, um seine Mutter nicht zu kränken. Es war damit so gewesen wie mit der Liebe: verzeihlich, aber unschicklich. Doch jetzt, da Joanne, durch das launische und zerstreute Fahren seines Vaters nervös gemacht, eine Players an der anderen anzündete, konnte er als Gatte und Mann sich nicht zurückhalten; es war sowieso die weniger schlimme von den beiden alten Sünden gewesen, und die Frucht der schlimmeren war gerade gelobt worden. Als er das Streichholz anriss, wandte seine Mutter den Kopf und sah ihn ausdruckslos an. Es sprach für sie, dass ihre Miene unbewegt von Vorwurf war. Doch nach diesem Blick war er sich schmerzlich des Rauchs bewusst, der nach vorn trieb und ihren Kopf umkreiste, und der Geduld, mit der sie ihn immer wieder von ihrem Gesicht fortwedelte. Sie hatte Sommersprossen auf dem Handrücken, und ihr Trauring schnitt tief in das Fleisch des dritten Fingers und verlieh auch ihrer ruhigsten Geste eine duldende, verwundete Beredsamkeit.

Es war wie ein Pluspunkt für sie, als Joanne in ihrer Angst, dass ihr Schwiegervater die Abzweigung zum Pulaski Skyway übersehen könnte, mit dem glühenden Ende ihrer Zigarette an die Rücklehne des Fahrersitzes stieß, sodass dem Baby ein wenig glühende Asche auf den Bauch fiel. Eine Sekunde lang blieb es unbemerkt, dann fing Corinne an zu schreien, und alle sahen es, ein kleines, glühendes Fünkchen neben dem vollkommenen

Nabel. Joanne fuhr hoch und schrie schuldbewusst auf, sie wedelte mit den Händen und stampfte mit den Füßen und drückte das Baby an sich, aber der Beweis war nicht aus der Welt zu schaffen: ein braun verbranntes Pünktchen auf der makellosen Haut des Kugelbäuchleins. Corinne schrie weiter, dazwischen holte sie mit schrillen, heiklen Japsern Luft, während die Erwachsenen in Beuteln und Taschen nach Vaseline, Butter, Zahnpasta – irgendetwas Salbenähnlichem suchten. Mutter fand ein kleines Fläschchen Toilettwasser, das sie in einem Warenhaus geschenkt bekommen hatte; damit betupfte Joanne die Brandwunde, und allmählich wurden Corinnes Schluchzer seltener, bis die Höhle des Schlafs sie samt ihrer Unbill barmherzig aufnahm.

Der Vorfall war demjenigen mit dem Penny so ähnlich, dass Robert ihnen davon erzählen musste. Auf dem Schiff war er in ihre Kabine, wo Corinne schlief, hinuntergegangen, um seine Brieftasche aus seinem anderen Jackett zu holen. Das Jackett hing an einem Haken über dem Babybettchen. Die Kabinen der Touristenklasse auf diesen großen Dampfern, so erklärte er, sind schrecklich eng – alles liegt und hängt übereinander.

Sein Vater nickte, gierig die Tatsache in sich aufnehmend. «Sie lassen einem nicht viel Platz, was?»

«Sie *können* es nicht», erklärte ihm Robert. «Jedenfalls fiel wegen meiner Eile, oder was es auch war, beim Herausnehmen der Brieftasche ein Penny aus der Tasche, und er fiel Corinne mitten auf die Stirn.

«Aber Robert!», sagte Mutter.

«O ja, es war schrecklich. Sie schrie eine Stunde lang. Viel länger als jetzt wegen des Funkens.»

«Wahrscheinlich gewöhnt sie sich daran, dass wir alles Mögliche auf sie fallen lassen», sagte Joanne.

Taktvoll, aber vielleicht doch ein bisschen spitz, lehnte Mutter diese These ab und bekundete ein höflich übertriebenes Interesse für einen englischen Penny, den sie ihr zeigten. Nein, wie *schwer* er ist! Und ist das die *kleinste* Münze? Eifrig zeigten sie ihr andere britische Münzen. Aber die Geschichte enthielt Elemente, die er unterdrückt hatte: Sie hatten seine Brieftasche gebraucht, weil sie in einer lärmenden Orgie von Vingt-et-un und Bier ihr gesamtes Kleingeld ausgegeben hatten. Und sogar vor Joanne hatte Robert ein Geheimnis: Seine Hast beim Holen der Brieftasche war darauf zurückzuführen, dass er es eilig gehabt hatte, wieder in die anregende Gesellschaft des recht gut aussehenden Mädchens aus Virginia, die in Cobh an Bord gekommen war, zurückzukehren. In der dämmerigen Kabine, in der nur eine blaue Birne brannte, und von seinen Gelüsten erhitzt, war ihm der unheimliche Flug des Pennys wie ein Urteil erschienen.

So trugen das Malheur und seine Anekdote noch zu der allgemeinen Gezwungenheit bei. Die lieben Eisbuden, die geliebten weißen Holzhäuser, die traulich kühlen Drugstores mit ihren üppigen Vorräten flogen an den Wagenfenstern vorüber, die von unausgesprochenem Groll, von Schuld und Enttäuschung, Rechtfertigung und verlorener Zeit getrübt schienen. Robert sah seine Eltern an, um den Bann zu brechen. Er war verheiratet und hatte eine Stellung, besaß eine begrenzte wissenschaftliche Ausbildung, war selber Vater und doch noch so kindlich, dass er erwartete, seine Eltern würden die vielen kleinen Geheimnisse, die sich zwischen ihnen abgelagert hatten, ergründen, würden ein Wunder vollbringen. Er fand es tadelnswert, dass sie es nicht taten. In ihrer unbegrenzten Macht hätten sie bloß eine Hand auszustrecken brauchen. Er begann sich gehässig auf den nächsten Monat zu freuen, den sie in Boston bei *ihren* Eltern verbringen würden.

Sie fuhren in westlicher Richtung durch New Jersey, überquerten den Delaware dort, wo Washington ihn einst überquert hatte, und kamen in einem südwestlichen Bogen nach Pennsylvania. Die Ortschaften an der Strecke veränderten sich: Den langweiligen, hölzernen kleinen Städten von New Jersey folgte jetzt ein steiferer, mehr teutonischer Typ, Orte, die sich mit Stein und Ziegel gegen die Hügel stemmten und eigensinnig dem Plan eines Straßennetzes folgten, auch wenn dieser Dogmatismus zu ausgedehnten Stützmauern zwang, die mit dem Boden auf- und abstiegen und sanft gewellte kleine Wiesen eindämmten, gekrönt von schmalen Backsteinhäusern, deren Kellerfenster höher lagen als das Dach ihres Wagens. Die brutale Sonne überschritt den Mittagspunkt; die Haube des Kofferraums klapperte und ratterte, da die Seile sich gelockert hatten. Sie kamen an die Grenze der fünfzig Quadratkilometer, die Robert gut kannte. In diese Stadt war er jeden Herbst zu einem Footballspiel gefahren, in jener war er auf einem Jahrmarkt gewesen, wo die Mädchen in den Zelten beim Tanzen nichts als hochhackige Schuhe getragen hatten.

Robert fühlte ein Kratzen im Hals. Er nieste. «Armer Robbie», sagte seine Mutter. «Wetten, dass er keinen Heuschnupfen mehr gehabt hat, seit er das letzte Mal zu Hause war!»

«Ich wusste gar nicht, dass er Heuschnupfen bekommt», sagte Joanne.

«Ach, und wie», sagte seine Mutter. «Als er ein kleiner Junge war, konnte ich es kaum mit ansehen. Der mit seinen Nebenhöhlen – er sollte wirklich nicht rauchen.»

Alle schwankten hin und her; ein an der Bordschwelle geparkter Wagen hatte sich ihnen unerwartet in den Weg gewagt, sein Vater fuhr, ohne die Bremse anzurühren, mit Schwung um ihn herum. Es war ein langer grüner Wagen, glitzernd neu, und das Gesicht des Fahrers, das bei dem Ausweichmanöver einen Augenblick an ihnen vorüberschwebte, war erschrocken und rosa. Robert nahm es nur undeutlich wahr. Seine Augen tränten. Sie fuhren weiter, und erst nach etwa einem Kilometer dämmerte es ihm, dass das anschwellende Hupen ihnen galt.

Der grüne Wagen kam ihnen nachgerast; jetzt war er ein paar Meter hinter ihrer Stoßstange, und der Fahrer drückte unausgesetzt auf die Hupe. Robert wandte sich um und blickte durchs Rückfenster: Zwischen den von verschnörkelten metallenen Augenbrauen überwölbten dreifachen Scheinwerfern las er die in den Kühlergrill eingelassenen riesigen Buchstaben OLDSMOBILE. Der Wagen schwang auf die Nebenspur und ging auf ihr Tempo herunter; er war übertrieben stromlinienförmig gebaut und sah mit der zurückfliehenden Windschutzscheibe aus, als würde ihm der Hut fortgeweht. Der kleine rosa Fahrer schrie durch das ihnen zugewandte Fenster etwas zu ihnen herüber. Seine Frau, die mittleren Alters war, schien solche Vorstellungen schon öfter erlebt zu haben: Sie zog mit einer geübten Bewegung den Kopf ein und ließ den Wortschwall vorüberrauschen, aber bei dem Fahrtwind und dem Geräusch der Reifen war ohnehin nichts zu verstehen.

Daddy wandte sich zu Mutter; er kniff gequält die Augen zusammen. «Was sagt er, Julia? Ich verstehe nicht, was er sagt.» In dieser Gegend betrachtete er seine Frau immer noch als Dolmetscher, obwohl er seit dreißig Jahren hier lebte.

«Er sagt, dass er eine Wut hat», sagte Mutter.

Robert, dessen Gehirn durch aufgestaute Nieser umnebelt war, stampfte auf den Boden, um den Wagen anzutreiben und den Gegner abzuhängen. Aber sein Vater verlangsamte die Fahrt, bremste und hielt.

Der Olds war überrumpelt und fuhr noch ein gutes Stück weiter, bevor er am Straßenrand hielt. Sie hatten die letzte Ortschaft hinter sich; schönes, gepflegtes Ackerland, dunstig vor Blütenstaub, in der Hitze flimmernd, dehnte sich zu beiden Seiten der Straße. Der Wagen vor ihnen spuckte seinen Fahrer aus. In kurzbeinigem Pummeltrott kam ein untersetzter kleiner Mann am Kiesbankett entlang auf sie zu. Er trug ein geblümtes Hawaiihemd, und seinem Mund entströmte ein Schwall von Worten. Der Motor des alten Plymouth war nach stundenlanger ununterbrochener Fahrt zu heiß, um leer zu laufen; er klopfte und blieb stehen. Der Kopf des Mannes erschien jetzt am Seitenfenster – ein eckiger Schädel mit Knorpelwülsten über den kleinen weißen Ohren, und seine jetzt wutgerötete, gerunzelte Haut leuchtete sanft wie eine zarte Wursthaut. Noch ehe der Mann wieder zu Atem kam und sprechen konnte, erkannte Robert ihn als ein erstklassiges Exemplar jener Rasse, die von der Außenwelt in liebevoller Unwissenheit ‹Pennsylvania Dutch› genannt wird. Und dann, in der ersten schrillen Kaskade der Empörung, wurden die saftigen *ch's* und falschen *w's* dieses Akzents geradezu sichtbar wie die Buchstaben auf Kistenbrettern, die einen Wasserfall heruntersegeln. Als die aufgebrachte Stimme an Lautstärke und Tempo abnahm, wurden ganze Reihen von Obszönitäten deutlich. Man konnte zusammenhängende Sätze verstehen. «Sie ham kein Recht, mich so zu schneiden. Sie ham kein Recht, so durch 'n Ort zu fahren.»

Roberts Vater, dessen Gehör ebenso gelitten hatte wie seine Zähne, antwortete nicht; diese Ablehnung peitschte den kleinen Mann zu neuer Wut auf; er steckte sein rot glänzendes Gesicht, das jeden Augenblick platzen zu wollen schien, ins Wagenfenster; er kniff die Augen so fest zu, dass seine Augenlider anschwollen und seine Nasenflügel weiß wurden. Seine Stimme brach, wie vor sich selbst erschrocken. Er kehrte ihnen den

Rücken und entfernte sich einen Schritt. Er schien in der strahlenden Luft mühsam gegen eine riesige, zwingende Starre anzukämpfen.

Roberts Vater rief ihm in mildem Ton nach: «Ich versuche Sie ja zu verstehen, Mister, aber ich weiß nicht, was Sie meinen. Ich versteh nicht, was Sie wollen.»

Das forderte einen neuen, noch wilderen, aber kürzeren Anfall heraus. Mutter wedelte den Rauch von ihrem Gesicht und brach damit die allgemeine Lähmung. Das Baby wimmerte, und Joanne rutschte auf ihrem Sitz nach vorn, um dem Urheber der Störung ins Auge zu sehen. Vielleicht weckten diese Bewegungen der Frauen in dem Dutchman Schuldgefühle; er ließ, gleichsam als Ergänzung seiner juristischen Stellungnahme, einen weiteren Schwall von Klosettwandwörtern hören; seine glänzenden weißen Hände tanzten wie galvanisiert zwischen den Blumen seines Hemdes, und er drehte sich wahrhaftig wie ein Derwisch im Kreis. Trauervoll betrachtete Roberts Vater diesen Aufruhr, und sein Gesicht wurde immer gelber, als würden ihm noch mehr Zähne gezogen. Im Profil sah man, dass seine Lippen sich eigensinnig über den unförmigen neuen Zähnen spannten, und sein Blick hatte die Diamantenschärfe konzentrierten Interesses. Diese gesteigerte Aufmerksamkeit ließ die schwungvolle Empörung des Dutchman abflauen. Die gekränkte, obszöne Stimme, die in der seltsamen Akustik des Mittags von dem backheißen Blau über ihnen widerzuhallen schien, machte ein kratzendes Geräusch und verstummte.

Als hätte der Funke gerade ihren Bauch getroffen, fing Corinne an zu schreien. Joanne hockte sich neben sie und rief durch das Vorderfenster: «Sie haben das Baby aufgeweckt!»

Robert taten die Beine weh, und teils um sie sich zu vertreten, teils um seine Entrüstung zu zeigen, öffnete er seine Wagentür und stieg aus. Er fühlte, wie seine schlanke Größe in der Hülle des englischen Nadelstreifenanzugs sich entfaltete gleich einer überraschenden eleganten Waffe. Die schweißbeperlte Stirn des Feindes runzelte sich zweifelnd. «Wam woll'n Se uns eintlich übaholn?», fragte Robert ihn in dem schlampigen Akzent seiner Heimat. Seine vom Heuschnupfen verstopfte und in der brüllenden Sonnenglut klein gewordene Stimme klang ihm weniger wie seine eigene als wie die eines alten Bekannten.

Sein Vater öffnete seine Wagentür und stieg ebenfalls aus. Beim Erscheinen seiner noch größeren und breiteren Gestalt spuckte der Dutchman auf den Asphalt, wobei er sich in Acht nahm, niemandes Schuhe zu treffen. Noch immer gegen diesen unsichtbaren Widerstand in der Luft ankämpfend, drehte er sich ruckweise um sich selbst und stolzierte zu seinem Wagen zurück.

«Nein, Moment mal, Mister», rief Roberts Vater und ging mit langen Schritten hinterher. Das rosarote Gesicht, aus dem plötzlich jede Wut gewichen war, erschien kurz über der schweißdurchtränkten Schulterpartie des Hawaiihemdes. Der Dutchman verfiel in seinen Trott. Roberts Vater, der den Abbruch einer Unterhaltung fürchtete, nahm die Verfolgung auf; seine immer länger werdenden Schritte hoben seinen Körper mit einer furchterweckenden, langsam schwebenden Bewegung vom Erdboden. Sein Schatten auf der glänzenden Straße schien von seinen Füßen abzufallen. Seine Stimme trieb schwach über die blendend helle Fahrbahn hin. «Einen Moment, Mister. Ich möchte Sie was fragen.» Als die Perspektive die Entfernung zwischen ihnen auslöschte, zitterten die Beine des Dutchman wie die eines aufgespießten Insekts, aber das war eine Täuschung; er war nicht eingefangen. Er erreichte die Tür seines Oldsmobile, befand, dass er noch Zeit für einen weiteren Fluch hatte, stieß diesen Fluch aus und suchte eilig Deckung in der glänzend grünen Hülse. Roberts Vater war an der hinteren Stoßstange, als der Wagen losfuhr. Die straffen Falten auf seinem Hemdrücken verrieten seinen Drang, sich auf das entfliehende Metall zu stürzen. Dann nahm er die Schultern zurück, und die Falten entspannten sich.

Im Bewusstsein vereitelter Tat marschierte er aufrecht, die Arme schwenkend, am Straßenrand entlang, genau wie er vor fünfzehn Jahren in Gamaschen und Pappzylinder an der Spitze jener Parade marschiert war.

Im Wagen wiegte Joanne kichernd das Baby. «Das war großartig», sagte sie.

Sich angestrengt zusammenziehend, quetschte der Vater sich hinter das Lenkrad. Er ließ den Wagen an, drehte den großen Kopf traurig zu ihr um und sagte: «Nein. Dieser Mann hatte mir etwas zu sagen, und ich wollte hören, was es war. Wenn ich etwas falsch gemacht habe, dann will ich wissen, wieso. Aber der Scheißkerl konnte ja nicht vernünftig reden. Wie alle Leute in dieser Gegend; ich kann sie einfach nicht verstehen. Das sind Julias Leute.»

«Ich glaube, er hat uns für Zigeuner gehalten», sagte Mutter. «Wegen dem alten Koffer dahinten. Außerdem stand die Haube offen, da konnte er unser Nummernschild von Pennsylvania nicht sehen. Sie halten nämlich sehr darauf, dass die Gegend hier nicht von ‹fremden Rassen› verdorben wird. Sobald der arme Kerl uns sprechen hörte, hat er sich beruhigt.»

«Ich fand, er hat sich schrecklich aufgeregt wegen nichts», sagte Joanne.

Mutter sprach jetzt munter und geläufig. «Ach, Joanne, so sind sie eben. Die Leute in diesem Teil des Landes regen sich ständig auf. Gott hat ihnen diese schönen Täler gegeben, und sie spielen verrückt. Ich weiß nicht, warum. Ich glaube, ihre Nahrung enthält zu viel Kohlehydrate.» Ihre Ernährungstheorien lagen ihr sehr am Herzen; dass sie jetzt darauf zu sprechen kam, erhob Joanne in den Stand einer Tochter.

Robert rief nach vorn: «Daddy, ich glaube nicht, dass er wirklich was Wissenswertes zu sagen hatte.» Er sprach, teils um seine alte Stimme wieder zu hören, teils um mit seiner neu geschaffenen Schwester um Aufmerksamkeit zu wetteifern, teils in der vergeblichen Hoffnung, etwas vom Ruhm seines Vaters, den dieser dann und wann im Verlauf seiner vereitelten Erkundigungen gewann, auf sich zu ziehen; vor allem aber wollte er seiner Frau zeigen, dass er solche Szenen gewohnt war und dass solche triumphalen Katastrophen in seinem Elternhaus an der Tagesordnung gewesen waren, sodass sie ihn überhaupt nicht mehr berührten. Das war aber gar nicht wahr: Er war zutiefst erregt, und seine Erregung wuchs, als das Land um ihn sich in die altvertrauten Falten legte.

## Wer macht rosa Rosen rosa?

Von den drei Telefonen, die es in der Wohnung gab, stand eines im Wohnzimmer, auf einem Taburett, das Henry James der Großmutter Fred Platts geschenkt hatte; die Platts behaupteten, James habe sie für die einzige gebildete Frau in den Vereinigten Staaten gehalten. Über diesem Kirschholzmöbelchen hing ein ovaler Spiegel, gerahmt in ein kunstvoll verschlungenes Gebilde aus Putten, Akanthusblättern und halb entrollten Schnörkeln; die Vergoldung, in den Vertiefungen zwischen den Figuren satt wie Butter, ging auf den erhabenen Partien des Reliefs hier und da in ein Watteau-Braun über. Großonkel Randy, bekannt für seine Marotten und Schnurrbartformen, hatte den Spiegel von einer Auktion in Paris mitgebracht. Nichts gab es in dem geräumigen Zimmer, das nicht Interesse erweckt, nichts, das nicht Stoff für eine Erzählung geboten hätte, außer den drei wuchtigen Sitzmöbeln, die Freds Vater hineingestellt hatte – zwei Sessel, die einander auf eine Entfernung von drei Schritt gegenüberstanden, und ein halbmondförmiges Sofa, alles mit brandneuem marineblauem Leder bezogen. Dies Blau, das dunkle warme Holz der geerbten Schränke, die Dämmerfarben der alten Bücher, das Scharlach- und Purpurrot des Teppichs aus Kairo (wo Charlotte, Onkel Randys Frau, sich eine Infektion geholt und das Zeitliche gesegnet hatte) und die düsteren Farbklänge der Verklärung aus dem Secento an der linken Wand – all diese Töne vibrierten um die Grundnote Pflaumenlila. Pflaumenlila: eine Farbe, in der ein Mann ruhen kann, eine Farbe, zu der es alle Schlafröcke zieht. Vielfältige ovale Formen verstärkten die Ruhe und ungetrübte Endgültigkeit der Einrichtung. Der Spiegel hatte nahe Verwandte: die feminine Ellipse des Kaffeetisches, das stämmige Halboval von Daddys Sofa, wie jeder es zu

Fleiß nannte, der eiförmige, blass bemalte Fuß einer florentinischen Lampe, das Stuckmedaillon an der Decke – die einzige Wolke am Himmel dieses Zimmers – und das immer wiederkehrende kleine goldene Signet der Oxford University Press, deren Ausgaben, monochrom und akademisch wie Dons, unter den pflaumenfarbenen Freuden des alten Platt zu den Favoriten zählten.

Fred, sein einziger Sohn, fünfundzwanzig Jahre alt, wählte eine Udson-Nummer. Fünfmal klingelte es, dann wurde der Hörer abgenommen, und der Rest eines Mädchenkicherns schwappte aus der Muschel. Noch immer ganz veralbert meldete sich eine Stimme: «Carson Chemi-cal.»

«Ja, hallo. Können Sie mir wohl sagen, ob – äh – Clayton Thomas Clayton da ist?»

«Mr. Thomas Clayton? Ja, gewiss. Einen kleinen Augenblick bitte.» Der arme Clayton Clayton hatte also endlich jemanden dazu gekriegt, ihn bei seinem mittleren Namen zu nennen; seine Eltern waren offenbar der Meinung gewesen, dass dieser dazwischengeschobene «Thomas» den ganzen Unterschied zwischen dem Lächerlichen und dem Erhabenen ausmachte.

«Büro Mr. Clayton», sagte jetzt eine andere junge Frau. «In welcher Angelegenheit wünschen Sie Mr. Clayton zu sprechen?»

«In gar keiner, eigentlich. Ich bin ein Freund von ihm.»

«Einen kleinen Augenblick bitte.»

Nach einigem Zögern – rein disziplinarisch, nahm Fred an – sagte eine unerwartet tiefe, sogar melodische Stimme: «Ja?»

«Clayton Clayton?»

Pause. «Mit wem spreche ich?»

«Guten Morgen, Sir. Ich vertrete die Gesellschaft zur Propagierung und baldestmöglichen Einführung des gestaffelten A. D.

Spooner-Einkommensteuerplans. Wie Sie vielleicht wissen, sieht dieser Plan eine Einkommensteuer vor, die im umgekehrten Verhältnis zum Einkommen wächst, sodass die Reichen von der Steuer befreit und die Armen aus dem Dasein versteuert werden. Binnen fünf Jahren, schätzt Mr. Spooner, ist die Armut ausgerottet, binnen zehn nicht einmal mehr in der Erinnerung präsent. Zu uns ist die Kunde gedrungen –»

«Fred Platt – bist du das?»

«Zu uns ist die Kunde gedrungen, dass ihr in den letzten Jahren so überaus gnädig vom Schicksal bedacht worden seid, dass wir meinen, ihr werdet ein umso gnädigeres Ohr für unser Anliegen haben.»

«Fred?»

«Wir gratulieren. Sie sind jetzt glücklicher Besitzer des Motorola-Grammophons mit angeschlossenem Megaphon. Hätten Sie Interesse, auch den Bendix zu gewinnen?»

«Wie lange bist du schon im Lande? Verdammt gut, von dir zu hören.»

«Seit dem ersten April. Eine Schnapsidee meines Vaters. Was für Mädchen sind denn das, mit denen du dich da umgibst?»

«Dein Vater hat dich aus Europa zurückgerufen?»

«Ich bin nicht sicher. Ich vergesse hartnäckig, ‹Tunichtgut› im Diktionär nachzuschlagen.»

Darüber musste Clayton lachen. «Ich dachte, du studierst an der Sorbonne.»

«Das war einmal, das war einmal.»

«Und ist nicht mehr?»

«Das ist nicht mehr. *Moi et la Sorbonne, nous sommes kaputt.*» Als der andere schwieg, setzte Fred hinzu: «*Beaucoup kaputt.*»

«Hör zu, wir sollten uns treffen», sagte Clayton.

«Ja, ich hab schon überlegt, ob du wohl zu Mittag isst.»

«Wann, dachtest du?»

«Bald?»

«Warte, ich seh mal nach.» Ein paar gedämpfte Worte, eine Frage bei zugedeckter Sprechmuschel. Eine Schublade knarrte. «Hör zu, Fred, es sieht schlecht aus. Diese Woche habe ich jeden Tag was um die Ohren.»

«Soso. Und wie wär's mit dem 21. Juni? Die Sonnenwende soll dies Jahr bezaubernd sein.»

«Warte. Und heute? Eben höre ich, dass ich heute Zeit hätte.»

«Heute?» Fred musste Cayton zwar bald treffen, aber sofort – das hatte etwas so Dringliches. *Comme vous voulez, monsieur.* So um eins?»

«Gut. Ah – ginge es schon um zwölf Uhr dreißig? Ich hab ziemlich zu tun ...»

«Kein Problem. An der East Forty-ninth Street gibt es ein chinesisches Lokal, das von Australiern geführt wird. Vorzügliche Wandgemälde, Li Po zeigend, wie er den Mond im Yalu umarmt, *plus* die Krönung von Henri Quatre.»

«Können wir uns das nicht vielleicht für ein andermal aufheben? Im Büro gibt es, wie gesagt, einiges zu tun. Kennst du Shulman's? Es ist an der Third Avenue, einen Block von hier, da könnte ich –»

«Die Arbeit hetzt dich, wie?»

«Du sagst es», sagte Clayton, offenbar ohne Gespür für Ironie. «Dann also bis nachher.»

«Mit dem Ausdruck meiner heißesten Ungeduld, der deine.»

«Wie bitte?»

«Alsdann.»

«Zwölf Uhr dreißig bei Shulman's.»

«Aber sicher.»

«Bis gleich.»

*«À bientôt. Très bientôt, mon chéri.»*

Der erste Impuls nach einer Demütigung ist, in den Spiegel zu sehen. Das schwere Pariser Prunkstück war an zwei langen Drähten aufgehängt und neigte sich zollweit vornüber. Wenn man davor stand, fand man in ihm nicht den eigenen Kopf widergespiegelt, sondern den Teppich, einige Möbel und im oberen Teil des Ovals vielleicht Schuhe und Hosenaufschläge. Fred kippte mit dem Stuhl ein wenig nach hinten und konnte sein Gesicht sehen; so überprüft einer, der vorübergehend einer hektischen Cocktailparty entronnen ist, seine erhitzte Maske im Badezimmerspiegel. Hier, in diesem stillen, überladenen Zimmer, ärgerte er sich darüber, dass er so aufgeregt aussah. Zwischen seinem fieberhaften Bemühen, eine Freundschaft neu zu entfachen – sein Verstand war dabei ins Schleudern geraten, seine Zunge ins Plappern –, und Claytons Reaktion hatte ein peinliches und entwürdigendes Missverhältnis bestanden.

Bis jetzt hatte er es für eine läppische Selbstverständlichkeit gehalten, dass Clayton ihm einen Job anbieten werde. Es hieß, er habe Bim Blackwood nahe gelegt, Harcourt sausen zu lassen und in der Werbeabteilung bei Carson Chemical anzufangen. Bim hatte gesagt und den Ausdruck nicht im Mindesten komisch gefunden, dass Clayton über eine Menge «Macht» bei Carson verfüge. «In spätestens drei Jahren ist er ganz oben. Er ist ein *Killer*, echt.»

Es war schwierig gewesen, sich aus Bims Schilderung ein genaues Bild von dem zu machen, was Clayton nun eigentlich tat. Bim war ins Reden gekommen, hatte immer wieder die steife Traufe braunen Haars zurückgestrichen, die mit eitler Lässigkeit über seiner Stirn hing, hatte nichts ausgelassen, was zur Abrundung und Ausschmückung seiner Sätze dienen konnte, und war zu alledem darauf erpicht gewesen, ganz ernst genommen zu werden. «Es ist ein Krake», hatte er versichert. «Alles ist nämlich Chemie, letzten Endes. Clayton hat mir erzählt, das Erste, was man ihm aufgab, war, beim Design von Einwickelpapier für einen salmiakhaltigen Kaugummi mitzuhelfen, den sie gerade auf den Markt brachten. Er sagte, die große Frage sei gewesen, was vermittle besser ein sauberes Gefühl im Mund: Kreideweiß oder Pfefferminzgrün. Sie haben Umfragen gemacht; es hat Tausende und *Tausende* gekostet – Tausende von kleinen Männern sind den Leuten in den Mund gekrochen. Natürlich zeichnet er jetzt nicht mehr, er berät. Kannst du dir vorstellen, dass man den ganzen Tag nichts anderes tut als *beraten*? Bei Broschüren, verstehst du, und bei ‹Flyern› – nebenbei, was *sind* Flyer eigentlich? – und bei Filmen, die Vertretern vorgeführt werden, damit sie sehn, wie sie die Sachen, die sie verkaufen wollen, richtig anpreisen müssen. Er hat *schreck*lich viel mit *Fern*sehen zu tun; er hat mir eine *fürcht*erliche Geschichte erzählt von einem Stück über irische Bauern, das in der *Carson Chemical Hour* lief, und in der letzten Minute dämmerte allen, dass die Leute *Biobauern* waren. Clayton Clayton hat es durchschaut. Der Killerinstinkt.»

Clayton hatte nicht zur Army gemusst. Schatten auf der Lunge, etwas in der Art. So ist das mit armer Leute Kindern: Sie legen sich Behinderungen zu, die im späteren Leben von Vorteil für sie sind. Es ist ungerecht, von einem Mann ohne Handicap zu erwarten, dass er es weit bringt.

Freds Lage war nicht desolat. Ein ehrenvoller Posten in der familieneigenen Investmentfirma war nicht, wie Vater auf seine schelmische Art, Klischees anzubringen, als handle es sich um etwas zweifelhafte literarische Zitate, gesagt hatte, «ein Schicksal, schlimmer als der Tod». Außerdem – er war groß in Außerdems –, jeder, der die Werbeabteilung von Carson Chemical für einen Elfenbeinturm halte, verglichen mit Brauer, Chappell & Platt, lebe in einem Wolkenkuckucksheim.

Aber vom allegorischen Standpunkt schien der Unterschied beträchtlich. Etwas an alledem hier, vielleicht das keusche Frühlingsgrün des Central Park, der von diesen Fenstern aus gesehen mit der Falkenaugenperspektive einer mittelalterlichen Landkarte hingebreitet war, ließ an einen jener Scheidewege in der *Faerie Queene* denken. Fred hatte die *Faerie Queene* geliebt – ihren winzigen Druck, ihre altertümliche Rechtschreibung, ihre vollkommene Nutzlosigkeit.

Übrigens, Fred war sehr nett zu Clayton gewesen – hatte ihn in den *Quaff* gebracht. Ohne *Quaff*, wo wäre Clayton jetzt? Nicht, dass Clayton so etwas bedenken sollte. Verflucht, es war doch nicht so, dass Fred um etwas *bat*; er hatte etwas zu *bieten*. Er schob den Stuhl ein Stück zurück, sodass er im geneigten Spiegel einen Gesamtanblick von sich gewann: ein groß gewachsener, asketischer junger Mann, in dunkelstes Grau gekleidet. Ein kirchlich nicht gebundener Episkopale mit einer Schwäche für die Geistlichkeit.

Fred betrat spät das vereinbarte Restaurant und entdeckte Clayton Clayton sofort: Er stand an der Bar. Dass drei Jahre vergangen waren, dass das Lokal verraucht war und überfüllt mit austauschbaren Männern, fiel nicht ins Gewicht; der gesenkte verschattete Kopf dort drüben und das Stückchen helle Wange, wenn es auch nicht mehr war als ein kleiner weißer Fleck, gaben Fred nicht nur das Gefühl, dass sie beide zu derselben Menschheit gehörten, sondern weckten zudem warme Empfindungen in ihm für den *Quaff*, das College, seine Jugend überhaupt und sogar für Amerika, das frei war von den verhärteten

Klassenunterschieden Europas. Fred hatte den Trick der Reichen geerbt, sich den Anschein zu geben, als täte man alles aus Freundschaft, aber die Gründung des Reichtums lag drei Generationen zurück, und aus der Geschäftspraxis war bei ihm ein Lebensstil geworden; seine Unternehmungen waren wirklich von seinen Sympathien abhängig. Absurd nah dran zu kichern, ging er auf den Freund zu und psalmodierte: «*Ego sum via, vita, veritas.*»

Clayton drehte sich um, grinste und schüttelte Fred die Hand. «Wie *geht* es dir, Fred?»

Mitglieder des *Quaff* fragten einander nicht, wie es ihnen ging; Fred hatte gedacht, Exmitglieder täten das auch nicht. Dass sie es doch taten, stieß ihn vor den Kopf. Ihm fiel das Scherzwort nicht ein, mit dem dieser Lapsus hätte weggewischt werden können. «Ausgezeichnet», sagte er nachgiebig, und als ob dies eine Beschwörungsformel sei, die es den Göttern der Einfalt möglich machte, herabzusteigen und sich auf seinen Lippen niederzulassen, hörte er sich voll Feierlichkeit hinzusetzen: «Wie geht es *dir*?»

«Mir geht es» – Clayton machte eine Pause, nickte kurz und gab demselben Wort eine neue Tragweite – «ausgezeichnet.»

«Ja, alle sagen das.»

«Ich bin froh, dass ich es heute deichseln konnte. Diese Woche stecke ich wirklich bis über die Ohren in Arbeit.» Dann, vertraulich: «Ich sitze in einem verrückten Laden.»

Die eine Wand des Restaurants war mit Szenen aus dem Unabhängigkeitskrieg bemalt, die nachgedunkelt waren – vielleicht eine Folge von Rauch und Zeit, eher aber wohl von des Malers Überzeugung, dass Geschichte etwas Schmutzig-Trübes ist. «Ah», sagte Fred mit ausholender Geste. «Die Renaissance-Päpste in der Hölle.»

«Möchtest du auch so eins?» Clayton tippte gegen das Glas, das vor ihm stand und ihr altes College-Getränk enthielt: Bier.

Wie zartfühlend von Clayton, immer noch Bier zu trinken! Durch eine optische Täuschung sah es so aus, als stünde die Flüssigkeit ohne Glas da. Dieser schwebende bernsteinfarbene Zylinder beschwor in Fred, ebenso wie der magische erste Anblick von Claytons Gesicht, eine Illusion von Zärtlichkeit herauf. Er zügelte diesmal seinen Drang zu plappern und sagte, darauf bedacht, ehrlich zu wirken, und überzeugt, dass die bloße Hinzufügung der richtigen Substanz – die einfachen Worte, wie alte Freunde sie tauschen – die Alchemie der Beziehung wiederherstellen werde: «Ja, ich nehme gern eins. Ein kleines.»

«Pass auf, wir suchen uns einen Tisch und bestellen von da. Die lassen uns sonst den ganzen Tag hier stehn.»

Fred war nicht eigentlich enttäuscht, es war eher so, als wäre er abgeprallt – wie wenn das Glas, das nicht das Bier umschloss, Clayton umgab.

«Da ist ein Tisch.» Clayton nahm sein Glas, legte fünfzig Cent in die Mitte des Runds, das der Glasfuß eingenommen hatte, und stieß sich von der Bar ab. Er ging voran zu einer Nische, vorbei an zwei alten Männern, die sich ihre Mäntel umwarfen. Die hohen Trennwände schirmten sie gegen den größten Lärm ab. Clayton nahm die beiden Speisekarten, die hinter dem Zuckerstreuer lagen, und reichte eine davon Fred hinüber. «Wir bestellen lieber erst das Essen und dann das Bier. Wenn man als Erstes die Getränke bestellt, rennt der Kellner gleich los.» Er war perfekt: das mittelkurze, trocken gekämmte Haar, der tadellose mittelgraue Anzug, der knopflose Kragen, die angenehm gedehnten Vokale, die effizienten kleinen Verschärfungen bei den Konsonanten. Ein paar Spuren gab es noch vom frisch immatrikulierten Stipendiaten aus irgendeiner Highschool in Maryland, der zur Candidates' Night mit einem Arm voll gerahmter Sportcartoons im *Quaff* erschienen war: Er rauchte noch immer nicht, hatte noch immer das eingekniffte Kinn, schlug noch immer so beflissen die knabenhaft großen Augen auf, und auch an dem Hautproblem hatte sich nichts geändert, das den Unterkiefer auf beiden Seiten mit einer Konstellation roter Punkte betüpfelte. Sogar diese kleinen Makel waren von Vorteil, denn sie verhalfen ihm zu dem arglosen jugendlichen Aussehen, das bei New Yorker leitenden Angestellten so erwünscht ist. Und gerade diese Anmutung von Unerfahrenheit war es, die Clayton in seiner tatsächlichen Unerfahrenheit zu unterdrücken trachtete.

«Siehst du etwas, das du magst», fragte er mit einer Bestimmtheit, die nichts Fragendes hatte.

Fred beschloss, richtig zu Mittag zu essen. Zu Hause bei seiner Familie gab es wenig Nahrhaftes.

«Ich nehme vielleicht ein Lammkotelett.»

«Seh ich aber nicht auf der Karte.»

«Ich auch nicht.»

Die Hand bis in Ohrhöhe hebend und mit den Fingern schnipsend, rief Clayton einen Kellner herbei. «Der Herr hier wünscht ein Lammkotelett. Haben Sie das?»

Der Kellner machte sich nicht die Mühe zu antworten, schrieb es einfach nur auf.

«Ich denke», fuhr Clayton fort, «ich nehme das Rumpsteakhack mit Pilzsauce. Bohnen statt Erbsen, wenn's recht ist. Und dann bekomme ich noch ein Glas Ballantine. Du auch eins, Fred?»

«Haben Sie irgendein anständiges deutsches Bier? Würzburger? Oder Löwenbräu?»

Die Frage brachte Leben in den Mann, der ihnen bisher nur

mit seinem knappen Berufsgesicht zu Diensten gestanden hatte. Jetzt lächelte er und stand in Fleisch und Blut vor ihnen, ein großknochiger Teutone von Anfang fünfzig mit einem glänzenden kahlen Kopf und mächtigen Ohren, die mit einem durchsichtigen Flaum überzogen waren, sodass zu der Würde, die sein Kopf ohnehin schon besaß, sich ein seidiger Schimmer gesellte. «Ja, Sir, ich glaube, Löwenbräu haben wir. Würzburger haben wir, glaube ich, nicht auf Lager, Sir.»

«Okay. Bringen Sie, was Sie auf Lager haben.»

Fred wollte Clayton wirklich nicht die Show stehlen, aber es war, als hätte er einen Flaschengeist angerufen, und der stand nun da, süßlich-klebrig, beflissen, entzückt, dass man seine verborgenen Reserven an Diensteifrigkeit anzapfte. Der Kellner beugte sich herab und machte Clayton vollends zum dummen Dritten, als er im Flüsterton sagte: «Statt Löwenbräu, Sir, darf es auch ein englisches Stout sein? Ein schönes Guinness, Sir?»

«Ein Löwenbräu bitte.» Fred versuchte, Clayton wieder einzubeziehen, und fragte: «Willst du auch eins probieren? Weniger Kohlensäure als beim Ballantine. Weniger Prickeln, dafür ein ordentlicher Gärprozess.»

Das Lachen, mit dem Clayton antwortete, wäre angenehm gewesen, hätte er nicht die Lider gesenkt und damit zum Ausdruck gebracht, dass dies für ihn eine Entscheidung war, bei der es um Gewinnen oder Verlieren ging. «Nein, ich glaube, ich bleibe beim Ballantine.» Er sah Fred überflüssigerweise in die Augen. Wenn Clayton sich bedroht fühlte, bewölkte der mittlere Teil seines Gesichts sich; die Partie zwischen Brauen und Nasenlöchern wurde mürrisch.

Fred fühlte sich abgestoßen und war zugleich gerührt. Genau diesen Gesichtsausdruck hatte der jugendliche Clayton damals bei den Candidates' Punches vom *Quaff* gehabt, wenn die zahlenden Altmitglieder, fürs Magazin allesamt unbrauchbar, prächtig herausgeputzt in Tweedsakkos mit Lederflecken auf den Ellbogen und mit stramm gezurrten Kragennadeln aufkreuzten, sich über die Martinis hermachten und so aufgeregt schnatterten und sich spreizten wie eine Kranichschar, die dringend beweisen will, dass sie noch nicht ausgestorben ist. Fred hatte Mitleid mit Clayton, wenn er an die Zeit zurückdachte, da er allein, als Mitglied zwar respektiert, aber doch nur ein Sophomore, darauf bestanden hatte, dass der Junge mit dem Gagnamen in den *Quaff* aufgenommen wurde. Der Punkt war: Er konnte zeichnen. Anfängerhaft, klar. Er hatte ja gerade erst die Comichefte hinter sich. Aber zumindest kam bei seinen Händen die Anzahl der Finger hin. Kläglich natürlich, dass er die Zeichnungen rahmen ließ, aber das war der Einfluss seiner Eltern – wer machte so was schon, nannte ein wehrloses Baby Clayton Clayton ... Er trug kakaobraune Slacks und Sporthemden. Meistens waren sie abgewetzt. Wenn er schlechte Laune hatte, war er nervös. Die Sache war die: Wenn wir fürs Magazin niemanden finden, der zeichnen kann, müssen wir alte Daguerreotypien von Chester Arthur und der Conkling-Gang bringen.

«Siehst du Anna Spooner ab und zu?», fragte Clayton und bezog sich damit, vielleicht unbewusst, auf Freds Fehler von vorhin, seine Erwähnung des geschmacklosen Einkommensteuerplans ihres Freundes A. D. Spooner, genannt «Anno Domini» und dann «Anna».

«Ganz selten. Ich bin ja noch nicht so lange zurück. Er hat mir erzählt, dass er dich öfter bei der Old Grads' Marching Society trifft.»

«Gelegentlich.»

«Sehr begeistert scheinst du nicht zu sein.»

«Das habe ich nicht gemeint. Ich meine, das habe ich *so* nicht gemeint. Er ist immer derselbe: derselbe Schlips, dieselben Witze. Er sagt nie danke, wenn ich ihm einen Drink spendiere. Das Geld ist mir egal, darum geht es nicht. Eigentlich nur eine alberne Kleinigkeit. Ich hätte nicht davon anfangen sollen.»

Der Kellner brachte die Biere. Fred starrte in sein Löwenbräu und hauchte das Wort «Ja» hinein.

«Wie lange *bist* du denn nun zurück?»

«Zwei Wochen, ungefähr.»

«Stimmt. Hast du ja schon gesagt. Na, dann erzähl mal. Was hast du in den drei Jahren gemacht?» Seine Hände lagen entschlossen gefaltet auf dem Tisch, Konferenzstil. «Es interessiert mich.»

Fred lachte ihm geradeheraus ins Gesicht. «So viel gibt's da nicht. In meiner Army-Zeit war ich in Deutschland im Quartermaster-Corps.»

«Was hast du gemacht?»

«Nichts. Schreibmaschine geschrieben. Blackjack, Pharo, Rook gespielt.»

«Würdest du sagen, dass es dich sehr verändert hat?»

«Ich tippe schneller. Und meine Brust ist mit pornographischen Tätowierungen bedeckt.»

Clayton lachte ein bisschen. «Es interessiert mich. Ich bin nicht dabei gewesen, und ich weiß, das ist psychologisch für mich nicht – nicht ohne Folgen. Ich fühle mich nicht eigentlich schuldig, aber es ist etwas, das die meisten Männer unserer Generation durchgemacht haben, und wenn man nicht dazugehört, kommt man sich so unvollständig vor.»

«Das soll man auch, das soll man auch. Ich wette, du kannst nicht mal einen B. B. H-4-Jet-Cycle-Tetrameter auf Touren bringen, geschweige denn eine Bazooka abfeuern. Um auf die metaphysischen Erlebnisse der heiligen Therese zu kommen –»

«Es ist erstaunlich, wie wenig es dich verändert hat. Ich überlege, ob ich mich wohl verändert habe. Ich *mag* die Arbeit, weißt du. Die Leute machen Werbung immer so runter, aber ich habe festgestellt, dass sie eine verdammt wichtige Funktion in unserer Wirtschaft hat.»

Als der Kellner kam und die Tellergerichte vor sie hinstellte, machte Clayton sich mit irritierendem Appetit über das Essen her, schaufelte es sich ebenso oft mit der Linken wie mit der Rechten in den Mund und hielt nur inne, um Fragen zu stellen.

«Dann bist du zurückgegangen nach Europa.»

«Dann bin ich zurückgegangen nach Europa.»

«Warum? Ich meine, was hast du da gemacht? Hast du was geschrieben?»

In den letzten Jahren hatte Freds literarische Ader sich hauptsächlich im Hervorbringen tadelloser, aber unnützer Reimspielereien erschöpft, bei denen Zeilen vorkamen wie «Sag's in Prosa, wer macht rosa Rosen rosa?».

«Wie man's nimmt», sagte Fred. «Ein bisschen. Habe gerade eine dreibändige Biographie der großen italienischen Schauspielerin Virgo Intacta abgeschlossen.»

«Nein, im Ernst. Was hast du in Paris gemacht?»

«Im Ernst, ich hab auf einem Stuhl gesessen. Immer auf demselben, wenn's irgend möglich war. Auf einem Korbstuhl auf dem Gehweg vor einem Restaurant am Boulevard Saint-Germain. Im Frühling und im Sommer stehen die Tische ganz im Freien, aber wenn es kalt wird, werden sie mit hohen Glaswänden umgeben. Dann ist es am schönsten. Alle andern sitzen drinnen, wo es warm ist, nur du sitzt draußen. Und am schönsten ist es beim Frühstück, so gegen elf an einem fröstelligen Vormittag, dein *café* und dein *croissant avec du beurre* und dein – na, wie sagt man – dein *coude*, alles ist auf einem Tischchen so groß wie

**405**

ein Tablett, und draußen vor der Glaswand werden Ballons an Weihnachtstouristen verkauft.»

«Du sprichst bestimmt fließend Französisch. Es ärgert mich zu Tode, dass ich keinen Satz zuwege bringe.»

«*Oui, pardon, zut!* und *alors!*, das ist alles, was du für eine normale Unterhaltung brauchst. Sprich mir nach: *oui* – die Lippen so – *par-don* –»

«Wahrscheinlich schreibst du deshalb nicht mehr, weil du zu viel Geschmack hast», sagte Clayton. «Dein kritisches Gespür ist deinem kreativen Drang immer eine Nasenlänge voraus.» Als er keine Antwort bekam, fuhr er fort: «Ich habe auch nicht mehr viel gezeichnet. Höchstens mal Ideen skizziert. Aber ich habe vor, wieder anzufangen.»

«Ich weiß, dass du wieder anfängst. Ich weiß, dass du es schaffst.»

Das war's, was Clayton hören wollte. Er liebte die Arbeit. Arbeiten war alles, wovon er etwas verstand. Leute wie er sahen im Konkurrenzkampf das Rückgrat des Universums. Er war beim *Quaff* sehr erfolgreich gewesen, sehr flexibel, sehr vernünftig, sodass er in seinem letzten Studienjahr Vorsitzender wurde und alle sagten, er allein halte den dummen alten *Quaff* am Leben, dabei hatte der Club mit seiner delikaten Ethik der Oberflächlichkeit unter Clayton seine Seele ausgehaucht. Die richtigen Leute waren nicht mehr gekommen.

Zwischen Claytons Mund und dem Teller schwebte eine Gabel voll Hack. «Was will dein Vater denn?» Hinein mit dem Happen.

«Mein Vater scheint dich zu faszinieren. Er ist ein dünner Mann von Ende fünfzig. Er sitzt am einen Ende eines ungeheuer langen Zimmers, das mit unschätzbaren Kostbarkeiten angefüllt ist. Er trägt einen lila Morgenrock und versucht, ein Buch zu lesen. Aber er hat das Gefühl, dass das Zimmer überkippt. Also will er, dass ich zu ihm komme und mich ans andere Ende setze, damit die Balance stimmt.»

«Nein. Ich hab nicht gemeint –»

«Er will, dass ich einen Job annehme. Weißt du einen?» So, die entscheidende Frage war heraus; wie ein Vorwurf war sie gekommen.

Clayton kaute bedächtig. «Welcher Art?»

«Mir wurde bereits ein Posten bei Brauer, Chappell & Platt angeboten. Eine angesehene alte Anwaltskanzlei. Ich müsste Jura studieren, eine Schinderei von drei Jahren. Mir schwebt etwas mit lockereren Zugangsbestimmungen vor.»

«Im Verlagswesen?»

Zäh, zäh. «Oder in der Werbung.»

Clayton legte seine Gabel hin. «Mensch, na so was. Aber es dürfte dir nicht schwer fallen, etwas zu finden.»

«Ich wüsste nicht, wieso. Ich habe keinerlei Erfahrung. Die Beziehungen meines Vaters kann ich nicht benutzen. Das wär gegen die Spielregeln. Mir von ihm die Türen öffnen zu lassen.»

«Wärst du doch bloß vor etwa sechs Monaten hier gewesen. Da gab's bei Carson eine günstige Gelegenheit, und ich habe mich an Bim Blackwood gewandt, aber der wollte nicht so gern überwechseln. Wo wir grad von Bim sprechen – der ist wirklich gut unterwegs.»

«Er ist unterwegs? Wohin denn?»

«Ach, du verstehst schon. Er wirkt reifer. Ich habe das Gefühl, er hat sich in den Griff bekommen. Seine Sicht der Dinge ist jetzt viel ausgewogener.»

«Sehr fein beobachtet. Wen kennen wir noch, der gut unterwegs ist?»

«Tja, ich würde sagen, Harry Ducloss. Ich habe mich letzte Woche mit einem Mann unterhalten, für den Harry arbeitet.»

«Und der sagt, Harry ist gut unterwegs?»

«Er sagte, er hält große Stücke auf ihn.»

«‹Hält große Stücke auf ihn›», sagte Fred. «Ferman hat auch immer große Stücke auf diesen und jenen gehalten.»

«Ich habe Ferman neulich auf der Straße getroffen. Mann, ich kann dir sagen!»

«Was, nicht gut unterwegs?»

Clayton hob die Hände, damit der Kellner den Teller wegnehmen konnte. «Doch, aber» – und er sagte das mit eigenartiger Intensität, so, als habe Fred oft das Gleiche gedacht, es aber nie so gut ausgedrückt – «das *ist* schon was, so einer Koryphäe von früher zu begegnen.»

«Wünschen die jungen Herren ein Dessert?», fragte der Kellner. «Kaffee?» Und zu Fred gewandt: «Wir haben ausgezeichneten Apfelstrudel. Und Bienenstich. Ganz frisch. Hier bei uns in der Küche gebacken.»

Fred wollte es Clayton überlassen. «Hast du noch Zeit für einen Kaffee?»

Clayton verrenkte sich den Hals, um auf die Uhr sehen zu können. «Acht vor zwei.» Verzeihen heischend sah er Fred an. «Wenn ich ehrlich bin –»

«Keinen Kaffee», sagte Fred zum Kellner.

«Ach, lass uns einen bestellen. Es sind ja bloß ein paar Minuten.»

«Nein. Ich habe noch den ganzen Nachmittag, und ich will einen arbeitenden Menschen nicht aufhalten.»

«Die kommen schon ohne mich zurecht. *So* unentbehrlich bin ich nun auch wieder nicht. Bist du sicher, dass du keinen Kaffee willst?»

«Ganz sicher.»

«Okay-y», sagte Clayton im lang gezogenen, melodischen Ton eines Vaters, der seine Einwilligung gibt für etwas, das dem Kind nur schaden wird. «Kann ich bitte die Rechnung haben, Herr Ober?»

«Gewiss, Sir.» Das Sarkastische an diesem «Sir» war für Freds Ohren bestimmt.

Die Rechnung belief sich auf $ 3.79. Als Fred nach seiner Brieftasche griff, sagte Clayton: «Lass. Das hier geht auf mich.»

«Sei nicht albern. Der Lunch war meine Idee.»

«Nein, bitte, lass mich das erledigen.»

Fred legte einen Fünfdollarschein auf den Tisch.

«Nein, lass doch», sagte Clayton. «Ich weiß, du hast Geld –»

«Geld! Wir haben alle Geld.»

Clayton witterte schließlich Freds Ärger und blickte verschüchtert auf, die Iris ganz oben in seinen zu großen Augen, das Kinn eingeknifft. «Bitte. Du warst immer freundlich zu mir. Du hast dich für mich weit aus dem Fenster gelehnt. Ich habe das gewusst.»

Es war, wie wenn ein unscheinbares Mädchen mitten im Kuss den Mund öffnete. Wortlos nahm Fred seinen Fünfer zurück. Clayton gab dem Kellner vier Eindollarscheine und zwei Fünfundzwanzigcentstücke und sagte: «Stimmt so.»

«Danke *sehr*, Sir.»

«Vielen Dank», sagte Fred zu Clayton, als sie zur Tür gingen.

«Ist doch –» Clayton schüttelte leicht den Kopf. «Das nächste Mal kannst du's machen.»

*«Merci beaucoup, monsieur.»*

«Hoffentlich fandest du es nicht schlimm, dass wir in dies Lokal gegangen sind.»

«Ein wunderbares Lokal. Man hat mich für einen Deutschen gehalten.»

Das Pflaster draußen glitzerte, als ob Zement kostbar wäre. Die Third Avenue, von der Hochbahn befreit, schien so weit und majestätisch wie ein südamerikanischer Boulevard. Im harten Licht der Zweiuhrmittagssonne traten Hautunreinheiten in Claytons Gesicht zutage, die im Dämmer des Restaurants verborgen geblieben waren – eine fleckige Röte auf der Nase, zwei Pusteln auf der Stirn, eine schuppige Stelle, die zum Teil von der einen Braue verdeckt wurde. Claytons Füße neigten dazu, rückwärts zu schlurfen; er war sich seiner schlechten Haut bewusst oder scheute sich davor, ins Büro zurückzukehren. Fred blieb stehen, um deutlich zu machen, dass er in die andere Richtung wollte. Clayton konnte sich nicht entschließen zu gehen. «Du willst wirklich einen Job in der Werbung?»

«Vergiss es. Nicht so wichtig.»

«Ich halte die Augen auf.»

«Mach dir keine Mühe, jedenfalls vielen Dank.»

«Ich hab *dir* zu danken, Himmel nochmal! Ich hab's echt genossen. Es war schön. Waren schon tolle alte Zeiten.»

Einen Augenblick lang empfand Fred Bedauern; er wollte seinem Impuls folgen und ein versöhnliches Stück Wegs mit Clayton gemeinsam gehen.

Aber sein *Quaff*-Kamerad, hilflos abstoßend, seufzte und sagte: «Na dann. Zurück ins Salzbergwerk.»

«Gut gesagt.» Fred hob die Hand in einer huldvollen priesterlichen Gebärde. «Ihr seid das Salz der Erde. *La lumière du monde*. Das Licht der Welt. *Fils de St. Louis, montez au ciel!*»

Verwirrt von der fremden Sprache, wich Clayton einen Schritt zurück, und mit einer unbestimmten Handbewegung versicherte er: «Wir sehn uns.»

«*Oui. Le roi est un bon homme. Le crayon de ma tante est sur la table de mon chat. Baisez mes douces fesses. Merci. Merci.* Das heißt danke. Nochmals danke.»

## Seine große Stunde

Als Erstes hörten sie – am Abend um acht –, wie nebenan ein Wasserglas zu Bruch ging. Es war ein ganz deutliches dreiteiliges Geräusch: der Knall des Aufpralls, das satte, vegetative *Pop* des Zerplatzens und das Rascheln sich beruhigender Scherben. Es hätte nicht deutlicher klingen können, wenn das Glas in ihrem eigenen Wohnzimmer zerschmettert worden wäre. Für George war es ein Beweis, wie dünn die Wände waren. Die Wände waren dünn, von der Decke bröckelte der Putz, die Möbel rochen verwanzt, in regelmäßigen Abständen fiel der Strom aus. Die Zimmer waren winzig, die Miete war monströs, die Aussicht trist. George Chandler hasste New York City. Er stammte aus Arizona und hatte das Gefühl, dass die unsaubere Luft hier von Geistern bevölkert war, die ihm ständig eins auswischten. So wie der aufrechte Christ bei allem, was geschieht, nach den Fingerabdrücken der himmlischen Vorsehung sucht, witterte George in jedem von der Regel abweichenden Vorfall – einem Gruß in der Subway, einem außerplanmäßigen Klopfen an der Tür – die Möglichkeit eines finanziellen Verlusts. Sein Wahlspruch hieß: Ruhe bewahren. Daran hielt er sich auch jetzt, er wandte kein Auge von dem Buch, mit dessen Hilfe er Arabisch lernte.

Rosalind, größer als ihr Mann und weniger auf der Hut, setzte ihre langen Beine nebeneinander und sagte: «Mrs. Irva scheint was fallen gelassen zu haben.»

George wollte zwar nicht darüber reden, aber er konnte selten dem Drang widerstehen, sie zu korrigieren. «Da wurde nichts fallen gelassen, Schätzchen, da wurde was geworfen.»

Drüben bei den Irvas stürzte etwas Hölzernes um, und dann hörte es sich an, als würde ein Fass hin und her gerollt. «Glaubst du, da ist was passiert?» Rosalind hatte kein Buch in der Hand;

offenbar hatte sie einfach nur so auf der Sesselkante gesessen und darauf gelauert, etwas zu hören zu bekommen. Im Gegensatz zu ihrem Mann fand sie New York gar nicht so schlimm. George hatte nicht darauf geachtet, wann sie vom Geschirrspülen aus der Kitchenette gekommen war. Jeden Abend nach dem Essen hatte er seine arabische Stunde, und in dieser Zeit wollte er nicht gestört werden. «Glaubst du, da stimmt was nicht?», beharrte Rosalind, ihre Frage leicht abwandelnd für den Fall, dass er sie schon beim ersten Mal gehört hatte.

George ließ mit demonstrativer Geduld das Buch sinken. «Trinkt Irva?»

«Ich weiß nicht. Er ist Koch.»

«Du meinst, Köche trinken nicht. Die essen nur.»

«Es war nur eine Feststellung, das eine sollte mit dem andern nichts zu tun haben», gab Rosalind milde zur Antwort, als habe er sie bloß missverstanden.

George vertiefte sich wieder in sein Buch. *Das Imperfekt in Verbindung mit dem Perfekt eines anderen Verbs drückt das zweite Futur aus: «Zaid wird geschrieben haben.»* (Noch ein Glas wurde zerschmettert, diesmal nicht ganz so temperamentvoll. Eine Stimme war zu hören, aber nicht zu verstehen.) *Handelt es sich um ein unabhängiges Verb, so steht das Subjekt im Nominativ und das Objekt im Akkusativ: «Der Apostel wird ein Zeuge wider dich sein.»*

«Hör doch», sagte Rosalind im unheilschwangeren Flüsterton einer Ehefrau, die mitten in der Nacht Gas riecht. Er lauschte, aber er hörte nichts. Dann schrie Mrs. Irva.

George tröstete sich sofort damit, dass die Frau nur Spaß mache. Die Laute, die sie von sich gab, konnten alles bedeuten: Angst, Freude, Wut, Überschwang. Vielleicht wurden sie auch mechanisch erzeugt: durch die rhythmische Friktion einer großen, nützlichen Maschine. Es war anzunehmen, dass sie wieder verstummen würden.

«Was gedenkst du zu tun?», fragte Rosalind. Sie war aufgestanden und dicht an ihn herangetreten und dünstete beklemmende Unruhe aus.

«Tun?»

«Fällt dir irgendjemand ein, den wir holen könnten?»

Ihr Hausmeister, ein schlanker Pole mit blau schimmerndem Kinn, hatte noch drei andere Wohnhäuser und eine Schule zu betreuen und machte seine Runden immer im Morgengrauen und um Mitternacht. Ihre Hauswirtin, eine grimmige jüdische Witwe, wohnte auf der anderen Seite des Parks, in einer annehmbareren Gegend. Und der junge chinesische Student, ihr einziger Nachbar außer den Irvas, der in einem Zimmer im rückwärtigen Teil des Hauses einquartiert gewesen war, gleich hinter dem Schlafzimmer der Chandlers, hatte, als die Examina hinter ihm lagen, mit schwarzer Tusche und bedeutendem kalligraphischem Talent eine Nachsendeadresse in Ohio auf die Wand über seinem Briefkasten gepinselt und war abgereist.

«Nein, Karl! Hast du denn gar keinen Anstand!», rief Mrs. Irva. Ihre Stimme, begleitet vom Gepolter umkippender Gegenstände, hatte allen anfänglichen Fanfarenglanz eingebüßt. Bald erstickt, bald schrill, auf jeden Fall außer sich, schrie sie: «Nein, nein, nein, Gott steh mir bei, nein!»

«Er bringt sie um, George. George, du musst was *tun*!»

«Tun?»

«Soll *ich* die Polizei rufen?» Rosalind blitzte ihn mit Eisesverachtung an, die ihre Gutmütigkeit in Sekundenschnelle wieder wegtaute. Sie ging zur Wand und lehnte sich anmutig, mit weit offenem Mund, dagegen. «Sie drehen den Wasserhahn auf», flüsterte sie.

George fragte: «Meinst du, wir sollten eingreifen?»

«Warte. Sie sind plötzlich so ruhig.»

«Sie –»

«*Schhh!*»

«Sie ist tot, Schätzchen», sagte George. «Er wäscht sich gerade das Blut von den Händen.» Selbst in einer so angespannten Situation wie dieser konnte er es sich nicht versagen, sie zu necken. Und in ihrer Aufregung fiel sie prompt darauf herein.

«Siehst du, was habe ich gesagt!» Dann sah sie, dass er lächelte. «Du meinst das ja gar nicht im Ernst!»

Er drückte wohlwollend ihren weichen Arm.

«George, er hat sie doch umgebracht», sagte Rosalind. «Darum hört man nichts mehr. Brich ein!»

«Denk doch mal nach, Schätzchen. Woher willst du wissen, dass sie nicht –?»

Ihre Augen weiteten sich, als ihr diese Möglichkeit dämmerte. «Gibt es wirklich solche Menschen?» Sie war verwirrt; im Zimmer jenseits der Wand war es still; George hatte das Gefühl, dass er der Sache auf den Grund gekommen war.

«Hilfe! Bitte, Hilfe!», rief Mrs. Irva, verhältnismäßig gefasst. Anscheinend brachte das ihren Angreifer in neue Rage, denn eine Sekunde später schrie sie mit einer Intensität, die ihr die Luft abwürgte – wie ein Baby, das auf dem Höhepunkt eines Schreikrampfs fast erstickt. Dieses Geräusch, so irrational und ein so kläglicher Lohn für seine Geduld, erboste George; wütend bis zur Tapferkeit riss er die Tür auf und trat auf den quadratischen Treppenabsatz mit den nackten Dielen hinaus, der als Vorplatz für die drei Apartments diente. In der Mitte dieses Vorplatzes stehend, schien er sich selbst über eine weite Zeitspanne hinweg zu sehen, als alten Mann, der sich an eine jugendliche Heldentat erinnert und von der großen Stunde seines Lebens erzählt. Furchtlos und klaren Kopfes klopfte er an die Tür unterhalb des festgezwackten Pappschildchens, auf dem *Mr. und Mrs. Karl Irva* stand. «Alles in Ordnung bei Ihnen?», rief er schallend.

«Sei vorsichtig», flehte Rosalind, hatte dabei aber beide Hände auf seinem Rücken und konnte ihn jederzeit aus Versehen vorwärts stoßen. Er wandte den Kopf, um sie zurechtzuweisen, und war gekränkt, denn weil er sich duckte und sie auf Zehenspitzen stand, waren ihre Augen viel höher als seine.

«Bitte, willst du selber reingehn?», fauchte er und drehte ohne zu überlegen am Türknauf. Die Irvas hatten nicht abgeschlossen.

Zaghaft stieß er die Tür auf und gewann einen spaltbreiten Einblick in ein amerikanisches Interieur: trüb gemusterter Teppich, ein Stück Sessel, ein strohgeflochtener Papierkorb unterm Fernseher, der sich im Profil darbot, eine Bambuslampe, eine aufgestellte Fotografie, ockerfarbene Wand, scheußliche grüne Decke. Nichts deutete auf einen Tumult hin. Aus dem großen unsichtbaren Teil des Zimmers rief Mrs. Irva: «Gehn Sie weg – er hat ein Messer!» Beim Klang ihrer Stimme knallte George instinktiv die Tür zu und hielt mit der Hand den Knauf fest, als sei die Tür sein Schutzschild.

«Wir müssen ihr helfen», drängte Rosalind.

«Geh mir von der Pelle», sagte er.

«Allmächtiger», stöhnte Mrs. Irva. George stieß ein zweites Mal die Tür auf, diesmal weit genug, dass er eine Spur von Unordnung entdeckte: ein Unterhemd auf der Sofalehne. «Bleiben Sie draußen!», rief die Unsichtbare. «Holen Sie Hilfe!» Wieder schloss George die Tür.

Eine Stimme, zweifellos Mr. Irvas, fragte in gleichmütigem Ton: «Wen hast du geholt?» Keine Antwort kam. George war erleichtert. Er hatte Mrs. Irva zwar nicht gesehen, aber es war anzunehmen, dass sie wusste, wer er war. Unvermutet donnerten

Schritte auf das junge Paar zu, und es floh in sein Apartment; Rosalind schürfte ihrem Mann den Arm auf, als sie die Tür zuschlug und sie verriegelte.

An dieser Stelle pflegte George die Geschichte zu unterbrechen und den Ellbogen abzuwinkeln, um mit den gestreckten Fingern der anderen Hand präzise anzugeben, wie die Metallkante des vorspringenden Türschlosses ihn seitlich am Unterarm erwischt und ihm die Haut aufgeschrammt hatte, durch das Hemd hindurch, das war dabei natürlich draufgegangen. Ein Vier-Dollar-Hemd. Dass er dieses Detail so betonte, geschah natürlich nur zum Besten seiner Frau, aber sie versäumte, sich getadelt zu fühlen, auf ihrem offenen dreieckigen Gesicht malte sich lediglich das eifrige Verlangen, er möge weitererzählen. Rosalind, Tochter eines Bauunternehmers aus Topeka, der sich aus eigener Kraft hochgearbeitet hatte, war, anders als ihr Mann, optimistisch und unbefangen. Ihr Mangel an Urteilsvermögen war bestürzend. Sie kleidete ihre hoch gewachsene, üppige Figur in laute, groß gemusterte Stoffe. Selbst einfache Namen sprach sie falsch aus – Sar-ter, Hexley, Maugh-hum. Mit der Zeit gewöhnte sie es sich an, Georges verlegenen Berichtigungen zuvorzukommen, indem sie innehielt und vorsorglich in die Runde lächelte, ehe sie weiter drauflosstolperte. «Und am liebsten mochte ich die rosa Fische und Strichmännchen von dem wunderbaren Maler … Klee?» Aber sie hatte ein fabelhaftes Gedächtnis für Geschäfte und Straßen, für Figuren in Romanen, die sie gern gelesen hatte, für Infielder und weniger berühmte Filmschauspieler. Wenn George seine Armaufschürfungsdemonstration beendet hatte, pflegte sie zu sagen: «Der eine von den beiden Polizisten, die schließlich kamen, sah ganz genau so aus wie John Ireland. Nur jünger und nicht so nett.»

Rosalind war es gewesen, die die Polizei gerufen hatte; George war im Bad und tupfte Borwasser auf seine Wunde. Getreu den Anweisungen auf Seite eins des Telefonbuchs wählte sie die Null und sagte: «Ich brauche einen Polizisten.»

Die Telefonistin, die Rosalind für einen Teenager hielt, fragte: «Muss es sofort sein, Schätzchen?» Alle Welt sagte «Schätzchen» zu ihr.

«Es ist wirklich dringend.»

Die beiden Cops, die zwölf Minuten später anrückten, waren jung und ganz offensichtlich dabei, sich schlau zu machen. Finsteren Blicks und Schulter an Schulter standen sie in der Tür der Chandlers: zwei anständige Jungs, ehemalige MPs, die sich ehrlich ihren Zaster verdienen wollten in einer verkommenen Welt. Zunächst einmal nahmen sie den Ringfinger an Rosalinds linker Hand aufs Korn. Sobald der, der ein bisschen wie John Ireland aussah, den Goldschimmer dort entdeckt hatte, wandte er seine Aufmerksamkeit George zu, aber der andere gab sich nicht so leicht zufrieden, seine Augen blieben bei dem Ring, versuchten, seiner Rundung zu folgen, bis zur Unterseite, wollten ihn in ein Säurebad tauchen.

«Man hat uns folgende Apartmentnummer genannt», sagte John. Er sah auf ein Stückchen Papier und verlas jede Ziffer einzeln: «Fünf, vier, A.»

«Die Tür da drüben», sagte George und zeigte überflüssigerweise über die Schulter des Cops hinweg. Er war verängstigt; seine Hand zitterte erbärmlich. Die Cops nahmen es zur Kenntnis. «Wir haben gehört, wie ein Glas kaputtging, vor zwei Stunden ungefähr, so gegen acht.»

«Es ist jetzt neun Uhr fünf», sagte der andere Cop mit einem Blick auf seine Armbanduhr.

«Kommt einem später vor», sagte Rosalind. Die Augen beider

Polizisten klebten an ihren Lippen. Der Misstrauische verzog das Gesicht vor Anstrengung, sich nichts an ihrer Stimme – Mittlerer Westen, nicht so pampig wie die meisten Nutten – entgehen zu lassen.

George schöpfte Mut; die Bemerkung seiner Frau hatte ihm klar gemacht, dass die Polizisten bislang keine Hilfe gewesen waren. Mit neu erwachtem Selbstbewusstsein schilderte er die Geräusche und Schreie, die sie gehört hatten. «Ein bisschen Radau gab es noch, nachdem wir Sie geholt haben, aber seit sechs Minuten oder so ist alles still. Wir hätten es gehört, wenn noch was gewesen wäre – die Wände sind so gottverdammt dünn.» Er lächelte leicht, passend zum Fluchen, aber es gewann ihm keine Freunde.

Der andere Cop schrieb mit kratzendem Stift auf einen kleinen Notizblock. «Sechs Minuten *oder so*», murmelte er. George hatte keine Ahnung, warum er sechs Minuten gesagt hatte und nicht fünf. Das musste denen ja faul vorkommen. «Seit Ihrem Anruf bei uns haben Sie Ihr Zimmer nicht mehr verlassen?»

«Wir wollten ihn nicht reizen», sagte George.

John Ireland reckte seine nadelspitze Nase in die Luft und klopfte zart an die Tür der Irvas. Als keine Antwort kam, stieß er sie sacht mit dem Fuß auf und ging hinein. Alle folgten ihm. Das Zimmer war leer. Ein Stuhl war umgekippt. Auf dem Teppich glitzerten große und kleine Glasscherben. Die Unordnung im Zimmer war nicht annähernd so groß, wie die Chandlers erwartet hatten; sie waren enttäuscht und beschämt.

Aber jetzt, wo sie selbst sich ganz klein vorkamen, dachten die Polizisten gar nicht daran, sie herunterzuputzen. John Ireland öffnete den kleinen Schnappverschluss an seinem Holster. Der andere sagte: «Blut auf der Sofalehne.» Er ging in die

Kitchenette und sagte mit hallender Flüsterstimme: «Blut im Ausguss.»

Blut im Ausguss! «Ihre Schreie wurden immer furchtbarer», sagte George.

John Ireland steckte den Kopf zum Fenster hinaus.

Der andere Cop fragte: «Miss, gibt es hier Telefon?»

«Wir hören es nie läuten», sagte Rosalind.

«*Wir* haben Telefon», sagte George. Er wollte sich in seiner neuen Rolle als Verbündeter der Polizei unbedingt bewähren. Denn dass sie alle es mit einem gemeinsamen Feind zu tun hatten, stand jetzt fest. Vielleicht lauerte Irva hinter dem Duschvorhang, oder er stand draußen vor dem Fenster auf dem winzigen, als «Terrasse» angepriesenen Betonbalkon, den die Chandlers sehen konnten, wenn sie es riskierten, auf ihren eigenen hinauszutreten. Ein Gefühl von Gefahr breitete sich im Zimmer aus, wie Jod in Wasser. John Ireland entfernte sich hastig vom Fenster. Der andere Cop kam aus der Küche zurück. An der Tür blieben die drei Männer stehen und ließen Rosalind mit angestrengter Höflichkeit den Vortritt.

Sie ging auf den kleinen Vorplatz hinaus und schrie auf; entsetzt sprang George hinzu und riss sie von hinten in seine Arme. Die Cops kamen nach. Auf dem ersten Absatz der Treppe, die zum nächsten Stock hinaufführte, in Augenhöhe der Chandlers und der Polizisten, kauerte auf allen vieren Mrs. Irva und starrte sie an; ein rätselhafter, wässriger Ausdruck lag in ihrem Blick. Ihr rechter Arm war leuchtend rot von Blut. Wie rot Blut ist! Ihr Unterrock war auf der rechten Seite zerrissen, ihr Busen war halb entblößt. Sie sagte nichts.

Die Chandlers kamen später zu dem Schluss, dass sich die Sache folgendermaßen abgespielt haben musste: Mr. Irva hatte das

Apartment verlassen (nachträglich war ihnen so, als hätten sie eine Tür knallen gehört), und Mrs. Irva war in ihrer Angst die Treppe hinaufgelaufen und dann, weil sie sich schwach fühlte oder neugierig war wegen des Stimmengewirrs unten, langsam wieder heruntergekrochen. Aber es gab vieles, was damit noch nicht erklärt war. Warum sollte sie das Apartment verlassen haben, *nachdem* ihr Mann gegangen war? Andererseits: Wenn er sie die Treppe hinaufgejagt hatte, wieso war dann nur sie oben gewesen, er aber nicht? Der eine Cop war hinaufgegangen und hatte nachgesehen, aber nichts gefunden. Vielleicht war Irva oben gewesen, als die Polizisten kamen, und hatte sich erst davongeschlichen, als alle sich in seinem Apartment aufhielten. Er konnte sogar den Fahrstuhl genommen haben, das wäre dann aber reichlich kaltblütig gewesen. Der Fahrstuhl in diesem Haus funktionierte mit Selbstbedienung, und wenn in einer unteren Etage jemand auf den Knopf gedrückt hätte, wäre der Fahrstuhl mit dem Kriminellen darin stehen geblieben, um den neuen Fahrgast aufzunehmen. Aber falls Mr. Irva zu Fuß hinuntergegangen wäre: Waren die Wände denn nicht so dünn, dass man seine Schritte hätte hören müssen?

Mrs. Irva brachte kein Licht in die Sache. Sie sah so blutverschmiert und benommen aus, dass niemand ihr mit Fragen zusetzte. Die Cops führten sie ins Apartment der Chandlers und betteten sie auf das dubios riechende Sofa, das im Mietpreis inbegriffen war. John Ireland wies Rosalind an, zwei Handtücher aus dem Bad zu holen, und fragte George, ob er irgendwas Hochprozentiges im Haus habe. Rosalind brachte die Handtücher (Gästehandtücher, wie George feststellte), und John riss eines der Länge nach durch und machte einen Druckverband daraus. Die Chandlers tranken selten, denn sie waren beide sparsam und auf ihre Gesundheit bedacht, aber es fand sich dann doch ein wenig Sherry im Küchenschrank, hinter einem Laib Pepperidge-Farm-Brot. George goss ein bisschen in ein Wasserglas und hielt es schüchtern Mrs. Irva hin, die mit ihrem Druckverband jetzt ganz proper aussah. Ihr gerissener Unterrockträger war zusammengeknotet. Sie nahm höflich einen Schluck und sagte: «Gut», aber mehr trank sie nicht. Rosalind brachte eine gelbe Wolldecke aus dem Schlafzimmer. Sie breitete sie über Mrs. Irva, ging dann in die Kitchenette und setzte Wasser auf.

«Was machst du da?», fragte George.

«Er hat gesagt, ich soll Kaffee machen», sagte sie und nickte zu dem Cop hin, der keinem Filmstar ähnlich sah.

Der andere, *der* einem ähnlich sah, kam zu George herüber und blieb dicht bei ihm stehen; so in Tuchfühlung mit der blauen Uniform kam George sich vor, als sei er verhaftet. «Was es nicht alles gibt», murmelte er beklommen.

«Buddy, das hier ist nichts», sagte der Polizist. «Das hier ist Kinderkram. In dieser Stadt passiert jede Minute viel Schlimmeres.»

George fing an, ihn zu mögen. «Das glaub ich gern», sagte er. «Vor vierzehn Tagen sitz ich in der Subway, da kommt so 'n junger Bengel und will mir eins verpassen.»

John schüttelte den Kopf. «Buddy, das ist nichts im Vergleich zu dem, was ich jeden Tag erlebe. Jeden Tag in der Woche.»

Der Krankenwagen kam, bevor das Kaffeewasser kochte. Zwei Neger traten ins Zimmer. Der eine war in appetitliches Weiß gekleidet und trug eine zusammengeklappte Trage, die er mit dem freudigen Eifer eines Zauberkünstlers auseinander faltete. Der andere, größer, schwerfälliger und wahrscheinlich erst vor kurzem aus dem Süden gekommen, hatte sich ein kastanienbraunes Sportsakko über die dünne Jacke seiner Pflegeruniform gezogen. Gemeinsam halfen sie Mrs. Irva auf die Trage; sie ließ alles mit sich geschehen, aber ihr Mund bewegte sich angstvoll, als sie merkte, dass sie hochgehoben wurde. «Is ja gut», sagte der Große. Beim Hinaufkommen hatten die Männer festgestellt, dass der Fahrstuhl zu klein für die Trage war; sie mussten die vier Treppen zu Fuß bewältigen, der vordere hielt die Traggriffe in Schulterhöhe, und beide brummelten beruhigend auf ihre lebende Last ein.

Die Polizisten zögerten noch einen Moment im Fahrstuhl und fixierten die Chandlers, die in ihrer Tür standen wie das Gastgeberpaar nach einer Fete, die mit Krawall geendet hat. «Okay», sagte John drohend. «Wir haben Ihre Aussagen.»

Die Fahrstuhltür schloss sich schmatzend, und die Cops verschwanden abwärts.

Von ihrem Fenster konnten George und Rosalind die Straße sehen, die mit den verkürzten Gestalten von Schaulustigen gesprenkelt war. Ein Spalier bildete sich für die vier Staatsdiener mit ihrer Last. Mrs. Irva, ein gelbes Rechteck, vom vierten Stock aus gesehen, wurde in das graue Rechteck des Krankenwagens geschoben. Die Polizisten stiegen in ihren grün-weiß-schwarzen Ford, und beide Fahrzeuge setzten sich genau gleichzeitig in Bewegung, wie die Tänzer in einer Nightclub-Show. Der Krankenwagen jammerte gereizt, brach aber erst in Geheul aus, als er um die Ecke und außer Sicht war.

George versuchte, sich wieder seinem Arabisch zuzuwenden, aber seine Frau war zu aufgeregt, und sie lagen wach bis ein Uhr früh und redeten. Zum sechsten Mal beklagte Rosalind, dass ihr entgangen war, wie der eine Polizist Mrs. Irvas Unterrockträger geknotet hatte, und zum sechsten Mal gab George zu bedenken, dass Mrs. Irva ihn höchstwahrscheinlich selbst geknotet hatte.

«Selbst? Wo ihr Arm bis auf den Knochen aufgeschlitzt war?»

**423**

«Er war nicht bis auf den Knochen aufgeschlitzt, Schätzchen. Er war nur geritzt.»

Sie knuffte das Kissen zurecht und ließ ihren Kopf hineinplumpsen. «Ich weiß, dass er es war. Er sah ganz danach aus. Der mit der stumpfen Nase war viel netter.»

«So, wie der dich an der Tür angesehn hat? Hast du nicht gemerkt, wie er auf deinen Trauring gestarrt hat?»

«Wenigstens hat er Augen für mich gehabt. Der andere war ja verliebt in *dich*.» Rosalind witterte überall Homosexuelle.

Am nächsten Morgen hörten sie Mrs. Irva nebenan staubsaugen. Einige Tage später fuhr George mit ihr im Fahrstuhl hinunter. Er fragte sie, wie es ihr gehe. Von einem Verband war nichts zu sehen; allerdings trug sie lange Ärmel.

Sie strahlte. «Ausgezeichnet. Und wie geht's selbst? Und Ihrer reizenden Frau?»

«Danke», sagte George, vergrätzt, dass sie seine Frage für eine freundliche Floskel gehalten hatte. Er wollte ihrem Gedächtnis nachhelfen: «Sie sind gut nach Hause gekommen?»

«O ja», sagte sie. «Die Männer waren furchtbar nett.»

George verstand nicht. Die Polizisten? Die Ärzte im Krankenhaus? Der dritte, der zweite, der erste Stock blieben über ihnen zurück, und kein Wort fiel.

«Mein Mann –» begann Mrs. Irva. Da kamen sie im Erdgeschoss an. Die Tür öffnete sich.

«Was ist mit Ihrem Mann?»

«Ja, er macht Ihnen und Ihrer Frau nicht den leisesten Vorwurf», sagte sie und lächelte dann, als habe sie soeben eine liebenswürdige Einladung ausgesprochen. Und sie hatte nicht einmal seine Wolldecke erwähnt.

George vermisste seine gelbe Wolldecke. Mainächte in New

York waren für ihn kalt. Er war hier, um sich nach einem Job umzusehen, der ihn nach Arabien bringen würde oder in eine andere islamische Region. Seine Suche führte ihn in die sinistren, verschwenderisch mit Teppichen ausgelegten Botschaften nahöstlicher Fürstentümer und in die klammen Wartezimmer von Ölkonzernen, Exportunternehmen, Speditionsfirmen, Banken mit überseeischen Niederlassungen. Empfangssekretärinnen waren unhöflich. Personalchefs pressten die Fingerspitzen gegeneinander und grübelten. George brachte sie in Verlegenheit. Auf ihren Formularen war kein Platz für den Eintrag «Arabophilie» vorgesehen.

Es *war* schwer, diese Leidenschaft für die Wüste mit Georges rundlichem Allerweltsgesicht und seinem vorsichtigen Naturell zu vereinbaren. Er sprach selten davon. Aber spät an einem mit Freunden verbrachten Abend konnte es sein, dass er in jähem Redestrom schilderte, wie die Danakil im Roten Meer nach Trocas fischen. «Es ist märchenhaft. Sie gehn auf den Riffen umher und tauchen mit dem ganzen Körper ins Wasser, sobald sie eine dieser großen Schnecken sehn. Dann lassen sie sich vom Wind trocknen, der von Ägypten weht, und ihre Körper sind über und über weiß von Salz. Das Geröll, über das sie gehn, ist bröckelig, und wenn es unter ihnen wegbricht, schrammt es ihnen die Haut von den Beinen. Dann kommen giftige Quallen und fügen ihnen brennende Striemen zu, und um sie zu verscheuchen, singen sie, so laut sie nur können, während sie immer weiter gehn. Auf sechs Meilen kann man diese Fischerboote riechen – wegen der verwesenden Schnecken in den Wannen. Nachts schlafen sie auf den kleinen Booten, und Millionen schwarzer Fliegen kriechen in ihren Proviant. Fünfzig Meilen entfernt ist die arabische Küste, und dort gibt es nichts, nur Piraten. Und auf den Booten hier sind die Männer und singen, damit die giftigen Quallen nicht kommen. Man fragt sich – ich weiß, was ihr denkt.» Niemand wusste, was George dachte, aber in dem einen oder andern der ihm zugewandten Gesichter meinte er zu lesen, dass er sich zum Narren machte.

Zu anderer Zeit schimpfte er über das moderne Bauen – die hässlichen pastellfarbenen Kästen, die überall am Stadtrand von Topeka kitschig-künstlich gewundene Straßen säumten; die Supermärkte, die immer breiter werdenden Highways, die allenthalben das Land unter sich begruben. Das passte eher zu George: Er schärfte seinen kritischen Verstand durch Ablehnung, durch Erweiterung seiner Verachtung. Alle Filme waren miserabel, alle Politiker korrupt, das staatliche Bildungswesen in Amerika war das schlechteste von der Welt, die meisten Romane waren Zeitverschwendung, beim Fernsehen waren alle drauf aus, einem das Geld aus der Tasche zu ziehen. George war stolz auf diese Erkenntnisse; er hatte nicht erfahren, dass man auf den «guten» Colleges (nur zu bereitwillig versicherte er, dass er kein gutes besucht hatte) alles mochte – Wildwestfilme, Schmalzmusik, Schundliteratur, korrupte Politiker – und Abneigung nur gegen große Geister hegte.

Ein Freund, der die Bibliothek der Chandlers durchsah (größtenteils alte politologische Lehrbücher und Paperback-Krimis, Rosalinds Dauerlektüre), würde wohl zu *Haschisch* von Henri de Monfreid greifen, weil es noch am ehesten an Arabien erinnerte, und einen Satz unterstrichen finden – die Unterstreichung, dicker weicher Bleistift, war unverkennbar George –: *Die Glut des Tages atmete aus den Mauern und dem Boden wie ein ungeheures Seufzen der Erleichterung.* Aber wenn George einem zerstreuten leitenden Angestellten an dessen Schreibtisch mit Glasplatte gegenübersaß, fiel ihm nichts anderes ein, als mit albernem Kichern zu sagen: «Es ist sicher ganz dumm, aber immer schon, seit ich ein Junge war, haben diese Länder mich fasziniert.»

«Nein, ich finde nicht, dass es dumm ist», kam die Antwort.

Einen Monat nach dem Streit der Irvas stand Rosalind draußen vor der Tür des Apartments und empfing den heimkommenden George mit den Worten: «Es ist etwas ganz Wundervolles passiert!»

«Von mir aus.» Er kam die Treppe herauf; eine Frau, die im zweiten Stock wohnte, war mit ihm in den Fahrstuhl getreten, und weil der Aufzug dazu neigte, ins Erdgeschoss zurückzukehren, wenn er auf der Fahrt nach oben angehalten wurde, war George auch im zweiten Stock ausgestiegen und ging die letzten beiden Treppen zu Fuß hinauf. Er hatte einen frustrierenden Tag hinter sich. Die aussichtsreichste Chance, nämlich mit der Delegation der Vereinigten Staaten zu einer Handelsmesse nach Basra zu reisen, hatte sich zerschlagen. Eine Dreiviertelstunde hatte es ihn gekostet, bis er wieder zu Mr. Guerin vorgelassen wurde, und dann hatte er nur den Bescheid bekommen, dass die finanziellen Mittel beschränkt seien. Er war so niedergeschlagen, dass er in einen Achtunddreißig-Cent-Film ging, aber der Streifen war uralt, mit Barbara Stanwyck, und so schlecht, dass er hinausgehen musste, weil ihm übel wurde. In einer Luncheonette an der East Thirty-third Street berechnete man ihm $ 1.10 für ein Truthahnsandwich, ein Glas Milch und eine Tasse Kaffee. Als er der Kassiererin einen Fünfdollarschein hinhielt, bestand sie darauf, dass er ein Zehncentstück dazutue und außerdem drei Pennys für die Steuer, und zählte ihm dann die vier Dollar Wechselgeld nicht in seine wartend ausgestreckte Hand, sondern, unhöflich, auf den Tresen. Als ob er aussätzig wäre. Auf dem Weg nach Hause kam ihm das Menschenpack, das die Subways verstopfte, an den Kreuzungen, wimmelte, drängelte, sich ballte, wie ein einziger riesiger Seuchenherd vor. Elf Wochen lang suchte er jetzt schon. Rosalinds Job im Warenhaus – sie arbeitete nur noch sechs Stunden am Tag, jetzt, wo der Osterbetrieb sich gelegt hatte – brachte nicht genug für Miete und Essen. Die Chandlers aßen Löcher von fünfzig Dollar pro Monat in ihre Ersparnisse.

Rosalind stand zwischen ihm und der Eingangstür. George ärgerte sich darüber; er war müde. «Warte», sagte Rosalind. Sie hob die Hand, um ihn am Weitergehen zu hindern und ihr eigenes Vergnügen noch länger auszukosten. «Hast du in letzter Zeit die Irvas gesehn – ihn oder sie? Überleg.»

«Ihn sehe ich nie. Mit ihr treffe ich hin und wieder im Fahrstuhl zusammen.» Er hatte kein zweites Mal versucht, Mrs. Irva nach dem seltsamen Zwischenfall zu fragen, und die irre, halb nackte Dulderin jenes Abends hatte so wenig zu tun mit dieser drallen kleinen Frau mit den weißen Strähnen im Haar und den schwarzen Knöpfen vorn an der Bluse und dem orangefarbenen Mund, der immer über den Rand der Oberlippe hinaus geschminkt war, dass es George nicht schwer fiel, mit ihr übers Wetter zu reden und über den miserablen Zustand des Hauses – als gäbe es nichts Wichtigeres zu besprechen.

«Was soll der Unsinn?», fragte George, nachdem Rosalind einen Augenblick schweigend und übers ganze Gesicht liebevoll lächelnd dagestanden war.

«Sieh selbst, Effendi», sagte sie und öffnete die Tür.

George sah nichts als Blumen im Zimmer, Blumen überall, weiße, rosa, gelbe Blumen, reglos in Vasen, Kannen, Papierkörben stehend, gebündelt auf Tischen, Stühlen und auf dem Boden liegend. George konnte sich nie die Namen von Blumen merken, aber dies war eine gängige Sorte, groß und robust. Wohlwollen strahlte aus ihren törichten, komplizierten Gesichtern. Die Luft im Zimmer war kühl wie in einem Blumenladen.

«Sie sind in einem Kombi gekommen. Mrs. Irva sagt, sie sind gestern Abend als Dekoration bei einem Bankett benutzt worden, und der zuständige Mann hat gemeint, dass der Chefkoch sie bekommen soll. Und Mr. Irva fand dann, es wär nett, sie uns zu schenken. Zum Zeichen, dass zwischen unseren Familien alles in Ordnung ist, hat Mrs. Irva gesagt.»

George war verwirrt, überwältigt. In seinem Kopf gab es keinen klaren Gedanken mehr, nur Blumen; sie strömten ihm zu den Augen herein. Später, im Gestank und in der Fremde von Basra, wann immer das heimwehkranke Paar Amerika vor sich heraufbeschwor, war dies das erste, leuchtendste Bild, das sich vor George auftat: dieser Ansturm schwachsinniger Schönheit.

## Ein Pfeiler der Reaktion

Sowie sie sein Zimmer betraten, erhob der alte Fraelich in seinem perlgrauen Anzug sich und sagte in geblähtem Ton: «John, komm, wir beide gehn nach unten.»

Der andere, ein Mann in Schwarz, stand auf.

«Das wäre unhöflich», stellte Mrs. Fraelich fest, mehr als Tatsache denn als Vorwurf, obschon es auf ihren Einfluss zurückzuführen sein mochte – es war schwer zu sagen, wie viel Einfluss sie auf ihren Mann hatte –, dass Fraelich seine Gäste dann doch begrüßte und, über ihre Köpfe hinwegstarrend, sich die Namen der drei jungen Leute anhörte, während seine gedunsene beringte Hand, die augenscheinlich nicht von seinem Hirn gesteuert wurde und nach ihren eigenen Anstandsbegriffen handelte, sich von seiner Weste löste und den dreien entgegentrieb. Luke kam sich unter diesen ganz woanders hinsehenden Augen wie ein üppiges Stück Kuchen vor, das irrtümlich einem Kranken offeriert wird. Hatte Fraelich vergessen, dass sie einander schon öfter begegnet waren?

Mit der übertriebenen Förmlichkeit eines Mädchens, das nur Schönheit ins Feld zu führen hat, stellte Kathy ihrem Schwiegervater die Gäste vor und tat dabei gleichfalls so, als ob sie Fremde seien. «Vater, das sind Elizabeth Forrest und Luther Forrest.»

«Du kennst Luke von der Schule», sagte Tim.

«Natürlich habe ich ihn gekannt», sagte Fraelich gleichmütig, das Verb seines Sohnes abwandelnd und den Kopf nach hinten fallen lassend, wie in ein Kissen, sodass er kränker aussah denn je; sein Gesicht glänzte, als schwitze er ein Fieber aus. Luke kam der Gedanke, dass es vielleicht Liz' schwangerer Zustand war, der den alten Herrn schockierte.

«Und Mr. Boyce-King aus England», fuhr Kathy fort.

«Nur King», berichtigte Donald und errötete heftig. «Don King. *Bryce* ist mein zweiter Vorname.»

«*Kein* Bindestrich!», rief Kathy, im Kreis ihrer Schwiegereltern und der Freunde ihres Mannes auf ihrem Recht bestehend, ungezwungen und fröhlich zu sein. Sie hatte etwas Ermattetes, das ihrem mageren Charme einen Hauch geheimnisvoller, romantischer Hinfälligkeit verlieh. Luke hatte gehört, dass sie zur Psychoanalyse ging. «Können Sie mir nochmal verzeihen, ich habe Ihren Namen doch nur ein einziges Mal am Telefon gehört!»

«Furchtbar nett von Ihnen, dass Sie mich eingeladen haben», sagte Donald mechanisch.

«Er sieht aber aus wie jemand mit Bindestrich, oder?», sagte Liz, der anderen zu Hilfe kommend, und ließ damit unabsichtlich durchblicken, dass sie und Luke in den wenigen Stunden seit Montag, da Donald nicht bei ihnen gewesen war, mokante Reden über ihren englischen Gast geführt hatten. «Ich glaube, es liegt an seinen Augenbrauen.»

Mrs. Fraelich hatte sich im Hintergrund erhoben und schlenkerte aus Langeweile oder Ärger mit den Armen. Der Ausschnitt ihres Kleids – ein Futteral aus weichem blauem Stoff mit großen Löchern für Hals und Arme, wie in alten Ausgaben von *Vanity Fair* – rutschte beunruhigend auf ihrer hageren sommersprossigen Brust hin und her. Sie tat den Anwesenden ihre zweite Feststellung kund: «Dies ist Mr. Born.»

Zum ersten Mal kam ein bisschen Leben in den alten Fraelich. «Jawohl», bekräftigte er, und seine Stimme blähte sich, «wir dürfen John Born nicht vergessen.» Der Mann in Schwarz, beleibt, aber fest im Fleisch, schüttelte den jungen Leuten der Reihe nach herzhaft die Hand und schenkte jedem ein erfreutes

Grunzen. Sein Schnurrbart war genauso schwarz wie sein Anzug. Luke freute sich, dass Donald, wenn auch ohne Worte, einen echten Vertreter des Manhattan-Wohlstands kennen lernte. Fraelich war zwar wohlhabend, aber kaum echt zu nennen.

Die Alten verzogen sich in den anderen Teil der doppelstöckigen Wohnung, und die Jungen blieben allein zurück mit den bollwerkhaften Ledermöbeln und Mrs. Fraelichs japanischen Aquarellen und der parabolisch geschwungenen Schwebedecke, die ein indirektes Restaurantlicht gab.

«Bitte, verzeihen Sie mir das mit dem Bindestrich; es ist eine fixe Idee von mir, zu glauben, dass alle Engländer einen Doppelnamen haben», sagte Kathy zu Donald, der mit der abrupten Zwanglosigkeit der Briten, den Kopf schief gelegt, die Rücken der Bücher auf den Regalen musterte.

«Keine Ursache. War mir ein Vergnügen.»

Die blasierte, unangemessene Entgegnung stürzte sie alle in verlegenes Schweigen. Der Abend versprach, unerquicklich zu werden. Die Fäden zwischen den fünf waren dünn gesponnen. Luke kannte Tim vom College, und Donald hatte er in England kennen gelernt, und die beiden Frauen mochten einander, soweit sich das bei der Oberflächlichkeit ihrer Bekanntschaft sagen ließ. Sie machten dann auch das Beste aus der Situation: unterhielten sich und nippten an alkoholischen Drinks wie richtige Erwachsene. Luke überlegte, ob er nicht eine Partie Monopoly vorschlagen sollte. Fraelich hatte bestimmt ein Monopoly im Haus, und Donald könnte so ein echt amerikanisches Gesellschaftsspiel kennen lernen. Mit dem Essen war allem Anschein nach nicht so bald zu rechnen. Ein neuer Faktor, Hunger, gesellte sich zu der nervösen Unruhe in Lukes Magen.

Er unterhielt sich mit Tim über gemeinsame Freunde. Keiner

von ihnen hatte etwas von Irv gehört. Preston Wentworth, vermutete Tim, lebte an der Westküste. Leo Bailley war in der Stadt gewesen, so viel war sicher. Merkwürdig, wie gründlich man Leute aus den Augen verlieren konnte, die man im College jeden Tag gesehen hatte. Unsere Generation hat das Briefeschreiben verlernt, steuerte Luke als Erklärung bei.

Donald sagte, er habe immer gedacht, Amerikaner erledigten alles per Telefon oder hätten kleine Knaben mit geflügelten Stiefelchen, die singend Botschaften überbrächten.

Kathy fragte Liz, wie sie sich fühle. Liz sagte, sie fühle sich wie immer, nur schwerfälliger; es sei übrigens erstaunlich, wie sehr man sich wie immer fühle, und sie freue sich schon auf das Stadium kuhhafter Zufriedenheit, von dem in den Büchern für werdende Mütter die Rede sei. Donald lachte über die «Bücher für werdende Mütter». Luke sah, wie Kathy seiner Frau mittels eines geflügelten Gesichtsausdrucks eine Botschaft sandte, die vermutlich lautete: «Wir haben auch schon an Kinder gedacht, aber Timothy ...» – «Wie schön oder schade», funkte Liz' Gesicht zurück. Donald, gefangen im Netz dieser sich kreuzenden Mutter-Blicke, geriet abermals in Verwirrung und errötete prüde. Er hatte die ovalen schrägen Augen, die fleischigen Lippen und die knochige steile Stirn des britischen Intellektuellen.

Tim Fraelich glaubte zu spüren, dass seine drei Gäste so ausgiebig zusammen gewesen waren, dass sie jetzt im Umgang miteinander keine Worte mehr hatten, und so übernahm er es, Gesprächsthemen zu finden. Er brachte die Rede auf die Olympischen Spiele. Luke ging dankbar darauf ein. Seit Tim ihm beigesprungen war mit «du kennst Luke von der Schule», empfand Luke warme Zuneigung für Tim, für seine langsame, bedächtige Art und sein unansehnliches, stumpfes Gesicht. Die Segnungen des Geldes, in Verbindung mit anderweitig sehr bescheidenen Gaben, hatten Tim zu einem sanftmütigen Mitmenschen gemacht. Er war Vorsitzender des Areté-Clubs gewesen, als Luke sein zweites College-Jahr absolvierte, und hatte nur mit größtem Widerstreben Leuten die Mitgliedschaft verweigert, wohingegen Luke, der wusste, dass er selbst nur mit knapper Mehrheit aufgenommen worden war, hochmütig und rücksichtslos von seinem Vetorecht Gebrauch machte.

Die Olympia-Unterhaltung versickerte bald. Luke fielen keine Berühmtheiten ein, außer Perry O'Brien und dem Stabhochsprunghelden Pfarrer Richards und dem jungen Neger – wie hieß er doch noch –, der zwei Meter zwölf im Hochsprung geschafft hatte.

Schnelle, leistungsstarke Amerikaner, sagte Donald, gebe es wie vom Fließband.

Aber, beeilten sie sich, ihm zu versichern, den Meilenrekord von vier Minuten habe das Commonwealth gebrochen. Die Forrests hatten während ihres Jahrs in Oxford nicht weit vom Iffley-Stadion gewohnt, wo Bannister die «Traummeile» gelaufen war. Donald war zu der Zeit in Oxford gewesen, hatte es aber natürlich verschmäht, an dem Ereignis teilzunehmen. Er fand offenbar, dass sich darin eine gewisse Distinktion ausdrückte.

Tim fragte seinen englischen Gast, was er von New York bislang gesehen habe – ob er schon da und da gewesen sei, und er nannte ein paar markante Punkte. Leider hatte Donald nichts von alledem gesehen, was Tim aufzählte. Die Forrests waren erbärmliche Fremdenführer gewesen, dabei hatten sie sich solche Mühe gegeben. Angekündigt von einem Funktelegramm, war Donald mit einem niederländischen Linienschiff eingetroffen, ohne einen Penny und mit der Zeigt-mir-alles-Attitüde eines Kulturdelegierten. Politisch-literarisch frühreif wie alle Oxford-Studenten, hatte er in einer der liberalen englischen Wochenschriften bereits einiges veröffentlicht und gab sich anscheinend der Vorstellung hin, dass sein Besuch der transatlantischen Landmasse einen Scoop darstelle, wie er bisher nur Mrs. Trollope gelungen war. Nachdem die Forrests sich ihm zunächst selbst vorgeführt hatten – typische Vertreter der nachrückenden Generation: er mit einem Job im Mediengeschäft, sie mit einer Vorliebe fürs Skandinavische, für natürliche Hölzer und natürliche Geburt –, hatten sie, grausam gehetzt von ihrem Gefühl für gesellschaftliche Verantwortung, Partys und Abendessen arrangiert, bei denen die allegorischen Figuren Doktorand, unverheiratete Sekretärin, um Anerkennung ringender abstrakter Maler, intellektueller Katholik, jüdische Möchtegernschauspielerin, grünschnäbeliger, noch nicht in einer Sozietät aufgenommener Anwalt über die Bühne der vorgefassten Meinungen ihres Gastes defilierten. Luke schilderte soziologisch detailliert seine Kindheit in einer kleinen Stadt in Ohio, und Liz steuerte bei, was sie über das Kastensystem in Massachusetts wusste. Donald gab sich höflich, aber wenig beeindruckt. Luke und Liz flüsterten schuldbewusst abends im Bett, wenn Donald, nachdem die Gäste gegangen waren, sich nicht mit seinem Notizbuch, das er immer in der Jackentasche bei sich trug, und mit Bleistift und dem letzten Drink des Tages in die Sofaecke zurückzog. Er trank regelmäßig, aber mäßig. Tagsüber ging Liz – während der Schwangerschaft solle man sich sowieso viel bewegen, sagte sie – mit ihm auf die Jagd nach geeigneten Sightseeing-Objekten. Sie führte ihn durch Chinatown, ins Village, in die Wall Street, die Lower East Side, und abends, wenn Luke heimkam, klagte sie, während Donald freudlos an seinem Glas nippte und ihr mit seinem Schweigen beipflichtete, dass es ja doch immer dasselbe sei, alles bloß Häuser und Autos, und Donald tue ihr so leid, weil er mit ihnen vorlieb nehmen müsse.

Ihr Gast behauptete, er werde in Kürze abreisen. Er wollte den «Süden» sehen und vor allem «eure Prärien». Aber die Abreise konnte nicht stattfinden, solange nicht von irgendwoher – aus Kanada, glaubten sie, hatte er gesagt – eine Geldanweisung eintraf. Die Forrests hatten ihr den Spitznamen «Post aus Frankreich» gegeben. Aber so eng, wie die drei zusammenlebten, konnte der Scherz nicht lange geheim bleiben. Mehrmals hatte Luke beim Frühstück gefragt: «Ist Post aus Frankreich gekommen?» Und Liz, die merkte, wie Donald von Mal zu Mal schweigsamer wurde, warnte ihren Mann und sagte, Donald fasse das womöglich als einen Wink auf. Luke sagte, das sei kein Wink, es sei ein Ulk, und ohnehin komme es ihm nicht so vor, als ob Donald besonders empfänglich sei für Winke oder *irgend*etwas.

Es stimmte: Die Gelassenheit des Engländers, so wohltuend in Oxford, so überzeugend – selbst wenn man ihn auf der High Street traf, vor dem Hintergrund Rad fahrender Stahlarbeiter und graugesichtiger Menschenschlangen an Bushaltestellen, roch man Pfeifenrauch, spürte man die Geborgenheit seines Zimmers im Magdalen mit den alten Romanen in vielen dünnen Bänden und dem Fenster, das auf den Hirschpark hinausging, und den grau-in-grauen Londoner Magazinen, die wie Puppenzeitungen auf dem Kaminsims gestapelt lagen –, hier in Amerika war sie zu einer enervierenden Unbeweglichkeit geworden, so als laste das schwerere Sonnenlicht dieses südlicheren Landes wie ein Gewicht auf seinen Gliedern. Er hatte gesagt, dass es doch viel zu viele Umstände mache, wenn sie ihn zu dieser Dinnereinladung mitnähmen, aber er hatte nicht gesagt, wie sie gehofft hatten, dass er auch einmal einen Abend allein verbringen könne.

«Nein», sagte er jetzt zu Tim, «Loui's haben sie mir nicht gezeigt. Es ist interessant, sagen Sie. Besitzt es viel Ethos? Ihr

Amerikaner redet fortwährend von Ethos. Margaret Mead ist für euch hier drüben so was wie eine weiße Göttin, nicht?»

«Das ist Mamie», sagte Kathy plötzlich, fuhr sich mit gespreizten Fingern durch die Haare an den Schläfen und lachte mit, als die anderen lachten.

Donald sagte, die Amerikaner hätten sich in den Augen der Welt wieder mal als eine Horde Idioten erwiesen. Luke sagte, 1960 werde alles anders aussehen. «Neunzehnsechzig, neunzehnsechzig», sagte Donald. «Was anderes habt ihr nicht im Kopf. Das 60er Plymouth-Modell. Die Bevölkerung im Jahr 1960. Ihr seid verliebt in die Zukunft.» Unwillkürlich griff er sich vorn ans Jackett, ob sein dickes Notizbuch auch da war. Luke lächelte und sah sie alle mit Donalds Augen: den gutmütigen, hausbackenen Erben; seine reizbare, langstelzige Frau; Liz mit ihrem halb fertigen Baby; sich selbst, Luke, mit seinem halb garen Erfolg – blass, blass, alle. Traurige Amerikaner, so recht was für *New Statesman & Nation*. Was Donald nicht sehen konnte, Luke aber wohl, das war, wie gut er, Donald, mit seinen vernünftigen englischen rissigen Schuhen und den ausgefransten Wollstoffanzügen sich in ihren farblosen Fries einfügte.

Der Mann, der ihnen als Mr. Born vorgestellt worden war, trat ins Zimmer. «Scheint, als würde ich jetzt mitgenommen», sagte er zu Tim. «Von Ihrem Pa und Ihrer Ma.» Seine Stimme war, wie Luke erwartet hatte, satt und körnig, aber der Akzent verlangte eine leichte Korrektur des ersten Eindrucks: Der Mann war kein New Yorker. Kompakt wie ein Fass stand er in seinem schwarzen Anzug da und hob sich mit eigentümlicher Kraft von der leinenbespannten Wand ab, auf der Mrs. Fraelichs japanische Drucke verschwommene Farbkleckse bildeten.

«Möchten Sie einen Scotch mit Wasser, John?», fragte Tim.

«Oder einen Cognac?» Mr. Born schüttelte den massigen Kopf – abgetrennt vom Rumpf hätte er bestimmt an die vierzig Pfund gewogen – und hob abwehrend seine kantige, überaus gepflegte Hand, als wolle er jeglichem Alkoholausschank entgegentreten. In der anderen Hand hielt er eine dicke, eben angezündete Zigarre.

«Wir grübeln gerade über die Wahl nach», sagte Tim.

«Seid ihr euch einig, wer gewonnen hat?»

Die jungen Leute ließen ein dünnes Lachen hören.

«Wir sind uns einig, wer gewonnen haben *sollte*», sagte Donald und bekam vor Ärger rote Flecken auf Stirn und Wangenknochen.

«Mmjaa», sagte Mr. Born, synchron mit dem Ächzen der Lederpolster, in die er sich plumpsen ließ. «Es gab nie einen Zweifel, wie es in Texas laufen würde. Bei den Wetten in Houston ging's nicht darum, *wer*» – seine Lippen schoben sich vor bei dem gedehnten «wer» – «das Rennen macht, sondern wann der andere seine Niederlage *zugibt*.» Er beschrieb einen Halbkreis mit der Zigarre, sodass das glühende Ende jetzt auf ihn selbst gerichtet war. «Eine Menge Geld wurde in Houston verloren, während Adlai seine tapfere Rede hielt. Man dachte, dass es *früher* sein würde, versteht ihr.»

«Und wie sind *Sie* dabei weggekommen?», fragte Donald taktlos, als sei dies eine extra für ihn arrangierte Vorstellung.

«Ich?» Der Texaner kratzte sich genüsslich am Ohr und strahlte. «Ich hatte nichts investiert.»

«Wie *ist* die Situation da unten – ich meine, politisch? Man liest, die Demokraten sind schlecht in Form», sagte Donald.

Mr. Borns breites gesundes Gesicht wurde ganz schrumplig vor Liebenswürdigkeit. «Wie es heißt, soll Lyndon beim Konvent nicht die allerbeste Figur gemacht haben. Wir sind nicht unbedingt stolz auf ihn. Ich habe mir sagen lassen, die allgemeine Meinung war: Lasst die beiden kandidieren und sich den Hals brechen, auf die Weise sind wir sie los. So habe ich es mir sagen lassen: Sollen sie kandidieren und sich den Hals brechen.»

«So etwas!», rief Kathy. Verblüfft über sich selbst biss sie sich kokett auf die Unterlippe und schlug die Beine übereinander, sodass man hinsehen musste. Luke mochte ihre Beine, weil über den schmalen städtischen Fesseln ländlich rundliche Waden schwellten.

«Amerikanische Usancen», murmelte Donald.

Luke, der befürchtete, Mr. Born könnte Feindseligkeit wittern, fragte, warum der Süden sich nicht hinter jemanden wie Senator Gore aus Tennessee gestellt habe, statt Kennedy zu unterstützen.

«Gore ist nicht populär. Die Antwort ist sehr einfach: Der Süden hat niemanden, der zugkräftig genug wäre. Außer Lyndon. Und der ist krank. Herzinfarkt. Nein, sie sind in keinem guten Zustand da unten. Sie stellen die Führer in beiden Häusern, aber sie sind in keinem guten Zustand.»

«Würde es nicht gewisse antikatholische Ressentiments schüren, wenn Kennedy sich aufstellen ließe?», fragte Tim. Seine Mutter war in ihrer Jugend für einige Zeit zum katholischen Glauben übergetreten.

Mr. Born paffte seine Zigarre und fixierte mit schmalen Augen, durch den Rauch hindurch, den Sohn seines Freundes. «Ich denke, darüber sind wir hinaus. Darüber sind wir hinaus.»

Donalds knochige hohe Stirn glühte vor politischem Antagonismus. «Ihnen gefällt es, so wie alles gelaufen ist», platzte es aus ihm heraus.

«Nun. Ich habe für Ike gestimmt. Bin aber nicht besonders stolz darauf. Nicht besonders, nein. Er hat unser Gas-Gesetz abgelehnt.» Alle lachten, ohne ersichtlichen Grund. «Wenn er es noch einmal machen müsste, würde er es *nicht* machen.»

«Glauben Sie?», fragte Donald.

«Ich *weiß* es. Er hat es gesagt. Er will das Gesetz. Und Adlai, bei dem wäre kein Verlass darauf, dass er nicht versuchen würde, die Lands wieder zu Washington zu bringen. Darum haben wir Ike gewählt, er war der Beste, den wir kriegen konnten.»

Donald wies mit spitzem Finger auf ihn. «Sie wollen natürlich nicht, dass die Tidelands wieder der Bundesregierung unterstellt werden.»

«*Geht* nicht! Da gibt es demnächst kein Gas mehr. Jetzt schon zwölf Prozent weniger als voriges Jahr. Musste ja so kommen. Sehn Sie – interessiert Sie das auch alle?»

Die Runde nickte eifrig.

«Ich habe eine Trillion Meter Gas. Da unten. In der Erde. Da liegt es fest. Ich habe einen Vertrag abgeschlossen, dies Gas für achtzehn Cent nach Chicago zu verkaufen. In Chicago gibt es rund hundertzwanzigtausend Gaskunden, die nicht ausreichend beliefert werden. Ich wollte es von Texas aus raufpumpen. Das war vor zwei Jahren. Man lässt mich nicht. Ich war in diesen zwei Jahren fast die ganze Zeit in Washington, D.C., und habe mich darum bemüht, dass ein Gesetz verabschiedet wird, das mich *lässt*.» Rauch wölkte ihm aus dem Mund, und er lächelte. Washington, hieß das, war einer Meinung mit ihm gewesen.

Donald fragte, warum man ihn denn nicht lasse, und Mr. Born legte detailliert die Gründe dar – anschaulich und freundlich und stand sogar auf dazu –: Bundesbehörden, staatliche Kommissionen, Quellenkontingente, Destillationskosten, Fehlbohrungen («Fehlbohrungen kann man *nachher* nicht mehr von der Steuer absetzen; die, die gerade passieren, okay, aber nachträglich werden sie nicht anerkannt») und die sozialistisch angehauchte Denkweise gewisser Kreise in Washington. Und immer weiter plätscherte es, eine wunderschöne Komposition, Vokal auf Vokal und dann und wann eine Betonung, die wie Oboenklang eine Cellopassage durchbrach. Die Coda kam zu früh: «Aber der Punkt, der Punkt ist der: *Wenn* sie das Gesetz verabschieden, gut. Ich habe meinen Vertrag, ich bin bereit, mich daran zu halten. Wenn sie's aber *nicht* verabschieden – wenn sie das nicht tun, dann verkaufe ich an Ort und Stelle in Texas, und zwar für mehr. Da seht ihr, wie die Nachfrage gestiegen ist.»

Luke stellte mit Ergötzen fest, dass hier, keine zehn Fuß entfernt, ein Schreckgespenst stand und redete: ein Tidelands-Lobbyist, ein Erzföderalist, ein Abgeordneten-Käufer, ein Pfeiler der Reaktion. Und als was hatte er sich erwiesen, dieser wuchtige Mann mit dem riesigen, bisonhaft vorgereckten Kopf? Als ein ganz reizender, unkomplizierter Mensch, der ohne zu klagen – und, wie es schien, allein um dieser jungen Leute willen – die unvorstellbare Last von einer Trillion Meter Gas trug. Luke konnte sich nicht an die Gründe erinnern, warum Großunternehmen unter Regierungskontrolle stehen –, so wenig, wie ihm die Schwächen seiner eigenen Person einfielen, wenn er betrunken war. Die Zigarre zierlich mit drei Fingern haltend, machte Mr. Born es sich wieder im Sessel bequem; Meinungen, die es möglicherweise außer seinen geben könnte, hingen vaporisiert rings um ihn in der Luft, ein schmeichelnder Dunstschleier.

Kurz darauf kamen Mr. und Mrs. Fraelich, um John Born abzuholen, aber bevor sie gingen, gab der alte Fraelich mit seiner grauen knolligen Stimme, die unruhig brummte, alles von sich, was er über die Erdgasindustrie wusste. Mr. Born hörte höflich zu, kippte seine Zigarre bald so und bald so, und Luke kam plötzlich der Gedanke, dass genauso, wie John Born eine Trillion Meter Gas besaß, Mr. Fraelich John Born besitzen könnte.

«Wirklich ein verdammt netter Kerl, dieser Born», sagte Tim, als die Alten gegangen waren.

«Ach, er war wundervoll!», sagte Liz. «Wie er so dastand – so kolossal in seinem schwarzen Anzug –» Sie formte einen weiten Kreis mit den Armen und schob, ohne nachzudenken, den Bauch vor.

Kathy fragte: «Hat er eine Trillion Meter Gas in der Leitung gemeint?»

«Aber nein, du Dummchen», sagte Tim und legte gönnerhaft den Arm um sie, was Luke auf die Nerven ging. «*Kubik*meter.»

«Damit kann ich immer noch nichts anfangen», sagte Liz. «Kann man Gas nicht komprimieren?»

«Wo bewahrt er es auf?», fragte Kathy. «Ich meine, wo hat er's.»

«In der *Erde*», sagte Luke. «Hast du nicht zugehört?» Aber es stand ihm nicht zu, sie zu tadeln.

Kathy ließ nicht locker. «Richtiges Gas? Wie man's in der Küche braucht?»

«Eine Trillion», sagte Donald, und es sollte spöttisch klingen, «ich weiß nicht einmal, wie viele Nullen eine Trillion hat.»

«In Amerika zwölf», sagte Luke. «Bei euch in England mehr. Achtzehn.»

«Ihr Amerikaner seid so gut bei Zahlen. Yankeegenialität.»

«Pass bloß auf, Boyce-King. Wenn ihr Briten nicht das Näseln sein lasst, pumpen wir das Gas unter eure Insel, und dann ab mit ihr ins All.»

Niemand lachte, außer Luke selbst: Er stellte sich England als rote Tortenplatte vor, die durch den Weltraum segelte und von der ein Stückchen nach dem andern absplitterte, bis nichts mehr übrig blieb, nur die Kuppel von St. Paul's. Und später bei Tisch machte er weiter Witze – häufig auf Kosten von «Boyce-

King». Er fühlte sich wieder wie im College, als er schier barst vor neuem Wissen und ungebrochenem Ehrgeiz. Kathy Fraelich lachte, dass sie kaum den Suppenlöffel halten konnte. Es tat gut zu wissen, dass er immer noch, ob er nun Vater wurde oder nicht, Leute zum Lachen bringen konnte. «... aber die *großen* Filme, das sind die, in denen ein Götzenbild plötzlich schwankt und sich bewegt – so – mit fürchterlichem Grinsen und solchen Augen» – er wackelte mit steifem Oberkörper auf seinem Stuhl hin und her und ließ sich schauerlich langsam vornüberfallen, brach die Nummer erst ab, als er mit der Nase den Rand des Wasserglases berührte – «und in tausend Stücken auf die kreischenden Anbeter niederprasselt. Bei den Engländern gibt es so was nicht. Die gehn vorsichtig mit ihren Götzenbildern um und drehen sie einem als Druidenschreine an. Oder ritzen ‹Wellington› vorn drauf. Ah, ihr seid schon ein schlaues Volk, Boyce-King.»

Nach dem Essen sahen sie sich zwei Fernsehspiele an, die Luke bei jeder Wende der Handlung aufs erfinderischste als hohe Kunst pries, während Donald blinzelnd hin und her rutschte und die anderen gar nicht erst zuhörten, sondern ganz dem Bildschirm zugewandt waren. Liz in ihrem passiven schwangeren Zustand konnte dem Fernsehen nicht widerstehen. Die jungen Fraelichs kuschelten sich in einem dicken Fauteuil aneinander. Der teure Farbfernseher des alten Fraelich brachte die Schwarz-Weiß-Figuren alle mit Regenbogenumrandung.

Später, an der Haustür, dankte Luke den Gastgebern überschwänglich für das ausgezeichnete Essen, die lehrreichen Gespräche, die irisierenden Dramen. Das Abschiedszeremoniell zog sich hin, denn die beiden Paare erörterten noch eingehend die Frage, wo man sich wohl endgültig niederlassen solle. Sie kamen zu dem Ergebnis – und Donald, eine blasse Randfigur bei diesem Austausch, nickte dazu und gnickerte verlegen –, dass es nur auf eines ankomme: Die Kinder müssten sich geborgen fühlen.

Luke tat es leid, dass Donald zum Schluss fünftes Rad am Wagen gewesen war. «So, nun haben wir dir den Texas-Milliardär vorgeführt», sagte er im Taxi zu ihm. «Du hast einer großen Nation auf den Grund ihrer Seele geschaut.»

«Habt ihr auf seine Hände geachtet?», fragte Liz. «Sie waren ausgesprochen schön.» Sie war in einer hübschen, friedlichen Gemütsverfassung, schwamm in mütterlichen Hormonen.

«Wirklich bemerkenswert», sagte Donald, der zwischen ihnen eingeklemmt saß und nicht wusste, wohin mit den Armen, «wie der euch mit seinen durch die Bank ichbezogenen Argumenten alle eingewickelt hat.»

Luke legte den Arm auf die Rückenlehne, schloss seinen Gast, freilich ohne ihn zu berühren, in eine Umarmung ein und streichelte sacht mit den Fingerspitzen Liz' Nacken. Die Post aus Frankreich, schätzte er, ließ nicht mehr lange auf sich warten. Der Taxichauffeur reckte den Kopf, um seine Fahrgäste im Rückspiegel zu begutachten. «Du hast Angst», sagte Luke laut, damit der Fahrer – demokratisch – mithören konnte, «vor unserer unheimlichen Vitalität.»

## Quellenverzeichnis

Das Glücksrad. (You'll Never Know, Dear, How Much I Love You, April 1960, in *Pigeon Feathers*, New York, Verlag Alfred A. Knopf, 1962) Deutsch von Maria Carlsson (*Glücklicher war ich nie*, Frankfurt, S. Fischer Verlag, 1966)

Die Alligatoren. (The Alligators, 9. Januar 1958, in *The Same Door*, New York, Verlag Alfred A. Knopf, 1959) Deutsch von Maria Carlsson *(Glücklicher war ich nie)*

Taubenfedern. (Pigeon Feathers, März 1960, *Pigeon Feathers*) Deutsch von Maria Carlsson *(Glücklicher war ich nie)*

Freunde aus Philadelphia. (Friends from Philadelphia, Juni 1954, *The Same Door*) Deutsch von Maria Carlsson *(Glücklicher war ich nie)*

Ein Gefühl der Geborgenheit. (A Sense of Shelter, Oktober 1959, *Pigeon Feathers*) Deutsch von Maria Carlsson *(Glücklicher war ich nie)*

Flügge. (Flight, 21. Februar 1959, *Pigeon Feathers*) Deutsch von Maria Carlsson *(Glücklicher war ich nie)*

Glücklicher war ich nie. (The Happiest I've Been, 7. Februar 1958, *The Same Door*) Deutsch von Maria Carlsson *(Glücklicher war ich nie)*

Beständigkeit der Sehnsucht. (The Persistence of Desire, 19. Juli 1958, *Pigeon Feathers*) Deutsch von Maria Carlsson *(Glücklicher war ich nie)*

Der glückselige Mann von Boston, der Fingerhut meiner Großmutter und Fanning Island. (The Blessed Man of Boston, My Grandmother's Thimble, and Fanning Island, 27. September 1960, *Pigeon Feathers*) Deutsch von Maria Carlsson *(Glücklicher war ich nie)*

Festgetretene Erde, Kirchgang, eine sterbende Katze, ein altes Auto. (Packed Dirt, Churchgoing, A Dying Cat, A Traded Car, 2. Mai 1961, *Pigeon Feathers*) Deutsch von Maria Carlsson *(Glücklicher war ich nie)*

In der Footballsaison. (In Football Season, 28. November 1961, in *The Music School*, New York, Verlag Alfred A. Knopf, 1966) Deutsch von Hermann Stiehl (In *Gesammelte Erzählungen*, Reinbek, Rowohlt Verlag, 1971)

Das luzide Auge in der Silberstadt. (The Lucid Eye in Silver Town, 1956–64, in *Assorted Prose*, New York, Verlag Alfred A. Knopf, 1965) Deutsch von Helmut Frielinghaus. Deutsche Erstveröffentlichung

Das Gepfeif des Jungen. (The Kid's Whistling, 16. Juni 1955, *The Same Door*) Deutsch von Maria Carlsson *(Gesammelte Erzählungen)*

Ace ist Trumpf. (Ace in the Hole, 9. Dezember 1953, *The Same Door*) Deutsch von Maria Carlsson *(Gesammelte Erzählungen)*

Morgen und morgen und so fort. (Tomorrow and Tomorrow and so Forth, 20. Januar 1955, *The Same Door*) Deutsch von Maria Carlsson *(Gesammelte Erzählungen)*

Die christlichen Zimmergenossen. (The Christian Roommates, Juni 1963, *The Music School*) Deutsch von Hermann Stiehl *(Gesammelte Erzählungen)*

Zähne und Zweifel. (Dentistry and Doubt, 28. März 1955, *The Same Door*) Deutsch von Maria Carlsson *(Glücklicher war ich nie)*

Ein Verrückter. (A Madman, 1. März 1962, *The Music School*) Deutsch von Hermann Stiehl *(Gesammelte Erzählungen)*

Stillleben. (Still Life, Dezember 1958, *Pigeon Feathers*) Deutsch von Maria Carlsson (*Glücklicher war ich nie*)

Heim. (Home, 24. März 1960, *Pigeon Feathers*) Deutsch von Susanna Rademacher *(Gesammelte Erzählungen)*

Wer macht rosa Rosen rosa? (Who Made Yellow Roses Yellow? März 1956, *The Same Door*) Deutsch von Maria Carlsson *(Glücklicher war ich nie)*

Seine große Stunde. (His Finest Hour, Mai 1956, *The Same Door*) Deutsch von Maria Carlsson *(Gesammelte Erzählungen)*

Ein Pfeiler der Reaktion. (A Trillion Feet of Gas, November 1956, *The Same Door*) Deutsch von Maria Carlsson *(Gesammelte Erzählungen)*